# 民国词学史著集成

第二卷

胡雲翼《宋詞研究》 胡雲翼《詞學ABC》

胡雲翼《中國詞史大綱》 胡雲翼《中國詞史略》

孙克强 和希林◎主编

南開大學出版社

图书在版编目(CIP)数据

民国词学史著集成. 第二卷 / 孙克强，和希林主编. 一天津:南开大学出版社，2016.12
ISBN 978-7-310-05267-7

Ⅰ. ①民… Ⅱ. ①孙… ②和… Ⅲ. ①词学一诗歌史一中国一民国 Ⅳ. ①I207.23

中国版本图书馆 CIP 数据核字(2016)第 297146 号



南开大学出版社出版发行
出版人:刘立松
地址:天津市南开区卫津路 94 号　　邮政编码:300071
营销部电话:(022)23508339　23500755
营销部传真:(022)23508542　　邮购部电话:(022)23502200
*
天津市蓟县宏图印务有限公司印刷
全国各地新华书店经销
*
2016 年 12 月第 1 版　　2016 年 12 月第 1 次印刷
210×148 毫米　32 开本　25.25 印张　4 插页　721 千字
定价:99.00 元

如遇图书印装质量问题，请与本社营销部联系调换，电话:(022)23507125

# 總序

清末民初詞學界出現了新的局面。在以晚清四大家王鵬運、朱祖謀、鄭文焯、況周頤為代表的傳統詞學（亦稱體制內詞學、舊派詞學）之外出現了新派詞學（亦稱體制外詞學）。新派詞學以王國維、胡適、胡雲翼為代表，與傳統詞學強調『尊體』和『意格音律』不同，新派在觀念上借鑒了西方的文藝學思想，以情感表現和藝術審美為標準，對詞學的諸多問題展開了全新的闡述。同時引進了西方的著述方式：專題學術論文和章節結構的著作。傳統的詞學批評理論以詞話為主要形式，感悟式、點評式、片段式以及文言為其特點；民國時期的詞學論著則以内容的系統性、結構的章節佈局和語言的白話表述為其主要特徵。當然也有一些論著遺存有傳統詞話的某些語言習慣。民國詞學論著的作者，既有新派大師王國維、胡適的追隨者，也有舊派領袖晚清四大家的弟子、再傳弟子。他們雖然觀點不盡相同，但同樣運用這種新興的著述形式，他們共同推動了民國詞學的發展。民國詞學論著的蓬勃興起是民國詞學興盛的重要原因。

民國的詞學論著主要有三種類型：概論類、史著類和文獻類。這種分類僅是舉其主要内容而言，實際情況則是各類著作亦不免有内容交錯的現象。

概論類詞學著作主要內容是介紹詞學基礎知識，通常冠以『指南』『常識』『概論』『講義』之名。這類著作無論是淺顯的入門知識，還是精深的系統理論，皆表明著者已經從傳統詞學中片段的詩詞之辨、詞曲之辨，提升到系統的詞體特徵認識和研究，是文體學意識的體現。史著類是詞學論著的大宗，既有詞通史，也有斷代詞史，還有性別詞史。唐宋詞成為後世的典範，對唐宋詞史的梳理和認識成為詞學研究者關注的焦點，如詞史的分期、各期的主要特徵、詞派的流變等。值得注意的是詞學史上的南北宋之爭，在民國時期又一次達到了高潮，有尊南者，有尚北者，亦有不分軒輊者，精義紛呈。南北宋之爭的論題又與新派、舊派基本立場的分歧對立相聯繫，一般來說，新派多持尚北貶南的觀點。史著類中清代詞史亦值得關注，詞學研究者開始總結清詞的流變和得失，清詞中興之說已經發佈，進而加以討論，影響深遠直至今日。文獻類著作主要是指一些詞人小傳、評傳之類，著者廣泛搜集歷代詞人的文獻資料，加以剪裁編排，清晰眉目，為進一步的研究打下基礎。

『民國詞學史著集成』有兩點應予說明：其一，收錄了一些中國文學史類著作中的詞學史部分。民國時期的中國文學史著作主要有兩種結構方式：一種是以時代為經，文體為緯，此種寫法的文學史，詞史內容分散於各個時代和時期。另一種則是以文體為綱，注重文體的發展演變，如鄭賓於的《中國文學流變史》的下冊單獨成冊，題名《詞（新體詩）的歷史》，篇幅近五百頁，可以說是一部獨立的詞史；又如鄭振鐸的《中國文學史》（中世卷第三篇上），單獨刊行，從名稱上看是唐五代兩宋斷代文學史，其實是一部獨立的唐宋詞史。

『民國詞學史著集成』視這樣的文學史著作中的詞史部分，為特殊的詞史予以收錄。其二，『民國詞學史著集成』收入五部詞曲合論的史著，著者將詞曲同源作為立論的基礎，合而論之，本套叢書亦整體收錄。至於詩詞合論的史著，援例亦應收入，如劉麟生的《中國詩詞概論》等，因該著已收入南開大學出版社出版的『民國詩歌史著集成』，故『民國詞學史著集成』不再收錄。

『民國詞學史著集成』收錄的詞學史著，大體依照以下方式編排：參照發表時間、內容分類、著者以及著述方式等各種因素，分別編輯成冊。每種著作之前均有簡明的提要，介紹著者、論著內容及版本情況。

在『民國詞學史著集成』中，許多著作在詞學史上影響甚大，如吳梅的《詞學通論》等，多次重印、再版，已經成為詞學研究的經典；也有一些塵封多年，本套叢書加以發掘披露，如孫人和的《詞學通論》等。這些文獻的影印出版，對詞學研究具有重要的參考價值。近些年，民國詞學研究趨熱，期待『民國詞學史著集成』能夠為學界提供使用文獻資料的方便，從而進一步推動民國詞學的研究。

孫克強　和希林

2016年10月

# 總目

## 第一卷



## 第二卷

## 第七卷



## 第八卷



## 第九卷



## 第十卷

## 第十四卷



## 第十五卷



## 第十六卷

# 本卷目錄

# 胡雲翼《宋詞研究》

胡雲翼(1906–1965),原名胡耀華,號南翔、北海,筆名拜蘋女士,湖南桂東人。著名詞學家、文學史家。1927年武昌大學畢業,先後在湖南、江蘇的中學任教,在中華書局和商務印書館任編輯。後曾任教於上海師範學院。著有詞學著作《中國詞史大綱》《中國詞史略》《詞學概論》《詞選ABC》《宋詞研究》《詞學小叢書》等。另有《唐代戰爭文學》《中國文學史》《文章作法》《中國文史大綱》《唐詩研究》《中國古代作品選》《宋詞選》等近20部著作。

《宋詞研究》全書分為宋詞通論與宋詞人評傳上下兩篇。上篇宋詞通論論述了詞的特徵和起源,探討了宋詞發達的原因,描述了宋詞的發展、變遷及整體概況。下篇宋詞人評傳按照宋詞的發展軌跡,依次介紹兩宋的主要詞人及其作品評價,實際上是一部斷代的詞史。《宋詞研究》是詞學史上第一部系統全面研究宋詞及其歷史的專著,為詞學的宏觀研究構建了一個基本的框架並对後代的詞學研究者產生了深遠影響。《宋詞研究》1926年中華書局初版,1928年刊行訂正三版,本書據此版影印。

中國宋元詞曲研究上冊

# 宋詞研究

胡雲翼編著

（訂正三版）

少年中國學會叢書

這眞是一個很幸也就是不幸的湊巧：剛剛五卅慘案發生的時候，我這本宋詞研究的原稿已於五卅慘案的前一天脫稿了。幸的呢，是此書能够湊巧的脫稿，很迅速的出了版。要是那時不能完稿，後來我走上實際行動的裏面去，便沒有冷靜的頭腦到舊書堆裏去討生活了。也許到現在還不曾脫稿，也未可知。不幸的呢，就是此書剛剛寫成初稿，情不自禁的我也爲當時悲憤所激走上所謂『民衆運動』的路上去，暫時和研究的生活握別了。這本書付印時，我不但沒有仔細校勘一過，也不曾『走馬看花』的全閱一遍。一部分的稿件是請朋友們代爲鈔錄——其實朋友們那時也何嘗有這樣的閑心思？——一部分的還是用的原稿。結果書是出版了；錯誤也就不少。不僅引用的原作品和標點，很有些錯誤，卽我自己的文章也有好幾段句讀不可解。我想讀者總不至於以爲作者連自己的文章都斷句不通吧？

當二版還未曾印出的時候，我曾經一再通知中華書局，此書再版時須訂正。但是後來再版是出書了，仍然沒有訂正。我卽寫信到中華去問，據說是因爲有某學校訂購三百部，急於翻版，所以來不及訂正了。

我說上面的話，並非有意向讀者辨解一切疎略的罪過，我只有向一版二版的讀者道歉！

幸而這本書又有第三次『災梨禍棗』的機會，中華書局也允許我校正過重新排版。這自然使我和讀者都很高興的。我自信經過這次的校正，總不致再像以前那樣的錯誤得可笑了。不過個人八年來流浪江南，飄然一旅，行篋蕭條，無書可供參考。且自離開學生生活以後，爲俗事所累，更無從容研究校改之時間。若非我的朋友洛珍女士抽出她寶貴的時間替我檢閱，這樣粗枝大葉的訂正也不會有呢！

作者記於太湖之濱。（十六年十一月二十四。）

# 自序

宋詞在中國文學史上，自有牠的特殊地位，自有牠的特殊價值。而作文學史的分工工作，對於宋詞加以有條理的研究和系統的敘述的專著，據我所知道的，現在似乎還沒有。以前雖有詞話叢話一流書籍，偶有一見之得，而零碎綴拾，雜湊無章。我著這本書的動機，就是想將宋詞成功組織化系統化的一種著作。自然這樣一本不過十萬言的小冊子，我決計不敢希冀對於文學界有很大的貢獻。假如愛好文學的朋友們讀了我這本書，能够由此而明瞭(一)詞的內包外延；知道(二)宋詞發展和變遷的狀態；審識(三)宋詞作家的作品及其生平；也許因此對於詞的欣賞和研究發生更大的興趣，那便是作者的一點希冀了，不算奢望吧。

記得拙著初稿將要全部草成的時候，慘怛的五卅血案發生了，當着那樣舉國悲憤呼號運動之時，個人亦到處奔走，任務頗多。後來又受武漢學生聯合會之委託，出席上海全國學生總會，並在滬杭一帶，負責宣傳。於是這本書的整理和校對的工作就完全停止了。最近同鄉左舜生先生來函，囑整理付印。適在病中，由友人饒湖、白華、振翀代為鈔錄標點，這是應該謝謝的。而承舜生先生詳詳細細為我校閱一過，尤其使我深深的心印。

中華民國十四年胡雲翼序於國立武昌大學

一

# 宋詞研究

## 目錄

下篇 宋詞人評傳

# 宋詞研究

## 上篇 宋詞通論

### 一 研究宋詞的緒論

我們爲什麼研究宋詞呢？如其要解答這個疑問，我們必先問：「爲什麼要研究詞？」講到詞在我們看來詞在中國文學的各種體裁上應該佔一個重要的位置。但是從前的文人便不很看得起詞。俞彥說：「詩詞末技也」；又說：「詞於不朽之業最爲小乘」；賀裳說：「詞誠薄技」；詞品說：「塡詞於文爲末」；紀昀說：「詞曲二體在文章技藝之間厥品頗卑，作者弗貴」又說：「文之體格有尊卑，律詩降於古詩，詞又降於律詩」。這種卑睨詞的論調，顯與我們的見解恰相矛盾。何以這麼相矛盾呢？這自然是古今人的文學觀念不同。古人之所以卑睨詞，也就是因爲古人抱有兩個極謬誤的文學觀念：

其一，是文以載道的謬誤觀念：從前的文人，以爲文學的體用以載道爲極則，假如一種文學不是載道的，或者與道沒有直接或間接地發生關係的，則這種文學便失了文學的最高意義，只能算小技，只能算末流。所以古人在堅信「文以載道」的前提之下，不惜把詩三百篇裏面那些平民無所爲而作的歌謠，加上一些「美君、」「美后、」「刺君、」「刺時」的按語;不惜把楚辭裏面那些屈原自敍、自悼的作品加上一些「思君、」「寓意」的名目,不惜把一切作品無論所描寫的對象是什麽,總要牽强附會到「載道」上去,以完成「文以載道」的觀念。只有詞,那是很乾脆鮮明地描寫情緒的,尤其適宜於描寫兩性間的愛情戀情,無法把牠(詞)附會到「道」上去,簡直與他們的「文以載道」完全不合。因此,他們不認詞爲眞正的文學,故說「詞末技也」「作者弗貴;」又說牠是「風人之末派」「文苑之附庸。」這種種俚褻的話,無非是根據文以載道來批評的。這就完全是一種錯誤。儘管詩三百篇裏面有好多「美,」有好多「刺」的作品,那些「投我以木桃,報之以瓊瑤,」「匪汝之爲美,美人之貽」和「有女懷春,吉士誘之」的詩,無論怎樣解釋,總不能不說是描寫戀愛的詩。其中鄭風、陳風、衞風,有許多戀愛詩在裏面,朱熹早已說過,可見詩三百篇已不合於文以載道了。儘管楚辭裏面有許多「思君、」「憂國」之言,但屈子的憤天怨人,是無可諱言的,後人也說他不合於詩人溫柔敦厚之旨。而那些「及帝閽之未家,留有虞之二姚」的名句,簡直與「道」不發生關係;高唐賦之作,簡直與道相矛盾;可見楚辭已不合於「文以載道」了。由此看來,「文以載道」這句話,根本便不能作爲詩詞批評的準則。那末我們有什麽理由反對詞不是文學正宗呢?

其二是文學復古的謬誤觀念。大概從前的文人,都不免抱着文學復古的觀念。他們尊重古代文學,而蔑視近代文學。故晉有陸士衡之創擬古,唐有韓愈之創爲古文,宋有尹洙、歐陽修之復古,明有前後七子之復古，清代考據學興，並且蔑視漢以後的一切文體。詞體更爲晚出，自不爲主張文學復古者所珍重而遭輕視了。然而這種重古輕今入主出奴的文學態度究竟是不對的。王阮亭批評得好：「廢宋詞而宗唐詩，廢唐詩而宗漢魏；廢唐宋大家之文而宗秦漢；然則古今文章一畫足矣，不必三墳九邱至六經三史，不幾贅疣乎？」假如我們拋棄這種主張文學復古的觀念，則詞雖「樂府之餘音」，也無法否認牠的文體之成立了；除非這種文體眞是沒有價值，而且最奇怪的是那些文人一方面儘管鄙薄詞，但一方面自己又很做詞，塡詞，可見古人雖明裏鄙薄詞，暗中却向詞體偷降了！

詞選序說：「詞者，其緣情造端，與於微言，以相感動，極命風謠里巷男女哀樂，以道幽約怨悱不能自言之情，低徊要眇，以喻其致。蓋詩之比興，變風之義，騷人之歌，則近之矣。」往下張惠言對於詞的價値更有發揮：「……惻隱盱愉，感物而發，觸類條鬯，各有所歸，非苟爲雕琢曼辭而已。」周濟描寫詞的力：「賦情獨深，逐境必寤；醞釀日久，冥發妄中；雖鋪敍平淡，摹續淺近，而萬感橫集，五中無主。讀其篇者，臨淵窺魚，意爲魴鯉；中宵驚電，罔識東西，赤子隨母笑啼，鄉人緣劇喜怒，可謂能出矣。」這便證明詞體在事實上已佔住文學的重要地位了。

現在我們的文學觀念既然與古人迥然不同，已經拋棄了那種——文以載道和文學復古——謬誤的文學見解，那末我們自然否認「詞是末技」這些話，並且認爲詞在中國文學史上的各種體裁裏面，應

## 上篇　宋詞通論

### 三

佔一個重要的位置而重視詞的研究了。現在進一步說明爲什麼研究宋詞：

有宋一代的文學詞爲最盛。詞話上說：「詞之系宋，猶詩之系唐，」此語誠爲不誣。而「有井水處，皆能歌柳（永）詞」則宋詞之發達，更可推想概見。宋六十一名家詞序說：「夫詞，至宋人而詞始瓌，曼衍繁昌；至宋而詞之各體始大備。其人韶令秀世，其詞復鮮豔殢人，有新脫而無因陳，有閒倩而無沾滯，有纖麗而無冗長，有峭拔而無鈎棘，一時以之賡和名家而鼓吹中原，肩摩於世云」。毛稚黃說：「宋人詞才若天縱之，詩才若天絀之」。這更說得神乎其神了。現在且將宋詞何以發達，及宋詞發達之概況，暫按着不談，單就「文學價值」方面來觀察宋詞，那末宋詞在文學史上有兩種特徵，值得我們的稱道。

（一）時代的文學：　凡文學有外形和內質二面，內質是不隨着時代變遷的，外形就是隨時代而異，變動不居的。無論那一種文體，假如應用的時間太長久了，用也用舊了，變也變盡了，若是還儘管保留着這種文體的硬殼不變，那末總是千篇一律的文藝，決不會創造新的文藝出來，必也另闢一種新文體，讓作者自由去開發創造，才能够有新的文藝產生。所謂時代文學，就是變遷的文學。只要在當代是一種新文體，由這種新文體創造出來的文學，便是時代文學。反之，只死板板地去用那已經用舊變盡了的文體的文學，便不是時代文藝。詞雖然發生很早，晚唐即已發生，並且從詞的發生起，一直算到清季，清季猶有詞風，總計詞在中國歷史上已幾乎有千年的詞史。但是一千年的詞史，不都是可述的。詞的發達極盛，變遷種種狀態，完全形成於有宋一代。宋以前只能算是詞的導引；宋以後只能算是詞的餘響。只有宋代，是詞的時代。因此，我們為什麼說宋詞是時代的文學呢？這可以簡單回答說：詞在宋代是一種新興的文體，這種文體雖發生在宋以前，但到宋代才大發達，任宋人去活動應用，任這些詞家，把詞體怎樣去開發充實，自由去找詞料，自由去描寫，——總之自由去創作詞。這種詞是富有創造性的，可以表現出一個時代的文藝特色。所以我們說宋詞是時代的文學。宋以後因詞體已經給宋人用舊了，由宋詞而變為元曲，所以元詞明詞便不是時代的文學了。

（二）音樂的文學：中國文學的發達變遷，並不是文學自身形成一個獨立的關係，而與音樂有密接的關連。換言之，中國文學的變遷，是隨着音樂的變遷而變遷。史記：「詩三百篇孔子皆絃歌之」是三百篇皆歌辭也。樂亡而詩亦亡。漢代古詩歌謠皆被之樂府。（漢武帝創設樂府，命李延年為協律都尉）至唐，樂府亡而歌詩乃興；（唐絕句律詩皆歌辭）晚唐又因音樂的變遷而有長短句的歌法。至宋則倚聲製詞之風大盛了。金元以後南北曲盛行，而詞律又亡。凡此處處可以看出中國文學變遷與音樂的關係，可以看出文學在音樂裏面的活動。並且可以知道中國文學的活動，以音樂為依歸的那種文體的活動，只能活動於所依附產生的那種音樂的時代，在那一個時代內興盛發達，達於最活動的境界。若是音樂亡了，那末隨着那種音樂而活動的文學，也自然停止活動了。凡是與音樂結合關係而產生的文學，便是音樂的文學，便是有價值的文學。試看古歌謠、三百篇、漢樂府、唐近體詩……那一種好文藝不是與音樂結合關係而產生呢？歌詞之法，傳自晚唐，而盛於宋。宋作者每自度曲，亦解其聲製詞，與樂協應。又有自度腔者，每自製新腔，並作新詞，任隨詞家的意旨，驅使文學在音樂裏面活動。這種音樂文學的價值很大。只是後來歌詞之法隨有宋之亡而亡，元曲代興，此後作者塡詞，只能一步一趨模擬宋詞的格調，已失却音樂文學的意義，變成死文學了。

在上面略略提示了宋詞的兩種特色——時代文學與音樂文學——實在，宋詞的發達，作家的偉大，作者雲興，美製佳篇，琳瑯滿目，在在表現宋詞的特性。總之，我們為研究詞，便不得不研究宋詞。

現在我們分宋詞的研究為兩部：一部是動的研究，敍述宋詞的起源、與盛發展、變遷、衰落、原因和結果，作為宋詞通論；一部是靜的研究，敍述宋詞重要作家的生平傳略，及其作品的介紹與批評，作宋詞人評傳。

## 二　詞的起源

中國從前只有詞的創作，而沒有詞的研究。間有詞話一流書籍，亦係信口雌黃，不負責任；支離破碎，毫無足取。故雖如「詞的起源」這一類的要題，也竟沒有人會給我們一個圓滿的解答。所以在此地必須重新提出討論。我們先看看從前的人對於詞的起源怎樣說法，約有四說：

(一)長短句起源說：這一派的主張，就是以為詞是長短句，詞的起源也起源於長短句。詞綜序說：「自有詩而長短句即寓焉，南風之操，五子之歌是已。周之頌三十一篇，長短句居十八；漢郊祀歌十九篇，長短句居其五。至短簫鐃歌十八篇，篇皆長短句，謂非詞之源乎？」楊用修說：「塡詞必泝六朝者，亦探河窮源之意。其短句如梁武帝江南弄，（詞略）梁僧法雲三洲歌，（略）梁臣徐勉迎客曲送客曲（略）隋煬帝夜飲朝眠曲，（略）王叡迎神歌送神歌，（略）此六朝風華靡麗之語後世詞家之所本也。」

(二)詩餘起源說　這一派的主張，以爲「詞者詩之餘」。沈雄柳塘詞話說：「衍詞有三賀方回衍『秋盡江南葉未彫』陳子高衍『李夫人病已經秋』全用舊詩而爲添聲也。花非花張子野衍之爲御街行；水鼓子范希文衍之爲漁家傲。此以短句而衍爲長言也。至溫飛卿詩云，『合歡桃核眞堪恨，裏許原來別有人』山谷衍爲詞云『似合歡桃核眞堪人恨！心裏有兩個人』。古詩云：『夜闌更秉燭，相對如夢寐』。叔原衍爲詞云：『今宵賸把銀釭照，猶恐相逢是夢中！』以此見詞爲詩之餘也。」宋翔鳳說：「謂之詩餘者，以詞起於唐人絕句，如太白之清平調，即以被之樂府。太白憶秦娥菩薩蠻皆詞之變格，爲小令之權輿。旗亭畫壁賭唱，皆七言絕句。後至十國時，遂競爲長短句，自一字兩字至七字，以抑揚高下其聲，而樂府之體一變，則詞實詩之餘，遂名曰詩餘。」（樂府餘論）

(三)樂府起源說　主此說者，謂詞起源於漢魏樂府，因樂府主聲，已近小詞，歌曲句有長短，聲多柔曼。徐釚詞苑叢談說：「塡詞原本樂府，菩薩蠻以前，追而溯之，梁武帝江南弄，沈約六憶詩，皆詞之祖，前人言之詳矣。」徐師曾詩體明辨謂：「詩餘者，古樂府之流別，……」徐巨源說：「樂府變爲吳趨越豔，雜以捉搦、企

喻子夜、讀曲之屬；以下逮於詞焉。王國維說：「詩餘之興，齊梁小樂府先之。」（戲曲考源）

（四）音樂起源說　主此說者，謂詞的起源起源於音樂的變遷。俞彥說：「六朝至唐，樂府不勝詰曲，而近體出。五代至宋，詩又不勝方板，而詩餘出。唐之詩，宋之詞，甫脫穎而傳遍歌者之口。」紀昀說：「古樂府在聲不在詞，唐人不得其聲，……其時採詩入樂者，僅五七言絕句，或律詩割取其四句，依聲製詞者，初體竹枝、柳枝之類，猶爲絕句，繼而望江南、菩薩蠻等曲作焉。至宋而傳其歌詞之法，不傳其歌詩之法。」俞彥又說：「詩亡然後詞作，非詩亡，所以歌詠詩者亡也。」

以上四種說法，究竟那一種對呢？據我看來，沒有一說完全對。詩餘之說，早有駁論。如汪森序詞綜云：「古詩之於樂府，近體之於詞，分鑣並馳，非有先後。謂詩降爲詞，以詞爲詩之餘，殆非通論矣。」謂詞之起源爲長短句，亦不可通。詞固然是長短句，但長短句不必是詞。若必如此說，則如俞彥所云：「溯其源流，咸自鴻濛上古而來，如億兆黔首，固皆神聖裔矣」，這豈不是笑話？樂府起源之說，比較可通，然有唐一代詩歌大盛，詞則無聞。則詞起源於樂府之說，亦非通論。只有音樂起源一說，最爲合理。可是古人主此說者，只有簡單置論，沒有充分的說明，未能使我們滿意。現且讓我們來試探詞的起源吧！

顧亭林有言：「三百篇之不能不降而楚辭，楚辭之不能不降而漢魏，漢魏之不能不降而六朝，六朝之不能不降而唐也，勢也。詩文之所以代變，有不得不變者。……」爲什麽不得不變呢？我在前面已經說過一稱文體，經過了長期的運用，已經用舊了，變盡了，若再不改用新文體，決不能創造好文藝出來。這便是不得不變的原因。「詩至晚唐五季，」誠如陸放翁所言：「氣格卑陋千人一律，」非變不可了。因為詩體自四言五言以至七言，由古詩而近體，已經變盡了；自然會變到長短句的詞的路上來——這是詞發生的理論，再來探討詞的起源的歷史的事實。可是在這裏應該首先肯定兩個前提，兩個什麼前提呢？

1. 詞的起源，完全是音樂變遷的關係。因詞以協樂為主，有聲律然後有製詞填詞。

2. 詞的發生只能在有唐一代，唐以前太早，與宋詞發達無線索的聯絡；唐以後太遲，不能解釋宋詞發達的淵源。

肯定了這兩個前提，於是我們可以開始來探討了。有的人說，詞起源於李太白的菩薩蠻，憶秦娥等詞。因為李白盛唐人，在那時有發生詞的可能；並且菩薩蠻憶秦娥恰合是有調倚聲之詞。這麼一來，大家都相信李白是詞祖，謂詞起源於李白了。詞的起源問題，便如此輕輕解決了嗎？決不。我們有許多證據，使我們根本不相信菩薩蠻幾首詞是李白的創作：

第一，李太白集裏面未載菩薩蠻等詞，此為鐵證。按李翰林集，新唐書藝文志有著錄，全集刊行，並非佚本。唐刊本雖至今不存，而陳直齋書錄解題，晁氏讀書志並題李翰林集，是此集還流傳至宋。後蜀趙崇祚編花間集，遍錄晚唐諸家詞，而不及李白，是必李集未刊詞無疑。直至南宋黃昇編花菴詞選，始載白詞。這顯然不可靠。且黃書只求廣蒐，多有疏誤。如山花子一首，實李璟作，（南唐書載馮延巳之對話可證）乃題李後主。於此更可見花菴詞選之不忠實了。

第二，李白爲盛唐詩人文譽甚著。倘製新調，創新體詞，當時必有唱和。何以不但當時諸詩人無唱和之作，李白之後，亦絕無繼響。直到晚唐，塡詞始風行？中間孤絕百年，這是無法解釋的。

第三，杜陽雜編云：「大中初，女蠻國貢雙龍犀明霞錦，其國人危髻金冠，瓔珞被體，故謂之菩薩蠻。當時倡優，遂歌菩薩蠻曲，文士亦往往效其詞。」南部新書亦載此事。則太白之世，唐尚未有斯題，何得預塡其篇邪？」

第四，「……世謂太白當時直以風雅自任，卽近體盛行，七言律鄙不肯爲，寧屑事此？且二詞雖工麗，而氣衰颯，於太白超然之致，不啻穹壤。藉令眞出靑蓮，必不作如是語。詳其意調，絕類溫方城輩。蓋晚唐人詞嫁名太白耳。」（胡元瑞語）

根據上面四種說法，菩薩蠻憶秦娥詞，是否眞出於太白呢？這就很有疑問了。雖然有人說此二詞意調高古，決非溫方城輩所能。但我們不必說這就是溫方城做的，大約這總是晚唐（？）五代（？）的詞人，以爲李白是大詩家，爲擡高所作詞的身價，嫁名太白。黃昇不察，編入花菴詞選，署名白作，後人遂以爲這是詞之祖。或者是黃昇想和花間爭勝，明知其僞也，故意不辨，濫取以矜蒐集之宏遠，也未可料呢！總之菩薩蠻憶秦娥諸詞，決不會是李白之作，這是可以斷言的。

據我們的見地，詞的起源的歷程，是全由音樂的變遷產生出來。先引幾段話：

(1)唐書藝文志說：「江左宋梁之間，南朝文物，號稱最盛，人謠國俗，亦世有新聲。後魏孝文宣武，用師淮漢，收其所獲南音，謂之清商樂。隋平陳，因置清商署，總謂之清樂。遭梁陳亡亂，所存蓋鮮。隋室以來，日益淪缺。武太后之時，猶有六十三曲。今其辭存者，（略）惟四十四曲焉。」

(2)王約碧雞漫志：「隋氏取漢以來樂器歌章古調，併入清樂。餘波至李唐始絕。唐中葉雖有古樂府，而播在聲律則尠矣。」

(3)碧雞漫志：「唐時古意亦未全消，竹枝、浪淘沙、拋毬樂、楊柳枝，乃詩中絕句，而定爲歌曲。故李太白清平調詞三章，皆絕句。元白諸詩，亦知音者協律作歌。白樂天守杭，元微之贈云：『休遣玲瓏唱我詩，我詞多是別君辭。……』白樂天亦戲諸妓云：『席上爭飛使君酒，歌中多唱舍人詩。……』舊說開元中詩人王昌齡、高適、王渙之詣旗亭飲，梨園伶官亦招妓聚讌。三人私約曰：我輩擅詩名，未定甲乙，試觀諸伶謳詩分優劣。一伶唱昌齡二絕句：『寒雨連江夜入吳……』一伶唱適絕句云：『開篋淚沾臆，……』妓唱：『黃河遠上白雲間，……』（渙之詩）…… 以此知李唐伶伎取當時名士詩句入歌曲，蓋常俗也。」

(4)碧雞漫志：「涼州曲，唐史及傳載稱天寶樂曲，皆以邊地爲名，若涼州、甘州之類，曲遍聲緐名入破。又詔道調法曲與胡部樂合作」。

(5)朱子語類論詩篇曰：「古樂府只是詩，中間却添許多泛聲。後來怕失了泛聲，逐一添個實字，遂成長短句，今曲子便是」。全唐詩附錄說：「唐人樂府原用律絕等詩雜和聲歌之。其幷和聲作實字長短其句，以就曲拍者爲塡詞」。

從上邊那幾條例子，很可以看出詞起源的線索來。原來古樂府至唐代已亡掉乾淨，只剩下清商樂的一部分還保存着。故唐時古樂府已經失了音樂的效能。即唐人所擬古樂府，但借題抒意；所作新樂府，但爲五七言古詩，完全是文學方面的事了。這時與音樂發生關係的文學是什麼呢？那是五七言絕句。當時絕句多協樂可歌，一方面正在這時候外國樂漸漸輸入中國來了。唐時十部樂，除了一部分的清商曲係本部樂外，完全是外國樂。這種外國樂最初與中國樂結合關係時，雖還緣用絕句作爲歌辭，但却發生了絕大的困難。音樂本來以「聲」爲主，而且是最活動的，若是拿格律整齊音數一定的絕句作爲歌辭，而用音樂來配合歌辭，那在音樂方面自然極感歌辭難協的困難，而且梏桎了音樂的發展。然而又怎能儘受文學的束縛牠呢？依着音樂自身的發展，一方面爲解除歌絕句的困難，或在字中間加散聲，或在句裏面插和聲，以協樂，並且重疊絕句以叶，免除絕句字數之單調。後來即更用曲譜作張本，散聲和聲皆塡以字，盡變五七言，成長短句。一方面依着音樂單獨的發展，常常會產生許多新腔新調兒倚聲以製詞，則這種歌辭自然不會是晉數整齊的絕句，而是長短不定的句子。晚唐長短句歌辭盛行，這正是表明音樂發達的結果。故詞的起源，並不是那一個人憑空創造出來的，也不能說是起源於那一篇詞。詞的起源，只能這樣說：唐玄宗的時代，外國樂（胡樂）傳到中國來，與中國古代的殘樂結合，成功一種新的音樂。最初是只用音樂來配合歌辭，因爲樂辭難協，後來卽倚聲以製辭。這種歌辭是長短句的，是協樂有韻律的，——是詞的起源。

附帶我們在這種證明「詞者詩之餘」說之謬誤。大概普通反對「詩餘」之說，總是說這是不懂得文學進化的妄言。但「進化」二字，却如何能使人心服呢？除非有人拿事實來證明詞確不是詩餘。那末我們在此處來證明。俞彥說：「詩亡，……非詩亡，所以歌詠詩者亡也。」這話本對。但他接着又說：「詩亡然後詞作，」否認「詞興而樂府亡，」便全沒理由。大凡一種形體的喪亡，必自有其亡之之道。有外因和內因兩種：內因是自身已失却存在的價值；外因是有更適用的形體代興了。我們知道歌詞之法是代歌詩之法而興的。原來在文學裏面，絕句或者比詩自由些；若到音樂範圍裏面，則絕句詩不及詞之活動遠甚。因爲絕句是自身成立爲一種體裁，是固定的；詞則隨音樂的變化而變化，最活動，故能跟着音樂的發展而發展。絕句則仍然退到完全的文學方面去。（後來塡詞也單獨在文學方面發展了。）這不分明是歌詞打倒了歌詩嗎？不分明詞是進化的嗎？因此我們大膽地說：「詞興而歌詩亡。」

## 三　何謂詞？

「什麽是詞?」這個問題我們在這裏討論：

說文，「詞意內而言外也」；段注云：「詞者文字形聲之合也」；又云：「詞者從司言，此摹繪物狀及發聲叻語之文字也」。說文之所謂詞，明明是指文法上所謂詞類之詞，並不是解釋詩詞之詞，因爲詞體晚出，最初詞的解釋，只有造字本義及詞體成立，詞的意義已經不是本義；詞的解釋也只能從詞的作品裏去探討，不能從說文的解釋了。

詞源跋云：「詞與辭通用」。段氏說文解字注云：「辭謂篇章也」。是辭卽篇章之辭，這又不免過於籠統了。詞是文學的一體，固然是成篇章的；但成篇章的，又何只詞呢？散文小說都沒有不成篇章的，辭之一字，並不足以表現詞的特色。最好說詞是歌辭；那末歌辭是不錯的，然而歌辭兩字只能算是詞的別名，表明詞是「歌」的，並不能算詞的定義——況且詞還不能概括歌辭，古詩、樂府、近體、絕句也是歌辭呢。

從詞的作品裏觀察詞的意義，我們誠然可以明白詞是什麽了；可是却不能指出詞在文體上的特性。換句話說：詩與詞並沒有根本上的差別。王阮亭曾經告訴我們詩詞曲的分界，他說：「『無可奈何花落去，似曾相識燕歸來，』定非香奩詩；『良辰美景奈何天，賞心樂事誰家院，』定非草堂詞也」。劉公戩云：「『夜闌更秉燭，相對如夢寐，』叔原則云：『今宵剩把銀釭照，猶恐相逢是中夢』。此詩與詞之分疆也」。這未免說得太神秘了。還有幾種說法，也都是先肯定了詩與詞的分別，再從作法上，修辭上，叶韻上，體格上，或字句上，勉強下一個區別。這都是沒意義的。老實說：無論在形式，在內容上，詩與詞都沒有明顯的劃界。先從歌詞方面說：

方在晚唐五代，詞卽歌辭。故花間尊前諸集，無詞名，凡屬歌辭，均爲選錄，並不以長短句分別。我們若以歌辭爲詩詞之分，那末花間集裏面正有許多詩體，例如楊柳枝：

「宜春苑外最長條，閑裊春風伴舞腰。正是玉人腸斷處，一渠春水赤欄橋。」

「館娃宮外鄴城西，遠映征帆近拂堤。繫得王孫歸意切，不關芳草綠萋萋。」（花間集溫助敎詞）

這是兩首七言絕句。又如紇那曲，長相思，係五言絕句。清平調，竹枝，小秦王，陽關曲，八拍蠻，浪淘沙，阿那曲，雞叫子，均七言絕句。瑞鷓鴣，係七言律詩。款殘紅，係五言古詩。這些歌辭俱載尊前集花間集草堂集中。如其我們承認這些是詞集，便不得不承認這些是詞。然而却是詩的體裁。我們好如何去區分詩詞呢？

或者這麼說，詩雖是歌辭，却是整齊的句子；詞是長短句的歌辭，這是詩與詞的不同。殊不知古樂府裏面也有許多長短句的歌辭，例如戰城南（漢鐃歌）

「戰城南，死郭北，野死不葬烏可食。爲我謂烏，且爲客豪，野死諒不葬，腐肉安能去子逃？水聲激激，蒲葦冥冥，梟騎戰鬭死，駑馬徘徊鳴。梁築室，何以南？何以北？禾黍不穫君何食？願爲忠臣安可得！忠子良臣，良臣誠可思；朝行出攻，暮不夜歸。」

牠如悲調曲的車門行孤兒行之類，都是長短句的歌辭，都是樂府詩而不是詞。

還有一說，謂詞是倚聲製辭，按譜塡詞。這種倚聲塡譜便是詞與詩的分野線，這種說法也是枉然的。我們說花間爲詞集之祖，而花間集的詞便沒有一宗的調譜同係一個調子，字句多殊，並非定體，而所謂按譜塡詞者，乃後人摹擬宋詞的體格，並不發生文學上的意義，尤不足以表明詞的特徵。

凡此處處，俱無法證明詩詞之劃界。實因詩詞無區劃之可能。據我看來，詞就是詩，所謂詞者，不過表明詞在詩裏面的一個特殊色彩而已。何謂詞？答曰：

「詞就是抒情詩」。這怎麽說呢？且分形體，內容，與音樂三方面來解釋：（一）詩的形體，大都是整齊的，也有不整齊的。三百篇的詩，漢代的古樂府，六朝的吳曲歌謠，長短句很多，詞的形體也是一樣有不整齊的長短句，有整齊的五言七言。雖然詞的長短句多些，這卻更適宜於抒情詩。例如三百篇的抒情詩，六朝歌曲裏抒情詩，大概都用長短句，因爲形式太整齊，便過於板滯，不活動了。這種曲線式的長短句，爲最適宜於抒情詩的形體。（二）從音節方面看，詞不但論平仄，並且講求五聲。詞押韻比詩更要嚴格，故詞之音樂成分，只有比詩複雜；音節比詩更要響亮。音節與韻律容易在聽覺驟增抒情的力量，易於引起情緒的波動，發生聯想的感情，故音節在抒情詩裏面最關重要，而詞的音節，自然是適宜於抒情了。（三）更從內容方面看，詩可以分爲抒情詩，敍事詩，劇詩等類。詞則僅限於抒情一體。我們試將詞的作品，分析歸納一下，其描寫的對象，總不外閨情，離別，傷懷，悵憶之範疇。如花間小令，務著豔語。南唐李後主，宋初柳永皆婉約為宗。雖然蘇（軾）辛（棄疾）務為豪放，却號稱別派，然亦未嘗非抒情也。南宋詞若絕妙好詞所選，莫非言情之作。沈伯時云：

「作詞與作詩不同，縱是用花草之類，亦須略用情意，或要入閨房之意……如只直詠花草，而不著些豔語，又不似詞家體例。」（樂府指迷）

李東琪云「詩莊詞媚，其體元別。」沈伯時又云：「詞過片須要自敘。」明明是詠花草，不可不入情意；明明是詠物，不可不歸自敘。總結一句，即詞不可不是抒情的。那末抒情詞與抒情詩，有什麽區別呢？如李後主的虞美人詞：

「春花秋月何時了？往事知多少！小樓昨夜又東風，故國不堪回首月明中。雕欄玉砌應猶在，只是朱顏改。問君能有幾多愁？恰似一江春水向東流！」

又如搗練子一首：

「深院靜，小庭空，斷續寒砧斷續風。無奈夜長人不寐，數聲和月到簾櫳！」

這與王昌齡的長信秋詞：

「金井梧桐秋葉黃，珠簾不捲夜來霜。熏籠玉枕無顏色，夜聽南宮清漏長。」

李白的玉階怨：

「玉階生白露，夜久侵羅襪。却下水精簾，玲瓏望秋月。」

這都是抒情的詩和抒情的詞，除了字句的長短以外，那裏有劃分爲兩種體裁之可能呢？王昶謂：「不知（詞）者謂詩之變，而其實詩之正也，」此言得之。

本來中國文學的分類，只是照形式分，全不顧及內容及其他方面。故國風與離騷原均爲詩，乃因篇幅之長短，別爲詩賦。詩歌小變，又分爲古詩，近體。五言卽爲五言詩，七言卽爲七言詩；四句爲絕句，八句爲律詩。這完全以形式爲劃界，只要形體稍變，卽別立一類的名目，並沒有根本的差異。詞之得名，也是由於詩的形式上小有變改，遂另立詞名，以別於詩。其實詞不但是詩，與詩沒有何等的差異，而且是形式更適宜於抒情，音節更響亮，內容更係情感的，可以說是詩中之詩，——抒情詩。唐詩之變，只是形成抒情詩的一種形式，宋詞之發達，不過表現抒情詩之單方面的發展而已。

可是，如其我們說詞是抒情詩，不錯，抒情詩三個字的確是詞的最好的定義，但這又偏於內容的界說了。爲普通明白詞是什麼起見，暫下一詞的定義：「倚聲塡譜的歌詞，謂之詞。」詞是歌辭，已無話說，現在於歌辭上加以「倚聲的」，則三百篇、古樂府、五七言絕句都是以樂協辭的，不算是詞了。又有「塡譜的」，則宋以後的塡詞也算詞了。大概這個定義，「倚聲塡譜的歌辭謂之詞，儘可以包括一般之所謂詞了。」於是

「何謂詞」的答案可由（一）詞是抒情詩，（二）倚聲塡譜之歌辭謂之詞，兩項歸納得一個結論：

「何謂詞？」詞在形體上是音數一定的，篇幅簡短的；最長的詞如鶯啼序也不過二百四十字在音節上是「倚聲的」，或是「塡譜的」；而內容的實質是「抒情的」，那便叫做詞」。

## 四　宋詞的先驅

研究宋詞第一步，講宋詞的先驅。

在宋以前，詞已經有了很好的成績。晚唐、五代，溫庭筠、李後主們的詞，都是很成功的作家。不過我們認爲詞的歷史的線索，是宋代爲詞的完全發達時期。宋以前只是詞的先驅時代。最古的詞總集，花間、尊前二集，卽輯錄晚唐、五代詞。花間集，據陳直齋書錄解題云：實爲後世倚聲塡詞之祖。尊前集則無著錄，傳本極少；現只就花間集來說明宋詞的先驅。

詞何以在五代興盛？這似乎是很奇怪的，陸游在跋花間集有云：「斯時天下岌岌，士大夫乃流宕如此？或者出於無聊？」殊不知在專制政治之下，國家變亂，只有平民遭其禍害；貴族階級，除了有特別的政治關係外，至少還是可以保守其生活上的享樂。生靈塗炭，在他們是不發生什麼關係的。看李後主兵臨城下，還笙歌不絕；所謂「商女不知亡國恨，隔江猶唱後庭花」者，蓋彼時之亡國，不過君主之變換，亡一姓之國，平民不與焉。並且因君主之時常更換，人民比較可得自由。因時局之變亂，人民生活加倍痛苦，反促生「人生苦短，爲歡幾何」之感，而極端去求樂。可以由歷史上來證明：周季幽厲無道，春秋紛爭，可爲禍亂之極了；而詩國風裏關於社交戀愛的抒情詩特別的多；東晉末年，五胡亂華，六朝爭統，也可謂極其禍亂了；而吳曲楚聲，盛言兒女艷情。這由表面上看來，彷彿文學與時代環境相背馳；實在不然，時局變亂，反正是人民自由享樂的時候，正生活要求慾極强，激起藝術衝動的時候。五季紛擾，正抒情詞興起的根原呢！

詞何以在五代成功了呢？陸游在花間集第二跋上說：「唐季五代詩愈卑，而倚聲者輒簡古可愛，能此不能彼，未易以理推也。」實際上也儘有理可推。唐季五代的詩卑詞勝，並不是作者「能此不能彼」的問題，這是文體的進化。詩體已舊，自然成爲卑陋了。詞體新出，宜於創造；自然會簡古可愛。詞的簡古可愛，正是詞體試驗成功，打倒詩體而興的原因。

更談到作品方面：唐末五代詞人已多，花間著錄共十八人。李璟、李煜、馮延巳等刊有專集者，尚不在內。現只舉幾個詞人的詞作爲代表：

溫庭筠、晚唐人，本名岐，字飛卿，太原籍。與李義山齊名，號稱溫李。但溫詩還不及李詩，而以詞著稱。花庵詞選謂：「飛卿詞極流麗，宜爲花間集之冠」。其實溫詞還不能達到詞的十分成功，例如他的詞：

「小山重疊金明滅，鬢雲欲度香顋雪。懶起畫蛾眉，弄妝梳洗遲。照花前後鏡，花面交相映。新帖繡羅襦，雙雙金鷓鴣。」（菩薩蠻）

「玉樓明月長相憶，柳絲裊娜春無力，門外草萋萋，送君聞馬嘶。畫羅金翡翠，香燭銷成淚，花落子規啼，綠窗殘夢迷。」（菩薩蠻）

這種詞雖不能說是怎樣壞，而只是用事鋪排而成，沒有表現濃摯的情感，畢竟不能說是有實質的作品。再舉他的兩首詞作例：

「竹風輕動庭除冷，珠簾月上玲瓏影，山枕隱穠妝，綠檀金鳳凰。兩蛾愁黛淺，故國吳宮遠，春恨正關情，畫樓殘點聲。」（菩薩蠻）

「洛陽愁葉楊柳花飄雪，終日行人恣攀折。橋下水流嗚咽，上馬爭勸離觴，南浦鶯聲斷腸，愁殺平原年少，回首揮淚千行。」（清平樂）

這是描寫相思和送別的兩首詞，「山枕隱穠妝，綠檀金鳳凰」已經笨極了，後面也不能把思憶之情，深刻地表現出來，寫別愁也只隱隱約約用了幾個事。人謂「庭筠工於造語，極為奇麗」我說正惟造語奇麗，庭筠的詞便不可讀了。庭筠雖不擅長於詩而為西崑健將，他的詞受詩的影響不小，這是溫詞的大毛病。然而就詞論詞，庭筠總不失為一個詞家。劉融齋說：「飛卿詞精艷逼人」，這實在是一個很好的批評。

此外有兩首詞：一首菩薩蠻，一首憶秦娥，有人說是溫庭筠做的，有的說溫庭筠做不來。我們不必管作者是誰，却是兩首好詞：

「平林漠漠煙如織，寒山一帶傷心碧。暝色入高樓，有人樓上愁。 玉階空佇立，宿鳥歸飛急。何處是歸程？長亭更短亭。」（菩薩蠻閨情）

「簫聲咽，秦娥夢斷秦樓月。秦樓月，年年柳色，灞陵傷別。 樂游原上清秋節，咸陽古道音塵絕；音塵絕，西風殘照，漢家陵闕。」（憶秦娥秋思）

其餘晚唐短短的小詞，也儘有些好的。如張志和的漁歌子：「西塞山前白鷺飛，桃花流水鱖魚肥。青箬笠，綠簑衣，斜風細雨不須歸。」如段成式的閑中好：「閑中好，塵務不縈心。坐對當窗木，看移三面陰。」呂嵒的梧桐影：「落日斜，秋風冷。今夜故人來不來？敎人立盡梧桐影！」

這是晚唐的詞。到了五代，詞越發開展起來了。

馮延己字正中，新安人，事南唐爲左僕射。陽春錄便是他的詞的創作集。他與南唐中主曾有一段「吹皺一池春水，干卿底事」的有趣故事。他的詞也是屬艷科，却很描寫細膩婉約，讀來令人起一種極溫柔的感覺。看吧：

「誰道閑情拋棄久？每到春來，惆悵還依舊。日日花前常病酒，不辭鏡裏朱顏瘦。 河畔青蕪堤上柳，爲問新愁，何事年年有？獨立小橋風滿袖，平林新月人歸後。」（蝶戀花）

「小堂深靜無人到，滿院春風；惆悵牆東，一樹櫻桃帶雨紅。 愁心似醉兼如病，欲語還慵；日暮疎鐘，雙

燕歸來畫閣中」（羅敷艷歌）

「玉鉤鸞柱調鸚鵡，宛轉留春語。雲屏冷落畫堂空，薄晚春寒無奈落花風。搴簾燕子低飛去，拂鏡塵鸞舞。不知今夜月眉彎，誰佩同心雙結倚闌干？」（虞美人）

「春日宴，綠酒一杯歌一遍。再拜陳三願：一願郎君千歲，二願妾身長健，三願如同梁上燕，歲歲長相見！」（長命女）

陳世修說：「馮公樂府，思深詞麗，韻逸調新。」人間詞話說：「馮正中雖不失五代風格，而堂廡特大，開有宋一代風氣。」從這兩個批評裏面，可以知道馮延巳的詞的意義與價值。

略後於馮延巳的詞人，有韋莊。莊字端己，杜陵人。為蜀王建掌書記，有浣花集詞。世人號稱溫韋，其實溫詞遠不如韋詞：

「人人盡說江南好，遊人只合江南老。春水碧於天，畫船聽雨眠。罏邊人似月，皓腕凝霜雪。未老莫還鄉，還鄉須斷腸！」（菩薩蠻）

「記得那年花下，深夜，初識謝娘時：水堂西面畫簾垂，携手暗相期。惆悵曉鶯殘月，相別；從此隔音塵。如今俱是異鄉人，相見更無因！」（荷葉杯）

「春日遊，杏花吹滿頭。陌上誰家年少，足風流。妾擬將身嫁與，一生休；縱被無情棄，不能羞。」（思帝鄉）

周保緒說：「端己詞淸艷絕倫，『初日芙蓉春月柳』，使人想見風度」。由馮延己韋莊到李後主（煜）五代的詞便已登峯造極了。人間詞話謂：「詞至李後主而眼界始大，感慨遂深遂變伶工之詞，而爲士大夫之詞」。李後主不但要算五代第一大詞家，在中國文學史上，也要算最偉大的作家。後世每以南唐二主並稱。中主也有很好的詞：

「菡萏香消翠葉殘西風愁起綠波間還與韶光共顦悴不堪看！細雨夢回雞塞遠，小樓吹徹玉笙寒。多少淚珠何限恨，倚闌干」。（山花子）

說到後主，後主誠然是亡國之君，爲後人所唾罵。然而我們應該知道後主並不是一個政治家，他只是一個有天才的文人，幸而生於帝王家，世襲了一個帝位；不幸而做個亂世偏安的皇帝，給人家把國滅掉了。這雖說是後主的罪過，但如其丟開政治關係不談，只從文學上着想，則像後主那樣敵兵已臨城下，還是笙歌不絕，眞是痴得可笑。而對於他亡國後的痛苦，又堪爲悲憫了。

後主的詞，顯然可分爲兩時期：在他沒有亡國以前的作品與亡國以後的作品，完全不同。大概沒有亡國以前的作品，只是些「爛嚼紅茸，笑向檀郎唾」的豔詞，沒有什麼可述。而亡國以後的詞，便哀痛傷感之極，令人不忍卒讀了。試讀以下的詞：

「無言獨上西樓，月如鈎。寂寞梧桐深院，鎖淸秋。剪不斷，理還亂；是離愁，別是一般滋味在心頭！」（相

見歡）

「林花謝了春紅，太匆匆，無奈朝來風雨晚來風！胭脂淚相留醉；幾時重。自是人生長恨水長東！」（相見歡）

「人生愁恨何能免？消魂獨我情何限！故國夢重歸，覺來雙淚垂！高樓誰與上？長記秋晴望。往事已成空，還如一夢中。」（子夜）

「別來春半，觸目愁腸斷。砌下落梅如雪亂，拂了一身還滿。雁來音信無憑，路遙歸夢難成。離恨恰如春草，更行更遠還生。」（清平樂）

「簾外雨潺潺，春意闌珊，羅衾不暖五更寒。夢裏不知身是客，一晌貪歡。獨自暮凭欄，無限江山，別時容易見時難！流水落花春去也，天上人間？」（浪淘沙）

「櫻桃落盡春歸去，蝶翻輕粉雙飛。子規啼月小樓西，玉鉤羅幕，惆悵暮煙垂。別巷寂寥人散後，望殘煙草低迷。爐香閑裊鳳凰兒，空持羅帶，回首恨依依！」（臨江仙）

最是後面二首淒涼怨慕到了萬分！「夢裏不知身是客，一晌貪歡；」「空持羅帶，回首恨依依，」是一絲絲的淚痕織在紙墨裏面，正是「尼采謂『一切文學予愛以血書者』，後主之詞眞所謂以血書者也……」（人間詞話）後主歸國有詞云：「三十年前家國，數千里地山河。鳳闕龍樓連霄漢，玉樹瓊枝作煙蘿，幾曾識干戈？一旦歸爲臣虜，沈腰潘鬢銷磨。最是倉皇辭廟日，教坊猶唱別離歌，揮淚對宮娥！」這是何等的癡呀！所謂「亡國之音哀以思」非耶？

對於溫韋馮延己與李後主諸人的詞後人有很好的比較的評論。周介存說：「王嬙西施，天下之美婦人也，嚴妝佳，淡妝亦佳，麤服亂頭，不掩國色。飛卿，嚴妝也，端己，淡妝也，後主則麤服亂頭矣。」人間詞話說：「『畫屏金鷓鴣』，飛卿語也，其詞品似之；『絃上黃鶯語』，端己語也，其詞品亦似之；正中詞品者於其詞句中求之，則『和淚試嚴妝』，殆近之歟？」又言：「溫飛卿之詞，句秀也；韋端己之詞，骨秀也；李遠光之詞，神秀也。」

與後主一個時代的，還有許多很好的詞：如顧敻（仕蜀爲大尉）的訴衷情：「永夜抛人何處去？絕來音。香閣掩，眉斂，月將沈，爭忍不相尋？怨孤衾。換我心，爲你心，始知相憶深。」鹿虔扆的臨江仙：「金鎖重門荒苑靜，綺窗愁對秋空，翠華一去寂無蹤，玉樓歌吹，聲斷已隨風。煙月不知人事改，夜闌還照深宮，藕花相向野塘中，暗傷亡國，清露泣香紅。」歐陽烱（事後蜀爲中書舍人）的南鄉子：「畫舸停橈，槿花籬外竹橫橋，水上遊人沙上女，迴顧，笑指芭蕉林裏住。」毛熙震（蜀人，官秘書監）的河滿子：「寂寞芳菲暗度，歲華如箭堪驚，緬想舊歡多少事，轉添春思難平。曲檻垂絲金柳，小窗絃斷銀箏，深院空聞燕語，滿園閑落花輕。一片相思休不得，忍教長日愁生，誰見夕陽孤夢，覺來無限傷情！」李珣（梓州人，蜀秀才，有瓊瑤集）的南鄉子：「乘綵舫，過蓮塘，棹歌驚起睡鴛鴦。帶香遊女偎人笑，爭窈窕，競折團荷遮晚照。」又「攜籠去，採菱歸，碧波風起雨霏霏。趁岸小船齊，棹急羅衣濕，出向桄榔樹下立。」又「登畫舸，泛清波，采蓮時唱采蓮歌。欄棹聲齊羅袖斂，池光颭，驚起沙鷗八九點。」孫光憲（字孟文，陵州人，先事荊南，後又事宋，有荊台筆傭橘齋鞏湖諸集。）的浣溪紗：「蓼岸風多橘柚香，江邊一望楚天長，片帆煙際閃孤光，目送征鴻飛杳杳，思隨流水去茫茫，蘭紅波碧憶瀟湘。」張泌（字子澄，江南人，仕南唐為內史舍人）的江城子：「浣花溪上見卿卿，臉波秋水明，黛眉輕，綠雲高綰，金簇小蜻蜓，好是問他來得麼？和笑道：莫多情！」

這些都是很好的小詞。五代的詞雖屬於詞的先驅時代，却不能否認這是成功的作品。這時代的詞，其特色有兩點可述：

在文學方面照理論說，先驅時代的文學，應該是極幼稚的，不能有很成功的作品。然而不然。我國歷史上的文學，往往最好的作品，已在一種文學體裁最初發生時產生了。如三百篇為四言之祖，三百篇不是最好的四言詩嗎？古詩十九首為五言之祖，古詩十九首不是最好的五言詩嗎？詞之發展，先有小令；我們敢說五代的小詞，是已經成功了的，這自然是因為五代是詞的先驅。在這個先驅時候，作詞只有自行創造，無可模仿，故容易成功。

在音樂方面：花間非詞集，乃以歌辭為編輯中心。故所收作品，無論律詩絕句或詞，只要是歌辭，即行蒐入。所輯既係歌辭，故以歌為主。同是一調名，因時地之變，可有數調譜；同是一個調譜，因歌法歌時之出入，同調譜的歌辭亦有差異。在花間集裏面最明顯的，如楊柳枝之各調，不但有絕句詩，長短句亦有差異，譜子最無一定。這是表明當時的詞，係純粹的每首的歌辭。調譜既無定軌，詞也全隨音樂之變而變。此是五代詞在音樂方面的特色。宋詞便有一定的調譜，「塡詞」亦多，音樂的關係便消滅了。

總結一句：由不齊整的調譜，無定律的歌辭，進而爲調譜有定律的整齊的製詞及塡詞；由簡短的小詞的創作，進而爲長調長詞的繁衍——宋詞之發達，在五代已經爲之先驅了。

## 五　宋詞發達的因緣

詞發達到宋代，已經發達到最高點了。作者方面，上自帝王名相，下至販夫走卒，都會作詞，詞人不知有多少。作品方面，名篇佳製，更是數也數不清了。在宋詞概觀和宋詞人評傳裏面便可明白宋詞發展的概況。現在我們在此地要問到根本上的原因，宋詞何以發達到這步田地呢？宋詞既不是天上掉下來的，也不是地下掘出來的，自必有牠發展的因果律在。那末對於這個問題，我們可以簡單分六項置答：

(一)詩體之蔽　詩至晚唐五代，氣格卑汚，千人一律，這是唐詩末流之蔽，已經不成其爲詩了。所以詞體代興起來。陳臥子云：「宋人不知詩而强作詩，故終宋之世無詩。然有歡愉愁苦之致，動於中而不能抑者，類發於詩餘，故所造獨工。」這是什麽緣故呢？難道眞是「宋之詩才若天絀之；宋之詞才若天縱之」嗎？不然。人間詞話於此有很透闢的發揮：「蓋文體通行既久，染指遂多，自成習套。豪傑之士，亦難於其中自出新意；故遁而作他體，以自解脫。一切文體，所以始盛終衰者，皆由於此。」宋詩之衰也以此，宋詞之盛也以此。

（二）五代詞的成功：前面引陸放翁言：「晚唐五代詩愈卑而倚聲輒簡古可愛」這是五代詞的成功，已經駕詩體而上之了。如花間集裏面便包涵十幾個成功的作家。浣花集，陽春錄，南唐二主詞，更是文學史上不朽的創作集。這麼一來，已經有了五代詞的成功作爲先驅；宋詞於是承其餘緒，蓬勃發展起來。這種發展是必然的：第一，詞體既是已經被試驗成功的新文體，這種新文體自然應該有長期的時間，讓作者利用這種新文體儘量去創造。第二，五代的詞雖已達於成功，但只限於小詞方面，局面窄狹；無論內包外延方面，都不曾完備發揚而光大之，正有待於宋人。

（三）君主之提倡：在專制時代的文化的趨向，君主的意旨是如何強而有力！簡直可以說，一種文風的向化，君主可以任意指定之。宋詞之發達到這般田地，得君主們的幫助也不少。我說這個話，一定有人要奇怪了：宋仁宗不是留意儒雅，嚴斥浮華的聖主嗎？他屢黜柳永，便是爲的塡詞，至少可以說宋仁宗不曾提倡詞。這樣說法，眞是誤會仁宗了。仁宗不但不反對詞，並且很欣賞詞。就拿晏氏父子來說吧：晏殊會作詞，而仁宗朝，官至樞密史，不見黜於仁宗。晏叔原且以鷓鴣天「碧藕花開水殿涼」詞爲仁宗所激賞。其他歐蘇諸人，都是仁宗時代的詞人，都得重任。這雖不是仁宗提倡詞的證明，卻也不是反對詞的了。到了徽宗，他自己既會作詞，又倡立大晟樂府，令詞人按月進詞。南渡以後的君主，高宗便又是極力提倡詞的一個。他自己也會作詞，「上有好者，下必有甚焉，」宋詞怎麽不發達呢？

(四)音樂關係： 音樂是發生詞的淵源，也就是發達詞的媒介。原詞爲歌辭，多可歌。故當代詞人的詞，每新聲一出，便傳播於秦樓楚館了。本來單獨的文學效力，在社會裏面，遠不及音樂的效能來得大。因爲有音樂的關係，因此宋詞也跟着音樂而得着較大的普遍性。譬如「有井水處，皆歌柳詞，」若不是可歌，那能這麽普遍呢？因爲在音樂方面需要歌辭很多，要許多人供給歌辭；而那些歌妓舞女，則每以得名人學士的贈詞爲誇耀。這些文人也樂得替她們做詞，以博得青樓一粲。又如姜白石輩，他們每自度腔，自度曲，姜詩云，「自喜新詞韻最嬌，小紅低唱我吹簫。歌罷已過松林路，回首煙波十里橋。」這些名士文人們，自己既懂得音律，娶幾個歌妓爲妾，做做歌辭，給他們唱唱，這是很有趣的。音樂與詞，既結合成這樣密接關係，宋詞自然跟音樂的發達而發達了。

(五)時代背境 文學決不會憑空產生的，一種文學的產生，必有牠的時代背境；一種文學的發達，也必有牠的時代背境。這是文學史家所告訴我們的話。我們看宋朝的時代背境，是不是適宜於詞的發達呢？自然是適宜的。「仁宗朝，中原息兵，汴京繁庶，歌台舞席，競睹新聲，」既是國家平靖，人民自競趨於享樂。詞爲艷料，故遭時尚。吳會的話，已經告訴我們北宋詞發達的原因了。北宋末年，外侮日亟，但臣民迷於繁華之夢，沈湎已深，一時醒不過來。所以金兵節節南侵了，徽宗皇帝還在深宮裏「清歌妙舞從頭按，等芳時開宴。」

記去年對着東風曾許不負鶯花願」人民也是一樣地昏迷不醒。到了南宋，經過了國破家亡，才有那些英雄志士，創爲英雄氣魄的詞，抒寫偉大的襟懷，描寫壯美的情緒，把詞爲艷科的觀念，一手打破。但到了南宋偏安已定，漸漸又恢復了北宋的酣眠狀態。國力既微，人心已死，金元天天要南侵，既無力抵抗，又不自努力，只好苟延殘喘，多活一天，便算一天；得快活時且儘量快活一番。由這種畸形的時代心理作背境，艷詞作品之多而靡，比北宋更要活動。卽如護衛道法，以古道自命的朱熹，他作詩如道德論，作詞也寫艷情；則艷詞之盛，可以相見了。這是要求享樂的頹廢的時代背境，造成的艷詞發達。

上面略略敍述了幾條宋詞發達的原因，自是很簡略的。本來一種文體的原因和結果，是最複雜的，不是簡單幾條可以解釋明白的。並且文體的發生和發達，有的經過有意識的提倡，有的也是無意的發展；有的是有原因可以指明，有的是無法解釋的。況且離掉宋代很遠的我們，更感覺歷史材料作證明的缺乏。要想完全發掘宋詞的何以發達，作系統的解釋，眞是滿身困難。這篇短文自然不是滿意的，但也許能夠得着一個粗枝大葉的觀念吧。

## 六　宋詞概觀（上）

敍述宋詞，可以用「貴族的」，「平民的」；或是「白話的」，「古典的」，幾種分類敍述的方法。但是這種分類敍述，也是很困難的。要在宋詞裏面分出平民文學來，說那是眞正的平民文學，與貴族文學對峙，已經不可能；再分什麽白話與古典，則辛稼軒的詞，完全是白話嗎？周淸眞的詞，完全係古典文藝嗎？蘇東坡李易安的詞，是純白話呢？純古典呢？我想誰也不能下一個十分肯定的斷語來。若認眞分派來敍述，不但不免於武斷，而且把宋詞割裂成幾片段了。我們現在照着時代的自然敍述，分宋詞爲南北宋二期，作一個概括的鳥瞰，同時也顧到「貴族的，」「平民的，」「白話的，」「古典的，」各種派別上的敍述。

對於宋詞作概括的評論，古人有數說：

(1)尤侗云：「唐詩有初盛中晚，宋詞亦有之。唐之詩由六朝樂府而變，宋之詞由五代長短句而變。約而次之，小山、安陸，其詞之初乎？淮海、淸眞，其詞之盛乎？石帚、夢窗，似得其中；碧山、玉田，風斯晚矣。唐詩以李杜爲宗，而宋詞蘇、陸、辛、劉，有太白之風；秦、黃、周、柳，得少陵之體。此又畫疆而理，聯騎而馳者也。」(詞苑叢談序)

(2)詞繹云：「詞亦有初盛中晚，不以代也。牛嶠、和凝、張泌、歐陽炯、韓偓、鹿虔扆輩，不離唐絕句，如唐之初，不脫隋調也。然皆小令耳。至宋則極盛，周、張、康、柳，蔚然大家。至姜白石、史邦卿，則如唐之中。而明初比唐晚。……」

(3)兪仲茅云：「唐詩三變愈下，宋詞殊不然。歐、蘇、秦、黃，足以當高、岑、王、李。南渡以後，矯矯陡健，卽不得稱中宋晚宋也。……」(爰園詞話)

這種以宋詞附會唐詩的論調實在很勉强。我們只覺得南宋詞有南宋詞的意義；北宋詞有北宋詞的價值。從區分方面講北宋詞固與南宋詞很有顯著的差分；而就同點說，則北宋詞與南宋詞實有聯絡的線索，共同的色彩，不可强分。所以我們論北宋詞，只就北宋詞而論北宋詞。後人對於北宋詞的批評，有的稱許清眞詞；有的激賞樂章詞；（柳永作）有的推崇蘇詞的排宕；有的又說蘇詞非詞家本色。我們決不能在那些古批評者的評論裏面得一個概括的觀念，除了幾種相互矛盾的褒貶以外。更如女詞人李清照，對於北宋這些大詞家更有嚴刻的批評：

「始有柳屯田永者，變舊聲作新聲，出樂章集，大得聲稱於世。雖協音律，而詞語塵下。又有張子野、宋子京兄弟、沈唐、元絳、晁次膺輩出，雖時時有妙語，而破碎何足名家？至晏元獻、歐陽永叔、蘇子瞻，學際天人，作爲小歌詞，直如酌蠡水於大海，然皆句讀不葺之詩爾！……王介甫、曾子固文章似西漢，若作小歌詞，則人必絕倒，不可讀也！……後晏叔原、賀方回、秦少游、黃魯直出，始能知之。又晏苦無鋪敍，賀苦少典重。秦即專主情致，而少故實，譬如貧家美女，非不妍麗，終乏富貴態。黃即尚故實，而多疵病，如良玉有瑕，價自減半矣！」

像這樣看來，北宋這些大詞人幾乎沒有一個足以名家了。清照此論，自有她的獨見處，但持論未免過高。本來清照就是卑睨一世的女詞人，其譏張子韶有「霜華倒影柳三變，桂子飄香張九成」，不能即據爲定評；尤其不能據爲南北宋詞的比論。因爲清照是北宋詞人，她只就北宋詞而置論。其餘各家，對於北宋的評論也無須繁事徵引了。往下開始敘述吧。

北宋詞的發展，在形體上，一方面係仍承五代之舊，爲小詞的創作，一方面更增延形體爲長詞的繁衍；在內容上，一方面仍因花間舊體，描寫婉約的情緒，一方面更擴充詞描寫的對象，創作排宕慷慨的詞。這是動的考察，再進而爲靜的分析。

小詞在五代之發達，上面已有詳細敘述。似乎小詞在五代已經發達到登峯造極的地步，除非別開生面，決不能再向上發展了。這種說法，似是而非。五代的小詞，如李後主、馮延巳諸人的小詞，誠然是上乘的作品，有宋數百年的小詞，也未必能後來居上。可是從另一方面想，一種文風文體，必具有佔有時代歷程的繼續性，不是忽起忽滅的。五代小詞雖然價值大，但五代的時代是很短促的，小詞的發展未盡其量，尙有繼續發展之必要，故至北宋依然承緒五代進行小詞之創造，以盡量發展。

小詞因爲簡短的緣故，最適宜於抒寫片段感興的情；並且在藝術上的功夫要求少些，不必詞人，只要稍能運用文字的便能寫小詞。無論其好不好，以故小詞的創作，在北宋很發達而流行。如寇準、韓琦、司馬光、范仲淹他們並不是詞人，而拈筆隨手寫來，往往有很佳妙的小詞。

江南春　　寇準

「波渺渺，柳依依。孤村芳草遠，斜日杏花飛。江南春盡離腸斷，蘋滿汀洲人未歸！」

點絳唇　　韓琦

「病起懨懨，庭前花影添憔悴。亂紅飄砌，滴盡眞珠淚。惆悵前春，誰向花前醉？愁無際，武陵凝睇，人遠波空翠。」

蘇幕遮　　范仲淹

「碧雲天，黃葉地，秋色連波，波上寒煙翠。山映斜陽天接水；芳草無情，更在斜陽外！黯鄉魂，追旅意，夜夜除非好夢留人睡。明月樓高休獨倚。酒入愁腸化作相思淚。」

漁家傲（邊愁）

「塞下秋來風景異，衡陽雁去無留意。四面邊聲連角起，千嶂裏，長煙落日孤城閉。　濁酒一杯家萬里，燕然未勒歸無計。羌管悠悠霜滿地，人不寐，將軍白髮征夫淚。」

西江月　　司馬光

「寶髻鬆鬆綰就，鉛華淡淡裝成。紅雲翠霧罩輕盈，飛絮遊絲無定。相見爭如不見，有情還似無情。笙歌散後酒微醒，深院月明人靜。」

這是代表北宋貴族方面的小詞，這才是北宋眞正的抒情文學。至於平民方面，則類似歌謠的小詞更多。惜經過時代的犧牲，類多散佚，不見於載籍，只少數詞散見於各詞話。其載於樂府雅詞者，有九張機無名氏作。錄其五首：

「一張機，采桑陌上試春衣。風晴日暖慵無力，桃花枝上，啼鶯言語，不肯放人歸。

「四張機，鴛鴦織就欲雙飛。可憐未老頭先白！春波碧草，曉寒深處，相對浴紅衣。」

「五張機，橫紋織就沈郎詩，中心一句無人會。不言愁恨，不言憔悴，只恁寄相思。」

「七張機，春蠶吐盡一生絲，莫教容易裁羅綺。無端剪破，仙鸞彩鳳，與作兩邊衣。」

「九張機，雙花雙葉又雙枝。薄情自古多離別。從頭到底，將心縈繫，穿過一條絲。」

這是很好的歌謠底小詞。吳虎臣漫錄云：政和間，一貴人未達時，嘗遊妓崔廿四之館，因其行第作踏青遊，京下盛傳。詞云：

「識個人人，恰止二年歡會。似賭賽六隻渾四，向巫山重重去，如魚水，兩情美，同倚畫樓十二，倚了又還重倚。兩日不來，時時在人心裏。擬問卜常占歸計，伴三人清齋，望永同鴛被。到夢裏驀然被人驚覺，夢也有頭無尾！」

吳曾漫錄又云：宣和間，有女子幼卿題詞陝府驛壁，其詞云：

「極目楚天空，雲雨無蹤。漫留遺恨鎖眉峯。自是荷花開較晚，孤負東風。客館歎飄蓬，聚散匆匆。揚鞭

那忍驟花驄，望斷斜陽人不見，滿袖啼紅！」（浪淘沙）

冷齋夜話云，黃魯直發荊州亭柱間有此詞：

「簾卷曲欄獨倚，山展暮天無際。淚眼不曾晴，家在吳頭楚尾。　數點雪花亂委，撲漉沙鷗驚起；詩句欲成時，沒入蒼煙叢裏」。

靖康間，金人犯闕，陽武蔣令興祖死之。其女爲賊虜去，題詞雄州驛中：

「朝雲橫度，轆轆車聲如水去。白草黃沙，月照孤村三兩家。　飛鴻過也，百結愁腸無晝夜。漸近燕山，回首鄉關歸路難！」

這都是很好的小詞，却是民間做出來的，不是貴族做的，也不是詞人做的。現在我們要談到北宋詞人的小詞，舉晏氏父子、歐陽修、李清照幾人的詞爲代表。

晏殊，初宋詞家。他的詞，據他的兒子晏幾道說生平不作婦人語。但我們一打開晏殊的珠玉詞一看，描寫兒女情正是牠的特色，可見幾道的話完全不對。劉貢父云：「元獻（即殊）尤喜馮延己歌詞，其所作亦不減延己」。元獻實在受了延己詞不小的影響，他的詞也有延己那樣的溫柔。例：

「燕子來時新社，梨花落後清明。池上碧苔三四點，葉底黃鸝一兩聲，日長飛絮輕。　巧笑東鄰女伴，采桑徑裏逢迎。疑怪昨宵春夢好？元是今朝鬭草贏，笑從雙臉生。」（破陣子）

「小徑紅稀，芳郊綠遍高台樹色陰陰見。春風不解禁楊花，濛濛亂撲行人面。翠葉藏鶯，珠簾隔燕，爐香靜逐遊絲轉。一場愁夢酒醒時，斜陽却照深深院。」（踏莎行）

晏幾道、字叔原，晏殊的幼子。他的詞自然受他父親的影響不少，但叔原對於詞的修養與用功，比他的父親來得深刻些，所以他的詞的造詣，還高勝晏殊一籌。陳質齋說小山詞：「可追逼花間高處，或過之，」這是不錯的批評看他的詞：

「夢後樓台高鎖，酒醒簾幕低垂。去年春恨却來時，落花人獨立，微雨燕雙飛。記得小蘋初見，兩重心字羅衣。琵琶絃上說相思。當時明月在，曾照綵雲歸。」（臨江仙）

「妝席相逢，旋匀紅淚歌金縷。意中曾許，欲共吹花去。長愛荷香柳色殷橋路。留人住。淡煙微雨，好個雙棲處。」（點絳唇）

歐陽修、他在文學史的文名詩名都很大。他的詞在宋詞壇裏面，名不甚著，然而他的小詞，却有極高的價值，還在他的詩之上。後面將有詳細的介紹，這裏隨便舉幾首詞作例：

「堤上遊人逐畫船，拍堤春水四垂天，綠楊樓外出鞦韆。白髮戴花君莫笑，六幺催拍盞頻傳；人生何處似尊前？」（浣溪沙）

「今日北池遊，漾漾輕舟，波光瀲灧柳條柔。如此春來春又去，白了人頭。好妓好歌喉，不醉難休。勸君滿

滿酌金甌。總使花時常病酒，也是風流。」（浪淘沙）

李清照她是北宋末年人，在中國詞史上一個珍貴的女作家。讀了她的詞，則馮延己的陽春錄，晏同叔的珠玉詞，都失掉牠的溫婉了。猶之乎我們在戲場裏看男扮女的表演雖妙，却總不如女戲子自己表現得自然。她的詞不多，這裏舉她兩首詞作例：

「簾外五更風，吹夢無踪。畫樓重上與誰同？記得玉釵斜撥火，寶篆成空。　回首紫金峯，雨潤煙濃，一江春浪醉醒中。留得羅襟前日淚，彈與征鴻。」（浪淘沙）

「香冷金猊，被翻紅浪，起來慵自梳頭。任寶匳塵滿，日上簾鉤。生怕離懷別苦，多少事，欲說還休。新來瘦，非關病酒，不是悲秋！休休！這回去也，千萬遍陽關，也則難留。念武陵人遠，煙鎖秦樓。惟有樓前流水，應念我終日凝眸。凝眸處，從今又添一段新愁！」（鳳凰台上憶吹簫）

以上所說，只限於小詞方面。小詞還不能算是北宋詞的特色。北宋詞的特色，是在長詞的繁衍。長詞在北宋怎樣繁衍起來呢？能改齋漫錄云「按詞自南唐以來，但有小令。其慢詞（即長詞）起自仁宗朝。中原息兵，汴京繁庶，歌台舞席，競賭新聲。耆卿（柳永）失意無俚，流連坊曲，遂盡收俚俗語言，編入詞中，以便使人傳習。一時動聽，散佈四方。其後東坡、少游、山谷輩相繼有作，慢詞遂盛。」慢詞的繁衍，即詞體之擴充。小詞只能寫斷片感興的情，而長詞則能描寫環迴深刻的情緒，並且可以容納多量的詞料，在詞裏面任意使用。

小詞不必詞人之作，也往往有很好的作品。長詞的傑作，則大概出於詞人之手。因爲長詞不但需要才氣大，情緒豐富，就是藝術的手段也是很重要的。所以在平民作品裏面長詞甚形缺乏。但却未嘗沒有也未嘗沒有長詞的傑作。

中吳紀聞記無名氏題吳江的水調歌頭詞：

「平生大湖上，短棹幾經過？如今重到何事，愁與水雲多。擬把匣中長劍，換取扁舟一葉，歸去老漁簑。銀艾非吾事，丘壑已蹉跎！鱠新鱸，斟美酒，起悲歌；大平生長，豈謂今日識干戈？欲瀉三江雪浪，淨洗邊塵千里，不爲挽天河。回首望霄漢，雙淚墮清波。」

詞苑叢談紀李全之子璮（綠林客）有水龍吟云

「腰刀手帕從軍，戍樓獨倚闌凝眺。中原氣象，狐居兎穴，暮煙殘照。投筆書懷，枕戈待旦，隴西年少。歎光陰似電，易生髀肉，不如易腔改調。世變滄海成田，奈羣生幾番驚擾。干戈爛漫，無時休息，憑誰驅掃？眼底山河，胸中事業，一聲長嘯。太平時相將近也，穩穩百年燕趙。」

古今詞話記無名氏御街行詞：

「霜風漸緊寒侵袂，聽孤雁，聲嘹唳。一聲聲送一聲悲，雲淡碧天如水。披衣告語，雁兒略住，聽我些兒心事。塔兒南畔，城兒裏，第三個橋兒外，瀕河西岸小紅樓，門外梧桐雕砌。請教且與低聲飛過，那裏有人人無寐。」

前兩首排宕激昂，後首纏綿婉囀，都是極好的作品。可見民間製作長詞也儘有佳篇，不過流傳極少吧了。能改齋漫錄又記：「西湖有倅閑唱少游滿庭芳，偶然誤舉一韻云：『畫角聲斷斜陽』，琴操在側曰：『畫角聲斷譙門，非斜陽也』。倅因戲之曰：『爾可改韻否？』琴操即改作『陽』字韻云：

「山抹微雲，天連衰草，畫角聲斷斜陽。暫停征轡，聊共飲離觴。多少蓬萊舊侶，頻回首煙靄茫茫。孤村裏，寒鴉萬點，流水繞紅牆。魂傷當此際，輕分羅帶，暗解香囊。漫贏得秦樓薄倖名狂。此去何時見也？襟袖上，空有餘香，傷心處，長城望斷，燈火已昏黃。」

琴操改作，不必勝於原作，但能隨口就韻改詞，不失原意，至少須有點文藝素養。由此可知當時妓女文學，一定有相當的發達，惜乎不傳，我們無法欣賞她們的作品了。往下再講北宋詞人的長詞。

北宋的長詞，依描寫的對象，分為兩派。一派是繼承五代花間的詞風，描寫溫柔的情緒，不過將情緒的成分加濃密些，加複雜纏綿些，描寫鋪張些，以鋪成長調，柳永、秦觀、周邦彥都是這派的代表；一派是完全拋棄那種兒女情緒的描寫，而別開生面去抒寫那偉大的懷抱，壯烈的感情，淋漓縱橫，構成長篇，這一派的代表人物是蘇軾。其餘黃山谷、王安石也有趨向這一派詞風的詞。

先講柳永一派的詞。

柳永、（字耆卿）他是一個潦倒生平的窮詞人。以故，他的詞也儘是閨怨別愁，令人悱惻。他有一段詞的佳話，就是蘇東坡問一樂工：「吾詞何如柳耆卿？」對曰：『柳屯田詞宜十七八少女，按紅牙拍，唱「楊柳岸曉風殘月」；學士詞須銅將軍鐵綽板，唱「大江東去」。』言外褒貶之意顯然。原來耆卿詞多用俚語，所描寫的亦係男女間思怨離別之情，不難懂而易感染人，故耆卿詞名著於樂部，所謂有井水處皆歌柳詞也。讓我們來讀他的「楊柳岸曉風殘月」吧！

「寒蟬淒切，對長亭晚，暮雨初歇。都門帳飲無緒，方留戀處，蘭舟催發。執手相看淚眼，竟無語凝咽。念去去千里煙波，暮靄沈沈楚天闊。　多情自古傷離別，更那堪冷落清秋節？今宵酒醒何處，楊柳岸曉風殘月。此去經年，應是良辰好景虛設。便縱有千種風情，更與何人說？」（雨霖鈴）

「對瀟瀟暮雨灑江天，一番洗清秋。漸霜風淒緊，關河冷落，殘照當樓。是處紅衰綠減，苒苒物華休。惟有長江水，無語東流。　不忍登高臨遠，望故鄉渺邈，歸思難收。歎年來蹤跡，何事苦淹留？想佳人妝樓長望，誤幾回天際識歸舟！爭知我倚闌干處，正恁凝愁。」（八聲甘州）

陳質齋評柳詞謂：「音節諧婉，詞意妥帖，承平氣象，形容曲盡，尤工於羈旅行役。」這是最適宜的耆卿詞評。

秦觀（字少游）與蘇東坡同時，著有淮海詞。他的詞與蘇黃的詞均不同道，而趨向柳永。蔡伯世稱少游詞：「子瞻辭勝乎情，耆卿情勝乎辭；辭情相稱者，惟少游而已。」彭羨門謂：「詞家每以秦七黃九並稱，其實黃不及秦遠甚。」由此可知少游詞之受人稱道了。少游小詞長詞並皆佳妙。東坡亦很推重他的詞。詞例：

「梅英疏淡，冰澌溶洩，東風暗換年華。金谷俊遊，銅駝巷陌，新晴細履平沙。長記誤隨車，正絮翻蝶舞，芳思交加。柳下桃溪，亂分春色到人家。西窗夜飲鳴笳，有華燈礙月，飛蓋妨花。蘭苑未空，行人漸老，重來事事堪嗟。煙暝酒旗斜，但倚樓極目，時見棲鴉。無奈歸心，暗隨流水到天涯。」（望海潮洛陽懷古）

「西城楊柳弄春柔，動離憂，淚難收。猶記多情，曾為繫歸舟。碧野朱橋當日事，人不見，水空流。韶華不為少年留，恨悠悠，幾時休？飛絮落花時候，一登樓，便做春江都是淚，流不盡許多愁！」（江城子）

周邦彥、（字美成）有清眞詞集。他精於音律，徽宗時提舉大晟樂府。徐釚云：「周清眞雖未高出，大致勻淨，有柳欹花嚲之致，沁入肌骨，視淮海不徒娣姒而已。」清眞詞之鋪敍未必高出淮海，居然有人稱他是北宋第一詞家未免過譽了吧。他的長調很有名。詞例：

「柳陰直，煙裏絲絲弄碧。隋堤上，曾見幾番，拂水飄綿送行色。登臨望故國，誰識京華倦客？長亭路，年去歲來，應折柔條過千尺。 閑尋舊踪跡，又酒趁哀絃，燈照離席。梨花榆火催寒食。愁一箭風快，半篙波暖，回頭迢遞便數驛，望人在天北。悽惻，恨堆積！漸別浦縈迴，津堠岑寂，斜陽冉冉春無極。念月榭携手，露橋聞笛，沉思前事，似夢裏，淚暗滴。」（蘭陵王詠柳）

「正單衣試酒，恨客裏光陰虛擲。願春暫留，春歸如過翼，一去無迹。爲問花何在？夜來風雨，葬楚宮傾國。釵鈿墮處遺香澤，亂點桃蹊，輕翻柳陌。多情爲誰追惜？但蜂媒蝶使，時叩窗槅。東園岑寂，漸蒙籠暗碧。靜遶珍叢底，成歎息。長條故惹行客，似牽衣待話，別情無極。殘英小强簪巾幘，終不似一朵釵頭顫裊，向人欹側。飄流處，莫趁潮汐，恐斷紅尚有相思字，何由見得？」（六醜薔薇謝後作）

這種柳派的詞，我們讀了雖然並不感覺有什麼特別的詞境，也不過和花間小令一樣描寫兩性的愛情，描寫閨思別怨；然而同是寫閨情，同是寫別怨，在小詞只能說幾句便完了，感動人的力比較小，長詞則纏纏綿綿，說了又說，描寫得淋漓盡致，讀了不僅感受一種單純的情緒的刺激，而生複雜的印象來得深刻而且纏綿。這種作品感動人的力量便很大了。尤其是柳永的詞，孫敦立說：「耆卿詞雖極工，然多複以鄙語，」殊不知「複以鄙語」正是柳詞的佳處。周邦彥的詞，因爲「無一點市井氣」（沈伯時語）過於文雅，便減削不少的好處了。柳永一派的詞，有一個共同的大毛病，却是詞裏面沒有氣骨。故如陳質齋云：「柳詞氣格不高」；葉少蘊云：「子瞻云：『山抹微雲』秦學士，『露華倒影』柳屯田，微以氣骨爲病也；」徐釚云：「周淸眞雖未高出；」這都是從詞的風骨上着眼，不滿意於這一派的詞。實在的我們如其多讀柳周的詞，只表現一種病態的心理，假如一讀蘇學士的詞，精神立刻興奮起來。

詞到了蘇軾，一洗五代以來詞的脂粉香澤，綢繆宛轉的氣習，別開描寫的生面，打破詞爲艷科的狹隘觀念。眞的，如其我們讀了花間小令，讀了北宋人的小詞，柳永、秦周的詞，再來讀蘇東坡的長歌，眞是如聞聽了十七八少女按紅牙拍歌「楊柳岸曉風殘月」以後頭腦昏迷忽聽關西大漢執鐵綽板唱「大江東去，」精神爲之一爽。這是何等的感趣味！聽聽唱「大江東去」吧。

「大江東去，浪淘盡千古風流人物。古壘西邊，人道是三國周郎赤壁。亂石崩雲，驚濤拍岸，捲起千堆雪。江山如畫，一時多少豪傑。遙想公瑾當年，小喬初嫁了，雄姿英發。羽扇綸巾，談笑間檣櫓灰飛煙滅。故國神遊，多情應笑我早生華髮。人生如夢，一樽還酹江月。」（念奴嬌赤壁弔古）

「明月幾時有？把酒問青天。不知天上宮闕，今夕是何年？我欲乘風歸去，惟恐瓊樓玉宇，高處不勝寒。起舞弄清影，何似在人間。轉朱閣，低綺戶，照無眠。不應有恨，何事常向別時圓？人有悲歡離合，月有陰晴圓缺，此事古難全。但願人長久，千里共嬋娟。」（水調歌頭）

黃庭堅、世以秦七、黃九並稱，其實他的詞與秦少游的詞，毫不相干。庭堅有很豪放的詞，如念奴嬌：

「斷虹霽雨，淨秋空，山染修眉新綠。桂影扶疏，誰便道今夕清輝不足？萬里青天，姮娥何處，駕此一輪玉。寒光零亂，爲誰偏照醽醁？年少從我追遊，晚城幽徑，遶張園森木。共倒金荷，家萬里難得樽前相屬。老子平生，江南江北，最愛聽臨風曲。孫郎微笑，坐來聲歎霜竹。」

王安石、他的詞的造詣不及他的詩，但桂枝香一首，却是極有名的長詞：

「登臨縱目，正故國晚秋，天氣初肅。千里澄江似練，翠峰如簇。征帆去棹殘陽裏，背西風酒旗斜矗。綵舟雲淡，星河鷺起，圖畫難足。念自昔豪華競逐，歎門外樓頭，悲恨相續。千古憑高，對此漫嗟榮辱。六朝舊事隨流水，但寒煙衰草凝綠。至今商女，時時猶唱後庭遺曲。」（桂枝香金陵懷古）

蘇軾這一派的詞，後人很多瞧不起。陳無已云：「東坡以詩爲詞，如教坊雷大使之舞，雖極天下之工，要非本色。」張世文云：「詞體大約有二：一婉約，一豪放。大抵以婉約爲正。」而李易安則以不諳音律爲蘇詞之大病。其實這都是謬論。我們現在論詞是不問正宗與別派，只要好詞。至於「不諳音律」，這是音樂方面的事，並不能涉及文學本身的價值問題。因爲蘇詞要抒寫宏壯的襟懷，往往不顧及音律上嚴格的合拍，以形成作品的偉大。據我們看來蘇軾一派的詞，打破了詞爲艷科的狹義，新闢無窮的詞境，讓新作家去努力。革命的偉蹟不小。無奈一般人只囿於詞以婉約爲宗，不向新境界圖發展，（蘇軾以後直至南宋，才有辛棄疾繼起）反肆意譏笑革命軍，而刻意求古，這纔是食古不化呢！

以上約畧敍述了北宋詞的梗概。總之北宋詞的特色：在小詞方面，繼承五代的餘緒，有晏氏父子、歐陽修、李易安諸人的創作，小詞臻於極盛，長歌方面，分爲柳永和蘇軾的兩派，向不同的方面發展。柳詞就小詞的內容，加以深刻的纏綿的情感，舖敍成長詞。蘇派則描寫高曠的意境，表現壯美的個性。結果都有很好的成功。實在講來，這種分派的敍述實是很武斷的。北宋詞人作詞，並沒有什麼門戶之見。如蘇軾稱秦觀爲詞手，而秦蘇二人之詞，便迥不相同。各人只走向各人的路，所以各人都有各人的造就不同。如上面例舉的那些作者，都是一代的大詞人，都是成功的作家，應該分別介紹的。其詳均見下篇宋詞人評傳裏面。這裏因爲敘述的方便，只好勉强分派舉例來敘述，作一個概觀。

## 七　宋詞概觀（下）

到了南宋，宋詞臻於極盛的境界，同時也却是詞的末運。這怎麽說呢？詞體經過五代至北宋長期的發達，無論在小詞方面，長歌方面，婉約的詞，或是豪放的詞，都有專門的作家，極好的作品。本來體格謹嚴的詞體，描寫對象又是很狹的，經過這麽長期的開展，差不多開展已盡，無可發展了。而且北宋詞既有很好的成績，很好的作品，作爲範本，南宋詞人不由的便走上古典主義的路上去了。講詞派，論詞體，講求字面，講求雕琢，儘在作法上轉來轉去；雖有警字警句，而支離破碎，何足名篇名家？況所謂作法之講求，也不過以北宋名家詞爲摹本。是則雖有成就，無非北宋人之皂隸，更何能超北宋而上之呢？故在量的方面講，南宋詞誠然發達到極地，無以復加了；若論到詞的本質，則南宋詞確乎是詞的末運了。宋徵璧言，「詞至南宋而繁，亦至南宋而敝，」誠不誣也。

這是概括的說法，汎論南宋詞的現象。但這種說法嫌太籠統了，而且不免武斷。若是我們把南宋一代的詞分析地說來，則南宋詞也未嘗沒有大詞人，好作品，不可一概而論呢！現在我們爲敘述方便起見，分開南宋為三時期來叙述：（一）南渡時的詞；（二）偏安以後的南宋詞；（三）南宋末年的詞。先講南渡時的詞：

南渡時的詞，那是最值得叙述的，在南宋詞裏面當時金兵入寇，徽欽被虜，眼見大好河山，淪於異種。一時愛國志士，羣起禦夷，所謂豪傑者流，痛祖國之喪亂，哀君王之淪夷，投鞭中流，擊楫浩歌，其護愛國家的熱枕，懷抱的偉大，胸襟之宏闊，性情之壯美，發為詞歌，豈獨豪放而已？

我們叙述宋南渡時的詞，換言之，却是講英雄的詞文學。這種英雄的文學，不但在南宋要算特色，也就是有宋全代的特色。原來北宋一代，對於國際間只持保守和平、退讓主義，只要能保守暫時的苟安，無論如何訂條件退讓都是可以的。所以有宋二百年的天下，只在吞聲忍氣的苟安之下過活了。雖有范仲淹之流，也不過窮守邊塞，做幾句愁酸詞，那裏有表現出英雄的本色詞來？到了南渡時節，情形便不同了。外力侵入中國，已經鬧得極汹了，自家的國君給異族虜去，自家的國都給異族佔有，自家的家室不能安居；這種種亡國的刺激，激動了一般人民愛國的意識。英雄及英雄的文學，即是這樣產生出來的。在詞一方面講，南渡時英雄的詞，可以拿辛棄疾做代表。但有一位大英雄岳飛，他雖說不是詞人，他作的詞也很稀罕，却不能不說是極珍貴的，極能道出英雄的本色來。看他的詞吧：

「怒髮衝冠，憑欄處瀟瀟雨歇。抬望眼，仰天長嘯，壯懷激烈。三十功名塵與土，八千里路雲和月。莫等閑白了少年頭，空悲切！靖康恥，猶未雪；臣子恨，何時滅？駕長車踏破賀蘭山缺！壯志飢餐胡虜肉，笑談渴飲匈奴血。待從頭收拾舊山河，朝天闕」。（滿江紅）

滿腔忠憤，一氣呵成，僅僅讀了岳飛這麼一首詞，覺得花間集樂章集的詞都是病態的了；覺得蘇東坡的詞，也不算豪放了。他那種愛國的精誠，在九十七個字裏充分表曝出來，讀了令人奮興，却又不是格言或道德論，在壯烈的情感裏面，來現出他全部的人格。

因為岳飛不是詞人，他的詞極少，够不了我們如何的敘述；現在讓我們來談談這位英雄的詞家辛棄疾吧。

辛棄疾，字幼安，本係北宋人。他少年時與耿京在山東起兵，很幹了一些英雄事業。老年在南宋做官。關於他的平生，下篇將有詳細的介紹。我們只要知道他是一位英雄，他的詞也是英雄底。後人評論他的詞，和評蘇東坡一樣，說是豪放，非詞家正宗。有的說他的詞失之粗俚，有的說他的詞「時時掉書袋，要是一癖」又有人竟否認幼安的詞是詞，說是詞論。近人胡適則說辛幼安的詞可算是南宋的第一大家，要之奔放豪肆，英雄本色，這是辛詞的長處。我們恭維辛詞的在此處，人家反對辛詞也正在此處。抄他幾首詞作例：

「杯汝前來，老子今朝，點檢形骸。甚長年把渴，咽如焦釜；於今喜溢，氣似奔雷。漫說劉伶，古今達者，醉後何妨死便埋？渾如許，嘆汝於知己，眞少恩哉！更憑歌舞為媒，算合作人間鴆毒猜。況怨無大小，生於所愛；

物無美惡，過則爲災。與汝成言：勿留急去，吾力猶能肆汝杯！杯再拜，道：麾之則去，招則須來。」（沁園春將止酒）

「疊嶂西馳，萬馬回旋，衆山欲東。正驚湍直下，跳珠倒濺，小橋橫截，缺月初弓。老合投閒，天教多事，檢校長身十萬松。吾廬小，在龍蛇影外，風雨聲中。爭先見面重重，看爽氣朝來三四峯。似謝家子弟，衣冠磊落；相如庭戶，車騎從容。我覺其間，雄深雅健，如對文章太史公。新堤路，問偃路何日，煙水濛濛。」（沁園春）

這種詞像是很粗俚，却很可以表示辛幼安的一團豪氣。幼安的詞，尤以少年時代的詞，大都才氣橫溢，豪縱不可一世。直到他的晚年歸宋，仕於高宗，這時英雄氣已經消磨殆盡，詞的技巧却越發進步了。在這時候的辛幼安詞，與少年時那種英雄氣魄的詞，完全兩樣。

「綠樹聽鵜鴂，更那堪杜鵑聲住，鷓鴣聲切。啼到春歸無啼處，苦恨芳菲都歇。算未抵人間離別。馬上琵琶關塞黑，更長門翠輦辭金闕。看燕燕，送歸妾。將軍百戰身名裂。向河梁回頭萬里，故人長絕。易水蕭蕭西風冷，滿座衣冠似雪。正壯士悲歌未徹。啼鳥還知如此恨，應不啼清淚長啼血。誰伴我，醉明月？」（賀新郎）

「更能消幾番風雨，匆匆春又歸去。惜春長怕花開早，何況落紅無數。春且住：見說道，天涯芳草無歸路。怨春不語，算只有殷勤畫簷蛛網，盡日惹飛絮。長門事，準擬佳期又誤。蛾眉曾有人妒！千金縱買相如賦，

脈脈此情誰訴？君莫舞！君不見玉環、飛燕皆塵土。閑愁最苦！休去倚危欄，斜陽正在煙柳斷腸處。」（摸魚兒）

「寶釵分，桃葉渡，煙柳暗南浦。怕上層樓，十日九風雨。斷腸點點飛紅，都無人管，更誰勸流鶯聲住？鬢邊覷，試把花卜歸期，才簪又重數。羅帳燈昏，哽咽夢中語：『是他春帶愁來，春歸何處，却不解帶將愁去』。」（祝英台近）

沈謙云「稼軒詞以激揚奮厲爲工，至『寶釵分，桃葉渡』一曲，昵狎溫柔，魂銷意盡，才人技倆，眞不可測！」幼安晚年英雄氣短兒女情長，故所作詞極盡昵狎溫柔。後人有的稱道他少年時的英雄詞，有的稱道他晚年的艷情詞。我們却不左右袒。英氣詞固是幼安的本色，晚年的艷詞也能自出機杼，不落前人窠臼，令人愛讀。這是辛幼安運用白話的技術超邁前人的成功。還舉他兩首帶滑稽的小詞爲例：

「幾個相知可喜，才廝見說山說水。顛倒爛熟只道是，怎奈何一回說一回美。有個尖新底，說底話非名卽利，說的口乾罪過你。且不罪，俺略起去洗耳。」（夜遊宮苦俗客）

「少年不識愁滋味，愛上層樓；愛上層樓，爲賦新詩强說愁。而今識盡愁滋味，欲說還休；欲說還休，却道天涼好個秋！」（醜奴兒書博山道中壁）

與辛幼安同時的詞人，有陸游、劉過。陸游是一個有英雄氣魄而未克發展的人。劉過則係辛幼安的慕客。他倆的詞受辛詞的影響不小。他們的成功也就是辛派。

陸游（字務觀號放翁）他在文學上的造就，是詩歌。但他的詞也有很好的。劉潛夫云「放翁、稼軒一掃纖艷，不事斧鑿，高則高矣，但時時掉書袋，要是一癖。」

「華髮星星，驚壯志成虛，此身如寄。蕭條病驥，向暗裏消盡當年豪氣。夢斷故國山川，隔重重煙水，身萬里。舊社凋零，青門後遊誰記？盡道錦里繁華，歎官閑晝永，柴荊添睡，清愁自醉。念此際付與何人心事？縱有楚柁吳檣，知何時東逝，空悵望鱠美菰香，秋風又起」。（雙頭蓮）

一個埋沒了的英雄，我們讀他老年的作品，夢裏依然壯志未消，英氣凜然！「掉書袋」有什麼毛病呢？

他還有很好的白話詞：

「采藥歸來，獨尋茆店沽新釀。暮煙千嶂，處處聞漁唱。醉弄扁舟，不怕黏天浪。江湖上，這回疏放，作個閑人樣」（點絳唇）

「華燈縱博，雕鞍馳射，誰記當年豪華？酒徒一半取封侯，獨去作江邊漁父。輕舟八尺，低篷三扇，占斷蘋洲煙雨。鏡湖元自屬閑人，又何必官家賜與？」（鵲橋仙）

劉過、（字改之）他在事業上並沒有什麼表現，而在詞裏面則很能表現出他那種英雄氣魄出來。假如說到辛派的詞，則劉過眞是辛詞的嫡派。他有一首很有趣味的沁園春詞：

「斗酒彘肩，風雨渡江，豈不快哉！被香山居士，約林和靖與坡仙老，駕勒吾回。坡謂西湖正如西子，濃抹淡粧臨鏡台。二公者皆掉頭不顧，只管傳杯。白云天竺去來，圖畫裏崢嶸樓閣開。愛縱橫二澗，東西水遶，兩峯南北，高下雲堆。逋曰：不然，暗香浮動，不若孤山先訪梅。須晴去，訪稼軒未晚，且此徘徊。」

這是劉過寄稼軒的一首詞。這首詞的體格、描寫，在詞史上形成一個特色。用了幾件故事，放入詞裏去，並且用對話的描寫，開詞體新例。在劉過看來，詞的界線簡直寬極了。偏岳珂說他是「白日見鬼」，這却不足爲過詞病。此外，改之也還有很嫵媚的小詞：

「蘆葉滿汀洲，寒沙帶淺流。二十年重過南樓。柳下繫船猶未穩，能幾日，又中秋。黃鶴斷磯頭，故人曾到否？舊江山渾是新愁。欲買桂花同載酒，終不似，少年遊。」（唐多令重過武昌）

「情高意眞，眉長鬢青，小樓明月調箏，寫春風數聲。思君，憶君，魂牽夢縈，翠銷香暖雲屏，更那堪酒醒！」（醉太平）

南渡的詞及詞家，已於上述。這個過渡期不久，南宋已成偏安之局，再過幾次的恢復無效，宗澤、岳飛輩相繼死亡，於是偏安之局大定。這時君主只圖苟安，士大夫之流，更習於偸懶，得過且過。既沒有英雄，英雄的詞人自然不會有了。一般士大夫既習於時俗的偸閑苟安，沒有豐富的生活，他們的詞也自然不會有內容。加以北宋詞家蔚起，作品斐然。南宋承受北宋的這些成績，在北宋詞裏面抽出一些作詞的原理原則，遵守那些原理原則只從藝術上做工夫便自然而然走上古典的路上走，以形成南宋古典主義的詞派。現在我們以詞人的詞與非詞人的詞兩面來叙述偏安以後的南宋詞。

南宋自偏安決定以後至於宋末時代很長，作家尤多叙述實感困難。大概說來，南宋詞的發展偏於長調。這是繼承北宋之餘緒。小詞則南宋詞人無足稱者。至於非詞人方面平民之作，却正相反，長於小詞，小詞有很多很好的。這讓在後面去叙述。能現在南宋詞人中選幾個作家來代表這一代文人詞的趨勢。

姜夔，（字堯章，號白石道人）與范石湖同時。石湖說「白石有裁雲縫月之妙手，敲金戛玉之奇聲。」石湖自己是個詩人又會作詞，他的評論自很有意義。但也未免過譽白石了。即如他最有名的暗香疏影，那是姜夔的自度腔在詞史是兩首極有名的詞。但在我們看來也未見得好到怎樣。藝術確是不差典故也用得很巧可以說得上「清空」二字。可是沒有內容，沒有情感，引不起讀者心絃的感印，眞是讀了等於不讀一樣，這是壞的方面講，再舉他幾首代表詞：

「淮左名都，竹西佳處，解鞍少駐初程，過春風十里，盡薺麥青青。自胡馬窺江去後，廢池喬木，猶厭言兵。漸黃昏清角吹寒，都在空城。杜郎俊賞，算而今重到須驚。縱荳蔻詞工，青樓夢好，難賦深情。二十四橋仍在，波心蕩冷月無聲。念橋邊紅藥，年年知爲誰生？」（揚州慢淳熙丙申至日過揚州）

「庾郎先自吟愁賦，淒淒更聞私語。露濕銅鋪，苔侵石井，都是曾聽伊處。哀音似訴，正思婦無眠，起尋機杼曲曲屏山，夜涼獨自甚情緒？西窗又吹暗雨！爲誰頻斷續，相和砧杵？侯館吟秋，離宮弔月，別有傷心無數。豳詩漫與，笑籬落呼燈，世間兒女，寫入琴絲，一聲聲更苦！」（齊天樂詠蟋蟀）

這幾首詞，雖然也不免用典用事，却不能不說是好詞。周保緒拿辛棄疾與姜白石比論說：「吾十年來服膺白石，而以稼軒爲外道。由今思之，可謂捫籥也。稼軒鬱勃故情深，白石放曠故情淺；稼軒縱橫故才大，白石局促故才小。」拿姜白石來比辛稼軒，自然相形見絀。但在南宋詞人中，姜白石還要算一個成功的作家。他與辛棄疾分道揚鑣，一個人代表一個詞派的趨勢。辛詞已於上述了，姜派詞的特徵在注重詞的藝術與聲律方面。因爲過注意詞的藝術與聲律去了，自然不免削減文學的實質，缺乏內容與情感，這是姜派詞的大缺點。與白石同派的詞人最多，再舉兩個人做代表。

吳文英、（字君特，號夢窗）他的詞古典的意味尤深。他的朋友沈伯時也說他「用事下語太晦處，人不可曉。」張玉田更說：「吳夢窗如七寶樓台，眩人眼目，折下來不成片段。」原來夢窗作詞，只講究字面。雖然字面弄得很好看，却缺乏情感的聯絡，是則字句雖然好看，也不過是美麗的字句，而不是整個的動人的文學作品。但如胡適所謂「詞到吳文英可算是一大厄運，」又未免太偏見了。夢窗的詞也何嘗沒有好的呢？

「何處合成愁？離人心上秋！縱芭蕉不雨也颼颼。都道晚涼天氣好，有明月，怕登樓！年事夢中休，花空煙

水流，燕辭歸客尙淹留。垂柳不縈裙帶住，漫長是繫行舟！」（唐多令）

「修竹凝妝，垂楊駐馬，憑欄淺畫成圖。山色誰題？樓前有雁斜書。東風緊送斜陽下，弄舊寒晚酒醒餘。自銷凝，能幾番花前，頓老相如。傷春不在高樓上，在燈前倚枕，雨外熏爐。怕艤遊船，臨流可奈淸臞！飛紅若到西湖底，攪翠瀾總是愁魚。莫重來，吹盡香綿，淚滿平蕪。」（高陽台豐樂樓）

這種古典詞也未嘗不好，不過說是南宋第一家，的確是過譽了。

史達祖、（字邦卿，號梅溪）與姜白石同時。白石很欣賞他的詞云：「奇秀清逸，有李長吉之韻，蓋能融情景於一家，會句意於兩得。」由梅溪的作品看來，則梅溪的詠物詞實在能曲盡技巧。

「做冷欺花，將煙困柳，千里偸催春暮。盡日冥迷，愁裏欲飛還住。驚粉重蝶宿西園，喜泥潤燕歸南浦。最妨他佳約風流，鈿車不到杜陵路。沉沉江上望極，還被春潮晚急，難尋官渡。隱約遙峯，和淚謝娘眉嫵。臨斷岸新綠生時，是落紅帶愁流處。記當日門掩梨花，剪燈深夜語。」（綺羅香春雨）

「過春社了，度簾幕中間，去年塵冷。差池欲住，試入舊巢相並。還相雕梁藻井，又軟語商量不定。飄然快拂花梢，翠尾分開紅影。芳徑，芹泥雨潤。愛貼地爭飛，競誇輕俊。紅樓歸晚，看足柳昏花暝。應自棲香正穩；便忘了天涯芳信。愁損翠黛雙蛾，日日畫欄獨倚。」（雙雙燕）

這種描寫的技術，很能够形容曲致。以上姜、吳、史三人便是代表南宋時代詞風的趨向。王阮亭說：「宋南渡後，梅溪、白石、竹屋、夢窗諸子，極妍盡態，反有秦李未到者。雖神韻天然處或減，要自令人有觀止之歎。正如唐絕句至晚唐劉賓客杜京兆，妙處反進青蓮、龍標一層。」朱彝尊說：「詞人言詞，必稱北宋。然詞至南宋始極其至，姜堯章氏最為傑出。」南宋詞係以白石為宗，不但史邦卿、吳夢窗都跟着白石向古典的路上走，即宋末的詞人也多半受白石的影響，立於姜派系統之下。間有不入這個系統範圍的詞家，如劉克莊、朱淑貞輩。克莊，我們不能明白地說他是那一派的作家。他有古典詞，也有白話詞。朱淑貞則係女性的作家。他們的詞都有很好的。舉幾首詞作例：

「宮腰束素，只怕能輕舉。好築避風台護取，莫遣驚鴻飛去。一團香玉溫柔，笑顰俱有風流。貪與蕭郎眉語，不知舞錯伊州。」（清平樂為舞姬賦此）

「片片蝶衣輕，點點猩紅小。道是天工不惜花，百種千般巧。朝見樹頭繁，莫見枝頭少。道是天公果惜花，雨洗風吹了。」（卜算子海棠為風所損）

這是劉克莊的兩首小詞，讀來很覺嫵媚。再舉朱淑貞幾首代表詞：

「樓外垂楊千萬縷，欲繫青青少住春還去。猶自風前飄柳絮，隨春且看歸何處？滿目山川聞杜宇，便做無情，莫也愁人意。把酒送春春不語，黃昏却下瀟瀟雨。」（蝶戀花送春）

「去年元夜時，花市燈如晝。月上柳梢頭，人約黃昏後。今年元夜時，月與燈依舊。不見去年人，淚濕春衫

袖！」（生查子）

現在談到宋末的詞了。到了宋末，詞的發達已經發達到無可發展了的境界。朱彝尊說：「詞至宋季始極其變。」實在宋末的詞已經變到無可變了。所謂詞家作詞也只是在舊詞裏面換字斟句，轉去轉來，並無新意。值不得我們加意來敍述。只舉兩個人的詞爲例：

王沂孫，（字聖與，號碧山）張叔夏云：「其詞閑雅，有姜白石意趣。」碧山究竟有不有白石的意趣？且讓讀者讀他的詞再加評判吧。

「殘雪庭除，輕寒簾影，霏霏玉管春葭，小帖金泥，不知春是誰家。相思一夜窗前夢，奈個人水隔天遮。但淒然滿樹幽香，滿地橫斜。江南自是離愁苦；況遊驄古道，歸雁平沙。怎得銀箋，殷勤與說年華。如今處處生芳草，縱憑高不見天涯。更消他幾度東風，幾度飛花。」

張炎（字叔夏）的高陽台（西湖春感）：

「接葉巢鶯，平波卷絮，斷橋日月歸船。能幾番遊？看花又是明年。東風且伴薔薇住，到薔薇春已堪憐。更淒然萬綠西冷，一抹荒煙。當年燕子知何處？但苔深韋曲，草暗斜川。見說新愁，如今也到鷗邊。無心再續笙歌夢，掩重門淺醉閑眠。莫開簾，怕見飛花，怕聽啼鵑！」

這兩首高陽台，都是亡宋的作品，包藏無限傷感。玉田作詞源，獨推白石爲「淸空，」他自己的詞也超向白石，然而成功不及白石遠了。

詞苑叢談云：

詹天游以艷詞得名，見諸小說。其送童甕天兵後歸杭齊天樂云：

「相逢喚醒金華夢，胡塵暗斑吟髮，倚擔評花，認旗沽酒，歷歷行歌奇跡。吹香弄碧，有坡柳風情，逋梅月色。畫鼓江船，滿湖春水斷橋客。當時何限怪侶，甚花天月地，人被雲隔。却載蒼煙，招白鷺，一醉修江又別。今回記得，再折柳穿魚，賞梅催雪。如此湖山，忍教人更說！」

看了這一段話，可知宋末詞的頹廢。據我們看來，文學風氣是隨時代的風氣而變。本來南宋以苟安偸活延續牠的殘喘，人民自然習於靡靡的生活。生活則從詞作品表現出來也是靡靡的生活。如上所舉例一類作品，正是代表時代性的作品呢！最後的宋末的文人詞，我們舉出文天祥來押陣。天祥的生平無須在這裏介紹，他的詞完全表演他那種剛忠的人格。如北上時有題張許廟沁園春一調云：

「爲子死孝，爲臣死忠，死亦何妨？自光嶽氣分，士無全節，君臣義缺，誰負剛腸？罵賊睢陽，愛君許遠，留得聲名萬古香。後來者，無二公之操，百鍊之剛。嗟哉人生，翕歘云亡，好轟轟做一場。使當時賣國，甘心降虜，受人唾罵，安得流芳？古廟幽沈，遺容儼雅，枯木寒鴉幾夕陽。郵亭下，有奸雄過此，仔細思量！」

「水天空闊，恨東風不借世間英物。蜀鳥吳衣殘照裏，忍見荒城頹壁。銅雀春情，金人秋淚，此恨憑誰雪？

堂堂劍氣斗牛空認奇傑。那信江海餘生，南行萬里送扁舟齊發，正如鷗盟留醉眼細看濤生雲滅。睨柱吞嬴，回旗走懿千古衝冠髮。伴人無寐，秦淮應是孤月。」（念奴嬌驛中別友人）

這種詞「爲子死孝爲臣死忠」的話，誠然不免有些酸腐氣，却是一團壯氣。這樣悲壯的詞，恐怕是南宋的絕響了吧。

文人的詞，已如上述。同時，南宋的非文人的詞，更是不可忽略的。但因爲不是詞人，他們的詞往往是散漫的，難於蒐集，也沒有人蒐集起來。所以有宋一代的民間詞，我們現在能够見到的，除了由那些詞話、叢話裏找得一點零碎的記錄外，那大批的民間詞，已經跟着時代而消滅了。現在我們就這一點詞話裏面找出的零碎所記錄的宋民間詞，便可可得着當代民間詞的大概趨向。只是這種民間詞的時代，不很明瞭。有好些詞我們只知道牠是南宋的作品，無法指明時代的細目了。因此，我們只籠統地談談南宋的民間詞：

南宋的民間詞，尤以妓女的詞爲最盛。詞話所載，妓女之作居多。本來妓女通文，隋唐已然；南宋尤擅此風氣。大概當時的官妓與營妓，只以歌舞爲職業。所謂妓者技也。歌伎容易通文，若通文則伎益矜貴。因爲這種關係，南宋妓女之能詞者特多，而且多半是白話詞。舉些詞爲例：

蜀妓有送別詞云：

「欲寄渾無所有，折盡市橋官柳。看君着上春衫，又相將放船楚江口。後會不知何日又？是男兒休要鎮

長相守！苟富貴，毋相忘；若相忘，有如此酒！」（市橋柳送行）

成都官妓趙才卿性慧黠能詞。値帥府作食送都鈐帥，令才卿作詞應命，立賦燕歸梁云：

「細柳營中有亞夫，華宴簇名姝。雅歌長許佐投壺，無一日不歡娛。漢王拓境思名將，捧飛檄，欲登途。從前密約悉成虛，空贏得淚如珠。」

詞苑叢談載：蜀妓類能文，蓋薛濤之遺風也。有客自蜀挾一妓歸，蓄之別室，率數日往。偶以病稍疎，妓頗疑之。客作詞自解，妓用韻答之云：

「說盟說誓，說情說意，動便春愁滿紙。多應念得脫空經，是那位先生敎底？不茶不飯，不言不語，一味供他憔悴！相思已是不曾閑，又那得工夫咒你？」（此詞洪邁夷堅志作陸放翁妾作）

聶勝瓊（宋名妓歸李之問）的鷓鴣天詞：

「玉慘花愁出鳳城，蓮花樓下柳靑靑。樽前一唱陽關曲，別個人人第五程。尋好夢，夢難成，有誰知我此時情？枕前淚共階前雨，隔個窗兒滴到明。」

詞苑叢談又載：營妓馬瓊瓊歸朱延之。延之因闢二閣，東閣正室居之，瓊瓊居西閣。延之之任南昌，瓊瓊以梅雪扇題詞寄之云：

「梅雪妬色，雪把梅花相抑勒；梅性溫柔，雪壓梅花怎起頭？芳心欲訴，全仗東風來作主；傳語東君，早與梅花作主人。」

鄭文妻孫氏的憶秦娥詞：

「花陰陰，一鈎羅韈行花陰；行花陰，閑將柳帶，試結同心。日邊消息空沈沈，畫眉樓上愁登臨；愁登臨，海棠開後，望到於今。」

嘉定間平江妓送太守詞云：

「春色原無主，荷東風着意看承。等閑分付，多少無情風雨，又那更蝶欺蜂妬！算燕雀眼前無數，縱使簾櫳能愛護，到於今已是成遲暮。芳草碧遮歸路，看看做到難言處，怕仙郎輕颺旌旗，易歌襦袴。月滿西樓絃索靜，雲蔽崑城閬府。便恁地一帆輕舉。獨倚闌干愁拍碎，慘玉容淚眼如經雨，去與住，兩難訴！」

鄭云娘寄張生西江月詞：

「一片冰輪皎潔，十分桂魄婆娑。不施方便是如何，莫是姮娥妒我？雖則清光可愛，奈緣好事多磨！仗誰傳與片雲呵，遮取霎時則個。」

鄭云娘又寄張生鞋兒曲云：

「朦朧月影，黯淡花陰。獨立等多時，只怕寃家乖約，又恐他側畔人知。千回作念，萬般思想，心下暗猜疑。驀地得來厮見，風前語，顫聲低。輕移蓮步，暗卸羅衣，携手過廊西。正是更闌人靜，向粉郎故意矜持。片時雲雨，幾多歡愛，依舊兩分離。報道情郎且任待奴兒上鞋兒！」

管仲姬，趙子昂妻。子昂欲娶妾，夫人答以詞云：

「爾儂我儂，忒殺情多。情多處，熱似火。把一塊泥，捻一個爾，塑一個我。將咱兩個一齊打破，用水調和。再捻一個你，再塑一個我。我泥中有爾，爾泥中有我。我與你生同一個衾，死同一個槨。」

這都是極好的白話詞。雖說南宋辛棄疾一派的文人作白話詞很巧妙，終究是文人的作品，不及這種民間來的白話詞，和非詞人的白話詞來得親切滑稽有趣。要問民間詞何以是白話的呢？我們可以這樣解釋：古典文學雖說不是我們所稱許的，然而要做到讀破萬卷，鑄經鎔史的古典工夫，的確是不容易。一般平民妓女稍習文字，做做白話詞，那是比較容易的。並且那時的妓女，只是歌伎，為應歌的需要容易通文。她們通文的目的，並不妄想在文裏面砌上一些古典，只要能表情達意，人人聽得懂便夠了。（用顧頡剛說）因此，她們作出來的詞，自然是白話詞，自然作出來很滑稽很親切有趣。只可惜我們現在欣賞這種民間白話詞的機會太少了！

## 八　論宋詞的派別及其分類

講到宋詞的派別及其分類，雖不是新的研究，卻是古人所最不注意的。古人雖然講宗派，講得很嚴，但他們文派的分別，決不是由嚴格分類的結果，聚集那些同樣主義，同樣作風，同受一樣時代環境的洗禮的作家，列爲一派一派。古人講派，只分正統與別派。所謂正統，就是繼承先代的文壇系統，樹立幾個最有名的古文學家，作爲模擬的模型，後來的作家只允許在模型內活動；這便是正統派，這是復古的。反之，若不遵照古作家的風格法則，和古作品的體裁描寫，而自由任意去創造的，這種沒有先代文藝的根據的文體，都是別派。詞的分正統與別派，就是這樣分的。主舊的是正統，創新的皆別派。這種爭文學地位的派，不是科學的研究，自然不能適用。此外對於宋詞的派別，後人有三種分法。一種是以詞體的趨向分的，分爲豪放與婉約二體。其餘兩種是近人的分法。一種是以作者分，分爲貴族文學與平民文學；一種是以文字分，分爲白話與古典兩派。這三種派別的分法，究竟那一種適宜呢？是不是都有缺陷？我們在這裏討論。

（一）豪放與婉約、　將宋詞詞體分婉約與豪放二派，本是明朝張南湖的話。但在宋詞中，顯然有這兩種趨勢，宋初已然。如袁綯說「柳詞須十七八女郎，唱「楊柳岸曉風殘月」；蘇詞須關西大漢，唱「大江東去。」」這便是說柳詞婉約，蘇詞豪放的明徵。王士禎又謂婉約以易安爲宗，豪放惟幼安稱首。可見南北宋都有這兩種詞的趨勢。那末將宋詞分爲豪放與婉約二派，將宋詞人分別隸屬於此二派之下，似乎是很適宜了。然而不然，根本上宋詞家便沒有一個有純粹隸屬於那一派的可能。詞筌說：「蘇子瞻有銅琶鐵板之譏，然其浣溪沙春閨，『綵索身輕長趁燕，紅窗睡重不聞鶯，』如此風調，令十七八女郎歌之，豈在「曉風殘月」之下？」又爰園詩話「子瞻詞豪放亦只『大江東去』一詞，何物袁綯妄加品騭！」那末蘇詞可以列爲純豪放一派嗎？又沈去矜云：「稼軒詞以激揚奮厲爲工，至『寶釵分，桃葉渡』昵狎溫柔，消魂意盡……」那末辛棄疾我們可以專稱他爲豪放派嗎？如其我們承認詞是表現思想的，則無論婉約派或是豪放派，不能概括的了。一個作家有時當花前月下，淺斟低酌，歌筵舞席，對景徘徊，或追尋流水的芳年，或悵望故鄉的情緒，這種情調發而爲詞，自然是纖麗溫柔，屬於婉約一方面。又若有時醉裏挑燈看劍，吹角連營，萬里沙場，揮戈躍馬，或則對大江東去，浩渺無涯，波濤萬頃，吞天浴日，古昔豪傑的英爽如在，而目擊不勝今昔河山之慨！這時的情調，發而爲詞，自然是悲壯排宕，屬於豪放一方面了。所以辛棄疾、蘇東坡有豪放的詞，也有婉約的詞。一切詞人都是如此。在這裏我們既然不能說某一個詞家屬於某派，則這種分派便沒有意義了；何況分詞體爲豪放與婉約，卽含着有褒貶的意義呢？

（二）平民與貴族　分宋詞爲平民文學與貴族文學，有兩種說法。一種是拿作者來分別，就是說平民的作品，叫做平民文學；貴族的作品，叫做貴族文學。還有一種說法，是只就作品的精神方面看。凡是平民化的文學，無論牠的作者是貴族也好，都叫爲平民文學；凡是貴族化的文學，無論牠的作者是平民也好，都叫爲貴族文學。照這樣看來，這兩種說法都不適宜於宋詞的分派。照前者說，則宋詞人中除了極少數的作者，大都是貴族的詞人。假如把貴族的意義說廣義一點，做過官的都算數，那末僅僅一兩個詞人是例外，簡直可以說都是貴族的作家。至於平民的作品，據我們想像，當代一定是很發達的，但是經過時代的犧牲與散佚，到了近代，恐怕蒐集全部的平民詞，還抵不到一部夢窗詞。若拿平民詞與貴族的詞作百分比，恐怕還夠不上比例。平民作品既如此貧乏，尚何平民詞派的可言呢？照後者說，更爲困難了。在詩歌裏面，我們往往能發現平民化的文學；在詞裏面我們不但找不出有顯著着平民意識的詞，簡直沒有平民化的描寫。除了有些詞是故意用用白話。因爲詞是抒情的，抒情是主觀的。作者只能抒發自己的情感，那能喊出他人的心聲？一般詞家既都不是平民階級，過的貴族生涯，而詞又不適宜於客觀的描寫，所以平民化的作品，不能在宋詞裏而發現出來。那末，在實際上平民文學已經不能在宋詞裏面有成立派的可能了，更何必抬出沒有實際的「平民的」來誇示呢？

(三)白話與古典、　假如把宋詞分爲白話與古典兩派，這果然是較適宜了。那無量數的宋詞，我們可以歸納到這兩類；那無量數的宋詞家，我們可以歸納爲這兩派。雖然這種派別是近人研究文學史才倡起來的，然宋人論詞已有雅俗之別。不過雅俗的標準很困難。白話卽俗嗎？古典卽雅嗎？白話不一定是俗，古典也不必卽雅。只有用白話與古典來別派宋詞，那是很顯明易別了。可是談到作家上面來，我們還是不能斷定他的屬派。說到古典吧，宋詞人那一個沒有幾分古典嗅味呢？那些號爲古典派的，不必說了。不號稱古典派的，如蘇東坡、黃山谷、辛棄疾之流，白話詞的創作很多，然亦何嘗沒有古典文藝呢？蘇東坡的賀新涼「乳燕飛華屋」，西江月「玉骨那愁瘴霧」，黃山谷的浣溪紗「新婦磯頭」，辛棄疾的祝英台近「寶釵分，桃葉渡」賀新涼「綠樹聽啼鴂」這都是用典用事偷竊古人辭句的古典詞。老實說，就是這幾位白話派的詞人的古典詞也抄不清呢！原來這些白話詞人之所以作白話詞，是由於他們的才氣大不屑去抄古典，胸襟豪放，不愛尋典苦吟，往往對景生情，呵氣成詞，這種詞多半是白話，並不是他們有意的提倡白話。其實，他們還是不忠實於白話，他們還很愛做很古典的雅詞。再說到白話吧，宋詞人也那一個不愛掉幾句白話呢？那些所謂白話派的詞人，不必說了。就是很古典式的作家，有時高興了，也學學時髦，敲幾句白話，橫豎他們是以為詞是小技，無關文學宏旨的。或者他給歌妓們作歌辭時，為要求她們的了解與欣賞起見，也時常作白話詞。他們的用白話是這樣起來的。還有在一首詞內有幾句像雅言，有幾句又是白話，雅白夾雜在一起，好像現代人作白話時也愛掉幾句文言一樣。照這樣看來，在宋詞裏面嚴格的分白話與古典派，也是不適用的。

總之，宋詞人作詞是很隨意的，有時高興做做白話詞，有時高興做做古典詞；有的時候詞很豪放，有的時候詞很婉約；沒有一定的主義，沒有一定的派別，我們決不能拿一種有規範的派別來限制他們。本來文學上的分派，要把那些自由創作的偉大作家，拿幾個簡單的字來概括全他們，自然很困難而不可能；何況比文學範圍狹隘得多的詞，要分派別，不是更困難而且可以不必嗎？於今我們掉過頭來討論宋詞的分類。

宋詞的分類有兩個分法。一種是由形式的長短分，一種是以描寫的性質分。比較以後者分類最為適宜。

爲什麽由形式的長短分類不好呢？在未批評之先，我們必先知道這種分類的內容。最初南宋人編草堂詩餘即用這種分類法，分爲小令中調長調。以五十八字以內爲小令，（或謂五十九字以內爲小令）五十九字至九十字爲中調，九十一字以外爲長調。這種分類法，是一點道理都沒有的。假如我們問何以要五十八字以內是小令？何以五十九字至九十字爲中調？何以九十一字以外爲長調？我想就是創此分類法的人，也無法答覆了。即假定這種分類法是對的，那末七娘子調有五十八字者，有六十字者，是小令呢？中調呢？雪獅兒有八十九字者，有九十二字者，將爲中調呢？長調呢？（引用萬樹詞律語）我們不必去攻擊這種分類法，這種分類法的本身已經不能自圓其說了。

假如我們就宋詞描寫的對象分類，這似乎是很煩難的。在詩歌裏面，一個作家，可以分幾十種描寫性質不同的作品。但在詞裏面，宋詞的描寫，只有簡單的幾方面。第一因爲詞離不掉主觀的描寫，第二因爲詞離不掉抒情，所以宋詞描寫的性質，我們可以由幾千首宋詞裏面，歸納爲這麽幾類來：

（一）豔情詞——描寫兩性愛的情緒和動作的。如黃魯直的千秋歲、歸田樂引、好事近，鄭云娘西江月，鞋兒曲，南唐後主的一斛珠。

（二）閨情詞——描寫閨人的情緒，相思。如鄭文妻孫氏的憶秦娥，蜀妓的鵲橋仙，歐陽修的歸國謠，李後主的相見歡，李易安的一剪梅。

（三）鄉思詞——描寫思鄉的情緒和感懷。如柳永的八聲甘州安公子，蔣興祖女的減字木蘭花。

（四）愁別詞——描寫離別時或離別後的情緒。如毛滂的惜分飛，柳永的雨鈴霖，蜀妓的市橋柳，周邦彥的蘭陵王。

（五）悼亡詞——描寫喪亡的哀感。如蘇軾的西江月（悼朝雲），卜算子（悼溫超），李後主的虞美人。

（六）歎逝詞——描寫時光的流駛，良辰美景的飛逝，芳年的難淹留。如賀方回的青玉案，秦少游的江城子，滿庭芳，王彥齡妻舒氏的點絳脣。

（七）寫景詞——因爲詞過片時須到自敘，往往寫景裏面夾着抒情。如張子和的漁歌子，歐陽修的採桑子，晏同叔踏莎行、清平樂，黃山谷的浣溪紗，吳城小龍女的江亭怨。

（八）詠物詞——詠物詞也夾着抒情。如蘇東坡水龍吟的詠楊花，史邦卿雙雙燕的詠燕，姜白石暗香疏影的詠梅。

（九）祝頌詞——康與之的滿庭芳，晏叔原的鷓鴣天，柳永的傾杯樂，醉蓬萊。

（十）詠懷詞——岳飛的滿江紅，辛棄疾的水調歌頭、賀新涼，無名氏題吳江的水調歌頭。

（十一）懷古詞——蘇軾的念奴嬌，辛棄疾的永遇樂、水龍吟（過南澗雙谿樓）。

這十一分類，大概宋詞可以概括着了。前八類是屬於婉約一方面的，是優美的，女性的，殉情的詞；後兩類是屬於豪放一方面，是壯美的，男性的，英雄的詞。這是作品的分類。現在我們把作者與作品的分類，聯合着列爲一個簡單明瞭的分類表。

宋詞的分類
- 由作者分
  - 詞人（女詞人在外）→貴族文學者→貴族文學
    - 古典
    - 白話
  - 非詞人——→平民作家——→平民文學
    - 白話
- 由作品分
  - 婉約類
    - 豔情閨情詞
    - 鄉思愁別詞
    - 悼亡歎逝詞
    - 寫景詠物詞
  - 祝頌詞……
  - 豪放類
    - 詠懷詞
    - 懷古詞

## 九　宋詞之弊

宋詞的價值，我們由研究宋詞的緒論已略知梗概。在宋詞概觀裏面，更分析地說明介紹了一個時代優秀不朽的作品及其作風。並且在下篇宋詞人評傳中，我們更要詳細儘量介紹許多偉大的宋詞作家。故關於宋詞讚美的，如何有價值的批評，已經不必贅事討論。但是，宋詞便沒有弊點嗎？自然是有的。宋詞的弊點，我們至少可以從宋詞的頹廢發現出來。

據我的觀察，宋詞有兩個本體上的病根，有兩個現象的上弊點。本體的病根是：

(一)音數的限制、　拿詩歌來說，近體詩如律詩、絕句均有音數的限制。古體詩如古風樂府，即篇幅長短自由，音數沒有一定。所以要表現偉大的思想，想像豐富的情感，只能在古體詩裏面抒寫出來，近體詩是不可能的。詞便與近體詩陷於同樣的缺陷。詞雖有小令、中調、長調，長短不同，每一個調牌的音數，却是一定不易的。並且長調最長的如鶯啼序之類，也不過二百餘字呢？所以想在詞裏面表現一種複雜的思想、情緒，或是敍述複雜的意境和事實，也是不可能的了。我們看六一詞裏面用漁家傲的調子來描寫牛郎織女的故事，寫了一首還表現不够，又寫一首；還表現不够，又寫一首；疊合三首詞牌，才表現一個完全的意境，不能在一首詞裏面表現出來。便可以發現詞的音數限制的壞處了。我們常常讀了一首詞，覺意早已窮，而硬湊上幾句無意義的話，而完成一個調子的。著名的詞人姜白石便不免常有此病。又常有一首詞，辭完了，還有許多意思應該表現，而篇幅不允許的。這都是音數限制的缺陷。

(二)聲韻的限制、 中國的各種文體，講究聲韻最嚴格的要算是詞了。李清照云：「詩文只分平仄，而歌詞分五音，又分五聲，又分音律，又分清濁輕重。且如近世所謂聲聲慢、雨中花、喜鶯遷，既押平聲韻，又押入聲韻；玉樓春本押平聲韻，又押去聲韻，又押入聲。本押仄聲韻，如押上聲則協，如押入聲則不可歌矣。」這是何等嚴格的音律。因此就是宋代詞人的詞，也往往不能協律了。音律嚴格在音樂上本來是很需要的，而在文學上，爲了遷就嚴格的音律，便不免削減許多意境，這又是一種缺陷。

(三)描寫對象的狹隘、 照上面宋詞的分類，宋詞所描寫的對象，不過是「別愁」、「閨情」、「戀愛」的幾方面而已。我們不但不能在宋詞裏面發現和孔雀東南飛一樣的長篇敘事詩來，就是杜工部、白香山那種描寫平民痛苦的作品，也沒有。不但沒有描寫平民痛苦的作品，就是五七言律詩所能夠抒寫懷抱壯志的作品，也很難在宋詞裏面發現。這雖說是詞的體裁，不適宜於那樣的描寫，却可以證明詞描寫對象的狹隘。沈伯時說：「作詞與作詩不同，縱花草之類，亦須略用情意，要入閨房」。金元鼎說：「詞以艷麗爲工。」這更可證明詞只是艷料。雖有蘇軾、辛棄疾輩打破詞爲艷科之目，起而爲豪放的詞，但當時輿論均說是別派，非是正宗。並且能豪放詞者，有宋一代也只有蘇、辛幾個人呢。文學的對象，應該是人生的全部，宋詞的描寫乃只偏於最狹義最局部的貴族的人生，這不但不够讀者的欣賞要求，也就十分限制了天才作家的發展。

(四)古詩辭意的模襲、 詞家多翻詩意入詞，雖名流不免。如秦少游最著名的「斜陽外，寒鴉數點，流水繞孤村，」一係用隋煬帝詩「寒鴉千萬點，流水遶孤村；」歐陽修的「淚眼問花花不語，」係本嚴惲詩「盡日問花花不語；」晏叔原浣溪紗「戶外綠楊春繫馬，牀頭紅燭夜呼盧，」則本於韓翃詩「門外綠楊春繫馬，牀前紅燭夜呼盧，」僅僅改換兩個字；蘇軾的點絳唇後半闋全套漢武帝的秋風辭；辛棄疾的賀新郎全與李白擬恨賦相似；周邦彥則人家說他「頗偷古句。」這些都是有宋第一流的詞家，都不免翻「詩意或「詩句」入詞。藝苑雌黃還說是「名人必無杜撰語。」其實這種抄襲的模擬，正是宋詞的大病。

宋詞既然有了這種種的缺陷，加上晚宋講究詞派，（或尊姜白石，或宗周邦彥，或學辛棄疾）講究詞法，（如沈伯時樂府指迷云：「說桃不可直說『桃』，須用『紅雨，』『劉郎』等字」之說，張叔夏『淸空』『質實』之說）作品之陳腐，千篇一律，無非爲前人作書記。其下者書記還不如呢！這正如晚唐西崑詩之發展一樣，國家要亡了，而他們這些文人乃沈醉於象牙之塔，高唱他們的豔歌，不知時代是何物。這不是宋詞的厄運最後的臨到了嗎？

由宋詞蛻化到元曲，這些宋詞的弊點都給元曲打破或改善了。元曲的最初的官本雜劇，即是以詞牌重疊成套。如董穎宮薄媚大曲一套，史浩鄮峯大曲有劍舞采蓮等七套，（見彊村叢書）皆以數曲來代一人的言語，表示一個意義，或專敍一件故事，以補助詞的音數限制的缺陷。到了後來由大曲變爲董西廂及元人套數雜劇，竟連詞牌也廢去不用了。嚴格的聲韻也解放了不少。至於描寫的對象，那末戲曲是綜合的藝術，牠所描寫的是社會的一個歷程或人生生活的一截段，無論喜劇悲劇，都包括在裏面，描寫的對象擴大得多了。描寫的工具，他們也用的當時的白話，雖也不免用前人語，但不像宋詞的襲模唐詩了。總歸一句，元曲是應宋詞之弊而興起，所以改善了宋詞根本的不合用，和許多末流的弊點。我們但知詞曲之遞變，是由音樂的關係；不知道在文學體裁的變遷上，曲也應該代詞而興呢！

# 下篇　宋詞人評傳

## 一　引論

研究宋詞的起源、發達、變遷及其衰落的原因和狀態，這是動的研究，已著爲宋詞通論了。就宋詞的作家及其作品，一一加以分析的與考察的研究，這是靜的研究，這種工作打算從這裏做起，著爲宋詞人評傳。

實在要作宋詞人評傳並不是一件容易的事，至少有六個困難在：

(一)選詞人之難、　有宋一代之文學，詞爲最盛，詞的作家，何止百千？雖經過時代的散佚與淘汰，據陳直齋書錄解題著錄南北宋總別集不過一百七家，卽後來遺佚間出，詞林萬選良愼序竟謂「愼家藏唐本五百家詞」，然時至今日，卽盡收各詞家遺佚，並包括各總集別集計算，至多亦不過二百家詞而已。以有宋詞業之盛，僅僅留下不到二百的詞家，自然要算貧乏，但在現在的我們，想從二百家詞裏面選出幾分之幾的代表來作評傳，還就不免困難了。第一，我們不能拿著名與不著名的標準來選作家，因爲不著名裏面，往往潛伏着極偉大的作者。第二，我們也不能拿詞派來作選詞家的標準，因爲詞派不能決定作家的優劣，卽在同一詞派內，也有高下判殊的作者。這是作宋詞人評傳的第一個困難。

(二)考詞人身世之難。　就算選出了一些適當的作家來作評傳了，那末劈頭一個困難，我們對於那些詞人的身世一定是茫然的很多。雖然有宋書列傳，雖然有宋書文苑傳，然而在那裏除了幾個詞人有傳外，大詞人如柳永、李清照都沒有傳在別的書上，也很難考見關於詞人的身世。這是作宋詞人評傳的第二個困難。

（三）評論詞人之難、從來對於詞人的評論，往往因主觀的好惡而不同。或因派別的歧異而肆加醜詆；或因師友的阿私而妄發褒辭。就如吳夢窗吧，張叔夏譏其詞爲「七寶樓臺，炫人眼目，拆下來不成片段，」四庫提要則推爲「詞家之有文英，亦如詩家之有李商隱」。同是一個詞人而後人有極矛盾不同的評論。究竟那一說對呢？又如比較作家的批論：陳後山說：「今代詞家，惟秦七黃九」；彭羨門則云：「黃不及秦遠甚」。又如賀黃公說：「美成視淮海不徒娣姒而已」；有人則云：「美成深遠之致不及少游」。究竟那一說對呢？這是作宋詞人評傳的第三困難。

（四）選作品之難、「從來佳處不傳，不但淪隱之士，名人猶抱此恨」，是選作品怎樣的困難呢！「北宋有無謂之詞以應歌，南宋有無謂之詞以應社」（周保緒語）這樣粗製濫造，恐怕是文人的通病吧。是選詞又怎樣的困難呢！固然這些應歌應社的詞，也未嘗沒有好的詞，碧山齊天樂之詠蟬，玉水田龍吟之詠白蓮，皆爲社中作；周美成的蘭陵王，蘇東坡的賀新涼，皆當筵命筆，冠絕一時。然而也未嘗沒有壞詞，即如東坡集子裏的和韻、次韻的應酬詞居多，並且有許多迴文詞。在如夢令裏面原來是詠沐浴的水垢的，這自然在詞品中要算下下。所以要在詞裏面沙裏淘金，選出能夠代表作家的個性及其思想的詞，和能夠代表作者文藝上最高造詣的詞，這也是一個困難。

（五）考作品眞僞之難、　宋人的詞往往互見集中，或已集插入別作，或別集雜入己作，眞僞很難明瞭。即如六一詞集子裏的豔歌，或謂劉煇作，或謂爲別有仇人作，或謂爲歐公自作，至今還是「存疑學案」。其他與陽春錄、樂章集、淮海詞諸詞集相夾雜的，簡直很難有方法分出最後的眞僞來。至於調名之考證，字句之校勘，麻煩瑣碎，更難可考！這是作宋詞人評傳的第五個困難。

（六）評論作品之難、　評論作品亦因主觀而歧議。劉過沁園春，岳珂譏其「白日見鬼」，吹劍錄則云，「此詞雖粗而局段高，與三賢游，固可睨視稼軒，視林白之淸致，則東坡所謂淡妝濃抹已不足道！」姜白石的暗香疏影，張叔夏稱其「前無古人，後無來者，自立新意，眞爲絕唱」，人間詞話則云：「調雖高，然無一語道著」。至張叔夏處處譏夢窗，不曰「用字太澀」，即云「此詞疎快不質實」，這又是左袒白石的黨見了。李淸照的聲聲慢，極受時人的熱烈稱賞，而高廬師則謂「此詞頗帶俗氣，昔人極口稱之，殆不可解」。就是同欣賞一首詞吧，見解也不一定一樣。如東坡最賞識少游踏莎行的「郴江幸自遶春山，爲誰流下瀟湘去」，近人王國維則激賞其前二語，「可堪孤館閉春寒，杜鵑聲裏斜陽暮」，謂詞境淒厲；東坡賞其後二語，猶爲皮相。這樣議論紛紜，莫可究詰，欣賞之難，評論猶難。這是作宋詞人評傳的第六個困難點。

因爲有許多困難，我們便停止作宋詞人評傳的工作嗎？不，不然。我們不能因噎廢食，對於這些困難至少應有相當的解決。

(一)選詞人定標準有二一有歷史價值的作家，就是對於當代影響大的作家；二有現代文藝價值的作者，就是作者的作品合於現代文藝之欣賞的。

(二)考詞人身世除歷史上已有詳細的著錄者外，詞人的生卒傳略，我們儘力搜集散在各叢談詞話的零碎記載，就其可靠的組成系統。其無可考者則只有闕疑。

(三)評論詞人，不囿於派別，不講宗社，只就作者作品全體的綜合，拿來與各家的評論比較，定爲最後的結論。

(四)選作品亦有兩個標準：(A)代表藝術的，(B)代表思想的作品。

(五)就最精的刊本或就幾種刊本比較，或從詞話裏面的校勘。

(六)評論作品，我們適用近代文學批評的眼光來評論詞。應該擯除古典的模擬的作品，歡迎創造的，白描的作品。同時也不可不顧及古人的議論，因爲他們的見解，至少有他的時代價值。

現在我們照着這些標準往下工作吧：

## 二　詞人柳永

如其藝術的動機果然是要求理想的實現，果然是不滿足的創造，果然是生命的追求；那末，理想是永遠不能實現的。不滿足永遠是不滿足的，生命的追求也不是枉然的嗎？若是一個感覺銳敏的天才創作家，他對於社會人生，只有戀愛，只有痛恨，只有悲觀，只有失望了。「人生愁恨何能免？多情獨我情何限，」所以古今往來的詩人賦客，多半是沈湎在哀感裏過活；他們的作品也多半是哀感的表現。舉例說吧，就如納蘭性德，他是皇室宗族，父居顯要，家庭無故，自己又是年少才華，境遇不能算不好了；而他的作品之所表現的，盡是帶着陰霾的情調。又如陶淵明，他自己說是「富貴非吾願，」「性本愛邱山，」總算很能怡然自樂了；而他的作品也薰染着濃厚的悲哀色彩。環境如納蘭性德，達觀若陶淵明，尙且「未免有情誰能遣此，」更何況我運命多舛生平潦倒的柳耆卿呢？

且讓我們來敍述這位偉大的詞人的生平及其作品吧。

「耆卿初名三變，後更名永。」（見陳后山後山詩話）——但葉夢得避暑錄話云：「永字耆卿，後改名三變。」后山與夢得均係宋人，而后山略早；並且福建通志四庫提要詞綜均作「初名三變，更名永。」比較起來，葉氏之說未免孤立，故用陳氏說。——福建崇安人。（詞綜作樂安誤）父宜，擢官至工部。他的生卒年月已不可考。從他的「晚第」看來，他是公元一千零三十四年的進士，大約他的生年在公元一千年左右。官至屯田員外郎，這在北宋詞人中間，祿位要算最低的了。

耆卿在少年時的生活原也是很浪漫的。避暑錄話載他「爲舉子時，多遊邪狎，善爲歌辭。每得新腔，必求永爲辭，始行於世於是聲傳一時。」原來柳永在他的青年時代詞便已享盛名了。但是文人自古多窮，耆卿又何能逃此公例？耆卿的詞雖已享盛名，然「仁宗留意儒雅務本理道深斥浮豔虛華之文。三變好爲淫冶之曲傳播四方，嘗有鶴冲天詞云，『忍把浮名換了淺斟低酌』及臨軒放榜特落之曰『此人風前月下，好去淺斟低唱，何要浮名？』……」（能改齋漫錄）這是柳耆卿作政治活動的第一厄運。

其後，耆卿的詞名，傳到宮禁裏去，後山詩話又載：「柳三變遊東都南北二巷，作新聲樂府，……遂傳禁中。仁宗頗好其詞，每對必使侍從歌之再三。三變聞之，作宮詞號醉蓬萊，因內官達後宮，且求其助。仁宗聞而覺之，自是不復歌其詞矣。會改京官，乃以無行黜之。」這是耆卿政治活動的第二厄運。

復次，「耆卿爲屯田員外郎，會太史奏老人星現，秋霽，宴禁中，仁宗命左右詞臣爲樂章，內傳屬耆卿應制。耆卿方冀進用，作此詞奏呈。上見首有漸字，色若不懌，讀至『宸遊鳳輦何處』，乃與御製眞宗輓詞暗合，上慘然！又讀至『太液波翻』，曰『何不言波澄？』投之於地，自此不復擢用。」這是耆卿政治活動的第三厄運。

以耆卿之心切求名，却又不會體貼君意，不解摹擬聖旨，只憑自己的才華想博得人主的歡心，以故三次因詞激怒仁宗，功名自然無望了。但耆卿却如何心服，他答晏殊的問作曲便說，「祇如相公亦作曲子」，可見他的憤憤不平了。原來晏殊能詞而做大官，耆卿能詞則反因此而官只屯田員外郞，終身潦倒，何一幸一不幸呢？

功名既是絕望，從此耆卿便流落不偶了，從此便眞是在花前月下淺斟低唱了，從此便流連於歌舞場中，儘量發揮他的文藝天才以博得名妓的青盼，在普遍社會上要求普遍的欣賞了。他製的詞很多，但不外描寫「哀感」與「惆悵」：

「洞房記得初相遇，便只合長相聚。何期小會幽歡，變作離情別緒。況値闌珊春色暮，對滿目亂花狂絮。直恐好風光，盡隨伊歸去。一場寂寞憑誰訴？算前言總輕負！早知恁地難拚，悔不當初留住。其奈風流端正外，更別有繫人心處。一日不思量，也攢眉千度。」（晝夜樂）

「凍雲黯淡天氣，扁舟一葉，乘興離江渚。渡萬壑千巖，越溪深處。怒濤漸息，樵風乍起，更聞商旅相呼，片帆高舉，泛畫鷁翩翩過南浦。望中酒旆閃閃，一簇煙村，數行霜樹，殘日下，漁人鳴榔歸去。敗荷零落，衰楊掩映，岸邊兩兩三三，浣紗遊女，避行客，含羞相笑語。到此因念繡閣輕拋，浪萍難駐。歎後約丁寧竟何據？慘離懷，空恨歲晚歸期阻。凝淚眼，杳杳神京路，斷鴻聲長天暮」。（夜半樂）

「望處雨收雲斷，憑闌悄悄，目送秋光。晚景蕭疎，堪動宋玉悲涼。水風輕，蘋花漸老，月露冷，梧葉飄黃。遣情傷，故人何在？煙水茫茫！難忘文期酒會，幾辜風月，屢變星霜。海闊天遙，未知何處是瀟湘！念雙燕難憑遠信，指暮天空識歸航。黯相望，斷鴻聲裏，立盡斜陽。」（玉蝴蝶）

「閒窗漏永，月冷霜華墮。悄悄下簾幕，殘燈火。再三追往事，離魂亂，愁腸鎖，無語沉吟坐。好天好景，未省展眉則個。從前早是多成破，何況經歲月，相拋嚲。假使重相見，還得似當初麼？悔恨無計，那迢迢長夜，自家只恁摧挫！」（鶴沖天）

這些詞，都要算是耆卿身世的表現。雖則在耆卿詞裏有云：「忍把浮名，換了淺斟低唱，」究竟還是有心功名的，乃再三受黜名場，失意，自然鬱悒寡歡。雖與羣妓爲伍，亦不過聊以解愁。所以在詞裏面，處處表現他的「哀感」。又耆卿生於福建，長遊汴洛，功名未立，故鄉萬里，既無緣歸去，如何不動鄉愁？因此耆卿又常發「望故鄉渺渺，歸思難收，」「想佳人妝樓長望，誤幾回天際識歸舟」的長歎了。

這般的流浪，這般的沈醉於歌舞場以了殘生，一代的詞人柳耆卿終於在湖北襄陽停止他的生命創造了。他死後蕭條，葬資亦無所出，羣妓爭醵金葬之於棗陽縣花山。每遇清明時節，多載酒肴飲於耆卿墓側，謂之「弔柳會」。漁洋詩云：「殘月曉風仙掌路，何人爲弔柳屯田？」耆卿雖潦倒一生，而得名妓之崇愛，死後猶眷念不忘，也許耆卿在九泉下要微笑吧！（按耆卿葬地，避暑錄話、獨醒雜志、福建通志、方輿勝覽所載均不同）。

上已略考述耆卿的身世既竟，現在要談到他詞的創作工程了。其詞陳振孫書錄解題載樂章集三卷，四部提要云今止一卷，蓋毛晉刊本所合併也。（結一廬書目載元刊本九卷，北宋本多六卷。）宋詞之傳於今者惟此集最爲殘闕。夫既淪落不偶於生前，復受文字之摧殘於死後，何耆卿之不幸呢？

在我們還沒有批評到柳詞，必先看柳詞之時代性怎樣。換言之是問柳詞及於他那個時代的影響如何？

葉少蘊云：「嘗見一西夏歸朝官云：『凡有井水處卽能歌柳詞』。」

陳后山云：「柳三變作新樂府，骫骳從俗，天下詠之。」

却掃編云：「劉季高侍郎，宣和間嘗飯於相國寺，因談歌辭力詆柳耆卿，旁若無人者。有老宦者聞之，默然而起，徐取紙筆，跪於季高之前，請曰：『子以柳詞爲不工者，盍自爲一篇示我乎？』劉默然無以應。」

樂府餘論：「耆卿失意無俚，流連坊曲，遂盡收俚俗語言編入詞中，以便伎人傳習，一時動聽，散播四方。」

由這幾段話，我們可以明白「有井水處，卽能歌柳詞，」則柳詞傳播之廣，可以概見了。爲什麼柳詞這樣受當代歡迎呢？「骫骳從俗，」「盡收俚語編入詞中，」這就是柳詞受當代歡迎之原因，也就是柳詞的特色。柳詞運用白話的描寫，其特色有可述者：第一是不落前人窠臼。若作雅詞，詞句必有所本，卽不有意摹擬，亦易落前人窠臼。白話詞則不然。尤其在柳永這個時代，白話詞的創作還在開始，耆卿之白話詞既是「骫骳從俗，」自然不會抄襲前人，而自作新語。第二是白話詞的普遍性。那是做成「有井水處，卽能歌柳詞」的原因。此外柳詞更有藝術上的特點，就是白話描寫的技術：

五代的詞，如花間詞、延巳詞、南唐二主詞，那都是小令寫一瞬間的情思。對於物界雖有描寫而詞體却不容許他作鋪張的擬寫。到了柳耆卿才推衍小令爲長詞。（宋翔鳳云：「先於耆卿如韓稚圭、范希文作小令，惟歐陽永叔間有長調，羅長源謂多雜入柳詞，則未必歐作。余謂慢詞當始於耆卿矣」慢詞即長詞）耆卿在長詞裏面的描寫，最能夠將一種很平常的境界藝術化，美化出來。例如八聲甘州：「對瀟瀟暮雨灑江天，一番洗清秋。漸霜風淒緊，關河冷落，殘照當樓。是處紅衰綠減，苒苒物華休！惟有長江水，無語東流。……」不過是晚景，不過是暮秋，而耆卿寫來，暮秋的蕭瑟，晚景的寂寥，已極寓悲涼之意，更加上過片一大段，「不忍登高臨遠……」主觀的訴情，便越發能夠動人了。我們知道李後主的詞也和耆卿一樣的描寫哀感。但二人描寫的內容與方法絕對不同：李後主是由聖潔的摯情極沈痛的哀感婉約地簡質地表現出來，這是李詞；耆卿則由他那浪漫的生涯，沈痛的痛苦，鋪張纏綿地描寫出來，這是柳詞。二者創作的方式雖不同而詞的成功却是一樣。

耆卿不但能夠表現哀感的境界，也能夠表現樂觀的絕美的境界。

「東南形勝，江湖都會，錢塘自古繁華。煙柳畫橋，風簾翠幕，參差十萬人家。雲樹遶堤沙，怒濤捲霜雪，天塹無涯。市列珠璣，戶盈羅綺，競豪奢。重湖疊巘清佳，有三秋桂子，十里荷花。羌管弄晴，菱歌泛夜，嬉嬉釣

叟蓮娃。千騎擁高牙，乘醉聽簫鼓，吟賞煙霞。異日圖將好景，歸去鳳池誇！」（望海潮）

「黃金榜上，偶失龍頭望。明代暫遺賢，如何向？未遂風雲便，爭不恣狂蕩。何須論得喪？才子詞人，自是白衣卿相。煙花巷陌，依舊丹青屏障。幸有意中人，堪尋訪。且恁偎紅倚翠，風流事，平生暢。青春都一餉，忍把浮名，換了淺斟低唱。」（鶴冲天）

望海潮係耆卿呈孫相何詞，（時孫帥錢塘）有「三秋桂子，十里荷香」之句。此詞流播，金主聞之，欣然起投鞭渡江之志。（見錢塘遺事）鶴冲天詞乃耆卿得罪仁宗的一首詞。這兩首詞，一首寫繁華的美景，一首寫浪漫的樂感，在宋詞裏面要算是最稀有的。范鎮嘗云：「仁宗四十二年太平，鎮在翰苑十餘載，不能出一語歌詠，乃於耆卿詞見之。」可知耆卿此種詞正是時代文學。

現在我們更看後人對於柳詞的批評怎樣：

黃叔暘云「耆卿長於纖艷之詞，然多近俚俗。」

孫敦立云：「耆卿詞雖極工，然多雜以鄙語。」

劉潛夫云：「耆卿有教坊丁大使意。」

李端叔云：「耆卿詞舖敍展衍，備足無餘，較之花間所集，韻終不勝。」

周濟云「北宋主樂章，情景但取當前，無窮高極深之趣。」又云「柳詞以平敍見長，或發端，或結尾，或換頭，以一二語句勒提掇有千鈞之力。」又云「耆卿舖敍委婉，言近意遠，森秀幽談之趣在骨。」

項平齋云：「杜詩柳詞皆無表德，只是實說。」

陳質齋云「柳詞格不高，而音律諧婉，詞意妥帖，承平氣象，形容曲盡。尤工於覊旅行役。」

宋翔鳳云「柳詞曲折委婉，而中具渾淪之氣，雖多俚語，而高處足冠羣流，倚聲家當尸而祝之。如竹垞所錄，皆精金碎玉，以屯田一生精力在是，不似東坡輩以餘事爲之也。」

巳上抄了八條評論，由前面三說「近俚俗」「雜鄙語」這不但無損於耆卿的詞，反正是耆卿詞的優點。現歸納上項評論，參以己見，得一最後的柳詞評論。

「柳耆卿是一個詞人——只是一個詞人——他的詞完全是自己身世的表白。從藝術的立足點看，耆卿能夠運用白話的描寫，把很普遍的意境和想像，舖張地表現出來，而鎔化情感於景物之中。雖然沒有什麼新的創意，格調也不高，但形容曲致，音律諧婉，工於覊旅行役，能夠表現苦悶的情調。這便是柳詞的成功。」

述詞人柳永，既竟，未免疎略。但也是沒法，柳耆卿雖爲一代的大詞家，但當時的人很瞧不起詞，說是小技，若是只以詞名世，做一個光棍詞人，更難得世人的激賞。所以耆卿的生平，宋史文苑傳居然無載，作品也散佚不堪！呵呵，我們能不爲這位大詞人抱寃呼屈嗎？

## 三 晏殊晏幾道的小詞

在上篇我們說過北宋的小詞，承接五代的緒餘而發達，臻於極盛的境界。現在我們講到北宋小詞的宗家，晏氏父子——晏殊與晏幾道。

北宋詞人大抵以長詞著，至柳耆卿、蘇東坡、周邦彥或以「鋪敍」見稱；或以「豪放」擅名；大都在長詞裏面表現他們的特色。至於小詞的創作，只有晏氏父子、歐陽修氏、李易安幾個人有很好的產品。所以當敍述晏氏的詞很覺稀罕呢！二晏詞集裏面原也未嘗沒有長詞，但很少而且沒有什麼價值。所以我們的敍述，只限於他倆的小詞一方面。

晏殊字同叔，（謚元献）江西撫州臨川人。（公元九九一年——公元一〇五五年）統計他的生平，不能說他是一個文學家，他是一個政客。不過他青年時才名很大，他所以取得政治上的地位，也就是因他的文才，爲進身之階。宋書晏殊列傳云：

「殊七歲能文，景德初以神童薦，召與進士千餘人並試庭中，殊神氣不懾，援筆立成，帝嘉賞，賜進士出身。……」

同叔年少才華，早年顯達，受人主的特遇，歷居顯宦要職，官拜集賢殿學士，同中書門下平章事，兼樞密使。這比起坎坷潦倒，屢遭罷斥的柳耆卿來，眞有幸有不幸呢！宋書本傳又有一段記錄晏殊之爲人及造詣：

「殊平居好賢，當時知名之士，如范仲淹、孔道輔皆出其門……殊性剛簡，奉養淸儉，文章贍麗，應用不窮。尤工詩，閑雅有情意。晚歲篤學不倦。」

可見同叔雖然在政治界很活動，依然書生本色。他著文集二百四十卷，又刪次陳以後名家詞作爲集選百卷，有臨川集、紫微集。但這都不足以名同叔，能够代表同叔文學上的成就的，還是那些自由寫成的小詞——珠玉詞。

同叔的詞，從五代的小詞脫胎而來。尤其是馮延巳，他受延巳詞的影響最大。貢父詩話云：「元献尤喜馮延己歌詞，其所自作，亦不減延己樂府。」但却不是模擬延己。同叔詞自有他的風格，與五代詞人作風，都不相同。因爲他的生活很豐滿，決不是柳耆卿那樣的淪落生涯，他的描寫是很優美的，很輕淡的，而不是壯美與深刻的。據同叔自己說，他不會作「拈絨伴伊坐」的詞。他的兒子晏叔原也替他父親吹嘘，「先君平日小詞雖多，未嘗作婦人語也。」但縱覽珠玉詞，很綺艷輕佻的作品很不少。可知同叔未嘗不作情語，未嘗不作婦人語，雖然父子都相隱晦。現舉幾首實地的詞例來：

「三月和風滿上林，牡丹妖艶値千金。惱人天氣又春陰！爲我轉回紅臉面，向誰分付紫台心？有情須殢酒杯深！」（浣溪紗）

「金風細細，葉葉梧桐墜。綠酒初嘗人易醉，一枕小窗濃睡。紫薇朱槿初殘，斜陽却照欄干。雙燕欲歸時

節，銀屏昨夜微寒。」（清平樂）

「碧海無波瑤台有路思量便合雙飛去當時輕別意中人山長水遠知何處？綺席凝塵香閨掩霧，紅箋小字憑誰附高樓目盡欲黃昏梧桐葉上蕭蕭雨。」（踏莎行）

「檻菊愁煙蘭泣露羅幕輕寒燕子雙飛去明月不諳離別苦斜光到曉穿朱戶。昨夜西風凋碧樹，獨上高樓，望盡天涯路。欲寄彩鸞無尺素山長水闊知何處？」（蝶戀花）

這些詞裏有情語有婦人語。由這些詞看來，可以知道同叔的生活是如何的優美有詩意？從詞中能夠看出作者那種十分容雍閑雅的生活態度。雖然作者也不免追思過去，也感發愁懷，不免寫幾道感傷的小詞：

「淡淡梳粧薄薄衣天仙模樣好容儀舊歡前事入顰眉。閒役夢魂孤燭暗，恨無消息畫簾垂，且留雙淚說相思！」（浣溪紗）

「時光只解催人老不信多情長恨離亭，滴淚春衫酒易醒。梧桐昨夜西風急，淡月朧明；好夢頻驚，何處高樓雁一聲？」（採桑子）

這種「傷春」、「愁別」的情緒，是人生普遍的情感，藝術的根原，人人都會有的。同叔不過在富貴裏面，故意說幾句寒酸話，不是愁人旅客的自訴。而因他的生活安定豐滿之故，這點薄脆的愁緒的感覺也是不容久估於他的心靈的很容易得着慰安。

「秋光向晚小閣初開讌。林葉殷紅猶未徧，雨後青苔滿院。蕭娘勸我金卮，殷勤更唱新詞。暮去早來郎老，人生不飲何爲？」（清平樂）

「昨日探春消息，湖上綠波平。無奈繞堤芳草，還向舊痕生。有酒且醉瑶觥，更何妨檀板新聲？誰敎楊柳千絲，就中牽繫人情。」（相思兒令）

文學原是生活的表白，只要將生活表現得像眞，表現時加上一層藝術美化，就算好詞。然如晏同叔的詞，只安於自滿自足的生活的表白，實在缺乏生活之力。我們雖不主張文學篇篇是寫「悲觀」，篇篇寫「情緒」，同時也喜歡寫「樂觀」寫「希望」的作品；但是同叔這樣一味自滿足的表現，沒有內部生命的追求，好像描寫一塊死去的平面，沒有生活的動力了。

「綠樹鶯聲老，金井生秋早。不寒不暖，裁衣按曲，天時正好。況蘭堂逢著壽筵開，見爐香縹渺，組繡呈纖巧，歌舞誇妍妙。玉酒頻傾，朱絃翠管，移宮易調。獻金巵重疊祝長生，永逍遙奉道。」（連理枝）

「慶生辰，慶生辰是百千春。開雅宴，畫堂高會有諸親。鈿函封大國，玉色受絲綸。感皇恩，望九重天上拜堯雲。今朝祝壽，祝壽數比松椿，斟美酒，至心如對月中人。一聲檀板動，一炷蕙香焚。禱仙眞，願年年今日喜長新。」（拂霓裳）

如此的詞，讀起來很覺酸腐。比較柳耆卿詞那種苦悶的纏綿，東坡詞那種高曠的情思，自不可同日語。卽比較他兒子幾道的詞，也是「老鳳不及雛鳳」呢！

往下講晏幾道的詞。

幾道字叔原，號小山，晏殊的第七子。他沒有晏殊那樣在政治上的耀顯，官只至監穎昌許田鎭。有小山詞一卷。

江西通誌載晏幾道，「能文章，善持論，尤工樂府。其小山詞淸壯頓挫，見者擊節，以爲有臨淄公風。」這裏說幾道有晏殊的風度。晏殊一代老臣，祿高位顯，世人崇拜他，遂並崇頌其詞。殊詞固有値得稱道之所，若專就詞論詞，則幾道的詞實高出其父一籌。不過幾道詞受殊詞的影響確實不小，只因二人的個性絕對不同，所以幾道的詞風與晏殊不是一樣的風格。

議到幾道詞，必先談到幾道的性格是怎樣。黃山谷序小山詞集，謂幾道有四癡。「仕宦連蹇，而不一傍貴人之門，是一癡也；論文自有體，不肯一作新進士語，此又一癡也；費貲千百萬，家人飢寒，而面有孺子之色，此又一癡也；人百負之，絕不疑其欺己，此又一癡也。」

由此，我們可以知道幾道是一個孤潔耿介之士，同時又是一個抱着赤子之心的眞人。這已經具文學者的天性了，加上藝術的天才，表現的技巧，以成功他的詞。怪不得黃魯直要說：「叔原樂府，寓以詩人句法，精壯頓挫，能搖動人心。合者高唐洛神之流，下者不減桃葉團扇」呢！且看他的詞：

「西樓月下當時見，淚粉偷勻，歌罷還顰，恨隔爐煙看未眞。別來楊柳垂千縷，幾換青春；倦客紅塵，長記樓中粉淚人。」（採桑子）

「醉別西樓醒不記，春夢秋雲，聚散眞容易。斜月半窗還少睡，畫屏閒展吳山翠。衣上酒痕詩裏字，點點行行，總是淒涼意。紅燭自憐無好計，夜寒空替人垂淚！」（蝶戀花）

「小綠間長紅，露蘂煙叢，花開花落昔年同。惟恨花前攜手處，往事成空！山遠水重重，一笑難逢。已拚長在別離中。霜鬢知他從此去，幾度春風？」（浪淘沙）

「留人不住，醉解蘭舟去，一棹碧濤春水路，過盡曉鶯啼處。渡頭楊柳青青，枝枝葉葉離情。此後錦書休寄，畫樓雲雨無憑！」（清平樂）

「妝席相逢，旋勻紅淚歌金縷。意中曾許，欲共吹花去。長愛荷香，柳色殷橋路，留人住。淡煙微雨裏，好個雙棲處。」（點絳唇）

「身外閑愁空滿，眼中歡事常稀。明年應賦送君詩，細從今夜數，相會幾多時。淺酒欲邀誰勸？深情唯有君知！東溪春近好同歸，柳垂江上影，梅謝雪中枝。」（臨江仙）

「小令尊前見玉簫，銀燈一曲太妖嬈。歌中醉倒誰能恨？唱罷歸來酒未消。春悄悄，夜迢迢，碧雲天共楚

宮遙。夢魂慣得無拘檢，又踏楊花過謝橋。」（鷓鴣天）

這樣的表現，「夢魂慣得無拘檢，又踏楊花過謝橋；」「淡煙微雨裏，好箇雙棲處；」可見幾道是如何浪漫的思想？幾道不比晏殊任大官職，爲社會觀瞻所繫，處處受拘束，不敢自由表現他的情緒之流。他只做過一任小官，在社會沒有什麼地位，在自由的藝園裏可任意發抒他的思想和天才。所以我們現在讀了小山詞，很容易發現幾道的個性有幾分兒癡顛。有人說「小山矜貴有餘」，此語實爲皮相。幾道實詞中之狂者也。

前人最欣賞小山詞者，有毛晉記錄的一段話：「諸名勝集，刪選相半，獨小山集直逼花間，字字娉娉嫋嫋，如攬嬙施之袂，恨不能起蓮、鴻、蘋、雲，按紅牙板，唱和一遍。……晏氏父子具足追配李氏。」這簡直說幾道是有宋第一詞家了。此外對小山詞的評語，還有陳質齋謂「叔原在諸名勝集中，獨可追逼花間，高處或過之。」周濟謂「晏氏父子，仍步溫韋，小晏精力尤勝。」平心說吧，小山自是第一流的詞家，但比較李後主詞的深刻沈痛的描寫，實差一著。他受南唐二主、溫飛卿、韋端己及花間諸詞人的影響都不小，卻決不是模仿他們。他不失自己的風格。故黃魯直云：「論文自有體，不肯一作新進士語。」晁无咎論「小山（歷來誤作元獻）不蹈襲人語，而風調閑雅。如『舞低楊柳樓心月，歌罷桃花扇底風』，知此人不住三家村也。」這是幾道不肯隨波逐流，模倣當時之體，故能高出，故能「追逼花間，高處或過之。」

我們給晏氏父子的詞一個最後的概評：

二晏的小詞，是繼承五代詞風的餘緒而延續發展。他們的小詞，也是從受五代詞的影響而產生的，所以體裁風格處處都有相似的地方，不過因時代的變遷，個性的差別，天才的殊能，晏氏的小詞也不會與五代詞有同一的風格體裁，換言之，晏氏的詞只是北宋人的詞，不是五代的詞。我們覺得在北宋詞人中二晏的詞，有幾個特別點。第一，是詞句的優美。小詞本來很少豪放的，（也容許有例外，如吳彥高「南朝傷心千古事」，范仲淹的「塞下秋來風景異」均很有排宕勢。）二晏之小詞，自然也是屬於婉約這一方面。但宋人詞中之美，多半由於粉飾雕琢而來。柳耆卿、周邦彥都不能免此，吳夢窗、張玉田尤甚。晏氏小詞，雖也不免用來雕琢，而好處却在詞句構成的自然的優美，讀了使人起一種溫婉膩細的感觸。小晏詞尤甚。第二，是音節的美。本來凡是詞都與音韻有密接關係；不過長詞須用韻太多，不免做作硬湊，音節難於聯貫，小詞則容易表現自然的音節之美。尤其是我們讀了二晏詞以後，有這種感覺。如上面引晏殊的浣溪紗「三月和風滿上林，牡丹妖艷值千金。惱人天氣又春陰！為我轉回紅臉面，向誰分付紫台心？有情須殢酒杯深」一詞；又如晏幾道的臨江仙：

「夢後樓台高鎖，酒醒簾幕低垂。去年春恨却來時，酒醒人獨立，微雨燕雙飛。記得小蘋初見，兩重心字羅衣。琵琶絃上說相思。當時明月在，曾照綵雲歸。」

音節和諧，有女性的聲調之美，就是不懂詞的人，也會感覺這種詞的好處吧。

右述晏氏的小詞竟。

## 四　張先的詞

北宋仁宗時有二張先，均字子野。一個博州人，一個烏程人。（或作湖州人）我們在這裏所要說的，是烏程張先，那是一個詞人。（這是很容易誤會的，如道山清話竟以博州張先爲詞人張先。）

子野的生平，宋史無傳可考。惟據浙江通志云「先年八十九卒」，又據蘇軾記遊松江云：「吾自杭移高密……張先皆從余過李公擇於湖。……時子野年八十五。……」又蘇軾勸上人詩集序云：「熙寧七年，余自外塘赴高密」可知熙寧七年張先已八十五歲，再過四年（八十九歲）先死之年是元豐元年，倒數上去八十九年，是淳化元年。於是可以斷定張先生於公元九九〇年，死於公元一〇七八年。

少年時的張子野，遊京師，晏元獻嘗辟爲通判。又嘗知吳江縣，官至都官郎中。故有「桃李嫁東風郎中」和「雲破月來花弄影郎中」之名。他又號張三影。（因他有「雲破月來花弄影」，「嬌柔嬾起簾壓捲花影」，「柳徑無人墜輕絮無影」三影字名句。）李公擇守吳興時，嘗招子野等集於郡國，爲六客之會。晚年，乃優游鄉園，以放舟釣魚爲樂。享年在宋詞人中，子野要算最高。——這是子野身世的梗概。

先的詞，有安陸詞一卷，原來先不僅長於詞，也長於詩文。舊載稱先有文集百卷行世。蘇軾有題張子野詩集後曰：「子野詩筆老妙，歌詞乃其餘技耳！」葉夢得亦謂「俚俗多喜傳詠先樂府，遂掩其詩聲。」不過於今先的詩文完全散佚了，故我們於此只討論子野的歌詞。

子野所傳下的一卷安陸詞並不多，只有六十八首，今揀幾首抄錄來作例：

「溪山別意，烟樹去程，日落採蘋春晚。欲上征鞍，更掩翠簾回面，相盼惜彎彎淺黛長長眼，奈畫閣歡遊，也學狂花亂絮，輕散水影橫池館，對靜夜無人，月高雲遠。一餉凝思，兩眼淚痕還滿！難遣恨私書又逐東風斷，縱夢澤層樓萬尺，望湖城那見？」（卜算子慢）

「巴子城頭青草暮，巴山重疊相逢處，燕子占巢花脫樹。杯且舉，瞿塘水闊舟難渡。天外吳門淸霅路，君家正在吳門住。贈我柳枝情幾許？春滿縷，爲君將入江南去。」（漁家傲）

「乍煖還輕冷，風雨晚來方定。庭軒寂寞近淸明，殘花中酒，又是去年病。樓頭畫角風吹醒，入夜重門靜；那堪更被明月，隔牆送過秋千影！」（青門引）

「垂螺近額，走上紅裀初趁拍，只恐驚飛，擬倩游絲惹住伊。文鴛繡履，去似流風塵不起。舞徹梁州，頭上宮花顫未休。」（減字木蘭花贈伎）

「含羞整翠鬟，得意頻相顧。雁柱十三絃，一一春鶯語。嬌雲容易飛，夢斷知何處？深院鎖黃昏，陣陣芭蕉雨。」（生查子）

前人謂子野詩過其詞，我們不管子野的詩怎樣，他的詞實有他特別的情調和韻格。李端叔云：「子野才不足而情有餘」晁無咎云「子野與耆卿齊名，而時以子野不及耆卿。然子野韻高，是耆卿所乏處」論情調，子野不必優於耆卿；論韻格則子野實比耆卿高。但子野詞有一個大缺點，在却是缺乏表現的能力，所謂「才不足」「偏才無大起落」却是說他表現力的平常。即如他最有名的天仙子與碧牡丹詞：

「水調數聲持酒聽，午醉醒來愁未醒。送春春去幾時回？臨晚鏡，傷流景，往事悠悠空記省。沙上並禽池上瞑，雲破月來花弄影。重重翠幕密遮燈，風不定，人初靜，明日落紅應滿徑。」

「步障搖紅綺，曉月墮沉烟砌。緩板香檀，唱徹伊家新製。怨入眉頭，斂黛峯橫翠。芭蕉寒，雨聲碎。鏡華翳，閑照孤鸞戲。思量去時容易。鈿合瑤釵，至今冷落輕棄。望極藍橋，但暮雲千里。幾重山，幾重水。」

天仙子詞，「雲破月來花弄影」是子野三影詞中生平最得意之作。碧牡丹一首，「幾重山，幾重水，」是曾經大感動晏文獻的。然亦不過如周密所評，「子野詞清出處生脆處味極雋永」成功警句而已。在北宋人詞中，論豪宕，子野不如東坡；論濫婉，子野不如易安；論鋪敘，子野又不如耆卿。美成雖以韻格見稱，亦不足以名家。所以子野詞在當代雖負時譽，與耆卿齊名，終究是第二流的詞家。

## 五　六一居士的詞

歐陽修，字永叔，廬陵人。（生於公元一〇〇七年，卒於公元一〇七二年，享年六十六。）官至樞密副使參知政事以太子少師致仕。諡文忠。有六一居士詞三卷。（古虞毛晉併爲一卷。）

說到歐陽永叔，便不得不提到他在文學史上的地位來。永叔不是北宋第一位大古文家嗎？永叔不是主張文學復古的健將嗎？從他的文集和他著的詩本誼看來，知道他對於詩三百篇的「溫柔敦厚」很有發揮；從他的六一詩話和他創作的詩集看來，知道他很攻擊艷體的西崑而倡導盛唐。蘇軾敘其文曰「論道似韓愈，論事似陸贄，記事似司馬，詩賦似李白」。簡而言之歐陽修是一個主「復古」的，是一個主「文以載道」的正統派的古文家。誰知道他會作艷靡的小詞呢？從來沒有人稱道過他的詞，更沒有人說他是偉大的詞人了，除了藝苑卮言說過一句「永叔詞勝其詩」外。

因爲永叔是一位嚴正的古文家，所以後人都不相信他會作浮艷的小詞，而疑是他人僞作的。曾慥樂府雅詞序云「歐公一代儒宗，風流自命。詞章窈渺，世所矜式。乃小人或作艷語，謬爲公詞。」陳質齋云「歐陽公詞，多與花間陽春相混，亦有鄙褻之語廁其中，當是仇人無名子所爲也。」蔡絛云「今詞之淺近者，前輩多謂是劉煇僞作。」羅長源云「今柳三變詞亦有雜之平山集中，則其浮艷者殆亦非皆公少作也。」從這幾段話看來至多我們承認六一詞已雜入他人之作，不是定本了，却決不能說凡浮艷之詞，都不是永叔作的。如羅長源之言「浮艷者殆亦非皆公少作」，則亦承認永叔有艷詞了。後人總不敢說永叔有艷詞，恐怕打破他那儒敎信仰的尊嚴。其實這是顯然的：永叔在社會方面，在學術方面爲自己的名計，自然提倡「

文以載道」的文以號召一切。若為呼訴自己的心聲，為表白自己的情緒，自然要借重詞借重當時看作玩意兒的詞，抒寫出來。試看朱熹是何等的道學先生，他作起詞來也慣作情語。何況永叔是文學家，更何況永叔是有些浪漫性的文學家，（從醉翁亭記即可看出一些來）怎的不會把自己的情緒發抒出來呢？我們不必那樣愚為要保存永叔那假儒宗的莊嚴，不惜犧牲極好的作品而不去欣賞，硬說他人偽作的。現在我們正要欣賞永叔這些絕妙好詞。

「輕舟短棹西湖好，綠水逶迤，芳草長堤，隱隱笙歌處處隨。無風水面琉璃滑，不覺船移，微動漣漪，驚起沙禽掠岸飛。」（採桑子）

「羣芳過後西湖好，狼藉殘紅，飛絮濛濛，垂柳闌干盡日風。笙歌散盡遊人去，始覺春空，垂下簾櫳，雙燕歸來細雨中。」（採桑子）

「清晨簾幕卷輕霜，呵手試梅粧，都緣自有離恨，故畫作遠山長。思往事，惜流光，易成傷；未歌先斂，欲笑還顰，最斷人腸！」（訴衷情）

永叔詞常寓情於景，往往不說情而景中自有情。在踏莎行和蝶戀花兩首詞內表現得更顯明：

「候館梅殘，溪橋柳細，草薰風暖搖征轡。離愁漸遠漸無窮，迢迢不斷如春水。寸寸柔腸，盈盈粉淚，樓高莫近危欄倚。平蕪盡處是春山，行人更在春山外。」

「庭院深深深幾許？楊柳堆煙，簾幕無重數。玉勒雕鞍遊冶處，樓高不見章台路。雨橫風狂三月暮，門掩黃昏，無計留春住。淚眼問花花不語，亂紅飛過秋千去。」

這是描寫殘春的景象，簡直是情景融一，分不出那是情那是景了。原來是寫情化的景界，自然由景裏迸發出情來，融成一片。永叔寫景之妙，往往能夠一字道着，看他的浣溪紗：

「堤上遊人逐畫船，拍堤春水四垂天，綠楊樓外出鞦韆。白髮戴花君莫笑，六么催拍盞頻傳。人生何處似尊前？」

晁无咎云「只一出字自是後人道不到。」在六一詞集裏面，寫景的詞也很不少，如漁家傲有十二首，即是描寫自一月至十二月的時令景色的詞，詞長不具錄。現且錄他一首詠春草的少年遊詞：

「闌干十二獨憑春，晴碧遠連雲。千里萬里，二月三月，行色苦愁人。謝家池上，江淹浦畔，吟魄與離魂。那堪疎雨滴黃昏，更特地憶王孫！」

吳曾評此詞云：「不惟君復、聖俞二詞不及，雖求諸唐人溫李集中，殆與之爲一矣。」此外詠物詞有蝶戀花詠採蓮，望江南和玉樓春都是詠蝶的。

「越女採蓮秋水畔，窄袖輕羅，暗露雙金釧。照影摘花花似面，芳心只共絲爭亂。鸂鶒灘頭風浪晚，霧重煙輕，不見來時伴。隱隱歌聲歸棹遠，離愁引著江南岸！」

「江南蝶，斜日一雙雙。身似何郎全傅粉，心如韓壽愛偷香，天賦與輕狂。微雨後，薄翅膩煙光。纔伴遊蜂來小院，又隨飛絮過東牆，長是爲花忙！」

「南園粉蝶能無數，度翠穿紅來復去。倡條冶葉恣留連，飄蕩輕於花上絮。朱闌夜夜風兼露，宿粉棲香無定所。多情翻似却無情，贏得百花無限妬！」（玉樓春）

古人詠物最愛用事，所以描寫得再好，終覺隔一層。這幾首詞的好處，却在白描。現再看永叔的抒情小詞。說到永叔的抒情詞，我們更加起勁了。

「何處笛？深夜夢回情脈脈，竹風簷雨寒窗隔。離人幾歲無消息，今頭白，不眠特地重相憶！」（歸國謠）

「春灩灩，江上晚山三四點，柳絲如剪花如染。香閨寂寂門半掩，愁眉斂，淚珠滴破胭脂臉。」（同上）

「蘋滿溪，柳遶堤，相送行人溪水西，回時隴月低。煙霏霏，風淒淒，重倚朱門聽馬嘶，寒鷗相對飛。」（長相思）

「花似伊，柳似伊，花柳青春人別離，低頭雙淚垂。長江東，長江西，兩岸鴛鴦兩處飛，相逢知幾時！」（同上）

「深花枝，淺花枝，深淺花枝相並時，花枝難似伊。玉如肌，柳如眉，愛着鵝黃金縷衣，啼粧更爲誰？」（同上）

「尊前擬把歸期說，未語春容先慘咽。人生自是有情癡，此恨不關風與月。離歌且莫翻新闋，一曲能敎腸寸結。直須看盡洛城花，始共東風容易別。」（玉樓春）

這樣的寫相思，這樣的寫別離，用白話來白描，在詞裏要算最高的藝術了。我們讀了只覺得風韻中有婉約之意，豪放中有沈着之致，境界甚高，並不覺得涉於纖艷。其給後人以反感的大概是因六一詞裏面有「輕無管繫狂無數，水畔飛花風裏絮。算伊渾似薄情郎，去便不來來便去。」（玉樓春）「好妓好歌喉，不醉難休！勸君滿滿酌金甌，總使花前常病酒，也是風流。」（浪淘沙）和「去來窗下笑相扶，愛道畫眉深淺入時無？等閒妨了繡工夫，笑問雙鴛鴦字怎生書？」（南歌子）之句。其實這些詞誠不免顯露些，却未嘗不是好詞。

此外在六一詞裏面我們更可以發現一首奇特的詞例。這首詞雖也免不了抒情的意味，却是敘事的體裁，我們儘可以說是一首敘事詞。這詞是重疊一個詞牌的幾首詞做成的。

牛郎與織女（漁家傲）

（一）

「喜鵲填河仙浪淺，雲軿早在星橋畔。街鼓黃昏霞尾暗，炎光斂，金鉤側倒天西面。一別經年今始見，新歡往恨知何限！天上佳期貪眷戀，良宵短，人間不合催銀箭。」

（二）

「乞巧樓頭雲慢卷，浮花催洗嚴妝面。花上蛛絲尋得遍，顰笑淺，雙眸望月牽紅線。奕奕天河光不斷，有人還在長生殿。暗付金釵清夜半，千秋願，年年此會長相見。」

（三）

「別恨長長歡計短，疎鐘促漏眞堪怨。此會此情都未半，星初轉，鸞琴鳳樂匆匆卷。河鼓無言西北眄，香蛾有恨東南遠。脈脈橫波珠淚滿，歸心亂，離腸便逐星橋斷。」

這自然不算純正的敍事詩。不過在敍事詩貧乏的中國，敍事詩已不可多得，在詞裏面有這麽一首抒情的敍事詩，自然是可珍貴的。

現在我們可以給永叔詞告一結束了：

歐陽永叔的創作文學用兩種形體的表現：一種是詩，一種是詞。永叔的詩因爲太講究「復古」，太講究「詩話」「詩法」和拘束於詩的溫柔敦厚的緣故，處處妨礙他天才的發展，致不能够達到完全的表現。永叔的詞則係當頑意兒做的。不必講什麽「復古」，也不必講什麽「詞法」，很自由地寫出來。且因在那時，詞號艷科，以描寫男女之情爲主，所以永叔不能在古文裏面寫出來的情緒，不能在詩裏面表達的情緒，可以儘量地在詞裏面裸現出來。我們讀了六一詞很容易發現永叔的文學天才，可以發現永叔情感的奔迸，可以發現永叔的思想及其個性。」

## 六 東坡詞

蘇軾，（字子瞻，眉山人。生於公元一〇三六年，卒公元一一〇一年。）他在文學方面的造詣是多方面的。他的散文照耀今古，與韓昌黎媲美；他的詩，雖不必能趕上盛唐，然在有宋一代，總算蔚然大家，後無來者；至於詞，這似乎是東坡的末技了。東坡並不以詞名，後人研究東坡文學的，也只研究研究他的詩文，既經認爲末技的詞，並沒有人去怎樣注意。然而老實說吧，東坡在詩歌上的成就，還遠不如他的詞的成就大些。他的詩在詩史上不算最好的作家，而他的詞，則佔在詞史的特殊位置。與其我們說東坡是詩人，不如說是詞人。在這一點，藝苑卮言上面的話已經先獲我心了。

東坡的詞，後人批評的論調很不一致。而因爲詞派上的分正統與別派的觀念，對於蘇詞遂發生種種不正確的批評。四庫提要云「詞自晚唐、五代以來，以清切婉麗爲宗，……至軾而一變，如詩家之有韓愈，遂開南宋辛棄疾等一派。尋源溯流，不能不謂之別調；然謂之不工則不可。」這種批評，僅說到蘇詞係一別調，一並沒有如何攻擊蘇詞。若袁綯所說，「學士詞須銅將軍鐵棹板唱大江東去」，則譏其詞不如柳耆卿，蔡伯世云「子瞻辭勝乎情……辭情相稱者唯少游而已」，又譏其詞不如秦淮海。至於陳无己云：「子瞻以詩爲詞，如教坊雷太使之舞，雖極天下之工，要非本色」，這更顯然拿詞派來排斥蘇詞了。可是雖則儘力排斥蘇詞，實際上却已經承認蘇詞是「謂不工則不可」「極天下之工」，可見這種種評論都是爲詞派的觀念所囿着。我們現在既否認傳統的狹義的什麼正統詞派的存在，那末，這樣的批評却也不攻自破了。對於蘇詞還有一種的誤解。李易安詞論云：「蘇子瞻學際天人，作爲小歌辭，直如酌蠡水於大海然皆句讀不葺之詩爾；又往往不協音律者何耶？……」世人多以「不協音律」爲蘇詞病。實在，蘇詞誠如晁无咎所言：「居士詞，人謂多不諧音律，然橫放傑出，自是曲子中縛不住者。」陸放翁更說得好：「晁以道謂『紹聖初與東坡別於汴上，東坡酒酣自歌古陽關。』則公非不能歌，但豪放不喜裁剪以就聲律耳。」這麼看來，我們不但不能責蘇詞「不協音律」，反而應該稱道他能爲完成文學的內容而割愛音律。

辨明了對於蘇詞的兩種謬解，往下更要談到蘇軾在詞史上的建設事業。那末，我們不得不承認蘇詞的偉大了。在蘇軾以前的詞，只講究艷靡，詞以婉約爲宗，描寫是很狹義的，局面毫無發展，故有「詞爲艷科」之目。到了蘇軾，才首先打破「詞爲艷科」之名，擴張詞的狹義描寫，擴充詞的局面，他的詞體不限於婉約艷靡，很豪放恣肆，有排宕之勢；他的詞的內容，不拘於「閨怨」「離恨」之情而抒寫壯烈的懷抱；他的描寫不只在鍊些優美的婉約的詞句，而以「詩句」入詞，以「賦句」入詞，甚至以「文句」入詞。這種種改革，總而言之，是詞體的大解放。我們卽不必論蘇詞本位的價值如何，單說「詞體之得解放」一方面講，蘇軾爲詞壇新闢無限的殖民地，得以自由去發展開闢，其革新之功已昭然暄赫於詞史上了。胡致堂評蘇詞云：「眉山蘇氏，一洗綺羅香澤之態，擺脫綢繆宛轉之度，使人登高望遠，舉首高歌，而逸懷浩氣，超乎塵垢之外，於是花間爲皁隸，而耆卿爲輿台矣。」這是一個很忠實的批評。

王阮亭說：「山谷云『東坡書挾海上風濤之氣』，讀坡詞當作如是觀。瑣瑣與柳七較錙銖，無乃爲髯公所笑。」實在的東坡詞氣象宏闊，我們不應該以讀舊詞的眼光來讀蘇詞，應該換一付「壯觀」的眼目，來欣賞蘇詞。他的詞除「大江東去」和「明月幾時有」二首引在上篇外，現從東坡詞裏面選抄幾首詞在下面

「憑空眺遠，見長空萬里雲無留迹。桂魄飛來，光射處冷浸一天秋碧。玉宇瓊樓，乘鸞來去，人在清涼國。江山如畫，望中煙樹歷歷。我醉拍手狂歌，舉杯邀月，對影成三客。起舞徘徊風露下，今夕不知何夕？便欲乘風翻然歸去，何用騎鵬翼。水晶宮裏，一聲吹斷橫笛。」（念奴嬌中秋）

「蝸角虛名，蠅頭微利，算來著甚乾忙？事皆前定，誰弱又誰強？且趁閒身未老，儘放我些子疎狂。百年裏，渾教是醉，三萬六千場。思量能幾許？憂愁風雨，一半相妨。又何須抵死說短論長。幸對清風皓月，苔茵展雲幕高張。江南好，千鍾美酒，一曲滿庭芳。」（滿庭芳）

這首滿庭芳詞，可說是東坡生活態度之自白。像這種排宕的長詞，大都是東坡自己的「懷抱」的抒寫。其寫纏綿依戀之情的長詞在蘇氏集中殊不多覯。但因此而說東坡不能作情語，這就大錯了。張叔夏說：「東坡詞清麗舒徐處，高出人表，周秦諸人所不能到。」周保緒說：「人賞東坡麤豪，吾賞東坡韶秀。韶秀是

東坡佳處，麤豪則病也」且看他的詞：

「乳燕飛華屋，悄無人，桐陰轉午。晚涼新浴，手弄生綃白團扇，扇手一時似玉。漸困倚孤眠清熟，簾外誰來推繡戶？枉教人夢斷瑤台曲，又却是風敲竹！石榴半吐紅巾蹙，待浮花浪蕊都盡，伴君幽獨。穠艷一枝，細看取，芳意千里似束，又恐被西風驚綠。若待得君來向此花前，對酒不忍觸，共粉淚，兩簌簌。」

「冰肌玉骨，自清涼無汗，水殿風來暗香滿。繡簾開，一點明月窺人，人未寢，攲枕釵橫鬢亂。起來攜素手，庭戶無聲，時見疎星渡河漢。試問夜何其？夜已三更，金波淡，玉繩低轉。但屈指西風幾時來，又不道流年暗中偷換！」（洞仙歌）

「似花還似非花，也無人惜從教墜。拋家傍路，思量却似，無情有思。縈損柔腸，困酣嬌眼，欲開還閉。夢隨風萬里，尋郎去處，又還被鶯呼起。不恨此花飛盡，恨西園落紅難綴。曉來雨過，遺踪何在？一池萍碎。春色三分，二分塵土，一分流水。細看來不是楊花，點點是離人淚。」（水龍吟）

誰說東坡不能作情語呢？王士禎說：「枝上柳綿，恐屯田緣情綺靡未必能過。孰謂坡但解作『大江東去』耶？」（引見下蝶戀花）以上是東坡的長詞。東坡的小詞也有很好的。樓敬思說：「東坡老人，故自靈氣仙才，所作小詞，衝口而出，無窮清新，不獨寓以詩人句法，能一洗綺羅香澤之態也。」

「花褪殘紅青杏小，燕子飛時，綠水人家繞。枝上柳綿吹又少，天涯何處無芳草？架上鞦韆牆外道，牆外

行人，牆裏佳人笑。笑漸不聞聲漸杳，多情却被無情惱！」（蝶戀花）

「水是眼波橫，山是眉峯聚。欲問行人去那邊？眉眼盈盈處。纔是送春歸，又送君歸去。若到江南趕上春，千萬和春住！」（卜算子）

「琵琶絕藝，年紀都來十二。撥弄么絃，未解將心指下傳。主人嗔小，欲向春風先醉倒。已屬君家，且更從容等待他。」（減字木蘭花贈小鬟琵琶）

「世事一場大夢，人生幾度秋涼？夜來風雨已鳴廊，看取眉頭鬢上。酒賤常愁客少，月明多被雲妨。中秋誰與共孤光？把盞淒然北望。」（西江月）

「持杯遙勸天邊月，願月圓無缺。持杯更復勸花枝，且願花枝長在莫披離。持杯月下花前醉，休問榮枯事。此歡能有幾人知？對酒逢花不飲待何時？」（虞美人）

「記得畫屏初會遇，好夢驚回，望斷高唐路。燕子雙飛來又去，紗窗幾度春光暮。那日繡簾相見處，低眼佯行，笑整香雲縷。斂盡春山羞不語，人前深意難輕訴。」（蝶戀花）

「莫聽穿林打葉聲，何妨吟嘯且徐行。竹杖芒鞋輕勝馬，誰怕？一簑煙雨任平生。料峭春風吹酒醒，微冷；山頭斜照却相迎。回首向來瀟瑟處，歸去，也無風雨也無情。」（定風波）

「缺月掛疏桐，漏斷人初靜。時見幽人獨往來，縹渺孤鴻影。驚起却回頭，有恨無人省。揀盡寒枝不肯棲，

寂寞沙洲冷。」（卜算子悼溫超超）

「道字嬌訛苦未成，未應春閣夢多情。朝來何事綠鬟傾？綵索身輕長趁燕，紅窗睡重不聞鶯。困人天氣近清明。」（浣溪紗）

這種的小詞，詞筌謂：「如此風調，令十六七女郎歌之，豈在曉風殘月之下？」統言之，東坡的詞，有極豪爽的，有極溫婉的。因爲他的才氣大，所以在長詞裏面，說來說去，奔蹤放肆，越剝越過裏，越翻越奇特，句有盡而意不窮。這一半是東坡天才的獨到處，一半也因爲東坡有豐滿的生活作描寫的背境。東坡足跡所至；他生於四川，長遊京都，而儋州、黃州、惠州、定州、徐州、密州、杭州……都是他曾經踯躅之所。有東坡這樣變遷不拘的生活，產生的文學也自然是活躍的。至拿東坡的小詞和長詞比較，則因東坡才氣發揚的緣故，長詞更適宜於他儘量的描寫，小詞往往不能束縛他，所謂「曲子中縛不住者。」末了，我且引陸放翁一段蘇詞的讀後感以作結束：

「試取東坡諸詞歌之，曲終覺天風海雨逼人。」

## 七　詞人秦觀

陳后山說：「今代詞手，惟秦七黃九而已。」在詞人濟濟之北宋，而后山獨推望秦黃，自非無端。實在說來，黃庭堅的詞還不如秦觀。彭羨門有言曰：「詞家每以秦七黃九並稱，其實黃不及秦遠甚。猶高（觀國）

之視史（邦卿）劉（過）之視辛（棄疾），雖齊名一時，而優劣自不可掩。」則可以想見秦觀在北宋詞人中之地位了！

秦觀字少游，一字太虛，揚州高郵人。生於公元一〇四九年。因蘇軾薦，除秘書省正字，兼國史院編修官。後坐黨籍屢遭徙放，以公元一一〇一年（或謂一一〇〇年）卒於古藤。觀少豪俊慷慨，溢於文詞，長於議論，文麗而思深。蘇軾以為有屈宋才。王安石亦謂清新似鮑謝。著有文集四十卷，淮海詞一卷。（據宋史文苑傳）

先講淮海詞的來源：我們知道少游為蘇門四學士之一。在四學士中，子瞻且尤善少游，稱為今之詞手。然而少游的詞，却迴然與東坡不同調。張綖云「少游多婉約，子瞻多豪放，當以婉約為主。」這是蘇秦的詞，顯然立於恰相矛盾的趨向。究竟少游詞是怎樣的來源呢？舉兩個例來說明：

(1)「秦少游自會稽入京見東坡。東坡曰：『不意別後公却學柳七作詞。』秦答曰：『某雖無學，亦不至是。』東坡曰：『「消魂當此際」，非柳七句法乎？』秦慚服。」（高齋詞話）

(2)梅聖俞蘇幕遮詞：「落盡梨花春事了，滿地斜陽，翠色和煙老。」劉融齋謂「少游一生似專學此種。」

平心而論，少游雖不必專學梅聖俞，而受耆卿詞的影響實不小。不過不自限於柳詞，而能自成風格，融數家於一體。所以蔡伯世云：「子瞻辭勝乎情，耆卿情勝乎辭，辭情相稱者，唯少游而已。」試讀他的詞：

「鸎嘴啄花紅溜，燕尾點波綠皺。指冷玉笙寒，吹徹小梅春透。依舊，依舊，人與綠楊俱瘦。」（憶仙姿）

「萋萋芳草憶王孫，柳外樓高空斷魂。杜宇聲聲不忍聞，欲黃昏，雨打梨花深閉門。」（憶王孫）

「纖雲弄巧，飛星傳恨，銀漢迢迢暗度。金風玉露一相逢，便勝却人間無數。柔情似水，佳期如夢，忍顧鵲橋歸路。兩情若是久長時，又豈在朝朝暮暮？」（鵲橋仙）

「菖蒲葉葉知多少，惟有個蜂兒妙。雨晴紅粉齊開了，露一點嬌黃小。早是被曉風力暴，更春共斜陽俱老。怎得香香深處，作個蜂兒抱！」（迎春樂）

「恨眉醉眼，甚輕輕覷着，神魂迷亂。常記那回，小曲闌干西畔，鬢雲鬆，羅襪剗。丁香笑吐嬌無限，語軟聲低，道我何曾慣？雲雨未諧，早被東風吹散。悶損人，天不管。」（河傳）

少游的詞可以分為兩個時期：未遭流放以前和既遭流放以後。詞的情調完全不同。這幾首小詞雖不敢斷定牠的時期，却從詞裏面顯示一種浪漫的色彩，很綺麗，描寫也很精緻。如品令的後半闋，「每每秦樓相見，見了無限憐惜。人前强不欲相沾識，把不定臉兒赤。」描寫很生動。同時少游在長詞裏面却常常寫出無限的哀感：

「高城望斷塵如霧，不見連騎處。夕陽村外小灣頭，只有柳花無數送歸舟。瓊花玉樹頻相見，只恨離人

遠。欲將幽恨寄靑樓，爭奈無情江水不西流。」（虞美人）

「山抹微雲，天連衰草畫角聲斷譙門。暫停征棹，聊共引離尊。多少蓬萊舊事，空回首，煙靄紛紛。斜陽外，寒鴉萬點，流水遶孤村。消魂當此際，香囊暗解，羅帶輕分。漫贏得靑樓薄倖名存。此去何時見也？襟袖上空染啼痕，傷情處，高城望斷，燈火已黃昏。」（滿庭芳）

原來秦少游也是一位天生的情癡。從他的不願舉進士看來，人間的功名富貴，於少游如浮雲，已無所爲戀了。但情感活潑的詩人隨便一種境界都足以引起他的感傷。過活好的環境時已經是如此，何況經歷流放的孤苦生涯，怎麼不更要遞倍的苦悶而呼訴出來呢？

「西城楊柳弄春柔，動離憂，淚難收。猶記多情，曾爲繫歸舟。碧野朱橋當日事，人不見，水空流。韶華不爲少年留，恨悠悠，幾時休？飛絮落花時候，一登樓，便做春江都是淚，流不盡，許多愁。」（江城子）

「霧失樓台，月迷津渡，桃源望斷無尋處。可堪孤館閉春寒，杜鵑聲裏斜陽暮。驛寄梅花，魚傳尺素，砌成此恨無重數。郴江幸自遶郴山，爲誰流下瀟湘去？」（踏莎行柳州旅舍）

馮夢華宋六十一名家詞選序例謂：「淮海古之傷心人也，其淡語皆有味，淺語皆有致。」人間詞話云：「少游詞境最淒婉，至『可堪孤館閉春寒，杜鵑聲裏斜陽暮』，則變爲淒厲矣。」晉卿云：「少游正以平易近人，故用力者終不能到。」良卿云：「少游詞如花含苞，故不甚見其力量。其實後來作者，無不胚胎於此。」

這都是對於淮海詞很好的批評。但淮海詞亦自有其缺點在。關於淮海詞的缺點，我們最好引蘇子瞻的話來作批評。

(1)「淮海辭情兼勝，還在蘇黃之上。」這是少游的優點。然以氣格爲病，蘇子瞻嘗戲云：「『山抹微雲』秦學士，『露華倒影』柳屯田。」是情韻所長，氣格所短。

(2)少游描寫有極能經濟的，如滿庭芳詞：「斜陽外，寒鴉萬點，流水遶孤村，」僅僅十二字，把一幅夕陽晚景刻畫維肖，這不能不說是極經濟的描寫。但少游的描寫也有極不經濟的，如：「東坡問別後作何詞？少游舉『小樓連苑橫空下窺繡轂雕鞍驟。』東坡曰：『十三個字，只說得一個人騎馬樓前過。』」(高齋詩話)這種累贅用事的無益描寫，在淮海詞裏面很容易發見。

右述淮海詞及其批評既竟，最後我且引李清照的一段批評作爲結束：

「秦(少游)專主情致，少故實，譬諸貧家美女，非不妍麗，終乏富貴態耳。」

## 八 蘇門的詞人——黃魯直、晁無咎、陳師道。

我們知道北宋初期的文學，雖有盛唐與西崑之爭，古文與時文之爭，但自歐蘇享盛名以後，佔了文壇的中樞勢力，這種門戶的黨見漸漸被消滅了。歐陽修的事業不專在文學，而蘇軾則隱隱成了文壇的中心。

如黃（庭堅）、秦（觀）、張（耒）、晁（補之）、號爲蘇門四學士；李之儀、陳師道、程垓或以才受知於蘇軾，或以詞得軾之激賞，雖然他們的詞，不一定是蘇軾一樣的風格情調，總可人說是蘇門的詞人。

第一個我們要說的是黃庭堅

庭堅字魯直，號山谷老人，洪州分寧人。（公元一〇四五年——公元一一〇一年）官爲秘書丞。他生平在文學上的努力，成功於詩歌一方面。世號蘇黃，爲江西詩派之宗。他的詞也擬似他的詩。晁無咎謂「魯直自是著腔子唱好詩，」譏其不是當行也。有山谷詞二卷。

自然，山谷的詞受蘇詞的影響不少。看他的念奴嬌：

「斷虹霽雨淨秋空，山染修眉新綠。桂影扶疏，誰便道今夕清輝不及？萬里靑天，姮娥何處，駕此一輪玉。寒光零亂，爲人偏照醽醁。年少從我追遊，晚城幽徑，遶張園森木。共倒金荷家萬里，難得樽前相屬。老子平生，江南江北，最愛臨風笛。孫郞微笑，坐來聲噴霜竹。」

這種詞自是從蘇子瞻念奴嬌「大江東去」詞得來的，頗有豪放之致。陳后山則舉其「春未透，花枝瘦，正是愁時候，」謂峭健非秦觀所能作。按此詞驀山溪調贈衡陽妓陳湘中句，其詞如下：

「鴛鴦翡翠，小小思珍偶。眉黛斂秋波，儘湖南山明水秀，娉娉嫋嫋，恰近十三餘。春未透，花枝瘦，正是愁時候。尋芳載酒，肯落誰人後。只恐晚歸來，綠成陰，靑梅如豆。心期得處，每自不由人；長亭柳，君知否？千里猶回首」

這還不能算山谷的好詞。山谷詞的特點，是在描寫男女間的戀愛就是俗所詬病他的喜爲淫豔之詞。

我們現在正要介紹山谷的豔詞：

「把我身心，爲伊煩惱，算天便知。恨一回相見，百回做計，未能偎倚，早覓東西。鏡裏拈花，水中捉月，覷着無由得近伊。憔悴鎮，花銷翠減，玉瘦香肌。奴兒又有行期，你去即無妨我共誰？向眼前常見，心猶未足，怎生禁得真個分離。地角天涯，我隨君去，掘井爲盟無改移。君須是，做些兒相度，莫待臨時。」（沁園春）

「對景還消瘦，被個人把人調戲。我也心兒有憶我，又喚我，見我嗔我，天甚教人怎生受？看承幸廝勾，又是樽前眉峯皺。是人驚怪，寃我忒撋就，揲了又捨了，一定是這回休了！及至相逢又依舊」。（歸田樂引）

「不見片時霎，魂夢相隨着。因甚近新無據？誤竊香深約。思量模樣憶憎兒，惡又怎生惡？終待共伊相見，與伴伴奚落」。（好事近）

山谷這些詞，完全引當時俚語白話入詞，大膽的描寫男女間裸赤的情愛，描寫的生動和精緻，這都是山谷豔詞的特色。論者每以猥褻爲山谷詞之病。法香且謂其「以筆墨誨淫，於我法當墮犂舌地獄」。實則我們並不覺得山谷詞如何猥褻？也不覺得男女間火熱的愛不可以描寫出來？「淫豔」二字不足以爲山谷詞病。可是山谷詞卻另有大可詬病的地方在：

山谷最愛集古詩，或括古詞以組成詞及新詞。如浣溪紗一例：

「新婦磯頭眉黛愁，女兒浦口眼波秋，驚魚錯認月沈鈎。青箬笠前無限事，綠蓑衣底一時休，斜風細雨轉船頭。」

這還要算一首好詞。以水光山色，替却玉肌花貌，眞有漁父家風。但自己既沒有自創意境，只截取古人字句，卽算能藉以組合成一首好詞，也不能算是創作。何況山谷往往點金成鐵呢？如西江月「斷送一生唯有破除萬事無過，」從對仗方面看，誠引得很巧；若就文學論，這是很笨拙的句子。又如兩同心調裏的「你共人女邊著子，爭知我門裏挑心，」把好字寫爲「女邊著子，」把悶字拆成「門裏挑心，」這是猜字謎，那裏有什麽意思？山谷並且複用這兩句在他的幾首詞裏面，豈愛其造語之工耶？

晁補之、與黃魯直同時的詞人。字無咎，鉅野人。（公元一〇五三年—公元一一一〇年）官至著作郎，國史編修官。爲蘇門四學士之一。宋史文苑傳記其「才氣飄逸，嗜學不知倦。文章溫潤曲縟，其凌麗奇卓出乎天成。尤精楚詞，論集屈宋以來賦詠爲變離騷等三書。」其詩文著爲雞肋集七十卷，有詞琴趣外篇六卷。補之雖屬蘇門，而他的詞却絕不與蘇軾同調。他所最服膺的詞人一個是秦少游，他說「近世以來作家皆不及秦少游；」一個是柳耆卿，他說「耆卿詞不減唐人高處。」他自己受秦柳的影響也很大。

「黯黯青山紅日暮，浩浩大江東注。餘霞散綺，向煙波路，使人愁。長安遠，在何處？幾點漁燈，小迷近塢；

一片客帆，低傍前浦。暗想平生，自悔儒冠誤！覺阮途窮，歸心阻，斷魂縈目，一千里，傷平楚。怪竹枝歌，聲聲怨，爲誰苦？猿鳥一時啼，驚島嶼。燭暗不成眠，聽津鼓。」（惜奴嬌）

「謫宦江城無屋買，殘僧野寺相依。松間藥臼竹間衣，水窮行到處，雲起坐看時。一個幽禽緣底事？苦來醉耳邊啼，月斜西院愈聲悲。青山無限好，猶道不如歸。」（臨江仙信州作）

補之的生平，很有許多佳話。如生查子感舊詞，便是描寫他和一個貴族的女子戀愛，後來他自己的夫人知道了，逼他回去，過了十餘年重來訪時，已經是「一水是紅牆，有恨無由語」了。補之不比柳永一樣，他很不看重功名。他自悔「儒冠曾把身誤！弓刀千騎成何事？荒了邵平瓜圃。君試覷滿青鏡，星星鬢影今如許，功名浪語，便做得班超封侯萬里，歸計恐遲暮！」（摸魚兒）補之完全是一個文學者的性格，他說功名事業不如花下罇前。八聲甘州的後半闋：「莫歎春光易老，算今年春老，還有明年。歎人生難得常好是朱顏。有隨軒金釵十二，爲醉嬌一曲踏珠筵。功名事，算如何此，花下罇前。」讀了這一段詞，便知道與柳永的「忍把浮名換了淺斟低唱」是一樣的意思。晁詞之受柳詞之影響，由此可見。

論者謂補之詞神姿高秀，與軾實可比肩。這種比例，甚不倫類。補之與東坡無論體裁風格，均相反趨。陳質齋謂「無咎詞佳者固未多遜秦七、黃九。」無咎實少游之流也。毛晉言：「無咎雖游戲小詞，不作綺豔語，」又非確論。不過無咎詞境頗高，如浣溪紗：

「江上秋風高怒號，江聲不斷雁嗷嗷，別魂迢遞爲君銷。一夜不眠孤客耳，耳邊愁聽雨蕭蕭。碧紗窗外有芭蕉。」

這一類的詞，眞有唐人詩境。

與黃魯直、晁補之同時的，又有陳師道。

陳師道，字無己，一字履常，號后山，彭城人。生於公元一千〇五十三年。得蘇軾薦，爲徐州教授，歷秘書省正字。卒於公元一千一百〇一年。有后山詞一卷。爲蘇門詞人之一。但他的成功也和黃魯直一樣，在詩不在詞；與其說是詞人不如說是詩人。雖然他自己說，「他文未能及人，獨於詞不減秦七黃九。」這只是自矜之論。試舉他的幾首詞爲例：

「哀箏一弄湘江曲，聲聲寫盡湘波綠。纖指十三絃，細將幽恨傳。當筵秋水慢，玉柱斜飛雁。彈到斷腸時，春山眉黛低。」（菩薩蠻詠箏）

「晴野下田收，照影寒江落雁洲。禪榻茶爐深閉閣，颼颼，橫雨旁風不到頭。登覽却輕酬，剩作新詩報答秋。人意自闌花自好，休休，今日看時蝶也愁。」（南鄉子九日用東坡韻）

「娉娉嫋嫋，芍藥枝頭紅様小。舞袖低迴，心到郎邊客已知。金尊玉酒，勸我花前千萬壽。莫莫休休，白髮簪花我自羞。」（減字木蘭花）

「藏藏摸摸，好事爭如莫。背後尋思渾是錯，猛與將來放著。吹花卷絮無蹤，晚粧知爲誰紅？夢斷陽台雲雨，世間不要春風。」（清平樂）

后山是一個怪癖的文人。當他創作時，惡聞人聲，貓犬皆逐去，嬰兒稚子，亦抱寄鄰家。每得句，卽急歸臥一榻，呻吟如病人，或竟累日不起，須俟詩成，始復常態。如此苦吟成詩，縱極工麗，實缺自然。這是后山詩詞的大缺點。后山詩在當代頗受知音，詞則無聞。或者后山因爲詩已有定論，故自抑其詩而揚其詞，以求世人之激賞耶？

## 九 北宋中世紀的五詞人

——程垓、毛滂、李之儀、謝逸、賀鑄——

我們爲什麽把這五位詞人聯在一塊兒敍述呢？原來他們都是北宋熙寧元祐間的詞人。他們在表面上好像都是蘇派的詞家——如李之儀出於蘇門，毛滂以詞受知於蘇軾，程垓爲軾中表——而實計上他們的作品完全與蘇派不同風格。有的受柳耆卿的影響，如程垓；有的從唐人詩得來，如賀鑄；其餘的也很少受蘇軾的影響的。還有一點，則這五個作家都是詞人——只是詞人——雖然尚書尤袤說正伯（程垓）之文過其詞，雖然古人有說謝逸是詩家，這都是諱言其詞。因爲古人都覺得詞爲雕蟲小技，「惟以詞名家，豈不小哉！」其實這五位作家的成功皆在詞而不在詩。他們的詩在有宋一代還不能算數，他們的詞則已取得文學史上的地位。我們何妨說他們是詞人呢？

程垓與黃魯直、賀方回同時，字正伯，眉山人，其詩文無可考，有書舟詞一卷。（古今詞話謂正伯號虛舟，故詞名虛舟詞，大誤。正伯家有擬舫名書舟，見集中望江南詞自註，故名書舟詞，非號虛舟也。）

正伯詞的來源，四庫提要謂其「與蘇軾爲中表，耳濡目染，有自來也。」這却不然。正伯號與蘇軾爲中表，他受蘇軾的影響，遠不如受柳永的影響大。並非正伯看不起蘇詞，才氣不同，不能强也。楊愼詞品最稱其酷相思、四代好、折紅英數闋，謂秦七黃九莫及。且看其詞：

「翠幕東風早，蘭窗夢，又被鶯聲驚覺。起來空對平階，弱絮滿庭，芳草厭厭，未欣懷抱。記柳外人家，曾到畫欄，那更春好，花好，酒好，人好。春好尙恐闌珊，花好又怕飄零難保；直饒酒好，酒未抵意中人好。相逢盡揀醉倒，況人與才情未老；又豈關春去春來，花愁花惱？」（四代好）

「月掛霜林寒欲墜，正門外催人起。奈離別如今眞個是！欲住也留無計，欲去也來無計。馬上離情衣上淚，各自供憔悴。問江路梅花開也未？春到也須頻寄，人到也須頻寄。」（酷相思）

「桃花煗，楊花亂，可憐朱戶春將半。長記憶探芳日，笑凭郎肩，殢紅偎碧，惜惜惜。春宵短，離腸斷，淚痕長向東風滿。憑靑翼，問消息，花謝春歸幾時來得？憶憶憶！」（折紅英）

程正伯也是一個感傷的文藝家。書舟詞裏面，都半是傷春惜別之作。本來這種悲觀殉情的詞，在以前李後主柳永輩已有很多而且有很好的作品。後人創作這一種的作品，每易落前人窠臼，難得特色。而在程正伯則不但不抄襲前人，並且有很多新意，有許多話寫用白話白描，不借重典故，所以寫來很自然有趣。如念奴嬌、詠秋夜、閨怨無悶、攤破江城子、生查子、長相思都是很好的作品。在鳳棲梧一首更可以看出正伯的生活來：

「薄薄窗油清似鏡，兩面疏簾，四壁文書靜。小篆焚香消日永，新來識得詞中性。人愛人嫌都莫問，絮自沾泥，不怕東風緊。只有詩狂消不盡，夜來題破窗花影。」

這種生活是正伯老年時的消沈了。他少年時原也很想做點事業的，他說：「劍在床頭書在几，未甘分付黃花淚」「憂國丹心曾獨許，縱吐長虹，不奈斜陽暮？」（鳳棲梧）他原來是「老來方有思家淚。」（漁家傲）呢！

毛滂、元祐間知名之士，字澤民，衢州江山人。生於治平初年，卒於政和末年。官杭州法曹。文集久佚，有東堂詞一卷。（或作二卷）他的詩頗受東坡激賞，謂爲「韶濩之音，追配騷文」，不自惜分飛始受知於東坡。也但惜分飛却被公認爲毛滂最好的一首詞。

「淚濕闌干花著露，愁到眉峯碧聚。此恨平分取，更無言語空相覷。斷雨殘雲無意緒，寂寞朝朝暮暮。今夜山深處，斷魂分付潮回去。」（題審陽僧舍作別語贈妓瓊芳）

陳質齋謂「澤民他詞雖工，未有能及此者。」四庫提要謂其雖由軾得名，實附京以得官，徒擅才華，本非端士。按蔡絛鐵圍山叢談載他的父親蔡京輔政時，毛滂有時名，獻十詞，甚偉麗，驟得進用。東堂詞中，恰合有大師生辰詞數首，當係爲蔡京作。這是毛滂未免功名心重，不惜貶損文藝的尊嚴，拿來阿諛權臣，比起陶靖節不爲五斗米折腰的高風來，早應愧死；但只就詞論詞，則毛滂的詞，實在當得起「情韻特勝」的讚語。

現在不妨再舉他幾首小詞：

「無力倚瑤瑟罷舞霓裳，今幾？日樓空雨小春寒逼，鈿暈羅衫煙色。簾前歸燕看人立，却趁落花飛入。」

（調笑令詠眄眄）

「小雨初收蜨做團，和風輕拂燕泥乾，鞦韆院落落花寒。莫對清樽追往事，更催新火續餘歡，一春心緒倚闌干。」（浣溪紗）

「花好怕花老，暖日和風，將養到東君，須願長年少。圖不看花草草，西園一點紅猶小，早被蜂兒知道」

（破子）

這種詞很優美，很有韻致。如臨江仙、驀山溪都是很好的小詞，可惜不能多舉例了。

李之儀、字端叔，滄州無棣人。元祐初爲樞密院編修官。受知蘇軾於定州幕府。徽宗時，提舉河東常平。因代范忠宣草遺表得罪，編管太平州。居姑熟甚久。徙唐州，卒入黨籍。自號姑熟居士，有姑熟詞一卷。端叔以工尺牘著稱，其詞在當代不甚有名。故黃昇輯花庵詞選也遺漏了他的作品。實則我們讀了姑熟詞以後，反覺得花庵詞選大不忠實於作者的選擇了。端叔實在是北宋一位可貴的詞人。

在端叔的姑熟詞裏面長詞不多，他的小詞最工。四庫提要稱其「小令尤清婉峭蒨，殆不減秦觀。」

「回首蕪城舊苑，還是翠深紅淺。春意已無多，斜日滿簾飛燕。不見，不見，門掩落花庭院。」（如夢令）

「蕭蕭風葉，似與更聲接。欲寄明璫非爲怯，夢斷蘭舟桂楫。學書只寫鴛鴦，却應無奈愁腸。安得一雙飛去，春風芳草池塘。」（清平樂）

「我住長江頭，君住長江尾，日日思君不見君，共飲長江水。此水幾時休？此恨何時已？只願君心似我心，定不負相思意。」（卜算子）

毛晉最賞識端叔的詞。他說端叔「小令更長於淡語、景語、情語，如『鴛鴦半擁空床月』，又如『步孄恰尋床，臥看遊絲到地長』，又如『時時浸手心頭慰，受盡無人知處涼』，卽置之片玉漱玉集中，莫能伯仲。至若『我住長江頭……』直是古樂府俊語矣。叔暘不列之南渡諸家，得毋遺珠之恨耶？」毛晉之言雖未必盡當，但由此可以知道端叔詞的價值了。

賀鑄，字方回，衞州人。（公元一〇六三年——公元一一二〇年）元祐中通判泗州，又倅太平州。後退居吳下，自號慶湖遺老。有東山寓聲樂府三卷。有人說「東山詩文皆高，不獨工於長短句。」但以詞爲最工。他有一首最著名的青玉案詞：

「凌波不過橫塘路，但目送芳塵去。錦瑟華年誰與度？月台花榭，綺窗朱戶，唯有春知處！碧雲冉冉衡皐暮，綵筆新題斷腸句。試問閑愁都幾許？一川煙草，滿城風絮，梅子黃時雨。」

這首詞士大夫皆服其工，稱他為賀梅子。他的狀貌奇醜，又有賀鬼頭的綽號。我們對於方回詞，也更欣賞他的小詞。再舉他幾首詞例：

「小桃初謝，雙燕歸來也。記得年時寒食下，紫陌青門遊冶。楚城滿目春華，可堪遊子思家！惟有夜來歸夢，不知身在天涯。」（清平樂）

「曉朦朧，前溪百鳥啼匆匆，啼匆匆，凌波人去，拜月樓空。舊年今日東門東，鮮妝輝映桃花紅；桃花紅，吹開吹落，一任東風。」（憶秦娥）

「蘭芷滿汀洲，遊絲橫路，羅襪塵生步迴顧。整鬟顰黛，脈脈多情難訴。細風吹柳絮，人南渡，回首舊遊，山無重數。花底深朱戶，何處？半黃梅子，向晚一簾疎雨。斷魂分付春歸去。」（感皇恩）

周濟對於賀詞的批評說：「方回鎔景入情，故穠麗。」張文潛更批評得好，他說：「方回樂府，妙絕一時。盛麗如遊金張之堂，妖冶如攬嬙施之袪，幽索如屈宋，悲壯如蘇李。」這種批評未免誇張過分。山谷詩云：「解道當年腸斷句，而今只有賀方回！」則方回為當時所推重，未嘗無因也。

謝逸　字無逸，臨川人。他是一個沒有功名的文人。朱世英爲撫州，舉八行不就，閑居多從衲子遊，不喜對書生。他是一個詩人，又是詞人。但詞過其詩。山谷讀其詩云：「使在館閣，當不減晁（補之）、張（文潛）也。」漫叟題序其詞則謂「晁張又將避一舍矣」。著有春秋廣微、樵談及溪堂集二十卷（已散佚），溪堂詞一卷。

謝逸有一首很著名的江神子，與賀方回的青玉案一樣的有名。詞抄如下：

「杏花村館酒旗風，水溶溶，颺殘紅。野渡舟橫，楊柳綠陰濃。望斷江南山色遠，人不見，草連空。夕陽樓外晚煙籠，粉香融，淡眉峯。記得年時，相見畫屏中。只有關山今夜月，千里外，素光同。」（詠春思）

這是無逸過黃州杏花館題於驛壁上的詞。過者必索筆於驛卒，驛卒苦之，以泥塗其詞。（據能改齋漫錄所載）這可想見其詞之見重於當時了。提要稱其「語意清麗，良非虛美」。此外無逸也有很好的小詞：

「拍岸蒲萄江水碧，柳帶挽歸艎。破悶琴風繞袖涼，蔌蔌楝花香。淡煙疎雨隨宜好，何處不瀟湘？願作雙飛老鳳凰，莫學野鴛鴦。」（武陵春）

「碧梧翠竹交加影，角簟紗幮冷。疎雲淡月媚橫塘，一陣荷花風起隔簾香。雁橫天末無消息，水闊吳山碧。刺桐花上蝶翩翩，唯有夜深清夢到郎邊。」（虞美人）

「香肩輕拍尊前忍，聽一聲將息。昨夜濃歡，今朝別酒，明日行客。後回來則須來，便去也，如何去得？無限離情，無窮江水，無邊山色。」（柳梢青）

柳梢青要算是溪堂詞裏面一首最佳妙的白話詞。無逸的詞，有的很雅緻，白話詞很少。但如柳梢青這樣的作品，居然被刊落。至六十家詞本始補入，便可以想見無逸一定有好白話詞被删掉，而保留下來的刊本，不足憑藉以概論作者了。

## 十　詞人周清眞

尹惟曉說：「前有清眞，後有夢窗。」陳郁藏一話腴說：「美成二百年來，以樂府獨步……」現在讓我們來敍述這位二百年來以樂府獨步的周清眞吧。

周邦彥字美成，清眞是他的號。他的生年卒月，史傳無載。我現在根據宋史文苑傳，處州府志，和玉清新照所載考證，知道周美成卒於宣和七年，倒數上去六十六年，（美成年六十六）可知他生於嘉祐五年。（公元一〇六〇年——公元一一二五年）

西子湖邊的錢塘，便是美成的生長地。他幼年受湖光山色的薰染，已經養成文學的個性了。文苑傳載「美成疎雋少檢，不爲州里所重。」可見他是一個浪漫性的少年文人。但他却在少年期間「博涉百家之書」。元豐初以大學生進汴都賦，神宗召爲大學正。此時美成年少才華，益肆力於詞。乃其後浮沈州縣三十餘年。（見揮麈餘話）過了半世流落不偶的生涯。可是他雖然流浪不偶，却受知遇於名妓。平生佳話極多，這是美成値得驕傲的生活。汴都名妓都愛唱美成的詞。他與都中名妓曾有一段有趣味的故事。一天晚上，徽宗駕幸李師師家，周美成伏在師師的牀下，聽着他們謔語，即隱括成一首少年遊詞，頗猥褻，徽宗聞知大怒，立刻貶押美成出都門。李師師爲美成餞行，美成作了一首很哀痛的蘭陵王，即「柳煙直」詞，後來這首詞畢竟得到徽宗大大的感動，召還爲大晟樂正，美成做大晟樂正不久，便遷徙於處州死了。綜觀美成一生，並沒有什麼耀顯的功名，他只有文學上的成就——詞。他的詞集有三種刊本，一名清眞集，一名清眞長短句，一種是片玉詞，以片玉詞搜集的最豐富，現在往下介紹美成的詞。

先舉幾首詞作例子：

「佳麗地，南朝盛事誰記？山圍故國遶清江，髻鬟對起，怒濤寂寞打孤城，風檣遙度天際。斷崖樹，猶倒倚，莫愁艇子曾繫。空遺舊迹鬱蒼蒼，霧沉半壘，夜深月過女牆來，賞心東望淮水。酒旗戲鼓甚處市？想依稀王謝鄰里。燕子不知何世，向尋常巷陌人家，相對如說興亡斜陽裏！」（西河）

「章台路，還見褪粉梅梢，試華桃樹。愔愔坊陌人家，定巢燕子，歸來舊處。黯凝竚，因念個人癡小，乍窺門戶。侵晨淺約宮黃，障風映袖，盈盈笑語。前度劉郎曾到，訪鄰里同時歌舞，唯有舊家秋娘，聲價如故。吟箋賦筆，猶記燕台句。知誰伴名園露飲，東城閒步，事與孤鴻去。探春盡是傷離意緒，官柳低金縷，歸騎晚，纖纖池塘飛雨，斷腸院落，一簾風絮。」（瑞龍吟）

北宋詞人的詞，有的很「雅緻」的，如晏同叔，秦少游的詞；是有的很「俚俗」的，如柳耆卿，黃山谷之詞是，到了周美成便冶雅俗於一爐了。沈伯時之言說：「凡作詞當以清眞爲主，蓋清眞最爲知音，且無一點市井氣。」以上兩首他的雅詞的例子。這種詞用典用的很多，用事也很巧妙，偸用古人的辭句也用得自然不容易懂得，眞不愧爲「雅」。再看他的俚語詞：

「幾日來眞個醉，不知道窗外亂紅已深半指花影被風搖碎。擁春酲乍起有個人人生得齊楚，來向耳邊問道今朝醒未？性情兒慢騰騰地，惱得人又醉！」（紅窗迥）

「眉共春山爭秀可憐長皺；莫將清淚濕花枝，恐花也如人瘦。清潤玉簫閑久，知音稀有。欲知日日倚闌愁但問取亭前柳！」（一落索）

陳郁道：「貴人學士市儂妓女皆知美成詞爲可愛。」大概美成的雅詞，最受貴人學士的歡迎；他的俚詞，則是市儂妓女所歡迎了。現在不必再事徵引美成的詞，且看古人對於美成詞怎樣批評：

（一）善於舖敍：　強煥說：「美成詞撫寫物態，曲盡其妙」周介存說：「鈎勒之妙無如清眞。他人一鈎勒便薄，清眞愈鈎勒愈渾厚」；陳質齋云：「美成長調尤善舖敍，富豔精工……。」因爲要舖敍，所以須用長詞。要在長調裏面「撫寫物態，曲盡其妙」除了用白描以外，自然是要用事了。美成的舖敍却是在用事上努力，如瑞龍吟，蘭陵王，西河，六醜這些的調子，長都是幾乎全篇用事。因此後人稱美成：「大抵詞人用事圓轉，不用深泥出處，其紐合之工，出於一時自然之趣。」（野客叢書）

（二）善融化詩句：劉潛夫說：「美成頗偸古句；」陳質齋說：「美成多用唐人詩隱括入律，混然天成；」張叔夏說：「美成詞渾厚善於融化詩句。」本來「偸古句」的和「用唐人詩入律」的，宋代的大詞人都所不免，何止美成一人，不過美成「多用」唐人詩隱括入律，便得着善於融化詩句的稱譽。

（三）音律嚴整：因爲美成懂音律，故徽宗提舉爲大晟樂府，宋史文苑傳云：「邦彥好音樂，能自度曲，製樂府長短句，詞韻清蔚傳於世。」又四庫提要云：「邦彥本通音律，下字用韻皆有法度，故方千里和詞，一一案譜塡腔，不敢稍失尺寸。」可見美成詞音律的嚴整。

這三點評論，都是對於美成很好意的批評。據我們看來，除了第三點「音律嚴整」可以不加討論，至於一二兩點：說美成善於融化詩句吧，自然是對的。但是善於融化詩句，不必就是美成詞的好處，不過在詞裏面削減幾分創造性，增加幾許古典氣。至說美成善於舖敍吧，也不過是因爲用事的巧妙，那末我們最好拿柳耆卿來作比喩。耆卿與美成都是以善於舖敍著稱的，但柳的舖敍，多用白描，詞裏面能夠表現一種苦悶的情調出來；周之舖敍則多用事，詞裏面古典的堆砌，割裂了詞描寫的生命。這是就舖敍方面論，美成的才氣沒有柳耆卿的才氣來得大些。

現在再講美成詞的影響：

周介存論詞雜著之言曰：「美成思力，獨絕千古。如顏平原書，雖未臻兩晉，而唐初之法至此大備。後有作者，莫能出其範圍矣』一般的說法，都以周美成詞爲集北宋的大成，爲南宋的宗法，此可見美成詞影響之大。可以分兩點來說：

（一）模擬：沈伯時說：『作詞當以清眞爲主，下字運意，皆有法度；』所以後來作者，皆以清眞詞爲模擬的對象，極力模擬。即南宋的大詞人，如姜白石，吳夢窗，史邦卿，王沂孫……沒有不多少受一點清眞詞的影響。其餘小作家，則往往鑽入清眞詞裏面去，翻不動身了。

（二）唱和：沈偶僧說：『邦彥提舉大晟樂府，每製一詞，名流輒爲賡和。東楚方千里，樂安楊澤民，全和之。』我們試讀和清眞詞，看他們一步一趨的擬和，簡直以清眞集當他們詞的經典。

在有宋發生影響最大的周清眞，後人憑藉各人的主觀，對於周詞的批論，形成了幾種對峙的見解：有的說：『周清眞詞有柳欹花嚲之致，沁人肌骨，視淮海不徒娣姒而已，』（賀黃公語）有的說：『美成深遠之致不及秦歐；』有的說：『詞之雅鄭，在神不在貌；少游雖作豔語，終有品格，方之美成，便有淑女與娼妓之別；』（人間詞話）有的說：『美成詞如十三女子，玉豔珠鮮，未可以其軟媚而少之。』（彭羨門語）評論紛紜，毀譽不一，平心而論，美成『言情體物，窮極工巧，故不失爲一流之作者』。這最好作美成的總讚。

## 十一　李清照評傳（附錄朱淑貞）

（一）

因爲中國文學史最缺乏女性文學的創作，這位稀罕的女詞人李清照，便成了我們極珍貴的敍述了。雖然我們歷史上也有幾位女作家，如漢之蔡琰，唐之薛濤，都在文學史上斐然有名的。但是蔡琰只有一首有名的悲憤詩，作品極少，未能樹立一個作家的完整作風；薛濤的詩歌，是能够裝成卷帙了，而拿她的詩擬之於曹植陶潛李白，決不能够在平行的行列，而相差很遠。只有這位女詞人李清照，在宋代雖則詞人濟濟的宋代，而她的作品，雖擬之於極負詞名的辛棄疾蘇東坡，也決不多讓。有人稱清照詞爲婉約之宗，更有人說李清照是北宋第一大詞人。依我看來，這都不是過譽的批評。我們知道清照的成就，雖僅及於詞的一方面，而她在文學史上的地位，已經與偉大的騷人屈原，詩人陶潛，杜甫，並垂不朽了。她不僅在女性裏面是第一大作家，她的文名與作品，已經與世界永存了。她的創作集漱玉詞，不過二十餘首——原刊本有六卷——卻都是精金粹玉之作。

（二）

易安居士李清照，宋濟南人。他的父親李格非，官禮部員外郎，母親是王狀元拱辰的孫女，皆工文章，有很好的文名的。易安以公元一〇八二年，（神宗元豐五年）生於歷城西南之柳絮泉上。既得生於貴族的家庭，又有工文的父母，憑藉遺傳上稟賦的靈感，幼年即受她父母家庭敎育的修養和薰陶；天才傾向文藝的李易安女史，此際即已深深種下文藝的創造慧根了。

時光流駛，易安已經由天真的垂髫女孩變爲盈盈的少女。當她十八歲的那年，便脫離了她的處女時代，而和諸城趙挺之（官吏部侍郎）的兒子趙明誠結婚，這是她一生生活最美滿的時代，由她的詞「絳綃薄，冰肌瑩，雪膩酥香，笑語檀郎，今夜紗幮枕簟涼，」（採桑子）「繡幕芙蓉一笑開，斜偎寶鴨依香腮，眼波才動被人猜，」（浣溪紗）「怕郎猜道，奴面不如花面好，雲鬢斜簪，徒要教郎比並看，」（減字木蘭花）這樣的描寫，總算能够深深哄托出少女的情致和心緒，這樣的生活，總算是人生最美滿的了。因爲她的丈夫明誠是一個大學生，新婚未久，明誠遽爾出遊，這自然是極難割捨的分別，易安有一首極有名的寄明誠的相思詞「花自飄零水自流，一種相思兩處閑愁；此情無計可消除，才下眉頭，却上心頭，」（一剪梅）便是這時做的。

在結褵後的二年，明誠已經出仕。他的父親挺之，亦升擢宰相。這時，他在館閣的親舊多藏有亡詩逸史及古今名人的書畫三代的古器；明誠夫婦雖爲宦族，然素來貧儉，故常典質衣物，來購碑文書帖，夫婦相對展玩，她們自謂是「葛天氏之民」。記得有一次有人拿着徐熙畫的牡丹圖，要賣錢二十萬，她們已經承受了，但因爲沒有錢只好退回去，爲了這件事，曾經夫婦相對數日的惆悵，可見她倆嗜古之深呢！

此後明誠屏居鄉里十年，家計已經不比從前的清貧了，後官居青州萊州，也是政簡事閒，這時她們便開始金石錄考證的工作。書籍的校勘籤題，彝鼎劃帖之摩玩舒卷，明誠得易安的幫助最多。而易安之博聞強記，更是使明誠傾倒。

青春的年華是這般容易消逝的；甜密的生涯，已成爲過往的迴憶了。當易安四十六歲的那年，明誠爲他的母喪奔喪到金陵，易安很悽苦的度她孤寂的生活，金人之陷青州，又把她們十餘屋極珍重的心血的藏書燒掉了，使她只有苦笑。而生父之遭罷免，更是使她悲憤無涯，她的詩有「何況人間父子情」的熱淚。一方神馳於明誠，一方又眷懷乎故鄉，她有一首春殘詩，就是抒寫鄉愁的。

「春殘何事苦思鄉，病裏梳妝恨髮長，梁燕語多終日在，薔薇風細一簾香。」

後來易安南渡之後，更懷戀北都了。她的元宵賦永遇樂詞「染柳煙輕，吹梅笛怨，春意知幾許」「於今憔悴，風鬟霜鬢，怕向花間重去」，就是有懷於京洛舊事。這時，明誠與易安都在江寧，不久明誠罷官，將家於贛水。而高宗詔令明誠知湖州，明誠隻身赴任，感暑疾發。時易安在池陽，得病訊，急乘江東下，至建康，已病危。這是蕭瑟的深秋，明誠就和易安最後的握別了。嗚呼！「白日正中，歎龐公之機敏；堅城自墮，憐杞婦之悲深」。我們讀了易安的祭夫文，也要替她掉淚吧！

從此易安永遠的孤侶了。從此易安以一悲痛餘生的老婦人，又屢遭變亂。在建康既染沉痾，爲「玉壺一事」又幾幾置身於獄，並且金兵攻陷洪州，把易安的書籍和家物一齊燬燼了。悲憤之餘，易安此時已無家可歸，只好往台州依其弟適。台州亂，守官已遁，乃泛海由章安輾轉至越州，復至衢州。其後，又避亂西上，過嚴子陵釣台。時易安年已五十三，與弟李迒卜居金華。風霜憂患之餘，在她老年的武陵春詞有「風住塵香花已盡，日晚倦梳頭。物是人非事事休，欲語淚先流。聞說雙溪春尙好，也擬泛輕舟。只恐雙溪舴艋舟，載不動許多愁。」很深婉的唱出往事的哀吟。

關於易安的晚景，有人說易安晚年改適張汝舟，夫婦不睦，易安有「猥以桑榆之晚境，配此駔儈之下材」之憤語。這樣說的，有苕溪漁隱叢話，雲麓漫鈔和繫年要錄諸書。但兪正燮在他著的癸巳類稿，則根據許多理由，證明了這種說話法是極謬妄的。

晚景悲涼，超代的女詞人李易安，便是這樣終她的殘年了吧！不知她是否終老於金華？不知她是不是還要在別處流浪？我們臨風懷想，何處去弔她的孤墳呢？

（三）

談到李易安的文藝，能够使我們格外的起勁！

我們要了解易安的詞，應先明瞭易安對於詞及詞人的觀念。我們知道易安是怎樣一個極傲視的作家。她對於先代作者並不曾允許有一個完善的詞人。她評柳永「雖協音律而詞語塵下」；她評歐陽（修、）晏（殊）蘇（軾）雖「學際天人，然作爲小歌詞，皆句讀不葺之詩耳，又往往不協音律……」；她評王介甫、曾子固「若作爲小歌詞，則人必絕倒，不可讀也」；她評晏叔原「苦無舖敍」；評賀方回「苦少典重」；

」秦少游「專主情致而少故實」黃庭堅「尚故實而多疵病」至於張子野宋子京輩，則雖「時時有妙語，而破碎何足名家」？她更譏嘲一切當代應舉進士「露華倒影柳三變，桂子飄香張九成」。我們看這位傲視一世的女詞人，她否認一切先代的詞家；由此，可知她的文藝的來源，決不是薰染先代的遺傳和影像，而「戛然獨造」了！

生活的活躍，正是文藝的泉源。有許多作者的無病呻吟，許多作家的千篇一律，那都是因爲缺乏生活的背境。李易安雖屬「名門閨女」，雖屬「貴族婦人」，但終她的一生都在和生活相激盪，躍動生命的高潮，青春的歡娛，少女的情懷，她倆的藝術生活，早已如夢地飛去了。而新婚的慘別，故鄉的眷念，生父之罷免，翁姑的死亡，處處都刺激易安無窮的哀感。至於愛人之遽逝，家產之蕩失，書籍之焚燬，病軀呻吟，無人慰侍；輾轉千里，倚恃弱弟；這樣的晚境，自然產生繁複的文學內容，不但不是鎮日長閨門的少婦所能比擬，也不是那低斟淺酌，風流自賞的名士生活所能企及。易安足跡所至：北地是她的故鄉，是她少年時代躑躅之所，她晚年更走遍了大江南北。清波雜志記她的故事：「明誠在建康日，易安每值天雪，即頂笠披簑，循城遠覽以尋詩，得句必邀其夫賡和，明誠苦之。」我們看這一段的記載，知道易安是怎樣的愛好自然，投向大自然去直接尋找詩意的材料。

綜合起來，可知易安是有（一）活躍的生命，（二）繁複的生活，（三）廣博的涉覽，（四）實際的感情經驗，來作她創作的文學內容。再加上她文學的天才，藝術的技巧，怎麽不會創作偉大的詞作品出來呢？

因爲生活與環境的變居，把李易安的整個人生染成兩片不同的色調。以四十六歲爲她生活的劃界。在前期，那是童年的憧憬，是少女的情懷，是初戀的生活；在後期，那是奔馳的孤苦，是孀居的淒涼，是頹廢的晚境。前者是喜劇，後者是悲劇，在李易安作品裏面顯然劃成這一條鴻溝，如「怕郎猜道：奴面不如花面好，雲鬢斜簪，徒要敎郎比並看，」「眼波才動被人猜，」是何等的妖豔！而「物是人非事事休，欲語淚先流」「只恐雙溪舴艋舟，載不動許多愁」又何等的淒涼！這是易安詞的分野線。

易安詞的內容既這麽豐富，那末她的外形呢？若是講到藝術上來，我們可以發現易安詞的技巧，乃在運辭與造辭兩方面：

(一)運辭　易安每能運用最通俗極粗淺的話頭，放在詞裏面做成很美妙的詩句。彭羨門說：『李易安「被冷香消新夢覺，不許愁人不起，」皆用淺俗之語，發清新之思，詞意並工，……』貴耳錄評易安詞：『皆以尋常語入音律，鍊句精巧則易，平淡入調者難。』如「這次第，怎一個愁字了得，」這是平常語，用在詞上，便成爲活躍的寫意了。

(二)造辭　運辭還是借舊皮囊來裝新酒，造辭則由易安自製的新皮囊了。易安憑她藝術的技巧，往往硬造許多辭，那自然也是美麗而新鮮的。如「寵柳嬌花，」「綠肥紅瘦，」漁隱叢話及詞評謂其清新奇麗之甚。「清露晨流，新桐初引，」則化入世說的語意。又如聲聲慢諸詞，前面連用「尋尋，覓覓，冷冷，清清，淒淒，慘慘，切切。」十四疊字，後面又用「梧桐更兼細雨，到黃昏點點滴滴；」眞是大珠小珠落玉盤連辭之技巧，描寫之眞切，已經極藝術之能事的極限了。

（四）

從來對於漱玉詞的評論，已經有不勝記的裝飾和誇張了。即以朱熹之惡文筆尚道德，也說本朝的女作者，只有曾相布妻魏氏及李易安。就說這種批評也不是沒有成見的，那末當易安的丈夫趙明誠，不甘服易安想勝過她的詞時，把他苦吟的幾十首詞，雜以易安重陽醉花陰詞，呈示於友人陸德夫。而陸德夫玩誦再三後所指出的絕妙三句，「莫道不消魂，簾捲西風，人比黃花瘦」却正是易安之作。

同時也不是沒有貶損漱玉詞的。如王灼在他的碧鷄漫志裏面便說：「易安詞於婦人中爲最無顧藉，」水東日記更攻擊「易安詞爲不祥之物。」這種非由藝術觀點的批評，何嘗對於漱玉詞有絲毫貶損呢？

自來被稱爲偉大詞人的李易安，她的詩也是很有名的。碧鷄漫志稱她「並有詩名，才力筆瞻，逼近前輩。」她還能作畫，明人陳傳良藏有她畫的琵琶行圖，莫廷韓也藏有她的畫墨竹。不過，這只是易安的末技！

〇　〇　〇

與李清照同負詞名的女詞人，有朱淑貞。她約略生在淸照後數十年光景。（蕙風詞話說淑貞是北宋人，這未免太離奇了。）號幽棲居士，錢塘人。工詩及詞，她的運命比李清照更要酸苦了，嫁與市儈爲妻，一生便這樣的悒鬱無聊，永淪於痛苦裏面，消磨她的青春美景了。其詞著名斷腸，正是她的生活的縮影。看她的詞吧：

「春已半，觸目此情無限！十二闌干閑倚遍，愁來天不管。好是風和日暖，輸與鶯鶯燕燕。滿院落花簾不捲，斷腸芳草遠！」（謁金門）

「遲遲風日弄輕柔，花徑暗香流。清明過了，不堪回首，雲鎖朱樓。午窗睡起鶯聲巧，何處喚春愁？綠楊影裏，海棠亭畔，紅杏梢頭。」（眼兒媚）

「玉體金釵一樣嬌，背鐙初解繡裙腰，衾寒枕冷夜香消。深院重關春寂寂，落花和雨夜迢迢，恨情和夢更無聊！」（浣溪紗）

淑貞也有很好的豔詞，如「嬌癡不怕人猜，和衣睡倒人懷」（清平樂）；「月上柳梢頭，人約黃昏後」（生查子），這樣的詞有許多人說不是朱淑貞做的，（生查子詞又見六一詞）這裏也不繁事徵引了。

## 十二　詞人辛棄疾

### （一）

北宋爲了受金兵不堪的壓迫，把一個都城不得已的由汴京移到臨安來，政治上顯示多少的紛動，社會上感受無窮的瘡傷。經過這樣巨大的犧牲以後，而所成就的，不過助長幾個英雄志士的成名，幾個詩人詞家作品的成功而已。棄疾便是成名的英雄裏面的一個，同時又是成功的詞人裏面的一個。偉大的詞人辛棄疾，近人王國維氏評他說：「南宋詞人，白石有格而無情，劍南有氣而乏韻；其堪與北宋人頡頏者，惟一幼安可耳。」其實我們卽老實說棄疾是南宋第一大詞人，也不算是誇張吧。

（二）

現在讓我們來敍述辛棄疾的生平：

「醉裏挑燈看劍，夢回吹角連營。八百里分麾下炙，五十絃翻塞外聲，沙場秋點兵。馬作的盧飛快，弓如霹靂弦驚。了却君王天下事，贏得生前身後名，可憐白髮生！」（破陣子）

這是辛棄疾贈給他的好友陳同甫的一首詞。他的一生，大概就是在這樣想望的事業中消磨過去了。

棄疾字幼安，號稼軒，生於公元一一四〇年，卒於公元一二〇七年。（詳見拙作辛棄疾年譜）山東歷城人，與女詞人李易安同鄉。他的詞受這位女詞人的影響很不小。當他拿他的詩和詞去謁見蔡光時，這位青年的作者已經被發現是未來的詞壇極有希望的耀星了。

辛棄疾開始他的事業，是當二十一歲的時候。這時，棄疾與他的幼年朋友黨伯英，由滑稽的卜筮，決定伯英留事金，棄疾則歸南。適此時，耿京在山東起兵，節制山東河北諸軍，棄疾卽慨然應允做他的書記。於是我們這位少年英雄的事業便開始了。一次，有一個被棄疾招安允受耿京節制的僧端義，一夕竊印逃。耿京惶恐無狀，欲殺棄疾。棄疾立卽限期追斬端義，還以復命。這件事取得耿京的最大信仰。不久，棄疾受命回南宋奉表去了，耿京忽爲張安國等所殺以降金。棄疾立卽馳返海州，以最敏捷的手段聚集舊部，夜襲金營，生擒張安國等，戮之於市。這件事又受宋高宗的榮賞。這還不能算棄疾最好的誇耀，僅小試其鋒吧！最值得誇耀的，是創設飛虎營。

湖湘盜起，聲勢浩大，高宗命棄疾去討撫。依次剿殺了賴文政諸大盜。於此，棄疾卽草了一個百年治安的大策，就是創設飛虎營，以屏障東南半壁。這件事經過許多人反對，而且破壞，高宗也下了阻止的詔令，棄疾乃奮其神勇，不顧君命，於一個月內招集步軍二千人，馬軍五百人，成功他的飛虎營，軍成雄鎮一方，爲江上諸軍之冠。時人皆驚服其英豪。這種作爲，我想就是擬之於古之名將也不爲過分吧。

如其是英雄，沒有不義俠的，觀之於棄疾，信然。棄疾的同僚吳交于死，無棺斂。棄疾歎曰：「身爲列卿，而貧若此，是廉介之士也」既厚賻之，復言於執政，詔賜銀絹。他又和朱熹友善，後來「朱熹歿時，僞學禁方嚴，門生故舊至無送葬者，棄疾爲文往哭之曰：『所不朽者，垂萬世名。孰謂公死，凜凜猶生！』」（引見宋史四百一卷本傳）這都可以看出棄疾的俠義。

我們知道辛棄疾是不甘伏櫪的大英雄，他和岳飛輩同樣的抱着恢復中原直搗黃龍的大宏願。不幸悒鬱於南宋，懷抱莫展，雖有機會小試其鋒，却如何能揚眉吐氣？觀其與陳同甫抵掌夜談天下的形勢與成敗，如在指掌，是何等的英昂！然而這種英昂之氣，只在棄疾的想望中消失去了。

這時，棄疾已經很老了。雖節節的做上高官，却不是他的願意，屢次辭免。他連家事也不管了，付之兒孫輩去管理。他說：「乃翁依舊管些兒管山管竹管水。」（西江月）他住在帶湖的新居，那是一個軒窗臨水，還有小舟行釣，沿岸柳枝苗條，竹籬扶疏，有秋菊堪餐，有冬梅可觀，有春蘭可佩的樂園。他天天不顧命的狂飲。到這時候，他發爲詞，更沉痛蒼涼之極。這大概是抒發那少年時沒有抒發出來的英豪之氣。梨莊謂其「悲歌慷慨，抑鬱無聊之氣，一寄之於詞。」當辛棄疾回過頭來，追憶時：

、「壯歲旌旗擁萬夫，錦襜突騎渡江初；燕兵夜娖銀胡䩮，漢箭朝飛金僕姑。追往事，歎今吾！春風不染白髭鬚。却將萬字平戎策，換得東家種樹書。」（鷓鴣天）

呵呵，「了却君王天下事，贏得生前身後名」；這是辛棄疾永遠的悵望了呢！

（三）

我們要談到辛棄疾的文藝了。

對於稼軒詞，普通有兩個誤解，不得不先辨明一下：第一，就是誤解辛棄疾只會作豪放的詞。以棄疾那樣生活繁複的生平，從文藝上表現出來，自然要形成一種異樣的光彩。尤以棄疾那樣過的英雄事業的生活，每當酒酣耳熱，擊節而歌之際，所作的自然是奔放不羈的豪詞，世人遂以豪放派詞人目之，這却不免籠統了。我想什麼「豪放派」「婉約派」的名目，只能範圍生活極單調的詞人，而謂像波濤激盪的生平的辛棄疾，他的詞可以用簡單兩個字概括之嗎？第二種誤解，對於稼軒詞，就是以爲棄疾作詞，只會觸景生情，一氣呵成，不假修飾，這種話自然是對於稼軒詞的贊美一部分的稼軒詞，的確是這樣做成的。但有許多詞，却是棄疾焦思苦吟出來的，岳珂程史記：「棄疾自誦其賀新涼，永遇樂二詞，使座客指摘其失，珂謂賀新涼詞，首尾二腔，語句相似；永遇樂詞，用事太多。棄疾乃自改其語，日數十易，累月猶未竟，其刻意如此：……」可知棄疾之苦吟。

辨明了這兩個誤點，進一步考察稼軒詞的來源：

對於古代文人，棄疾最崇拜的要算是陶潛，他說，「陶縣令是吾師。」這因爲棄疾的性格是浪漫的，是嗜好山水的，他不愛做官。他說：「平生不負溪山債，百藥難醫書史淫」他說，「而今何事最相宜？宜醉，宜遊，宜睡。」從這裏看棄疾的性格與陶潛是很能合拍的。對於陶潛的作品，他更是傾倒極了。他常讀淵明詩，不能去手。他讚美淵明詩：「千載後，百篇存，更無一字不清眞。」在這般熱烈傾倒之下，棄疾的文藝無形中受陶詩的薰染自然不少。

此外，棄疾相似於古人的：他的胸襟，他的豪致，他的頹放，有似於李太白；他的用白話描寫，引俗語入詞，又受了白樂天的調度；而他受詞的影響最大的莫過於花間集，如他有一首唐河傳：

「春水千里，孤舟浪起夢攜西子，覺來村巷夕陽斜，幾家短牆紅杏花。晚雲做造些兒雨，折花去。岸上誰家女太顛狂，那邊柳線被風吹上天。」

這首詞是倣花間體，假如雜入花間集裏而去，誰知道這是辛棄疾作的呢？辛棄疾擬倣花間體的詞很多，河瀆神的「芳草綠萋萋」，便又是一個好例。

復次，棄疾對於當代詞人很受兩個人的影響不少。一個是蘇東坡：辛蘇的性格與脾氣，可以說是沒有兩樣的，筆致和氣骨也能相合拍。一個是李易安：易安是他的同鄉，他幼年即受這位女詞人詞名的震鑠了。集中屢有倣易安體，如醜奴兒近（在博山道中）：

「千山雲起，驟雨一霎兒價，更遠樹斜陽風景怎生圖畫？靑旗賣酒，山那畔別有人家。只消山水光中，無事過者一夏。午醉醒時，松窗竹戶，萬千瀟灑；野鳥去來，又是一般閒暇！却怪白鷗覷着人欲下未下。舊盟都在，新來眞是別有說話。」

這兩個詞人，蘇對於辛的影響，是成就他豪放的詞；李對於辛的影響，是成就他婉約的詞。

不過，我們還應該知道：稼軒詞的價值，是全在他創造性的充實。他雖然受古人近人的影響，他雖然不鮮倣花間體，倣白樂天體，倣李易安體；但他却並不受骸骨的束縛。他的思想的奔放，他的描寫的自由，豈但不是古人所能鐐銬他的藝術上的造詣，還要「青出於藍」，還要後來居上，超越昔人的成功。

以下分別介紹稼軒詞。

(一)自敍詞　廣義一點說來：凡是棄疾的詞，都可以說是他自敍的。不過，這裏却專指他描寫身世之感的詞。他這種詞，顯然分爲兩類：一是英氣橫溢的豪語，一是壯志未酬的恨聲。前者是少年時代的作品，保留下來的不多。且舉他一首與韓南澗的詞爲例：棄疾作此詞時，已經四十五歲了，但還充滿着少年的英氣。

「渡江天馬南來，幾人眞是經綸手？長安父老，新亭風景，可憐依舊！夷甫諸人，神州陸沉，幾曾回首？算平戎萬里，功名本是眞儒事，公知否？況有文章山斗，對桐蔭滿庭清晝。當年墮地，而今試看，風雲奔走。綠野風煙，平泉草木，東山歌酒。待他年，整頓乾坤事了，爲先生壽！」（水龍吟壽韓南澗尚書）

這樣英氣潛溢的豪語，多半是在北方和南渡時做的。這時他那「了却君王天下事，贏得生前身後名」的少年志氣和滿肚皮的希望，一一從詞裏表白出來。及到南宋偏安已定，恢復不成，棄疾此時已經「英雄無用武之地」，而且華年駛去，「可憐白髮生」了。半世的抱負和希望，沒有嘗試一下，都成了泡影，那裏不痛心呢？所以棄疾老年的作品，盡是滿肚皮的牢騷和怨恨。如

「……將軍百戰身名裂。向河梁回頭萬里，故人長絕。易水蕭蕭西風冷，滿座衣冠似雪。正壯士悲歌未徹。啼鳥還知如許恨，料不應啼清淚，常啼血。誰伴我，醉明月？」（賀新郎別茂嘉十二弟）

「……長門事，準擬佳期又誤！蛾眉曾有人妬，千金縱買相如賦，脈脈此情誰訴？君莫舞，君不見玉環飛燕皆塵土。閑愁最苦！休去倚危欄，斜陽正在煙柳斷腸處。」（摸魚兒）

摸魚兒一詞，哀怨之極，幾乎買禍，再舉一詞爲例：

「故將軍飲罷夜歸來，長亭解雕鞍。恨灞陵醉尉，匆匆未識，桃李無言。射虎山橫一騎，裂石響驚弦。落魄封侯事，歲晚田園。誰向桑麻杜曲，要短衣匹馬，移住南山？春風流慷慨，談笑過殘年。漢開邊，功名萬里，甚當時健者也曾閑。紗窗外，斜風細雨，一陣輕寒！」（八聲甘州用李廣事賦寄楊民瞻）

（二）懷古詞：懷古的詞，在棄疾詞裏面是很佔重要位置的一類，他的一團豪興與牢騷，往往於憑高弔古眺遠傷懷的時候，借托古英雄發洩出來。所以一壁是懷古，一壁也是自敘。

「千古江山，英雄無覓孫仲謀處。舞榭歌台，風流總被雨打風吹去。斜陽草樹，尋常巷陌，人道寄奴曾住。想當年金戈鐵馬，氣吞萬里如虎。元嘉草草，封狼居胥，意贏得倉皇北顧。四十三年，望中猶記，烽火揚州路。可堪回首，佛貍祠下，一片神鴉社鼓。憑誰問，廉頗老矣，尚能飯否？」（永遇樂京口北固亭懷古）

「何處望神州？滿眼風光北固樓。千古興亡多少事，悠悠不盡長江滾滾流。年少萬兜鍪，坐斷東南戰未休。天下英雄誰敵手，曹劉，生子當如孫仲謀。」（南鄉子登京口北固亭）

（三）抒情詞：談到棄疾的抒情詞來，隔外有趣了。眞正說，辛詞只有抒情詞，才算藝術的表現。沈謙說：

「稼軒詞以激揚奮厲爲工，至『寶釵分桃葉渡』曲，昵狎溫柔，魂消意盡，才人伎倆，眞不可測。」這有什麼不可測？唯大英雄乃大情癡，如以楚項羽之霸，當其無面見江東之際，歌「虞兮虞兮奈若何！」亦魂消意盡！一往情深了。何況「富貴非吾事，兒女古今情」的辛棄疾呢？看他的詞：

「少年不識愁滋味，愛上層樓；愛上層樓，爲賦新詩強說愁。而今識盡愁滋味，欲說還休；欲說還休，却道天涼好個秋！」（醜奴兒）

「鬱孤台下清江水，中間多少行人淚。西北是長安，可憐無數山！青山遮不住，畢竟東流去。江晚正愁余，山深聞鷓鴣。」（菩薩蠻書江西造口壁）

「近來愁似天來大，誰解相憐；誰解相憐，又把愁來做個天。都將千古無窮事，放在愁邊；放在愁邊，却自移家向酒泉。」（醜奴兒）

「昨日春如十三女兒學繡，一枝枝不教花瘦。甚無情便不得雨僝風僽，向園林鋪作地衣紅縐。而今春似輕薄浪子難久。記前時送春歸後，把春波都釀作一江醇酎，約淸愁楊柳岸邊相候。」（粉蝶兒）

「有得許多淚，更閑却許多鴛被，枕頭兒放處都不是舊家時，怎生睡？再也沒書來，那堪被雁兒調戲！道無書，却有書中意，排幾個人人字。」（尋芳草嘲陳辛叟憶內）

「登山流水送將歸，悲莫悲兮生離別。不用登臨怨落暉，昔人非惟有，年年秋雁飛。」（憶王孫秋江送

別）

此外棄疾還有更長的描寫，如「更能消幾番風雨，匆匆春又歸去。惜春長怕花開早，何況落紅無數！春且住，見說道天涯芳草無歸路。怨春不語，算只有殷勤畫簷蛛網，盡日惹飛絮……」（摸魚兒）「綠樹聽鵜鴂，更那堪杜鵑聲住，鷓鴣聲切。啼到春歸無啼處，苦恨芳菲都歇……；」「寶釵分，桃葉渡，怕上層樓，十日九風雨。斷腸點點飛紅，都無人管，更誰遣流鶯聲住？」（祝英台近）描寫之工，在南宋人詞中要算是很稀罕的。

（四）

最後，我們對於辛棄疾的詞怎樣的批評？那麼，古人已經有了許多重要見解，值得我們珍貴的。古人往往愛排列幾個作家作比較的批評，於批評辛棄疾也是這樣。

（一）辛棄疾與蘇軾——世人每以蘇辛並稱，但蘇不如辛，古人早已說過了：「蘇辛並稱，東坡天趣獨到處，殆成絕調，而苦不經意，完璧甚少；稼軒則沈著痛快，有轍可循，南宋諸公無不傳其衣鉢，固未可同年而語也。」（宋四家詞序論）「世以蘇辛並稱，蘇之自在處，辛偶能到之；辛之當行處，蘇必不能到……。」（論詞雜著）

（二）辛棄疾與姜白石——辛姜為南宋二大詞人，古人批評他倆說：「北宋詞多就景敍情，故珠圓玉潤，四照玲瓏。至稼軒白石一變而爲即事敍景，使深者反淺，曲者反直。吾十年來服膺白石，而以稼軒爲外道。由今思之，可謂瞽人捫籥也。稼軒鬱勃故情深，白石放曠故情淺；稼軒放縱故才大，白石局促故才小……」（論詞雜著）「白石脫胎稼軒，變雄健爲淸剛，變馳驟爲疏宕，蓋二公皆極熱中，故氣味吻合。辛寬姜窄，寬故容藏，窄故鬬硬。」（四家詞序論）

東坡爲北宋最有名的詞人，白石爲南宋詞人之宗，而古人都以爲不及辛棄疾，可知棄疾詞在文學史上的地位原來是很高的。率性再舉幾個古人的批評：

1. 梨莊云：「稼軒當弱宋末造，負管樂之才，不能盡展其用。一腔忠憤，無處發洩，故其悲歌慷慨抑鬱無聊之氣，一寄之於詞。」

2. 劉後村云：「公所作大聲鏜鞳，小聲鏗鍧，横絕六合，掃空萬古；其穠麗綿密者，亦不在小晏秦郎之下。」

3. 毛晉云：「詞家爭鬬穠纖，而稼軒率多撫時之作，磊落英多，絕不作妮子態……」

4. 王阮亭云：「石勒云：『大丈夫磊磊落落，終不學曹孟德、司馬仲達狐媚』。讀稼軒詞，當作如是觀。」

5. 彭羨門云：「稼軒詞胸有萬卷，筆無點塵，激昂排宕，不可一世……」

6. 周介存云：「稼軒斂雄心，抗高調，變溫婉，成悲涼……」

7. 樓敬思云「稼軒驅使莊騷經史，無一點斧鑿痕，筆力甚峭。」
8. 紀昀云：「其詞慷慨縱橫，有不可一世之概……異軍突起，能於剪紅刻翠之外，屹然別立一宗。」
9. 胡適云：「他（辛棄疾）的詞，無論長調與小令，都能放恣自由淋漓痛快！……」

由這些批評，我們約莫知道了辛詞的美的一方面，却不是沒有指摘的地方。如宋徵璧云：「辛稼軒之豪爽，而或傷之覊。」劉克莊云……「放翁稼軒，一掃纖絕，不事穿鑿，高則高矣；但時時掉書袋，要是一癖。」更有人說他的詞不是詞而是詞論。現在我們總括上面的批評，得一個平允的結論：

「辛棄疾的才氣極大，在他的長詞裏面，往往能够表現一種偉大的英雄氣魄，雖有時不免掉書袋，不免用事太多，却用得自然活潑，並不覺得累贅束縛，依然有放恣自由淋漓痛快的精神。他的小詞，則由他的巧妙的藝術，把他那深沉而微妙的情思，用白話白描出來，好像是滑稽的，却有古樂府歌謠的好處——歌謠的描寫，還沒有這樣活潑而深刻呢，在宋人詞中，辛詞要算是最成功的了。」

## 十三　辛派的詞人

屬于辛棄疾一派的詞人，有陸游、劉過、劉克莊。

陸游、　他是南宋極有名的一個詩人，同時又是一個詞人。字務觀，越州山陰人。生於北宋宣和七年。范成大帥蜀時，游為參議官。嘉泰初，詔同修國史兼秘書監，以寶章閣待制致仕，卒於嘉定三年（公元一一二五年——公元一二一〇年）游爲人頹浪漫不羈，人譏其頹放，因是號放翁。有劍南集詞一卷。

我們在表面上只認識了放翁是一個頹放的文人，殊不知他骨子裏眞是一個有心肝有血氣的男子。他晚年雖依附於韓侂胄，似乎不能證明他是失節了。不過他的好名心的確很重，這也是文人的通病。從放翁晚年的詞裏面可知他也是一個很可惋惜的埋沒了的志士。看他的雙頭蓮詞：「華髮星星，驚壯志成虛，此身如寄。蕭條病驥，向暗中消盡當年豪氣……；」又如「……回首杜陵何處？壯心空萬里，人誰許？」（感皇恩；）「……自許封侯在萬里，有誰知？鬢雖殘，心未死！」（夜游宮，）「封侯萬里」本不算奇，然在詞裏面有這麼一團豪氣，自是可喜的。夜游宮的全詞是：

「雪曉清笳亂起，夢游處不知何地？鐵騎無聲望似水。想關河，雁門西，靑海際，睡覺寒燈裏。漏聲斷月斜窗紙，自許封侯在萬里。有誰知？鬢雖殘，心未死！」（夜游宮記夢）

「英雄的夢」只是偶然的回憶吧！放翁普通的詞，常有蕭疎之致：

「茅簷人靜，蓬窗燈暗，春晚連江風雨。林鶯巢燕總無聲，但月夜常啼杜宇。催成清淚，驚殘孤夢，又揀深枝飛去。故山猶自不堪聽，況半世飄然羈旅！」（鵲橋仙夜聞杜鵑）

「一竿風月，一簑煙雨，家在釣台西住。賣魚生怕近城門，況肯到紅塵深處？潮生理棹，潮平繫纜，潮落浩歌歸去。時人錯把比嚴光，我自是無名漁父。」（鵲橋仙）

「一春常是雨和風，風雨時時，春已空，誰惜泥沙萬點紅？恨難窮，恰似蓑翁一世中。」（憶王孫）

「雲千重，水千重，身在千重水雲中。月明收釣筒。頭未童，耳未聾，得酒猶能雙臉紅，一尊誰與同？」（長相思）

劍南詞也是被劉克莊譏爲與辛棄疾同樣有「愛掉書袋」的癖。楊愼在他的詞品裏面則說：「其纖麗處似淮海，雄爽處似東坡」。紀昀在提要裏面說：「……驛騎于二家，故奄有其勝，而皆不能造其極。」據我看來，一部分放翁詞可以適用毛晉的批評，「豪爽處似稼軒」；一部分的詞，可以適用宋徵璧的批評：「陸務觀之蕭散而或傷於疎。」

○　○　○

劉過，字改之，號龍洲道人，襄陽人。（或作太和人，或作新昌人）曾上書請光宗過宮，並致書宰相陳恢復方略。不用，乃放浪湖海，嘯嗷自適。宋子虛稱他爲天下奇男子。有龍洲詞一卷。

改之係辛棄疾的熱烈崇拜者（其詞有「古豈無人，可以似若稼軒者誰？」）他曾爲棄疾的幕客，英雄的志趣既略相同，常相與飲酒塡詞相酧唱。一部分的龍洲詞，便是受辛詞的感染極深的產品（集中效稼軒體很多）。這種作品雖然也有「恣肆自由」的力量，終究不是改之的體裁與風格。不過改之的才氣頗大，不致於陷溺於摹仿的域中而埋沒了個性，他那宏闊的氣宇在詞裏畫出顯然的輪廓來。

「鎮長淮，一都會，古揚州。升平日，朱簾十里，春風小紅樓。誰知艱難去，邊塵暗？胡馬擾，笙歌散；衣冠渡，使人愁！屈指細思，血戰成何事？萬里封侯。但瓊花無恙，開落幾經秋，故壘荒丘似含羞。悵望金陵宅，丹陽郡，山不斷綢繆。興亡夢，榮枯淚，水車流，甚時休？野竈炊煙裏，依然是宿貔貅。嘆燈火，今蕭索，尚淹留。莫上醉翁亭，看濛濛雨，楊柳柔絲。笑書生無用，富貴拙身，謀騎鶴來遊。」（六州歌頭）

改之的詞體，除了受辛棄疾的感染外，在他詞集一部分的詞，很能够有種娟秀的風致。

「別酒醺醺渾易醉，回過頭來三十里。馬兒不住去如飛，牽一𩥇，坐一憩，斷送殺人山與水。是則是青山終可喜，不道恩情拚得未？雪迷材店酒旗斜：去則是，住則是，煩惱自己煩惱你。」（天仙子別妾）

「曉入紗窗靜，戲弄菱花鏡。翠袖輕勻，玉纖彈去，小妝紅粉。畫行人愁外兩青山，與尊前離恨。宿酒醺難醒，笑記香肩並。暖借蓮腮，碧雲微透，暈眉斜印。最多情生怕外人猜，拭香津微揾。」（小桃紅詠美人畫扇）

「忔憎憎地，一捻兒年紀，待道瘦來肥不是，宜著淡黃衫子。唇邊一點櫻多，見人頻斂雙蛾。我自金陵懷古，唱時休唱西河。」（清平樂贈妓）

在這些詞裏面，改之那一團「斗酒彘肩，風雨渡江，豈不快哉」的豪氣，不知那兒去了。毛晉說：「稼軒集中能有此纖秀語耶？」但改之有些詞如沁園春詠美人指甲，詠美人足數詞，則未免太纖麗而無氣骨了。

劉克莊，字潛夫，號後村，莆田人。淳祐中以「文名久著，史學尤精」受理宗的特識，賜同進士出身。因此負一代盛名，官至龍圖閣學士。詞有後村別詞一卷。

後村也是一個很想做點事業的人，雖然終於沒有什麼成就。在他的許多詞裏面，抒發了不少的感懷和憤慨，可以看得出來：

「……嘆年光過盡，功名未立；書生老去，機會方來。使李將軍遇高皇帝，萬戶侯何足道哉！披衣起，但悽涼感舊，慷慨生哀。」（沁園春）

「……歎名姬駿馬，都成昨夢；隻雞斗酒，誰弔新丘。天地無情，功名有命，千古英雄只麼休。平生獨羊曇一個，灑淚西州。」（沁園春）

「兩淮蕭索惟狐兎，問當年祖生去後，有人來否？多少新亭揮淚客，誰夢中原塊土。算事業須由人做。堪笑書生心膽怯，向車中閉置如新婦，空目送塞鴻去。」（賀新郎後半闋）

「……高冠長劍都閑物，世上切身惟酒。千載後，君試看，拔山扛鼎俱烏有，英雄骨朽！問顧曲周郎，而今還解來聽小詞否？」（摸魚兒感嘆）

說起劉克莊來，彷彿他與辛棄疾很不同調，他說辛詞：「愛掉書袋」，究竟克莊受辛詞的影響，委實不少。如「老子年來頗自許，鐵石心腸，尚一點消磨未盡……；」「使李將軍，遇高皇帝，萬戶侯何足道哉！」和

「有個頭陀形等枯株，心猶死灰……」這樣的句調，却很有辛詞的風格。以下舉幾個非辛詞體的例：

「甚春來冷煙淒雨，朝朝遲了芳信？驀然作暖晴三日，又覺萬殊嬌困。霜點鬢，潘令老年年，不帶看花分。才情減盡，悵玉局飛仙，石湖絕筆，孤負這風韻。傾城色，懊悔佳人薄命，牆頭岑寂誰問？東風日暮無聊賴，吹得胭脂成粉。君細認，花共酒，古來二事天猶吝。年光去迅，謾綠成陰，蒼苔滿地，做取異時恨。」（摸魚兒秋海棠）

「紙帳素屏遮，全似僧家。無端霜月闖窗紗，喚起玉蘭征戍夢，幾疊寒笳。歲晚客天涯，短髮蒼華；今年衰似去年些。詩酒新來都減價，孤負梅花。」（浪淘沙旅況）

「朝有時，暮有時，潮水猶知日兩迴，人生長別離！　來有時，去有時，燕子猶知社後歸，君行無定期！」（長相思寄遠）

「風蕭蕭，雨蕭蕭，相送津亭折柳條。春愁不自聊！　煙迢迢，水迢迢，準擬江邊駐畫橈。舟人頻報潮。」（長相思舟上餞別）

「小嬛解事高燒燭，羣花圍繞樗蒱局。道是五陵兒，風騷滿肚皮。玉鞭鞭玉馬，戲走章台下；笑殺灞橋翁，騎驢風雪中。」（菩薩蠻戲林節推）

對於後村的批評，有的稱他「壯語可以立懦」；有的稱他「雄力足以排奡」；有的譏他「直致近俗，效稼軒而不及；」有的譏他「雖縱橫排宕亦頗自豪，然於此事究非當家。如贈陳參議家姬清平樂詞：『貪與蕭郎眉語，不知舞錯伊州』，集中不數見也。」這不是中肯的批評，後村雖不是第一流的詞人，總要算是站在水平線以上的詞的作家。他的詞有很激憤的，有很悲壯的，有很纖秀的，有很蕭疏有情致的，都可以說是成功的傑作。

## 十四　南渡十二詞人

南渡詞人的發達，在宋代文學史上呈特異的色彩，只要查一查宋六十名家詞，幾乎有二分之一是南渡詞人。我們便不免要問：何以南渡詞人這麽多呢？假如我們認定文學是生活的表現，苦悶的象徵，那末當國家變亂，戰爭殺伐的時候，個人受社會環境的影響，生活是一定要複雜些，苦悶一定要顯著些。換言之就是生活與苦悶所刺激自我表現的機會多些。文學便這樣的活潑發展起來。我們看周末的春秋戰國，魏晉六朝，唐末五代，正是文學最盛的時際，則我們知道有宋南渡，詞的文學的發達，是必然的趨勢了。在這一段時期中不但詞人之多，卽詞的體格與氣象，都不與北宋以繁華作背景的詞，和南宋偏安後以委靡作背景的詞相像，讀了辛棄疾岳飛輩的詞，便會有這種感觸。現在我們舉出十二個南渡詞人來談談他們的詞。

張孝祥　他是南渡詞人中很偉大的一個，與辛棄疾同時。字安國，號于湖。原爲蜀之簡州人，徙居歷陽之烏江，亦稱爲烏江人。生約當公元一千一百三十二年，二十餘歲，卽以廷試第一魁中狀元。宋史稱其早負峻才，蒞政揚聲因忤秦檜，屢遭遷黜。及檜卒，始得隆遇，召爲直中書，以孝宗初年卒，（湯衡以孝宗乾道七年撰于湖詞序是時于湖已死數年）方三十六歲，多才不壽，故孝宗有「用才不盡」之嘆。有于湖雅詞三卷。陳季龍于湖雅詞序云：「紫微張公孝祥，姓字風雷於一世，辭彩日星於郡國……至於託物寄情，弄翰戲墨，融取樂府之遺意，鑄爲毫端之妙詞，前無古人，後無來者，……讀之冷然灑然，眞非煙火食人辭語。予雖不及識荆，然其瀟散出塵之姿，自在如神之筆，邁往凌雲之氣，猶可想見也。」我們讀了這一段話，雖然不免有點過譽，而于湖在當代的文名，則概可想見。現在我們最好介紹他的詞罷：

「洞庭靑草，近中秋，更無一點風色。玉界瓊田三萬頃，著我扁舟一葉。素月分輝，明河共影，表裏俱澄澈。悠然心會，妙處難與君說。應念表嶺經年，孤光自照，肝膽皆冰雪。短鬢蕭疏襟袖冷，穩泛蒼冥空闊。盡吸西江，細斟北斗，萬象爲賓客。叩舷獨嘯，今夕不知何夕？」（念奴嬌過洞庭）

「問訊湖邊柳色，重來又是三年。春風吹我過湖船，楊柳絲絲拂面。世路如今已慣，此心到處悠然。寒光亭下水連天，飛起沙鷗一片。」（西江月）

魏了翁跋念奴嬌詞云：「于湖有英姿奇聲，著之湖湘間，未爲不遇。洞庭所賦，在集中最爲傑特。」張孝祥的詞實在自己有一種另外的風格。他因爲受秦檜的排擠，幾次到湖南作郡守，三湘七澤，山色湖光，都給與張孝祥作詞的資料。既然係從目接欣賞寫下來的作品，自然不會蹈襲前人語，而自成風格。湯衡謂：「一見公平昔爲詞，未嘗著稿，酒酣興健，頃刻即成……岳陽樓諸曲，所謂駿發踔厲，寓以詩人句法者也」其實岳陽樓諸曲還未足代表孝祥。于湖詞裏面有一首六州歌頭可以說是代表孝祥的思想與懷抱的作品。其詞如下：

「長淮望斷，關塞莽然平。征塵暗，霜風勁，悄邊聲，黯銷凝。追想當年事，殆天數，非人力，洙泗上，絃歌地，亦軍營。隔水氈鄉，落日牛羊下，區脫縱橫。看名王宵獵，騎火一川明，笳鼓悲鳴，遣人驚。　念腰間箭，匣中劍，空埃蠹，竟何成？時易失，心徒壯，歲將零，渺神京。干羽方懷遠，靜烽燧，且休兵。冠蓋使，紛馳騖，若爲情。聞道中原遺老，常南望，翠葆霓旌。使行人到此，忠憤氣填膺，有淚如傾！」（六州歌頭）

朝野遺記上說：「孝祥在建康留守席上賦此歌，闋，韓公爲罷席而入。」原來恢復中原，衆志所失，聽了此公這麼悲壯慷慨的詞，那能不爲之墮淚呢？

陳與義　字去非，其先居京兆，後遷洛陽，（或謂其先蜀人）自稱洛陽陳某，又號簡齋，生於元祐五年，死當紹興八年（公元一千〇九十年——公元一千一百五十八年）。他以少年賦墨梅賦，受知於徽宗，歷官中書舍人參知政事。據宋史本傳他是個「容狀嚴恪，不妄言笑，平居雖謙以接物，然內剛不可犯」的君子。他長於作詩，他的詩「體物寓興，上下陶、謝、韋、柳之間」，不過現在只論他的詞，有無住詞一卷。（以所居無住巷故名）。

簡齋遺傳下來僅十八首的小詞，（沒有長調）在數量方面誠未免太少，然卽此已可發現簡齋作詞的天才，和在詞史上的地位了。看他的詞：

「憶昔午橋橋上飲，坐中多是豪英。長溝流月去無聲。杏花踈影裏，吹笛到天明。二十餘年如一夢，此身雖在堪驚！閒登小閣看新晴。古今多少事，漁唱起三更。」（臨江仙）

「東風起，東風起，海上百花搖。十八風鬟雲半動，飛花和雨着輕綃。歸路碧迢迢。」（擬赤城韓夫人法駕導引）

「送了棲鴉復暮鐘，欄干生影曲屏東。臥看孤鶴駕天風。起舞一樽明月下，秋空如水酒如空。謫仙已去與誰同？」（浣溪紗）

「張帆欲去仍搔首，更醉君家酒。吟詩日日待春風，及至桃李開後却匆匆。歌聲頻爲行人咽，記著尊前雪。明朝酒醒大江流，滿載一船離恨向衡州。」（虞美人）

這十八首的小詞，包括在無住詞裏面的，眞如一顆顆珍貴的小珠子，可惜限於篇幅不能一一舉例出來了。老實說罷，陳簡齋的詩，還在黃庭堅陳師道之下；如論他的詞，則遠高出陳黃幾等。提要謂其「吐言天拔，不作柳嚲鶯嬌之態，亦無踈筍之氣，殆於首首可傳，」黃昇則稱其「小詞可摩坡仙之壘」這都不算過爲誇張的批評。

楊無咎　字補之，清江人，自號逃禪老人，又號淸夷長者。他少年時，是很熱中功名的，無奈坎軻不遇。在他詠中秋的多麗調詞看得出來：「念年來靑雲失志擧頭應羞見嫦娥。且高歌細敲檀板，拚痛飲頻倒金荷。斷約他年重揮大手，桂枝須斫最高柯。恁時節淸光比今夕更應多。功名事到頭須在，休用忙呵！」南渡後，又因爲秦檜專權，無咎恥於依附，雖朝廷幾次徵他不去，可見他的性格上的骨傲了。他是一個畫家，最有名的江西墨梅就是他的藝術的產品。同時，他又是一個詞人，有逃禪詞一卷，現在我們介紹他的詞：

「水寒江靜浸一沫靑山倒影，樓外指點漁村近，笛聲誰噴？驚起賓鴻陣，往事都歸眉際恨，這相思情味誰問？淚痕空把羅襟印，淚應啼盡，爭奈情無盡！」（一斛珠）

「濺濺不住溪流素，憶曾記碧桃紅露。別來寂寞朝朝暮，恨遮斷當時路。仙家豈解空相誤，嗟塵世自難知處。而今重與春爲主，儘浪蕊浮花妬。」（于中好）

無咎的詞，據我看來，最擅長於描寫性的愛情。如生查子：「問著却無言，覷了還回盼，底處奈思量，倦了還轉展」，玉抱肚：「見也渾閑，堪嗟處山遙水遠，音信也無個！這眉頭強展依前銷，這淚珠強收依前墮！我平生不識相思爲伊煩惱忒大，你還知麼？你知後我也甘心受摧挫，又恐你背盟誓似風過，共別人忘却我！」這種描寫比黃魯直的小詞，還要高勝一籌。花庵詞選不列無咎一字，眞是瞎眼！

張元幹　字仲宗，別號蘆川居士，長樂人。（或云三山人）平生忠義自矢，不屑與奸佞秦檜同朝，卽飄然掛冠而去。因胡銓上書乞斬秦檜被謫，元幹作詞送之，坐是除名。其詞爲賀新涼調，頗慷慨悲壯，錄之如下：

「夢繞神州路，悵秋風，連營畫角，故宮離黍，底事崑崙傾砥柱？九地黃流亂注，聚萬落千村狐兎。天意從來高難問；況人情易老悲難訴，更南浦送君去。涼生暗柳摧殘暑，耿斜河，疎星淡月，斷雲微雨，萬里江山知何處？回首對床夜語，雁不到書成誰與？目盡青天懷今古，肯兒曹恩怨相爾汝。舉大白，聽金縷。」

那種懷戀故國，感慨山河的壯志，躍然紙上。此外元幹的詞，頗多清麗婉轉之作，例如踏莎行詞：

「芳草平沙，斜陽遠樹，無情桃李江頭渡。醉來扶上木蘭舟，將愁不去將人去。薄劣東風，夭斜飛絮，明朝重覓吹笙路。碧雲香雨小樓空，春光已到銷魂處。」

又如「蘭橈飛去歸來，愁眉待得伊開，相見嫣然一笑，眼波先入郎懷。」（淸平樂）這都是很豔麗的。毛晉跋稱元幹「人稱其長於悲憤，及讀花庵草堂所選，又極嫵秀之致，眞可與片玉白石並垂不朽。」

范成大　字致能，吳郡人。（公元一一六六年——一一九三年）官至吏部尚書，拜參知政事，進資政殿學士，提舉洞霄宮，有石湖集詞一卷。他的小詞有很好的：

「棲鳥飛絕，絳河綠霧星明滅。燒香曳簟眠淸樾，花影吹笙，滿地淡黃月。好風碎竹聲如雪，昭華三弄臨風咽。鬢絲撩亂綸巾折，涼滿北窗，休共軟紅說。」（醉落魄）

「塘水碧，仍是麴塵顏色。泥泥縠紋無氣力，東風如愛惜。恰似越來溪側，也有一雙鸂鶒。只欠柳絲千百尺，繫船春弄笛」（謁金門）。

石湖本是一個詩人，他的詩成就很大，在南宋蔚然一家，為有宋四大詩人之一。因此他雖有很清蔚的小詞，但為他的詩名所掩掉了。

呂濱老　字聖求，嘉興人。以詩名紹興間。他是一個國家觀念很重的詩人，有詩云：「愛國憂身到白頭，此生風雨一沙鷗」；「尚喜山河歸帝子，可憐麋鹿入王宮」。他的詞也很有名，有聖求詞一卷。詞云：

「蟬帶殘聲移別樹，晚涼房戶。秋風有意染黃花，下幾點淒涼雨。渺渺雙鴻飛去，亂雲深處。一山紅葉為誰愁？供不盡相思句。」（一落索）。

「春將半，鶯聲亂。柳絲拂馬花迎面。小堂風，暮樓鐘。草色連雲，暝色連空。重重！秋千畔，何人見？寶釵斜照春妝淺，酒霞紅。與誰同？試問別來，近日情悰。忡忡！」（惜分釵）

惜分釵調為聖求所自造新譜。又有東風第一枝，調綠梅詞，與東坡西江月齊名。毛晉謂其「佳處不減少游」，趙師岩則謂其「婉媚深窈，視美成耆卿伯仲耳」，可以想見聖求詞的價值了。

葉夢得　字少蘊，吳縣人。（公元一〇七七年——一一四八年）累官龍圖閣直學士，除尚書右丞，提舉洞霄宮。晚年居吳興弁山下，嘯詠自娛。自號石林居士。有石林詞一卷。關注序說：「其詞婉麗，卓有溫李之風，晚歲落其花而實之，能於簡談時出雄桀，合處不減靖節東坡之妙。」毛晉跋說：「石林詞卓有林下風，不作柔語殢人，眞詞家逸品也。」這都不免有點過分的誇張。

「霜降碧天靜，秋事促西風。寒聲隱地初聽，中夜入梧桐。起瞰高城四顧，寥落關河千里，一醉與君同。疊鼓鬧清曉，飛騎引雕弓。歲將晚，客爭笑，問衰翁平生氣豪安在？走馬爲誰雄？何似當筵虎士，揮手弦聲響處，雙雁落遙空。老矣眞堪惜，回首望雲中。」（水調歌頭）

「楓落吳江，扁舟搖蕩，暮山斜照催晴。此心長在，秋水共澄明。底事經年易挤，驚遺恨，悄悄難平。臨風處，佳人萬里，霜笛與誰橫。長城誰敢犯，知君五字，元有詩聲。笑茅舍何時，歸此眞成。絲鬢朱顏老盡，柴居住，行郎終行。聊相待，狂唱醉舞，雖老未忘情。」（滿庭芳）

夢得生長北宋，晚年南渡，眷戀故都，未免傷懷，故其詞有一團豪爽之氣，頗與東坡相類。雖然他的詞還比不上東坡，也要算南渡偉大的詞人中的一個了。

康與之　字伯可。渡江初，秦檜當國，伯可附檜求進，以詞受知於高宗，官郎中。檜死，伯可亦貶五年。有順蓭樂府。黃叔暘說：「伯可以文詞待詔金馬，凡中興粉飾治具，慈寧歸養兩宮歡集，必假伯可之歌詠，故應制之詞爲多。」這種應制的詞，並沒有藝術的衝動，自然沒有產生好詞的可能，（陳質齋言伯可詞鄙褻之甚）不必舉例。但伯可的小詞，却也有很好的，舉兩首作例：

「阿房廢址漢荒邱，狐兎又羣遊。豪華盡成春夢，留下古今愁。君莫上，古原頭，泪難收。夕陽西下，塞雁南飛，渭水東流。」（訴衷情）

「南高峰，北高峰，一片湖光映靄中，春來愁殺儂。郎意濃，妾意濃，油壁車輕郎馬驄，相逢九里松。」（長相思）

這種詞實在有古樂府意，我想這未必不是伯可有意模仿六朝時的歌謠。

朱敦儒　字希直，一字希眞，洛陽人。他少年時志行高潔，雖爲布衣而有朝野之望。朝廷屢徵不去。無奈後來依附秦檜，晚節不修。工詩及樂府，有樵歌三卷。（略據宋史文苑傳）

希眞的詞却又是一種風格，雖同是白話的詞，他却似一意模擬歌謠。舉幾首詞例爲證：

「江南岸，柳枝；江北岸，柳枝；折送行人無盡時，恨分離，柳枝。酒一杯，柳枝；淚雙垂，柳枝；君到長安百事違，幾時回？柳枝。」（柳枝）

「連雲衰草，連天晚照，連山紅葉。西風正搖落，更前溪嗚咽。燕去鴻歸音信絕，問黃花又共誰折？征人最愁處，送寒衣時節。」（十二時）

「金陵城上西樓，倚清秋。萬里夕陽垂地，大江流。中原亂，簪纓散，幾時收？試倩悲風吹淚過揚州。」（相見歡）

古人對於希眞詞的批評，張正大說：「希眞賦月詞：『揷天翠柳，被何人推上一輪明月，』自是豪放；賦梅引『橫枝銷瘦一如無，但空裏疎花數點，』語意奇絕！」黃叔暘云：「希眞京都名士，詞章擅名，天姿曠遠，有神仙風致。」這樣的批評是希眞應該接受的。

毛幵 字仲平，信安人。（或作三衢人）爲人傲世自高，與時多忤，官只至州倅，詩文甚著名，小詞最工。有樵隱詞一卷，楊用修氏最欣賞他的滿江紅「潑火初收」一詞。詞云：

「潑火初收，鞦韆外輕煙漠漠。春漸遠，綠楊芳草，燕飛池閣。已著單衣，寒食後，夜來還是東風惡。對空山寂寂杜鵑啼，梨花落。傷別恨，閒情作，十載事，驚如昨。向花前月下，共誰行樂？飛蓋低迷南苑路，湔裙悵望東城約。但老來顦顇惜春心，年年覺。」

「醉紅宿翠髻鬟烏雲墮，管是夜來不睡？那更今朝早起？春風滿搦腰支，堦前小立多時。恰恨一番春風，想應濕透鞋兒。」（毛幵爲郡，見一婦人陳牒立雨中作淸平樂）

「簾幕燕雙飛，春向人歸。東風惻惻雨霏霏。水滿西池花滿地，追惜芳菲。回首昔遊非，別夢依稀。一成春瘦不勝衣。無限樓前傷遠意，芳草斜暉。」（浪淘沙）

這樣悠淡而淸蔚的小詞，在南宋詞裏面也是很稀罕的。

楊炎正 字濟翁，（或誤正爲止，六十家詞選誤楊炎爲姓名，止濟翁爲號。）廬陵人。老年登第。他與辛棄疾楊萬里爲時友。他很仰慕稼軒的氣概，集中多壽稼軒詞。他自己也是稼軒的懷抱，是一無名的愛國志士。你看他的詞裏面的表現。「……忽醒然成感慨，望神州可憐報國無路，空白一分頭。都把平生意氣，只做如今顛頷，歲晚若爲謀。此意仗江月，分付與沙鷗。」（水調歌登多景樓）壯志未達，此身已老，故有「英雄事，千古意，一憑欄，惜今老矣」的感慨。他的詞大都是清新俊逸，與稼軒詞頗形相似，雖排蕩之氣比不上稼軒的英發，而不愛旖旎故作情態，不作婦人女子的肉麻語。在披靡成風的南宋詞人裏面，楊炎正確要算是能夠振拔的。末了舉他的一首小詞作例子：

「思歸時節，乍寒天氣，總是離人愁緒。夜來無奈被西風，更吹做一簾風雨。征衫拂淚，欄干倚醉，羞對黃花無語。寄書除是雁來時，又只恐書成雁去。」（鵲橋仙）

向子諲 字伯恭，號薌林居士，（公元一〇八五年——一一五二年）相家子，欽聖憲肅皇后的從姪。他雖然做了比較大的官職——徽猷閣直學士——但他却不是無聊的政客，很忠直而清廉，負一時的名望。他雖然也是文人，但他却不是過文人那種單調的名士風流的生活。他曾經在金兵圍困着的城裏指揮士卒死守很久，他曾在亂軍中逃走，幾乎被殺。因爲他的生活繁複，所以他的詞也不是平常文人那種消閑詞。我們如其把子諲的酒邊詞分析一下，顯然可以分出兩個階段來：卷下的江北舊詞，是文人消閑詞；卷上的江南新詞，是有生活感慨的詞。我們先看他在江北時，那時中原無故，汴京繁華，在這種生活裏的向子謳，也只是做了一晌繁華夢，他的詞還只是些：「曾是襄王夢裏仙，嬌癡恰恰破瓜年，芳心已解品朱絃，」「取醉歸來因一笑，惱人深處是橫波，酒醒情味却知麼？」和「天機畔，雲錦亂，思無窮，路隔銀河，猶解嫁西風」的豔詞。及到了二帝被虜，兩京陷落，國破家亡，倉皇南渡，這時，子謳才捲入實際痛苦生活裏去，經過這種生活的梳洗，才是子謳詞最後的成功，變華豔的小詞為豪放的長調。如洞仙歌詠中秋的詞：

「碧天如水，一洗秋容淨。何處飛來大明鏡？誰道斫却桂，應更光輝，無遺照，寫出山河倒影。人猶苦餘熱，肺腑生塵，移我超然到三境。問嫦娥，緣底事，有盈虧？煩玉斧運風重整，教夜夜人世十分圓，待拚却長年醉了還醒。」（洞仙歌）

胡寅酒邊詞序云：「薌林居士，步趨蘇堂，而嚌其胾者也。」讀了他的洞仙歌詠中秋詞，便知道酒邊詞是受蘇詞的影響的產物了。

## 十五　詞人姜白石

蒿廬師言：「詞中之有白石，猶文中之有昌黎也。」宋翔鳳言：「詞家之有姜石帚，猶詩家之有杜少陵。」我們看了這兩段話，姑無論其是否忠實的批評，而這位最惹世人賞讚的詞人姜白石，至少也引起了我願意知道他的生平及文藝的興趣。

白石在當代雖然詞名很大，但宋史無傳，幸而他自己遺傳下來的詞，多有自敍，現在綜輯各書所載，略考見他的生平。

姜夔字堯章鄱陽人。(或作德興)生於紹興初年，死約在慶元末年。幼時，隨他的父親，官於古沔，居古沔甚久。學詩於蕭千巖。因寓吳興，與白石洞天為鄰，自號白石道人，又號石帚。曾上書乞正太常雅樂，後因秦檜當國，即穩居箬坑之千山，不仕，嘯傲於山水，往來湖湘淮左，與范石湖楊萬里諸人吟咏酬唱。誠齋常寄以詩稱為詩壇的先鋒，可見白石負一時的詩譽了。他的詞更有時名，因為精通音律和樂理，所以嘗作自度腔，如暗香疏影便是白石造的新曲。自敍詩云：「自喜新詞韻最嬌，小紅低唱我吹簫……」小紅是范石湖送給白石的妾，有色藝，白石每製新詞，即自吹簫，小紅輒歌而和之。這時白石已經很不年輕了，遨遊江南諸勝地，以娛晚年。不久，以疾卒於蘇州，葬西馬塍。石湖挽以詩云。「所幸小紅方嫁了，不然啼損馬塍花。」當我們讀了白石最後的傑作齊天樂詞時，覺冷風苦雨，情緒淒然！這位極享盛名的詞人便這樣絕筆而逝世了。

白石的著作很多，有絳帖平、大樂議、翠琴考、讀書譜、集古印譜、遺事集諸書，但是他遺留下來的歌詞，便只剩數十殘篇了。集為白石道人歌曲四卷，皆註律呂於字傍，或記拍於字傍，尚可考見宋人歌詞之法。但此種歌曲在宋時已不必能歌，(劉後村謂白石滿江紅一闋甚佳，惟無人能歌之者)後人更莫辨其然了。所以我們對於白石道人的歌曲也只能論到他在文學上的意義。

白石的自度腔暗香疏影，是被稱為「前無古人，後無來者」的絕唱，且看他這兩首詞：

「舊時月色，算幾番照我，梅邊吹笛？喚起玉人，不管淸寒與攀摘。何遜而今漸老，都忘却春風詞筆。但怪得竹外疎花，香冷入瑤席。江國正寂寂，歎寄與路遙，夜雪初積。翠樽易泣，紅萼無言耿相憶。長記曾攜手處，千樹壓西湖寒碧。又片片吹盡也，幾時見得？」（暗香石湖詠梅）

「苔枝翠玉，有翠禽小小，枝上同宿。客裏相逢，籬角黃昏，無言自倚修竹。昭君不慣胡沙遠，但暗憶江南江北。想佩環月夜歸來，化作此花幽獨。猶記深宮舊事，那人正睡裏，飛近蛾綠。莫似春風，不管盈盈，早與安排金屋。還教一片隨波去，又却怨玉龍哀曲。等恁時重覓幽香，已入小窗橫幅。」（疎影）

由這兩首詞，我們可以知道白石詞的幾個要點。第一，白石詞的格調是很高的，誠如王國維所言：「古今詞人格調之高，莫如白石。」因爲白石詞主淸空，淸空則古雅峭拔，故格調甚高。第二，白石詞用典用事是很巧妙的，如「猶記深宮舊事，那人正睡裏，飛近蛾綠，」用壽陽事；又云「昭君不慣胡沙遠，但憶江南江北，想佩環月下歸來，化作此花幽獨，」用少陵詩，皆「用事不爲所使」。（張叔夏語）可是因爲白石詞的格調很高，用事巧妙，所以第三，描寫不深入，不逼眞，因爲白石詞太主淸空，便不落實際，不入具體，如暗香疎影沒有一句道着梅花，專賣弄很巧妙的代名詞，堆砌成詞，卽算格調甚高，亦如霧裏看花一樣，不能捉住眞實的具體，這是白石詞的大缺點。但白石在創作上獲有最大的便利，就是他深通樂理音律。他作詞「初率意爲長短句，然後協以律，」（長亭怨慢自跋）不必塡譜倚聲以製詞，以此白石作詞有十分的自由，故能如

「野雪孤飛，去留無跡。」再舉幾首詞作例：

「漸吹盡枝頭香絮，是處人家綠深門戶。遠浦縈迴，暮帆零亂向何許？閱人多矣，誰得似長亭樹？樹若有情時，不會得青青如此！日暮望高城不見，只見亂山無數。韋郎去也，怎忘得玉環分付：第一，是早早歸來，怕紅萼無人爲主。算空有并刀，難剪離愁千縷！」（長亭怨慢）

「雙槳來時，有人似舊曲桃根桃葉。歌扇輕約飛花，蛾眉正奇絕。春漸遠，汀州自綠，更添了幾聲啼鴂。十里揚州，三生杜牧，前事休說！又還是宮燭分煙，奈愁裏忽忽換時節。都把一襟芳思，與空階榆莢；千萬縷，藏鴉細柳，爲玉尊起舞回雪。想見西出陽關，故人初別。」（琵琶仙）

「燕雁無心，太湖西畔隨雲去。數峰清苦，商略黃昏雨。第四橋邊，擬共天隨住。今何許？凭欄懷古，殘柳參差舞！」（點絳唇丁未過吳興作）

「又正是春歸，細柳暗黃千縷。暮鴉啼處，夢逐金鞍去。一點芳心休訴，琵琶解語。」（醉南吟小品）

此外如柳州慢「……二十四橋仍在，波心蕩，冷月無聲……」，不但格調超絕，並且極故國山河之感。齊天樂：「……西窗又吹暗雨，爲誰頻斷續？……」眞堪催人墮淚。這都是白石的傑作，因在前面宋詞概觀（下）已舉例，這裏不重引了。

講到白石詞的批評，我們知道白石的詞，在當時是極負盛譽的。同時代的詞人也沒有不推重他的詞，如黃昇云：「白石詞極精妙，不減淸眞；高處有美成所不能。」張叔夏則對於姜詞，幾乎首首稱讚，謂：「讀之使人神情飛越。」姜詞這末負一時代之盛名，其影響自然也極大了。朱竹垞說：「詞莫善於姜夔，宗之者張輯、盧祖皐、史達祖、吳文英、蔣捷、王沂孫、張炎、周密、陳允平、張翥、楊基，皆具夔之一體，基之後，得其門者寡矣。」

姜詞竟生這樣大的影響，自是很可驚異的。我想白石既通音律，復以典雅詞相號召，自最容易博得一般文人的同情，而生出偉大的效果。若只就詞而論，除了格調高曠，音律和諧以外，論意境，論描寫，姜詞也不值得怎樣的受我們稱道吧。

## 十六　姜派的詞人

——史達祖、高觀國、蔣捷——

我們知道南宋詞有兩個宗派：一派宗辛棄疾，愛作白話的豪放的詞；一派宗姜白石，愛作古典的婉約的詞。關於辛派的詞人，已經在上面敍述過，現在要敍到姜派的詞人來了。先從史達祖、高觀國、蔣捷三人說起。

史、蔣、高都是南宋中葉的詞人，我們雖不敢說他們是姜白石詞的模擬者，但他們都是同站在姜派的古典主義旗幟之下，大創作其古典的雅詞。細密說來，他們的詞固然未嘗沒有自己的風格體裁，不會與異己全同；就大體上說，他們都受了白石詞的影響，而受影響最大的要算史達祖。

史達祖、字邦卿，號梅溪，汴人。生約當紹興末年，死於開禧丁卯年（公元一二〇七年）。少舉進士不第，依韓侂胄爲掾吏，奉行文字，擬帖撰旨，俱出其手。曾隨使金，後侂胄伏誅，邦卿亦被黥。綜觀邦卿的生平實無可述之點，如其承認文學是生活人格的表現的話，那末周介存謂「梅溪喜用『偸』字，品格便不高」更足以助證我們對於梅溪個性的了解了。

現在我們最好撇開邦卿的品格上的批評，來談他的詞。我們知道邦卿是優於咏物的，張玉田最推崇他的東風第一枝（詠雪）、雙雙燕（詠燕），謂其「全章精粹，不留滯於物」。錄其詞如下：

「巧沁蘭心，偸黏草甲，東風欲障新暖。漫疑碧瓦難留，信知暮寒較淺。行天入鏡，做弄出輕鬆纖軟。料故園不捲重簾，誤了乍來雙燕。青未了，柳回白眼；紅欲斷，杏開素面。舊盟憶着山陰，後遊遂妨上苑。熏爐重熨，便放慢春衫針線；怕鳳靴挑菜歸來，萬一灞橋相見。」（東風第一枝詠雪）

「過春社了，度簾幕中間，去年塵冷。差池欲住，試入舊巢相並。還相雕梁藻井，又輭語商量不定。飄然快拂花梢，翠尾分開紅影。芳徑，芹泥雨潤。愛貼地爭飛，競誇輕俊。紅樓歸晚，看足柳昏花暝。應自棲香正穩；便忘了天涯芳信。愁損翠黛雙蛾，日日畫欄獨凭。」（雙雙燕詠燕）

從來詠物的詞，以蘇東坡的水龍吟咏楊花爲最著；但邦卿的詠物詞，乃是從姜白石的暗香疏影（咏梅）、齊天樂（詠蟋蟀）得來。世以白石梅溪並稱，若論格調，則梅溪不免卑下，不及白石之高曠；若論才華，則白石不如梅溪之豔麗。不嫌再舉邦卿幾首豔詞作例：

「似紅如白含芳信錦宮外煙輕雨細。燕子不知愁驚墮黃昏淚燭花偏在紅簾底，想人怕春寒正睡夢著玉環嬌；又被東風醉。」（海棠春令）

「春愁遠春夢亂鳳釵一股輕塵滿江煙白江波碧柳戶清明燕簾寒食，憶憶憶！鶯聲晚，簫聲短，落花不許春拘管新相識休相失翠陌吹衣畫樓橫笛得得得！」（釵頭鳳寒食飲綠亭）

「人若梅嬌正愁橫斷塢夢繞谿橋。倚風融漢粉坐月怨秦簫。相思因甚到纖腰定知我今無魂可銷。佳期晚，漫幾度淚痕相照。人悄天渺渺花外語香時透郎懷抱暗握荑苗乍嘗櫻顆猶恨侵堦芳草。天念王昌忒多情，換巢鸞鳳教偕老。溫柔鄉醉芙蓉一帳春曉。」（換巢鸞鳳）

對於梅溪詞，白石有評云：「奇秀清逸，有李長吉之韻蓋能融情景於一家會句意於兩得。」張滋評云：「奪苕豔於春景起悲音於商素；有瓌奇警邁清新閒婉之長而無施蕩汙淫之失端可以分鑣清眞平睨方回；而紛紛三變輩幾不足比數！……」這樣的批評未免太誇張了。李長吉是譏咒社會孤高自賞的天性殉情主義者，自然不是沉溺富貴繁華的邦卿詞所能企及；即柳三變的苦悶情調之表現也不是邦卿所能比擬。邦卿之擅長詠物，不過與康與之輩善於鋪敘爭伯仲耳。往下我們要講與史邦卿齊名的高觀國。

高觀國、字賓王山陰人，有竹屋癡話一卷。提要說：「詞自鄱陽姜夔句琢字鍊，始歸醇雅；而達祖、觀國爲之羽翼。」可見觀國亦姜派的健將。他與史梅溪的唱和詞極多，但他的作風却絕不與梅溪相同，從竹屋癡話裏面舉幾首詞來作例：

「綠叢籬菊點嬌黃，過重陽，轉愁傷。風急天高，歸雁不成行。此去郎邊知近遠，秋水闊，碧天長。郎心如妾妾如郎，兩離腸，一思量春到春愁秋色亦淒涼。近得新詞知怨妾，無訴泣蘭房！」（江城子代作）

「霽煙消處寒猶嫩，乍門巷愔愔晝永。池塘芳草魂初醒，秀句吟春未穩。仙源阻，春風瘦損，又燕子來無芳信。小桃也自知人恨，滿面羞難問！」（杏花天春愁）

「晚雲知有關山念，澄霄卷開新霽。素影中分，冰盤正溢，何啻嬋娟千里。危欄靜倚，正玉管吹涼，翠觴留醉。記約清吟，錦袍初喚醉魂起。孤光天地共影，浩歌誰與舞？淒涼風味！古驛煙寒，幽垣夢冷，應念秦樓十二。歸心對此，想斗插天南，雁橫遼水。試問姮娥，有於愁誰與寄？」（齊天樂中秋夜懷梅溪）

「春風吹綠湖邊草，春光依舊湖邊道。玉勒錦障泥，少年遊冶時。煙明花似繡，且醉旗亭酒。斜日照花西，歸鴉花外啼！」（菩薩蠻）

這些詞都是竹屋癡語裏面最好的詞例：陳造序說：「竹屋、梅溪詞要是不經人道語，其妙處少游美成不及也。」張炎說：「梅溪竹屋格調不凡，句法挺異，俱能特立清新之意，删削靡曼之詞，自成一家。」如其我們拿竹屋來比梅溪，自然俱是曼豔的詞，但是梅溪的描寫，比竹屋活潑些，而竹屋的格調則比梅溪高些，古典的氣味少些。

○　○　○

蔣捷、捷是宋末時的人，字勝欲，宜興人。（或作陽羨）德祐進士。自號竹山。宋亡之後，遁跡不仕。有竹山詞一卷。竹山有一首很可以表明竹山一生生活的變遷：

「少年聽雨歌樓上，紅燭昏羅帳；壯年聽雨客舟中，江闊重低斷雁叫西風。而今聽雨僧廬下，鬢已星星也；悲歡離合總無情，一任階前點滴到天明。」（虞美人聽雨）

竹山的詞，有人說做辛棄疾，宋四家詞選也把竹山列在辛詞附錄之下。竹山詞裏面有一首水龍吟招落梅魂係倣稼軒體，這是很值得注意的。但竹山之倣稼軒只模仿他壞的一方面，如沁園春：「老子平生辛勤幾年，始有此廬也……；」「鬢邊白髮紛如，又何苦招賓拿客歟；」「甚矣君狂矣，想胸中些兒塊澆不去，據我看來，何所似？一似韓家五鬼，又一似楊家風子……」（賀新涼）「……休休！著甚硬鐵，從來氣食牛。但只有千篇好詩，好曲，都無半點閑悶閑愁。自古嬌波溺人多矣，試問還能溺我否？高抬眼看牽絲傀儡，誰弄誰收？」這是很酸腐的詞，不是竹山的本色詞；竹山的本色詞，還是屬於姜派。他的詞雖有人說他粗俗，却也有典雅的，如高陽台送翠英詞：

「燕捲晴絲，蜂黏落絮，天教綰住閑愁。閑裏清明，怱怱粉澀紅羞。燈搖縹暈茸窗冷，語未闌，娥影分收。好傷情，春也難留，人也難留。芳塵滿目總悠悠，爲問縈雲珮響，還繞誰樓？別灑纔斟，從前心事都休。飛鶯縱有風吹轉，奈舊家苑已成秋。莫思量楊柳灣西，且櫂吟舟。」

他的詞也有很婉秀的，如一剪梅舟過吳江：

「一片春愁待酒澆，江上舟搖，樓上帘招；秋娘度與泰娘嬌，風又飄飄，雨又瀟瀟。何日歸家洗客袍，銀字笙調，心字香燒；流水容易把人拋，紅了櫻桃，綠了芭蕉。（竹山詞集裏面有行香子調詞與此詞相類）

他的詞也有很高雅的，如江城梅花引荊溪阻雪詞，今且引賀新涼秋曉的後半闋作例

「……五湖有客扁舟艤，怕羣仙重遊到此，翠旌難駐，手拍闌干呼白鷺，爲我殷勤寄語；奈鷺也驚飛沙渚，星月一天雲萬壑，覽茫茫宇宙知何處？鼓雙楫，浩歌去。」

他的詞也有很綺麗的，如解珮令詠春詞：

「春晴也好，春陰也好，著些兒春雨越好。春雨如絲，繡出花枝紅裊，怎禁他孟婆合皁？梅花風小，杏花風，小海棠風驀地寒峭。歲歲春光，被二十四風吹老。楝花風，爾且慢到！」

竹山的描寫手段也是不錯，他的詠物詞，不下於史梅溪，如洞仙歌詠柳的前半闋：「枝枝葉葉，受東風調弄，便是鶯穿也微動；自鵝黃千縷，數到飛綿，閑無事，誰迎送？……」再舉竹山一首描寫春日的愁緒詞，更

可見他的描寫能力，虞美人梳樓同：

「絲絲楊柳絲絲雨春在溟濛處樓兒特小不藏愁，幾度和雲飛去覓歸舟。天憐客子鄉關遠，借與花消遣；海棠紅近綠闌干，纔卷朱簾却又晚風寒」。

再舉一首詞例，如霜天曉角折花。

「人影窗紗，是誰來折花？折則從他折去，知折去向誰家？簷牙枝最佳，折時高折些。說與折花人道，須插向鬢邊斜」。

毛晉稱竹山詞云：「語語纖巧，眞世說靡也；字字妍倩，眞六朝隃也。」提要亦稱：「其詞練字精深，調音諧暢，爲倚聲之渠矱」謂竹山纖麗誠然不錯，但據我看來，竹山的小詞，有李清照之婉秀；長調有姜白石的典雅；至於稼軒，則竹山係學稼軒而未能者也。

## 十七　詞人吳文英

吳文英字君特，號夢窗，四明人，生於孝宗隆興年間，卒於淳祐十一年（公元一二五一年）。詞集有夢窗稿甲乙丙丁四卷在宋詞人中保存下來的詞料要算夢窗最爲豐富了。夢窗是被稱爲古典派裏面很有名的一個作家後人對於他的詞的批判很不一致。恭維他的呢，說是求之於宋人詞中北宋只有清眞，南宋只有夢窗，（尹惟曉語）這種批評自然是不忠實的，周清眞在北宋已不能算是傑出的作家，南宋到了吳夢窗則已經是詞的刼運到了。又有人說：「詞家之有吳文英亦如詩家之有李商隱」，（紀昀語）這也是耳食之論。唐詩至李商隱別開生面，創立新的體裁與風格，造成晚唐詩之新趨向，遠非在詞域裏面沒有新成就的吳夢窗所能比擬的。至於攻擊夢窗如張玉田之言：「夢窗詞如七寶樓台，炫人眼目，折碎下來，不成片段」，這原來是一般舊文人的通病。平心而論，吳夢窗雖是顯著的古典派，但他的詞也不只限於雕琢與堆砌，也有描寫活潑的作品，也有用白話創作的詞，雖說是不純的。舉幾個例：

「何處合成愁？離人心上秋！縱芭蕉不雨也颼颼。都道晚涼天氣好，有明月，怕登樓。年事夢中休，花空煙水流。燕辭歸客尙淹留。垂柳不縈裙帶住，謾長是繫行舟。」（唐多令）

「燈火雨中船，客思綿綿，離亭春草又秋煙，似與輕鷗盟未了，來去年年。往事一潸然，莫過西園。淩波香斷綠苔錢。燕子不知春事改，時立鞦韆。」（浪淘沙）

「枝裊一痕雪在，葉藏幾豆春濃。玉奴最晚嫁東風，來結梨花幽夢。香力添薰羅被，瘦肌猶怯冰綃。綠陰青子老溪橋，羞見東鄰嬌小。」（西江月青梅枝上晚花）

「迷蝶無蹤曉夢沉，寒香深閉小庭心。欲知湖上春多少，但看樓前柳淺深。愁自遣，酒孤斟，一簾芳景燕同吟。杏花宜帶斜陽看，幾陣東風晚又陰！」（思嘉客）

夢窗這一類的詞，完全脫下了古典的衣裳，成功很清蔚的小詞，只惜這種詞在夢窗四稿裏面，只佔百分之三四的統計未免大稀少了。

夢窗的詞，大半是作於淳祐間的，那時夢窗已經很老了，故所作詞多經歷感慨之語，如鶯啼序一詞，便是追想當年，哀感今朝的自敍詩，長至二百餘字，雖不免隸事粉飾之處，要爲一首有聲色有內容的作品，今錄其詞於下：

「殘寒正欺病酒，掩沈香繡戶。燕來晚，飛入西城，似說春事遲暮。畫船載清明過却，晴煙冉冉吳宮樹。念羈情，遊蕩隨風，化爲輕絮。十載西湖，傍柳繫馬，趁嬌塵輭霧。遡紅漸，招入仙溪，錦兒偸寄幽素。倚銀屏，春寬夢窄；斷紅濕，歌紈金縷。暝堤空，輕把斜陽，總還鷗鷺。幽蘭旋老，杜若還生，水鄉尚寄旅。別後訪六橋無信，事往花委，瘞玉埋香。幾番風雨，長波妒盼，遙山羞黛。漁燈分影春江宿。記當時短楫桃根度，靑樓彷彿。臨分敗壁題詩，淚墨慘淡塵土。危亭望極，草色天涯，歎鬢侵半苧。暗點檢，離痕歡唾，尚染鮫綃，嚲鳳迷歸，破鸞慵舞。殷勤待寫，書中長恨；藍霞遼海沈過雁，漫相思，彈入哀箏柱。傷心千里江南，怨曲重招，斷魂在否？」

夢窗詞有最大的一個缺點，就是太講究用事，太講求字面了。這種缺點，本也是宋詞人的通病，但以夢窗陷溺最深。唯其專在用事與字面上講求，不注意詞的全部的脈絡，縱然字面修飾得很好看，字句運用得很巧妙，也還不過是一些破碎的美麗辭句，決不能成功整個的情緒之流的文藝作品。此所以夢窗受玉田

「夢窗如七寶樓台，炫人眼目，折下來不成片段」之譏也。

夢窗的作詞雖宗白石，在他詞裏面雖也多贈白石懷憶白石的詞，然而在實際上夢窗與白石作詞絕不同調。白石格調之高，可從他的性情孤傲，恥列身於秦檜當權之下的朝廷看得出來；夢窗之生平，雖疎缺無聞，而從他那些壽賈似道諸詞看來，品格殆遠不及白石，詞品亦因之斯下矣。介存評夢窗說：「夢窗詞之佳者，天光雲影，搖蕩綠波，撫玩無斁，追尋已遠」，這是評白石不是評夢窗。周濟選四家詞，列夢窗為四家之一，與周邦彥、辛棄疾、王沂孫合為四家，以領袖一系統並稱「夢窗奇思壯采，騰天潛淵，返南宋之清泚，為北宋之濃摯」，這眞是誇張而又誇張了。夢窗詞本缺乏「奇思」，更無「壯采」，那裏能夠騰天潛淵呢？至謂「返南宋之清泚，為北宋之濃摯」不過表明夢窗只是一位復古的典雅派詞人而已。

## 十八　晚宋詞家

——王沂孫與張炎——

這是晚宋的兩位詞家了。

王沂孫字聖與，號碧山，又號中仙，會稽人。他的生平已不可考，宋亡後落拓以終。有碧山樂府二卷，又名花外集。

張炎字叔夏，號玉田，又號樂笑翁。本西秦人，家臨安。生於宋淳祐戊申，（公元一二四八年）宋亡後，潛跡不仕，縱遊西浙名勝以終。卒年約在元大德間。平生工爲長短句，以春水詞得名，世號爲張春水；又因解連環詞，號張孤雁。詞集有山中白雲詞八卷。

我們知道詞到了宋末已經變成「靡靡之音」了，不但北宋風流，渡江已絕，卽南渡詞人風韻，亦已蕩然。論者謂南宋末造，元人鯨呑中國之勢已成，節節南侵，當此外侮日亟，國家多難的時候，這些文人學士們乃酣醉於象牙之塔，高唱他們的靡豔的歌詞，上下交習於此。元兵已經臨到城下了，還不知道，國家那得不亡呢？我則以爲先有了這種時代的頹廢狀態，才從文學上表現出靡靡之音來，我們試讀碧山和玉田的詞，那正是宋末時代心理的反映了。碧山的詞：

「思飄飄，擁仙袂，獸步明月照蒼翹。花候猶遲，庭陰不掃，門掩山意蕭條。抱芳恨，佳人分薄，似未許芳魄化春嬌。雨濕風慳，霧輕波細，湘夢迢迢。誰伴碧樽雕俎，喚瓊肌皎皎，綠髮蕭蕭。靑鳳啼空，玉龍舞夜，遙盼河漢光搖。來須賦疎影淡香，且同倚枯蘚聽吹簫。聽久餘音欲絕，寒透鮫綃。」（一萼紅石屋探梅作）

「小窗銀燭，輕鬟半擁釵橫玉。數聲春調淸眞曲，拂拂朱衣，殘影亂紅撲。垂楊學畫蛾眉綠，年年芳草迷金谷。如今休把佳期卜，一掬春情，斜月杏花屋。」（醉落魄）

張玉田的詞如聲聲慢（與王碧山泛舟鑑曲）：

「晴光轉樹，曉氣分嵐，何人野渡橫舟。斷柳枯蟬，涼意正滿西州。匆匆載花載酒，便無情也自風流。芳晝短，奈不堪深夜秉燭來遊。誰識山中朝暮，向白雲一笑，今古無愁。散髮吟商，此興萬古悠悠。清狂未應似我，倚高寒隔水呼鷗。須待月，許多情，都付與秋。」

國家要亡了，還在那兒「忽忽載花載酒，便無情也是風流。芳晝短，奈不堪深夜秉燭來遊，」「向白雲一笑今古無愁」文人如此，一般的貴族生活者都如此，這自然是亡國的象徵了。如其碧山玉田的詞，只是限於這種享樂的表現，也就值不得我們怎樣來敘述吧。不幸國家破亡，打破他們的貴族享樂的迷夢；而故宮離黍，錦繡山河處處給與這些詞人的感懷和追戀，借詞的形式抒發出來，於是這兩位詞人才有了他們文學上的新生命。

先講碧山吧。碧山詞為世人所稱許的，完全是亡國以後的哀音。周介存說：「中仙最多故國之感，故着力不多，天分高絕，所謂意能尊體者也。」平常均稱碧山以恬淡見長，雖亡國之痛，亦能淡恬地表現出來。其實南宋亡時，碧山已經很老了，以一個志氣衰頹了的老人，縱極遭哀痛，亦不能喚起緊張奪激的情緒，只有容忍的消殘的哀音詞例：

「一襟餘恨宮魂斷，年年翠陰庭樹。乍咽涼柯，還移暗葉，重把離愁深訴。西窗過雨，怪瑤珮流空，玉箏調柱。鏡暗裝殘，為誰嬌鬢尚如許？銅仙鉛淚似洗，歎移盤去遠，難貯零露。病翼經秋，枯形閱世，消得斜陽幾度？餘音更苦，甚獨抱清商，頓成淒楚！謾想薰風，柳絲千萬縷。」（齊天樂詠蟬）

「柳下碧粼粼，認麴塵乍生，色嫩如染。清溜滿銀塘，東風細，參差縠紋初遍。別君南浦，翠眉曾照波痕淺。再來漲綠迷舊處，添卻殘紅幾片。蒲桃過雨新痕，正拍拍輕鷗，翩翩小燕。簾影蘸樓陰，芳流去，應有淚珠千點。滄浪一舸，斷魂重唱蘋花怨。采香幽徑鴛鴦睡，誰道湔裙人遠。」（南浦詠春水）

周濟評碧山樂府：「碧山胸次恬淡，故黍離麥秀之感，只以唱歎出之，無劍拔弩怯習氣。」實在碧山正缺的一點劍拔弩怯氣，所以哀感的表現沒有力量。

說到玉田，當南宋覆滅時，玉田正當青年，受亡國的刺激，所作詞「往往蒼涼激楚，即景抒情，備寫其身世盛衰之感，非徒以翦紅刻翠爲工」。也看他的詞：

「萬里孤雲，清遊漸遠，故人何處？寒窗裏，猶記經引舊時路，連昌約略無多柳。第一是難聽夜雨，謾驚回淒悄，相看燭影，擁衾誰語？張緒歸何暮，伴冷落依依，短橋鷗鷺，天涯倦旅，此時心事良苦。只愁重灑西州淚，問杜曲人家在否？恐翠袖正天寒，又倚寒梅那樹。」（月下笛孤遊萬山有感）

「十年舊事番疑夢，重逢可憐俱老！水國春空，山城歲晚，無語相見一笑。荷衣換了，任京洛塵沙，冷凝風帽。見說吟情，近來不到謝池草。歡遊曾步翠窈，亂紅迷紫曲，芳意今少？舞扇招香，歌橈喚玉，猶憶錢塘蘇小。無端暗惱，又幾度留連，燕昏鶯曉。回首妝樓，甚時重去好？」（台城路庚辰秋九月之北，遇汪菊波因賦此詞）

「楚江空晚，悵離羣萬里，恍然驚散，自顧影欲下寒塘。正沙淨草枯，水平天遠；寫不成書，只寄得相思一點。歎因循誤了，殘氈擁雪，故人心眼。誰憐旅愁荏苒，謾長門夜悄，錦箏彈怨。想伴侶猶宿蘆花，也曾念春前，去程應轉。暮雨相呼，怕驀地玉關重見。未差他雙燕歸來，畫簾半捲。」（解連環孤雁）

其次如高修台西湖春感：「……東風且伴薔薇住，到薔薇春已堪憐。更悽然萬綠西泠，一抹荒煙。」更極淒涼婉轉之意，不堪卒讀了。

玉田作詞，專宗白石而排斥夢窗。但實際上，玉田却並不是白石的衣鉢弟子——論到格調上來，玉田與白石不知要相差若干遠——他受夢窗的影響恐怕比受白石的影響還要多些。他作一部詞源，（或名樂府指迷誤）專講詞的作法，講求字面、用事、句法、虛字、清空……崇尚雕琢典雅，在作法上轉來轉去。玉田便是照着他這種作法去作詞，故雖粉飾工麗，究不能成爲大家。所以周介存批評他說：「叔夏所以不及前人處，只在字句上着功夫，不肯換意；若其用意佳者，即字字珠輝玉映，不可指摘。」接着還有更嚴厲的批評：「玉田才本不高，專恃磨礱雕琢，裝頭作脚，處處妥當，後人翕然宗之。然如南浦之賦春水，疎影之賦梅花，逐韻湊成，毫無脈絡，而戶誦不已，眞耳食也。」近人王國維氏有解頤之語：「玉田之詞，余取其詞中之一語評之曰：『玉老田荒。』」

## 十九　宋詞人補誌

**王安石** 字介甫，臨川人，（公元一〇二一年——公元一〇八六年）他是一個革新派的政治家，在政治史上很值得研究的。他在文學上的造詣，最擅長於詩歌，詞非所長，但他的詞也有極好的，如桂枝香金陵懷古（引見上篇），東坡歎爲野狐精，亦賞識其詞，有臨川集詞一卷。

**張耒** 字文潛，淮陰人，（公元一〇五二年——公元一一一二年），歷官起居舍人，後坐黨禁，謫黃州，終仕集英殿修撰，有宛丘集。耒爲蘇門四學士之一，無樂府傳世，僅見三首詞。其風流子云：「亭皋木葉下，重陽近，又是搗衣秋。奈愁入庾腸，老侵潘鬢，謾簪黃菊，花也應羞。楚天晚，白蘋煙盡處，紅蓼水邊頭。芳草有情，夕陽無語；雁橫南浦，人倚西樓。玉容知安否？香箋共錦字，兩處悠悠。空恨碧雲離合，青鳥沉浮。向風前懊惱，芳心一點，寸眉兩葉，禁甚寒愁？情到不堪言處，分付東流！」此外文潛只有少年遊，秋蕊香二調，其詞的量數雖少，而詞的地位和價值，却不在元祐諸詞人之下。

**葛勝仲** 字魯卿，丹陽人，生於熙寧五年，元符三年中宏詞科，官至文華閣待制，知湖州，卒於紹興十四年。（公元一〇七二——公元一一四四年）。有丹陽詞一卷。與葉夢得酬唱甚多。他的詞如「秋晚寒齋，藜床香篆橫輕霧。閑愁幾許？夢逐芭蕉雨。雲外哀鴻，似替幽人語。歸不去。亂山無數，斜日荒城鼓。」（點絳唇）這是很深刻的描寫。他的兒子葛立方，也是有名的詞人。

**葛立方** 字常之，官至吏部侍郎，所著韻語陽秋很有名，有歸愚詞一卷。詞如卜算子：「裊裊水芝紅，脈脈蒹葭浦。析析西風澹澹煙，幾點疎疎雨。草草展杯觴，對此盈盈女。葉葉紅衣當酒船，細細流霞舉。」草窗詞評謂用十八疊字妙手無痕。四庫提要評立方的詞說：「其詞多平實鋪敘少淸新婉轉之意，然大致不失宋人風格。」

趙　鼎　字元稹，號得全居士，解州聞喜人。累官至尙書左僕射，同中書門下平章事，兼樞密史。有得全居士詞一卷。蝶戀花詞：「盡日東風吹綠樹，向晚輕寒，數點催花雨。年少淒涼天付與，更堪春思縈離緒。臨水高樓攜酒處，曾寄哀絃，歌斷黃金縷。樓下水流何處去？凭欄目送蒼煙暮。」可作他的詞的代表。黃叔暘評云：「趙公中興名相，詞章婉麗，不減花間。」

李　邴　字漢老，案州任城人。官拜參政事殿學士，卒於泉州。有雲龕草堂詞集。與汪藻樓鑰號爲南宋三詞人，但以李邴爲最著。其詞漢宮春最有名：「瀟灑江梅，向竹梢疎處，橫兩三枝。東風也不愛惜，雪壓霜欺。無情燕子，怕春寒，輕失花期。卻是有年年寒鴈，歸來曾見開時。淸淺小溪如練，問玉堂何似？茅舍疎籬。傷心故人去後，冷落新詩。微雲淡月，對孤芳分付他誰？空自憶，淸香未減，風流不在人知。」這是賦梅花的半闋，不免用典，但總比姜白石的暗香疎影高明多了。

陳　克　字子高，臨海人，紹興中爲勑令所删定官，自號赤城居士，僑居金陵。有天台集，李庚跋云：「子高詩多情致，詞尤工。」菩薩蠻調詞云：「綠蕪牆遶青苔院，中庭日淡芭蕉卷。蝴蝶上階飛，風簾自在垂。玉鉤雙語燕；寶甃揚花轉幾處鍍錢聲，綠窗春夢輕。」子高的詞，淸麗而不涉纖巧，周介存對於他有很好的批評：「子高詞不甚有重名，然格韻絕高，昔人謂晏周之流亞。晏氏父子，俱非其敵，以方美成，則又擬於不倫；其溫韋高弟子乎？」（見論詞雜著）

周必大，字子允，一字宏道，廬陵人，（公元一一二六——公元一二〇四年）紹興二十一年中宏詞科，歷右丞相，卒贈大師。有近體樂府一卷，僅十二闋，點絳唇詞云：「秋夜乘槎，客星容到天孫渚。眼波微注，將謂牽牛渡。見了還非，重理霓裳舞。難無誤，幾年一遇，莫訝周郎顧。」（贈歌者小瓊）

楊萬里，字廷秀，吉水人，官秘書監。因不肯作南國記，忤韓侂胄，不得志。有誠齋詞一卷。周益公有跋云：「……至於狀物姿態，寫人情意，則鋪敍纖悉，曲盡其妙。」例如好事近：「月未到誠齋，先到萬花川谷。不是誠齋無月，隔一庭修竹。如今才是十三夜，月色已如玉；未是春色奇絕，看十五十六。」續淸言謂：「誠齋詞，爲曲子中縛不住者。」

韓元吉，字无咎，號南澗，許昌人。隆興間官吏部尚書。有芭蕉詞一卷。黃花菴云：「南澗名家文獻，政事文學爲一代冠冕。」他的詞的例子，如霜天曉角：「倚天絕壁，直下江千尺。天際兩蛾橫黛，愁與恨，幾時極？暮潮風正急，酒闌聞塞笛。試問謫仙何處？青山外，遠煙碧。」（題采石蛾眉亭）

曾覿，字純甫，號海野老農，汴人。其爲人毫無足稱，與龍大淵朋比爲奸，名列宋史佞倖傳，爲談藝者所不齒。而才華富豔，實有可觀。有海野詞一卷。其詞云：「風蕭瑟，邯鄲古道傷行客；傷行客，繁華一瞬，不堪更憶。叢台歌舞無消息，金縷玉管空陳跡；空陳跡，連天草樹暮雲凝碧。」（憶秦娥邯鄲道上）黃叔暘云：「純甫東都故老，故詞多感慨，淒然有黍離之感！」

韓玉　字溫甫，燕之東浦人。少讀書，尙節氣，宦鳳翔府判，被誣死獄中。著有東浦詞一卷。常與辛棄疾，康與之相酬唱。毛晉謂其雖與康辛唱和，相去不止苧蘿無鹽。這未免過於詆毀了溫甫的詞，不免有很俗的，也未嘗沒有好詞，如減字木蘭花：「香檀素手，緩理新詞來伴酒，音調淒涼，便是無情也斷腸。莫歌楊柳，記得渭城朝雨後。客路茫茫，幾度東風春草長。」其餘感皇恩、賀新涼都是好詞。

侯寘　字彥周，東武人。紹興中以直學士知建康。有嬾窟詞一卷。詞名不甚著，他的詞多半是和韻，次韻，再用韻，送餞某人，壽某人的應酬作品。只有幾首詞是由自己創作的，如菩薩蠻湖上即事：「樓前曲浪歸橈急，樓中細雨春風濕。終日倚危欄，故人湖上山。高情渾似舊，只枉東陽瘦。薄晚去來休，裝成一段愁。」又風入松調西湖戲作：「少年心醉杜韋娘，曾格外疏狂。預約西湖上，共幽深竹院松莊。愁夜黛眉顰翠，惜歸羅帕分香。重來一夢繞湖塘，空煙水微茫。同心眼底無蘇小，記舊遊凝佇淒涼。入扇柳風殘酒，點衣花雨殘陽。」這都是風流閑雅的小詞，眞是在「南宋諸家中不能不推爲作者」。（紀昀語）

王安中　字履道，陽曲人。官中書舍人，授檢校太保，大名府尹，後貶象州。其爲人反覆炎涼，結納蔡攸輩，雖不足道但才華富豔，則不可掩。有初寮前後集五十卷，現只存一卷了。他的詞如蝶戀花：「千古銅台今莫問，流水浮雲歌舞西陵近。煙柳有情開不盡，東風約定年年信。天與麟符行樂分，帶緩毬紋雅晏催雲鬟。翠霧縈紆銷篆印，箏聲恰度秋鴻陣。」周益公序說「黃、張、秦、晁既歿，系文統，接墮緒，莫出公右。」這雖不能算誠實的批評，安中總算北宋末年一個有爲的作者。

王千秋　字錫老，號審齋，東平人，（或稱爲金陵人。）有審齋詞一卷。毛晉說他的詞，絕少綺豔之態，這不是忠實的話。審齋詞也有很綺豔的。現在我們舉他一首詞作例：「老去頻驚節物，醒來依舊江山！清明雨過杏花寒，紅紫芳菲何限！春病無人消遣，芳心有酒摧殘。此情拍手問欄干，爲甚多愁我慣？」（西江月）其餘賀新涼，憶秦娥，點絳唇諸詞，都是很好的作品，我們不得不承認是南宋一作家，雖然他的詞爲黃昇中興詞選所屏棄了的。

盧祖皋　字申之，又字次夔，號蒲江，永嘉人。嘉定間爲軍器少監，權直學士院。有蒲江詞一卷。他的詞很纖雅，如烏夜啼詞云：「柳色津頭泫綠，桃花渡口啼紅。一春又負西湖醉，離恨雨聲中。客袂迢迢西塞，餘寒剪剪東風。誰家拂水西來燕，惆悵小樓空。」又如賀新涼諸調，則係很雄壯的。周介存對於他有一個極適當的批評：「蒲江小令時有佳趣，長篇則枯寂無謂，蓋才少也。」

黃公度　字師憲，號知稼翁，莆田人。紹興年進士第一，仕至考功員外郎，年四十六。有知稼翁詞。洪邁評他的詞；「婉轉精麗。」曾豐云：「清而不激，和而不流。」試看他的詞青玉案：「鄰雞不管離懷苦，又還是催人去。回首高城音信阻，霜橋月館，水村煙市，總是思君處。裛殘別袖燕支雨，謾留得愁千縷。欲倩歸鴻分付與，鴻飛不住，倚闌無語，獨立長天暮。」

洪咨夔　字舜俞，號平齋，於潛人。官刑部尚書。有平齋詞四十餘闋。毛晉跋以王岐公文多富貴氣擬之。紀昀則謂其淋漓激壯，多抑塞磊落之感，頗有似稼軒龍洲者。其實咨夔的詞也有很清麗的，其眼兒媚詞云：「碧沙荒草渡頭村，綠遍去年痕。遊絲下上，流鶯來往，無限銷魂。綺窗深靜人歸晚，金鴨水沉溫。海棠影下，子規聲裏，立盡黃昏。」

趙長卿　自號仙源居士，南豐人。宋之宗室。有惜香樂府十卷。毛晉謂其「不棲志繁華，獨安心風雅，雖未足與南唐二主相伯仲，方之徽宗則迥出雲霄矣。」他的詞多係很好的白話，尤其是描寫愛情的作品極多。舉他一首小詞作例，如長相思：「斂愁眉，恨依依，腸斷關情怨別離。雲中過雁悲。瘦因誰？病因誰？屈指無言忖後期，此時人怎知！」長卿的詞因爲過重抒情的緣故，未免過涉纖豔，如惜香樂府卷八的柳梢青園兒諸詞。

趙彥端　字德莊，號介庵。宋之宗室。仕至左司郎官。有介庵詞一卷。嘗作謁金門詞，有「波底斜陽紅濕」之句，爲高宗所賞識。全詞的內容是：「休相憶，明夜遠如今日。樓外綠煙村冪冪，花飛如許急。柳外往來船集，波底斜陽紅濕。送盡去雲成獨立，酒醒愁又入。」這也是很婉約纖穠的詞。他又替當時的京口角妓九人，作些肉麻的詞，可見彥端那時也是一位名士風流的詞人。

趙師使 一名師俠，字介之，南宋初時人。有坦庵詞一卷。毛晉謂其「生於金閨，捷於科第，故其詞多富貴氣」。舉他的一首詞作例吧。如謁金門：「沙畔路，記得舊時行處。藹藹疏煙迷遠樹，野航橫不渡。竹裏疏花梅吐，照眼一川鷗鷺。家在清江江上住，水流愁不去。」尹覺坦庵詞序云：「其描寫體態，雖極精巧，皆本性情之自然也。」提要又云：「今觀其集，蕭疏淡遠，不肯為剪紅刻翠之文，洵詞中之高品；但微傷率易，是其所偏。」

沈端節 字約之，吳興人。曾令蕪湖，知衡州，官至朝散大夫。有克齋詞一卷，不過四十餘闋。例如江城子：「秋聲昨夜入梧桐，雨濛濛，灑牕風，短杵疏砧，將恨到簾櫳。歸夢未成心已遠，雲不斷，水無窮。有人應念水之東，鬢如蓬，理妝慵覽鏡，沈吟膏沐為誰容？多少相思多少事，都盡在不言中。」毛晉謂「克齋詞長於咏物寫景，殆梅溪竹屋之流歟！」

黃昇 字叔暘，號玉林，閩人。早年棄科舉，雅意讀書，吟咏自適。他曾經選過一冊散花菴詞選。有散花菴詞一卷。詞選序其詞「亦上逼少游，近摹白石」。例如賣花聲「秋色滿層霄，剪剪寒飆，一襟殘照兩無聊。數盡歸鴉人不見，落木蕭蕭。往事欲魂消，夢想風標；春江綠漲水平橋，側帽停鞭沽酒處，柳軟鶯嬌。」

黃機 字幾仲，（或云幾叔）東陽人，嘗仕於州郡。有竹齋詩餘一卷。例如醜奴兒：「綺窗撥斷琵琶索，一一相思；一一相思，無限柔情說與誰？銀鈎欲寫回文曲，淚滿烏絲；淚滿烏絲，薄倖知他知不知？」幾仲的詞，雖然沒有被選入草堂集裏面去，他的白話詞，却是很好的。

洪瑹　字叔璵，自號空同詞客，有空同詞一卷，僅十餘首。有人說他的詞不減周邦彥。例如謁金門：「風共雨，摧盡亂紅飛絮，百計留春春不住，杜鵑聲更苦！細柳官河狹路，幾被嬋娟相誤，空憶墮鞭遺扇處，碧窗眉語度」（詠春曉）

石孝友　字次仲，南昌人，生平遭際不遇，以詞得名，有金谷遺音一卷。他的小詞有極好的，如卜算子：「折得月中枝，坐惜春光老。及至歸來能幾時，又踏關山道。滿眼秋光好，相見須應早。若趁重陽不到家，只怕黃花笑。」這是很有樂府格調的詞，描寫愛情能够像眞。如惜奴嬌：「我已多情，更撞着多情的你。把一心十分向你盡，他們劣心腸，偏有你共你撇了人，只爲個你。宿世冤家，百忙裏，方知你沒前程。阿誰似你壞却才名？到於今都因你，是你我也沒星兒恨你！」又如虞美人鷓鴣天諸詞，那樣生活躍動的描寫，即山谷詞裏面也找難出來。有人說他的詞與竹山詞難分伯仲，這是實在的呢。

周紫芝　字少隱，宣城人，官樞密院編修，有竹坡詞三卷。詞例如清平樂：「煙鬟斂翠，柳下門初閉。門外一川風細細，沙上鳴禽飛起。今霄水畔樓邊，風光宛似當年；月到舊時明處，共誰同倚欄干？」紫芝自謂少時酷喜小晏詞，他的詞實在受晏叔原的影響不小。

**蔡伸**　字伸道，莆田人，自號友古居士。歷官左中大夫。有友古詞一卷。其長相思詞：「我心堅，你心堅，各自心堅石也穿。誰言相見難？小窗前，月嬋娟，玉困花柔並枕眠。今宵人月圓。」毛晉謂：「伸才致筆力，與向子諲略相伯仲。」

**周密**　字公瑾，自號草窗，又號弁陽嘯翁，又號蕭齋。與王碧山、張玉田同時。著述甚多，有詞蘋洲漁笛譜一卷。鷓鴣天詠清明詞：「燕子時時度翠簾，柳寒猶未透香棉。落花門巷家家雨，新火樓台處處煙。情默默，恨懨懨，東風吹動畫秋千。刺桐開盡鶯聲老，無奈春風祗醉眠。」四字令花間詞：「眉梢睡黃，春凝淚妝。玉屏水暖微香，聽蜂兒打窗。箏塵半床，綃痕半方。愁心欲訴垂楊，奈飛紅正忙。」公瑾詞也很受世人稱賞。有評云：「公瑾敲金戛玉，嚼雪盟花，新妙無與爲匹。」

**陳允平**　字君衡，一字衡仲，號西麓，四明人。他的詞有日湖漁唱二卷。一落索詞云：「欲寄相思愁苦，倩紅流去。淚花寫不斷離懷，都化作無情雨。渺渺暮雲江樹，淡煙橫素。六橋飛絮夕陽西，盡總是春歸處。」唐多令詞：「休去採芙蓉，秋江煙水空。帶斜陽一片征鴻。欲頓閑愁無頓處，都聚在兩眉峰。心事寄題紅，畫橋流水東。斷腸人無奈秋濃！回首層樓歸去嬾，早新月掛梧桐。」後人評他的詞「西麓和平婉麗，最合世好，但無健舉之筆，沈摯之思。」周介存並謂：「西麓疲輭凡庸，無有是處。書中有館閣書，西麓殆館閣詞也。」（論詞雜著）

# 附錄　詞的參考書舉要

## （一）總集之部

宋六十一名家詞（毛晉編）汲古閣本，上海博古齋石印本。

毛晉此編蒐集甚廣但決不能說除這六十一詞家以外，宋詞便沒有名家。有些很有名的詞集，如王安石的半山老人詞，張先的子野詞，賀鑄的東山寓聲，范成大的石湖詞，楊萬里的誠齋樂府，王沂孫的碧山樂府，張炎的玉田詞，這些都沒有被毛晉蒐入宋名家詞裏面去。原來毛晉此編是「隨得隨雕，未嘗有所去取，」四庫提要已經說過了。至於校勘方面，毛晉雖然釐正了舊刻本上面不少的錯誤，仍然不是精本。

御定歷代詩餘（康熙編定）

此集蒐集亦甚宏富，共一百二十卷，內有詞人姓氏十卷，詞話十卷。

四印齋王氏所刻宋元人詞，（王鵬運刻）原刻本。

彊村叢書（朱祖謀刻）自刻本。

這是近人編刻最精的兩部詞總集，蒐刻了許多散佚了的名家，蒐刻了許多散佚的詞，那些被毛晉宋名家詞遺漏的作家，有許多蒐編入四印齋詞裏面去；那些被宋名家詞，四印齋詞遺佚的詞，彊村叢書又補編了不少。

## （二）專集之部

南唐二主詞箋（李璟李煜）晨風閣叢書本。

陽春錄（馮延己）四印齋本。

浣花詞（韋莊）四部叢刊本。

樂章集（柳永），珠玉詞（晏殊），小山詞（晏幾道），醉翁琴趣（歐陽修），東坡詞（蘇軾），淮海詞（秦觀）片玉詞（周邦彥），漱玉詞（李清照），稼軒詞（辛棄疾），劍南詞（陸游），白石道人歌曲（姜夔），後村別調（劉克莊），梅溪詞（史邦卿），竹山詞（蔣捷）樵歌（朱希眞），碧山樂府（王沂孫），夢窗四稿（吳文英），山中白雲詞（張玉田）

上面那些詞人的詞集，互見宋六十一名家詞，王氏四印齋所刻詞、彊村叢書裏面。

飲水詞（納蘭性德）粵雅堂本，鉛印本有正書局有飲水詞側帽詞合集。

樵風樂府（鄭文焯）原刻本。

憶雲詞（項鴻祚）通行本。

斷腸詞（朱淑貞）石印本。

## （三）選集之部

花間集（趙崇祚）杭州官局本，石印本。

尊前集（彊村叢書中）。

唐宋諸賢絕妙詞選（黃昇）四部叢刊本。

樂府雅詞（曾慥）四部叢刊本。

唐五代詞選（馮煦）

宋六十一家詞選（馮煦）以上二書見蒙香室叢書。

宋七家詞選（戈載）通行本。

宋四家詞（周濟）湖南官局本，石印本。

草堂詩餘　汲古閣本

宋元名家詞　湖南局本　包括十五個作家的詞。

中興以來絕妙詞選（黃昇編）四部叢刊本。

花草粹編（陳耀文編）明刻本。

絕妙好詞箋（周密編，查爲仁厲鶚作箋）四部備要本，石印本。

## 附錄詞的參考書舉要

## 三

詞選續詞選（張惠言董毅編）通行本。

詞綜（朱彝尊編）原刻本。

明詞綜（朱彝尊編）原刻本。

國朝詞綜（王昶）原刻本。

## （四）詞話之部

歷代詩話（何文煥）醫學書局刻本。

在歷代詩話裏面有許多零碎的詞話。

苕溪漁隱叢話（胡仔編）安徽刻本。

避暑錄話（葉夢得編）坊間刻本。

能改齋漫錄（吳曾編）坊間刻本。

容齋五筆（洪邁編）石印本。

冷齋夜話（釋惠洪撰）石印本以上五書錄有零碎的詞話。

古今詞話　散見圖書集成及各種詞話裏面。

詞源（張玉田編）湖南局本，北大鉛印本。

樂府指迷（沈伯時）湖南局本。

詞旨（陸輔之）湖南局本。

歷代詞話及詞人姓氏　長沙楊氏刻本。

詞苑叢談（徐釚編）有正書局本。

詞林記事（張宗橚編）石印本。

詞辨（周保緒）石印本。

詞品（楊慎）附錄在楊氏的全集裏面。

詞話（毛西河）掃葉山房石印本。

詞話叢鈔（王文濡）石印本。

論詞雜著（周介存）

人間詞話（王國維）這是近人的詞話。

（五）雜著之部

圖書集成詞曲部

四庫提要詞曲類（卷一百九十八至卷二百）

宋詞研究

直齋書錄解題詞類

知不足齋叢書（包括詞集和詞話不少）

碧雞漫志（王灼）知不足齋叢書本。

聲律通考（陳灃）東塾叢書裏面。

詞律（萬樹編）石印本。

六

# 中國韻文通論

精裝一冊　二元四角

陳鐘凡著　本書凡九章，分論詩、楚辭、詩騷之比較、論漢魏六代賦、論樂府詩、論漢魏訖隋唐古詩、論唐人近體詩、論唐五代及兩宋詞、論金元以來之南北曲。既述淵源與背景，復詳其體製與派別；讀此一編，可入中國韻文之堂奧矣。

文學叢書

| | | | |
|---|---|---|---|
| 宋詞研究 | 胡雲翼 | 一冊 | 九角 |
| 詞學指南 | 謝無量 | 一冊 | 二角半 |
| 詩學指南 | 謝無量 | 一冊 | 三角 |
| 學詩入門 | 王文濡 | 一冊 | 一角 |
| 詩式 | 朱寶瑩 | 一冊 | [illegible]角 |

中華書局發行

新(302)

# 胡雲翼《詞學 ABC》

胡雲翼(1906–1965),原名胡耀華,號南翔、北海,筆名拜蘋女士,湖南桂東人。著名詞學家、文學史家。1927 年武昌大學畢業,先後在湖南、江蘇的中學任教,在中華書局和商務印書館任編輯。後曾任教於上海師範學院。著有詞學著作《中國詞史大綱》《中國詞史略》《詞學概論》《詞選 ABC》《宋詞研究》《詞學小叢書》等。另有《唐代戰爭文學》《中國文學史》《文章作法》《中國文史大綱》《唐詩研究》《中國古代作品選》《宋詞選》等近 20 部著作。

《詞學 ABC》共十章,介紹了詞的基本知識及一些有成就的詞人。作者寫此書的宗旨乃在使人更好地認識詞在中國文學史上的重要地位和價值所在。第一章論述從詩的時代到詞的時代。第二、三章分別論述詞的起源和詞的定義。第四章至第六章、第八章分別論述晚唐五代詞的發展、北宋詞的四個時期及南宋的白話詞和樂府詞。第七章論述李清照、朱淑貞等女詞人。第九章論述五百年來詞的末運。第十章論述詞體之弊。1930 年由上海世界書局輯入『ABC 叢書』出版。1934 年世界書局編印之《中國文學講座》將其收錄,并改名為《詞學概論》。1994 年上海書店出版社輯入『民國叢書』第五編。本書據 1930 年世界書局版影印。

# 詞學ABC

胡雲翼著

世界書局出版

中華民國十九年一月印刷
中華民國十九年一月出版

詞學ABC（全一冊）

【平裝五角 精裝六角】
（外埠酌加郵費匯費）

著作者 胡雲翼
出版者 ABC叢書社
印刷者 世界書局
發行者 世界書局
發行所 上海四馬路 暨各省 世界書局

# ABC叢書發刊旨趣

徐蔚南

西文ABC一語的解釋，就是各種學術的階梯和綱領。西洋一種學術都有一種ABC：例如相對論便有英國當代大哲學家羅素出來編輯一本相對論ABC；進化論便有進化論ABC；心理學便有心理學ABC。我們現在發刊這部ABC叢書有兩種目的：

第一　正如西洋ABC書籍一樣，就是我們要把各種學術通俗起來，普遍起來，使人人都有獲得各種學術的機會，使人人都能找到各種學術的門徑。我們要把各種學術從智識階級的掌握中解放出來，散遍給全體民衆。ABC叢書是通俗的大學教育，是新智識的泉源。

第二　我們要使中學生大學生得到一部有系統的優良的教科書

或參考書•我們知道近年來青年們對於一切學術都想去下一番工夫，可是沒有適宜的書籍來啓發他們的興趣，以致他們求智的勇氣都消失了•這部ABC叢書，每册都寫得非常淺顯而且有味，青年們看時，絕不會感到一點疲倦，所以不特可以啓發他們的智識慾，幷且可以使他們於極經濟的時間內收到很大的效果•ABC叢書是講堂裏實用的教本，是學生必辦的參考書•

我們爲要達到上述的兩重目的，特約海內當代聞名的科學家•文學家，藝術家以及力學的專門研究者來編這部叢書•

現在這部ABC叢書一本一本的出版了，我們就把發刊這部叢書的旨趣寫出來，海內明達之士幸進而教之！

一九二八，六，二九•

# 例言

一　什麼叫詞？已是頗不易回答的問題，本書從詩詞的分野上，從詞的特質上，而下一定義。

二　本書依歷史的考察，最先說明從詩到詞遭變的理由及其路徑，以期闡明詞在文學史上所留的痕跡。

三　詞的起源，衆說紛紜，莫衷一是，本書一一加以批評，並從詞與樂的關係上作一答案。

四　詞的發展歷史，乃爲研究詞學最切實重要之部份，本書詳加敍述。並指示著名作品，以助欣賞。

# 目次

# 詞學 ABC

胡雲翼

# 詞學ABC

## 本書的主旨

首先，我得向本書的讀者申明兩點：

第一，我寫這本詞學ABC，並沒有意思提倡中國舊文學。這是最要辨明的。我們爲什麼要研究詞？乃是認定詞體是中國文學裏面一個重要的部分，牠有一千多年的歷史，遺留下來了許許多多不朽的作家和不朽的作品，讓我們去賞鑑享受。我們當然不願意拋棄這種值得賞鑑享受的權利。可以說，我們的和詞發生關係，完全是建立在讀詞的目標上面。因爲要讀詞，便得對於詞作一點粗淺的研究，懂一點詞的智識。我寫這本小冊子的主旨，便只是想告訴讀者一些詞的常識，做讀詞和研究詞的幫助。目的僅僅如是而已。我絕不像那些遺老們，抱着「恢復中國固有文學之宏願」，來「發揮詞學」的，這是讀者必須認清的一點。

第二，我這本書是「詞學」，而不是「學詞」，所以也不會告訴讀者怎樣去學習塡詞。如果讀者抱了一種熱心於學習塡詞的目標，來讀這本書，那便糟了！因爲我不但不會告訴他一些塡詞的方法，而且極端反對現在的我們，還去塡詞。爲什麼我們不應該再去塡詞？讀者不要疑心我是看不起詞體才說這種話。我們對於曾經有過偉大的光榮的詞體，是異常尊重的。可是，這種光榮已經過去很久了，詞體在五百年前便死了！

「怎樣說詞體在五百年前便死了呢？」要答覆這個問題，便牽涉到文學進化與時代的關係上面去，且讓下一章來解答吧。

## 第一章　從詩的時代到詞的時代

現在的文學史家，都認定文學是時代的。無論那一種文學，牠的形式與實質，都是永遠跟着時代在轉變。每一種文體自有牠「自然底風行」的時候，等到這個「自然底風行」時期過去了，這種文體的時代性便消失了，就是用任何威權，也不能再挽回這種文體的頹勢回來的。所以顧亭林說：

「三百篇之不能不降而楚辭，楚辭之不能不降而漢魏，漢魏不能不降而六朝，六朝之不能不降而唐也，勢也。詩文之所以代變，有不得不變者！……」（日知錄）

何以詩文體有不得不代變之勢呢？王國維解釋得最好：

「蓋文體通行既久，染指遂多，自成習套。豪傑之士，亦難於其中自出新意；故遁而作他體，以自解脫。一切文體所以始盛而終衰者，皆由於此。」（人間詞話）

一種文體流行太久了的時候，用也用舊了，變也變盡了，若還儘留着這種文體的軀殼不變，那末，只有產生些濫調子的作品，只有產生千篇一律的作品，決不能創作新的文藝出來。新的文體比如一所荒蕪未開闢的園地，用得着你們的智慧機巧，去盡量的開闢創造，去種些奇異的花草。但等到這所園地種遍了奇花異草，成爲美麗的花園以後，後來的人在這花園裏已無所用其技，便要另找新的園地來發揮他們的創造力了。

文體的變遷完全是這一樣的道理。牠的起來，因爲是一種新的玩意，大家都愛好，便變成「自然的風行」。這個「風行」的時候，便是這種文體的黃金時代。如唐詩、宋詞、元曲，這都是表明一個時代文體的特色。

中國最初的文學是詩歌。由先秦時代的自由歌謠，變爲漢魏六朝的五七言古詩；由漢魏六朝的五七言古詩，變爲唐代格律嚴整的新體詩。算起來已經有近兩千年的歷史，歷代名家輩出，各極光輝。發展到了唐代，詩體的進展已經登峯造極了。由自由變爲嚴整，由四言變到七言，沒有法子再往下變了。詞體便代替詩體的作用，起來流行了。這就是說，詩的時代已盡，往後是詞的時代了。

詞的黃金時代，大約是從第八世紀的末年，到十三世紀的末年。有五百年的光榮史。在這五百年內，也不是沒有人作詩，也不是沒有偉大的詩人，可是詩的「自然的風行」時期已經過去了，不是詩的時代了；在這五百年後，也不是沒有人作詞，也不是完全沒有值得珍貴的詞人——我們不是在前面說過，詞有一千多年的歷史嗎？——可是，第十四世紀已經不是詞的「自然的風行」時期了，不是詞的時代了，所以我說詞體在五百年前便死了。

既然詞體在五百年前便死了，爲什麼現代的我們還要去留戀這已死的軀殼，去提倡詞，去學塡詞？讀者也自然知其不可了。

說到這裏，我們已經明白了由詩體變到詞體，完全是時代這個大力量在那兒作主動的。但是，詞的起來究竟是如何的情形呢？詩體爲什麼不衍爲其他的文體，而獨變爲詞呢？這兩個問題要讓下一章「詞的起源」來解答。

# 第二章　詞的起源

詞的起源，古人有很多的說法。黃昇的花菴詞選序說：

「李太白菩薩蠻憶秦娥二闋，爲百代詞曲之祖。」（鄭樵通志亦有此說）

徐釚的詞苑叢談說：

「塡詞原本樂府。菩薩蠻以前，追而溯之，梁武帝江南弄，沈約六憶詩，皆詞之祖。前人言之詳矣。」

汪森的詞綜序說：

「自有詩而長短句卽寓焉。南風之操，五子之歌，是已。周頌三十一篇，長短句居十八；漢郊祀歌十九篇，長短句居其五；至短簫鐃歌十八篇，篇皆長短句。誰謂非詞之源乎？」

遠三位古人把詞的起源，一個比一個說得遠。你看：他們從唐代的李太白，說到六朝的梁武帝沈約；從六朝的梁武帝沈約，竟說到悠遠的先秦時代去了。這眞是錯誤得可笑。原來我們講詞的起源，是要追尋一條詞的發生的線索脈絡出來。如果說詞起源於先秦時代，而事實上詞的發展又晚在五代兩宋，中間竟孤絕了一千多年毫無詞的消息，如何講得通？卽使說起源於六朝的梁武帝沈約，中間也隔絕了百多年，毫無線索可尋。我們可要疑問：旣然梁武帝沈約已經作詞，何以初唐盛唐全無詞作者，直到中唐才有詞呢？可見詞的發展顯然是另有泉源了。至於說詞起源於李白的菩薩蠻憶秦娥，那也是錯誤的。因爲這兩首詞並不是李白之作。證據很多：

第一，蘇鶚杜陽雜編說：「太中初，女蠻國貢雙龍犀，明霞錦。其國人危髻金冠，瓔珞被體，故謂之菩薩蠻。當時倡優遂製菩薩蠻曲，文士亦往往效其詞。」南郭新書亦載此事。則太白之世，唐尙未有斯題，何得預塡其篇耶？

第二章

第二，後蜀趙崇祚編花間集，遍錄晚唐諸家詞，而不及李白。

第三，郭茂倩的樂府詩集遍錄李白的樂府歌辭，並收中唐的調笑、憶江南諸詞，而獨不收菩薩蠻憶秦娥詞。

這些都是很強的證據，使我們明白菩薩蠻憶秦娥二詞並不是李白的作品。我們實在說，當時不但李白沒有作詞，盛唐時代的作者沒有一個曾經作詞的。他們只有整齊的五七言歌辭，沒有長短句歌辭。如李白的清平調，完全是幾首七言絕句；王昌齡、高適、王之渙的詩，爲伶人妓女所爭唱，也是五七言絕句；王維的詩也爲梨園所盛唱，而所作「紅豆生南國」和「秋風明月共相思」，一係五言，一係七言。他如杜甫、孟浩然輩，則未嘗著名於樂部教坊，絕少歌辭。直到中唐的韋應物、白居易、劉禹錫這些詩人起來以後，才有長短句的歌辭。韋應物的歌辭不多見，惟三台令與轉應曲流傳。試舉他的一首轉應曲作例：

「河漢，河漢，曉掛秋城漫漫。愁人起望相思，塞北江南別離。離別，離別，河漢雖同路絕。」

白居易則相傳他的歌辭甚多，形式是長短句的，有憶江南、如夢令、長相思、花非花、一七令等調。但這些詞都不載於白氏長慶集，我們只好存疑。只有一首憶江南是可以確定是白居易的作品，其詞是：

「江南好，風景舊曾諳：日出江花紅勝火，春來江水綠如藍。能不憶江南？」

這是劉禹錫和過的一首詞，劉氏曾經依着這首詞的曲拍，填過一首傳唱當時的憶江南：

「春去也，多謝洛城人。弱柳從風疑舉袂，叢蘭裛露似霑巾；獨坐亦含顰。」

據草堂箋所載，劉禹錫尙有斑竹枝詞；古今詞話載戴叔倫有轉應曲；太平廣記載韓翃有章台柳。此外中唐時期尙有一位不甚有名的作家張志和，有一首很好的歌辭：

「西塞山前白鷺飛，桃花流水鱖魚肥。靑箬笠，綠蓑衣，斜風細雨不須歸。」

有了中唐許多名詩家來寫長短句的歌辭，詞體便確立了，詞的趨勢便造成了。後來便造成晚唐五代詞的發展。

說到這裏，我們不免要問：在盛唐時代，歌辭還都是整齊的五七言，何以到了中唐便忽然產生長短句的歌辭出來呢？要答覆這個問題，就不能不拿音樂的關係來解釋了。如果要說得明白一點，話就不能不從遠一點的地方講起來。

中國最初的詩歌就和音樂結合了密切關係。先秦時代的詩，今所傳者以三百篇爲最古。我們從左傳「季札論樂」和史記孔子世家「凡詩皆可入樂」之說，便知道先秦時代的「詩」與「樂」，原不是分離的。自屈原作九歌諸篇「侑樂」，九章諸篇「舒情」，則只有前者包括「樂」的意義，而後者乃僅僅是「

舒情」的詩，不復能「侑樂」了。迨漢武帝創立樂府，以李延年爲協律都尉，後來遂以樂府所采的詩，可被之聲歌者，別叫做樂府，於是詩與樂的關係便分離了。自此詩歌自走詩歌的路，樂府自走樂府的路了。詩歌因爲文學的意義居多，故在文人方面的製作特別發展；樂府因爲音樂的意味深長，故民間樂府的作品最多。二者是平行着發展的。但到隋唐時代，所謂古樂府者散佚了甚多。據唐書藝文志說：「江左宋梁之間，南朝文物，號稱最盛。人謠國俗，亦世有新聲。後魏孝文宣武，用師淮漢，收其所獲南音，謂之淸商樂。隋平陳，因置淸商署。遭梁陳亡亂，所存蓋鮮。隋室以來，日益淪缺。武太后之時，猶有六十三曲，今其辭存者，（略）惟四十四曲焉。」這四十四曲裏面，唐初所存，有聲有詞者凡三十七曲，有聲無詞者亦有七曲。王灼碧鷄漫志云：「隋氏取漢以來樂器、歌章、古調，倂入淸樂，餘波至李唐始絕。唐中葉雖有古樂府，而播在聲律則尠矣。」可見唐人所擬古樂府，但借題抒意。這時古樂府蓋已跟着樂之亡而成爲過去，唐代又有一種新的樂府起來了。唐人的新樂府便是當時的五七言新體詩。這是在前面說過的。但是，我們知道五七言新體詩字句是很整齊的，音樂的曲拍却不一定如此整齊。所以拿樂調來合詩，音調裏面免不掉有許多無字的虛聲。這種虛聲，詞曲家叫做「泛聲」、「和聲」或「散聲」。他們以爲將這種泛聲塡以實字，變成長短句，便成功詞。如朱熹說：

「古樂府只是詩，中間却添許多泛聲。後人怕失了那泛聲，逐一聲添個實字，遂成長短句。今曲子便是。」（朱子語類）

朱熹的這種說法，權威很大，向來的詞話家都跟着他這種見解跑。可是，他這種說法並不十分正確。因爲「泛聲」不但歌詩的音調裏面有，就是歌詞的音調裏面也是有的。我們只要看晚唐五代的詞，往往一個腔調有很多字句不同的詞。單是河傳一調，便有十七八體之多。花間集所錄均爲晚唐五代的詞，裏面却很多調同體異。既然同是一個樂調，可以有很多字句不相同的詞，則這個樂調的伸縮性一定很強；既然樂調的伸縮性很強，則詞調裏面一定會有「泛聲」、「和聲」或「散聲」來調節字句的。既然詞調裏面也有泛聲，則朱熹的「泛聲塡以實字便成詞」的說法不攻自破了。

往下且提出我們修正的答案：

我們以爲在中唐以前，文人自文人，樂工自樂工。文人自作他的詩，樂工自作他的歌辭。文人的詩是給人誦讀的，所以他們寫成整齊的五七言詩；樂工的歌辭是要合音樂唱的，所以他們依曲拍塡成長短句的歌辭。但是樂工不是文人，他們的歌辭往往做得俚俗不雅，所以常常拿着文人現成的詩，去合着樂來唱，以抬高樂的價值；文人方面也樂得自己的詩給樂人去唱，以廣佈自己的文名。二者相互爲利，相互爲用，關係便發生出來了。我們看盛唐的詩人，多以自己的詩給伶人妓女歌唱爲榮。到了中唐，則樂工們竟以賄賂來求詩人的新作了。那些著名詩人，如李賀、李益、韋應物、劉禹錫，白居易、元稹的詩，都給伶人妓女們去唱了。文人與樂工關係更密切了。於是文人一方面自己寫詩給他們去唱，一方面也會高興地去依着樂調的曲拍來試填長短句的歌辭了。白居易偶然戲填了一首憶江南，劉禹錫便跟着填起來了；韋應物偶然填了一首轉應曲，戴叔倫便跟着填起來了。二三個文人嘗試了，十幾個文人便跟着來嘗試了，便成爲新時髦了，後世無數的文人便都趨向到這一條路來了。我們看着後來詞的發達，以爲詞的起來必經過很有意識的提倡，那知大謬不然。考究起來，才知道原不過是一兩個文人偶然發了興，依着曲拍戲填了幾首長短句的歌辭，恰好那時許多文人都作整齊的詩作厭了，看着這樣新鮮的玩意兒，都覺得可愛，便爭着去做，於是長短句的歌辭便自然的風行起來了，因以造成幾百年的詞的發達。

詞的起來是如此的。

# 第三章　何謂詞

何謂詞？說文：「詞，意內而言外也。」段玉裁說文解字注云：「詞者文字形聲之合也。」又云：「詞者從司言，此摹繪物狀及發聲助語之文字也。」這所謂詞，明明是解釋詞的本義，並不是詮釋詞體的「詞」。原來詞體晚出，詞的本義並沒有指一種文體的意思。到後來詞體成立，這個詞字已經用來代表一種詞體的界說，變爲新義，自然非本義所能詮釋。

張炎詞源跋云：「詞與辭通用。」。段注云：「辭謂篇章也。」這也解釋不通。若謂詞體卽篇章之辭，實不免過於籠統，並不曾說明詞的特性。詞固是成篇章的，但成篇章的豈僅是詞呢？

那末，詞的特性究竟在那裏？

我看，求之於古人對於詞的界說，決不能使我們充分了解詞的眞義。如你不信，請再舉幾個明清學者的話來看：

李東琪說：「詩莊詞媚，其體元別。」

王士禎說：「無可奈何花落去，似曾相識燕歸來，定非香匳詩；良辰美景奈何天，賞心樂事誰家院，定非草堂詞也」。

劉公㦸說：「夜闌更秉燭，相對如夢寐；叔原則云：今宵剩把銀釭照，猶恐相逢是夢中，此詩與詞之分疆也。」

古人對於詞加以界說的本來就沒有，卽像這樣說得不明瞭的關於詩詞比較的言論，也就很少。我們看了上面這些話，不但不會懂得詞是什麽，連詩詞的分界，也要被他們說糊塗了。譬如詩，固有莊詩，亦何嘗沒有媚詩；如詞，固有媚詞，亦何嘗沒有莊詞？作品之莊或媚，原是由於作者的性情與態度決定的，文體的本身絕不會有這種差別出來。所以「詩莊詞媚」的說法，完全是謬妄的。至於王士禎和劉公㦸的話，則說得神乎其神，使我們莫能領悟其妙旨，只好不談。但說到這裏，我們却不妨問問；詩詞的分野究竟在那裏。詞是由詩進化來的，如果我們能夠明白詩詞的分野，也就能明白詞了。

可是，我們這種去追求詩詞分野的努力，也是失敗的。我們簡直沒有方法把詩詞劃分一條明顯的界限出來。因爲詩和詞同是一種文體，並沒有差別的義界可尋。王昶論詩詞二位一體的言論最好：

「不知者謂詩之變，而其實詩之正也。」

詞就是詩，就是詩的一體，並不是與詩對立的文體。詞的起來原是由詩與樂府的分離，這是我們在前面講過的：自從詩不適於樂，詞便代替了詩的作用，與樂府結合起來，成爲一種新體詩。只因爲這種新體詩與唐代那種整齊的五七言新體詩（即律絕），其形態格律，又不相同，便另名爲「詞」，爲「詩餘」，爲「長短句」。實在呢，詞與詩名異實同，既不能說是「詩餘」，也不好定名爲「長短句」。詞怎樣不能說是「詩餘」，汪森在詞綜序上說得很明白：

「古詩之於樂府，近體之於詞，分鑣並馳，非有先後。謂詩降爲詞，以詞爲詩之餘，殆非通論矣。」

## 第三章

詞旣不是詩之餘，自然不能說是「詩餘」了。

何以詞也不能定名爲「長短句」呢？這是很淺顯的，長短句並不是詞的特點，詩裏面長短句便不少。詩經裏面的作品，從二言到九言都有，並不是整齊的四言；漢魏的樂府，更不少長短句，最顯著的如戰城南、木蘭辭，……裏面有三言句，有四言句，有五言句，有七言句，有九言句，長短至不齊。唐代詩人的擬古樂府，還是喜歡用不整齊的句子。律詩和絕句雖是整齊的五七言句，但這只是詩的形式之一種，不能說凡是詩都是整齊的句子。翻過來說，詞的形式也不一定是長短句，也有整齊句子的腔調。如紇那曲、長相思、生查子，均爲完整的五言；淸平調、小秦王、陽關曲、阿那曲、浣溪紗、瑞鷓鴣，均爲完整的七言。不過，就大體說，詞多半是長短句罷了。

我們能夠因爲詞的形式多半是長短句，便名詞爲「長句短」嗎？卽一讓步，我們就說詞是長短句，也還不能表明詞的特性呢！

本來，既說詞卽是詩，那末，詩的定義卽可以範圍詞，不必再去另定新義。但在詩體的範圍裏面，詞也就有牠的特性可得而述，我們不妨綜合起來說幾句，可以使讀者比較的明瞭詞體的意義一點：

「詞是一種樂府詩。牠的形式，因爲協樂的緣故，往往是長短句；她的韻律，也因爲協樂的緣故，比詩更嚴格；但實質却是與詩一樣的，以情感爲牠的靈魂。可以說是詩的一體。只因唐以後，這種文體非常發達起來，其形式韻律也與過去的詩體相異，便另名爲詞，以別於詩。」

## 第四章　晚唐五代詞的發展

我們既然大體明白了詞的意義，現在可以進一步來敍述詞之史的發展了。

在前面詞的起源一章曾經說過，自中唐的詩人戲塡了一些小詞，塡詞便漸漸的在文人裏面流行起來。到了晚唐五代，這種塡詞的風氣便風行一時了。在

## 第四章

中唐，塡詞還只是詩人偶爾的遊戲，晚唐五代便有許多純粹的詞人了。這眞是一個令人可驚的發展！

溫庭筠是詞史上第一個詞人，他是遲白居易不到四十年的作家。字飛卿，太原人。爲人不修邊幅，終身放蕩潦倒。舊唐書稱其「能逐絃吹之音，爲側艷之詞」。他也能詩，但他的詩遠不如他的詞。胡仔苕溪漁隱叢話稱他的詞「工於造語，極爲綺靡。」黃昇花菴詞選也說：「飛卿詞極流麗，宜爲花間集之冠。」其作品有握蘭集和金荃集。例如憶江南：

「梳洗罷，獨倚望江樓。過盡千帆皆不是，斜暉脈脈水悠悠。腸斷白蘋洲！」

這位詞人的兩部作集，現在都失傳了。（其作品散見於花間集及其牠選本）但他在詞史上的貢獻，是永遠埋沒不了的，他導引了五代許多詞人出來。

五代詞人，錄於花間集者凡十六家：

韋莊四十七首　薛昭蘊十九首
牛嶠三十一首　張泌二十七首
毛文錫三十一首　牛希濟十一首
歐陽炯十七首　和凝二十首
顧夐五十五首　孫光憲六十首
魏承班十五首　鹿虔扆六首
閻選八首　尹鶚六首
毛熙震二十九首　李珣三十七首

錄於尊前集者又有八家：

李存勖四首　李煜十四首
成彥雄十首　庾傳素一首
劉侍讀一首　歐陽彬一首

許岷二首　　林楚翹一首

此外的作家，如前蜀後主王衍、南唐中主李璟、昭惠后、馮延己、徐鉉、吳越王錢俶、後蜀後主孟昶、花蕊夫人費氏，都有詞流傳下來。

我們知道這些作者，都是當代上層階級的人物，有了他們來作詞，提倡詞，詞那得不風行起來？所以，在短促的五代，竟產了許多名貴的詞人，寫下許多名貴的詞。陸游花間集跋上說：

「詩至晚唐五季，氣格卑陋，千人一律。而長短句獨精巧高麗，後世莫及。」

王士禎也說：

「五季文運萎敝，他無可稱。獨所作小詞，濃艷穩秀，璧金結繡，而無痕跡。」

五代是政治極紊亂的時期，也就是文藝道統墮落的時期。這時候，韓愈的復古運動已經過去了，近體詩也給人家作厭倦了，五代文人要走詩文兩途實在走不通了。剛巧此時詞體方起來不久，正是需要天才去運用，需要創造的時候，正如一塊未開闢的荒地，需要開闢的時候。五代文人看中了這個新玩意，大家便都向這條新路跑，用他們在詩文裏面不能發揮的天才，向詞裏面來發揮，因此便造成五代詞的絕大成績。這時期的代表詞人，如韋莊、馮延己、李煜，都是偉大的創造者。

韋莊字端己，杜陵人。唐乾寧元年進士。後入蜀爲王建掌書記。王建稱帝，他官至散騎常侍判中書門下事。有浣花集。其所作詞，風流倜儻，自具風格，與溫庭筠齊名，號稱「溫韋」。詞如：

「春日遊，杏花吹滿頭。陌上誰家少年足風流？妾擬將身嫁與，一生休。縱被無情棄，不能羞。」（思帝鄉）

傳韋莊有妾，爲王建所奪，韋莊爲作女冠子詞：

「四月十七，正是去年今日，別君時。忍淚佯低面，含羞半斂眉。不知魂已斷，空有夢相隨。除却天邊月，沒人知。」

「昨夜夜半，枕上分明夢見，語多時。依舊桃花面，頻低柳葉眉。半羞還半喜，欲去又依依。覺來知是夢，不勝悲！」

周濟論詞雜著說：「端己詞淸豔絕倫，『初日芙蓉春月柳』，令人想見風度。」近人胡適詞選小序說：「他的詞長於寫情，技術樸素，多用白話，一掃溫庭筠一派的纖麗浮文的習氣。在詞史上要算一個開山大師。」這種批評於韋莊，實在是很恰當的。

馮延己字正中，其先彭城人，徙家新安。事南唐官至左僕射同平章事。有陽春集詞一卷。例如：

「誰道閑情拋棄久，每到春來，惆悵還依舊。日日花前常病酒，不辭鏡裏朱顏瘦。河畔靑蕪堤上柳，爲問新愁，何事年年有？獨立小橋風滿

袖，平林新月人歸後。」（蝶戀花）

「江水碧，江上何人吹玉笛？扁舟遠送瀟湘客。　蘆花千里霜月白。傷行色，來朝便是關山隔。」（歸國謠）

「玉鈎鸞柱調鸚鵡，宛轉留春語。雲屏冷落畫堂空，薄晚春寒，無奈落花風。　搴簾燕子低飛去，拂鏡塵鸞舞。不知今夜月眉彎，誰佩同心雙結倚闌干？」（虞美人）

馮延己的詞也是長於寫情的，但他的作風與韋莊兩樣。應該說馮延己的詞比韋詞艷麗一點，較接近溫庭筠一派。陳世修序陽春集說：「馮公樂府，思深詞麗，韻逸調新。」王國維人間詞話說：「馮正中雖不失五代風格，而堂廡特大，開有宋一代風氣。」這是不錯的，在五代詞人中，影響宋代詞風最大者，要算馮延己。因爲馮延己的詞，婉約清麗，別饒情致，便於學習模擬。宋代詞人晏殊、歐陽修、晏幾道、李清照，都是屬於他這一派。

從韋莊、馮延已進到李煜，五代的詞已登峯造極了。人間詞話說：「詞至李後主而眼界始大，感慨遂深，遂變伶工之詞，而爲士大夫之詞。」一洗五代曩艷綺靡的詞風。

煜字重光，南唐中主李璟的第六子。建隆二年嗣位，在位十五年。開寶八年，宋遣曹彬攻陷金陵，煜出降，南唐遂亡。世稱爲南唐後主。他沒有亡國以前的詞，也多是綺艷輕浮的五代作風。亡國以後，宋帝封他一個違命侯，他才感覺人間的悲苦，才發爲哀吟，他的作品才得到最大的成功。例如：

「春花秋月何時了？往事知多少！小樓昨夜又東風，故國不堪回首月明中！ 雕闌玉砌應猶在，只是朱顏改。問君能有幾多愁？恰似一江春水向東流。」（虞美人）

「無言獨上西樓，月如鈎，寂寞梧桐深院鎖清秋！ 剪不斷，理還亂；是離愁，別是一般滋味在心頭。」（相見歡）

「簾外雨潺潺，春意闌珊。羅衾不耐五更寒。夢裏不知身是客，一晌貪歡！獨自莫凭欄，無限江山。別時容易見時難。流水落花春去也，天上？人間？」（浪淘沙）

「櫻桃落盡春歸去，蝶翻輕粉雙飛。子規啼月小樓西。玉鈎羅幕，惆悵暮煙垂。別巷寂寥人散後，望殘煙草低迷。爐烟閑裊鳳凰兒。空持羅帶，回首恨依依！」（臨江仙）

李後主的詞眞是聖品了。拿溫庭筠、韋莊來和李後主一比較，便越表出李後主的偉大。周濟說：「王嬙西施，天下之美婦人也，嚴妝佳，淡妝亦佳；麤服亂頭，不掩國色。飛卿嚴妝也，端己淡妝也，後主則麤服亂頭矣。」（論詞雜著）

王國維也說：「溫飛卿之詞，句秀也；韋端己之詞，骨秀也；李重光之詞，神秀也。」（人間詞話）

這都是能夠認識李後主的批評。實在李後主不但是五代最偉大的詞人，簡直可以稱爲「詞聖」呢。

五代的詞，盛於西蜀與南唐，尤以西蜀爲最盛。花間集所著錄，多半蜀人。他們的作風，都是接近韋莊一派，用清婉的文字，寫淺顯的情思，別具風味。如顧敻（仕蜀爲大尉）的訴衷情：

「永夜抛人何處去？絕來音。香閣掩，眉斂，月將沈。爭忍不相尋？怨孤衾：換我心爲你心，始知相憶深。」

毛熙震（蜀人，官祕書監）的河滿子：

「寂寞芳菲暗度，歲華如箭堪驚。緬想舊歡多少事，轉添春思難平。曲檻絲垂金柳，小窗絃斷銀箏。　深院空聞燕語，滿園閑落花輕。一片相思休不得，忍教長日愁生。誰見夕陽孤夢，覺來無限傷情。」

李珣（梓州人，蜀秀才）的南鄉子：

「乘綵舫，過蓮塘，棹歌驚起睡鴛鴦。帶香遊女偎人笑。爭窈窕，競折團荷遮晚照。」

鹿虔扆（後蜀太保）的臨江仙：

「金鎖重門荒苑靜，綺窗愁對秋空。翠華一去寂無蹤。玉樓歌吹，聲斷已隨風。烟月不知人事改，夜闌還照深宮。藕花相向野塘中，暗傷亡國，清露泣香紅。」

歐陽烱（一作歐陽迥），也是西蜀的詞家。益州華陽人。少事王衍，爲中書舍人。後事孟知祥和孟昶，官至同平章事。入宋爲左散騎常侍。宋史稱其「性坦率，無檢操，雅善長笛。」後人因他歷事四朝。甚不取其人。但他的詞是值得讚美的，例如：

「玉闌干，金甃井，月照碧梧桐影。獨自箇，立多時，露華濃濕衣。一向凝情望，待得不成模樣。雖叵耐，又尋思，爭生嗔得伊？」（更漏

（子）

此外五代詞人入宋的，還有孫光憲和張泌，也是值得稱許的作者。孫光憲字孟文，陵州貴平人。受知於荊南高從誨，官至御史中丞。入宋爲黃州刺史。其詞亦散見花間尊前等集，例如：

「如何！遣情情更多。永日水堂簾下斂雙蛾。六幅羅裙窣地微行曳碧波，看盡滿池疏雨打團荷。」（思帝鄉）

陳亦峯稱他的詞：「氣骨甚遒措，語亦多警鍊。」此語可謂知言。

張泌字子澄，淮南人。仕南唐爲內史舍人，入宋爲郎中。其詞頗涉纖艷輕薄：

「晚逐香車入鳳城，東風斜揭繡簾輕，慢迴嬌眼笑盈盈。 消息未通何計是？便須佯醉且隨行。依稀聞道：太狂生！」（浣溪沙）

說起來，「纖艷輕薄」四個字，不但是張泌詞的毛病，晚唐五代詞人通不免有這個毛病。晚唐五代元是文風纖艷的時代，詞亦襲其流風；塡詞原出於民間歌辭，自亦不免輕薄。即如李後主，也是入宋以後，才開始用詞來抒寫悲哀的身世，才有深摯的感慨。當他在五代的時候，其作品還是纖艷一流。這是時代如此，無怪其然，絕不能因此而貶削五代詞的價値。我們知道晚唐五代還是詞的草創時代，並沒有先進作家來作模範，他們只有憑着自己的天才去創造。而結果竟有這麽一部好成績出來，還有什麽壞話好說。我們對於一個草創時代的成績，是不能過分去吹求的，只要能夠表現充分的創造精神，以開闢後時代發展的先路，便是絕大的成功了，我們讚美晚唐五代的，也就是因爲：

「晚唐五代是詞的創造時代，牠替宋詞開闢了一條偉大的先路。」

# 第五章　北宋詞的四時期

北宋繼續着五代的詞風而更加發展。那時，上自帝王名相，下至販夫走卒，都知作詞。眞是詞的極盛時代。我們且把這時代的詞分作四個時期來講。

這四個時期是怎樣分的呢？紀昀四庫全書總目提要上說：

「詞自晚唐五代以來，以清切婉麗爲宗，至柳永而一變，如詩家之有白居易；至軾而又一變，如詩家之有韓愈。遂開南宋辛棄疾等一派。」

照紀昀的話，北宋應該只有三個時期：（一）初宋因襲晚唐五代的時期；（二）柳永的時期；（三）蘇軾的時期。他可是忘記了蘇軾以後，還有一位詞人周邦彥起來，倡導一種樂府詞，開南宋姜夔一派，也是一變，應該劃爲一時期的。

往下我們便分期來敍述吧。

○ ○ ○ ○

第一個時期的北宋詞，一方面是繼續使用晚唐五代小詞的形體，一方面又保留了晚唐五代清切婉麗的詞風，如紀昀所說。這個時期的詞人可以晏殊、歐陽修、晏幾道爲代表。

晏殊是這個時期的先進作家。字同叔，江西撫州臨川人。生於太宗淳化二年（九九一）。景德初，以神童召試，賜進士出身。仁宗時，官拜集賢殿學士，同中書門下平章事，兼樞密使。卒於至和九年（一〇五五），諡元獻。有珠玉詞。

「檻菊愁烟，蘭泣露；羅幕輕寒，燕子雙飛去。明月不諳離別苦，斜光到曉穿朱戶。　昨夜西風凋碧樹，獨上高樓，望盡天涯路。欲寄彩鸞無尺素，山長水闊知何處！」（蝶戀花）

「小徑紅稀，芳郊綠遍，高台樹色陰陰見。春風不解禁楊花，濛濛亂撲行人面。　翠葉藏鶯，珠簾隔燕，爐香靜逐遊絲轉。一場愁夢酒醒時，斜陽却照深深院。」（踏莎行）

「碧海無波，瑤台有路，思量便合雙飛去。當時輕別意中人，山長水遠

知何處？綺席凝塵，香閨掩霧，紅牋小字憑誰附？南樓目盡欲黃昏，梧桐葉上蕭蕭雨。」（踏莎行）

晏殊的詞婉約而贍麗，風格頗高。劉攽中山詩話說：「元獻尤喜馮延已歌詞，其所自作，亦不減延已。」不錯，他的詞風全從五代人詞中得來，而受馮延已的影響特大。

歐陽修也是很具有五代風味的作家。字永叔，廬陵人。生於眞宗景德四年（一〇〇七），官至樞密副使，參知政事，以太子少師致仕。卒於神宗熙寧五年（一〇七二），諡文忠。他是一位有名的文學家。生平事蹟，詳見宋史本傳，這裏不贅。有六一居士詞三卷。他的艷詞寫得極好：

「鳳髻金泥帶，龍紋玉掌梳；走來窗下笑相扶，愛道『畫眉深淺入時無』？弄筆偎人久，描花試手初，等閒妨了繡工夫，笑問鴛鴦二字怎生書？」（南歌子）

「今日北池遊。漾漾輕舟，波光瀲灩柳條柔。如此春來春又去，白了人頭。好妓好歌喉，不醉難休。勸君滿滿酌金甌。縱使花前常病酒，也是風流。」（浪淘沙）

有許多人以為歐陽修是一位純正莊嚴的古文家，決不會寫這樣綺艷的小詞。這眞是不懂得歐陽修而輕篾他的話。北宋初期的詞壇，完全是因襲晚唐五代綺艷的風氣，作者習為故常。歐陽修是個文人，不是理學家，高興起來寫幾首豔詞是毫不足怪的。我們不妨再舉他的幾首詞來作例：

「庭院深深深幾許？楊柳堆烟，簾幕無重數。玉勒雕鞍遊冶處，樓高不見章台路。雨橫風狂三月暮，門掩黃昏，無計留春住。淚眼問花花不語，亂紅飛過秋千去。」（蝶戀花）

「何處笛？深夜夢回情脈脈，竹風簷雨寒窗隔。離人幾歲無消息。今頭白，不眠特地重相憶。」（歸國謠）

歐詞的風格也很似馮延已，所以他的詞往往與馮詞相混。不過歐陽修的才氣較大，所作詞意境沉着，情致纏綿，要勝馮延已一籌。

晏幾道字叔原，號小山。晏殊的第七子。曾監潁昌許田鎮。以他的年代論，本不能列入這個時期；但他的作風，還是隸屬於這時期的旗幟之下的。江西通志稱他：「能文章，善持論，尤工樂府。其小山詞清壯頓挫，見者擊節，以爲有臨淄公風。」他的詞比他父親的詞，做得更好：

「西樓月下當時見，淚粉偸勻，歌罷還顰，恨隔爐烟看未眞。別來樓外垂楊縷，幾換青春。倦客紅塵，長記樓中粉淚人。」（采桑子）

「醉別西樓醒不記，春夢秋雲，聚散眞容易。斜月半窗還少睡，畫屏閒展吳山翠。　衣上酒痕詩裏字，點點行行，總是淒涼意。紅燭自憐無好計，夜寒空替人垂淚！」（蝶戀花）

「小令尊前見玉簫，銀燈一曲太妖嬈。歌中醉倒誰能恨，唱罷歸來酒未

消。春悄悄，夜迢迢，碧雲天共楚宮腰。夢魂慣得無拘檢，又踏楊花過謝橋。」（鷓鴣天）

晏幾道是一個浪漫不喜拘檢的人，他的個性與晏殊完全不同，所以作風也是兩樣。周濟論詞雜著說：「晏氏父子，仍步溫韋，小晏精力尤勝。」陳質齋則簡直說：「叔原在諸名勝集中，獨可追逼花間，高處或過之。」這都不是誇張的批評。有謂「小山矜貴有餘」，此實皮相之語，晏幾道實詞中之狂者也。

在這個時期的詞壇裏，除了這幾個名詞家以外，亦有不是詞人，間作小詞，往往清新可愛。如寇準的江南春，錢惟演的玉樓春，韓琦的點絳唇，范仲淹的蘇幕遮漁家傲，趙抃的折新荷引，陳堯佐的踏莎行，王琪的望江南，葉清臣的賀聖朝，宋祁的浪淘沙，賈昌朝的木蘭花令，司馬光的西江月，都是詞句清麗，情思纏綿的作品。小詞發展到了這時期，已經是登峯造極了。

由第一時期的北宋詞進爲第二時期的北宋詞，就是由小詞推衍而爲長詞的發展。原來，小詞自晚唐做到五代，由五代又做到北宋初期，大家已經做厭了，感覺味兒太單調了。正是需要長詞起來的時候。但長詞究竟怎樣起來的？吳曾能改齋漫錄有一段很清楚的記載：

「按詞自南唐以來，但有小令。慢詞當起於宋仁宗朝。中原息兵，汴京繁庶，歌台舞席，競賭新聲。耆卿失意無俚，流連坊曲。遂盡收俚俗語言，編入詞中，以便伎人傳習。一時動聽，散播四方。其後東坡、少遊、山谷輩，相繼有作，慢詞遂盛。」

在這一段話裏面，我們最要注意「歌台舞席，競賭新聲」這句話。記得李清照的詞論裏面也有「始有柳屯田永者，變舊聲，作新聲。出樂章集，大得聲稱於世」的話。我們把這兩段話合攏來看，便知道當時歌小詞的舊聲已經不流行了，又有一種新聲起來。這種新聲的歌辭便是慢詞。慢詞是什麼？樂府餘論說：「慢者曼也，謂曼聲而歌也。」曼含有「曼豔」與「曼延」二義，我們讀了慢詞的代表作樂章集，便知道慢詞即是曼豔的長詞。

在柳永的樂章集以前，還沒有慢詞。草堂詩餘錄陳後主秋霽詞一百四字體，萬樹詞律已證明其僞；被稱爲唐莊宗作的歌頭，載於尊前集，也不足徵信；至於歐陽修的摸魚兒慢詞，字句錯誤，西清詩話已指明其爲劉煇僞作。並且，我們知道慢詞出於當代的新聲，歐陽修決不會突然去擬作當時的新聲的。所以我們決定慢詞的首倡者是柳永。

永初名三變，字耆卿，福建崇安人。仁宗景祐元年進士。他的生卒不甚可考。大約是十一世紀上半期的人。官至屯田員外郎，故世號柳屯田。葉夢得避暑錄話稱他：「爲舉子時，多遊狹邪。善爲歌詞。教坊樂之。每得新腔，必求永爲詞，始行於世。」可見他少年時詞譽已經很高了。但他一生的落拓，就是受了作詞之累。他因爲寫了一句「忍把浮名換了淺斟低唱」，仁宗便很不高興他。後來幾次想做官，都沒有做成。他從此便眞的流落歌場，花前月下去淺斟低唱了。他死後很蕭條，葬資都是歌伎們湊出來的。一代詞人，便如此淪落以終！他的樂章集是一部很美妙的白話歌詞，但許多人竟指爲「淫冶之曲」，眞使我們替作者惋惜。

「對瀟瀟暮雨灑江天，一番洗清秋。漸霜風淒緊，關河冷落，殘照當樓。是處紅衰綠減，苒苒物華休。惟有長江水，無語東流。不忍登高臨遠，望故鄉飄渺，歸思難收。歎年來蹤跡，何事苦淹留！想佳人妝樓長望，誤幾囘天際識歸舟！爭知我倚闌干處，正恁凝愁！」（八聲甘州）

「洞房記得初相遇，便只合長相聚。何期小會幽歡，變作離情別緒。況値闌珊春色暮，對滿目亂花狂絮。直恐好風光，盡隨伊歸去。一場寂寞憑誰訴？算前言總輕負。早知恁地難拚，悔不當初留住！其奈風流端正外，更別有繫人心處。一日不思量，也攢眉千度。」（晝夜樂）

我們的詞人雖不見稱於士大夫，但一般民衆却很謳誦他。陳師道后山詩話說：「柳三變作新樂府，骪骳從俗，天下詠之。」葉夢得避暑錄話也說：「嘗見一西夏歸朝官云：凡有井水處，即能歌柳詞。」由此可見柳詞傳播之廣，遠非同時諸詞家所能及。柳詞的好處是這樣的：他最長於運用俚俗的話語，把很平常的意境鋪敘得很美。看着是敍景物，而情感即鎔化於景物之中。他也沒有什麼新的創意，格調也不高，但形容曲致，音律諧婉，工於羈旅行役，則是柳永的大本領。

屬於柳派的詞人有張先、秦觀。

張先字子野，烏程人（或作吳興人）。生於太宗淳化元年（九九〇），少遊京師，得晏殊的賞識，辟爲通判。嘗知吳江縣，官至都官郎中。因有「桃李嫁春風郎中」和「雲破月來花弄影郎中」之名。他自號張三影。卒於神宗元豐元年（一〇七八）。有安陸詞一卷。

這是一位跨北宋第一時期和第二時期的作者，他的小詞接近晏殊歐陽修一派，他的長詞則接近柳永一派，與柳齊名。詞如：

「溪山別意，煙樹去程，日落采蘋春晚。欲上征鞍，更掩翠簾回面相盼：惜彎彎淺黛長長眼。奈畫閣歡遊，也學狂花亂絮飛散。水影橫池館，對靜夜無人，月高雲遠。一餉凝思，兩眼淚痕還滿。難遣！恨私書又逐東風斷。縱夢澤層樓萬尺，望湖城那見？」（卜算子慢）

張先才短，所以詞不及柳永；但先詞韻高，是柳永所乏之處。

秦觀字少游，一字太虛，揚州高郵人。因蘇軾薦，除祕書省正字，兼國史編修官。後坐黨籍，屢遭徙放。卒於古滕（公元一〇四九——一一〇〇）。有淮海詞一卷。他本是蘇門四學士之一，在四學士中，蘇軾尤與他相善，稱爲今之詞手。但他的詞却與蘇軾完全不同調，而傾向柳永的作風。長詞尤其與柳相似。

「山抹微雲，天粘衰草，畫角聲斷譙門。暫停征棹，聊共引離樽。多少蓬萊舊事，空回首，烟靄紛紛。斜陽外，寒鴉數點，流水遶孤村。消魂當此際，香囊暗解，羅帶輕分。漫贏得青樓薄倖名存。此去何時見也，襟袖上空染啼痕。傷情處，高城望斷，燈火已黃昏。」（滿庭芳）

「西城楊柳弄春柔，動離憂，淚難收。猶記多情，曾爲繫歸舟。碧野朱橋當日事，人不見，水空流！　韶華不爲少年留，恨悠悠，幾時休？飛絮落花時候，一登樓：便做春江都是淚，流不盡，許多愁！」（江城子）

晁无咎說：「近來作者皆不及少游。」蔡伯世說：「子瞻辭勝乎情，耆卿情勝乎辭；辭情相稱者，唯少游而已。」平心而論，秦觀詞長於情韻，而短於氣格，與柳永詞同病，所以李清照批評他：「專主情致，少故實，譬諸貧家美女，非不姸麗，終乏富貴態耳。」（詞論）

第三時期的北宋詞，是詞體大解放的時期。詞體之得着解放，自蘇軾始。柳永雖然倡導了慢詞，還是因襲晚唐五代詞的曼豔風氣，還沒有打破「詞爲豔科」的約束。到蘇軾便把詞體的束縛完全解放了。他一方面超越了「詞爲豔科」的狹隘範圍，變婉約的作風爲豪放的作風；一方面又擺脫了詞律的拘束，自由去描寫。胡寅說：

「詞曲至東坡，一洗綺羅薌澤之態，擺脫綢繆宛轉之度。使人登高望遠，舉首高歌，逸懷浩氣超乎塵垢之外。於是花間爲皂隸，而耆卿爲輿台矣。」

因爲蘇軾的詞奔放不可拘束；所以人家都說他以詩爲詞，說是「曲子中縛不住者」。甚至稱之爲「別派」，看輕他的詞。陳師道后山詩話便說：

「子瞻以詩爲詞，如教坊雷太使之舞，雖極天下之工，要非本色。」

紀昀四庫提要上面的話比較說得好點：

「尋源溯流，不能不謂之別調，然謂之不工則不可。」

總之，他們認定蘇軾的詞無論怎樣好，只能說是別派，絕不能加以正統派的尊稱。我們則認定這種「別派」，是詞體的新生命。這種新詞體離開了百餘年來都是這樣溫柔綺靡的舊墟，而走向一條雄壯奔放的新路。這條新路可以使我們鼓舞，可以使我們興奮，而不是叫我們昏醉在紅燈綠酒底下的「靡靡之音」。這是蘇派詞的特點。

軾字子瞻，眉山人（公元一〇三六——一一〇一）。自號東坡居士。他的事蹟詳見宋史本傳。是一位有多方面造詣的作家。詞有東坡樂府二卷。例如：

「大江東去，浪淘盡千古風流人物。故壘西邊，人道是三國周郎赤壁。亂石崩雲，驚濤裂岸，捲起千堆雪。江山如畫，一時多少豪傑。　遙想公瑾當年，小喬初嫁了，雄姿英發。羽扇綸巾，談笑間，強虜灰飛煙滅。故國神遊，多情應笑我早生華髮。人間如夢，一樽還酹江月。」（念

奴嬌，赤壁懷古）

「明月幾時有？把酒問青天：不知天上宮闕，今夕是何年？我欲乘風歸去，又恐瓊樓玉宇，高處不勝寒。起舞弄清影，何似在人間。　轉朱閣，低綺戶，照無眠。不應有恨，何事長向別時圓？人有悲歡離合，月有陰晴圓缺，此事古難全。但願人長久，千里共嬋娟。」（水調歌頭）

我們讀蘇軾的詞，看他說來說去，奔縱放肆，越翻越奇，句有盡而意不窮，曲終覺天風海雨逼人。這是作者天才的獨到處，別人是不易企及的。他的長詞和小詞都寫得很好，可惜我們不能在這裏多舉例了。

號稱蘇門的詞人，除了秦觀外，尚有黃庭堅、陳師道、晁補之、張耒；受知於蘇軾的詞人，有李之儀、程垓、毛滂諸人。但他們大都沒有蘇派的風味，只有一個黃庭堅，略具軾風。

庭堅字魯直，號山谷老人，洪州分甯人（公元一〇四五——一一〇一）。

官至秘書丞。著有山谷詞二卷。

他的詞很受了點蘇軾的影響，喜豪放而脫略音律，所以晁補之譏其詞是「著腔子唱好詩」。不過他的詞不甚抒寫壯闊的襟懷，而喜歡描繪男女之私情。例如：

「把我身心，爲伊煩惱，算天便知。恨一囘相見，百囘做計，未能偎倚，早覓東西。鏡裏拈花，水中捉月，覷着無由得近伊。添憔悴，鎮花銷翠減，玉瘦香肌。　奴兒又有行期。你去即無妨，我向誰？向眼前常見，心猶未足；怎生禁得，眞個分離？地角天涯，我隨君去，掘井爲盟無改移。君須是，做些兒相度，莫待臨時。」（沁園春）

這種詞寫得並不壞，但嫌牠風格低了一點。黃庭堅的詞具有豪放之致的，要算念奴嬌的「斷虹霽雨」和水調歌頭的「瑤草一何碧」幾首詞，可以說是蘇派的作品。

同時，還有一位賀鑄（字方回，有東山樂府）他的詞也寫得很好，可是也沒有蘇派的風味。

蘇黃以後，這一派在北宋便無繼承的作者了，直到南宋辛棄疾等繼續有作，這一派的詞才發揮光大起來。

○　○　○　○

第四時期的北宋詞，簡直就是對蘇派詞的反動。原因是由於蘇黃這般詩人，大刀闊斧的去做淋漓肆放的詞，不屑咬文嚼字，不管聲律格調，便越離樂府越遠了，他們的詞不復可歌了。詞的起來原是歌辭。許多懂得音律的詞人，看不慣蘇黃這種「別派」詞，便起來倡導歌詞，特別注重詞的聲律格調，把詞和樂府再合攏起來，造成樂府詞的復興。這一個時期的詞，便可以說是樂府詞的復興期。

第一個倡導樂府詞的是宋徽宗，他創設一個大晟府，叫一般懂得音律的詞人去主持。他們的詞完全照着歌調的曲拍去做。

宋徽宗自己便是很懂得音樂的人，他的詞也做得很好：

「簾旌微動，峭寒天氣，龍池氷泮。杏花笑吐香猶淺，又還是春將半。淸歌妙舞從頭按，等芳時開宴。記去年對着東風，曾許不負鶯花願。」（探春令）

這首詞是代表徽宗前期生活的，其詞曼豔；我們且再舉一首代表他後期的俘虜生活的作品，其詞凄涼！

「裁剪氷綃，輕疊數重，淡著燕脂勻注。新樣靚妝，豔溢香融，羞殺蕊珠宮女。易得凋零，更多少，無情風雨。愁苦！閑院落凄涼，幾番春暮？憑寄離恨重重，這雙燕何曾會人言語！天遙地遠，萬水千山，知他故宮何處？怎不思量，除夢裏有時曾去。無據！和夢也新來不做。」（燕山亭，北行見杏花）

## 第五章

徽宗能詞，可惜作品太少。最能夠代表這時期的樂府詞的特色的，要推周邦彥。

邦彥字美成，號清眞，錢塘人（公元一〇六〇——一一二五）。元豐初，以大學生進汴都賦，神宗召為大學正。其後浮沈州縣三十餘年。徽宗頒大晟樂，召邦彥提舉大晟府。他深通音樂，宋史文苑傳稱他「好音樂，能自度曲。製樂府長短句，詞韻淸蔚。」有淸眞詞。（一名片玉詞）

「正單衣試酒，悵客裏光陰虛擲。願春暫留；春歸如過翼，一去無跡！為問花何在？夜來風雨，葬楚宮傾國。釵鈿墮處遺芳澤。亂點桃蹊，輕分柳陌。多情更誰追惜？但蜂媒蝶使，時叩窗槅。　東園岑寂，漸蒙籠暗碧。靜遶珍叢底，成歎息。長條故惹行客，似牽衣待話，別情無極。殘英小，強簪巾幘。終不似一朵釵頭顫裊，向人欹側。漂流處，莫趁潮汐。恐斷鴻尚有相思字，何由見得？」（六醜，薔薇謝後作）

周邦彥的詞在當時很有名的，南宋陳郁藏一話腴稱他：「二百年來以樂府獨步。貴人、學士、市儈、妓女、皆知其詞爲可愛。」與柳永齊名，有「周情柳思」之稱。他的長詞「窮極工巧」，小詞則「無窮清新」：

「葉下斜陽照水，捲輕浪沉沉千里。橋上酸風射眸子。立多時，看黃昏，燈火市。 古屋寒窗底，聽幾片井桐飛墜，不戀單衾再三起。有誰知，爲蕭娘，書一紙？」（夜遊宮）

「幾日來眞個醉！不知道窗外亂紅已深半指，花影被風搖碎。 擁春酲乍起。有個人人生得濟楚，來向耳邊問道：今朝醒未？情性兒慢騰騰地，惱得人又醉。」（紅窗迥）

他的清眞詞，因爲協律的原故，後來的作者把牠當作詞律看待，於是他便成爲樂府詞壇的泰斗了。

屬於這時期的詞人，還有晁端禮、康與之等，後開南宋姜夔一派。

# 第六章 南宋的白話詞

詞到了南宋，發展得更有勁了。有專集流傳下來的詞人，至少有一百五十家以上。其無專集而有作品流傳的更多了。不過「詞至南宋而繁，亦至南宋而弊。」（宋徵璧語）除了少數的天才作家有成就外，大多數的作者都是討生活於模擬因襲的路上去了。大體分析起來，可以說南宋有兩種詞人：一種是白話詞人，一種是樂府詞人。南宋的前期，是白話詞發展的時候；南宋的後期，則是樂府詞盛行的時候。

請先講南宋的白話詞人。

在北宋末年盛行的樂府詞，跟着北宋之亡而消衰了。那時許多南渡詞人，都是滿懷感慨，要盡量表白出來而後快，那還有心思去調音韻，講嚴格的詞律？就是說，這時的詞人不是爲燕樂而作詞，乃是爲抒寫自己的胸懷而作詞了。

因此，詞便自然而然的脫離樂府的關係了。如張元幹、楊炎正、呂渭老、張孝祥、葉夢得、楊旡咎、陳與義、周紫芝、陳克、趙師秀、趙長卿、侯寘、曾覿、趙彥端這般詞人，都是喜歡用白話來寫詞的，都是拿詞來表白自己的。到了朱敦儒、辛棄疾等起來，更專向白話詞一方面努力了。

他們這一派詞人的好處，就是能夠用活潑的文字，來表現作者的眞性情。用詞而不爲詞所使。使每一個詞人的個性的風格，都能在詞裏面活繪出來。這一方面把詞的應用的範圍擴大了，一方面把詞的文學的價值也抬高了。南宋的白話詞人，最偉大的要算朱敦儒、辛棄疾、陸游、劉過、劉克莊幾位。

朱敦儒字希眞，河南洛陽人。他的生卒年不可考。大約生於神宗元豐初年，死於孝宗淳熙初年。他年少時，志行很高，以布衣而負朝野之望。初不肯做官。高宗時，屢次召他，才應徵爲祕書省正字兼兵部郎官。遷兩浙東路提點刑獄。後以「專立異論」的罪名，爲諫議大夫汪勃劾免。秦檜當國的時候，喜用文人，除敦儒爲鴻臚少卿。檜死後，敦儒也被廢了。著樵歌三卷。

敦儒是一位樂天自適的詞人，他的詞很有清淡蕭疎之致。例如：

「搖首出紅塵，醒醉更無時節。活計，綠蓑青笠，慣披霜衝雪。晚來風定釣絲閑，上下是新月。千里水天一色，看孤鴻明滅。」（好事近，漁父詞）

「先生筇杖是生涯，挑月更擔花。把住都無憎愛，放行總是煙霞。飄然歸去，旗亭問酒，蕭寺尋茶。恰似黃鸝無定，不知飛到誰家。」（朝中措）

「我是清都山水郎，天教懶慢帶疏狂。曾批給露支風敕，累奏留雲借月章。 詩萬首，酒千觴，幾曾着眼看侯王？玉樓金闕慵歸去，且插梅花醉洛陽。」（鷓鴣天）

敦儒的詞眞是詞中的逸品。許多詞論家都稱讚他的詞。黃昇花菴詞選說：「希眞京都名士，詞章擅名，天資曠遠，有神仙風致。」汪叔耕稱樵歌：「多塵外之想；雖雜以微塵，而其淸氣自不可沒。」近人胡適則拿朱敦儒比陶潛。（詞選）

辛棄疾是南宋第一大詞人。字幼安，號稼軒，濟南歷城人。與女詞人李淸照是同鄉。生於宋高宗紹興十年（一一四〇），那時宋室已經南渡十餘年，造成偏安之局了。他二十歲時，適金主亮大敗北返，被殺；耿京在山東起兵，自稱天平節度使，節制山東河北諸軍，用棄疾掌書記。後棄疾勸耿京歸附南宋，耿京便派他奉表南歸。不幸這時耿京忽爲其部下張安國所殺以降金。棄疾馳返海州，立卽召集舊部，夜襲金營，生擒張安國回來，戮之於市。這件事很受高宗的賞識，差他爲江陰簽判。後來一級一級的升官，到四十歲時，他已做到湖南安撫使了。那時正湖湘盜起，聲勢浩大，棄疾以最敏捷的手段討平之。並創設飛虎營，雄鎮一方。他做江西安撫使的時候，恰遇江右大饑，他也用很簡單的方法救濟了多數的民衆。朱熹稱贊他「雖只麤法，便有方略」。後韓侂冑倡議伐金，棄疾此時年已很老，却是最主張恢復中原的一個，極力贊成韓侂冑北伐的主張。我們讀了他的鷓鴣天，便知道這位老英雄緬想少年時代的抱負，眞有無窮的感慨！

「壯歲旌旗擁萬夫，錦襜突騎渡江初。燕兵夜娖銀胡䩮，漢箭朝飛金僕姑。追往事，歎今吾，春風不染白髭鬚。却將萬字平戎策，換得東家種樹書。」

棄疾死時，正是韓侂冑的北伐軍敗後，主和的人殺了韓侂冑的頭向金人求和的那年（一二〇七）。他身後的恩榮都被主張北伐的關係全被剝削了。直到宋末德祐初年，朝庭始允許謝枋得的請求，追贈少師，謚忠敏。著有稼軒詞。

棄疾的詞，方面最多，造詣也至高。許多人都把他目爲豪放派的作家，這是只看着他的一方面。棄疾的那枝筆是無施不可的。他的詞有悲壯，有蒼涼，有哀艷，……也有放浪、頹廢、游戲、詼諧，……他的懷古長調，固然是激揚奮厲，極迴蕩豪放之能事；他的抒情曼詞，也極其悱惻纏綿，呢狎溫柔；特別是他的那些抒寫性情，描繪山水田園風物的詞，最足以代表作者的藝術。例如：

「萬事雲烟忽過，百年蒲柳先衰。而今何事最相宜？宜醉，宜遊，宜睡。早趁催科了納，更量出入收支。乃翁依舊管些兒：管竹，管山，管水。」（西江月，示兒曹以家事付之）

「茅簷低小，溪上青青草。醉裏吳音相媚好，白髮誰家翁媼？　大兒鋤豆溪東，中兒正織雞籠。最喜小兒無賴，溪頭看剝蓮蓬。」（清平樂，博山道中即事）

「明月別枝驚鵲，清風半夜鳴蟬。稻花香裏說豐年，聽取蛙聲一片。　七八個星天外，兩三點雨山前。舊時茆店社林邊，路轉溪橋忽見。」（

西江月，夜行黃沙道中）

「千峯雲起，驟雨一霎兒價。更遠樹斜陽，風景怎生圖畫？青旗賣酒，山那畔別有人家。只消山水光中，無事過者一夏。 午醉醒時，松窗竹戶，萬千瀟灑。野鳥飛來，又是一般閑暇。却怪白鷗覷着人，欲下未下。舊盟都在，新來莫是別有說話？」（醜奴兒近，博山道中效李易安體）

「昨日春如十三女兒學繡，一枝枝不教花瘦。甚無情便下得雨僝風僽，向園林鋪作地衣紅縐！ 而今春似輕薄浪子難久！記前時送春歸後，把春波都釀作一江醇酎。約清愁，楊柳岸邊相候。」（粉蝶兒和人賦落梅）

辛棄疾天分極高，才氣極大，又有繁複迴盪的生活做背境，自然會產生偉大的成就。他的長詞和小詞都做得好，具有縱橫豪放，淋漓恣肆的創造精神，亦間有温婉穠麗之作。王國維人間詞話稱他爲南宋第一詞人；周濟論詞雜著則說他的詞還在蘇軾之上；紀昀四庫提要則說他「能於剪紅刻翠之外，屹然別立一宗」。這都是很確當的批評。

陸游是辛棄疾一派的詞人。字務觀，越州山陰人。生於北宋宣和七年（一一二五），以蔭補登仕郎，賜進士出身。范成大帥蜀時，游為參議官。嘉泰初，詔同修國史兼秘書監，以寶章殿待制致仕。卒於嘉定三年（一二一〇）。有劍南詞。

游為人浪漫不拘禮法，自號放翁，他的詞也如其人：

「一竿風月，一簑煙雨，家在釣台西住。賣魚生怕近城門，況肯到紅塵深處？潮生理棹，潮平繫纜，潮落浩歌歸去。時人錯把比嚴光，我自是無名漁父。」（鵲橋仙）

「采藥歸來，獨尋茅店沽新釀。暮煙千嶂，處處聞漁唱。　醉弄扁舟，不怕黏天浪。江湖上，這回疎放，作個閑人樣。」（點絳唇）

陸游不但會做疎狂頹放的詞，他也能做慷慨多感的詞，如：

「雪曉清笳亂起，夢游處不知何地。鐵騎無聲望似水。想關河，雁門西，青海際。 睡覺寒燈裏，漏聲斷，月斜窗紙。自許封侯在萬里。有誰知？鬢雖殘，心未死！」（夜游宮，記夢）

「當年萬里覓封侯，匹馬戍梁州。關河夢斷何處？塵暗舊貂裘。 胡未滅，鬢先秋。淚空流！此生誰料，心在天山，身老滄洲。」（訴衷情）

原來陸游也是一位極力主張北伐的老英雄，他是「驚壯志成虛」，才「灑清淚」的。他的詞境界很多。劉克莊後村詩話說他：「其激昂感慨者，稼軒不能過；飄逸高妙者，與陳簡齋、朱希眞相頡頏；流麗綿密者，欲出晏叔原、賀方回之上。」此語信然。

劉過也是辛派的詞人。字改之，號龍洲道人，襄陽人（一說太和人，又一說新昌人）。他也是極力主張北伐的一個，曾上書請光宗過宮，並致書宰相陳恢復方略。不用。乃放浪江湖，嘯傲自適。宋子虛稱爲天下奇男子。他沒有做過什麼大官，生卒年月也不可考。著有龍洲詞。

他所作長詞，跌宕淋漓，異常有力，很受棄疾的影響。小詞尤明快可愛：

「情高，意眞。眉長，鬢青。小樓明月調箏，寫春風數聲。思君，憶君，魂牽，夢縈。翠綃香煖雲屏，更那堪酒醒！」（醉太平）

「別酒醺醺渾易醉，回過頭來三十里。馬兒不住去如飛，牽一憩，坐一憩，斷送煞人山與水。　是則是功名終可喜，不道恩情拚得未？雲迷村店酒旗斜。去也是？住也是？煩腦自家煩惱你！」（天仙子，初赴省，別妾於三十里頭）

劉過的詞也不是詞律所能拘束的，他不喜雕琢模擬，要說什麼便直說什麼，那般自由放肆的磅礴精神，幾乎要壓倒辛棄疾。

劉克莊字潛夫，號後村，福建莆田人（公元一一八七——一二六九）。以陰仕。因做落梅詩被劾免官，閑居很久。後理宗賞其才華，賜同進士出身，除祕書少監。從此知遇日隆，官致龍圖閣直學士。詞有後村別調。

克莊最喜歡用白話寫詞，張炎樂府指迷稱其詞「直致近俗」。他的長詞悲壯有氣力，很似辛棄疾的境界。小詞則另具新鮮風味：

「宮腰束素，只怕能輕舉。好築避風台護取，莫遣驚鴻飛去。一團香玉温柔，笑顰俱有風流。貪與蕭郎眉語，不知舞錯伊州。」（清平樂，贈陳參議師文侍兒）

「風蕭蕭，雨蕭蕭，相送津亭折柳條。春愁不自聊。 烟迢迢，水迢迢，準擬江邊駐畫橈。舟人頻報潮。」（長相思，舟上餞別）

「東縕宵行十里強，挑得詩囊，拋了衣囊。天寒路滑馬蹄僵。元是王郎，來送劉郎。 酒酣耳熱說文章，驚倒鄰牆，推倒胡牀。旁觀拍手笑疏狂。疏又何妨！狂又何妨！」（一剪梅，余赴廣東，實之夜餞於風亭）

辛派的詞人沒有一個不帶幾分疏狂氣的，也沒有一個不是表現幾種詞的境界的。大概他們都是天才橫溢的作家，決不是一種作風關得他們住的。白話詞到了這個時候，已經是最高的發展了。

## 第七章　一羣珍貴的女詞人

在前面所敍述的，全是男性的詞，這裏要講到女作家的詞了。我們說過，宋詞的發展是普遍的，在當代成了流行的風氣，所以不但貴人學士能詞，卽市儈遊民也能詞。這時，具有藝術天才的婦女自然要在詞裏面發揮她的才華了。

詞本來是給歌伎們唱的，她們爲應歌的需要，容易通文。故在婦女裏面能詞的以妓女爲最多。她們通文的目的，並不是要做到讀破萬卷書，有鑄金鎔史的工夫。她們只要懂得一點通俗的文字，能夠表情達意，人人聽得懂便夠了。因此她們寫出來的詞，只是白話詞。却是很美妙的白話詞。例如蜀妓的市橋柳（送行）：

第七章

「欲寄渾無所有，折盡市橋官柳。看君着上春衫，又相將放船楚江口。後會不知何日又？是男兒休要鎮長相守。苟富貴，毋相忘；若相忘，有如此酒！」

蜀妓向來是不少能文的，蓋出於薛濤之遺風。詞苑叢談載，有客自蜀挾一妓歸，蓄之別室，率數日往。偶以病稍疎，妓頗疑之。客作詞自解，妓用韻答之云：

「說盟，說誓，說情，說意，動便春愁滿紙。多應念得脫空經，是那位先生教底？不茶，不飯，不言，不語，一味供他憔悴。相思已是不曾閑，又那得工夫咒你！」（鵲橋仙，此詞洪邁夷堅志作陸放翁妾作）

宋代詞人喜歡作婦人語的實在很多。我們只看見他們搖頭擺尾的在那裏模擬女性的心靈，體會小兒女的情態，老着面皮來作嬌聲情語，這如何會像樣呢？自然遠不如這些聰明的女孩子自己描繪出來的，情趣濃厚多了。我們不妨再舉幾首詞爲例。如聶勝瓊（長安名妓，後歸李之問）的鷓鴣天：

「玉慘花愁出鳳城，蓮花樓下柳青青。尊前一唱陽關曲，別個人人第幾程？尋好夢，夢難成，有誰知我此時情？枕前淚共階前雨，隔個窗兒滴到明！」

嚴蕊（字幼芳，天台營妓）的卜算子：

「不是愛風塵，似被前緣誤。花落花開自有時，總賴東君主。　去也終須去，住也如何住？若得山花插滿頭，莫問奴歸處。」

最聰明的還要算杭州妓琴操，她能夠隨口把秦觀「元」韻的滿庭芳改爲「陽」韻的滿庭芳：

「山抹微雲，天連衰草，畫角聲斷斜陽。暫停征棹，聊共飲離觴。多少蓬萊舊侶，頻回首，煙靄茫茫。孤村裏，寒鴉萬點，流水遶紅牆。　魂傷！當此際，輕分羅帶，暗解香囊。謾贏得青樓薄倖名狂。此去何時見也，襟袖上，空有餘香。傷心處，高城望斷，燈火已昏黃。」

文人作詞，往往粗製濫造，無病呻吟，雖名家難免此弊。妓女的詞，我們也嫌她多爲應酬而作，不容易有眞摯的情感。至一般人家的「閨秀」「名媛」，她們向來是以「舞文弄墨」爲忌，必至有了眞摯的實感，逼迫着她不得不表現的時候，才抒寫出來。這種作品自然是很有力的。如陸游妻唐氏的釵頭鳳：

「世情薄，人情惡。雨送黃昏花易落。曉風乾，淚痕殘。欲箋心事，獨語斜闌，難難難！　人成各，今非昨，病魂嘗似秋千索。角聲寒，夜闌珊。怕人尋問，咽淚妝歡，瞞瞞瞞！」

唐氏本是陸游的愛妻，因不爲游母所喜而逼着離異的。這首詞是唐氏再醮後在一個沈園遇着陸游以後做的。我們看她那種萬千心事要說而又說不出來的光景，讀了眞是令人欲淚！又如戴復古妻的憐薄命：

「惜多才，憐薄命，無計可留你。揉碎花箋，忍寫斷腸句。道傍楊柳依依，千絲萬縷，抵不住，一分愁緒。　指月盟言，不是夢中語。後回君若重來。不相忘處，把杯酒澆奴墳土。」

這是她和她的愛人戴復古生離死別的時候寫的詞，所以這麼沉痛！

兩宋的女作者，大都只有一兩首詞流傳下來。可是這一兩首詞則往往是「血」和「淚」的結晶，是作者全生命的湧現。

能夠稱爲詞家的，在兩宋女性中，只有李清照和朱淑貞。只有她倆的詞能裝成卷帙。

李清照號易安居士，濟南歷城人。生於神宗元豐五年（一〇八二）。與大學士趙明誠結婚，夫婦感情極好。明誠也能詞，自恨不如清照，嘗把自己苦吟的幾十首詞，雜以她的重陽醉花陰詞，呈示於友人陸德夫。經陸德夫玩誦再三後所指出的妙句「莫道不消魂，簾捲西風，人比黃花瘦」，却正是清照的作品。

在清照的生活史上，曾經有一段很美滿的青春之夢，所以她的早年詞很有些曼艷的作品。最不幸的是她的丈夫先她而死，使她晚年的生活變爲寂寞，蒼涼！我們的女詞人便從此飄泊，落拓，以終她的殘年！

清照是女性裏面最偉大的作家。她的漱玉詞，擬之於李後主、辛棄疾的詞，都無遜色。不信，請看她的作品：

「香冷金猊，被翻紅浪，起來慵自梳頭。任寶奩塵滿，日上簾鈎。生怕離懷別苦，多少事，欲說還休。新來瘦，非關病酒，不是悲秋。　休休！這回去也，千萬遍陽關也則難留。念武陵人遠，烟鎖秦樓。惟有樓前流水，應念我終日凝眸。凝眸處，從今又添一段新愁！」（鳳凰台上憶吹簫）

「尋尋覓覓，冷冷清清，悽悽慘慘戚戚。乍暖還寒時候，最難將息。三杯兩盞淡酒，怎敵他晚來風急？雁過也，正傷心，却是舊時相識。　滿地黃花堆積，憔悴損，而今有誰堪摘？守着窗兒，獨自怎生得黑！梧桐

更兼細雨，到黃昏點點滴滴。這次第，怎一個愁字了得！」（聲聲慢）

「簾外五更風，吹夢無踪。畫樓重上與誰同？記得玉釵斜撥火，寶篆成空。　回首紫金峯，雨潤烟濃。一江春浪醉醒中。留得羅襟前日淚，彈與征鴻！」（浪淘沙）

「風住塵香花已盡，日晚倦梳頭。物是人非事事休，欲語淚先流。　聞說雙溪春尚好，也擬泛輕舟。只恐雙溪舴艋舟，載不動許多愁！」（武陵春）

讀漱玉詞好像是一顆顆冰瑩晶潤的珠玉，令人把玩不忍釋手。有人說李清照的詞是「大珠小珠落玉盤」，這個話是很確切的。

朱淑貞號幽棲居士錢塘人。她的生卒年不可考。有說她是朱熹的姪女，不甚的確。但我們知道她的境遇很壞，嫁給一個市儈爲妻，一生便這樣的悒鬱無聊，消磨她的青春美景了。其詞題名斷腸集，即可想見其命運之悽苦。詞如：

第七章

「春巳半，觸目此情無限。十二闌干倚遍，愁來天不管。好是風和日暖，輸與鶯鶯燕燕。滿院落花簾不捲，斷腸芳草遠。」（謁金門）

「樓外垂楊千萬縷，欲繫靑春，少住春還去。猶自風前飄柳絮，隨春且看歸何處？滿目山川聞杜宇，便做無情，莫也愁人意。把酒送春春不語，黃昏却下瀟瀟雨。」（蝶戀花）

除了李清照和朱淑貞，工詞的婦女，還有曾布妻魏夫人，她的詞也寫得很好：

「溪山掩映斜陽裏，樓台影動鴛鴦起。隔岸兩三家，出牆紅杏花。綠楊堤下路，早晚溪頭去。三見柳綿飛，離人猶未歸。」（菩薩蠻）

還有一位鄭文妻孫氏也會寫詞：

「花深深，一鈎羅襪行花陰。行花陰，閑將柳帶，試結同心。日邊消息空沉沉，畫眉樓上愁登臨。愁登臨，海棠開後，望到如今。」（憶秦娥）

這種詞在當代都是傳播秦樓楚館，很負盛名的。她們也不是文人，她們的作品也不能裝訂成册，僅只有一兩首詞流傳人間。可是她們這一兩首詞却都是極可珍貴底，都是訴之於眞摯的情思的。所以才能夠傳播當時，流行後世。

## 第八章　南宋的樂府詞

北伐的夢成爲幻望了，南宋偏安之局已經定了。許多南宋的士大夫文人都把「亡國之痛」忘記了，大家又走上享樂主義的路去，據洪爐而高歌了。於是詞又變成了筵歌宴樂的工具，樂府詞又在這時候發展起來。

白話詞特別注意詞的內容，樂府詞特別注意詞的表面。白話詞是拿詞來表現自己，樂府詞是拿詞來協音樂。所以樂府詞興，白話詞便衰了。我們讀了那些樂府詞家的詞，只看着華美的字面，鏗鏘的音調，完全沒有南渡詞人辛棄疾陸游那一派感慨悲涼的作風了。

吴文英说：

「音律欲其协，否则长短句耳；下字欲其雅，否则缠令体耳。」

这几句话把乐府词的意义说得很明。乐府词的好处在这里，乐府词的坏处也就在这里。

自宋宁宗至南宋末年，完全是乐府词的风气支配了整个的词坛。属于这一派的词人，著名的有姜夔、高观国、史达祖、吴文英、王沂孙、蒋捷、周密、陈允平、张炎诸人。

姜夔是南宋乐府词的主坛。字尧章，鄱阳人。生于绍兴末年，死约在嘉定末年。自号白石道人，又号石帚。因秦桧当国，即隐居箬坑之千山不仕。与范成大杨万里诸人相吟咏酬唱，啸傲山水。他精通音乐，尝作自度腔。每制新词，即自吹箫，其妾小红则歌而和之。晚年，他带着小红遍游江南诸胜地。卒于苏州。有白石道人歌曲。

姜夔的詞喜歡雕琢，往往「過旬塗稿始定」，故不免過於刻畫，削減了詞的情感與意境。例如：

「淮左名都，竹西佳處，解鞍少駐初程。過春風十里，盡薺麥青青。自胡馬窺江去後，廢池喬木，猶厭言兵。漸黃昏，清角吹寒，都在空城。杜郎俊賞，算如今，重到須驚。縱荳蔻詞工，青樓夢好，難賦深情。二十四橋仍在，波心蕩，冷月無聲。念橋邊紅藥，年年知爲誰生？」（揚州慢，作者自序云：「淳熙丙申至日，余過維揚，夜雪初霽，薺麥彌望。入其城則四顧蕭條，寒水自碧。暮色漸起，戍歌悲吟。予懷愴然。感慨今昔，因度此曲。千巖老人以爲有黍離之悲也。」）

他的詞譽向來是很高的。黃昇說：「白石詞極精妙，不減清眞。高處有美成所不能。」張炎對於他的詞幾乎首首稱讚，說「讀之使人神情飛越」。其許他的暗香疏影二詞，至稱爲「前無古人，後無來者；自立新意，眞爲絕唱」。

（詞源）

姜夔和周邦彥本來是一派的，論格調則姜夔尤高。他的詞主「清空」，不重「質實」，其妙處是「如野雲孤飛，來去無跡」；壞處是「如霧裏看花，終隔一層」。這是我們對於姜詞最公允的批評。

高觀國字賓王，山陰人。有竹屋癡語一卷。詞如：

「春風吹綠湖邊草，春光依舊湖邊道。玉勒錦障泥，少年遊冶時。 煙明花似繡，且醉旗亭酒。斜日照花西，歸鴉花外啼！」

觀國作詞不十分刻畫，他的小詞多清新可喜。與史達祖齊名，號稱「高史」。

史達祖字邦卿，號梅溪，汴人。生約當高宗紹興末年，死於寧宗嘉定初年。他曾經做過韓侂胄的堂吏。有梅溪詞。他的詞最長於詠物：

「過春社了，度簾幙中間，去年塵冷。差池欲住，試入舊巢相並。還相雕梁藻井，又軟語商量不定。飄然快拂花梢，翠尾分開紅影。　芳徑芹泥雨潤，愛貼地爭飛，競誇輕俊。紅樓歸晚，看足柳昏花暝。應是棲香正穩，便忘了天涯芳信。愁損翠黛雙蛾，日日畫闌獨凭。」（雙雙燕）

姜夔稱史達祖的詞：「奇秀清逸，有李長吉之韻，蓋能融情景於一家，會句意於兩得。」拿史達祖來比李長吉是錯了，至多只能說他是李商隱一流吧。

吳文英字君特，號夢窗，四明人。其生平事蹟不甚可考。有夢窗詞稿四卷。他是姜派詞人中的健將，所作詞專門用典使事，盡堆砌雕琢之能事，所以沈伯時樂府指迷說他的詞「用事下語太晦處，人不易知」。他的長調幾乎沒有一首可讀的。間有小詞，脫下古典的衣裳，則清蔚可誦：

「何處合成愁？離人心上秋！縱芭蕉不雨也颼颼。都道晚涼天氣好。有明月，怕登樓。　年事夢中休，花空煙水流。燕辭歸客尙淹留。垂柳不繫裙帶住，謾長是繫行舟。」（唐多令）

「迷蝶無踪曉夢沉，寒香深閉小庭心。欲知湖上春多少，但看樓前柳淺深。愁自遣，酒孤斟，一簾芳景燕同吟。杏花宜帶斜陽看，幾陣東風晚又陰。」（鷓鴣天）

尹惟曉序夢窗詞說：「求詞於吾宋，前有淸眞，後有夢窗，此非予之言，四海之公言也。」周淸眞的詞，已經値不得我們過分去推重了；至於吳文英的詞，可疵議的地方更多，如張炎所說「夢窗詞如七寶樓台，眩人眼目，拆碎下來，不成片段」。本來姜派詞人的詞，多半是「拆碎下來，不成片段」的，但以吳文英陷溺最深。不過在當時姜派詞盛行的時候，吳文英的詞譽的確是很高的。

蔣捷字勝欲，宜興人。（或作陽羨人）德祐年間進士。宋亡之後，他遁跡不仕，隱居竹山，人稱爲竹山先生。有竹山詞。他的詞雖號稱姜派，却能不爲格律所拘束，自由放肆，很有辛棄疾的精神。在晚宋詞人中，他要算是最能超拔的一個。詞如：

「人影窗紗，是誰來折花？折則從他折去，知折去向誰家？　簷牙枝最佳，折時高折些。說與折花人道：須插向鬢邊斜。」（霜天曉角）

「絲絲楊柳絲絲雨，春在溟濛處。樓兒忒小不藏愁，幾度和雲飛去覓歸舟。　天憐客子鄉關遠，借與花消遣。海棠紅近綠闌干，纔卷朱簾，却又晚風寒。」（虞美人）

王沂孫字聖與，號碧山，又號中仙，會稽人。宋亡後，仕於元，爲慶元路學正。有花外集，一名碧山樂府。他的詞頗爲後人所推重。周濟說：「中仙最多故國之感，故着力不多，天分絕高，所謂意能尊體者也。」其詞如：

「殘雪庭陰，輕寒簾影，霏霏玉管春葭。小帖金泥，不知春在誰家！相思一夜窗前夢，奈個人水隔雲遮。但淒然，滿樹幽香，滿地橫斜。　江南自是離愁苦，况遊驄古道，歸雁平沙。怎得銀箋，殷勤與說年華。如

今處處生芳草，縱凴高，不見天涯。更消他，幾度東風，幾度飛花！」（高陽台，和周草窗寄越中諸友韻）

王沂孫的詞不能算很好。周濟說他：「碧山胸次恬淡，故黍離麥秀之感，只以唱歎出之，無劍拔弩張習氣。」正因爲作者缺乏一點劍拔弩張氣，所以哀感的表現，沒有力量。

周密字公瑾，號草窗，濟南人。流寓吳興，居弁山。自號弁陽嘯翁，又號蕭齋，又號四水潛夫（公元一二三二——一三〇八）。他曾仕宋爲義烏縣令。宋亡後，遁跡不仕，以詩詞自遣。著有蘋洲漁笛譜。詞例如：

「燕子時時度翠簾，柳寒猶未褪香綿。落花門巷家家雨，新火樓台處處烟。情默默，恨懨懨，東風吹動畫秋千。刺桐開盡鶯聲老，無奈春風祇醉眠。」（鷓鴣天）

周密的詞與吳文英齊名　合稱二窗詞。

陳允平字君衡，一字衡仲，號西麓，四明人。德祐時授沿海制置司參議官。宋亡後，以人才被徵至北都，不受官放還。詞有日湖漁唱及西麓繼周集。西麓繼周集完全是和周邦彥的淸眞詞，毫無可觀。卽日湖漁唱裏面也不少堆砌的長調和無意義的應酬詞，只有一部分的小詞淸潤可誦：

「休去採芙蓉，秋江煙水空。帶斜陽一片征鴻。欲頓閑愁無頓處，都著在兩眉峯。心事寄題紅，畫橋流水東。斷腸人無奈秋濃。回首層樓歸去懶，早新月掛梧桐。」（唐多令，秋暮有感）

這位作者不甚有才氣，故寫下來的作品很平庸，沒有値得贊美的地方。

張炎是宋詞最後的一個殿軍。炎字叔夏，號玉田，又號樂笑翁，原籍西秦，家居臨安。生於宋理宗淳祐八年（一二四八）。宋亡時他只有二十九歲。他本貴介子弟，後來資產盡失，晚年落拓，到處飄流。活到了七十多歲才死，在元朝生活四十多年，他的詞大部分是在元朝做的。有山中白雲詞。

張炎對於詞的研究是費了苦心的，他自稱「生平好爲詞章，用功踰四十年」。他著了一部詞源，完全是發揮樂府詞的理論，推崇姜夔。他的詞在當代很有名，嘗以春水詞傳誦一時，人稱爲張春水；後又以孤雁詞膾炙人口，又被稱爲張孤雁。可是這兩首負盛名的詞，都不甚佳，我們且另舉他的幾首詞爲例：

「接葉巢鶯，平波捲絮，斷橋斜日歸船。能幾番遊，看花又有明年。東風且伴薔薇住，到薔薇春已堪憐。更淒然萬綠西泠，一抹荒煙。當年燕子知何處？但苔深韋曲，草暗斜川。見說新愁，如今也到鷗邊。無心再續笙歌夢，掩重門淺醉閑眠。莫開簾，怕見飛花，怕聽啼鵑！」（高陽台，西湖春感）

「采芳人杳，頓覺遊情少。客裏看春多草草，總被詩愁分了。 去年燕子天涯，今年燕子誰家？三月休聽夜雨，如今不是催花。」（清平樂）

樂府詞到了張炎，已經是告一段落了。可以說他是樂府詞人的最後的權威，但也沒有表現什麼好成績出來。宋詞的生命便從此殁落了。

詞體本來是很狹隘的，經過晚唐五代詞人的開闢創造，經過北宋詞人的發揚光大，經過南渡詞人的展拓變遷，到了李清照、朱敦儒、辛棄疾、陸游一般詞人起來，詞的發展已經登峯造極。後來姜夔吳文英輩找不着詞的出路了，便走上調弄音韻，講究文字技巧的路上去了。詞本是從音樂的關係起來的，現在又被一般樂府詞人把牠葬送在音樂裏面。

## 第九章　五百年來詞的末運

元代是戲曲流行的時期，明清是傳奇與章回小說流行的時期，再沒有詞的世界了。五百多年來的詞史再沒有光輝了。因此，我們只簡略地在這裏敍述一下。

(一)金元詞　宋南渡後，中原便爲金人所佔有。金主大都是喜歡中國文化的，如金主亮、世宗、章宗，都極力引用宋朝的文人去做官，他們自己也能寫詩詞。因此，當南宋時代，北國的詞壇也是很熱鬧的。據中州樂府著錄，有三十六位詞人。其最負盛名者，如吳激有東山集詞、蔡松年有明秀集詞、劉仲尹有龍山集詞、王庭筠有黃華山人詞、趙可有玉峯散人集、劉迎有山林長語、韓玉有東浦詞、黨懷英有竹溪集、王寂有拙軒集、段克己有遁庵樂府、段成己有菊軒樂府、李俊民有莊靖先生樂府、元好問有遺山樂府。我們且舉幾首詞爲例，如吳激的人月圓：

「南朝千古傷心地，猶唱後庭花。舊時王謝堂前燕子，飛向誰家？恍然一夢，仙肌勝雪，宮鬢堆鴉。江州司馬，靑衫淚濕，同是天涯。」

蔡珪的江城子：

「鵲聲迎客到庭除，問誰歟？故人車，千里歸來塵色半征裾。珍重主人留客意，奴白飯，馬青芻。　東城入眼杏千株，雪糢糊。俯平湖，與子花間隨分倒金壺。歸報東垣詩社友，曾念我，醉狂無？」

這都是具有豪放恣肆精神的詞，很傾向辛棄疾這一派。後來元好問輩所作詞還是這派的風味。直到元代才改變詞風。

元代戲曲大盛，許多有天才的作家都向戲曲方面發展去了，詞壇便冷落起來。最初還有宋代遺留的詞人撐撐門面，後來這些詞人死了，便只有一些才氣平庸的作者在那裏搖旗吶喊了。比較著名的作家如王惲有秋澗樂府、仇遠有無絃琴譜、程鉅夫有雪樓集、趙孟頫有松雪齋詞、倪瓚有雲林詞、詹玉有天游詞、白樸有天籟集、張翥有蛻巖詞，……他們的詞完全因襲南宋姜張一派的作風，喜歡過分的刻畫，故做不出好詞來。我們且舉一個蒙古人薩都拉的少年遊做例：

「本年人在鳳凰池，銀燭夜彈絲。沈水香消，梨雲夢暖，深院繡簾垂。

今年冷落江南夜，心事有誰知？楊柳風柔，海棠月淡，獨自倚欄時。」

這種詞雖不能算頂好，却沒有什麽惡劣氣味。元代張翥一般詞人，沒有南宋詞人的才氣，又陷入專門雕琢刻畫的魔道，所以毫無成就可言。

(二)明詞　由元至明，詞益不振。雖然許多詞人都高標「北宋」或「晚唐五代」的旗幟，其如沒有才氣何？最負盛名的詞家如楊愼、王世貞、張綖、陳子龍諸人，在明代都算是傑出的詞手，其所作亦不能振拔，自出新意，徒有抄襲偸竊古人詞的本領，無足觀者。如果我們要從明代詞裏面舉幾個詞例出來，倒是那些不十分從事於詞的作者，往往有很好的詞。如劉基的千秋歲：

「淡煙平楚，又送王孫去。花有淚，鶯無語，芭蕉心一寸，楊柳絲千縷。今夜雨，定化作相思樹。　憶昔歡游處，觸目成今古。良會遠，知何許？百杯桑落酒，三疊陽關句。情未已，月明潮上迷津渚。」

又如楊愼的夫人黃氏的巫山一段雲：

「巫女朝朝豔，楊妃夜夜嬌。行雲無力困纖腰，媚眼暈靈潮。阿母梳雲髻，檀郎整翠翹。起來羅襪步蘭苕，一見又魂銷！」

明代本是文學的衰落時期，無論那一方面的成績，都不是值得我們讚美的，除了傳奇小說以外。詞之不能在明代表現什麼成績，也是毫不足怪的。

(三)清詞　在詞史上，清詞號稱復興的時期。就詞的發達這一點說，我們是應該承認這種說法的。清代的詞人實在太多了。王昶的清詞綜編到嘉慶初年止，王紹成的清詞綜二編編到道光時止，黃燮清的清詞綜續編編到同治末年止，丁紹儀的清詞綜補編編到清亡爲止。四書共錄詞家有三千餘人，兩宋尚無此盛！

可是，詞的時代早已過去了，清詞雖然發達，只是「量」的擴張，論「質」則遠不及宋詞的價值了。

最初的清詞還是繼續明代的詞風，尊奉花間草堂爲詞裏面的聖經。至朱彝尊改宗南宋，詞風始變，後來便造成所謂「浙派」的詞。

說起來，浙派詞的首倡者還要算曹溶。他看着清初人詞，多以明人為法，痛心詞學失傳，乃搜輯遺集，崇爾雅，斥淫哇。朱彝尊力倡其說，便形成後來「浙西塡詞者，家白石而戶玉田」的風氣。

朱彝尊字錫鬯，號竹垞，秀水人。康熙十八年以布衣召試鴻博授檢討。自號小長蘆釣師。著述甚富。詞有江湖載酒集三卷、靜志居琴趣一卷、茶煙閣體物集二卷。蕃錦集一卷。中以靜志居琴趣詞，能自出機杼，描寫豔情，價值最大。他的詞可有一個大毛病，就是專門模擬張炎。看他的詞：

「十年磨劍，五陵結客，把平生涕淚都飄盡。老去塡詞，一半是空中傳恨。幾曾圍燕釵蟬鬢！ 不師秦七，不師黃九，倚新聲玉田差近。落拓江湖，且分付歌筵紅粉。料封侯白頭無分。」（解珮令，自題詞集）

朱彝尊本是天分最高的才人，但為姜張一派所陷，不能自拔，實在可惜！

同時屬於浙派的詞人，有李良年、沈皞日、李符、沈岸登、龔翔麟諸家，其後有厲鶚、郭麐、王策、項鴻祚等。浙派至厲鶚而最盛。鶚字太鴻，錢塘人。乾隆元年薦舉鴻博。有樊榭山房詞二卷，續集二卷。他的詞要算浙派中的白眉，最爲世所稱道。項鴻祚也是浙派中的健將。他原名繼章，字蓮生，錢塘人。道光時舉人。有憶雲詞甲乙丙丁稿。譚廷獻稱他的詞「有白石之幽澀，而去其俗；有玉田之秀折，而無其率；有夢窗之深細，而化其滯；殆欲前無古人」。依我們看來，鴻祚也和其他的浙派詞人一樣病在陷溺於南宋姜張一派太深，雖有才華，不能充分的開展。此外，浙派更沒有可述的詞人了。

我們上面說了許多關於浙派的話，而忽略了其他方面的詞。其實，自清初至乾嘉時期，最值得讚美的並不是浙派詞，而是浙派以外自具風格的詞人。清初如吳偉業與王士禎，都是詩人兼詞人。吳有梅村詞，王有衍波詞，他倆的小詞都是寫得很美的。隨後則產生幾個偉大的詞人，如納蘭性德、陳維崧及女詞人吳藻。

納蘭性德可以說是清代第一大詞人。他原名成德，字容若。其祖先原居葉赫地。生於順治十一年（一八一一）。十七歲，補諸生貢入大學。授三等侍衛，旋進一等侍衛。年少才華，極得清帝的隆遇。所交無錫顧貞觀、慈谿姜宸英，皆一時才人。卒於康熙二十四年（一六八五），只三十一歲。著有飲水詞與側帽詞。例如：

「昏鴉盡，小立恨因誰？急雪乍翻香閣絮，輕風吹到膽瓶梅。心字已成灰！」（憶江南）

「山一程，水一程，身向榆關那畔行，夜深千帳鐙。風一更，雪一更，聒碎鄉心夢不成。故園無此聲！」（長相思）

「而今才道當時錯，心緒淒迷，紅淚偷垂，滿眼春風百事非。情知別後來無計，強說歡期。一別如斯，落盡梨花月又西。」（采桑子）

納蘭性德眞是一個天生的殉情主義者，陳維崧說他的飲水詞「哀感頑艷，深得南唐二主之遺。」這是說得不錯的，納蘭性德的個性與作品很似李後主。他的小詞在清代是莫與倫比的。可惜天不予年！

陳維崧字其年，宜興人。康熙十八年舉鴻博，授檢討。著迦陵詞至三十卷之多。他的詞與朱彝尊齊名而風格不同。所作雖不免粗率處，而波瀾壯闊，氣象萬千，遠非陷溺於姜張一派只知考究聲調格律之朱彝尊可比。識者尊爲清初巨擘，蓋以其具有蘇辛之豪壯精神云。

吳藻女士字蘋香，仁和人。嫁與同邑黃某爲室，晚年寡居，生活淒苦。著有花簾詞與香南雪北詞。例如：

「燕子未隨春去，飛到繡簾深處。軟語話多時，莫是要和儂住？延佇，延佇，含笑回他：不許！」（如夢令）

她是道光年間的作者，當時詞譽遍大江南北，爲清代女詞家中第一人。

此外如曹貞吉有珂雪詞，吳綺有藝香詞，顧貞觀有彈指詞，彭孫遹有延露詞，均稱大家。然無足述。

乾嘉道光，詞人濟濟。考其作品，都屬平庸。浙派詞則陷溺愈深，其敝益甚！武進張惠言、張琦兄弟起而力矯其風，宗尚北宋，一時從之，於是又造成所謂「常州派」的詞。

張惠言字皋文，著有茗柯詞及詞選。其詞以深美閎約爲旨。尊周邦彥而薄姜夔張炎。嘉慶以後詞人，皆從此風。至周濟力主張惠言之說表而出之，常州派詞乃益盛，支配了嘉慶道光以後整個的詞壇。

周濟字保緖，一字介存，號止庵，荊溪人。有止庵詞、詞辨及論詞雜著。大抵張惠言周濟一般人，對於詞的研究是很深的，詞的見地也往往很高；但創作的才氣不大，所作詞大都失之凡庸，故譚廷獻稱之爲「學人之詞」。

當常州派詞盛行的時候，比較值得我們注意的有蔣春霖。這是一位富有才氣，常州派所不能牢籠的作者。字鹿潭，江陰人。曾任兩淮鹽大使。著水雲樓詞。他的詞是比較能夠不傍門戶，而自具境地的。論者稱其爲「詞史」。

此外的詞人，如周之琦有金梁夢月詞，莊棫有蒿庵詞，戈載則著翠薇花館詞至三十九卷之多，均無可取。

到了清末，詞益疲敝。如譚廷獻、王鵬運、鄭文焯的詞，除了模擬以外，別無成績可言。可以說都是些古董貨。大概清代人的詞不是古董的很少。只看着他們不厭麻煩地去講究「詞法」和「詞律」，各立「詞派」，以競模古人爲能事。除了兩三個天才作家外，大多數的作者都拚命去練習造成一個模擬的「詞匠」。結果，他們的詞裏面只有古人的字句和作者的一點技巧，全沒有表現一點創造精神，全沒有表現作者的個性和情感。這是清詞的大毛病，也就是五百多年來詞的厄運呢。

## 第十章　論詞體之弊

## 第十章

詞之史的發展，敍述到這裏算是完畢了。在這最後一章，且讓我們來談談詞體在文學裏面的價值吧。

我們堅決的相信：詞體的本身實在是沒有什麼意義和價值的。這是事實告訴我們：詞體在詞史上只有五百多年的黃金時代。換言之，就是詞體只夠用了五百年便完結了。

詞體爲什麼被運用的時期很短？就是因爲詞體的本身過於狹隘，不適於自由的描寫所致。就是說詞體的落伍，是因爲詞體的形式限制過嚴所致。

（一）音數的限制　在詩歌裏，近體詩的音數是有限制的。如絕句只有二十字和二十八字兩體，律詩只有四十字和五十六字兩體。因爲近體詩有這樣嚴格的限制，所以近體詩只盛於有唐一代。古詩則不然。你要寫多少全聽你的自由，你可以把你一刹那的感興寫成一首一二十字的小詩，你也可以將你繁複的情感和想像寫成一首幾千字的長詩。古詩之所以在文學史上得着長期的發展，也就是由於古詩體裁較適宜於自由描寫的緣故。詞體雖有小令，中調和長調之別，每一個詞調的音數却是固定了的。作者必須照固定的字句的長短去填，絕不能變動增減。你看填詞是多麽麻煩！並且小令和中調都是百字以內的小詞，最長的長調如鶯啼序也不過二百多字。我們想，如果有繁複的思想情感，層疊的意境事實，能夠在二百多字以內盡致的表現出來嗎？那當然是不可能的。於是爲了填詞，便不能不將繁複的情思和層疊的意境删削一部分了，便成削趾適屨了。這可要得？又有時作者的情感意境已盡，而詞句未完，也不能不硬湊上幾句，來完成這個詞調的字句，於是便成畫蛇添足了，這又可要得？蘇辛一派的詞，內容太豐富，往往不免削趾適屨；姜張一派的詞，內容太貧乏，往往不免畫蛇添足。這都是陷於詞體音數長短限制太嚴，無法避免的毛病。

（二）聲韻的限制　在中國的韻文裏面，聲韻格律最嚴的要算詞體了。李清照在她的論詞裏面說得最清楚：「詩文只分平仄，而歌詞分五音，又分五聲，又分音律，又分清濁輕重。且如近世所謂聲聲慢、雨中花、喜鶯遷，既押平聲韻，又押入聲韻。玉樓春本押平聲韻，又押去聲韻，又押入聲。本押仄聲韻，如押上聲則協，如押入聲則不可歌矣。」這是何等嚴格的詞律！要顧及嚴格的詞律，就不能顧及作品的內容。如張炎詞源說他的父親作了一句「瑣窗深」，覺「深」字不協，改為「瑣窗幽」；覺「幽」字還是不協，又改為「瑣窗明」。這樣，律是協了，但詞的意義則全改了。在音樂的立場看，也許應該如此，但文學的價值全然沒有了。又如蘇軾辛棄疾輩，他們為了要表現自己的個性情感，大刀闊斧的做詞，儘管別人罵他們是「詞詩」是「詞論」，而他們的作品却有很大的文學價值。所以我們說，詞體那種嚴格的音律，也是很妨碍詞的文學價值的發展的。

既然詞是這樣一種桎梏作家的狹隘文體，其壽命自不會久長。故經過五代兩宋的發展，後來的詞人在詞體裏面便無所用其技了；故到元代，便有體裁內容比詞體更闊大繁複的戲曲代興了。

在最末，我們歸納起來說一句：詞體並不是一種有多大意義和價值的文體，牠的生命早已在幾百年前完結，成爲文學史上的陳物了。我們現在所謳歌的，只是那些堅苦卓絕地從事創造工程的偉大詞人及其不朽的作品！

## 附錄　詞的參考書舉要

1. 趙崇祚：花間集（有四部叢刊本和四部備要本，坊間石印本亦可用）
2. 李　煜：南唐二主詞（有晨風閣叢書本，無錫圖書館有箋本，商務印書館有李後主詞亦可用）
3. 毛　晉：宋六十一名家詞（有汲古閣刻本，博古齋石印本）
4. 王鵬運：王氏四印齋所刻宋元人詞（桂林王氏刻本）
5. 朱祖謀：彊村叢書（朱氏刻本，商務印書館代售）

6. 朱彝尊：詞綜（坊間通行本）
7. 張惠言：詞選（通行本）
8. 萬　樹：詞律（通行本）
9. 王國維：人間詞話（有樸社印的單行本）
10. 胡　適：詞選（商務印書館出版）
11. 劉麟生：詞絜（世界書局出版）

這是十一部重要的詞書，喜歡研究詞的人是應該備的。爲了讀詞的方便，詞律是不能不隨時擱在案頭。最好你不妨先去買一本胡適的詞選去讀讀，那是代表現代人的脾味的。如果你覺得僅僅讀了這三百多首詞的詞選，覺得還不夠你要求欣賞詞的味兒，那末，你可以去讀朱彝尊的詞綜和張惠言的詞選，他倆是各有見解的，選的作品都不壞。不過選本總歸是選本，每一個選者總免不掉他的偏見的。這時，你最好直接去讀名家的詞集，不使自己爲選者所蔽。中國的名家詞集大都刊在宋六十一名家詞、四印齋所刻詞和彊村叢書裏面，除了明清詞家以外。你如高興讀明清的詞，則朱彝尊選的明詞綜和王昶選的國朝詞綜都可用。我以爲明清的詞是可以讀也可以不讀，晚唐五代的詞則非讀不可，所以花間集和南二主唐詞，我建議讀者，一定是要買來讀的。詞話本是胡說亂道的東西，沒有什麼意義，但王國維的人間詞話，見地至高，也得看看。此外，讀者如有閒，則我編的一本宋詞研究（中華書局出版）也可以一看。不過那本書是好幾年前寫的，內容簡陋，不足代表我的見解。新近寫一部中國詞史大綱是預備能夠給讀者作充分的參考的。

十八，十一，二七，脫稿於上海。

研究文學者，不可不懂得文法。文法的功用，一方面可以指導作文章的方法，一方面可以當作研究文章的規範。換一句話說，不懂得文法，決不會做出好文章來！

本書對於文法的解剖，非常之詳細，非常之精確。如從幾個字成一句，從幾句成一段，從幾段成一篇等等，書中莫不一一舉例以證明，實爲文章作法之南鍼。

# 文法解剖ABC

郭步陶著

全書分上下兩編，上編專門研究單句，指示單句之構造及修飾；下編專門研究複句之構造及取材。凡中學校之教師得此一書，可以得教授文法之要訣；研究文法者得此一書，對於文法自修，可以收事半功倍之效用。

精裝一冊定價大洋六角

平裝一冊定價大洋五角

世界書局出版

32.167.——18.9.12.

# ABC叢書目錄

每種一冊　每冊平裝五角精裝六角　照碼八五折

## 文藝之部

### 國學

文字學ABC　胡樸安著
文法解剖ABC　郭步陶著
文體論ABC　顧藎丞著
中國文學ABC　劉麟生著
詩歌學ABC　胡懷琛著
詩經學ABC　金公亮著
詞學ABC　胡雲翼著
元劇研究ABC上　吳瞿安著
元劇研究ABC下　吳瞿安著

中國神話研究ABC上　玄珠著
中國神話研究ABC下　玄珠著

### 文學

文藝論ABC　夏丏尊著
文藝批評ABC　傅東華著
文化評價ABC　葉法無著
詩歌原理ABC　傅東華著
小說研究ABC　玄珠著
農民文學ABC　謝六逸著

### 西洋文學

英國文學ABC上　曾虛白著
英國文學ABC下　曾虛白著
美國文學ABC　曾虛白著
德國文學ABC　李金髮著
俄國文學ABC　汪倜然著
近代文學ABC　吳雲著
騎士文學ABC　玄珠著

### 神話

神話學ABC　謝六逸著
童話學ABC　趙景深著
希臘神話ABC　汪倜然著

# ABC叢書目錄

## 文藝 哲學 政治經濟

### 藝術

藝術哲學ABC 徐蔚南著
獨幕劇ABC 蔡慕暉著
歌劇ABC 張若谷著
音樂ABC 張若谷著
國畫ABC 朱應鵬著
洋畫ABC 陳抱一著
圖案畫ABC 陳之佛著
構圖法ABC 豐子愷著

## 哲學之部

### 哲學

哲學ABC 張東蓀著
西洋哲學ABC 謝頌羔著
宗教學ABC 張東蓀著
人生觀ABC 張東蓀著
結婚論ABC 郭真著
戀愛論ABC 郭真著
精神分析學ABC 張東蓀著
論理學ABC 朱兆萃著

### 倫理學

倫理問題ABC 葉法無著
中國倫理思想ABC 謝扶雅著

## 政治經濟之部

### 政法

法律哲學ABC 施憲民譯
法律學ABC 朱采真著
國際法ABC 朱采真著
政治學ABC 朱采真著
中山政治ABC 朱采真著
黨義ABC 朱翊新著
外交ABC 常書林著

### 市政

都市論ABC 楊哲明著
都市政策ABC 楊哲明著
市政計劃ABC 楊哲明著
市政管理ABC 楊哲明著
市政工程ABC 楊哲明著

### 交通

交通管理ABC 楊冕時著
鐵路學ABC 楊冕時著

二

鐵路學ABC　楊儁時著

### 經濟

經濟學ABC　李權時著
財政學ABC　李權時著
貨幣學ABC　沈藻墀著
統計學ABC　蔡毓聰著
會計學ABC　竺家饒著
審計學ABC　鄭行巽著
分配論ABC　殷壽光著
農業合作ABC　王世穎著
信用合作ABC　侯厚培著

### 商業

工商管理ABC　張家泰著
銀行學ABC　蒯世勳著
保險學ABC　張伯箴著
廣告學ABC　蒯世勳著
售貨術ABC　張家泰著
國際貿易ABC　王澹如著

### 社會

社會學ABC　孫本文著
人口論ABC　孫本文著
優生學ABC　華汝成著
家族制度ABC　高希聖著
產兒制限ABC　高希聖著
婦女運動ABC　湯彬華著
社會思想史ABC　徐逸樵著
生活進化史ABC　劉叔琴著

## 教育史地之部

### 教育

教育學ABC　梁就明著
教育史ABC　李浩吾著
教育哲學ABC　瞿世英著
黨義教育ABC　江卓羣著
藝術教育ABC　豐子愷著
民衆教育ABC　范望湖著
職業教育ABC　潘文安著
職業指導ABC　潘文安著
教育心理學ABC　朱兆萃著

教育測驗ABC　朱翊新著
小學行政ABC　魏冰心著
各科教學ABC　范雲六著
做學教ABC　徐德春著
圖書館學ABC　沈學植著

## 史地

歷史學ABC　劉劍橫著
東洋史ABC　傅彥長著
西洋史ABC　傅彥長著
日本史ABC　李宗武著
人文地理ABC　李宗武著
自然地理ABC　王益厓著
海洋學ABC　王益厓著

## 演說學

演說學ABC　余楠秋著
辯論術ABC　陸東平著

## 軍事學

軍事學ABC　張崇玖著

## 體育

田徑賽ABC　蔣湘青著

# 科學之部

## 科學

科學論ABC　王剛森著
進化論ABC　張慰宗著
相對論ABC上　王剛森譯
相對論ABC下　王剛森譯

電學ABC　王剛森著
攝影學ABC　吳靜山著

## 數學

微積分學ABC　王士濬著

## 心理學

心理學ABC　郭任遠著
變態心理學ABC　黃維榮著　郭任遠序
羣衆心理ABC　陳東原著

## 工程學

建築學ABC　楊雋時著
測量學ABC　楊雋時著

## 衛生學

衛生學ABC　沈彝春著
性學ABC　柴福沅著

# 胡雲翼《中國詞史大綱》

胡雲翼（1906–1965），原名胡耀華，號南翔、北海，筆名拜蘋女士，湖南桂東人。著名詞學家、文學史家。1927 年武昌大學畢業，先後在湖南、江蘇的中學任教，在中華書局和商務印書館任編輯。後曾任教於上海師範學院。著有詞學著作《中國詞史大綱》《中國詞史略》《詞學概論》《詞選 ABC》《宋詞研究》《詞學小叢書》等。另有《唐代戰爭文學》《中國文學史》《文章作法》《中國文史大綱》《唐詩研究》《中國古代作品選》《宋詞選》等近 20 部著作。

《中國詞史大綱》分為唐五代詞、北宋詞共兩編，主要內容包括：詞的起源、最初的詞人溫庭筠、從晚唐詞到五代詞、南唐詞人馮延巳、詞聖李煜、五代末年三詞人等。本書與胡氏《中國詞史略》之唐宋部分有類同，但較之更為詳細。《中國詞史大綱》，北新書局 1933 年出版。山西人民出版社 2014 年列入其『近代名家散佚學術著作叢刊』影印出版。本書據 1933 年北新書局版影印。

中國詞史大綱
北新版

胡雲翼編

# 中國詞史大綱

北新書局印行

# 中國詞史大綱目錄

# 第一編　唐五代詞

# 第一章　詞的起源

關於詞的起源，古人已有紛紜的說法，如：

（一）黄昇唐宋諸賢絕妙詞選首載李白菩薩蠻及憶秦娥，謂「二詞爲百代詞曲之祖。」（鄭樵通志，徐炬事物原始，徐師曾詩體明辨，均用此說。）

（二）朱弁曲洧舊聞說：「詞起於唐人，而六代已濫觴矣。梁武帝有江南弄，陳後主有玉樹後庭花，隋煬帝有夜飲朝眠曲；豈獨五代之主，蜀之王衍，孟昶，南唐之李璟，李煜，吳越之錢俶，以工小詞爲能文哉！」

（三）徐釚詞苑叢談說：「塡詞原本樂府，菩薩蠻以前，追而溯之：梁武帝江南弄，沈約六憶詩，皆詞之祖，前人言之詳矣。」

（四）楊愼詞品說：「塡詞必泝六朝者，亦探河窮源之意。長短句如梁武帝江南弄（略），梁僧法雲三洲歌（略），梁臣徐勉迎客曲，送客曲（略），隋煬帝夜飲朝眠曲（略），王叡迎神歌送神歌（略）；此六朝風華靡麗之語，後世詞家之所本也。」

（五）丁藥園藥園閒話說：「詞者詩之餘也。以詩經證之，則詞又有合於詩：殷雷之詩曰：『殷其雷，在南山之陽』，此三五言調也；魚麗之詩曰：『魚麗，於罶鱨沙』，此二四言調也；還之詩曰：『遭我乎猺之間焉，竝驅從兩肩兮』，此六七言調也；江汜之詩曰：『不我以，不我以』，此疊句調也；東山之詩曰：『我來自東，零雨其濛，鸛鳴於垤，婦歎於室』，此換韻調也；行露之詩曰：『厭浥行露』，其二章曰：『誰謂雀無角』，此換頭韻也。凡此煩促相宜，短長互用，以啓後人協律之原，豈非三百篇實祖禰哉」。

（六）汪森序詞綜說：「自有詩而長短句即寓焉，南風之操，五子之歌，是已。周之頌三十一篇，長短句居十八；漢郊祀歌十九篇，長短句居其五；至短簫鐃歌十八篇，篇皆長短句，誰謂非詞之源乎？」

我們試分析上面這許多詞的起源說，其共同的錯誤，都是認定長短句就是詞，所以大家極力去追尋長短句的來源。以爲只要找到長短句最古的來源，便是詞的最古的來源了。於是把詞的淵源越說越遠：從唐代李白的菩薩蠻和憶秦娥，說到隋代隋煬帝的夜飲朝眠曲，說到梁代梁武帝的江南弄和沈約的六憶詩，說到漢代的郊祀歌和短簫鐃歌，說到周代詩三百篇的長短句，最後更說到唐虞時代的南風操與五子歌去了。要是這樣去追求，眞如汪森所說，

「自有詩而長短句即寓焉」。然則，詩的起源不同樣就是詞的起源嗎？還可能說得通嗎？若必如此說，則誠如俞彥所云：「溯其源流，咸自鴻濛上古而來，如億兆黔首，固皆神聖裔矣。」這豈不是大笑話？他們這些詞的起源說，其致誤之由，是在只知道詞是長短句，而不知道長短句不一定是詞，有時也可以是詩。詩體裏面固然以整齊的四言，五言，七言體佔多數，但不整齊的長短詩也實在不少。詩三百篇裏面有不少的長短句的詩，漢魏六朝樂府裏面有不少的長短句的詩，這是用不着舉例了的；唐人詩也有不少長短句，如李白的蜀道難，李賀的將進酒，要舉例也不可勝數。這許多長短句向來都是稱之爲詩，稱之爲樂府，而不曾稱之爲詞。我們能夠因爲後來有了長短句的詞，就追上去說一切長短句的詩都是詞，而認爲詞的起源嗎？只要我們認定詩體的長短句是不能否認其爲詩的，那末，不但南風操與五子歌應該說是詩，不但詩經裏面的長短句都是詩，不但漢樂府裏面的郊祀歌與短簫鐃歌是詩；即梁武帝的江南弄，沈約的六憶詩，隋煬帝的夜飲朝眠曲也都是詩，而不能說是詞。

嚴格說起來，詩和詞本沒有很明顯的劃界，一篇長短句的樂府詩，在體製的類似上，本不妨說牠是詞。但是在文學史上既把詩詞分立，各自爲體，我們便要把詩與詞二者的界綫與源流劃清，而不容相混；我們便得將詞的起源發達史劃成一條有線索的脈絡，以別於詩的發達史的線索脈絡。從先秦時代直到唐代，是詩歌的全盛時代，我們正不應該強取詩歌中的長短句較近于詞者，謂爲詞的起源，這實在是混淆了詩與詞的眉目。而且就時代的關係說，詞體也決不會起源于悠遠的梁隋時代，而發展乃遲到晚唐五代，中間竟孤絕數百年，毫無線索可尋，這是無法可以解釋的。至于遠徵先秦、漢、魏，妄欲爲詞選擇遠祖，更是笑話了。其實，不僅這些遠徵懸擬的詞的起源論不可靠，即如黃昇所謂李白的菩薩蠻憶秦娥「二詞爲百代詞曲之祖」的話也全屬謬誤。我們從多方面的證明，知道菩薩蠻憶秦娥二詞不僅不是李白的作品，也不是盛唐時代的產物：

（一）蘇鶚杜陽雜編說：「太中初，女蠻國貢雙龍犀，明霞錦。其國人危髻金冠，瓔珞被體，故謂之菩薩蠻。當時倡優遂製菩薩蠻曲，文士亦往往效其詞。」南部新書亦載此事。則李白之世，唐尚未有斯題，何得預塡其篇耶？

（二）後蜀趙崇祚編花間集，錄晚唐諸家詞，而不及李白。

（三）郭茂倩編樂府詩集，遍錄李白的樂府歌辭，並收中唐的調笑、憶江南諸詞，而獨不收菩薩蠻憶秦娥二詞。

（四）歐陽炯序花間集數到唐詞，只說「在明皇朝則有李太白之應制清平樂調四首。」

若李白別有他詞，何以歐陽炯絕不提及？

這些都是使我們懷疑菩薩蠻憶秦娥二詞爲李白所作的強有力的證據。胡元瑞在其筆叢裏說：「予謂太白在當時直以風雅自任，卽近體盛行七言律，鄙不肯爲，寧屑事此？且二詞雖工麗，而氣衰颯，於太白超然之致，不啻穹壤。藉令眞出青蓮，必不作如是語。詳其意調，絕類温方城輩。蓋晚唐人詞嫁名太白耳。」依我們看來，這兩首詞也不一定是温方城（卽温庭筠）的作品，但其爲晚唐五代人詞則可斷言。文學史上的慣例，一個名作家往往容易成爲箭垜式的人物，什麼作品都向他身上去堆。這大約是晚唐五代無名作家的詞，好事者爲抬高詞的價値，故意將此二詞嫁名李白，以廣流傳。黄昇不察，編入他的唐宋諸賢絕妙詞選裏面，署爲白作，後人遂據爲定論，謂李白爲作詞的老祖宗。或者，是黄昇立意和趙崇祚的花間集爭勝，明知其僞，也濫收着以矜其蒐集之宏富，亦未可知。原來黄昇之編唐宋諸賢絕妙詞選，只求蒐集廣博，踈誤之處甚多。如山花子一詞，實李璟之作品，（有南唐書載馮延己與李璟之談話可證）乃題爲李後主詞，卽此可見編者之不忠實。至於尊前集錄李白詞多至十二首，全唐詩更增爲十四首，自更不可靠。於此，更可證明五代兩宋一般人有意把李白當成箭垜式的詞人了。我們知道李白爲盛唐詩人，文學甚著，若果塡新調，創製新詞，當時必有唱和，必有批評。何以當時諸詩人無唱和之作？李白之後何亦絕無繼響？中唐的白居易、韋應物諸人既累作詞，何以絕不光顧名詩人李白塡過的菩薩蠻、憶秦娥諸詞調？直至晚唐歌詞風行，始有塡此二調者，中間孤絕，不止百年，這是講不通的。我們之所以認定此二詞不是李白的作品，也不是盛唐時代的作品，便是因爲把這兩首詞擱在盛唐，於詞發展的線索脈絡，絕對解釋不通的緣故。（按尊前集與全唐詩載唐玄宗好時光一詞，出自開元軼事，亦係僞作。）

○ ○ ○ ○

上面的論證，打破了許多古人遠徵懸擬的詞的起源說，打倒了許多古人臆測無據的詞的起源說，把論詞起源的妖氛，一掃而空了。然而，詞究竟是怎樣起來的呢？現在且先讓我們來談談詞的起源的理論。我以爲：——

詞體的起來，完全是從詩歌裏面進化出來的。

無論從「詩的形體」方面看，從「詩的內容」方面看，或從「詩的音樂性」方面看，詩體都有逐漸進化爲詞體的必然趨勢。詩的發展便是朝着詞體的路向走的。熱鬧了一千多年的詩體到了唐代已經是最後光燄之發揮，經過了這最後的一個光燄時期，於是當時的所謂「新體詩」又變成「舊詩」了，又有更新的詩體，詞，起來了。從詩到詞的進化的趨勢和痕跡，我們可以很清楚的看得出來。

第一，從「詩的形體」看：

關於詩歌的形體研究，大體說來，不外字句和格律二者。從字句方面說，中國詩體總是朝整齊的方向變：最初是四言，由四言變爲五言，由五言又變爲六言與七言。這種變化是很簡單的，也就是自然的轉變，並非由人力爲之推進，也並非由那幾位大詩人有意識提倡起來的變化。其間的變化也並沒什麼精妙的大道理。只是大家做四言詩做懶了，偶然有人做出時新的五言，於是大家都爭着去做五言的新玩意兒；五言詩又做厭了，偶然有人做出時新的七言，於是大家都爭着去做七言的新玩意兒。這種變化完全是無意識的變化，時髦的流行，找不出其中的什麼原理原則。不過我們能夠看出一點，卻是在幾次的變化當中，總不會打破詩的整齊的形式，還可以說是變化中的共同點。可是，整齊的詩句要往前變化，不是沒有限制的。當四言變爲五言時，他們沒有想到七言；當五言變爲七言時，他們也不會想到八言和九言。直到七言也用慣了，做厭了，不能不變了，這時才「碰壁」了。照着形體不失整齊的原則變化下去，則只有提倡八言詩和九言詩。你看，每句詩都有八個字九個字那樣冗而且長，那無論如何是使不得。「碰壁」之餘，只好回頭來想法子。可是，難道回轉來作二言詩和三言詩嗎？每一句都是兩個字三個字那樣短而且促，意思都說不完全，那也萬萬使不得。然而，這時候四言詩，五言詩和七言詩都已用舊了，做厭了，新的社會已經在要求新的時髦品了。這時詩體的變化，只有打破整齊的形式，只有向長短句的一條路去求新發展，別無他路可走。而且詩史上早已有很多長短句的詩的好例了，詩三百篇裏面，樂府裏面，唐代李白李賀諸人的詩裏面，那無數的長短句的詩，都是暗示後來詩的形式有一條不復整齊的長短句的路可以走去。

再就格律方面講，中國詩歌的格律，永遠是朝着嚴密的方向進展的；時代越後，詩歌格律之嚴益甚。進展到了唐代的近體詩，一般詩人之用心於研求格律，已經超過用心思於充實詩的內容了。這時似乎應該有一種反動起來，作打破格律的運動，讓詩歌走上自由詩的路去。可是，這種希冀也是絕無實現可能的。我們知道自由詩的能夠起來，至少應該那時代的學術文藝有了自由主義的思潮作背境。先秦時代以後，中國的學術文藝史，只有儒教的思潮，只有復古的思潮，那一個時代有自由主義的影兒？既然沒有自由主義思潮掘動一個新時代出來，一切政治、法制、教育、倫理、……都還在依照古典法則進行，自然不會單獨產生打破格律的自由文藝，自然不會有不講格律的自由詩起來。歷代詩歌的進化始終只是朝着格律嚴整的方向走。因此，進化到了格律很嚴的近體詩，還不能向自由解放的路向去，還不能不朝着比近體詩格律更嚴複的新詩體，詞，的圈套裏去受束縛。

第二，從「詩的內容」看：

詩的內容也是展向詞體之路，其趨勢亦明顯可見。在古代，詩的內容實是很廣泛的，從「詩言志，歌永言」的話看來，似乎一切韻文都可以說是詩。所以詩經裏面那些廟堂的雅頌是詩，魏晉時代那些如「道德論」的作品也是詩，宋代那些講理學的韻文也是詩，舉凡韻文皆可入詩的範疇。可是，詩的範疇雖廣，無詩趣的作品則極多，一般社會並不歡迎。我們細察詩歌的實際趨勢，却是向着抒情詩的一條路發展的。詩歌本是情緒的文學，只有向抒情方面進展才是詩之正路。我們看歷代的詩歌，留下了許多抒情詩的成績，膾炙人口的很多是抒情詩，特別是情詩。詩三百篇中的國風，魏晉六朝的樂府歌謠，情詩實佔其重要部分。不過這都是平民的創作，在文人社會裏面，則極少藻豔的情詩。唐人歌行與新體詩，雖愛寫宮怨閨情，亦多描模少婦之幽思哀感，並不繪飾豔情。然而，情詩實在是詩園裏最美的花朵，誰個詩人不想長成幾朵麗花來綴飾自己的生命？他們只是沒有胆子去放肆寫這種詩。因為：自從孔子删詩後，詩被尊爲經，一般儒教徒極力把詩體抬到一個莊嚴的地位，認爲神聖的教化作用，嚇得歷代的詩人都不敢用詩體來寫男女的私情，致失諷人之旨。在這情形之下，最需要是一種新詩體起來，那要是一種最好讓詩人任意去抒寫而不被君子們嘲罵的新詩體。

詞起於燕樂，本是用以悅耳目，快心意者，自然流於纖豔輕薄，自然要繪飾男女之私情，才能博得一般社會的歡迎。所以號「詞爲豔科」，所以儒者斥「詞爲末技」，鄙不屑爲。

有了詞體，儒者們雖薄詞而不爲，却有一般浪漫的文人喜歡用詞體來抒寫愛情，他們毫無顧忌的寫着穠豔的情詞。如温庭筠的「偷眼暗形相」（南鄉子）；韋莊的「陌上誰家年少足風流」（思帝鄉），都是前人詩中難找的豔句。至歐陽炯的「晚逐香車入鳳城」（浣溪紗），竟爽直地寫出作者追逐女人的輕狂態度；張泌的「蘭麝細香聞喘息」（浣溪沙），更大胆地描繪男女牀笫間的私情。即如北宋歐陽修，晏殊，司馬光諸人，雖都是嚴正的詩文家，而都有很好的豔情小詞。大概自晚唐至北宋的小詞，都是些無題的情詩。（因爲都是言情，所以不須有題）這很可以看出詞的體用，只是在抒情詩的一方面。沈義父樂府指迷上有一段話說得很好：

作詞與作詩不同，縱是用花草之類，亦須略用情意，或要入閨房之意。……如只直詠花草，而不著些豔語，又不似詞家體例。

李東琪也說：「詩莊詞媚，其體元別」。這更是明白告訴我們詞的內容是以抒寫「艶情」爲旨歸。

既然詩體的進化是向着抒情詩，特別是情詩，一方面開展；而詞體的起來恰是適應文人寫情的需要，不顯然是詞體具備了抒情詩，特別是情詩，的意義嗎？所以說，詩歌的內容也是朝着詞體進化的。

○　○　○　○

我們上面用了許多的話，分析詩歌的形體與內容，看出詩歌處處都朝着詞的方面進化，有衍爲詞的可能；但是，這也僅是有可能性而已，充盈了詩衍爲詞的本身條件而已。要問詩究竟經過一種什麼變化才衍爲詞？詞究竟憑藉一種什麼媒介的導引方才起來？這其中變遷的關係脈絡，我們還得作進一步的研究：——

第三，從「詩的音樂性」看：

我們在研究詩歌與音樂的關係當中，能夠完全看出詩衍爲詞的脈絡淵源。直可以斷然的說，詞的能夠起來，完全是憑藉着音樂的媒介。如其我們要把這個話闡說明白一點，則不能不從詩與樂府的分離說起。

先秦時代的詩，今所傳者自以三百篇爲最古的作品。我們從左傳「季札論樂」和史記孔子世家「凡詩皆可入樂」之說，知道先秦時代的詩與樂，原不是分離的。自屈原作九歌諸篇「侑樂」，九章諸篇「舒情」，則只有前者有樂的意義，而後者乃僅是「舒情」的詩，不復能「侑樂」了。至漢武帝創立樂府，以李延年爲協律都尉，後來遂以樂府所來的詩，可被之聲歌者，別叫做「樂府」，於是詩與樂的關係便分離了。自此詩歌自走詩歌的路，樂府自走樂府的路。詩歌因爲文學的意義居多，故在文人方面的製作特別發達；樂府因爲音樂的意味深長，故樂工與民間的作品最多。二者是各自發展的。但到隋唐時代，所謂古樂府者散佚了甚多。據唐書藝文志說：「江左宋梁之間。南朝文物，號稱最盛；人謠國俗，亦世有新聲。後魏孝文宣武，用師淮漢，收其所獲南音，謂之淸商樂。隋平陳，因置淸商署。遭梁陳亡亂，所存蓋鮮。隋室以來，日益淪缺。武大后之時，猶有六十三曲。今其辭存者（略），惟四十四曲焉。」按這四十四曲中，唐初所存，有聲有詞者只三十七曲，有聲無詞者亦有七曲。王灼碧鷄漫志說：「隋氏取漢以來樂器，歌章，古調，併入淸樂，餘波至李唐始絕。唐中葉雖有古樂府，而播在聲律則尠矣。」於此可見唐人所擬古樂府，但借題抒意。這時古樂府蓋已跟着樂之亡，而成爲過去，唐人又有一種新樂府起來了。唐人的新樂府便是近體詩，特別是五七言絕句，在當時的一般社會裏面很流行的歌唱着。這種事實從許多記載中可以看出來：

（一）王灼碧鷄漫志說：「唐時古意亦未全喪，竹枝、浪淘沙、拋球樂、楊柳枝，乃詩中絕句，而定爲歌曲。故李太白清平調詞三章皆絕句。元白諸詩，亦爲知音協律作歌。白樂天守杭，元微之贈云：『休遺玲瓏唱我詩，我詩多是別君辭』。自注云：樂人高玲瓏能歌，歌予數十詩。樂天亦醉戲諸妓云：『席上爭飛使君酒，歌中多唱舍人詩』。又聞歌伎唱前郡守嚴郎中詩云：『已留舊政布中和，又付新詩與艷歌』。元微之見人詠韓舍人新律詩，戲贈云：『輕新便妓唱，凝妙入僧禪』。沈亞之送人序云：『故友李賀善撰南北朝樂府古詞，其所賦尤多怨鬱凄艷之句，誠以蓋古排今，使爲詞者莫得偶矣。惜乎其亦不備聲歌弦唱』。然唐史稱李賀樂府數十篇，雲韶諸工皆合之弦管。又稱李益詩名與賀相埒，每一篇成，樂工爭以賂求取之，被聲歌供奉天子。又稱元微之詩往往播樂府。舊史亦稱武士衡工五言詩，好事者傳之，往往被於管絃。」

（二）計有功唐詩紀事說：「開元中，詩人王昌齡、高適、王之渙詣旗亭飲，梨園伶官亦招妓聚燕。三人私約曰：『我輩擅詩名，未定甲乙，試觀諸伶謳詩分優劣。』一伶唱昌齡二絕句云：『寒雨連江夜入吳，平明送客楚山孤。洛陽親友如相問，一片冰心在玉壺』；『奉帚平明金殿開，強將團扇共徘徊。玉顏不及寒鴉色，猶帶昭陽日影來』。一伶唱適絕句云：『開篋淚沾臆，見君前日書。夜台何寂寞，猶是子雲居』。之渙曰：『佳妓所唱，如非我詩，終身不敢與子爭衡；不然，子等列拜牀下』。須臾妓唱：『黃河遠上白雲間，一片孤城萬仞山。羌笛何須怨楊柳，春風不度玉門關』。之渙揶揄二子曰：『田舍奴我豈妄哉！』以此知李唐伶妓，取當時名士詩句入歌曲，蓋常俗也。」

（三）尤袤全唐詩話說：「集異記載王維未冠，文章得名。妙能琵琶。春之一日，岐王引至公主第，使爲伶人進主前。維進新曲號鬱輪袍，並出所作。主大奇之。祿山之亂，李龜年奔放江潭，曾於湘中採訪使筵上唱云：『紅豆生南國，秋來發幾枝。勸君多採擷，此物最相思』；又『秋風明月共相思，蕩子從戎十載餘。征人去日殷勤囑，歸雁來時數附書』。此皆王維所製而梨園唱焉。」

唐詩之播在聲律者，都是近體律絕詩。李賀、李益諸人的歌詩，雖未明言其爲律絕，但古樂府之不能歌，盛唐已然。觀王維、王昌齡、高適、王之翰諸人，都只見其絕句協樂應歌，至於中唐，自亦更只有近體樂府。五七言之外，六言詩也有入樂的歌詞，如李景伯、沈佺期和斐談的回波樂、張說的舞馬詞，都是六言近體。我們細察盛唐時代的歌詞，只有整齊的五言、六言和七言的近體詩。除了後人僞作的李白詞和唐玄宗詞以外，並沒有長短句。長短句的歌詞這時確還沒有起來。直到中唐諸詩人才有長短句歌詞的創作。問題就在這一點：何以整齊的五七言歌詩竟變爲長短句的歌詞呢？許多古人的見解，都認定這是由於詩中的泛聲，塡以實字，遂變整齊的詩體爲長短句。如朱熹說：

> 古樂府只是詩，中間却添許多泛聲。後來人怕失了那泛聲，逐一聲添個實字，遂成長短句。今曲子便是。（朱子語類）

清唐康熙朝御編的全唐詩小注上也說：

> 唐人樂府元用律絕等詩，雜和聲歌之。其併和聲作實字，長短其句以就曲拍者，爲塡詞。

這是兩條意思相似的說法。全唐詩小注上的話大概是祖述朱熹的見解，所謂「和聲」也就是朱熹所說的「泛聲」，卽是「散聲」或「虛聲」。

朱熹們的話有一部分是對的，他們說歌詩裏面有「泛聲」，確是不錯。古樂府裏的那些「羊無夷」、「伊那何」、「收中吾」和「妃呼豨」等虛聲的字眼，都是歌詩時雜進的「泛聲」，那是不用說了。唐人的近體詩，整齊方板，以之合樂，「泛聲」自然也是有的。不過，他們因此認定長短句的起來是由於「泛聲塡以實字」，就不免錯了。因爲「泛聲」不僅是詩的音調中所獨有，詞的音調裏還是保存着「泛聲」在的。我們檢閱花間集所載，同屬一調之詞而字句異者甚多。如春光好、感恩多、思帝鄉、河傳、江城子、酒泉子、山花子、河滿子各調，均有字句不同之數體。單說河傳一調即有十餘體之多。這許多字句不同的詞，以之協同譜的樂調，其中至少會有「泛聲」，以調節長短不同的字句，這是無疑的。我們細讀唐宋的詞，也可以看出好些有「泛聲」的實例。如皇甫松、孫光憲的竹枝，每句都插入「竹枝」與「女兒」兩個小句子；顧敻的荷葉杯，於每詞之末都用「知麼知」、「愁麼愁」一類的疊句；朱敦儒的楊柳枝，也是每一句詞卽跟上一句「柳枝」；趙長卿的攤破采桑子，於詞的前後兩半闋都用上「也囉」兩個字。這些都是有聲無義的虛字，就是歌詞中的「和聲」或「泛聲」。

詞的音調裏既然也有「泛聲」，則朱熹輩說的「怕失泛聲，塡以實字」的話，自不可信；而長短句成於「泛聲塡實」的說法，也不能確立。近人胡適著詞的起源，將朱熹等人的話修正爲一新的答案：

> 唐代的樂府歌詞先是和樂曲分離的：詩人自作律絕詩，而樂工伶人譜爲樂歌。中唐以後，歌詞與樂曲漸漸接近：詩人取現成的樂曲，依其曲拍，作爲歌詞，遂成長短句。（詞選附錄）

胡氏這一段話，是就着全唐詩小注上所說的「長短其句以就曲拍」一語，加以補充的說明，說得比較的正確。我們現在就用胡氏所說的綱領，詳細地來說長短句歌詞的起來的軌迹吧。

唐人近體律絕詩，本來只重在文學上的意義，牠的形體太整齊簡單，並不是怎樣適合樂曲的歌詞。一般詩人只是自寫他們律絕詩，只注重詩的文學方面的價值，初未留意其在樂府方面的作用。他們的律絕詩的被用爲歌詞，乃是樂工伶人們用樂曲來牽還律絕詩的。因樂工伶人們多不十分通文，他們爲求自己的歌曲流行起見，乃採取詩人有名的律絕詩，以協樂曲，譜爲歌詞。樂曲是有伸縮性的，他們可以勉強一點把律絕詩譜入樂曲，插「和聲」以歌之。這末一來，美調配以名歌，自然博得社會的熱烈歡迎。於是樂工們「爭以賂求名詩」，以投合社會的愛好心理；詩人亦以自己的詩唱於名伶佳妓爲榮，高興詩給寫她們唱。這樣相互爲用，詩人和樂工的關係便密接起來了。

話雖如此，當時的各種樂曲決不是都能用律絕詩做歌詞的。因爲當時的樂曲很繁。唐代開元時期的樂曲，據崔令欽的教坊記所錄曲名，共有三百二十四調之多。這三百餘調雖不必全是開元教坊的曲目，總有大部分是當時的曲目。蓋當時玄宗雅好音樂，他的御製曲即有紫雲回、萬歲樂、夜半樂、還京樂、凌波神、荔枝香、阿濫堆、雨霖鈴、春光好、秋風高、一斛珠等十餘調。（此處所引玄宗製的曲調，有在開元以後者，爲崔令欽所不及見）。可見開元前後的樂曲實在很多。我們相信許多樂曲中，一部分是可以用律絕詩作歌詞的；還有一部分，也許竟是大部分，是不能夠拿整齊方板的律絕詩來協樂譜爲歌詞的。我們又堅決的相信：當時的樂曲既如此之繁，決不會除了用並不十分合樂的單調的律絕詩作歌詞以外，竟沒有別的更協樂一點的歌詞。不過，這種協樂的歌詞不是出自文人，大都是出於無文名的樂工伶妓之手。樂工伶妓是不太通文的，他們做的歌詞自然陋俗不文，甚至「下字用語，全不可讀」。（沈義父樂府指迷批評當時教坊樂工詞的話）這種沒有文學價值的歌詞，自不爲當世所歡迎。但他們的歌詞雖缺乏文學的價值，却大有音樂的價值。他們所作的歌詞至少是協樂的，是依樂曲的曲拍爲句的，是能歌的長短句。這種樂工伶妓們做的長短句的歌詞，雖因其不文，不如詩人的律絕詩爲當世所喜，却樹立了後來詩人起而模擬着塡長短句的歌詞的標本。我們相信後來詩人之敢於去作「依曲拍爲句」的嘗試，一定是早看慣了樂工伶妓們做的長短句的歌詞，不過嫌其不文，爲之另作新的雅詞，以廣流傳耳。

文學史上的一切新文體都起自民間，文人很少有自動革新的勇氣。詞體的起來也不是例外。

說到這裏，我們要將胡適的話加以一點補充的說明如下：

唐代的新體樂府，在盛唐時候，還是詩人自作他們的律絕詩，樂工們自製他們的樂曲和依曲拍爲句的長短句歌詞，兩方面的關係是分離的；不過樂工們的歌詞做不好，乃取詩人現成的律絕詩譜爲樂歌，以應燕樂的需要。因此，詩人與樂工伶妓們的關係逐漸接近。到了中唐，懂得音樂的詩人，他們看着拿律絕做詩歌詞，實在是不十分協樂；同時又看樂工們做的長短句的歌詞，音調和諧，體製新穎，乃亦依其歌詞的曲拍，戲塡爲長短句的歌詞。一個詩人偶然塡了一首，又一個詩人起來効尤塡一首，一再嘗試成了功，漸漸地風行，於是長短句的詞體便在文人的社會裏確立起來。

長短句的歌詞在文人的社會裏確立以後，牠的發展漸漸地把不甚協樂的律絕詩壓倒了。我們看樂曲裏面的長命女、烏夜啼、漁父詞、長相思、江南春、步虛詞、鳳歸雲、離別難、金縷曲、水調歌、白苧等調，最初都是用五七言絕句歌詞，後來都改用長短句的歌詞了。中唐詩人還有寫律絕詩給樂工伶妓們去唱，到晚唐竟失掉歌詩之法，只有長短句的歌詞了。這不顯明的是：長短句歌詞藉着在音樂上的便利，把整整的歌詩打倒了嗎？

將前頭全部的話，歸納起來說：

詞是從詩體進化出來的。因詩體自四言變爲五言，，六言和七言，再沒有法子保持整齊的形式變下去；並且詩體被一般文人視爲頗尊嚴之文學，不便於抒寫艷情；加以到了唐代的律絕體詩，不復能十分切合音樂上的變化，於是長短句的詞體藉着適合音樂的便利，生長起來。詞體起來以後，在文學方面，實是一種新的體製。形式既不須整齊，尤適宜於描繪艷情。做厭了律絕詩的文人，當然大家都高興來做新體的詞，都高興來嘗試新體詞的味兒。從此，詞體在文學域的地位一天一天的高漲起來，成爲中國文學的重要體製，在中國文學史上造成一千多年珍貴的歷史。

○　○　○　○

上面把詞起源的理論已經說得很明白，往下要講詞起來的概況。

我們要講詞史的第一課，事實上只能從中唐詩人的詞說起。（中唐以前民間的樂府詞，因載籍無傳，沒有資考證的材料，無法可以探討，眞是研究詞史的一件憾事）。中唐時期的歌詞，據唐宋諸賢絕妙詞選與尊前集等書的記載，共得十餘調，茲表列爲下面三排：——

| | | |
|---|---|---|
| （1）楊柳枝 | （8）瀟湘神 | （12）漁父詞 |
| （2）竹枝 | （9）宴桃源 | （13）轉應曲 |
| （3）浪淘沙 | （10）長相思 | （14）憶江南 |
| （4）三台 | （11）花非花 | （15）…… |
| （5）謫仙怨 | | |
| （6）紇那曲 | | |
| （7）拋球樂 | | |

相傳這十餘調都是中唐時的樂曲，但分別來看，上排七首都是整齊的詩體：如楊柳枝、竹枝、浪淘沙都是七言絕句，三台是六言絕句，謫仙怨是六言律詩，紇那曲是五言絕句，拋

球樂也是五言詩，都不是長短句的詞調。中間一排的四首，可以說是長短句的詞調了，却不一定是中唐時的樂府詞：如瀟湘神雖說是劉禹錫作，並不見於古本的劉夢得集；宴桃源（一名憶仙姿，又名如夢令）則蘇軾東坡詞注已明言其爲後唐莊宗所製曲；長相思與花非花雖說是白居易作，亦不見於白氏長慶集；這都是晚出的詞調，不能隸屬中唐。說起來，可以確指爲中唐時代的樂府新詞的，在這十餘調中，只有下排的漁父詞、轉應曲和憶江南三調。

漁父詞（一名漁歌子）作於張志和，這是中唐詞最早發現的作品。傳說志和本名龜齡，字子同，婺州金華人。擢明經。肅宗命待詔翰林。坐貶不復仕。居江湖，自稱烟波釣徒。著玄眞子，亦以爲號。（其事蹟唐宋諸賢絕妙詞選、竹坡詩話、樂府紀聞、西吳記均有記錄）。所作漁父詞五首，極能道漁家之事，其最著的一首云：

西塞山前白鷺飛，桃花流水鱖魚肥。青箬笠，綠蓑衣，斜風細雨不須歸。

最初的詞體是由律絕詩稍變而成的，如這首詞，除三四兩句只有六字外，簡直就是一首七絕。後來的詞調如章台柳、瀟湘神、花飛花和櫻桃花等，都是仄韻七絕或平韻七絕的變體。（漁父詞的曲度不傳，後蘇軾增句作浣溪沙，黃庭堅增句作鷓鴣天，是皆可見其爲七言律絕之流衍）。

時間稍次於張志和的漁父詞的，有韋應物的轉應曲。應物京兆人，官左司郎中。貞元初（約七九〇），歷蘇州刺史。他是當代有名的詩人。計有功唐詩紀事稱其「小詞不多見，唯三台令、轉應曲流傳耳」。按轉應曲一名三台令，一名古調笑，一名宮中調笑，乃六言詩的變體。例如：

胡馬，胡馬，遠放燕支山下。跑沙跑雪獨嘶，東望西望路迷。路迷，迷路，邊草無窮日暮。

韋應物的轉應曲在當時是很有名的，戴叔倫王建均效其體。今舉戴叔倫的一首作例：

邊草，邊草，邊草盡來兵老。山南山北雪晴，千里萬里月明。明月，明月，胡笳一聲愁絕。

叔倫字幼公，潤州金壇人。貞元中（約七九五）進士。官撫州刺史，封譙縣男，遷容管經略史。他的詞僅傳這一首。古今詞話稱其「筆意回環，音調宛轉，與韋蘇州一闋同妙」。王建字仲初，潁州人。大曆十年（七七五）進士。官陝州司馬。黃昇稱其「有宮詞百首甚工」。尊前集傳其詞十首，中有轉應曲四首，後來則此調罕見。到北宋時，此調的句法更變，專供大曲歌舞之用」。

憶江南（一名望江南）產生的時代比漁父詞與轉應曲稍遲，是從五七絕變化出來的。據樂府雜錄說是李德裕妾謝秋娘所製的調。其詞則始見於白居易。居易（七七二——八四六）字樂天，下邽人。貞元十四年（七九八）進士，歷官中書舍人，以刑部尚書致仕。爲當代一大詩人，著白氏長慶集。他的歌詞尊前集傳二十六首，多七言絕句。可靠的長短句歌詞只有憶江南三首，今舉一首爲例：

江南好，風景舊曾諳：日出江花紅勝火，春來江水綠如藍。能不憶江南？

同時的詩人劉禹錫曾和居易的春詞，卽用此調，其詞云：

春去也，多謝洛城人。弱柳從風疑舉袂，叢蘭挹露似霑巾，獨坐亦含嚬。

禹錫字夢得，中山人。貞元中（約七九五）進士。仕爲監察御史，累遭貶遷。會昌時（約八四二），官至檢校禮部尚書。以詩名世，有劉賓客集。尊前集載他的詞多至三十八首，亦以歌詩爲多。他這首憶江南最負時名，世人因此稱憶江南爲春去也詞。

大概在中唐時期，只有憶江南等少數的歌詞；相傳的許多詞調，都不是很可信的。此時歌詩的風氣還是很盛。直到晚唐，歌詩的風氣漸衰，詩人用的詞調便多起來了。

# 第二章　最初的詞人温庭筠

好了，詞體自經中唐詩人韋應物白居易輩遊戲的嘗試，得着很好的成功以後，晚唐文人便高興起來塡詞了，向着詞的新園地去努力了。

温庭筠是晚唐詞壇第一大詞人，是詞史上最初的詞家。這自然不是說温庭筠以前沒有詞，只是沒有詞的專家。許多中唐詩人都只是偶爾塡詞，直到温庭筠才專力於詞，他的詞才可以裝成卷帙。

庭筠字飛卿，太原人。初名岐，後改庭雲，最後改爲庭筠。貌極陋，時號温鍾馗。孫光憲北夢瑣言稱其「才思艷麗，每入試押官韻作賦，凡八叉手而八韻成」，亦號温八叉。大中初，應進士，以士行有缺，累舉不第。傳說宣宗愛唱菩薩蠻詞，丞相令狐綯乞其代製以進，戒令勿泄，而遽言于人。由是見疏。以言觸帝怒，出爲方城尉，尋遷隋縣尉。徐商鎭襄陽，署爲巡官。後商執政，入爲國子助教。商罷遂廢，潦倒終身。死約當僖宗乾符末年（八八〇）。

庭筠爲人頗放浪不羈，喜縱酒狎妓。舊唐書稱其「士行塵雜，不修邊幅，能逐管絃之音，爲側艷之詞」。（卷一九〇）他的詩詞，均負時譽。詩與李義山、段成式齊名，時人目之爲「三十六體。但」他的詩實不如李義山，詞則獨勝。著有握蘭、金荃等集，可惜今皆不傳。現在所流傳的作者的詞只是散見花間集等選本的。

庭筠對於詞的貢獻是很大的：第一，他的詞創調甚多，如歸國謠、訴衷情、遐方怨、酒泉子、玉蝴蝶、女冠子、思帝鄉、蕃女怨、荷葉杯、定西蕃、河瀆神、南歌子、河傳等，均係作者的自度腔。蓋作者深通音律，故能自創新調，替詞體開闢新的園地。

庭筠對於詞的第二大貢獻，是能夠大胆的寫側艷之詞，而且寫得很好。我們歷觀中唐詩人的詞，多半是些調笑，滑稽，遊戲，寫景之作，很少寫愛情的詞：直到庭筠，才開始試用詞來抒寫自己的熱情和愛慾，於是詞便有了新的生命，例如南歌子：

手裏金鸚鵡，胸前繡鳳凰。偷眼暗形相：不如從嫁與，作鴛鴦。

又

倭墮低梳髻，連娟細掃眉。終日兩相思。爲君憔悴盡，百花時。

又

轉盼如波眼，娉婷似柳腰。花裏暗相招。憶君腸欲斷，恨春宵！

這幾首詞都寫得好，溫庭筠的作品大部分是這樣的艷詞情詞。不懂的人自然要說他「士行有缺」。但他的詞實開五代詞的先河，後來的詞人都受他很深的影響，至以「詞爲艷科」相號召。說起來，溫庭筠眞要算是詞史上的開山大師呢。

胡仔苕溪漁隱叢話稱庭筠「工於造語，極爲綺靡」。其更漏子一詞尤得胡仔的賞識，詞云：

玉爐香，紅蠟淚，偏照畫堂秋思。眉翠薄，鬢雲殘，夜長衾枕寒。　梧桐樹，三更雨，不道離情正苦！一葉葉，一聲聲，空階滴到明！

庭筠所作，佳製極多，不嫌更舉幾個詞例：

憶江南

梳洗罷，獨倚望江樓。過盡千帆皆不是，斜暉脈脈水悠悠。腸斷白蘋洲！

菩薩蠻

南園滿地堆輕絮，愁聞一霎清明雨。雨後却斜陽，杏花零落香。　無言勻睡臉，枕上屏山掩。時節欲黃昏，無聊獨倚門。

酒泉子

花映柳條。閑向綠萍池上，憑欄干，窺細浪。雨蕭蕭。　近來音信兩疎索，洞房空寂寞。掩銀屏，垂翠箔，度春宵。

這位開山大師的詞有這樣好的成績，眞是値得我們讚美的。歷來的詞話家都稱揚他：

黃昇說他：「詞極流麗，宜爲花間集之冠」。

張惠言說他的詞：「深美閎約。」

劉融齋說他的詞：「精艷絕人。」

這些評語都說得不錯，溫庭筠實在是初頁的詞史上第一個詞人。在同時代，不但找不出能和溫氏詞平列的作品，也就找不出一個作品可以裝訂成卷的詞家。如皇甫松韓偓輩，雖偶有作，亦不能成集。故在晚唐詞人中，只有溫庭筠的影響於後來詞壇特大，他領導了五代詞發展的趨向。

# 第三章　從晚唐詞到五代詞

晚唐與五代，在政治史上是兩個時期，在文學史上是一個時期。文學在這個時期是一種變態的發展：詩歌與文章均寂寞無足稱述，而獨以詞著。陸游說：

> 詩至晚唐五季，氣格卑陋，千家一律；而長短句獨精巧高麗，後世莫及。此事之不可曉者。（花間集跋）

陸游的話說得不錯，可是他沒有明白晚唐五代詞之所以著盛。其實這是顯然易解的：詩歌到了晚唐五代，牠的時代性已經消失了。這就是說，舊詩的形式格律已經陳腐了，落伍了，需要新的形式格律來發揮詩人的天才了。王國維在他的人間詞話說：「四言敝而有楚辭，楚辭敝而有五言，五言敝而有七言，古詩敝而有律絕，律絕敝而有詞。蓋文體通行既久，染指遂多，自成習套。豪傑之士，亦難於其中自出新意，故遁而作他體，以自解脫。一切文體所以始盛終衰者，皆由於此」。這幾句話很能解釋詩體之所以到唐末衰微和詞體在晚唐五代著盛的原因。

就詞量一方面說，五代詞是比晚唐詞更有進展的。花間集著錄詞人十八家，除溫庭筠、皇甫松二家外，其餘十六家均屬五代詞人：

韋莊四十七首　薛昭蘊十九首

牛嶠三十一首　張泌二十七首

毛文錫三十一首　牛希濟十一首

歐陽炯十七首　和凝二十首

顧夐五十五首　孫光憲六十首

魏承班十五首　鹿虔扆六首

閻選八首　尹鶚六首

毛熙震二十九首　李珣三十七首

見於尊前集又有八家：

後唐莊宗四首　南唐後主十四首

成彥雄十首　庾傳素一首

劉侍讀一首　　歐陽彬一首

許岷二首　　林楚翹一首

此外散見於各詞話和選集的五代詞人，數目還不在少數。

五代的文壇完全是詞的權威。五代詞的發展，一方面是因爲五代已經是詞的時代，一方面也得力於當時君主的倡導。蓋五代君主，類多能詞，如後唐莊宗李存勖、前蜀後主王衍、後蜀後主孟昶、南唐中主李璟、南唐後主李煜、吳越王錢俶等，他們都懂音樂，能度曲，藝術的嗜好甚深；他們的詞都做得好。於是士大夫也競爲新詞，相互酬唱，因以造成詞的風尙。五代詞以西蜀與南唐爲最盛，大約是這兩國君主特別創導之功能。

就詞的作風一方面說，從晚唐到五代，似乎並沒有很大的變遷。然亦未嘗沒有差異。唐人的詞大都出自詩人學者，詞風較「雅」；五代詞人則一味趨從溫庭筠的作風，專爲側豔之詞，詞風較「靡」。如花間集，尊前集所載，盡是些綺歌豔曲。其弊則流爲淫俗，如和凝的江城子詞：

初夜含嬌入洞房。理殘妝，柳眉長。翡翠屏中，親爇玉爐香。整頓金鈿呼小玉，排紅燭，待潘郎。

又

竹裏風生月上門，理秦箏，對雲屏；輕撥朱絃，恐亂馬嘶聲。含恨含嬌獨自語：今夜月，太遲生！

又

斗轉星移玉漏頻，已三更。對棲鶯。歷歷花間，似有馬蹄聲。含笑整衣開繡戶，斜斂手，下堦迎。

又

迎得郎來入繡闈。語相思，連理枝。鬢亂釵垂，梳墮印山眉。婭姹含情嬌不語。纖玉手，撫郎衣。

又

帳裏鴛鴦交頸情，恨雞聲，天已明。愁見堦前，還是說歸程。臨上馬時期後會：待梅綻，月初生。

這是一首用五個同調組合的抒情敘事詩，體製甚新，而風格則甚低，惡劣的語句極多。又如孫光憲的浣溪紗：「醉後愛稱嬌姐姐，夜來留得好哥哥」；歐陽炯的春光好：：「雖似安仁擲果，未聞韓壽分香」，都是些油腔滑調的詞句。

不過，這是嚴格一點的批評，五代詞並不都是風格很低，並不都是油腔滑調。用幾個比較適合的字眼來批評，五代詞是以「曼豔精巧」勝。

我們知道五代是一個混亂不堪的時代，同時也就是一個縱放於熱情浪漫的享樂時代。君主如李存勖、王衍、李煜、都是以沈醉於享樂而喪失其國家生命。一般士大夫與人民也同樣的醉生夢死的生活着。因此這時候的文學，自然流於頹廢的唯美主義的傾向，喜歡描寫浪漫的愛情，喜歡賣弄文字的技巧，作風便趨于「曼豔」，趨於「精巧」一途。

第一篇 唐五代詞

# 第四章　西蜀詞（上）韋莊

說起西蜀詞，我們必首先想起韋莊。他不僅是西蜀第一詞人，就全五代詞論，他也是極矜貴的一個。

莊字端己，杜陵人。唐乾寧元年進士（公元八九四），授校書郎。入蜀，王建辟掌書記。尋召為起居舍人，建表留之。其後王建據蜀稱帝，用為散騎常侍判中書門下事，累官至宰相。

他的詩在當代很有名氣，嘗作長詩秦婦吟，寫唐末黃巢造反時的亂離，凡一千三百多字。其時韋莊正在長安應舉（公元八八三），身遭變亂，故其詩描寫深刻痛切，流傳甚廣，時人稱為「秦婦吟秀才」。但他別的詩也不見佳，浣花集所載，類皆新體詩，實不如其詞之能表現作者之才華。所作浣花詞已不傳。其詞散見花間、尊前諸集。

韋莊是一位風流詞客，其作風恰如其人：

思帝鄉

春日遊，杏花吹滿頭。陌上誰家年少足風流？妾擬將身嫁與，一生休。縱被無情棄，不能羞！

菩薩蠻

人人盡說江南好，遊人只合江南老。春水碧於天，畫船聽雨眠。 壚邊人似月，皓腕凝霜雪。未老莫還鄉，還鄉須斷腸！

訴衷情

燭燼香殘簾未捲，夢初驚。花欲謝，深夜，月朧明。何處按歌聲，輕輕。舞衣塵暗生，負春情！

菩薩蠻

勸君今夜須沈醉，尊前莫話明朝事。珍重主人心，酒深情亦深。 須愁春漏短，莫訴金杯滿。遇酒且呵呵，人生能幾何？

韋莊是富於熱情的詞人，喜放浪不羈。入蜀後，雖富貴有加，但老死寂寞的蜀中，實非其心願。他時時在眷戀他親切的中原故鄉，時時在想念那風物迷人的江南。愁懷抑鬱，不覺情溢乎詞：

菩薩蠻

洛陽城裏春光好，洛陽才子他鄉老。柳暗魏王堤，此時心轉迷。　桃花春水綠，
水上鴛鴦浴。凝恨對斜暉，憶君君不知。

又

如今却憶江南樂，當時年少春衫薄。騎馬倚斜橋，滿樓紅袖招。　翠屏金屈曲，
醉入花叢宿。此度見花枝，白頭誓不歸！

韋莊少年時曾避亂至江南，賞心樂事甚多。自其入蜀，頓成寂寞，故多回想。古今詞話載其愛妾爲王建所奪，尤使韋莊神傷。據云：「韋莊以才名寓蜀，王建割據，遂羈留之。莊有寵人，姿質艷麗，兼詞翰。建聞之，託以教內人爲辭，強莊奪去。莊追念悒怏，作荷葉杯、小重山詞，情意悽怨，人相傳播，盛行於時。姬後傳聞之，遂不食而卒」。按此二詞均載於花間集：

荷葉杯

記得那年花下，深夜，初識謝娘時：水堂西面畫簾垂，攜手暗相期。　惆悵曉鶯
殘月，相別。從此隔音塵。如今俱是異鄉人，相見更無因！

小重山

一閉昭陽春又春，夜寒宮漏永。夢君恩。臥思陳事暗消魂，羅衣濕，紅袂有啼痕。

歌吹隔重閽，遶庭芳草綠。倚長門：萬般惆悵向誰論？凝情立，宮殿欲黃昏。

這是具有實感的作品，詞意深摯，情懷悽切，傳播當代，實非無因。特別是他的女冠子二詞：追懷舊夢，哀感今朝，尤屬悽怨萬分！詞如：

四月十七，正是去年今日，別君時：忍淚佯低面，含羞半斂眉。不知魂已斷，空有夢相隨。除却天邊月，沒人知。

又

昨夜夜半，枕上分明夢見，語多時。依舊桃花面，頻低柳葉眉。半羞還半喜，欲去又依依。覺來知是夢，不勝悲！

韋莊眞是善於寫悽惻之情，他的文字往往不用華豔的粉飾，而作直致質俗的描寫。陳亦峯說他的詞：「似直而紆，似達而鬱」。張炎論詞則每以溫韋並稱。但他們的作風亦有不同處：溫庭筠詞以「穠豔」勝，韋莊詞則以「清麗」勝；溫詞如雕鏤的精金，韋詞則如天然的美玉。

# 第五章　西蜀詞（下）

五代詞家，蜀人爲多。蓋西蜀自盛唐以來，文學的風氣已經很濃；五代時，中原混亂不堪，蜀中略爲平靖，其君臣皆溺於聲樂，故詞壇最盛。趙崇祚的花間集就是一部以蜀詞爲中心的詞選。集中所載，蜀詞人竟佔三分之二。這固然由於編選者乃蜀人（趙崇祚仕後蜀爲衛尉少卿），故所選蜀詞獨多；然而蜀詞之盛，實際亦非五代之任何區域所能比擬。韋莊以外，有牛嶠、牛希濟、毛文錫、薛昭蘊、魏承班、尹鶚、李珣、顧敻、鹿虔扆、閻選、毛熙震、歐陽炯諸人。

牛嶠字松卿，一字延峯，隴西人。唐乾符五年（公元八七八）的進士。歷官拾遺，補尚書郎。王建鎭蜀的時候，辟爲判官。後建稱帝，他做到給事中。他的學問很好，詩歌很有名，著文集三十卷，亡失殆盡。詞僅見花間集，凡三十一首。例如：

憶江南

紅繡被，兩兩間鴛鴦。不是鳥中偏愛爾，爲綠交頸睡南塘，全勝薄情郎！

江城子

鵁鶄飛起郡城東，碧江空，半灘風，越王宮殿，蘋葉藕花中。簾捲水樓魚浪起，千片雪，雨濛濛。

嶠詞寫閨情之作甚多，而文辭淺俗，可觀之作甚少。僅有江城子爲其寫景之佳製。

牛希濟乃嶠之兄子，事蜀爲御史中丞。降于後唐，明宗拜爲雍州節度副使。素以詞擅名。其所作臨江仙、女冠子等闋，爲時輩所嘖嘖稱道。花間集傳詞十一首，臨江仙佔其七，亦不甚佳。其較好的幾首：

生查子

春山煙欲收，天澹稀星小。殘月臉邊明，別淚臨清曉。 語已多，情未了，迴首猶重道：記得綠羅裙，處處憐芳草。

中興樂

池塘煖碧浸晴暉，濛濛柳絮輕飛。紅蕊凋來，醉夢還稀。 春雲空有雁歸，珠簾垂，東風寂寞。恨郎拋擲，淚濕羅衣！

薛昭蘊字里均無可考，仕蜀爲侍郎。恃才傲物，旁若無人。花間集傳詞十九首，其較佳者如浣溪紗：

紅蓼渡頭秋正雨，印沙鷗跡自成行，整鬟飄袖野風香。　不語含顰深浦裏，幾回愁殺櫂船郎，燕歸帆盡水茫茫。

毛文錫字平珪，南陽人。唐進士，仕蜀爲翰林學士。遷內樞密使，進文思殿大學士。拜司徒，貶茂州司馬。隨王衍降後唐，復後仕後蜀，與歐陽炯等並以詞章供奉內庭。著有前蜀紀事與茶譜等書。工於豔語，其巫山一段雲詞，爲當世傳詠：

貌掩巫山色，才過濯錦波。阿誰提筆上銀河，月裏寫嫦娥。　薄薄施鉛粉，盈盈挂綺羅。菖蒲花役魂夢多，年代屬元和。

按此詞載尊前集。文錫詞之見於花間集者凡三十一首。其所作在蜀詞人中爲最下，葉夢得說他：「以質直爲情致，殊不知流於率露。諸人評庸陋詞，必曰此仿毛文錫者。」可見其在當代，地位固甚卑也。

魏承班字里不詳。其父宏父爲王建養子，賜姓名王宗弼，封齊王。承班爲駙馬都尉，官至太尉。他的詞花間集傳十五首，尊前集傳六首，大都係言情之作。沈雄柳塘詞話說：「承班詞較南唐諸公更淡而近，更寬而盡，人人喜效爲之。」其詞如：

生查子

離別又經年，獨對芳菲景。嫁得薄情夫，長抱相思病。　花紅柳綠閑晴空，蝶弄雙雙影。羞看繡羅衣，爲有金鸞並。

滿宮衣

寒夜長，更漏永，愁見透簾月影。王孫何處不歸來，應在倡樓酩酊。　金鴨無香羅帳冷，羞更雙鸞交頸。夢中幾度見兒夫，不忍罵伊薄倖。

承班詞意俗情淺，不甚可觀，元好問稱其「大旨明淨」，可謂確切的批評。

尹鶚成都人，事王衍爲翰林校書郎，官至參卿。其詞花間集傳六首，尊前集傳十一首。所作亦以言情之作爲多。風格甚低，如清平樂詞「應待少年公子，鴛帷深處同歡」一類的詞，辭意惡俗，不堪誦讀。其較好的作品如醉公子：

暮煙籠蘚砌，戟門猶未閉。盡日醉尋春，歸來月滿身。　離鞍偎繡袂，墜巾花亂綴。何處惱佳人，檀痕衣上新。

張炎說尹鶚的詞：「以明淺動人，以簡淨成句者也。」

李珣字德潤，梓州人。（先世本波斯人）蜀之秀才。其妹李舜弦爲王衍昭儀。國亡不仕。他的詩頗有名，著瓊瑤集一卷，今已亡佚。花間集傳其詞三十七首，尊前集傳十八首。作風瀟疎閑散，很有處士風情，如：

漁父

避世垂綸不記年，官高爭得似君閑。傾白酒，對青山，笑指柴門待月還。

漁歌子

柳垂絲，花滿樹，鶯啼楚岸春山暮。棹輕舟，出深浦，緩唱漁歌歸去。　罷垂綸，還酌醑，孤村遙指雲深處。下長汀，臨淺渡，驚起一行沙鷺。

南鄉子

乘綵舫，過蓮塘，棹聲驚起睡鴛鴦。帶香遊女偎人笑，爭窈窕，競折團荷遮晚照。

巫山一段雲

古廟依青嶂，行宮枕碧流。水聲山色鎖妝樓，往事思悠悠。　雲雨朝還暮，烟花春復秋。啼猿何必近孤舟，行客自多愁！

因為五代實在找不出第二個如李珣這樣瀟灑清雅的詞人，不覺多舉了他的幾首詞作例，其實他的詞大部分都是可誦讀的。

顧瓊字里不詳，前蜀時爲刺史，仕後蜀官至大尉。花間集傳其詞五十五首。有醉公子詞，爲時豔稱。他的詞也是喜寫閨情，而描寫獨工，遠非毛文錫，魏承班諸人所能及。詞如：

訴衷情

永夜拋人何處去？絕來音。香閣掩，眉斂，月將沈。爭忍不相尋？怨孤衾：換我心爲你心，始知相憶深！

荷葉杯

夜久歌聲怨咽，殘月，菊冷露微微。看看溼透縷金衣。歸摩歸？歸摩歸？

鹿虔扆字里亦不詳，仕後蜀爲永泰軍節度使，進檢校太尉，加太保。與歐陽炯、韓琮、閻選、毛文錫，俱以工詞，供奉後主。時人忌之者號曰「五鬼」。樂府紀聞說他：「國亡不仕，詞多感慨之音。」倪瓚也說：「鹿公高節，偶爾寄情倚聲，而曲折盡變，有無限感慨淋漓處！」例如臨江仙：

金鎖重門荒苑靜，綺窗愁對秋空。翠華一去寂無蹤。玉樓歌吹，聲斷已隨風。

煙月不知人事改，夜闌還照深宮。藕花相向野塘中，暗傷亡國，清露泣香紅！

虔扆的詞頗有氣力，但作品極少，僅花間集傳其詞六首。

閻選字里不詳，後蜀處士。無事蹟可考。他的詞花間集傳八首，尊前集傳二首，例如定風波：

江水沈沈帆影過，游魚到晚透寒波，渡口雙雙飛白鳥，煙嫋，蘆花深處隱漁歌。扁舟短棹歸蘭浦，人去。蕭蕭竹徑透輕莎。深夜無風新雨歇，涼月，露迎珠顆入圓荷。

閻處士的詞無特別可述之點，這首詞已經要算是他家家的作品裏面的白眉了。

毛熙震蜀人，事後蜀爲祕書監。花間集傳其詞二十九首。周密齊東野語說：「熙震集止二十餘調，中多新警，而不爲儇薄。」詞如：

清平樂

春光欲暮，寂寞閑庭戶。粉蝶雙雙穿檻舞，簾捲晚天疎雨。　含愁獨倚閨幃，玉爐煙斷香微。正是銷魂時節，東風滿院花飛。

河傳

寂寞芳菲暗度，歲華如箭堪驚。緬想舊歡多少事，轉添春思難平。曲檻絲垂金柳，小窗絃斷銀箏。深院空聞燕語，滿園閑落花輕。一片相思休不得，忍教長日愁生。誰見夕陽孤夢，覺來無限傷情！

平心而論，熙震的詞雖未失之「儇薄，」却也未嘗逃出豔詞的藩籬，還是和其他的西蜀詞人一樣沈溺於靡豔的詞風裏面。

原來，「靡豔」就是西蜀詞壇的風氣。除了李珣稍有沖淡清雅之詞外，那一個詞人所寫的不是「靡靡之音？」鹿虔扆毛熙震雖偶有感慨，但就其全部作品論，亦以寫閨情綺語之作爲多。西蜀的詞風如此，整個五代的詞風亦復如此。

關於西蜀詞壇，我們的敍述止於這裏。此外的詞人，將另章補誌。至於歐陽炯，乃五代入宋的詞家，且讓後面來詮敘吧。

# 第六章　南唐詞人馮延己

在五代的混亂局面底下，江南一帶要算是中國最安全的區域。南唐建國江南，其國君中主李璟，後主李煜，皆愛好文藝，喜延文士。陸游南唐書說：「士之避亂者失職者，以唐爲歸」。故南唐文物，冠絕當時。

話雖如此，我們檢閱南唐詞壇，其能詞者，南唐二主以外，只有馮延己與張泌二人。其他如韓熙載，湯悅輩，雖負才名，並無作品流傳；成幼文、成彥雄、徐鉉、徐昌圖輩則僅傳一二首詞。較之西蜀詞壇之盛況，實不相如。這自然是由於當時沒有好事者爲之搜集彙刻，遂至篇幅散佚，傑作淪亡，眞是可惜！

馮延己是南唐一大詞人。後主李煜而外，他的詞不僅雄視南唐，而且雄視五代，與韋莊爭勝。

延己一名延嗣，字正中。其先彭城人，唐末南渡，家於新安，徙居廣陵。南唐建國，延己事李昪爲翰林學士。李璟嗣位，他很得信任，累官中書侍郎左僕射同平章事，後改太子太傳。

當時的金陵，內外無事，君臣皆溺於聲樂。延己善爲樂府新詞，名著一時。傳說中主嘗見他的謁金門詞，戲問道：『吹皺一池春水，』干卿底事？」延己對曰：「安得如陛下『小樓吹徹玉笙寒』特高妙也。」這段故事很可以看出當時君臣嗜好文藝的風氣。馬令南唐書本傳也稱延己著樂章百闋，其鶴沖天、歸國謠，見稱於世。今所傳延己的詞，有宋陳世修輯的陽春集。詞如：

歸國謠

江水碧，江上何人吹玉笛？扁舟遠送瀟湘客。 蘆花千里霜月白，傷行色，來朝便是關山隔。

謁金門

風乍起，吹皺一池春水。閑引鴛鴦芳徑裏，手挼紅杏蕊。 鬥鴨，闌干獨倚，碧玉搔頭斜墜。終日望君君不至，舉頭聞鵲喜。

長命女

春日宴，綠酒一杯歌一遍，再拜陳三願：一願郎君千歲；二願妾身長健；三願如同梁上燕，歲歲長相見！

這幾首詞都做得好。徐釚詞苑叢談說：「馮氏之詞，典雅豐容，雖置在古樂府可以無愧。」不過馮延巳集中像長命女這樣質直的抒情詞，實不多覯。陽春集裏面的作品，類多富豔尖新，饒有新時代的作風，不僅沒有古樂府風味，也不復是花間集一派的風味。例如：

虞美人

玉鉤鸞柱調鸚鵡，宛轉留春語。雲屏冷落畫堂空，薄晚春寒無奈落花風。　搴簾燕子雙飛去，拂鏡塵鸞舞。不知今夜月眉彎，誰佩同心雙結倚闌干？

蝶戀花

莫道閑情拋棄久，每到春來，惆悵還依舊。日日花前常病酒，不辭鏡裏朱顏瘦。河畔青蕪堤上柳，爲問新愁，何事年年有？獨立小橋風滿袖，平林新月人歸後。

又

幾日行雲何處去？忘了歸來，不道春將暮。百草千花寒食路，香車繫在誰家樹？淚眼倚樓頻獨語：雙燕飛來，陌上相逢否？撩亂春愁如柳絮，悠悠夢裏無尋處。

采桑子

小堂深靜無人到，滿院春風；惆悵牆東，一樹櫻桃帶雨紅。 愁心似醉兼如病，欲語還慵。日暮疎鐘，雙燕歸來畫閣中。

馮延己的詞，已開北宋晏殊、歐陽修一派的新詞風，所以王國維人間詞話說：「馮正中詞雖不失五代風格，而堂廡特大，開北宋一代風氣。與中後二主詞皆在花間範圍之外，宜花間集中不登其隻字也。」

歷代詞話家對於馮氏，很多讚美之辭。但亦有誤會其詞之價值者，如張惠言說他的詞：「忠愛纏綿，宛然騷辨之義。」其實，馮延己只是自寫他的閑情，自歌他的綺曲，實在說不上什麼「忠愛」，也沒有什麼「騷辨之義」。陳世修在他的陽春集序，有幾句批評馮詞的話，我以為說得很好：「馮公樂府，思深詞麗，韻逸調新。」這話雖是偏於恭維，却是說得很恰當的。

# 第七章　詞聖李煜

後主李煜，是南唐亡國之君。

亡國本是一種莫大的恥辱，後主不幸，不能保有其天下，至爲當代與後世所嘲笑怒罵，加上他一些「昏庸，」「懦弱」等難堪的形容。在政治上後主是壓根兒失敗了。可是，後主雖失敗於政治，在文學上却獲得莫大的成功。沈謙說：「後主疏於治國，在詞中猶不失爲南面王。」這話是很對的。

本來政治家和文學家是兩個不同世界裏面的人：政治家需要的是機巧的頭腦，詐僞的權術；文學家需要的是赤子之心，眞摯的熱情，特別是詩人，情感生活却是詩人的生命。後主是天生的詩人，不幸沒有政治長才，乃偏偏要他去治國，而且是治理亂世之國，那能不家破國亡，身爲俘虜呢？論者謂：「使後主非國君，必在徐、庾之上；使徐、庾爲後主，亦不免爲亡國之君。」這話也說得好。不過我們以爲後主在文學裏面的貢獻與地位，已經在徐陵與庾信的上頭了。

後主初名從嘉，改名煜，字重光，隴西人。中主李璟之第六子。生於天福元年（公元九三六）。徐鉉稱其「天骨秀穎，神氣清粹，酷好文辭，洞曉音律」。（吳王墓誌銘）蓋天生的絕代才人也。封吳王。建隆二年（公元九六一）嗣位。置澄心堂，引文士居其間，講學論文不輟。臣屬如張泌、韓熙載、徐鉉、徐鍇、高越、馮延巳、徐遊輩，皆風流淹博之士。後主妻昭惠周后，亦善歌舞，能創新聲。嘗製邀醉舞破及恨來遲破，陸遊稱其「喉無滯音，筆無停思。」（南唐書昭惠后傳）其後昭惠后病歿，後主繼立昭惠之妹，爲小周后。亦「警敏有才思，神彩端靜。」深得後主之愛寵。

這位愛好藝術的少年風流帝王，處在四鄙無驚的繁華的金陵城，優遊安適地過了十五年富貴生涯，盡情享受了十五年人間艷福。直到開寶八年（九七五，）宋將曹彬攻下金陵，才驚破後主的繁華夢。

亡國以後，後主受戰勝者權威的壓迫，只好倉皇拜辭宗廟，離別宮娥，北上稱臣虜於宋。宋太祖封他爲違命侯。這個難堪的封號，到太宗即位才取消，進封爲隴西郡公。後主此時官爵雖高，但宋帝待遇他很酷，生活亦貧苦，故他寫給金陵故人的書，有「此中旦夕只以眼淚洗面」的痛語。

後主死於太平興國三年（九七八），相傳是太宗賜一種牽機藥毒死的。唐餘紀傳記載此事說：「煜以七夕日生，是日燕飲，聲伎徹於禁中。太宗銜其有『故國不堪回首』之詞，至是又惱其酣暢，乃命楚王元佐等攜觴就其第而助之歡。酒闌，煜中牽機藥毒而死。」（按王銍默記載此事，則云後主死於對徐鉉說「當時悔殺了潘佑、李平」一語，致遭太宗之忌，遂有賜牽機藥事發生。未知孰是？）死後，太宗追封爲吳王，以王禮葬之於洛陽北邙山。從此，這曠代無儔的詞人便爾永絕人間了！

○ ○ ○ ○

後主的生平際遇，前後迴殊；他所作詞的情調，也跟着形成兩個絕不相同的時期。前一個時期是在開寶八年以前，那時節後主貴爲國君，居於深宮之內，處於婦女之叢，有的是風韻閑情，有的是賞心樂事，他這時的作品自然寄情聲色以自娛。在這時期的作品，有很多涉於曼艷的描寫：

玉樓春

晚妝初了明肌雪，春殿嬪娥魚貫列。鳳簫吹斷水雲閑，重按霓裳歌遍徹。 臨春誰更飄香屑，醉拍闌干情味切。歸時休放燭花紅，待踏馬蹄清夜月。

一斛珠

晚妝初過，沈檀輕注些兒個。向人微露丁香顆，一曲清歌，暫引櫻桃破。　羅袖裛殘殷色可，杯深旋被香醪涴。繡床斜凭嬌無那，爛嚼紅茸，笑向檀郎吐。

相傳後主與昭惠后之妹，在未結婚前已私相戀愛，後主有好些詞都是爲她寫的。其最昵狎溫柔者莫如菩薩蠻二闋：

銅簧韻脆鏘寒竹，新聲慢奏移纖玉。眼色暗相勾，嬌波橫欲流。　雨雲深繡戶，來便諧衷素。宴罷又成空，夢迷春睡中。

又

花明月暗籠輕霧，今宵好向郎邊去。剗襪步香階，手提金縷鞋。　畫堂南畔見，一響偎人顫。奴爲出來難，教君恣意憐。

沈雄古今詞話：「按兩詞爲繼立周后作也。周后卽昭惠后之妹。昭惠感疾，周后常留禁中，故有『來便諧衷素，』『教君恣意憐』之語。聲傳外庭，至再立后成禮而已。」

幸運之神把南唐的宮殿築成一座象牙之塔，後主沈醉其中，只知道歡愉暢快，全不知人間還有貧苦悲哀。所以他前期的作品盡是艷詞。

後主的艷詞，風調馨逸，而有韻致。其描寫，意境與文字均絕美：如「歸時休放燭火紅，待踏馬蹄清夜月」與「爛嚼紅茸，笑向檀郎吐，」皆新意自創，未經人道語。其才華之茂煥，殆遠非五代諸詞人所能企及。

○　○　○　○

政治上的大失敗，給予了後主詞的新生命。開寶八年以後，後主失掉他的安樂宮，不能不低首下心去過俘虜的生活，他的作風也跟着轉入了第二時期，一掃曼艷之跡，變爲沈痛悽涼，哀怨萬分。試讀其離國之詞：

破陣子

四十年來家國，三千里地山河。鳳闕龍樓連霄漢，玉樹瓊枝作煙蘿，幾曾識干戈！
一旦歸爲臣僕，沈腰潘鬢消磨。最是倉皇辭廟日，教坊猶奏別離歌，垂淚對宮娥！

臨江仙

櫻桃落盡春歸去，蝶翻輕粉雙飛。子規啼月小樓西。玉鈎羅幕，惆悵暮煙垂。
別巷寂寥人散後，望殘煙草低迷。爐香閑裊鳳凰兒。空持羅帶，回首恨依依！

後主後期的作品全部是自怨自訴的「亡國的哀音。」他用悽惋的筆調，來寫不堪回首的愴懷，血淚迸發，感人至深。自其入京師以後，被禁錮着過那無自由的囚犯生涯，更無日不思念草長鶯飛的江南而哀吟：

望江南

多少恨，昨夜夢魂中。還似舊時遊上苑：車水馬如龍，花月正春風。

相見歡

林花謝了春紅，太匆匆！無奈朝來寒雨晚來風！ 胭脂淚，相留醉，幾時重？自是人生長恨水長東！

又

無言獨上西樓，月如鈎，寂寞梧桐深院鎖清秋。 剪不斷，理還亂，是離愁，別是一般滋味在心頭。

虞美人

春花秋月何時了？往事知多少？小樓昨夜又東風，故國不堪回首月明中！ 雕欄玉砌應猶在，只是朱顏改。問君能有幾多愁？恰似一江春水向東流！

浪淘沙

簾外雨潺潺，春意闌珊。羅衾不耐五更寒。夢裏不知身是客，一餉貪歡。　獨自莫憑欄，無限江山。別時容易見時難。流水落花春去也，天上人間！

樂府紀聞說：「後主歸宋後，與故人書云：『此中日夕，只以眼淚洗面。』每懷故國，詞調愈工。其賦浪淘沙、虞美人云云，舊臣聞之，有泣下者！」

浪淘沙

往事只堪哀，對景難排。秋風庭院蘚侵階。一行珠簾風不捲，終日誰來？　金劍已沉埋，壯氣蒿萊。晚涼天靜月華開。想得玉樓瑤殿影，空照秦淮！

西清詩話說：「後主歸朝後，每懷江國，且念嬪妾散落，鬱鬱不自聊，遂作此詞。含思悽惋。未幾下世。」後主這時候的詞，蓋已悲悼傷感之極矣！

○　○　○　○

歷代詞話家對於李後主詞的批評，已有不可勝記的美譽。其批評得最好的，要算周濟與王國維二氏的比較論。周濟論詞雜著說：「王嬙西施，天下之美婦人也，嚴妝佳，淡妝亦佳；麤服亂頭，不掩國色。飛卿嚴妝也，端己淡妝也，後主則麤服亂頭矣。」王國維人間詞話說：「溫飛卿之詞，句秀也；韋端己之詞，骨秀也；李重光之詞，神秀也。」

這兩位學者的言論，都是能夠深知後主詞的偉大的。溫韋雖是一代大詞人，而在李後主珠光絢爛之前，自然不免失色。我們分析後主詞之所以有超絕的成功，固然是由於他有絕世的天才和有波瀾的生活；同時也由於他有獻身於文藝的精神。蔡絛西清詩話說：

> 南唐後主在圍城中作臨江仙詞，未就而城破。嘗見其殘稿點染晦昧，心方危窘，不在書耳。

國之將亡，尚不忘寫作，不言可知。故宋太祖說：「李煜若以作詩詞工夫治國家，豈為吾所俘也。」由此可見後主實以身殉詩詞，而亡其國了。我們讀了後主的詞，不但不會責備他的亡國，而且給他無限的同情和惋惜！因為他只是一個知道寫作的忠實的詩人，怎能敵得過殘殺人類的草莽皇帝呢！

後主的作品，篇幅不多，傳於今者不過五六十首詞。可是，每一首詞都是百讀不厭的傑作，都是超凡的聖品。他的詞只知道說自己的話，只知道說誠實的自己的話。因為後主閱世甚淺；閱世淺則性情愈真，愈保有赤子之心，愈有真情之流。故所作皆歡情癡語，而愈可愛。我們看：當着他離國北土，捨不得後宮數千佳麗的時候，他就寫出「垂淚對宮娥」的詞，全不知道怕天下後世人的罵他不應該「不揮淚於宗社；」（蘇軾有此語）當着他懷念江南美景的時候，他就寫出「故國不堪回首月明中」的詞，全不知道怕宋主的疑忌危害他。他不懂得人間是一個醜惡不堪的社會，他只知道天眞的憨笑，盡情的歌唱。他是太陽般的潔光，他是月亮般的皎白，他是詞人中的聖者！

後主詞善作深入淺出的描寫，自其表面觀之，好像都是些淺近的文字；細讀之，則「含思悽惋，」（蔡絛語）『淒涼怨慕，』（蘇徹語）「高妙超脫，一往情深。」（王闓運語）其才華照耀，絕世無倫。譽之「詞聖，」誰曰不宜？

# 第八章　五代末年三詞人

五代本是大混亂的時代，而文學却是享樂的文學。由五代末年至宋，本是時代的一個大轉變；可是在詞文學裏面，竟看不出一點象徵時代的痕跡。是因爲五代的國家太多了，興亡太快了，一般士大夫都已見慣，不再講什麽「氣節忠義」了。所以我們只看見五代末年的詞人，一個個跟着五代之亡而入宋做官，全不把治亂興亡當一囘事看。除了李後主的「亡國之音」，我們簡直聽不着詞人的一點感慨，看不着時代的半點映影。如歐陽炯、張泌、孫光憲，他們都是五代末年有名氣的詞人；他們都是做了五代的官，再去做宋代的官；而他們的詞却並無絲毫的哀感，只寫相思，只寫閨情。其風格之綺艷，更非前此五代詞人所能企及。

歐陽炯益州華陽人。初事前蜀王衍爲中書舍人。後事後蜀孟知祥、孟昶，累官翰林學士，進門下侍郎同平章事。從昶歸宋，授散騎常侍。其爲人無節操，歷仕四朝，宋史說他「性坦率，無檢操，雅善長笛。」在後蜀號稱「五鬼」之一。（見堯山堂外紀）

炯曾經替趙崇祚編的花間集作序，他說：「愁苦之音易好，歡愉之語難工。」其詞「大抵婉約輕和，不欲強作愁思者也。」（蓉城集）他的詞花間集傳十七首，尊前集傳卅一首。

南鄉子

畫舸停橈，槿花籬外竹橫橋。水上游人沙上女，迴顧，笑指芭蕉林裏住。

女冠子

薄妝桃臉，滿面縱橫花靨，艷情多。綬帶盤金縷，輕裙透碧羅。　含羞眉乍斂，微語笑相和。不會頻偷眼：意如何？

更漏子

玉闌干，金甃井，月照碧梧桐影。獨自個，立多時，露華濃濕衣。　一向凝情望，待得不成模樣。雖叵耐，又尋思：爭生嗔得伊？

定風波

暖日閑窗映碧紗，小池春水浸晴霞，數樹海棠紅欲盡，爭忍，玉閨深掩過年華！獨凭繡床方寸亂，腸斷，淚珠穿破臉邊花。鄰舍女郎相借問，音信；教人羞道未還家。

浣溪沙

相見休言有淚珠，酒闌重得敘歡娛，鳳屏鴛枕宿金鋪。　蘭麝細香聞喘息，綺羅纖縷見肌膚，此時還恨薄情無？

況周頤稱歐陽炯此詞：「自有艷詞以來，殆莫艷於此矣。」此外的詞，如巫山一段雲的「恨身翻不作車塵，萬里得隨君」；浣溪沙的「有情無力泥人時」；及賀聖朝、菩薩蠻諸詞，皆刻劃兒女的情態，極藻艷之能事。論者斥爲「淫靡。」（儒林公議）

張泌（一作泌）字子澄，淮南人。初官勾容尉。南唐後主召爲監察御史，歷考功員外郎，進中書舍人，改內史舍人。隨後主歸宋，官郎中。

泌爲人風流不羈，古今詞話說他少與鄰女浣衣善。經年不見，夜必夢之。女別字，泌寄以詩云：「別夢依依到謝家，小廊回合曲闌斜。多情只有春庭月，猶爲離人照落花。」浣衣爲之流淚。他的詞花間集傳二十七首，尊前集傳一首。其江城子詞最得名：

碧闌干外小中庭，雨初晴，曉鶯聲，飛絮落花，時節近清明。睡起卷簾無一事，勻面了，沒心情。

又

浣花溪上見卿卿，臉波秋水明，黛眉輕，綠雲高綰，金簇小蜻蜓。　好是問他來得麼？和笑道：莫多情！

又

薄羅衫子薄羅裙，小腰身，晚妝新。每到花時，長是不宜春。早是自家無氣力，更被伊，惡憐人！

泌詞之艷，不下於歐陽炯，我們不妨再寫幾首詞作例：

浣溪沙

獨立寒堦望月華，露濃香泛小庭花，繡屏愁背一燈斜。 雲雨自從分散後，人間無路到仙家，但憑魂夢訪天涯。

又

晚逐香車入鳳城，東風斜揭繡簾輕，慢迴嬌眼笑盈盈。 消息未通何計是？便須佯醉且隨行。依稀聞道「大狂生！」

其「露濃香泛小庭花」句，語甚幽艷，後人稱賞，至有改此詞名爲小庭花者。但如「消息未通何計是？便須佯醉且隨行」之語，描寫雖工，在理學家看來，則未免有些「下流！」

孫光憲字孟文，貴平人。自號葆光子。唐時爲陵州判官。天成初（九二六）避變亂於江陵。高從誨據荆南，署爲從事，歷事三世，累官檢校祕書，兼御史大夫。宋初，勸高繼沖獻地歸宋，宋太祖用爲黄州刺史。卒於乾德中。（約九六五年）

光憲在五代詞人中要算是一位學者，他博通經史，好學喜書，嘗於遭干戈之際，以金帛購書數萬卷。著有荆台筆傭、橘齋、鞏湖諸集，均亡佚。今傳於世者有北夢瑣言二十卷，載詞家軼事甚多。其詞花間集錄六十首，尊前集錄二十三首，爲五代詞人中存詞最多者。

光憲的爲人，亦浪漫不喜拘束，其詞如「一生狂蕩恐難休，且陪煙月醉紅樓，」恰是作者的個性的寫照。他的詞的大部分，都是以描繪男女之私情爲能事。尊前集所錄他的詞，沒有一首不是涉於纖靡的。惡俗的描寫也常有。但其佳者亦自絕妙：

浣溪沙

半踏長裙宛約行，晚簾疎處見分明。此時堪恨昧平生。　早是銷魂殘燭影，更愁聞着品絃聲，杳無消息若爲情！

思帝鄉

如何？遣情情更多。永日水堂簾下斂雙蛾，六幅羅裙窣地微行曳碧波，看盡滿池疎雨打團荷。

浣溪沙

蓼岸風多橘柚香，江邊一望楚天長，片帆煙際閃孤光。目送征鴻飛杳杳，思隨流水去茫茫，蘭紅波碧憶瀟湘。

作者在五代詞壇裏面，不隸西蜀，不屬南唐，要算是獨樹一幟的詞人。王闓運稱其思帝鄉「常語常景，自然豐采。」孫洙則說：「小詞有絕無含蓄，自爾入妙者，孫光憲之浣溪沙也。」

# 第九章　唐五代詞人補誌

前面未及敘錄的唐五代詞人，玆為補誌如下：

韓翃　字君平，南陽人。天寶十二年（七五三）進士。以駕部郎中知制誥，終中書舍人。太平廣記載其寄寵姬柳氏的章台柳詞云：

章台柳，章台柳，昔日青青今在否？縱使長條似舊垂，也應攀折他人手。

柳氏初為妓，因慕韓翃文采而從之。亦能詞。嘗答韓以楊柳枝詞：「楊柳枝，芳菲節，可恨年年贈離別。一葉隨風忽報秋，縱使春來豈堪折。」後柳氏為番將沙吒利所刦，虞侯許俊取還以歸韓。

劉長卿　字文房，河間人。開元中進士。至德中（七五七）為監察御史。以檢校祠部員外，為轉運使判官。終隨州刺史。詩甚有名，有劉隨州集。詞如謫仙怨：

晴川落日初低，惆悵孤舟解携。鳥向平蕪遠近，人隨流水東西。　白雲千里萬里，明月前溪後溪。獨恨長沙謫去，江潭春草萋萋。

長卿曾遠謫湖南，故有此語。此詞本集作六言律詩，題云苕溪酬梁耿別後見寄。竇宏餘與康駢有廣謫仙怨。

張松齡 一名鶴齡，志和兄。官浦陽尉。傳漁父詞：

樂在風波釣是閑，草堂松檜已勝攀。太湖水，洞庭山，狂風浪起且須還。

元結 字次山，自稱浪士，更稱聱叟，瀼州人。天寶十二年（七五三）進士。擢監察御史，遷水部員外郎，拜道州刺史，進容管經略史。卒贈禮部侍郎。詞傳款乃曲：

千里楓林煙雨深，無朝無暮有猿吟。停橈靜聽曲中意，好似雲山韶護音。

作者自注云：「舟行不進，作款乃曲，令舟子歌之，以取適於道路云。」此蓋楊柳枝一類之謠曲也。

顧況 字逋翁，海鹽人。至德二年（七五七）進士。德宗時，以祕書郎召，遷著作郎，貶饒州司戶參軍。後結廬茅山，號華陽眞逸。詞傳漁父引：

新婦磯邊月明，女兒浦口潮平，沙頭鷺宿魚驚。

此詞後爲宋人所傳誦，黃庭堅曾取與張志和的漁父詞合爲浣溪紗歌之。

元稹 字微之，河南人。（七七八——八三一）官至同中書門下平章事。詩與白居易齊名，號稱「元白」。詞傳櫻桃花：

櫻桃花，一枝兩枝千萬朵。花磚曾立采花人，窣破羅裙紅似火。

皇甫松　字子奇，皇甫湜之子。花間集傳其詞十一首。有天仙子，浪淘沙、楊柳枝、摘得新、夢江南、採蓮子等調。今舉夢江南（卽憶江南）一首爲例：

蘭燼落，屏上暗紅蕉。閑夢江南梅熟日，夜船吹笛雨瀟瀟，人語驛邊橋。

鄭符　字夢復，官祕書監。詞如閑中好（題永壽寺）：

閑中好，盡日松爲侶。此趣人不知，輕風度僧語。

按段成式、張希復二家亦有閑中好詞，惟用平韻叶耳。

薛能　字大拙，汾州人。會昌中進士。累官至工部尙書。有江山集、許昌集。其詞尊前集傳楊柳枝十八首，如：

華清高樹出深宮，南陌柔條帶晚風。誰見輕陰是良夜，瀑泉聲伴月明中。

司空圖　字表聖，泗州人。咸通中進士。官禮部員外郎，遷郎中。黃巢亂，避地中條山。昭宗反正，以戶部侍郎召至京，復歸山，再召不赴。自號耐辱居士。有一鳴集。詞如酒泉子：

買得杏花。十載歸來方始坼。假山西畔藥欄東，滿枝紅。 旋開旋落旋成空，白髮多情人更惜。黃昏把酒祝東風，且從容。

韓偓 字致堯，（一作致光）萬年人。龍紀元年（八八九）進士。累官至兵部侍郎。爲朱全忠所惡，挈家南依王審知。自號玉山樵人。著香匳集、金鑾密記。其詞有生查子與浣溪沙數首。今舉其生查子爲例：

侍女動粧奩，故故驚人睡。那知本未眠，背面偷垂淚。 懶卸鳳凰釵，羞入鴛鴦被。時復見殘燈，和烟墜金穗。

賀裳詞筌稱此詞「含情無限」，唐娛紀事亦謂爲「風致過人。」

張曙 小字阿灰，張褘之侄。成都人。龍紀元年（八八九）進士。其詞北夢瑣言載浣溪沙一首：

枕障薰爐隔繡帷，二年終日兩相思，杏花明月始應知。 天上人間何處去？舊歡新夢覺來時，黃昏微雨畫簾垂。

曙此詞絕佳，一作張泌詞。

李曄 初名傑，更名敏，又更名曄。唐懿宗的第七子，僖宗弟，封壽王。以戊申（

八八八）嗣位，爲昭宗。天祐元年（九〇四）爲朱全忠所弑，在位十六年。其爲人頗愛好文學。詞傳四首，今舉巫山一段雲爲例：

縹渺雲間質，盈盈波上身。袖羅斜舉動埃塵，明艷不勝春。　翠鬟晚妝煙重，寂寂陽台一夢。冰眸蓮臉見長新，巫峽更何人？

按此係李曄幸蜀，留題寶鷄驛壁之詞。

以上十三家皆唐代詞人。

**李存勗**　後唐莊宗李存勗乃李克用的長子。初嗣晉王。於九二三年即帝位。其性好俳優，知音，能度曲。在位四年被弑。（九二六）詞傳如夢令、一落索與歌頭等四首。歌頭係長調，五代初年尚無此種長詞，當係僞作。今舉一葉落爲例：

一葉落，搴朱箔，此時景物正蕭索。畫樓月影寒，西風吹羅幕；吹羅幕，往事思量着。

**和凝**　字成績，鄆州人。年十九舉進士。仕後唐知制誥，翰林學士。後晉天福五年（九四〇）拜中書侍郎，同中書門下平章事。歸後漢，拜太子太傅，封魯國公。好爲曲子，短歌艷曲，著名汴洛，人稱爲「曲子相公。」他的詞花間集傳二十首，尊前集傳七首，類皆妖艷之作。今舉采桑子一詞為例：

蝤蠐領上訶梨子，繡帶雙垂。椒戶閑時，競學樗蒲賭荔枝。　叢頭鞵子紅編細，裙窣金絲。無事嚬眉，春思翻教阿母疑。

**王衍**　前蜀主王衍本名宗衍，字化源，王建之子。封鄭王。以戊寅（九一八）嗣位，乙酉（九二五）降於後唐，在位七年。衍為人只知聲色享樂。北夢瑣言記着他一件有趣的故事：「蜀主裹小巾，其尖如錐。宮妓多衣道服，簪蓮花冠，施脂夾粉，名曰醉妝。自製醉妝詞。」其詞云：

者邊走，那邊走，只是尋花柳。那邊走，者邊走，莫厭金杯酒。

據說衍嘗宴於怡神亭，自執板歌後庭花、思越人等曲。可惜其歌詞不傳。十國春秋載其自製甘州曲，詞句亦佳。

**孟昶**　後蜀主孟昶本名仁贊，字保元，孟知祥的第三子。以甲午（九三四）嗣位，在位三十二年。乙丑（九六五）宋師破成都，納降，封秦國公。卒於乾德三年（九六五）。追封楚王。昶為人亦喜浪漫，工聲曲，好為輕艷之詞。嘗夜同花蕊夫人避暑摩訶池上，作玉樓春：

冰肌玉骨清無汗，水殿風來暗香滿。繡簾一點月窺人，欹枕釵橫雲鬢亂。　起來瓊戶啓無聲，時見疏星渡河漢。屈指西風幾時來，只恐流年暗中換。

十國春秋謂昶尚有相見歡詞，今不傳。

錢俶　吳越王錢俶字文德，錢鏐之孫。宋太祖建隆元年（九六〇）授爲天下兵馬大元帥。太平興國三年（九七八）納土歸京師，封許王，徙封鄭王。薨後追封秦王。嘗作詞云：

金鳳欲飛遭掣搦，情脈脈，行卽玉樓雲雨隔。

修品謂此詞爲宋太祖所賞，惜不見其全篇。

黃損　字益之，連州人。梁龍德二年（九二二）進士。仕南漢官至尙書左僕射。後退居永州。其詞如憶江南：

平生願，願作樂中箏。得近玉人纖手子，砑羅裙上放嬌聲，便死也爲榮。

按此詞全唐詩作崔懷寶。

李璟　南唐中主李璟，初名景通。封齊王。以癸卯（九四三）嗣位。後懼周強盛，去帝號，改稱國主。宋太祖建隆二年（九六一）卒，年四十六。詞如攤破浣溪沙（卽山花子：）

菡萏香銷翠葉殘，西風愁起碧波間。還與容光共憔悴，不堪看！　細雨夢回雞塞遠，小樓吹徹玉笙寒。簌簌淚珠多少恨，倚闌干。

中主詞少而絕佳，後主而外，實非當時諸君主的詞所能企及。

歐陽彬　字齊美，衡山人。博學能文。入蜀，獻賦於王衍，擢爲翰林學士。前蜀亡，歸孟知祥。累官尚書左丞，出爲寧江軍節度使。尋解官歸卒。其詞傳生查子一首：

竟日畫堂歡，入夜重開宴。剪燭蠟烟香，促席花光顫。　待得月華來，滿院如鋪鍊。門外簇驊騮，直待更深散。

孫　魴　字伯魚，南昌人。從鄭谷爲詩，頗得鄭體。仕吳爲宗正卿。傳楊柳枝詞十五首，例如：

嫋傍離亭靜拂橋，入流穿檻綠陰搖。不知落日誰相送，魂斷千條與萬條。

庾傳素　字里不詳，仕蜀同平章事，入後唐爲刺史。詞傳木蘭花一首：

木蘭紅艷多情態，不似凡花人不愛。移來孔雀檻邊栽，折向鳳凰釵上戴。　是何芍藥爭風彩，自共牡丹長作對。若教爲女嫁東風，除却黃鶯難匹配。

潘　佑　幽州人，避禍居江南。仕南唐爲內史舍人。因論時政觸後主怒，被收，遂自殺。佑才名甚著，有滎陽集。嘗作詞云：

樓上春寒三四面，桃李不須誇爛漫，已失了春風一半。

此詞失調名，一說韓熙載作。

成彥雄　字文幹。南唐進士。有梅嶺集。他的詞尊前集錄楊柳枝十首，例如：

輕籠小徑近誰家，玉馬追風翠影斜。愛把長條惱公子，惹他頭上海棠花。

成幼文　江南人，仕南唐官大理卿。一說馮延巳的謁金門詞實成幼文所作。陳振孫直齋書錄解題說：「『風乍起』世多言馮作，而陽春集不載，惟長沙本有之，當係成氏作也。」詞見前南唐詞人馮延己一章。

徐昌圖　莆陽人。陳洪進歸宋，令昌圖奉表入汴。太祖命為國子博士，累遷殿中丞。其詞尊前集錄三首，今舉臨江仙詞為例：

飲散離亭西去，浮生長恨飄蓬。回頭烟柳漸重重。淡雲孤雁遠，寒日暮天紅。

今夜畫船何處？潮平淮月朦朧。酒醒人靜奈愁濃！殘燈孤枕夢，輕浪五更風。

陶　穀　字秀實，邠州新平人。仕晉為倉部郎中，仕漢為給事中，仕周至兵部侍郎，入宋加戶部尚書，卒贈右僕射。著清異錄。詞傳風光好：

好因緣，惡因緣，祇得郵亭一夜眠，別神仙。　琵琶撥盡相思調，知音少。再把鸞膠續斷絃，是何年！

按穀此詞有一段艷聞。洪邁侍兒小名錄說：「穀奉使南唐，驕甚。韓熙載命歌姬秦弱蘭僞為驛卒女。穀惑之，作此以贈。明日中主宴穀，弱蘭出，歌以侑觴，穀大慚而罷。」

徐鉉 字鼎臣，會稽人。仕南唐官至吏部尚書。隨李煜歸宋，累官散騎常侍。淳化初坐累謫靖難軍司馬，卒於官。鉉精小學及篆隸，嘗受詔校說文，曾續編文苑英華，著騎省集。詞如拋球樂：

歌舞送飛球，金觥碧玉籌。管絃桃李月，簾幕鳳凰樓。一笑千場醉，浮生在白頭。

以上十六家皆五代詞人。此外的詞，如許岷有木蘭花，林楚翹有菩薩蠻，劉侍讀有生查子，及其他等詞……大都係斷簡零篇，詞意陋俗，不復一一著錄。

此時歌詩之風尚未全消，故整齊的「律絕」歌詞還是不少。

到晚唐五代，民間歌詞已有見於載籍，還是值得我們珍視的。如無名氏的醉公子：

門外猧兒吠，知是蕭郎至。剗襪下香階，冤家今夜醉。 扶得入羅幃，不肯脫羅衣。醉則從他醉，還勝獨睡時。

又如菩薩蠻（亦無名氏詞：）

　　牡丹含露眞珠顆，美人折向庭前過。含笑問檀郎：「花強妾貌強」？檀郎故相惱，須道花枝好。一向發嬌嗔，碎挼花打人。

號稱呂巖作的梧桐影，也是一首民間詞：

　　落日斜，秋風冷，今夜故人來不來？教人立盡梧桐影！

這些詞都寫得好，文人的詞絕沒有這樣的風致。

　　同時，女性的詞在這時候也常常見得着了，如閩王鏻后陳金鳳的樂游曲：

　　西湖南湖門綵舟，青蒲紫蓼滿中洲。波渺渺，水悠悠，長奉君王萬歲游。

又如南唐韓續歌姬的楊柳枝：

　　風柳搖搖無定枝，陽台雲雨夢中歸。他年蓬島音塵絕，留取尊前舊舞衣。

最有名的還有一首花蕊夫人的采桑子：

　　初離蜀道心將碎，離恨綿綿。春日如年，馬上時時聞杜鵑。

夫人姓費，爲後蜀孟昶寵姬，後歸宋，宋太祖亦嬖之。

　　唐五代的詞，我們述到這裏爲止。詞到此時歷史雖很短，因其爲適合於新時代的文學，很迅速的發展起來，便把詩體壓倒了，便把詩體在文學域裏所佔的王位取而代之了。

# 第二編　北宋詞

# 第十章　北宋詞之發展

北宋繼續着五代詞的發展而更加發揚光大之。當其極盛時，上自帝王名相，下至樂工伎女，無不知詞。在宋以前，我們只看見詩人以詩名天下，如白居易元稹諸人的詩歌，老嫗少婦都能諷誦。迄於北宋，詩已失掉流行社會的魔力了，再不看見那個詩人的詩轟動全國了。這時，最叫座的只有詞：如柳永的詞有井水處即能歌，其傳播之廣可以想見；如謝逸題了一首江神子詞在驛壁上，過者必索筆於驛卒來抄錄，驛卒苦之，至以泥塗其詞，是又可見佳詞之受時人歡迎有如此者；又如張先做了一句雋妙的「雲破月來花弄影」，大家便都叫他爲「雲破月來花弄影」郎中；宋祁做了一句得意的「紅杏枝頭春意鬧」，大家便叫他爲「紅杏枝頭春意鬧」尙書；賀鑄之被稱爲賀梅子，就是因他的一首青玉案詞有一句很美的「梅子黃時雨」；念奴嬌之被稱爲大江東或酹江月，就是因爲蘇軾的一首「赤壁懷古」詞有「大江東去」和「一尊還酹江月」之句。此外如「山抹微雨秦學士，」「露華倒影柳屯田，」皆以一詞片語之工，即負盛譽。此蓋由於詞的風氣，瀰漫着全宋時代，遂驅使文人學士樂於塡詞。

文人學士以外，僧侶如仲殊、祖可、惠洪、上清蔡真人皆能詞，名媛如李清照與曾布妻魏夫人皆以詞著稱，妓女如琴操及許多失名的作者亦往往以一二詞膾炙人口。凡此均可見北宋詞的發展，實已普遍於當時的全社會，不僅在文人的社會裏風行呢。

這是就橫截面說明北宋詞的盛況。若研究其歷史的發展，則可以分爲四個時期：

第一個時期是小詞的時期，以晏殊、歐陽修、晏幾道諸人爲主幹；

第二個時期是慢詞的時期，以柳永、秦觀諸人爲主幹；

第三個時期是詩人的詞的時期，以蘇軾、黃庭堅諸人爲主幹；

第四個時期是樂府詞復興的時期時以周邦彥、李清照諸人爲主幹。

北宋詞的發展，是逐層展開的，詞體應用的範圍漸漸擴大，詞體的價值也漸漸提高。每一個時期的詞都自有其成績和特色，各不相襲。我們讀着初期的北宋詞，如晏殊諸人的小令，無窮清新，無窮雋永，以爲窮詞體的藝術了；却不料柳永起來，寫出纏綿曼衍的長詞，鋪敍宛曲，形容盡致，另是一種新的風味，又使我們覺得詞的發展已至矣盡矣了；及至蘇軾起來，以詩人自由放恣之筆，不顧格律音韵，一洗綺羅香澤之態，寫出豪放悲壯的長歌，引導我們神遊于一個海闊天空的新宇宙，使我們又歎觀止！最後周邦彥等起來，用和諧婉妙的文字，來抒寫美艷的心情，辭句精巧，格律嚴整，使詞回到樂府裏去，其詞又另有可觀。總之，北宋詞的四時期，各有特色，各有光燄；可以說，全部的北宋詞都是創造建設的工程；毛先舒說：「宋人詞才若天縱之，詩才若天絀之；」這就是因爲宋人作詞，把才氣用在創造的上面，他們作詩，則把才氣用在摸擬上面，故其成就之高低有天淵之別，並非由於宋人詞才與詩才有優劣之分也。

詞至北宋，已經是登峯造極的發展了。在全部的詞史上，這要算是最珍貴的「黃金時代。」

# 第十一章　北宋初期的詞壇

北宋立國最初的十餘年，還是戎馬倉皇的割據時代，其時文風盛於西蜀南唐，北宋尙無文學可言。至太宗太平興國（九七六）統一中國後，政府方才起來創導學術文藝，立崇文院，編輯太平御覽、太平廣記、文苑英華諸書。但此時立國未久，文人多五代之士。如李煜，徐鉉、歐陽炯、孫光憲、張泌諸人，皆是五代末年已著盛名之詞家而入宋者。故北宋初期之詞壇，受五代詞的影響特深。當時的學者文人，都喜歡寫清麗婉約的小詞。我們且舉幾個作家的詞爲例。

王禹偁（九五四——一〇〇一）字元之，鉅野人。太平興國八年進士。歷右拾遺，拜左司諫，累遷翰林學士。眞宗時，召爲知制誥，出守黃州，徙蘄州卒。有小畜集。他的詩文在當時很有名，其詞如點絳唇：

雨恨雲愁，江南依舊稱佳麗。水村漁市，一縷孤煙細。　天際征鴻，遙認行如綴。平生事，此時凝睇，誰會憑欄意！

詞苑稱禹偁此詞「清麗可愛」。

寇準（九六一——一〇二三）字平仲，華州下邽人。太平興國進士。淳化五年參知政事。眞宗朝，累官尚書右僕射，集賢殿大學士，同中書門下平章事，封萊國公。後爲丁謂所構，乾興初，貶雷州司戶參軍，徙衡州司馬。卒贈中書令，謚忠愍。有巴東集。其詞有江南春膾炙一時：

波渺渺，柳依依，孤村芳草遠，斜日杏花飛。江南春盡離腸斷，蘋滿汀洲人未歸。

湘山野錄載寇準嘗作甘草子詞給樂工歌唱，可見作者亦知音律。他的一首寫春暮的踏莎行也很好：

春色將闌，鶯聲漸老，紅英落盡靑梅小。畫堂人靜雨濛濛，屏山半掩餘香裊。

密約沈沈，離情杳杳。菱花塵滿慵將照。倚樓無語欲銷魂，長空暗淡連芳草。

作者的小詞很富有花間集的風味。其所作點絳唇與陽關引二詞亦佳。

錢惟演字希聖，吳越王錢俶之子。歸宋爲右屯衞將軍，累遷樞密使，後知河陽，入朝，加同中書門下平章事，坐事落職爲崇信軍節度使，歸鎮卒。謚曰思，改謚文僖。有擁旄集，伊川集。其詞傳玉樓春：

城上風光鶯語亂，城下烟波春拍岸。綠楊芳草幾時休，淚眼愁腸先已斷。　情懷漸變成衰晚，鸞鏡朱顏驚暗換。昔年多病厭芳樽，今日芳樽唯恐淺。

黃昇說：「此公暮年作，詞極悽惋」。

林逋字君復，錢塘人。隱居西湖之孤山，不仕。眞宗聞其名，詔長吏歲時勞問，卒賜諡和靖先生。逋善爲詩，終身不娶，嘗有妻梅子鶴的佳話。有作集。其詞如：

點絳唇（詠草）

金谷年年，亂生春色誰爲主？餘花落處，滿地和煙雨。　又是離歌，一闋長亭暮。王孫去，萋萋無數，南北東西路。

長相思

吳山青，越山青，兩岸青山相送迎，誰知離別情。　君淚盈，妾淚盈，羅帶同心結未成，江頭潮已平。

彭孫遹稱這首長相思「何等風致」！

范仲淹（九八九——一〇五二）字希文，其先邠人，後徙吳縣。大中祥符八年進士。仕至樞密副使，參知政事。以資政殿學士，爲陝西四路宣撫使，知邠州，徙鄧州、荊南、杭州、青州。卒贈兵部尚書，謚文正。有作集。其詞傳范文正公詩餘一卷。

蘇幕遮

碧雲天，紅葉地，秋色連波，波上寒烟翠。山映斜陽天接水，芳草無情，更在斜陽外。 黯鄉魂，追旅思，夜夜除非好夢留人睡。明月樓高休獨倚，酒入愁腸，化作相思淚。

漁家傲

塞下秋來風景異，衡陽鴈去無留意。四面邊聲連角起，千嶂裏，長煙落日孤城閉。濁酒一杯家萬里，燕然未勒歸無計。羌管悠悠霜滿地。人不寐，將軍白髮征夫淚。

御街行

紛紛墜葉飄香砌，夜寂靜，寒聲碎。眞珠簾捲玉樓空，天淡銀河垂地。年年今夜，月華如練，長是人千里。 愁腸已斷無由醉，酒未到，先成淚。殘燈明滅枕頭欹，諳盡孤眠滋味。都來此事，眉間心上，無計相迴避。

這幾首詞都寫得好。楊慎詞品很稱賞御街行一首，謂爲極有「情致。」彭孫遹詞藻則激賞其前二首說：「范希文蘇幕遮一調，前段都入麗語，後段純寫柔情，遂成絕唱。『將軍白髮征夫淚，」亦復蒼涼悲壯，慷慨生哀。」

北宋初葉，文人學者薰染五代社會的流風，大都愛好詞。但他們只是偶爾塡詞，並不專力於詞。除上面所擧例的幾個詞作者外，如蘇易簡、陳彭年、潘閬、陳堯佐、夏竦等，雖都有詞流傳，至多不過二三首，少則僅有一首。范仲淹要算詞最多的了，他的范文正公詩餘一卷也只有六首詞。其中蘇幕遮一詞，曾慥的樂府雅慥題爲無名氏作；劉銀燈一詞出自中吳紀聞，均不可信；定風波詞則殘缺不全。其可靠的作品實只有三首。可以說，沒有一個篇幅可以成集的詞人。可是，至范仲淹的時候，已經是仁宗朝，北宋立國已六十多年，詞已經發展起來了。范仲淹雖不甚作詞，同時代的晏殊、歐陽修諸大詞人出來作詞了。北宋一切文學，至仁宗朝始光大。歌詞亦然。從此時起，宋詞的光榮時代開始了，詞壇繼續着熱鬧了兩百多年。

第二编 北宋词

# 第十二章　晏殊

晏殊是北宋詞壇的前輩，大詞人歐陽修、張先及范仲淹，俱出其門。他的詞接近五代詞風，而自成一家格調，最足以代表北宋第一個時期的詞壇。

殊字同叔，撫州臨川人。生於淳化二年（九九一。）七歲能屬文。景德初，張知白以神童薦之於闕下，召與進士千餘人並試庭中。殊神氣不懾，援筆立就，賜進士出身，並使盡讀秘閣書。累擢知制誥，翰林學士。後事仁宗，尤加信愛。慶曆中，官至集賢殿學士，同中書門下平章事，兼樞密院使。以疾請歸，留侍經筵。卒於至和二年（一〇五五。）仁宗哀悼異常，贈司空兼侍中，謚元獻。宋史稱他：「平居好賢，當世知名之士如范仲淹，孔道輔皆出其門。及爲相，益務進賢材，而仲淹與韓琦、富弼皆進用。」又稱：「殊性剛簡，奉養清儉。……文章贍麗，應用不窮。尤工詩，閑雅有情思。晚歲，篤學不倦。」（卷三百十一）所著有文集二百四十餘卷，又刪次漢以後名家述作爲集選百卷。今皆不傳。現所流傳者只有他最著名的傑作珠玉詞一卷。殊的詩文均不甚佳。他在文學裏面的光榮地位，完全是由他的詞烘托出來的。

珠玉詞共只一百數十首，其中很多雋妙的小詞：

清平樂

金風細細，葉葉梧桐墜。綠酒初嘗人易醉，一枕小窗濃睡。 紫薇朱槿初殘，斜陽却照欄干。雙燕欲歸時節，銀屏昨夜微寒。

踏莎行

小徑紅稀，芳郊綠遍，高台樹色陰陰見。春風不解禁楊花，濛濛亂撲行人面。 翠葉藏鶯，珠簾隔燕，爐香靜逐遊絲轉。一場愁夢酒醒時，斜陽却照深深院。

相思兒令

昨日探春消息，湖上綠波平。無奈遶堤芳草，還向舊痕生； 有酒且醉瑤觥，更何妨檀板新聲。誰教千絲楊柳，就中牽繫人情！

破陣子

燕子來時新社，梨花落後清明。池上碧苔三四點，葉底黃鸝一兩聲，日長飛絮輕。 巧笑東鄰女伴，采桑徑裏逢迎。疑怪昨宵春夢好，元是今朝鬭草贏，笑從雙臉生。

晏殊詞最大的好處，是風調閑雅，音韻和諧，辭句清新富麗。他有時也說愁，有時也寫淚。可是他的愁只是閑愁，並不是愁苦不堪；他的淚也只是清淚，並不怎樣酸辛。他所寫的只是「時光只解催人老」（采桑子，）「等閑離別易消魂」（浣溪沙，）「無可奈何花落去」（浣溪沙），「酒醒人散得愁多」（浣溪沙）一類着些淺愁薄恨的詞句，只是表現一點人生離別變幻的共感，作者並無深摯的哀怨心情。我們讀遍珠玉詞，所得着的只是一種「閑雅」而「平適」的印象。

本來晏殊一生榮華富貴，他的生活永遠是那樣平淡舒適，無驚濤駭浪；他的詞自然也會如其為人，絕無劍弩氣，而具有輕淡婉和的特徵。

晏殊的為人是剛簡端正，而他的小詞則慣作情語。他的兒子晏幾道說：「先君平日小詞雖多，未嘗作婦人語也。」這話全不可信。殊所作的小詞實在是蘊藉多情，也愛作婦人語。詞例如：

浣溪沙

淡淡梳妝薄薄衣，天仙模樣好容儀，舊歡前事入顰眉。　閑役夢魂孤燭暗，恨無消息畫簾垂，且留雙淚說相思！

清平樂

紅牋小字，說盡平生意。鴻雁在雲魚在水，惆悵此情難寄。　斜陽獨倚西樓，遙山恰對簾鈎。人面不知何處，綠波依舊東流。

踏莎行

碧海無波，瑤台有路，思量便合雙飛去。當時輕別意中人，山長水遠知何處。

綺席凝塵，香閨掩霧，紅箋小字憑誰附？高樓目盡欲黃昏，梧桐葉上蕭蕭雨。

蝶戀花

檻菊愁烟蘭泣露，羅幕輕寒，燕子雙飛去。明月不諳離別苦，斜光到晚穿朱戶。

昨夜西風凋碧樹，獨上高樓，望盡天涯路。欲寄彩鸞無尺素，山長水闊知何處！

晏殊受了五代艷詞最大的影響，他不但愛寫情詞，會作婦人語，而且以這類的詞為最工。他那些不作情語，不作婦人語的慶祝詞，「世間榮貴月中人」（訴衷情，）「南春祝壽千千歲」（蝶戀花）一類的詞，絕無詩意，全不可讀。遠不如他那些「東城南陌花下，逢着意中人，」（訴衷情）「心心念念，說盡無憑，只是相思，」（訴衷情）一類的詞，較富有情趣。我們評選珠玉詞，只有他那些描寫離愁別恨的情才詞足以代表作者的偉大。不過在宋入中，晏殊的情詞寫得較爲輕淡，不甚濃艷耳。

劉攽說：「元獻尤喜馮延己歌詞，其所自作，亦不減延己。」（中山詩話）這話是對的。晏殊的詞雖不必和馮延己相同；但他的詞風，受馮延己的影響特大：是無可諱言的。

# 第十三章　歐陽修

歐陽修是繼晏殊而起的詞人中的佼佼者，爲北宋第一個時期詞壇中的柱石。他的小詞的造詣，實駕晏殊而上之。

修字永叔，廬陵人。（一作永豐人）生於眞宗景德四年（一〇〇七），舉進士甲科。歷官禮部侍郎，兼翰林侍讀學士，拜樞密副使，參知政事。以太子少師致仕。他在滁州時，自號醉翁。晚號六一居士，意謂「集古錄一千卷，書一萬卷，琴一張，棋一局，酒一壺，鶴一雙」也。其閑逸可想。卒於神宗熙寧五年（一〇七二，）贈太子太師，諡文忠。（其生平事蹟，詳見宋史卷三一九本傳，這裏不贅。）

歐陽修爲當代負盛名的詩古文家，著作甚富，其作集有新唐書、新五代史、毛詩本義、集古錄、歸田錄、六一詩話、及其所著詩文文忠集等書，不下數百萬言。其詞則僅有六一居士詞三卷（今作一卷。）可是，他的詩文等集雖富，均不足以表彰他在文學史上的特殊地位；能表現他的文學的至高價值的，只有他那百數十首的六一居士詞。

修的詞風與其詩文作風，完全異致。其詩文大都帶上一幅莊麗古板的儒學面孔，文學的氣分極少；其詞則多爲至性深情的流露，文學的意味深長。但有許多儒教信徒，以爲歐公乃一代儒宗，不應有此情詞艷語，爲盛德之累，極力爲之掩諱。於是歐陽修的一部絕妙好詞，給他們任意的割裂，插進陽春集、珠玉詞、安陸詞、淮海詞、斷腸詞等集裏面去，致許多好詞不復爲修所有。他們恐怕割裂易啓人疑，又重爲之辨護，如曾慥說：「歐公一代儒宗，風流自命。詞章窈窕，世所矜式。乃小人或作艷曲，謬爲公詞，今悉刪去。」（樂府雅詞序）羅長源說：「公嘗致力於詩，爲之本義，溫柔敦厚，所得深矣。今詞之淺近者，前輩多謂是劉煇僞作。」陳質齋說：「歐陽公詞多與花間陽春相混，亦有鄙褻之語廁其中，當是仇人無名子所爲也。」此外蔡絛西淸詩話也說：「今詞之淺近者，前輩多謂是劉煇僞作。」

他們這種武斷的辨護，和晏幾道說他的父親晏殊的詞「未嘗作婦人語」一樣的無聊。推其用意，無非想把歐陽修等人拉離文人的地位，去聖廟裏吃一塊冷豬肉而已。其實，這是太錯了。北宋詞人深受五代艷詞的影響，自晏殊歐陽修以下，張先，晏幾道、蘇軾、黃庭堅、秦觀等，那一個沒有艷詞。名相如司馬光，逸人如林逋，都有艷詞流傳咧。卽如曾慥的樂府雅詞，將歐陽修的艷曲悉行刪除，而所存的八十三首詞還是不少涉艷之語。今舉數詞爲例：

生查子

去年元夜時，花市燈如晝。月上柳梢頭，人約黃昏後。　今年元夜時，月與燈依舊。不見去年人，淚滿春衫袖。（此詞向誤收入朱淑貞的斷腸詞）

又

含羞整翠鬟，得意頻相顧。雁柱十三絃，一一春鶯語。　嬌雲容易飛，夢斷知何處。深院鎖黃昏，陣陣芭蕉雨。（此詞向誤收入張先的安陸詞）

南歌子

鳳髻金泥帶，龍紋玉掌梳。走來窗下笑相扶，愛道「畫眉深淺入時無」？　弄筆偎人久，描花試手初。等閑妨了繡工夫，笑問「雙鴛鴦字怎生書」？

這不都是艷詞嗎？又如臨江仙的「水晶雙枕，傍有墮釵橫」，浣溪沙的「休回嬌眼斷人腸」，「爲誰消瘦損容光」，不也是艷詞嗎？又如洞仙歌令的「便直饒伊家總無情，也拚了一生爲伊成病，」簡直是曼艷之極了。其怨春郎「詞寫相思也寫得極生動：

爲伊家終日悶，受盡恓惶誰問？不知不覺上心頭，悄一霎，身心頓也沒處頓。惱愁腸，成寸寸。已恁，莫把人縈損。奈每每人前道著伊，空把相思淚眼和衣搵。

歐陽修眞是抒情詞的聖手，他寫艷曲好，他寫離愁別恨之情亦甚佳妙：

歸國謠

何處笛？今夜夢囘情脈脈，竹風簷雨寒窗隔。　離人幾歲無消息，今頭白，不眠特地重相憶。

長相思

花似伊，柳似伊，花柳靑春人別離，低頭雙淚垂。　長江東，長江西，兩岸鴛鴦相對飛。相逢知幾時？

訴衷情

清晨簾幕卷輕霜，呵手試梅妝。都緣自有離恨，故畫作遠山長。　思往事，惜流芳，易成傷；擬歌先歛，欲笑還顰，最斷人腸！

玉樓春

尊前擬把歸期說，未語春容先慘咽。人生自是有情癡，此恨不關風與月。　離歌且莫翻新闋，一曲能教腸寸結。直須看盡洛城花，始與東風容易別。

歸國謠詞誤入陽春集，訴衷情誤詞入山谷詞，實皆修作。（據樂府雅詞）王國維最稱賞玉樓

春一詞，謂爲「於豪放之中有沈着之致，所以尤高。」（人間詞話）

修詞也長於寫景，其佳者能寓情意於寫景物，含畫境於詞中，描寫堪稱入化；例如：

浣溪沙

堤上遊人逐畫船，拍堤春水四垂天，綠楊樓外出秋千。　白髮戴花君莫笑，六么催拍盞頻傳，人生何處似尊前？

踏莎行

候館梅殘，溪橋柳細，草熏風暖搖征轡。離愁漸遠漸無窮，迢迢不斷如春水。寸寸柔腸，盈盈粉淚，樓高莫近危欄倚。平蕪盡處是春山，行人更在春山外。

蝶戀花

庭院深深深幾許？楊柳堆烟，簾幙無重數。玉勒雕鞍游冶處，樓高不見章台路。雨橫風狂三月暮，門掩黃昏，無計留春住。淚眼問花花不語，亂紅飛過秋千去。

這幾首詞都是超凡之作，此種詞的境界，已不是五代人詞所能有了。修詞大部分是很好的。眞用不着我們誇飾，小詞發展至此可是登峯造極了。

歐陽修是有大才氣的詞人，簡短的小詞體製每不能盡其意的描寫，他往往用一調連作數詞，以抒寫重疊的意境。如定風波就是一個好例：

一

把酒花前欲問他，對花何惜醉顏酡。春到幾人能爛賞，何況無情風雨等閑多。艷樹香叢都幾許，朝暮，惜紅愁粉奈情何。好是金船浮玉浪，相向，十分深送一聲歌。

二

把酒花前欲問伊，忍嫌金盞負春時。紅艷不能旬日看，宜算，須知開謝只相隨。蝶去蝶來猶解戀，難見，回頭還是度年期。莫候飲闌花已盡，方信無人堪與補殘枝。

三

把酒花前欲問公，對花何事訴金鍾。爲問去年春甚處？虛度，鶯聲撩亂一場空。今歲春來須愛惜，難得，須知花面不長紅。待得酒醒君不見，千片，不隨流水即隨風。

四

把酒花前欲問君，世間何計可留春？縱使靑春留得住，虛語，無情花對有情人。

任是好花須落去，今古紅顏能得幾時新？暗想浮生何事好，惟有淸歌一曲倒金樽。

五

過盡韶光不可添，小樓紅日下層簷。春睡覺來情緒惡，寂寞，楊花撩亂拂珠簾。

早是閑愁依舊在，無奈，那堪更被宿酲兼。把酒送春惆悵甚，長恁，年年三月病厭厭！

這雖是五首詞，其實只是一種意境，實只是一首詞，不過爲調體所限，只好分作五首寫耳。此外他又用十首采桑子來寫西湖，用三首漁家傲來寫牛郎織女的故事。這種種例子已可以看出小詞的體製實在過於簡短，不能抒寫繁複曲折的意境。這時候，應該有長調體起來給詞人運用了。

# 第十四章　張先

張先字子野，湖州烏程人，（今吳興。）生於太宗淳化元年。（九九〇）少遊京師，得晏殊的賞識，辟為通判。中仁宗天聖八年（一〇三〇）進士，嘗知吳江縣，官至都官郎中。卒於神宗元豐元年（一〇七八。）宋史不為立傳，故其家世不詳。

張先是活了八十九歲的老詞人，他前後與晏殊，歐陽修，宋祁，柳永，蘇軾諸人同時。他的詞名著於當代，詞的佳話也極多。過庭錄載：

子野郎中一叢花詞云：「沈恨細思，不如桃李猶解嫁東風」，一時盛傳。永叔尤愛之，恨未識其人。子野家南地，以故至都謁永叔。閽者以通，永叔倒屣迎之曰：「此乃『桃李嫁東風』郎中。」

先亦號張三影，樂府紀聞載其故事說：

客謂子野曰：「人咸目公為張三中。」（謂公詞有「心中事，眼中淚，意中人」也。）子野曰：「何不目之為張三影？」客不喻。子野曰：「『雲破月來花弄影，』

「嬌柔懶起，簾壓捲花影，」「柳徑無人墮飛絮無影，」此生平得意者。」（古今詩話有亦同樣記載。）

其「雲破月來花弄影」（天仙子）一首尤著名，人皆稱爲「雲破月來花弄影」郎中。他活到八十多歲的時候，蘇軾做官杭州，還見着他。葉夢得石林詩話說：

張先郎中能爲詩及樂府，至老不衰。居錢塘。蘇子瞻作倅時，先年已八十餘，視聽尙精強，猶有聲妓。子瞻嘗贈以詩云：「詩人老去鶯鶯在，公子歸來燕燕忙，」蓋全用張氏故事戲之。先和云：「愁似鰥魚知夜永，懶同蝴蝶爲春忙，」極爲子瞻所賞。然俚俗多喜傳詠先樂府，遂掩其詩聲。……張先生平本兼致力於詩詞，惟其詩過於典雅纖巧，不爲俚俗所喜，遂爲詞名所掩。至今張先在文學史上的令名，完全是他的詞形成的。所著有安陸集，詞一卷。

張先是跨北宋初期和第二期的詞作者，他的小詞接近晏殊歐陽修一派，他的長詞接近柳永秦觀一派，故論者稱其詞「上結晏歐之局，下開蘇秦之先。」實則張先的長詞並不足稱，也無多大影響於後來的詞壇，我們在這裏所注重敘述的是張先的小詞。

先詞多混入他人的作品，我們且選幾首可靠的詞爲例：

相思令

蘋滿溪，柳遶堤，相送行人溪水西，歸時隴月低。　煙霏霏，風淒淒，重倚朱門聽馬嘶；寒鷗相對飛。

更漏子

錦筵紅，羅幕翠，侍宴美人姝麗。十五六，解憐才，勸人深酒杯。　黛眉長，檀口小，耳畔向人輕道：「柳陰曲，是兒家，門前紅杏花。」

南鄉子

何處可魂消，京口終朝兩信潮。不管離人千疊恨，滔滔，催促行人動去橈。　記得舊江皐，綠楊輕絮幾條條。春水一篙殘照闊，遙遙，有個多情立畫橋。

菩薩蠻

夜深不至春蟾見，令人更更情飛亂。翠幕動風亭，時疑響屧聲。　花香聞水榭，幾誤飄香麝。不忍下朱扉，遶廊重待伊。

慶佳節

芳菲節，芳菲節，天意應不虛設。對酒高歌玉壺闕，慎莫負，狂風月。　人間萬事何時歇？空贏得鬢成雪。我有閑愁與君說，且莫用，輕離別。

先詞之佳者，只有這一類饒有情韻的白話小詞。他所自負的三「影」詞，過於纖巧，並沒有特殊的意境和情調。倒是他的一首自己未嘗稱道過的「隔牆送過秋千影」詞，寫得很好：

靑門引

乍暖還輕冷，風雨晚來方定。庭軒寂寞近清明。殘花中酒，又是去年病。 樓頭畫角風吹醒。入夜重門靜。那堪更被明月，隔牆送過秋千影。

先詞大部分是着力於「纖巧」一方面。雖有論者稱其「韻高」，稱其「情有餘」；然其才短，故所作終難預於第一流詞人之列。

至於他的長詞，更不足以代表作者詞的特色，詳見下面慢詞的起來與柳永一章，這裏不贅。

# 第十五章　晏幾道等

晏幾道也是屬於第一時期的小詞作家。

幾道字叔原，號小山，晏殊的幼子。他生成是一個富於情感的文學家，性情浪漫，不喜拘束，不適宜於政治活動，故其官位止於監潁昌許田鎮。黃庭堅在小山詞序上有一段話將他的爲人很說得明白：

叔原固人英也，其痴亦自絕人。……仕宦之連蹇而不一傍貴人之門，是一痴也；論文自有體，不肯一作新進士語，此又一痴也；費資千百萬，家人寒飢，而面有孺子之色，此又一痴也；人百負之而不恨，已信人終不疑其欺己，此又一痴也。

這樣一個痴人，絕似李後主。他有的是「赤子之心，」有的「眞情之流，」他全不懂怎樣做人，不懂怎樣處世，故處處遭人欺負，落拓不堪。這種性格完全是文學家的性格。

幾道是一個最富於殉情主義傾向的詞作者，在這個時期的詞人中。他的造詣高於晏殊，張先，而與歐陽修相伯仲。有小山詞一卷，原名補亡，自跋云：

補亡一編，補樂府之亡也。叔原往者浮沈酒中，病世之歌詞不足以析酲解慍，試續南部諸賢餘緒，作五七字語，期以自娛。不獨叙其所懷，兼寫一時盃酒間聞見，所同遊者意中事。嘗思感物之情，古今不易。竊以謂篇中之意，昔人所不遺，第於今無傳爾。故今所製，通以補亡名之。始時沈十二廉叔，陳十君寵家有蓮鴻，蘋雲，品清謳娛客。每得一解，即以草授諸兒，吾三人持酒聽之，爲一笑樂。已而君寵疾廢臥家，廉叔下世，昔之狂篇醉句，遂與兩家歌兒酒使俱流傳於人間。自爾郵傳滋多，積有竄易。……

由這段自跋，很可以明白他的詞所寫的，都是當時宴樂聲伎的實錄，都是給女孩子們唱的歌詞，故其詞的大部分是艷思綺語。

浣溪沙

家近旗亭酒易酤，花時長得醉工夫，伴人歌笑嬾妝梳。　戶外綠楊春繫馬，床頭紅燭夜呼盧。相逢還解有情無？

臨江仙

夢後樓台高鎖，酒醒簾幕低垂。去年春恨却來時，落花人獨立，微雨燕雙飛。

記得小蘋初見，兩重心字羅衣。琵琶絃上說相思。當時明月在，曾照綵雲歸。

醉落魄

休休莫莫，離多還是因緣惡。有情無奈思量着。月夜佳期近，寫青牋約。心心口口長恨昨，分飛容易當時錯。後期休似前歡薄，買斷青樓，莫放春閑却。

鷓鴣天

彩袖殷勤捧玉鍾，當年拚却醉顏紅。舞低楊柳樓心月，歌盡桃花扇底風。從別後，憶相逢，幾回魂夢與君同。今宵剩把銀釭照，猶恐相逢是夢中。

又

小令尊前見玉簫，銀燈一曲大妖嬈。歌中醉倒誰能恨，唱罷歸來酒未消。春悄悄，夜迢迢，碧雲天共楚宮腰。夢魂慣得無拘檢，又踏楊花過謝橋。

晏幾道是一個翩翩佳公子，他的青春是在「舞低楊柳樓心月，歌盡桃花扇底風」場中消磨的，他的生活態度是「夢魂慣得無拘檢，又踏楊花過謝橋」般浪漫的。其詞之綺艷者如「生憎繁杏綠陰時，正礙粉牆偷眼覷」（玉樓春，）「淡烟微雨。好個雙棲處」（點絳脣，）「只消鴛枕夜來閑，曉鏡心情便嬾」（西江月，）都是極生動的描寫。他的詞所寫的不外歌人妓女，如小蘋，小蓮，師師，阿茸等，均見其反復題詠。卽有愁怨之詞，亦藉以寄相思之情而已。言情以外，幾道別無抒寫的題材也。

采桑子

秋來更覺銷魂苦，小字還稀。坐想，行思，怎得相看似舊時。南樓把手憑肩處，風月應知。別後除非夢裏時時得見伊。

蝶戀花

醉別西樓醒不記，春夢秋雲，聚散眞容易。斜月半窗還少睡，畫屏閒展吳山翠。衣上酒痕詩裏字，點點行行，總是淒涼意。紅燭自憐無好計，夜寒空替人垂淚。

采桑子

西樓月下當時見，淚粉偷勻，歌罷還顰，恨隔爐煙看未眞。 別來樓外垂楊縷，幾換靑春。倦客紅塵，長記樓中粉淚人。

幾道痴於情。他後來人事不偶，終於下位，往日歡情，風流雲散，自不免憮然。他的自跋說：「追維往昔過從飲酒之人，或壠木已長，或病不偶。考其篇中所紀悲歡合離之事，如幻如電，如昨夢前塵，但能掩卷憮然，感光陰之易遷，歎境緣之無實也！」

評者多給譽於晏幾道的詞，黃庭堅說：「叔原樂府，寓以詩人句法，精壯頓挫，能動搖人心。合者高唐洛神之流，下者不減桃葉團扇。」陳質齋說：「叔原詞在諸名勝集中獨可追逼花間，高處或過之。」周濟說：「晏氏父子，仍步溫韋，小晏精力尤勝。」不錯，幾道的詞是純粹屬於花間集一派的。他的作品情深意摯，於綺艷之中含有淒涼之意，其成就自非富貴氣大濃的晏殊所能企及。

○　○　○　○

應該屬於北宋第一期的小詞作者，除以上所述的諸大家外，尚有許多文人，亦有小詞流傳。他們雖未專力於詞，沒有詞的作集，不能稱爲「詞家，」但偶作小詞，往往清蔚雋永，有足珍者，茲爲補錄於此。

賈昌朝字子明，獲鹿人。天禧中進士。累拜同中書門下平章事兼侍中，封許國公，進魏國公，卒謚文元。有作集。詞傳木蘭花令：

都城水淥嬉遊處，仙棹往來人笑語。紅隨遠浪泛桃花，雪散平堤飛柳絮。　東君欲共春歸去，一陣狂風和驟雨。碧油紅旆錦障泥，斜日畫橋芳草路。

黃昇云：「文元公平生惟賦此一詞，極有風味。」

王琪字君玉，華陽人。舉進士。歷官知制誥，加樞密直學士，以禮部侍郎致仕。詞如望江南：

江南雨，風送滿長川。碧瓦烟昏沉柳岸，紅綃香潤入梅天，飄灑正瀟然。　朝與暮，長在楚峯前。寒夜愁欹金帶枕，春江深閉木蘭船，烟渚遠相連。

作者曾入詞人晏殊的幕府，歐陽修，王安石均賞其詞。陳輔之云：「王君玉有望江南詞十首，自謂謫仙。王荊公酷愛其『紅綃香潤入梅天』之句。」歐陽修則喜其詠燕詞「烟徑掠花飛遠遠，曉窗驚夢語忽忽」一聯。（能改齋漫錄）

葉清臣字道卿，長洲人。天聖初進士。歷官翰林學士，權三司使，罷知河陽，卒贈左諫議大夫。有集。詞如賀聖朝：

滿斟綠醑留君住，莫匆匆歸去。三分春色二分愁，更一分風雨。　花開花謝，都來幾許？且高歌休訴。不知來歲牡丹時，再相逢相處？

韓琦字稚圭，安陽人。天聖中進士。嘉祐初，同中書門下平章事，集賢殿大學士，進魏國公，拜右僕射，卒贈尚書令，謚忠獻。徽宗追贈魏郡王。有安陽集。吳曾能改齋漫錄說：「皇祐初，魏公鎮揚州，撰維揚好四章，所謂『二十四橋千步柳，春風十里上珠簾』是也。

後罷相出鎮安陽，復作安陽好詞十章。」今舉其點絳唇一詞爲例：

病起懨懨，庭前花影添憔悴。亂紅飄砌，滴盡真珠淚。　惆悵前春，誰向花前醉。愁無際，武陵凝眺，人遠波空翠。

詞苑說：「公經國大手，而小詞乃以情韻勝人。」

宋祁字子京，安州安陸人，徙開封之雍丘。天聖中進士。累遷知制誥，工部尚書，翰林學士承旨。卒贈尚書，諡景文。著有出麾小集、西洲猥稿。其詞名甚著。李端叔稱他「以餘力游戲爲詞，而風流閑雅，超出意表。」今舉玉樓春一詞爲例：

東城漸覺風光好，縠皺波紋迎客棹。綠楊烟外曉寒輕，紅杏枝頭春意鬧。　浮生長恨歡娛少，肯愛千金輕一笑。爲君持酒勸斜陽，且向花間留晚照。

作者此詞曾膾炙一時，人皆稱爲「紅杏枝頭春意鬧」尚書。他的好事近、浪淘沙諸詞都寫得很好。可惜其詞傳者不多。

張昇字杲卿，韓城人。第進士。累官參知政事，以彰信軍節度使，同中書門下平章事，判許州，改鎮河陽。以太子太師致仕，贈司徒兼侍中，諡康節。詞如離亭燕：

一帶江山如畫，風物向秋瀟灑。水浸碧天何處斷，霽色冷光相射。蓼嶼荻花洲，掩映竹籬茅舍。雲際客帆高掛，烟外酒旗低亞。多少六朝興廢事，盡入漁樵閑話。

悵望倚層樓，寒日無言西下。

作者傳詞不多，而此詞則頗具悲壯之感，一掃纖艷之迹。

謝絳字希深，富陽人。舉進士。歷官兵部員外郎，擢知制誥，判吏部流內，銓太常禮院，出知鄧州。有作集。詞如夜行船：

昨夜佳期初共，鬢雲低，翠翹金鳳。尊前和笑不成歌，意偷傳，眼波微送。　草草不容成楚夢，漸寒深，翠簾霜重。相看送到斷腸時，月西斜，畫樓鐘動。

絳善寫艷詞，他的菩薩蠻、訴衷情諸詞亦有很生動的綺語。

梅堯臣字聖俞，宣城人。初以蔭爲河南主簿，歷鎮安判官。仁宗召試，賜進士出身，爲國子監直講，遷都官員外郎。有宛陵集。堯臣爲當時著名詩人之一。其詞蘇幕遮很有名：

露隄平，烟墅杳，亂碧萋萋，雨後江天曉。獨有庾郎年最少，窣地春袍，嫩色宜相照。　接長亭，迷遠道，堪怨王孫，不記歸期早。落盡梨花春又了。滿地殘陽，翠色和烟老。

這是一首詠草的詞，能改齋漫錄稱歐陽修「擊節賞之」。

李冠字世英，歷城人。以文學稱於京東。舉進士不第，官乾寧主簿。有東本集。詞傳蝶戀花：

遙夜亭皐閑信步，才過清明，漸覺傷春暮。數點雨聲風約住，朦朧淡月雲來去。桃杏依稀香暗度，誰在秋千，笑裏輕輕語。一寸相思千萬縷，人間沒個安排處。

王安石說：「張子野『雲破月來花弄影，』不如冠『朦朧淡月雲來去』也。」

司馬光字君實，夏縣人。寶元初中進士甲科。累官資政殿學士，尚書左僕射，兼門下侍郎。卒贈太師溫國公，諡文正。有傳家集。此公文章道德，世所矜式，然作爲小詞，風味極不淺。例如西江月：

寶髻鬆鬆梳就，鉛華淡淡粧成。紅雲翠霧罩輕盈，飛絮遊絲無定。　相見爭如不見，有情還似無情。笙歌散後酒微醒，深院月明人靜。

若此情詞，即求之六一居士詞與小山詞中亦不可多得也。

以上共敍錄十八人。此外尚有未提及的同時的詞作者，都只是一二詞流傳後世，不甚著名於詞壇，均見本編末章北宋詞人補誌。

第二編 北宋詞

# 第十六章　慢詞的起來與柳永

當仁宗朝，晏殊、歐陽修、張先諸人的小詞盛極一時之際，忽然出來了一位革命的新進詞家柳永，他專門寫作長詞，一掃舊風，其作品流行一時，把小詞的風勢竟然壓倒了。可以說，以前北宋的詞壇完全是小詞的地盤，完全是因襲五代的詞風；至柳永起來以後，北宋詞才進於第二期的發展，才衍小詞爲長調，才創造詞的新風格。

我們遍讀柳永以前的歌詞，以小令爲最多，中調已經很少了，至九十一字以上的長調，則完全沒有。相傳後唐莊宗李存勗的歌頭，歐陽修的摸魚兒慢等詞，雖係長調，然均不可信。歌頭長至一百三十六字，此種鉅製，至北宋初期尚無第二首，而謂出於五代初年，未免過於突兀，孤立無和。萬樹詞律謂後半叶韻甚少，必有訛處；前半亦未必確然。夫莊宗乃深通音律者，作詞必不訛誤若此，自係後人僞作。至歐陽修之詞，所作以小詞爲最多。堪稱長調者僅摸魚兒慢、御帶花、涼州令等數詞。摸魚兒慢與本調不合，後段則竟全異；御帶花則以詠元夕而有「作晝會」之語，文字錯誤；涼州令一調則至柳永時始作小令，歐陽修何能預先衍為長調？且歐陽氏集中所塡各調，大都係因襲舊有，可見作者並不着意於新聲，乃覺謂其創製長調，自亦未免突兀，叫我們不敢輕信。歐集本多混雜，這幾首作品，當是後人之作，僞為歐詞。

長調之創作實始於柳永，南宋初年人吳曾著能改齋漫錄即說：

按詞自南唐以來，但有小令。慢詞當起於宋仁宗朝，中原息兵，汴京繁庶，歌台舞席，競賭新聲。耆卿（柳永）失意無俚，流連坊曲。遂盡收俚俗語言，編入詞中，」以便伎人傳習。一時動聽，散播四方。其後東坡、少游、山谷等相繼有作，慢詞遂盛。

慢詞類皆長詞，宋翔鳳樂府餘論上說：「詞由小令而有引詞，又曰近詞，謂引而近之也。又次而有慢詞。慢者，曼也，謂曼聲而歌者也。」原來慢詞是北宋的新興樂府，牠的內容聲調偏於曼艷一方面，牠的形體較長於小令。如果照宋人編的草堂詩餘的詞的分類法，以五十八字以內為小令，五十九字至九十字為中調。九十一字以外為長調，（此種分類法實極勉強）則慢詞大都係九十一字以上的長調，亦有入中調者，然不多。我們說柳永首創慢詞，就是說他首創長篇的歌詞；他的樂章集幾乎就是一部慢詞作集，就是一部長歌集，除了少數的小詞以外。

何以長篇的歌詞會自柳永產生呢？這一個問題倒不可不在這裏加以解釋。

我們知道詞體是以樂曲爲模型的。照這個原則說，詞體的轉變是跟隨着樂曲的。宋初的樂曲已經大部分不同於五代的樂曲了。宋史樂志說：

太宗洞曉音律，前後親制大小曲，及因舊曲創新聲者，總三百九十。凡制大曲十八，曲破二十九，琵琶獨彈曲破十五，小曲二百七十；因舊曲造新聲者五十八。……

由這段記錄，我們知道太宗所製曲因舊曲造新聲者只有五十八，而自創的新曲竟多至三百三十二，可見北宋初年新樂曲已經很盛了。樂志又說：

民間作新聲者甚衆，而教坊不用。太宗所製曲，乾興以來通用之。……仁宗洞曉音律，每禁中度曲以賜教坊，或命教坊使撰進，凡五十四曲，朝廷多用之。……

由這段記錄我們又知道當時民間的樂曲也很繁盛，可是他們製的曲調與政府的樂曲完全不同，故教坊只用太宗仁宗們所撰製及其自製的樂曲，而民間則另有流行的新聲，另有流行的俚俗的新聲歌詞。當時的詞人如晏殊，歐陽修等雖時代略早於柳永，但他們都是名臣學者，在這種政府樂曲與民間樂曲異道揚鑣的局面之下，自不會來創導模擬民間的新聲。只有風流倜儻，藝術創作慾旺盛的詞人柳永，當他「失意無俚，流連坊曲」之際，才懂得賞鑑民衆的新樂曲及其歌詞的妙處，才「盡收俚俗語言，編入詞中。」李清照詞論上說：

如有柳屯田永者，變舊聲，作新聲，出樂章集，大得聲稱於世。……

柳永不喜歡去塡那些晚唐五代至北宋初期的詞人寫厭塡慣了的老調兒，而採取時新的民間樂曲，用俚俗的語言寫成曼艷的新詞，自然會「大得聲稱於世」。

柳永的詞就是代表當時民間的新聲樂府。舊聲但有小令，新聲便有慢詞。蓋樂曲既繁，逐漸增衍，「益其節拍，廣其韻疊，延其聲音，豐其情意」，而小令自衍為慢詞矣。

詞至北宋，作者正嫌小詞太簡短，不能描繪盡致，窮意竭言；且為用已久，亦嫌陳舊；慢詞之興，正是給文人詞客賣弄才華的好機會。故自柳永創製慢詞以後，張先秦觀輩繼續有作，慢詞遂盛。於是這種民間的新聲樂府乃變成文人社會裏的正統文學了。

此是後話不提，且先讓我們來介紹這位慢詞第一個作家柳永吧。

○ ○ ○ ○

柳永初名三變，字耆卿，（葉夢得避暑錄話以為初名永，後改名三變，似誤。）福建崇安人。（朱彝尊詞綜作樂安，亦誤。）時人稱為柳七。他生卒年不詳，約生於公元一〇〇〇年左右，屬十一世紀上半期的人。父宜擢，官至工部。有兄三復，三接，皆工文，號「柳氏三絕。」他的家世可考者僅此。

永少年時詞名已著。葉夢得說他「爲舉子時，多游狹邪，善爲歌辭。教坊樂工每得新腔，必求永爲辭，始行於世。於是聲傳一時。」（避暑錄話）不料他的功名適爲其詞名所累。吳曾能改齋漫錄載：

仁宗留意儒雅，務本向道，深斥浮艷虛華之文。初進士柳三變好爲淫冶謳歌之曲，傳播四方。嘗有鶴沖天詞云：「忍把浮名換了淺斟低唱。」及臨軒放榜，特落之曰：「且去淺斟低唱，何要浮名」？……

他後來至景祐元年（一〇三四）方纔登進士第。改名爲永，始得爲睦州掾官。官至屯田員外郎，世號柳屯田。後又因作詞失歡於仁宗，黃昇唐宋諸賢絕妙詞選載：

永爲屯田員外郎。會太史奏老人星見。時秋霽，宴禁中。仁宗命左右詞臣爲樂章。內侍屬柳應制。柳方冀進用，作此詞（按即醉蓬萊）奏呈。上見首有「漸」字，色若不懌。讀至「宸遊鳳輦何處，」乃與御製眞宗挽詞暗合，上慘然。又讀至「太液波翻，」曰：「何不言波澄？」投之於地，自此不復擢用。

柳永本欲以詞求進，詎料一再被黜，官位便止於一個小小的屯田員外郎，從此便永遠「失意無俚」了，他不得不忍把浮名來換「淺斟低唱」了。他自稱「奉旨塡詞柳三變，」浪游娼樓酒館間，無復檢率。他的詞大都是替樂工們撰的，給歌伎們唱的。他這樣縱情於聲色，在歌舞塲中過了一生。相傳他死於襄陽，家無餘財。羣妓合金葬之於南門外。（獨醒雜志謂葬在棗陽縣之花山）每春月上冢，謂之「弔柳七。」但王士禎詩云：「曉風殘月仙掌路，何人爲弔柳屯田？」按仙人掌地在儀眞之西，與棗陽襄陽相距數千里。然則這位落魄的詞人的孤墳究在何處呀？我人惟有臨風憑弔他的精靈呢。

○　○　○　○

我們所能知道的柳永的事蹟，盡於上述。現在，請言其詞。

柳永對於詞的最大的貢獻，是在他的創調。他一方替詞壇開闢了一條「慢詞」的新路，一方又獻給後來詞人許多慢詞的新調。這許多新調是都經柳永的嘗試成功，而給與後人塡詞的大便利的。我們讀柳永的樂章集，前不經見的創調極多。約略計算，九十一字以外的長調共有七十曲：

黃鶯兒　雪梅香　送征衣　玉女搖仙佩

早梅芳　晝夜樂　笛家弄　傾杯
迎新春　曲玉管　尾犯　女冠子
滿朝歡　傳花枝　雨霖鈴　定風波
尉遲杯　慢卷紬　征部樂　法曲獻仙音
采蓮令　歸朝歡　西平樂　浪淘沙慢
一寸金　永遇樂　夏雲峯　內家嬌
破陣樂　雙聲子　陽台路　拋球樂
二郎神　醉蓬萊　宣清　賢集賓
錦堂春　留客住　隔簾聽　應天長
鳳歸雲　安公子　合歡帶　長相思慢
戚氏　輪台子　引駕行　望遠行
彩雲歸　擊梧桐　夜半樂　洞仙歌
祭天神　八六子　長壽樂　離別難
望海潮　如魚水　滿江紅　玉蝴蝶

竹馬子　迷神引　六么令　八聲甘州
玉山枕　透碧霄　瑞鷓鴣　塞孤
臨江仙　木蘭花慢

不及九十一字的中調及小令詞亦有三十五曲：

鬬百花　甘草子　柳腰輕　鳳銜杯
夢還京　受恩深　看花回　鶴沖天
柳初新　兩同心　金蕉葉　婆羅門令
惜春印　佳人醉　迷仙引　秋蕊香
秋夜月　法曲第二　思歸樂　卜算子慢
駐馬聽　歸去來　荔枝香　鵲橋仙
過澗歇近　小鎮西　剔銀燈　甘州令
西施　郭郎兒近　憶帝京　祭天神
梁州令　訴衷情近　促拍滿路花

這裏所錄的一百零五個曲調，有小部分是由舊曲衍爲新聲，如女冠子、定風波、浪淘沙、內家嬌、拋球樂、集賢賓、應天長、長相思、望遠行、洞仙歌、離別難，玉蝴蝶，瑞鷓鴣，塞孤，臨江仙，鳳銜杯，鶴沖天，歌蕊香，卜算子，鵲橋仙，訴衷情近等調皆小令衍爲慢詞。其大部分的詞調則都是新聲樂曲。其長者如戚氏竟長至二百十二字，拋球樂亦有一百八十八字。此皆柳永辛苦地從民間樂府介紹到文人的詞壇裏來，使貧乏的詞壇平添一百多個新的詞調。由這許多新調，引導着後進詞人都向慢詞方面去努力；由這許多新調，給後人塡寫了無數的雋妙新詞，因以造成詞壇的新發展。論首倡之功，自不能不推崇柳永吧。

○　○　○　○

說到這裏，我們要開始談柳永的詞了。

柳永所作詞，其最大的成績是貢獻給詞壇以一種新的詞風，是在五代初宋人詞中所找不出來的詞風。雖然他的描寫也和前人一樣限於旅思閨情，却已打破以前「詞必以含蓄雋永爲工」的律令，捨棄了五代初宋人詞的婉約風致，而盡情地作層疊鋪敍，展衍無餘的描寫。這種詞的佳處是能將繁複的意境，纏綿的情思，寫得淋漓盡致，備足無餘。例如：

八聲甘州

對瀟瀟暮雨灑江天，一番洗淸秋。漸霜風淒緊，關河冷落，殘照當樓。是處紅衰翠減，苒苒物華休。惟有長江水，無語東流。 不忍登高臨遠，望故鄉渺邈，歸思難收。歎年來蹤迹，何事苦淹留！想佳人妝樓長望，誤幾回天際識歸舟。爭知我倚闌干處，正恁凝愁！

玉蝴蝶

望處雨收雲斷，凭欄悄悄。目送秋光，晚景蕭疎，堪動宋玉悲涼。水風輕，蘋花漸老；月露冷，梧葉飄黃。遣情傷，故人何在，煙水茫茫。 難忘文期酒會，幾辜風月，累變星霜。海闊山遙，未知何處是瀟湘。念雙燕，難憑遠信；指暮天，空識歸航。黯相望，斷鴻聲裏，立盡斜陽。

雨霖鈴

寒蟬淒切，對長亭晚，驟雨初歇。都門帳飲無緒，方留戀處，蘭舟催發。執手相看淚眼，竟無語凝咽。念去去千里烟波，暮靄沉沉楚天闊。 多情自古傷離別，更那堪冷落清秋節！今宵酒醒何處？楊柳岸，曉風殘月。此去經年，應是良辰好景虛設。便縱有千種風情，更與何人說？

「含意無窮，」是北宋初期詞風的特色；「情思展衍，」是北宋二期詞風的特色。柳永便正是第二期詞風的創造者。他的詞能狀難描之景，達難寫之情，而出之以自然。尤長于寫男女相思之情，例如：

鳳棲梧

獨倚危樓風細細，望極，離愁黯黯生天際。草色山光殘照裏，無人會得憑欄意。也擬疎狂圖一醉，對酒當歌，彊樂還無味。衣帶漸寬終不悔，爲伊消得人憔悴。

晝夜樂

洞房記得初相遇，便只合長相聚。何期小會幽歡，變作離情別緒。況値闌珊春色暮，對滿目亂花狂絮。直恐好風光，盡隨伊歸去。　一場寂寞憑誰訴，算前言總輕負。早知恁地難拚，悔不當初留住。其奈風流端正外，更別有繫人心處。一日不思量，也攢眉千度。

如果我們激賞作者這種描繪入微的情語，不妨再舉幾首詞爲例：

定風波

自春來，慘綠愁紅，芳心是事可可。日上花梢，鶯穿柳帶，猶壓香衾臥。煖酥銷，膩雲嚲，終日厭厭倦梳裹。無那！恨薄情一去，音書無個。　早知恁般麼，悔當初不把雕鞍鎖。向鷄窗，只與蠻牋象管，拘束教吟詠，鎮相隨，莫拋躲，鍼綫閑拈伴伊坐，和我，免使少年光陰虛過。

菊花新

欲掩香幃論繾綣，先斂雙蛾愁夜短。催促少年郎，先去睡鴛衾圖暖。　須臾放了殘鍼線，脫羅裳恣情無限。留取帳前燈，時時待看伊嬌面。

也許我們嫌這種詞過於曼艷，但這樣的詞在樂章集裏面眞是不勝舉例，如鶴沖天的「假使重相見，還得似舊時麼？悔恨無計，那迢迢長夜，自家只恁摧挫，」殢人嬌的「恨浮名牽繫，無分得與你恣情濃睡，」甘草子的「卻傍金籠，共鸚鵡念粉郎言語，」木蘭花令的「風流腸肚不堅牢，只恐被伊牽引斷，」都是風流艷冶之詞。柳永本是一個縱情聲色的浪漫者，故所作總不離男女之情。如果除去艷詞一部分，樂章集便無詞可讀了。我們不是抱道德的觀念來讀詞，爲什麼要反對寫得佳妙的艷詞呢？

柳永的詞是在當時最受民衆歡迎的。葉夢得說：「余仕丹徒，嘗見一西夏歸朝官云：『凡有井水處，卽能歌柳詞。』言其傳之廣也。」（避暑錄話）陳師道也說：「柳三變作新樂府，骫骳從俗，天下詠之（後山詩話）相傳金主亮讀了他的望海潮詞「有三秋桂子，十里荷花」之句，欣然起投鞭渡江之志。范鎮讀了他的詞也說：「仁宗四十二年太平，鎮在翰苑十餘載，不能出一語詠歌，乃於耆卿詞見之。」（方輿勝覽）凡此均可見柳永詞在當時的流行與影響，絕非只給文人士夫誦讀的晏、張、歐陽諸人的詞所能企及。

論者每嫌柳詞俚俗，風格不高。這種批評是無損於柳詞的偉大的。陳質齋說得好：

> 柳詞格不高，而音律諧婉，詞意妥帖，承平氣象，形容曲盡。尤工於羈旅行役。

宋翔鳳也說：

> 柳詞曲折委婉，而中具渾淪之氣。雖多俚語，而高處足冠橫流。……以屯田一生精力在是，不似東坡輩以餘事為之也。

這兩段話把柳永詞的特點闡明無遺了。

○　○　○　○

與柳永齊名的詞人張先，也有慢詞的創作。他作集中的山亭宴慢、謝池春慢，宴春台慢，少年遊慢，卜算子慢，皆由小令衍為慢曲；又有歸朝歡，喜朝天，破陣樂，滿江紅，傾杯，沁園春，剪牡丹，滿庭芳，汎靑苔，勸金船：漢宮春諸長調，則當時流行之新聲也。今舉卜算子慢為例：

溪山別意，煙樹去程，日落采蘋春晚。欲上征鞍，更掩翠簾回面，相盼。惜彎彎淺黛，長長眼。奈畫閣歡遊，也學狂風飛絮輕散。水影橫池館，對靜夜無人，月高雲遠。一晌凝思，兩眼淚痕還滿。難遣！恨私書又逐東風斷。縱夢澤層樓萬尺，望湖城那見？

先短於才，只能寫小令；其長調過於典雅纖巧，實非佳品。即其最有名的謝池春慢亦不過爾爾。怪不得時人以爲張先不如柳永了。

以政治家兼文學家的王安石，亦工長短句。安石字介甫，臨川人。（一〇二一——一〇八六）亦爲與柳永略同時代而作慢詞者。其桂枝香極有名：

登臨送目，正故國晚秋，天氣初肅。千里澄江似練，翠峯如簇。歸帆去棹殘陽裏，背西風酒旗斜矗。綵舟雲淡，星河鷺起，畫圖難足。念往昔繁華競逐，歎門外樓頭，悲恨相續。千古憑高，對此謾嗟榮辱。六朝舊事隨流水，但寒烟芳草凝綠。至今商女時時猶唱後庭遺曲。

此詞具悲壯風調，已非柳永一派的作風了。相傳蘇軾讀此詞後，歎稱「此老乃野狐精，」蓋賞其工於詞也。安石才氣甚足，宜於寫長調。可惜其詞雖有臨川先生歌曲一卷，然長調殊不多見耳。

第一篇 北宋詞

# 第十七章　秦觀

秦觀是繼柳永而起的慢詞作家。字少游，號太虛，揚州高郵人，生於宋仁宗皇祐元年（一〇四九。）宋史文苑傳稱他：「少豪雋慷慨，溢於文詞……強志盛氣，好大而見奇。」登進士第。以詩文受知於蘇軾，軾以爲有屈宋才。王安石亦稱其詩「清新似鮑謝。」元祐初年，蘇軾以賢良方正薦他於朝，除太學博士，祕書省正字，後兼國史院編修官。紹聖初，坐黨籍削秩，貶放於處州，累徙柳州、橫州、雷州等處。後放還至藤州，醉死於光化亭。時爲元符三年（一一〇〇）。遺著有文集四十卷，詞有淮海詞一卷。

秦觀爲蘇門四學士之一，在四學士中蘇軾尤善視觀，而稱賞其詞。但就詞而論，則他倆的詞風完全不同。觀詞最接近柳永一派，與蘇軾的詞風全異其趨。高齋詞話記：

> 秦少游自會稽入京見東坡。東坡曰：「不意別後公却學柳七作詞」。秦答曰：「某雖無學，亦不至是。」東坡曰：「『消魂當此際』非柳七句法乎」？秦慚服。

葉夢得避暑錄話也說：

子瞻（蘇軾）最善少游，然猶以氣格爲病，故嘗戲云：『山抹微雲』秦學士，『露花倒影』柳屯田。」

這兩段話雖是戲言，的是確論，均足以看出秦觀和柳永接近的痕跡。我們知道柳永在當時雖名滿天下，可就是一個落魄的才子，無行的文人；矜貴的文學家也許要以模擬柳七爲恥。然而大家雖口裏都不肯模擬柳七，而自己的作品却不知不覺的都追隨柳七的詞風跑。原來，自仁宗朝以後，北宋的詞壇是柳永的權威了。只有柳永一派的詞才受民衆的歡迎，才是時代的文學。故秦觀他們無形地受柳永的影響很深。卽以負文譽最高的蘇軾，作爲長短句詞，精妙絕倫，而其詞名猶不及秦觀；則以秦觀能繼承柳永的衣鉢，故其詞能格外獲得一般社會的賞識傳誦。

秦觀的慢詞亦如柳永善於鋪敍，我們且舉他的幾首得意的慢詞爲例：

滿庭芳

山抹微雲，天粘衰草，畫角聲斷譙門。暫停征棹，聊共引離尊。多少蓬萊舊事，空回首，煙靄紛紛。斜陽外，寒鴉數點，流水遶孤村。　消魂當此際，香囊暗解，羅帶輕分。漫贏得青樓薄倖名存。此去何時見也？襟袖上空染啼痕。傷情處，高城望斷，燈火已黃昏。

望海潮

梅英疏淡，冰澌溶洩，東風暗換年華。金谷俊遊，銅駝巷陌，新晴細履平沙。長記誤隨車，正絮翻蝶舞，芳思交加。柳下桃蹊，亂分春色到人家。西園夜飲鳴笳，有華燈礙月，飛蓋妨花。蘭苑未空，行人漸老，重來是事堪嗟！煙暝酒旗斜，但倚樓極目，時見棲鴉。無奈歸心，暗隨流水到天涯。

秦觀深通音律，葉夢得說他的樂府「語工而入律，知樂者謂之作家。」其詞多爲世所歌誦。相傳秦觀性不耐聚稿，間有淫章醉句，輒散落青帘紅袖間。故今所傳者不多。其表綺艷之情最活躍者當推河傳二首：

亂花飛絮，又望空鬭合，離人愁苦。那更夜來一霎薄情風雨，暗掩將春色去。籬枯壁盡因誰做？若說相思，佛也眉兒聚。莫怪爲伊，抵死縈腸惹肚，爲沒教人恨處。

又

恨眉醉眼，甚輕輕覷着，神魂迷亂。常記那回小曲欄干西畔，鬢雲鬆，羅襪剗。

丁香笑吐嬌無限，語軟聲低，道「我何曾慣」？雲雨未諧，早被東風吹散。悶損人，天不管。

寫艷情似乎還不是秦觀的特長，他的拿手戲乃是悲劇的描寫：

江城子

西城楊柳弄春柔，動離憂，淚難收。猶記多情曾爲繫歸舟。碧野朱橋當日事，人不見，水空流。韶華不爲少年留，恨悠悠，幾時休？飛絮落花時候，一登樓。便做春江都是淚，流不動，許多愁！

踏莎行

霧失樓台，月迷津渡，桃源望斷無尋處，可堪孤館閉春寒，杜鵑聲裏斜陽暮。驛寄梅花，魚傳尺素，砌成此恨無重數。郴江幸自繞郴山，爲誰流下瀟湘去？

此二詞淒涼哀怨，實是聖品。王國維說他的「詞境最爲淒婉，至『可堪孤館閉春寒，杜鵑聲裏斜陽暮，』則變而淒厲矣。」（人間詞話）馮煦也說「淮海古之傷心人也。」（宋六十一家詞選序）

觀不僅善作慢詞，他的小詞，綽約輕盈，亦多佳製，如：

浣溪沙

漠漠輕寒上小樓，曉陰無賴似窮秋，澹烟流水畫屏幽。　自在飛花輕似夢，無邊絲雨如愁。寶簾閑掛小銀鉤。

虞美人

高樓望斷塵如霧，不見聯驂處。夕陽村外小灣頭，只有柳花無數送歸舟。　瓊枝玉樹頻相見，只恨離人遠。欲將幽恨寄青樓，爭奈無情江水不西流！

如夢令

池上春歸何處？滿目落花飛絮。孤館悄無人，夢斷月堤歸路。無緒，無緒，簾外五更風雨！

他的如夢令共有五首，都是雋品。

在元祐前後的詞人中，秦觀實是極可矜貴的一個。當時及後世的詞話家沒有不極口稱讚他的。

晁補之說：「近來作者皆不及少游。如『斜陽外，寒鴉數點，流水遶孤村，』雖不識字人亦知是天生好言語。」

蔡絛說：「子瞻辭勝乎情，耆卿情勝乎辭，辭情相稱者唯少游而已。」

張綖說：「少游多婉約，子瞻多豪放，當以婉約爲主。」

彭孫遹說：「詞家每以秦七（觀）黃九（庭堅）並稱，其實黃不及秦遠甚。……雖齊名於一時，而優劣自不可掩。」

樓儼說：「淮海詞風骨自高，如紅梅作花，能以韻勝，覺清眞亦無此氣味也。」

以上的批評自未必皆確。平心而論，秦觀詞「辭情相稱」，清韻欲流；雖乏富貴態，非不妍麗；雖氣格不高，然風調綽約，含意淒婉。其在詞史上的地位，縱不能駕乎李後主、蘇軾諸大詞人之上，然其確爲第一流的詞家，自無疑義。

# 第十八章　歌詞的革命者蘇軾

北宋詞至蘇軾，乃入於第三期的發展。

蘇軾字子瞻，號東坡居士，眉州眉山人。生於仁宗景祐三年（一〇三六）。與父洵，弟轍，並有聲於世，時號三蘇。嘉祐初，試禮部第一，歷官翰林學士。紹聖初，坐訕謗，安置惠州，徙昌化。徽宗立，赦還提舉玉局觀。建中靖國元年（一一〇一）卒於常州。高宗卽位，贈太師，諡文忠。他是歷史上負盛名的文學家，生平詳見宋史本傳（卷三三八，）這裏不詳敘。他的著述甚富，詞傳東坡樂府三卷。

就詞之史的發展說，詞風至蘇軾而大變，詞體至蘇軾而得大解放。

請先言詞風之變。

自詞的起源至柳永，中經二百餘年，詞的風格雖有小變，但大體是一致的。這二百餘年的詞壇只有「詞爲艷科」的觀念，只有「詞以婉約爲宗」的觀念。詞人作詞，只是寫的男女之情，旖旎之態。雖李後主有哀思之作，然詞風亦止於淒婉綽約。雖柳永展拓小令爲慢詞，而所抒寫的內容亦無非閨情相思一類。因爲詞的題材限於描寫情愛一科，故兩百多年來的詞都不需要什麼題目，都是無題的情詞。至歐陽修時始有題詠之作，然仍舊是清切婉麗，不失五代風格。至蘇軾詞風始一大變，所作詞輒豪放悲壯，蒼涼飄逸。胡寅說：

> 詞曲至東坡，一洗綺羅香澤之態，擺脫綢繆宛轉之度，使人登高望遠，舉首高歌，逸懷浩氣超乎塵垢之外。於是花間爲皁隸，而耆卿爲輿台矣。

蘇軾以前二百多年的詞都是病態的，溫柔的，女性的詞；直到蘇軾起來，始創爲健康的，壯美的，男性的詞。這般新穎的詞風，當世詞人沒有看慣，自不免訕笑他，視其詞爲「別派，」謂其「雖極天下之工，要非本色」。其實蘇軾的詞，才是最自然的本色詞。吹劍續錄說：

> 東坡在玉堂日，有幕士善歌，因問「我詞比柳耆卿何如？」對曰：「柳郎中詞只好十七八女孩兒，按執紅牙拍，歌『楊柳岸曉風殘月；』學士詞，須關西大漢，執鐵綽板，唱『大江東去。』」公爲之絕倒。

柳永他們喜歡模仿嬌聲，代寫閨情，總不免矯揉造作，失却自然；倒不如蘇軾詞，蓬頭亦足，天然本色。他作詞絕沒有題材的限制，要寫什麼就寫什麼，無思不達，無情不抒。故東坡詞裏面，大都有題，蓋其描寫不限於言情也。他的詞方面最多，而每篇皆寓有作者的個性在，即可見其詞風乃是作者具有強烈的生命力凝成的，自不是一種因襲的綺艷詞風所能範圍他，可以說，蘇軾之創爲新作風，是作者個性的解放。以前作者的個性都是在花間集中埋沒了的，故二百多年的詞風不起什麼大變化。

蘇軾對於詞壇的貢獻，不僅是解放了作者的個性，創造詞的新風格；他並且給予詞體的大解放，使詞體離開樂歌的範圍，成爲純粹的文學之一體。

詞本是歌詞，歌詞必須協樂，故聲律甚嚴。但這種嚴格的聲律往往使創作不能自由，往往因顧及聲律而削剎了詞人的情感意境。若作詞只以應歌，自可不顧及情感意境之完美；若以詞爲文學之一體，則不能只顧聲律。詞雖起源於樂歌，但早已離開音樂的立場，而獨立爲文學之一體了；只是，束縛詞的聲律還仍舊的保存着，爲詞人作詞的障礙。蘇軾是第一個用力來打破束縛詞的無謂的聲律的人，他大刀闊斧的作詞，盡量的發抒自己的情感意境，絕不求聲律的適合與否。他非不懂聲律，他的詞「橫放傑出，自是曲子中縛不住者。」（黃庭堅語）陸游也說：

世言東坡不能歌，故所作樂府詞多不協。晁以道謂紹聖初與東坡別於汴上，東坡酒酣自歌古陽關。則公非不能歌，但豪放不喜裁剪以就聲律耳。

聲律之解放，使詞體脫離樂府方面的羈絆，到純粹的文學田園裏來。以前詞只是樂歌，現在詞完全是文學的一體，不要協樂了；從前作詞的限制很嚴，現在詞人可以拿作詩的題材與方法來作詞了，詞體的束縛解除很多了。

蘇軾眞是詞壇的一員革命健將，他舉以前詞體的限制與風氣，一掃而空之。本來狹隘的詞體，經蘇軾的開闢而範圍遂開拓無窮；在詞裏面可以抒情，可以說理，可以談佛法，可以寫滑稽，……其體用之廣，一如詩歌。這是詞的大解放，這是詞史上的新紀元。

○　○　○　○

往下講蘇軾的詞。

蘇軾詞的造詣是多方面的，他無所不寫，無寫不佳。特別是他的豪放之作，在北宋當首屈一指。且舉數首為例：

念奴嬌（赤壁懷古）

大江東去，浪淘盡千古風流人物。故壘西邊，人道是三國周郎赤壁。亂石崩雲，驚濤裂岸，捲起千堆雪。江山如畫，一時多少豪傑。　遙想公瑾當年，小喬初嫁了，雄姿英發。羽扇綸巾，談笑間，強虜灰飛煙滅。故國神遊，多情應笑我早生華髮。

人生如夢，一尊還酹江月。

陽關曲（贈張繼愿）

受降城下紫髯郎，戲馬台南舊戰場。恨君不取契丹首，金甲牙旗歸故鄉。

水調歌頭（丙辰中秋，歡飲達旦，大醉，作此篇，兼懷子由。）

明月幾時有？把酒問青天。不知天上宮闕，今夕是何年。我欲乘風歸去，又恐瓊樓玉宇，高處不勝寒。起舞弄清影，何似在人間？　轉朱閣，低綺戶，照無眠。不應有恨，何事長向別時圓？人有悲歡離合，月有陰晴圓缺，此事古難全。但願人長久，千里共嬋娟！

蘇軾詞自多「橫放傑出」者，但若因此別之爲「豪放派」，以爲他的詞只合給執鉄綽板的關西大漢唱；或竟說他不能作情語，則大錯了。我們應知蘇軾乃是一位風流不拘的文人，並不是道學先生。他最喜歡和女孩子們接近。也許他寫不出柳永那樣露骨的情語，然他的情詞却另有風趣。例如：

蝶戀花

花褪殘紅青杏小，燕子飛時，綠水人家繞。枝上柳綿吹又少，天涯何處無芳草？

牆裏鞦韆牆外道，牆外行人，牆裏佳人笑。笑漸不聞聲漸悄，多情卻被無情惱！

浣溪沙

道字嬌訛語未成，未應春閣夢多情，朝來何事綠鬟傾？　綵索身輕長趁燕，紅窗睡重不聞鶯，困人天氣近清明。

王士禎說：「『枝上柳綿，』恐屯田緣情綺靡，未必能過。孰謂坡但解作『大江東去』耶？」賀裳說：「子瞻有銅喉鐵板之譏，然浣溪沙『綵索身輕長趁燕，紅窗睡重不聞鶯』，如此風調，令十七八女郎歌之，豈在『曉風殘月』之下？」（詞筌）可知他的小詞也未嘗沒有艷語，不過這類的作品較少耳。

他的詞有描寫田園而作風古樸的，如：

浣溪沙

麻葉層層檾葉光，誰家煮繭一村香，隔籬嬌語絡絲娘。　垂白杖藜抬醉眼，捋青擣麨軟飢腸，問言豆葉幾時黃？

又

簌簌衣巾落棗花，村南村北響繰車，牛衣古柳賣黃瓜。　酒困路長惟欲睡，日高人渴漫思茶，敲門試問野人家。

他的詞也有寫山川風景而作風瀟灑閑散的：

南歌子（湖州作）

山雨蕭蕭過，溪風瀏瀏清。小園幽榭枕蘋汀，門外月華如水，綵舟橫。　苕岸霜花盡，江湖雪陣平。兩山遙指海門青。回首水雲何處覓孤城？

定風波（三月七日沙湖道中遇雨，雨具先去，同行皆狼狽，余獨不覺。已而遂晴，故作此。）

莫聽穿林打葉聲，何妨吟嘯且徐行。竹杖芒鞋輕勝馬，誰怕？一蓑煙雨任平生。料峭春風吹酒醒，微冷。山頭斜月卻相迎。回首向來蕭瑟處，歸去，也無風雨也無情。

他的詞也有詠物而作風纏綿悱惻的，如水龍吟（次韻章質夫楊花詞）

似花還似飛花，也無人惜從教墜。拋家傍路。思量卻是，無情有思。縈損柔腸，困酣嬌眼，欲開還閉。夢隨風萬里，尋郎去處，又還被鶯呼起。　不恨此花飛盡，恨西園落紅難綴。曉來雨過，遺踪何在？一池萍碎，春色三分：二分塵土，一分流水。細看來，不是楊花，點點是離人淚！

他的詞也有寫情懷而作風幽逸的，如洞仙歌：

（余七歲時，見眉山老尼，姓朱，忘其名，年九十歲。自言嘗隨其師入蜀主孟昶宮中。一日大熱，蜀主與花蕊夫人夜納涼摩訶池上，作一詞。朱具能記之。今四十年，朱已死久矣，人無知此詞者。但記其首兩句。暇日尋味，豈洞仙歌乎？乃為足之。）

冰肌玉骨，自清涼無汗。水殿風來暗香滿。繡簾開，一點明月窺人；人未寢，攲枕釵橫鬢亂。　起來攜素手，庭戶無聲，時見疏星渡河漢。試問夜如何？夜已三更，金波淡，玉繩低轉。屈指西風幾時來，又不道流年暗中偷換。

卜算子（黄州定慧院寓居作）

缺月挂疏桐，漏斷人初靜。時見幽人獨往來，縹緲孤鴻影。　驚起却回頭，有恨無人省。揀盡寒枝不肯棲，寂寞沙洲冷！

黄庭堅稱這首卜算子詞：「語意高妙，似非喫烟火食人語。」

蘇軾本是文學史上的怪傑，他的天才特大，憑他那枝生花妙筆，無施而不可。故其詞的造詣既高且廣。我們讀其他詞人的作集，往往刪選相半；獨蘇軾的作集中，沒有一首詞不是有氣力的，沒有一首詞不是水平線上的作品。他的長詞和小詞都寫得好；他的作風不偏于一面，而兼具衆美。張炎云：「東坡詞清麗舒徐處，高出人表，周秦諸人所不能到。」樓儼云：「東坡老人故自靈氣仙才，所作小詞，衝口而出，無窮清新，不獨寓以詩人句法，能一洗綺羅香澤之態也。」此二段批評，都非過譽，蘇軾實天生之絕代詞人也。

第二編　北宋詞

148

# 第十九章 黃庭堅

黃庭堅字魯直，分寧人。自號山谷老人，又號涪翁。生于慶曆五年（一〇四五）。治平四年登進士第，爲葉縣尉，除北京國子監教授。元祐初，召爲校書郎，神宗實錄檢討官；累祕書丞，國史編修官。後坐修神宗實錄失實，貶涪州別駕，安置黔州。建中靖國初，召還知太平州。復爲文字所累，又除名，編管宜州。卒于崇寧四年（一一〇五）。

庭堅與秦觀、張耒、晁補之同爲蘇門四學士，而以庭堅文名最著。他的詩爲「江西派」的開山大師，影響後世甚鉅。其詞與秦觀齊名，世稱「秦七黃九」。陳師道說：「今代詞手，惟秦七黃九耳，餘人不逮也。」他的詞風豪放不拘，接近蘇軾一派。作詞亦不喜剪裁以就聲律，故晁補之嘲笑他說：「黃魯直小詞固高妙，然不是當行家語，乃著腔子唱好詩也。」他的一首念奴嬌，時人以爲可繼蘇軾的「大江東去」。其水調歌頭一詞尤佳：

瑤草一何碧。春入武陵溪，溪上桃花無數，枝上有黃鸝。我欲穿花尋路，直入白雲深處，浩氣展虹霓。祇恐花深裏，紅露溼人衣。 坐玉石，倚玉枕，拂金徽。謫仙何處？無人伴我白螺杯。我爲靈芝仙草，不爲朱唇丹臉，長嘯亦何爲？醉舞下山去，明月逐人歸。

庭堅的詞有兩種境界：一種是豪放高曠，類似蘇軾，如念奴嬌、水調歌頭諸詞；一種是風流旖旎，類似柳永。我們讀了作者這兩種風調絕不相同的詞，幾疑出自二人手筆。

沁園春

把我身心，爲伊煩惱，算天便知。恨一回相見，百回做計；未能偎倚，早覓東西。鏡裏拈花，水中捉月，覷着無由得近伊。添憔悴，鎮花銷翠減，玉瘦香肌。 奴兒又有行期。你去即無妨，我共誰？向眼前常見，心猶未足；怎生禁得，眞個分離？地角天涯，我隨君去，掘井爲盟無改移！君須是，做些兒相度，莫待臨時。

少年心

對景惹起愁悶，染相思，病成方寸。是阿誰先有意？阿誰薄倖？斗頓恁少喜多嗔！合下休傳音問，你有我，我無你分。似合歡桃核，眞堪人恨：心裏有兩個人人！

庭堅自云：「余少時間作樂府，以使酒玩世。道人法秀獨罪余以筆墨勸淫，于我法中，當下犁舌之獄。」當時其他的詞人也不滿意他這種詞。但庭堅的詞實以這類爲最工。在兩宋中只有他和柳永才有這樣露骨的情語，才大胆的抒寫愛慾。所不同者，柳詞能作曼歌，黃庭堅則只是寫情詩耳。

論者多不滿意庭堅詞的「俚俗」。他的好朋友陳師道卽直謂其「時出俚淺，可稱傖父」。其實庭堅也有風雅婉約的詞，並非純作俚語也。

清平樂

春歸何處？寂寞無行路。若有人知春去處，喚取歸來同住。　春無蹤跡誰知？除非問取黃鸝。百囀無人能解，因風吹過薔薇。

踏莎行

臨水天桃，倚牆繁李，長楊風掉青驄尾。尊中有酒且酬春，更尋何處無愁地。　明日重來，落花如綺。芭蕉漸展山公啓。欲牋心事寄天公，教人長對花前醉。

浣溪沙

新婦灘頭眉黛愁，女兒浦口眼波秋，驚魚錯認月沈鈎。　青箬笠前無限事，綠蓑衣底一時休，斜風細雨轉船頭。

這三首詞皆清新婉麗。庭堅尤自賞浣溪沙一詞，自言「以水光山色，替却玉肌花貌，此乃眞得漁父家風也」。其驀山溪（贈衡陽妓陳湘）詞亦佳。陳師道指出其中的「春未透，花枝瘦，正是愁時候」，謂爲「峭健」非秦觀所能作。

老實說，庭堅的詞，我們並不嫌其俚俗不雅，而嫌其過于喜歡使用古典，賣弄小巧。如他的瑞鶴仙，全隱括歐陽修的醉翁亭記，毫無意義；即其最自負的浣溪沙，亦皆綴拾古人的詞句，自以爲巧耳。至於西江月的「斷送一生惟有，破除萬事無過，」二句下面各損一「酒」字，以爲對仗之工，實亦無味；兩同心的「你共人女邊着子，爭知我門裏挑心，」卽是「好悶」二字之謎語，尤屬無聊之句，而作者反覆引用之。這實不能不說是他的詞的小缺點。但若就大處立論，則黃庭堅固是北宋詞壇一優秀的作家也。

# 第二十章　元祐前後的詞人

宋哲宗元祐前後（十一世紀下半期），詞人蔚起，最盛者爲蘇門詞人與江西詞人。

蘇門自三蘇並負時譽，文人輒慕名而歸之。尤以蘇軾天才特出，士林景仰，爲當時文壇的中心人物，故蘇門文人特多。最著者有「四學士」，「六君子」等稱。其擅長于詞者，除秦觀黃庭堅已專章介紹外，尚有晁補之、張耒、陳師道、李之儀、毛滂、程垓、趙令畤、晁冲之諸人。

晁補之字无咎，鉅野人。生于仁宗皇祐五年（一〇五三）。年十七，從父端友宰杭州之新城。著七述，受知于蘇軾。舉進士，試開封及禮部別院皆第一。元祐初，除祕書省正字，通判揚州，召還爲著作郎。紹聖末，坐黨籍徙湖州、密州、果州。主管鴻慶宮。大觀末，起知泗州，尋卒于泗州官舍。（一一一〇）著有鷄肋集七十卷，詞不入集，有琴外趣篇六卷。宋史文苑傳稱補之才氣飄逸，嗜學不倦，文章温潤奇卓，出于天成。他爲人不着重功名，自悔「儒冠曾把身誤」，常歎「人生難得長好是朱顏」。他還家葺歸來園，自號歸來子，又號濟北詞人。其詞境界高曠處頗接近蘇軾，例如：

臨江仙（信州作）

謫宦江城無屋買，殘僧野寺相依。松間藥臼竹間衣。水窮行到處，雲起坐看時。

一個幽禽緣底事，苦來醉耳邊啼。月斜西院聲愈悲！青山無限好，猶道不如歸。

浣溪沙

江上秋風高怒號，江聲不斷雁嗷嗷，別魂迢遞爲君銷！ 一夜不眠孤客耳，耳邊愁聽雨蕭蕭，碧紗窗外有芭蕉。

生查子（夏日即事）

永日向人妍，百合忘幽草。午枕夢初回，遠柳蟬聲杳。 蘚井出冰泉，洗瀹煩襟了。却挂小簾鈎，一縷爐烟裊。

補之亦作艷語，如驀山溪的「香箋小字，寫了千千個」，生查子的「一水隔紅牆，有恨無由語」，江城子、青玉案之詠娉娉，勝勝慢、點絳唇之詠榮奴，及詠閻麗、璨奴等詞，皆饒有情韻。毛晉跋其詞集云：「无咎雖游戲小詞，不作綺艷語。」實非確論也。

張耒字文潛，楚州淮陰人。第進士。元祐初，仕至起居舍人。以直龍圖閣知潤州。徽宗召爲太常少卿。坐元祐黨貶房州別駕，安置黃州。晚監南嶽廟，主管崇福宮。（一〇五二—一一一二）建炎初，贈集英殿修撰。有宛丘集。其傳詞甚少。

風流子

亭皐木葉下，重陽近，又是擣衣秋。奈愁入庾腸，老侵潘鬢，謾簪黃花，花也應羞。楚天晚，白蘋烟盡處，紅蓼水邊頭。芳草有情，夕陽無語，雁橫南浦，人倚西樓。玉容知安否？紅箋共錦字，兩處悠悠。空恨碧雲離合，青鳥沉浮。向風前懊惱。芳心一點，寸眉兩葉，禁甚閑愁？情到不堪言處，分付東流！

少年遊

含羞倚醉不成歌，纖手掩香羅。偎花映竹，偷傳深意，酒思入橫波。　看朱成碧心迷亂，翻脉脉斂雙蛾。相見時稀隔別多，又春盡，奈愁何！

張耒雖屬蘇門，其詞風則顯然接近柳永。他作的詞雖不多，沒有一首寫得不好。其在詞壇的地位並不在元祐諸詞人之下。

陳師道字履常，一字無己，彭城人。號后山居士。元祐中，以蘇軾薦，授徐州教授。遷太學博士，終祕書省正字。以寒疾卒（一〇五三——一一〇一）。詞集有后山長短句二卷。師道于詞很自矜許，嘗謂：「他文未能及人，獨于詞不減秦七、黄九。」但他的詞實不及秦黄。茲舉其較佳者幾首為例：

清平樂

藏藏摸摸，好事爭如莫。背後尋思渾是錯，猛與將來放著。吹花卷絮無蹤，晚妝知為誰紅？夢斷陽台雲雨，世間不要東風。

減字木蘭花（晁无咎出小鬟佐飲）

娉娉嫋嫋，芍藥枝頭紅樣小。舞袖低迴，心到郎邊客已知。金樽玉酒，勸我花前千萬壽。莫莫休休，白髮簪花我自羞。

陸游說：「陳无已詩妙天下，以其餘作詞，宜其工矣，顧乃不然，殆未易曉也。」

李之儀字端叔，滄洲無棣人。元豐中舉進士。元祐初，為樞密院編修官。從蘇軾于定州幕府。徽宗朝，提舉河東常平。坐草范純仁遺表，編管太平州。居姑熟甚久，後徙唐州，終朝請大夫。之儀自號姑熟居士，以工尺牘著稱于世。其詞在當時不甚有名，故黄昇編唐宋諸賢絕妙詞選也遺漏了他的作品。今傳姑熟詞一卷，小詞有極佳者。紀昀稱其「小令尤清婉峭

傳，殆不減秦觀」。（四庫提要）

如夢令

回首蕪城舊苑，還是翠深紅淺。春意已無多，斜日滿簾飛燕。不見，不見，門掩落花庭院。

卜算子

我住長江頭，君住長江尾。日日思君不見君，共飲長江水。　此水幾時休？此恨何時已？只願君心似我心，定不負相思意。

毛晉極賞識之儀的詞，他說：「姑熟詞多次韻，小令更長于淡語、景語、情語，如『鴛衾半擁空牀月』；又如『步嬾恰尋牀，臥看遊絲到地長』；又如『時時浸手心頭熨，受盡無人知處涼』，即置之片玉、漱玉集中，莫能伯仲。至若『我住長江頭……』，直是古樂府俊語矣。」毛氏之言雖未必盡當，然李之儀在北宋實是一位可珍貴的詞人，則無待贅言的。惜其佳作太少耳。

毛滂字澤民，衢州江山人。嘗知武康縣，又知秀州。著東堂詞。以詩文樂府受知于蘇軾。相傳元祐中，軾守杭州時，滂為法曹掾，嘗眷一妓名瓊芳者。秩滿辭去，作留別詞惜分飛以贈妓：

淚溼闌干花着露，愁到眉峯碧聚。此恨平分取，更無言語空相覷。 斷雨殘雲無意緒，寂寞朝朝暮暮。今夜山深處，斷魂分付潮回去。

適是夕蘇軾宴客，妓歌此詞。軾問誰作，妓以毛法曹對。軾語坐客說：「郡寮有詞人不及知，某之罪也。」翌日折柬追還，留連數月，滂因此得名。陳質齋說：「滂他詞雖工，未有能及此者。」此言亦非確，滂之小詞佳製甚多：

相見歡（秋思）

十年湖海扁舟，幾多愁？白髮青燈今夜，不宜秋。 中庭樹，空階雨，思悠悠。寂寞一生心事五更頭！

浣溪沙（泛舟還餘英館）

烟柳風蒲冉冉斜，小窗不用著簾遮，載將山影轉灣沙。 略彴斷時分岸色，蜻蜓立處過汀花，此情此水共天涯。

滂為人雖非端士，而擅才華。其詞語意無窮，情韻特勝，實元祐詞人中之健者。

程垓字正伯，眉山人。為蘇軾中表。家有擬舫名書舟，故詞號書舟詞。楊愼詞品盛稱其酷相思、四代好、折紅英數詞，今舉酷相思一首爲例：

月掛霜林寒欲墜，正門外催人起。奈離別如今眞個是。欲住也留無計，欲去也來無計。

馬上離情衣上淚，各自個供憔悴。問江路梅花開也未？春到也須頻寄，人到也須頻寄。

垓詞頗具豪放之致，如「劍在床頭書在几，未甘分付黃花淚」；如「憂國丹心曾獨許，縱吐長虹，不奈斜陽暮」；如「只有詩狂消不盡，夜來題破窗花影」，皆是有氣力的作品，接近蘇軾的詞風。紀昀四庫提要云：「蘇程爲中表，耳濡目染，有自來也。」

趙令畤字德麟，燕懿王玄孫。元祐中簽書潁州公事。坐與蘇軾交通，罰金入黨籍。後襲封安定郡王。遷寧遠軍承宣使，同知行在大宗正事。卒贈開府，儀同三司。著侯鯖錄，采錄故事詩話甚精贍。詞有聊復集。相傳令畤鰥居時，因見王氏女子有「白蓮作花風已秋，不堪殘睡更回頭。晚雲帶雨歸飛急，去作西窗一夜愁」一詩，因與爲姻。時人以爲二十八字媒云。其所作詞圓潤輕豔，風致絕佳，例云：

蝶戀花

欲減羅衣寒未去，不卷珠簾，人在深深處。殘杏枝頭花幾許，啼紅止恨清明雨。

盡日水沉香一縷，宿酒醒遲，惱破春情緒。飛燕又將歸信誤，小屏風上西江路。

烏夜啼

樓上縈簾弱絮，牆頭礙月低花。年年春事關心事，腸斷欲棲鴉。舞鏡鸞衾翠減，啼珠鳳蠟紅斜，重門不鎖相思夢，隨意繞天涯。

令時在當代雖無盛名，要爲可矜貴的作家。其小詞之佳者，决不在諸名家詞之下也。

晁冲之字叔用，一字川道，鉅野人。補之之兄弟也。舉進士。紹聖初，以黨論被逐，隱居茨山下。有具茨集一卷。詞如臨江仙：

憶昔西池池上飲，年年多少歡娛。別來不寄一行書。尋常相見了，猶道不如初。安穩錦屏今夜夢，月明好渡江湖。相思休問定何如。情知春去後，管得落花無。

冲之詞明淨而有情致，亦屬元祐中一作手。

此外的作家如李廌、朱服、王銑、蘇過等，皆屬蘇門詞人，其介紹均見本編末章北宋詞人補誌，這裏不贅。

○　○　○　○

江西自晏殊、歐陽修、王安石、晏幾道等相繼作詞，詞壇遂盛，最著者爲謝逸、趙長卿諸人。

謝逸字無逸，自號溪堂，臨川人。第進士。他生平未嘗做官，閑居多從衲子遊，以詩文自遣，不喜對書生。嘗作蝴蝶詩三百首，人號謝蝴蝶。有溪堂詞。其詞之最有名者當推江神子詞：

杏花村館酒旗風，水溶溶，颺殘紅。野渡舟横，楊柳綠陰濃。望斷江南山色遠，人不見，草連空。夕陽樓外晚烟籠，粉香融，淡眉峯。記得年時，相見畫屏中。只有關山今夜月，千里外，素光同。

相傳謝逸嘗過黃州杏花村館，題江神子于驛壁，過者索筆于館卒。卒苦之，因以泥塗焉。其詞爲當時所賞重如此。

虞美人

碧梧翠竹交加影，角簟紗幮冷。疏雲淡月媚横塘，一陣荷花風起入簾香。 雁横天末無消息，水闊吳山碧。刺桐花上蝶翩翩，惟有夜涼清夢到郎邊。

柳梢青

香肩輕拍，樽前忍聽一聲將息。昨夜濃歡，今朝別酒，明日行客。 後回來則須來，便去也如何去得？無限離情，無窮江水，無邊山色。

作者的小詞，皆輕倩可人，譽之者謂當在晁補之，張耒之上。

趙長卿自號仙源居士，宋之宗室。寓居江西南豐。他的生平事蹟不詳。據毛晉稱其「不棲志繁華，獨安恬雅」，大約是一位布衣詞人。著惜香樂府十卷，多淡遠蕭疏之致。

畫堂春（長新亭小飲）

小亭煙柳水溶溶，野花白白紅紅。惱人池上晚來風，吹損春容。　又是清明天氣，記當年小院相逢。憑欄幽思幾千重，殘杏香中。

更漏子

燭消紅，窗送白，冷落一衾寒色。鴉喚起，馬蹄行，月來衣上明。　酒香唇，妝印臂，憶共個人入睡。魂蝶亂，夢鸞孤，知他睡也無？

長卿作品甚豐富，喜歡用白話寫詞，多言情之作。他的小詞佳製甚多，在北宋詞壇不失為一重要作者。

謝趙二氏以外，如王安國、王安禮、王雱、孔武仲、孔平仲、謝薖、王寀、劉弇、徐俯等，皆江西人而有詞著稱于世者。

元祐時期詞人，不屬蘇門與江西而負盛名者，有賀鑄、王觀、周紫芝、葛勝仲、陳克諸人。茲爲分敘如下：

○　○　○　○

賀鑄字方回，衞州人。孝惠皇后族孫，娶宗女，授右班殿直。元祐中，通判泗州，又倅太平州。退居吳下，自號慶湖遺老（一〇六三——一一二〇）。陸游老學菴筆記說他：「狀貌奇陋，俗謂之賀鬼頭。其詩文皆高，不獨工長短句也。」詞有東山寓聲樂府三卷。

鑄詞望甚高，其青玉案一詞最著稱于世：

> 淩波不過橫塘路，但目送芳塵去。錦瑟年華誰與度？月台花榭，綺窗朱戶，惟有春知處。　碧雲冉冉衡皐暮，綵筆空題斷腸句。試問閑愁都幾許？一川煙草，滿城風絮，梅子黃時雨。

鑄作此詞，傳誦一時，士大夫皆服其「梅子黃時雨」句之工，稱之爲賀梅子。黃庭堅亦有詩云：「解道當年斷腸句，而今只有賀方回。」其爲時輩推重如此。他的慢詞如薄倖、六州歌頭都寫得很好，小令亦多雋品。但如張耒的批評說：「方回樂府，妙絕一世，盛麗如遊金張之堂，妖冶如攬嬙施之袪，幽索如屈宋，悲壯如蘇李，」則未免誇張過分了。

王觀字通叟，高郵人。（一作如皐人）嘉祐二年（一〇五七）進士，官翰林學士。賦應制詞，宣仁太后以其近褻謫之。自號逐客。（一云觀官至大理寺丞，知江都縣事）有冠柳詞。其踏青詞慶清朝慢最有名：

調雨爲酥，催冰做水，東君分付春還。何人便將輕煖，點破殘寒？結伴踏青去好，平頭鞋子小雙鸞。煙郊外，望中秀色，如有無間。　晴則個，陰則個，餖飣得天氣，有許多般。須教撩花撥柳，爭要先看。不道吳綾繡襪，香泥斜沁幾行斑。東風巧，盡收翠綠，吹上眉山。

論者多給還首詞以美譽，黃昇且說：「世謂柳耆卿工爲浮艷之詞，方之此作，蔑矣。詞名冠柳，豈偶然哉。」作者的小詞亦甚工麗：

生查子

關山魂夢長，塞雁音書少。兩鬢可憐青，一夜相思老。　歸傍碧紗窗，說與人人道：眞個別離難，不似相逢好。

卜算子（送鮑浩然之湘東）

水是眼波橫，山是眉峯聚。欲問行人去那邊？眉眼盈盈處。　送春歸，又送君歸去。若到江南趕上春，千萬和春住。

觀詞善于描繪而富有情思，接近柳派。其詞之佳者，亦不減柳永。至云冠柳，則係狂言。王觀蓋恃才而放誕之詞人也。

周紫芝字少隱，宣城人。舉進士，為樞密院編修，右司員外郎，出知興國軍。晚居廬山。紫芝少時曾從張耒、李之儀學詩，其詞則受晏幾道的影響甚深。（自云「余少時酷喜小晏詞。」）紀昀四庫提要上說：「紫芝填詞，本從晏幾道入，晚乃刊除穠麗，自成一格。」有竹坡詞。

清平樂

烟鬟斂翠，柳下門初閉。門外一川風細細，沙上瞑禽飛起。　今宵水畔樓邊，風光宛似當年。月到舊時明處，共誰同倚欄干？

蝶戀花

天意才晴風又雨，催得風前，日日吹輕絮。燕子不飛鶯不語，滿庭芳草空無數。春去可堪人也去？枝上殘紅，不忍擡頭覷。假如留春春肯住，喚誰相伴春同處？

醉落魄

江天雲薄，江頭雪似楊花落。寒燈不管人離索，照得人來，眞個睡不着。　歸期已負梅花約，又還春動空飄泊。曉寒誰看伊梳掠。雪滿西樓，人在欄干角。

孫兢稱紫芝的詞「淸麗婉曲，非苦心刻意爲之」。（竹坡詞序）其小詞佳製極多，如鷓鴣天的「梧桐葉上三更雨，葉葉聲聲是別離」；生查子的「不忍上西樓，怕看來時路」，皆傳誦人口的雋妙語。其長調則略較遜色。

葛勝仲字魯卿，丹陽人。紹聖四年進士，元符三年中宏詞科。累遷國子司業，終文華閣待制，知湖州。卒諡文康（一〇七二——一一四四）。有丹陽詞。其點絳唇（縣齋夜坐）一闋最佳：

秋晚寒齋，藜牀香篆橫輕霧。閑愁幾許？夢逐芭蕉雨。　雲外哀鴻，似替幽人語。歸不去，亂山無數，斜日荒城鼓。

勝仲詞境甚高，而短于才，故佳構絕少。他的驀山溪二詞雖爲世所稱道，實亦不佳。

陳克字子高，臨海人。僑居金陵，自號赤城居士。元豐間，以呂安老薦入幕府，得官。紹興中爲敕令所刪定官。他的詩很受人稱讚，詞尤工。有赤城詞一卷。作品雖不多，每一首都是值得我們玩味的。例如：

謁金門

春寂寂，綠暗溪南溪北。溪水泛泛天一色，鳥飛春樹黑。　腸斷，小樓吹笛。醉裏看朱成碧。愁滿眼前遮不得，可憐雙鬢白！

菩薩蠻

綠蕪牆繞青苔院，中庭日淡芭蕉捲。蝴蝶上堦飛，風簾自在垂。　玉鈎雙語燕，寶甃楊花轉。幾處簸錢聲，綠窗春夢輕。

陳質齋批評他的詞說：「子高詞格頗高麗，晏（幾道）周（邦彥）之流亞也。」

元祐前後的詞家，止于上述。其餘同時詞人之應加敍錄者，悉詳補誌一章。往下我們接着要講徽宗時代詞壇的新發展，那又是一個時期的新詞風展衍在我們的面前了。

第二編 北宋詞

# 第二十一章　樂府詞的復興與周邦彥

詞至晏殊、歐陽修已有不協律之病，迨蘇軾、黃庭堅等起來大刀闊斧地以詩爲詞，不依照嚴格的詞律塡詞，把詞的音樂性全剝削了。詞與樂府的關係便爾分離。於是詞只是純文藝的一體，只有文藝方面的意義，而失却樂府方面的作用了。元祐前後的詞人所作的詞，不甚協律的塡詞居多。直至北宋末年，詞與樂府才再結合起來，因以造成樂府詞的復興，使北宋詞衍爲第四個時期的發展。

樂府詞的能夠復興，不能不推宋徽宗之力。徽宗本是一位多才的藝人，他自己懂得音律，于崇寧四年頒大晟樂，創設一個規模甚備的大晟府。召周邦彥提舉大晟府，晁端禮爲大晟府協律，万俟雅言爲大晟府製撰。都是些精通音律的詞人。他們作詞的第一義是要協樂，故下字用韻，皆有嚴密的法度；他們作詞的努力，是要把意境情感之美，在嚴格的詞律的限制中表現出來。就是說，他們的作詞，一定要是樂府詞。否則，詞不協律，只能算是詩。這是第四期詞人與第三期詞人作詞的態度根本不同的一點。自徽宗頒新樂以後，許多詞家都在樂府詞方面竭力貢獻他們的聰明技能，造成詞壇的新風氣。詞本是起于樂歌，經過蘇軾等以詩爲詞，把詞的聲律定格大破壞之後；現在，到了北宋末年，詞又回到樂府裏來了。故我們命之爲樂府詞的復興期。

○ ○ ○ ○

在這時期的詞人中，對于樂府詞最致力，貢獻最大的，要推周邦彥。

邦彥字美成，自號淸眞，錢塘人。生于仁宗嘉祐五年（一〇六〇），卒于徽宗宣和七年（一一二五）。（王國維所作淸眞先生遺事說他的生卒是一〇五七——一一二一）少年時，疎儁少檢，不爲州里所重。元豐初，以太學生獻汴都賦萬餘言，召爲太學正。後出爲廬州教授，知溧水縣。哲宗晚年，召還爲祕書省正字。徽宗初，設議禮局，以邦彥兼檢討，出知隆德府，徙知明州。崇寧四年，頒大晟樂，召邦彥入爲祕書監，進徽猷閣待制，提舉大晟府。晚知順州，徙處州卒。

邦彥是精通聲律的詞人，宋史文苑傳稱他：「好音樂，能自度曲；製樂府長短句，詞韻淸蔚，傳于世。」他的詞，法度極嚴。他對于詞壇最大的貢獻，就是訂定詞調的嚴密法度，給後人以塡詞的定律。

在周邦彥以前，柳永本是個精通聲律的大詞人。但柳永作詞，所用的詞調並無定體，字句長短不齊。如同是輪台子調的詞，有相差至二十七字者；如傾杯一調，竟有七體之多。蓋柳永的詞是協合民間隨地流行的樂曲，故調無定矩。至周邦彥則爲政府法定的樂官，製律自宜嚴整。故邦彥所作的詞，無論是塡的舊調或自創的新聲，調體皆有定型；所用字句聲韻，均有一定的法度。後人塡詞，都以他的詞爲規矩，都遵奉他的詞爲金科玉律。南宋的詞人方千里、楊澤安，竟全和其詞。至姜夔以後，則作詞者只知取法邦彥，他簡直成爲詞壇的聖主了。沈義父樂府指迷說：「作詞當以清眞爲主，下字運意皆有法度。」陳郁藏一話腴說他：「二百年來以樂府獨步。貴人，學士，市儈，妓女，皆知其詞爲可愛。」這都可以看出邦彥詞對于當代及後世影響之大，權威之高。

這是不足怪異的，一個音樂家兼爲詞人，本是容易著名。因爲樂曲是能夠在社會裏普遍一點流行的，歌詞便跟着樂曲的流行而寶貴了。我們看古人的作品以能歌唱而流行一時的極多。柳永與周邦彥的詞都是以協樂能歌而傳誦一時的。但周詞不如柳詞的「俚俗可喜」。今舉其最著的數詞爲例：

蘭陵王（詠柳）

柳陰直，煙裏絲絲弄碧。隋堤上，曾見幾番拂水飄綿送行色。登臨望故國，誰識京華倦客？長亭路，年去年來，應折柔條過千尺。 閑尋舊蹤跡，又酒趁哀絃，燈照離席。梨花榆火催寒食，愁一箭風快，半篙波暖，回頭迢遞便數驛，望人在天北。 悽惻！恨堆積。漸別浦縈迴，津堠岑寂，斜陽冉冉春無極。念月榭攜手，露橋聞笛。沈思往事，似夢裏，淚暗滴！

六醜（薔薇謝後作）

正單衣試酒，悵客裏光陰虛擲。願春暫留；春歸如過翼，一去無跡。爲問花何在？夜來風雨，葬楚宮傾國。釵鈿墮處遺芳澤，亂點桃蹊，輕分柳陌。多情更誰追惜？但蜂媒蝶使時叩窗槅。 東園岑寂，漸蒙籠暗碧。靜繞珍叢底，成歎息。長條故惹行客，似牽衣待話，別情無極。殘英小，強簪巾幘；終不似一朵釵頭顫裊，向人欹側。漂流處，莫趁潮汐；恐斷鴻尚有相思字，何由見得？

周邦彥也如柳永一樣喜歡塡寫長調，他的詞也善于鋪敍，但愛用古人語句，檃括入律，雖貴人學士愛其詞，市儈妓女却絕不會「知其詞爲可愛」。倒不如他一部分的小詞較有情趣：

夜遊宮

葉下斜陽照水，捲輕浪沉沉千里。橋上酸風射眸子，立多時，看黃昏，燈火市。古屋寒窗底，聽幾片井桐飛墜。不戀單衾再三起。有誰知，爲蕭娘，書一紙？

望江南

歌席上，無賴是橫波。寶髻玲瓏欹玉燕，繡巾柔膩掩香羅，人好自宜多。無個事，因甚斂雙蛾？淺淡梳妝疑見畫，惺忪言語勝聞歌，何況會婆娑。

紅窗迥

幾日來眞個醉，不知道窗外亂紅已深半指，花影被風搖碎。擁春醒乍起，有個人人生得濟楚，來向耳邊問道：「今朝醒未？」情性兒慢騰騰地，惱得人又醉！

我以爲這般小詞才是邦彥的代表作，才是市儈妓女所歡迎的作品。

論者多讚美邦彥的詞，陳質齋說：「美成詞多用唐人詩隱括入律，混然天成。長調善鋪敍，富豔精工，詞人之甲乙也。」張炎說：「美成詞渾厚和雅，善于融化詩句。」強煥說：「美成詞撫寫物態，曲盡其妙。」周濟說：「美成思力，獨絕千古。如顏平原書，雖未臻兩晉，而唐初之法，至此大備。後有作者，莫能出其範圍矣。」賀裳說：「周淸眞有柳欹花嚲之致，沁入肌骨，視淮海不徒娣姒而已。」彭遹孫說：「美成詞如十三女子，玉艷珠鮮，正未可以其軟媚而少之也……。」

邦彥詞本是値得我們矜貴的，但這些批評，未免過于獎飾。卽如愛用古人詩語一點，實是他作詞的毛病，故劉克莊說：「美成頗偸古句。」平心而論，邦彥雖不足預于最偉大的詞人之列，然他的詞才思渾厚，富艶精工，言情體物，窮極工巧，終不失爲一名貴詞家。若單就樂府聲律方面的造詣說，則邦彥更足以卑視前後的詞人。

○ ○ ○ ○

隸屬于這個時期的詞人，周邦彥以外，最重要的尙有宋徽宗、晁端禮、万俟雅言諸人。

宋徽宗趙佶，神宗的第十一子。元符三年（一一〇〇）嗣位，宣和七年（一一二五）禪位于他的兒子欽宗。靖康二年（一一二七）與欽宗一同被金人擄以北去，紹興五年（一一三五）卒于五國城。傳宋徽宗詞一卷。

徽宗也是一位天生的絕代才人如李後主，他的生平際遇也與李後主相似。他做了二十六年風流快活的皇帝，又過了九年艱辛痛苦的囚犯生活。這兩種前後迥殊的生活，把他的詞風也分成兩種絕不相同的境地：在他沒有被擄以前，他酣臥在象牙之塔裏面，那時的作風是曼艶，是綺麗，讀之令人歡舞；至他被擄以後，一切的榮華都消失了，身作囚犯，精神與身體備受痛苦，這時的作風乃變爲淒涼，變爲哀怨，讀之令人欲淚。代表他前期生活的作品如〔探春令〕：

簾旌微動，峭寒天氣，龍池冰泮，杏花笑吐香紅淺，又還是春將半。　清歌妙舞從頭按，等芳時開宴。記去年對着東風，曾許不負鶯花願。

代表他的後期生活也有很好的詞例：

眼兒媚（北地）

玉京曾憶舊繁華，萬里帝王家。瓊樓玉殿，朝喧弦管，暮列笙琶。　花城人去今蕭索，春夢繞胡沙。家山何處？忍聽羌管，吹徹梅花！

燕山亭（見杏花作）

裁剪冰綃，輕疊數重，淡著臙脂勻注。新樣靚妝，艷溢香融，羞殺蕊珠宮女。易得凋零，更多少無情風雨。愁苦！閑院落淒涼，幾番春暮？　憑寄離恨重重，這雙燕何曾會人言語！天遙地遠，萬水千山，知他故宮何處？怎不思量，除夢裏有時曾去。無據！和夢也有時不做！

我們讀前面的「記去年對着東風，曾許不負鶯花願」，是何等的曼麗！到後面的「憑寄離恨重重，這雙燕何曾會人言語」，又是何等的淒涼！徽宗的詞，能艷能哀，境界至高。他在詞史上雖無重名，那是由于他傳詞太少的緣故；若論詞的藝術之高，則徽宗無疑的可與詞聖李後主並列而無愧色。

晁端禮字次膺，其先爲澶州清豐人，徙家彭門。熙寧六年(一〇七三)進士。兩爲縣令，忤上官坐廢。晚以蔡元長薦，作並蒂芙蓉詞以獻，徽宗覽之稱善，除大晟府協律郎，不克受而卒。有閑適集。端禮是精通聲律的詞人，其黃河清慢一詞，鉄圍山叢談謂爲「天下無問遐邇小大，雖偉男髫女，皆爭唱之。」他的小詞與長調都寫得好：

宴桃源

又是青春將暮，望極桃源歸路。洞戶悄無人，空鎖一庭紅雨。凝佇，凝佇，人面不知何處。

水龍吟

倦遊京洛風塵，夜來病酒無人問。九衢雪少，千門月淡，元宵燈近。香散梅梢，凍消池面，一番春信。記南樓醉裏，西城宴闕，都不管人春困。屈指流年未幾，早驚人潘郎雙鬢。當時體態，而今情緒，多應瘦損。馬上牆頭，縱教瞥見，也難相認。憑欄干但有盈盈淚眼，把羅襟揾。

端禮傳詞不多。其長調善于鋪敘，爲世所稱。

万俟雅言自號詞隱。遊上庠不第。崇寧中充大晟府製撰，按月令用律進詞。與晁端禮齊名。著大聲集五卷。其詞如：

卓牌兒（春晚）

東風綠楊天，如畫出，清明院宇。玉艷淡泊，梨花帶月；胭脂零落，海棠經雨。單衣怯黃昏，人正在珠簾笑語。相並戲蹴秋千；共攜手，同倚闌干，暗香時度。翠窗繡戶，路繚繞，潛通幽處。斷魂凝竚，嗟不似飛絮，閑悶閑愁難消遣！此日意緒，無據！奈酒醒春去。

雅言的詞精于音律，其長調惜多應制之詞，佳作甚少；所作小詞則絕精：

昭君怨

春到南樓雪盡，驚動燈期花信。小雨一番寒，倚闌干。　莫把闌干頻倚，一望幾重烟水。何處是京華？暮雲遮。

長相思（山驛）

短長亭，古今情。樓外涼蟾一暈生，雨餘秋更清。 暮雲平，暮山橫，幾葉秋聲和鴈聲，行人不要聽。

黃昇唐宋諸賢絕妙詞選說：「雅言之詞，詞之聖者也。發妙音于律呂之中，運巧思于斧鑿之外，平而工，和而雅，比諸刻琢句意而求精麗者遠矣。」

# 第二十二章　女詞人李清照等

李清照是北宋末年最偉大的詞人；她是樂府詞壇最有力的健將，樂府詞的發展，至她始達于最高的造詣與成功。

清照自號易安居士，濟南人。生于宋神宗元豐四年（一〇八一）。父名格非，是一位有名的文士，母親爲狀元王拱辰的孫女，也能屬文。清照本是天生的慧質，生長在這一對文學者的家庭中，故幼年即通文藝。二十一歲（一一〇一）與太學生諸城趙明誠結婚，夫婦愛情甚篤。她在金石錄後序上有一段很好的文字追述她婚後的生活：

> 予以建中辛巳歸趙氏，時丞相（明誠父挺之）作吏部侍郎，家素貧賤。德甫（明誠字）在太學，每朔望謁告出，質衣取半千錢，步入相國寺，市碑文果實歸。相對展玩咀嚼，自謂葛天氏之民也。後二年從官，便有窮盡天下古文奇字之志……。有持徐熙牡丹圖求錢二十萬。留信宿，計無所得，捲還之，夫婦相向惋悵者數日。及連守數郡，竭俸入以事鉛槧。每獲一書，即日勘校裝緝；得名畫彝器，亦摩玩舒卷，

摘指疵病，盡一燭爲率……。每飯罷，坐歸來堂，烹茶，指堆積書史，言某事在某書某卷第幾頁第幾行，以中否勝負爲飲茶先後。中則舉，否則大笑，或至茶覆懷中不得飲而起。甘心老是鄉矣……。

這是清照一生最美滿的時期，她倆安靜地享受着愛的幸福直到她的四十七歲（靖康二年）爲止。接着金兵南犯，兩京失落，徽欽二帝被虜，她倆夫婦倉皇地避亂到南方來，從此便失却幸運了。趙明誠死于建炎三年，距她倆到南方來只有兩年。清照此後獨自奔走江南，迭遇變亂，數十年辛苦存積的書籍古器，損失大半。她後往台州依其弟。適台州有亂，乃泛海由章安輾轉至越州，復至衢州。紹興二年（一一三二）居留杭州，她年已五十二。（金石錄後序即是時作）後二年又避亂西上，與弟迒卜居金華。此後這位憂患餘生的女詞人的踪跡便不復爲世人所知道了。（一說清照晚年改嫁張汝舟，這實在是荒謬的傳說，俞正燮在他的癸巳類稿中輯的易安居士事輯已辨之甚詳。）

○ ○ ○ ○

李清照是一位有多方面造詣的女作家。她能文能詩，亦工繪畫。但這都是她的末技。她的最大的成就是詞，她的詞把她抬到文學史上最矜貴的一個地位。

我們讀清照的詞，不可不先了解她對于詞的認識及主張。她是擁護樂府詞最用力的作者，她以為詞必須是歌詞，她不承認不協律的長短句是詞。因此她對于許多名家詞都不滿意，她說晏殊，歐陽修、蘇軾的詞「皆句讀不葺之詩耳，又往往不協音律」；她又說：「王介甫曾子固文章似西漢，若作小歌詞，則人必絕倒，不可誦讀也。」作詞要完全協律，本不是容易的事，清照在她的詞論上說：「詩分平仄，而歌詞分五音，又分五聲，又分六律，又分清濁輕重。且如近世所謂聲聲慢、雨中花、喜遷鶯，既押平聲，又押入聲；玉樓春本押平聲，又押上去聲，又押入聲。本押仄聲韻，如押上聲則協；如押入聲，則不可歌矣。」

要遵守詞的嚴格的音律，又要致力于意境情感的盡量表現，眞是兩難的工作。周邦彥號稱樂府詞名家，他的作品尚不免刻劃過甚，意境貧乏，失却詞的自然。在這裏我們不能不謳歌李清照的偉大了。她的詞不僅具有諧協的聲律，美妙的字句，完成了詞的形體美；而且能不露痕跡，自然地把她的意境情感在詞裏盡量表現出來。樂府詞至李清照，其技巧與運用，可謂盡善盡美了。往下，且看她的詞吧。

清照的詞風，隨着她的生活的變遷，分成兩個絕不相同的時期。在她四十七歲以前，跟着她的丈夫做官，身心浸潤在歡愉的愛情裏的時候，那時的詞風是一種境地；及南渡以後，愛人與愛物皆喪亡，倉皇避亂，飄泊無家，無時不在憂患孤寂之中，那時的詞風又是一種境地。她前期的作品，綽約輕倩，嫵媚風流，一如良珠美玉之令人把玩不忍釋手：

如夢令

常記溪亭日暮，沉醉不知歸路。興盡晚回舟，誤入藕花深處。爭渡，爭渡，驚起一灘鷗鷺。

又

昨夜雨疏風驟，濃睡不消殘酒。試問捲簾人：却道「海棠依舊」。知否？知否？應是綠肥紅瘦！

減字木蘭花

賣花擔上，買得一枝春欲放。淚點輕勻，猶帶彤霞曉露痕。怕郎猜道，奴面不如花面好；雲鬢斜簪，徒要教郎比並看。

一剪梅

紅藕香殘玉簟秋，輕解羅裳，獨上蘭舟。雲中誰寄錦書來？雁字回時，月滿西樓。花自飄零水自流，一種相思，兩處閑愁。此情無計可消除，纔下眉頭，却上心頭。

醉花陰（九日）

薄霧濃雲愁永晝，瑞腦銷金獸。佳節又重陽，玉枕紗幮，半夜涼初透。　東籬把酒黃昏後，有暗香盈袖。莫道不銷魂，簾捲西風，人比黃花瘦。

清照的詞是最能夠表現女性的優美的情調的。以前一切男性詞人所代寫的「閨情」，所代寫的「婦人語」，放在清照之前，都要黯然無色。相傳清照結婚不久，其夫明誠遠爾出遊。她嘗寄以一剪梅、醉花陰等詞。明誠思勝之，苦吟至忘寢食者三日夜，得五十餘闋，雜清照的重陽醉花陰詞，以示友人陸德夫，德夫玩誦再三，說：「只有『莫道不消魂，簾捲西風，人比黃花瘦』三句絕佳」。正是清照之作。（據瑯環記）這段記載很好。一顆燦爛的星光，決不是幾十盞人間的燈火所能掩罩其光輝的。

清照後期的詞，多愁苦之作，讀之令人悽愴欲絕：

武陵春

風住塵香花已盡，日晚倦梳頭。物是人非事事休，欲語淚先流。　聞說雙溪春尙好，也擬汎輕舟。只恐雙溪舴艋舟，載不動，許多愁！

浪淘沙

簾外五更風，吹夢無踪。畫樓重上與誰同？記得玉釵斜撥火，寶篆成空。　回首紫金峯，雨潤烟濃。一江春浪醉醒中。留得羅襟前日淚，彈與征鴻。

清照善寫愁苦悽惻之詞。特別是她的長調，能以最佳美的鋪敍，寫清新的情思；佳製甚多：

鳳凰台上憶吹簫

香冷金猊，被翻紅浪，起來慵自梳頭。任寶奩塵滿，日上簾鈎。生怕離懷別苦，多少事欲說還休。新來瘦，非干病酒，不是悲秋。　休！休！這回去也，千萬遍陽關，也則難留。念武陵人遠，烟鎖秦樓。惟有樓前流水，應念我終日凝眸。凝眸處，從今又添一段新愁。

壺中天慢

蕭條庭院，又斜風細雨，重門須閉。寵柳嬌花寒食近，種種惱人天氣。險韻詩成，扶頭酒醒，別是閑滋味。征鴻過盡，萬千心事難寄。　樓上幾日春寒，簾垂四面，玉闌干慵倚。被冷香消新夢覺，不許愁人不起。清露晨流，新桐初引，多少遊春意。日高烟斂，更看今日晴未？

聲聲慢

尋尋覓覓，冷冷清清，悽悽慘慘戚戚。乍暖還寒時候，最難將息。三杯兩盞淡酒，怎敵他晚來風急？雁過也，正傷心，却是舊時相識。　滿地黃花堆積，憔悴損，而今有誰堪摘？守着窗兒，獨自怎生得黑！梧桐更兼細雨，到黃昏點點滴滴。這次第，怎一個愁字了得！

清照作詞，工于造語。看來都是淺俗的字句，而一經她的運用，便成絕妙好詞。如鳳凰台上憶吹簫，通篇未用一事一典，而語意並工。壺中天慢的「寵柳嬌花」，語極新麗，前此未有能道之者；「清露晨流，新桐初引，」則引用世說新語句，融化渾然；「被冷香消新夢覺，不許愁人不起，」則思意雖淺，而詞語異常雋妙。至于聲聲慢的「尋尋覓覓，冷冷清清，悽悽慘慘戚戚」，與「到黃昏點點滴滴」，則直如公孫大娘舞劍，直如「大珠小珠落玉盤」，在詞史上眞不容許有第二首這樣的傑作矣。

○　○　○　○

清照的詞有如此崇高的造詣，自是由于她有稟賦獨厚的創作天才，又有豐富迴盪的生活做文藝的背境；但同時我們也不可忽視她獻身于文藝的虔誠：我們讀了她的金石錄自敘與後敘，知道她少年時即有窮盡天下古文奇字之志；她夫婦數十年辛苦地收藏書籍至若干萬卷，日事研究考訂，自以爲葛天氏之民，那是何等的學者精神！她創作的熱力，到晚年還沒有衰歇。清波雜誌載：

明誠在建康日，易安每值天大雪，即頂笠披蓑，循城遠覽，以尋詩。得句必邀其夫賡和。明誠每苦之。

這段話記得很有意思。于此可以窺見她的愛好自然與愛好藝術；可見她生活的藝術化；可見她把自己的生命貢獻給文學。她創作的成績極豐富，宋史藝文志謂其詞有六卷行于世。今雖僅存一卷，只遺留五六十首詞在人間，然沒有一首詞不是精金粹玉之作。

我們對于這位珍貴的女詞人，實在想不出什麽話能夠形容她的偉大。詞家之有二李，李後主與李清照，眞是詞史上的「雙聖」呢！

○　○　○　○

北宋婦女能詞者，李清照而外，尙有魏夫人者，與李齊名于當時，亦有名貴的作品傳世。

魏夫人，名不詳。襄陽人。丞相曾布妻。朱熹甚稱道之，謂「本朝婦人能文者，唯魏夫人及李易安二人而已」。她能詩，詞尤擅長，曾慥樂府雅詞傳其詞十首，皆情思妙婉之作。

例如：

菩薩蠻

溪山掩映斜陽裏，樓台影動鴛鴦起。隔岸兩三家，出牆紅杏花。　綠楊堤下路，早晚溪邊去。三見柳綿飛，離人猶未歸。

減字木蘭花

落花飛絮，杳杳天涯人甚處？欲寄相思，春盡衡陽雁漸稀。　離腸淚眼，腸斷淚痕流不斷。明月西樓，一曲欄干一倍愁！

夫人詞雖不多，然其佳者，固不多讓李清照也。

梅磵詩話載：「靖康間，金人至闕，陽武令蔣興祖死之，其女被擄至雄州驛，題詞驛中。」其詞爲減字木蘭花：

朝雲橫度，轆轆車聲如水去。白草黃沙，月照孤村三兩家。　飛鴻過也，百結愁腸無晝夜。漸近燕山，回首鄉關歸路難。

能改齋漫錄載：「宣和間，有題陝府驛壁云：「幼卿少與表兄同研席，雅有文字之好，未笄，兄欲締姻，父母以兄未祿，難其請，遂適武弁。兄登甲科，職洮房，而良人統兵陝右，相與邂逅于此，兄鞭馬略不相顧，豈前憾未平耶？因作浪淘沙以寄情。」其詞云：

極目楚天空，雲雨無蹤。謾留遺恨鎖眉峯。自是荷花開較晚，孤負東風。 客館嘆飄蓬，聚散怱怱。揚鞭那忍驟花驄？望斷斜陽人不見，滿袖啼紅。

相傳有吳城小龍女者，曾題江亭怨詞于荊州亭壁間，（據詞綜與詞譜轉錄冷齋夜話所載）爲黃庭堅所發現者，其詞甚佳：

簾捲曲闌獨倚，江展暮雲無際。淚眼不曾晴，家在吳頭楚尾。 數點落花亂委，撲鹿沙鷗驚起。詩句欲成時，沒入蒼烟叢裏。

北宋的婦女詞壇。不僅名家閨秀優爲之，卽歌伎亦多能詞者，以其應歌之需要，容易通文也。相傳有杭州妓琴操，竟以改作秦觀的滿庭芳而負盛名，殊爲難能。其故事據能改齋漫錄是這樣記載的：「西湖有一倅，閑唱少游滿庭芳，誤舉『畫角聲斷斜陽』。琴操在側云：『譙門，非斜陽也。』倅因戲曰：『爾可改韻否？』琴操卽改作『陽』字韻。東坡聞而賞之。」其詞云：

山抹微雲，天連衰草，畫角聲斷斜陽。暫停征轡，聊共飲離觴。多少蓬萊舊侶，頻回首，煙靄茫茫。孤村裏，寒鴉萬點，流水繞紅牆。 魂傷，當此際，輕分羅帶，暗解香囊。謾贏得青樓薄倖名狂。此去何時見也？襟袖上，空有餘香。傷心處，高城望斷，燈火已昏黃。

婦女詞至北宋末年始盛，南渡以後，便格外起勁地發達起來了。

# 第二十三章　北宋詞人補誌

前面未及敍錄的北宋詞人，茲為補誌如下：

**潘閬**　字逍遙，大名人。嘗居錢塘。太宗召對，賜進士第。坐事遁中條山，後收繫。眞宗釋其罪，以為滁州參軍。有逍遙詞一卷。嘗作憶餘杭三首，一時盛傳。今舉其一首為例：

長憶孤山，山在湖心如黛簇。僧房四面向湖開，輕舟去還來。　芰荷香細連雲閣，閣上清聲檐下鐸。別來塵土污人衣，空役夢魂飛。

陸子遹稱他的詞：「句法清古，語帶煙霞，近時罕及。」

**夏竦**　字子喬，江州德安人。舉賢良方正。慶曆中，同中書門下平章事，封英國公。進鄭國公。卒贈大師中書令，謚文莊。有集。所傳詞以宮詞喜遷鶯令最著名：

霞散綺，月垂鈎，簾卷未央樓。夜涼銀漢截天流，宮闕鎖清秋。　瑤台樹，金莖露，鳳髓香盤煙霧。三千珠翠擁宸游，水殿按涼州。

詞品稱此詞「富艷精工，誠爲絕唱」。

**聶冠卿** 字長孺，新安人。舉進士。慶曆中，入翰林爲學士，判昭文館兼侍讀學士。有蘄春集。以長調多麗一詞爲世人所稱：

想人生，美景良辰堪惜。向其間，賞心樂事，古來難是并得。況東城，鳳台沁苑，泛晴波，淺照金碧。露洗華桐，煙霏絲柳，綠陰搖曳，蕩春一色。畫堂迴，玉簪瓊佩。高會盡詞客。清歡久，重燃絳蠟，別就瑤席。 有飄若驚鴻體態，暮爲行雨標格。逞朱唇，緩歌妖麗，似聽流鶯亂花隔。慢舞縈回，嬌鬟低嚲，腰肢纖困無力。忍分散，彩雲歸後，何處更尋覓？休辭醉，明月好花，莫謾輕擲。

黄昇說：「冠卿詞不多見，如此篇，亦可謂才情富麗矣。」

**鄭獬** 字毅夫，安陸人。皇祐五年舉進士第，累官翰林學士。爲王安石所惡，出爲侍讀學士，知杭州，徙青州。有鄖溪集。詞有詠初春的好事近極佳：

江上探春回，正值早梅時節。兩行小槽雙鳳，按涼州初徹。 謝娘扶下繡鞍來，紅靴踏殘雪。歸去不須銀燭，有山頭明月。

**韓維** 字持國，雍丘人。神宗時，累遷翰林學士，知開封府。後爲學士承旨。哲宗立，拜門下侍郎，以太子少傅致仕。紹聖中入元祐黨籍，謫均州安置。維嘗封南陽郡公，所著曰南陽集。今傳南陽詞一卷。例如踏莎行（次韻范景仁寄子華）：

歸雁低空，游蜂趁暖，憑高目向西雲斷。具茨山外夕陽多，展江亭下春波滿。

雙桂情深，千花明煥，良辰誰是同遊伴？辛夷花謝早梅開，應須次第調絃管。

章驤　字子駿，錢塘人。皇祐進士。靖國中除知明州。以左朝議大夫提舉杭州洞霄宮。工詩文，有錢塘集。今傳章先生詞一卷。詞如減字木蘭花（惜春詞）

人生可意，祇說功名貪富貴。遇景開懷，且盡生前有限杯。　韶華幾許，鶗鴂聲殘無覓處。莫自因循，一片花飛減却春。

張伯端　天台人。熙寧間遊蜀，遇劉海蟾，授以金液還丹火候之訣。乃改名用成，字平叔，號紫陽。著有悟眞篇。卒于元豐間，年九十九。其詞今傳紫陽眞人詞一卷。多言修煉之道，殊乏詞趣。

石延年　字曼卿，宋州人。補三班奉職，累遷大理寺丞，通判海州，終校理。詞著搊彈長短句，今不傳。茲舉其燕歸梁爲例：

芳草年年惹恨幽，想前事悠悠。傷春傷別幾時休？算從古，爲風流。　春山總把，深勻翠黛，千疊在眉頭。不知供得幾多愁，更斜日凭危樓。

韓縝 字玉汝，靈壽人。第進士。神宗朝累知樞密院事。哲宗朝拜尙書右僕射兼中書侍郎，出知潁昌府。以太子太保致仕。卒贈司空崇國公，諡莊敏。有芳草詞著稱于世：

鎖離愁，連綿無際，來時陌上初熏。繡幃人念遠，暗垂珠露，泣送征輪。長行長在眼，更重重，遠水孤村。但望極樓高，盡日目斷王孫。 消魂！池塘從別後，曾行處，綠妬輕裙。恁時攜素手，亂花飛絮裏，緩步香茵。朱顏空自改。向年年，芳意長新。遍綠野，嬉游醉眼，莫負青春。

李甲 字景元，華亭人。其事蹟不詳。樂府雅詞錄其詞八首，多長調。今舉其帝台春詞爲例：

芳草碧色，萋萋遍南陌。暖絮亂紅，也知人，春愁無力。憶得盈盈拾翠侶，共攜賞鳳城寒食。到今來，海角逢春，天涯爲客。 愁旋釋，還似織；淚暗拭，又偸滴。謾竚立，倚遍危欄，儘黃昏，也只是暮雲凝碧。拚則而今已拚了，忘則怎生便忘得？又還問鱗鴻，試重尋消息。

景元作詞，善于鋪敘，辭情相稱，很有柳永秦觀一派的風味。

**李　廌**　字方叔，華山人。鄉舉，試禮部不遇，乃絕意進取。爲蘇軾門下士。有月巖集。所作詞不多，例如虞美人：

玉闌干外淸江浦，渺渺天涯雨。好風如扇雨如簾，時見岸花汀草漲痕添。　青林枕上關山路，臥想乘鸞處。碧蕪千里思悠悠，惟有霎時涼夢到南州。

**王　仲**　字與善，元祐間人。傳燭影搖紅詞甚佳：

烟雨江城，望中綠暗花枝少。惜春長待醉東風，却恨春歸早。　縱有幽歡會巧，奈如今風情漸老。鳳樓何處，畫欄愁倚，天涯芳草。

**朱　服**　字行中，烏程人。熙寧中進士。哲宗朝歷中書舍人，禮部侍郎。徽宗朝加集賢殿修撰，知廣州，黜知袁州，再貶蘄州安置。其小詞頗有雋語，例如漁家傲：

小雨纖纖風細細，萬家楊柳青煙裏。戀樹濕花飛不起，愁無際，和春付與東流水。九十光陰能有幾？金龜解盡留無計。寄語東陽沽酒市，拚一醉，而今樂事他年淚。

**章　楶**　字質夫，浦城人。試禮部第一。累擢樞密直學士，龍圖閣端明殿學士，拜同知樞密院事。卒贈右銀青光祿大夫，諡莊簡。他作的一首詠柳花的水龍吟詞很有名：

燕忙鶯懶芳殘，正堤上柳花飄墜。輕飛亂舞，點畫青林，全無才思。閑趁游絲，靜臨深院，日長門閉。傍珠簾散漫，垂垂欲下，依前被風扶起。　蘭帳玉人睡覺，怪春衣雪沾瓊綴。繡床漸滿香球無數，才圓却碎。時見蜂兒仰粘輕粉，魚吞池水。望章台路杳，金鞍遊蕩，有盈盈淚。

此詞形容曲致，有詠柳花詞以來，這要算是最佳美的一首。黃昇特別稱道他的「傍珠簾散漫，垂垂欲下，依前被風扶起」數句。

舒亶　字信道，慈谿人。試禮部第一，累官御史丞。以罪被斥，終直龍圖閣待制。卒贈直學士。有信道詞，樂府雅詞傳其詞四十八首，菩薩蠻調最多，佔二十首。他的小詞和長調都極有情味：

散天花（次師能韻）

雲斷長空葉落秋，寒江烟浪靜，月隨舟。西風偏解送離愁，聲聲南去雁，下汀洲。無奈多情去復留，驪歌齊唱罷，淚爭流。悠悠別恨幾時休？不堪殘酒醒，凭危樓。

滿庭芳（次馮通直韻）

紅葉飄零，寒烟疎淡，樓台半在雲間。望中風景，圖畫也應難。又是重陽過了，東籬下，黃菊闌珊。陶潛病，風流載酒，秋意與人閑。　霞冠攲倒處，瑤台唱罷，如夢中還。但醉裏贏得，滿眼青山。華髮看看滿，也留不住當日朱顏。平生事，從頭話了，獨自却凭欄。

李淸臣　字邦直，魏人。舉進士。歷官知制誥，翰林學士，遷尙書左丞，尋拜中書侍郎，以大學士知河南府。徽宗初立，入爲門下侍郎，出知大名府。卒贈金紫光祿大夫。其小詞亦淸雋可喜，例如謁金門：

楊花落，燕子橫穿朱閣。苦恨春醪如水薄，閑愁無處着。　綠野帶紅山落角，桃杏參差殘萼。歷歷危檣沙外泊，東風晚來惡。

王　詵　字晉卿，太原人，徙居開封。歷官定州觀察使，駙馬都尉，贈昭化軍節度使，諡榮安。詵爲人風流蘊藉，能詩善書畫，所作小詞亦佳，例如憶故人：

燭影搖紅向夜闌，乍酒醒，心情懶。尊前誰爲唱陽關，離恨天涯遠。　無奈風消雨散，凭欄干，東風淚眼。海棠開後，燕子來時，黃昏庭院。

王安國　字平甫，臨川人。安石之弟。舉進士，又舉茂才異等。熙寧初除西京國子教授，終祕閣校理。有王校理集。詞如減字木蘭花：

畫橋流水，雨濕落紅飛不起。月破黃昏，簾裏餘香馬上聞。　徘徊不語，今夜夢魂何處去？不似垂楊，猶解飛花入洞房。

秦觀　字少章，高郵人。秦觀之弟。所傳詞雖不多，而有極佳者，如蝶戀花：

妾本錢塘江上住，花落花開，不管流年度。燕子銜將春色去，紗窗幾陣黃梅雨。斜插犀梳雲半吐，檀板輕敲，唱徹黃金縷。夢斷綵雲無覓處，夜涼明月生南浦。

這首詞爲當代所傳誦，亦稱爲黃金縷。

孔平仲　字毅甫，新淦人。舉進士，爲集賢校理。徙知衡州，謫惠州別駕。徽宗即位，召爲戶部員外郎，遷金部郎中。出使陝西，帥鄜、延、環慶。晚罷主兗州景靈宮。平仲長于文史，詞亦有佳者，如千秋歲（次韻少游見贈）：

春風湖外，紅杏花初退。孤館靜，愁腸碎，淚餘痕在枕。別久香銷帶。新睡起，小園戲蝶飛成對。惆悵人誰會，隨處聊傾蓋。情暫遣，心何在？錦書消息斷，玉漏花陰改。遲日暮，仙山杳杳空雲海。

米芾　字元章，吳人。歷官太常博士，知無爲軍，召爲書畫學博士，擢禮部員外郎，出知淮陽軍。有襄陽集。詞傳寶晉長短句一卷。例如菩薩蠻：

蒹葭風外煙籠柳，數疊遙山眉黛秀。微雨過江來，煩襟爲一開。　沙邊臨望處，紫燕雙飛語。舉酒送飛雲，夜涼愁夢頻。

**黃裳** 字勉仲，延平人。歷官端明殿學士，贈少傅。有演山詞二卷。其詞之佳者如雨霖鈴：

天南游客，甚而今却送君南國？西風萬里無限，吟蟬暗續，離情如織。秣馬脂車，去卽去，多少人惜。望百里烟慘雲山，送雨城愁作行色。　飛帆過，浙西封域。到秋深，且艤荷花澤。就船買得鱸鱖。新穀破，雪堆香粒。此興誰同？須記東秦有客相憶。願聽了一闋歌聲，醉倒拚今日。

**程過** 字觀過。其事蹟不詳。所作詞雖不多，而情思婉約，有極佳者，例如謁金門：

江上路，依約數家烟樹。一枕歸心村店暮，更亂山深處。　夢過江南芳草渡，曉色又催人去。愁似遊絲千萬縷，倩東風約住。

**陳亞** 字亞之，揚州人。嘗知潤州，仕至司封郎中。（一云太常少卿）有澄源集。吳處厚稱其所作「雖一時俳諧之詞，寄興亦有深意。今舉其生查子一詞爲例：

相思意已深，白紙書難足。字字苦參商，故要檀郎讀。　分明記得約當歸，遠至櫻桃熟。何事菊花時，猶未囘鄉曲？

張舜民　字芸叟，邠州人。第進士。元祐初，除監察御史。徽宗朝爲吏部侍郎，以龍圖閣待制，知同州。坐黨籍，貶商州卒。舜民自號浮休居士，又號矴齋。傳畫墁詞一卷。今舉其題岳陽樓的賣花聲詞爲例：

木葉下君山，空水漫漫。十分斟酒斂芳顏。不是渭城西去客，休唱陽關。　醉袖撫危欄，天淡雲閑。何人此路得生還？囘首夕陽紅盡處，應是長安。

王雱　字元澤，安石之子。臨川人。舉進士。累官天章閣待制兼侍講，遷龍圖閣直學士，卒贈左諫議大夫。所作眼兒媚傳誦一時：

楊柳絲絲弄輕柔，烟縷織成愁。海棠未雨，梨花先雪，一半春休。　而今往事難重省，歸夢遶秦樓。相思只在，丁香枝上，荳蔻梢頭。

陳瓘　字瑩中，號了翁，沙縣人。禹偁之子。元豐二年進士。徽宗朝歷右司諫，權給事中。崇寧中以黨籍除名，編隸台州，移楚州卒。贈諫議大夫，諡忠肅。有了齋集。樂府雅詞傳其詞十七首，例如卜算子：

只解勸人歸，都不留人住。南北東西總是家，勸我歸何處？　去住總由天，天意人難阻。若得歸時我自歸，何必閑言語！

**劉弇**　字偉明，江西安福人。元豐二年進士，復中詞科。歷官知峨嵋縣，改太學博士。元符中，進大禮賦，除祕書省正字。徽宗立，改著作佐郎，實錄院檢討。有龍雲集。詞傳龍雲先生樂府一卷。例如清平樂：

東風依舊，著意隋堤柳。搓得鵝兒黃欲就，天氣清明時候。　去年紫陌青門，今朝雨魄雲魂。斷送一生憔悴，能消幾個黃昏？

**李元膺**　東平人，南京教官。所傳詞不多，其佳者亦清蔚可誦，如茶瓶兒：

去年相逢深院宇，海棠下曾歌金縷。歌罷花如雨，翠羅衫上，點點紅無數。
今歲重尋攜手處，空物是人非春暮。回首青門路，亂英飛絮，相逐東風去。

據說這首詞是元膺悼亡妻之作。

**蘇過**　字叔黨，軾之幼子。初監太原府稅，次知穎昌府郎城縣，嘗以法令罷。晚權通判中山府。家穎昌，營湖陰水竹數畝，名曰小斜川。自號斜川居士。時稱小坡。有斜川集。詞傳點絳唇甚雋美：

高柳蟬嘶，采菱歌斷秋風起。晚雲如髻，湖上山橫翠。　簾卷西樓，過雨涼生袂。

天如水，晝闌十二，少個人同倚。

黃昇說過「此詞作時，方禁坡文，故隱其名以傳于世。今或以爲汪彥章所作，非也」。

廖行之　字天民，衡陽人。詞傳省齋詩餘一卷。他的詞亦有很佳者，例如靑玉案（重九憶羅舜擧）：

家山去此無多路，久沒個音書去。一別而今佳節度。黃花開未？白衣到否？籬落荒涼處。　崢嶸歲月還秋暮，空腹便便無好句。菊意徵期開未許。那堪惹恨，年來此日，長是蕭蕭雨。

謝邁　字幼槃，逸之從弟。布衣士也。著有竹友詞一卷。其詞之佳者與逸相伯仲，如蝶戀花：

一水盈盈牛女渡，目送經年，脈脈無由語。後夜鵲橋知暗度，持杯乞與閑情緒。君以庾郎愁幾許？萬斛愁生，更作征人去。留定征鞍君且住，人間豈有無愁處！

吳則禮　字子副，興國人。他的生平事蹟不詳。詞傳北湖詩餘一卷。今擧其虞美人詞爲例：

斑斑小雨，初入高梧黃葉暮。又是重陽，昨夜西風作許涼。　鮮鮮叢菊，只解凋人雙鬢綠。試傍清樽，分付幽香與斷魂。

田不伐　他的字里生平不詳。黃昇唐宋諸賢絕妙詞選稱其「工于樂府」，錄詞二首。今舉其一首詠春思的南柯子爲例：

團玉梅梢重，香羅茭扇低。簾風不動蝶交飛，一樣綠陰庭院鎖斜暉。　對月懷歌扇，因風念舞衣。何須惆悵惜芳菲，拚却一年憔悴待春歸。

曹組　字元寵，潁昌人。宣和三年進士。召見玉華閣，帝親作書以賜之曰：「曹組文章之士。」官至副使。有箕潁集。樂府雅詞傳其詞三十一首，今舉點絳唇爲例：

雲透斜陽，半樓紅影明窗戶。暮山無數，歸雁愁邊度。　十里平蕪，花遠重重樹。空凝竚，故人何處，可惜春將暮。

相傳宋徽宗極激賞此詞「暮山無數，歸雁愁邊度」之句。

杜安世　字壽域，京兆人。其事蹟不詳。有壽域詞一卷。其詞之佳者如卜算子：

樽前一曲歌，歌裏千重意。纔欲歌時淚已流，恨更多于淚。　試問緣何事，不語渾如醉。我亦情多不忍聞，怕和我成憔悴。

徐伸　字翰臣，三衢人。政和初，以知音律爲太常典樂，出知常州。有青山樂府傳于世。例如二郎神：

悶來彈鵲，又攪碎一簾花影。謾試著春衫，還思纖手，熏徹金猊燼冷。動是愁端如何向？但怪得新來多病。嗟舊日沈腰，而今潘鬢，怎堪臨鏡！　重省，別時淚漬，羅襟猶凝。料爲我厭厭，日高慵起。長托春酲未醒。雁足不來，馬蹄難去，門掩一庭芳景。空佇立，盡日闌干倚遍，晝長人靜。

黃昇稱他「惟此一曲天下稱之」。

李邴　字漢遠。官至尚書郎。宣和間，責監漢陽酒稅。邴少有詩名。他的詞樂府雅詞傳十四首，例如采桑子：

恨君不似江樓月，南北東西，南北東西，只有相隨無別離。　恨君却似江樓月，暫滿還虧，暫滿還虧，待得團圓是幾時？

此詞頗新穎可愛。作者的小詞很多清雋的白話詞，其詠梅的一首虞美人亦佳：

梅花自是于春懶，不是春來晚。看伊開在衆花前，便道與春無分結因緣。　風前月下頻相就，笑我如伊瘦。幾回衝雨過疏籬，已見一番青子綴殘枝。

王采　字輔道，（一云字道輔）德安人。官校書郎，翰林學士，兵部侍郎。宣和中，以左道爲林靈素所陷棄市。其詞如玉樓春：

秋閨思入江南遠，簾幙低垂閑不捲。玉珂聲斷曉屏空，好夢驚回還起懶。 風輕只覺香烟短，陰重不知天色晚。隔窗人語退朝歸，旋整宿妝勻睡眼。

蘇庠 字養直，丹陽人。紹聖中同徐俯薦於朝，不起。自放江湖間，號後湖居士，有後湖集一卷。詞如菩薩蠻（自宜興還西岡作）：

園林寂寂春歸去，濛濛柳下飄香絮。野水接雲横，綠烟啼曉鶯。 江南鶗鴂夢，山色朝來重。小艇小灣頭，蘋花蘋葉洲。

徐積 字仲章，楚州山陽人。中進士第。除揚州司戶參軍，楚州教授，改和州防禦推官，徽宗初立，改宣德郎，卒贈謚節孝處士。有集。作漁父樂詞極佳：

水曲山隈四五家，夕陽烟火隔蘆花。漁唱歌，醉眠斜，綸竿簑笠是生涯。

蔣子雲 字元龍，事蹟不詳。他的詞傳者僅好事近、阮郎歸、烏夜啼三首，皆雋妙小詞。今舉其烏夜啼爲例：

小桃落盡殘紅，夜來風。又是一番春事，不從容。 翠屏掩，芳信斷，轉愁濃。可惜日長閑暇小簾櫳。

宋齊愈 字退翁，一云字文淵。宣和間爲太學官，終諫議大夫。嘗作梅詞眼兒媚應制，傳誦一時：

霏霏疏影轉征鴻，人語暗香中。小橋斜渡，曲屏深院，水月濛濛。 人間不是藏春所，玉笛曉霜空。江南處處，黃垂密雨，綠漲薰風。

宋徽宗說：「宋齊愈梅詞，非惟不經人道，且自開花說至結子黃熟，并天氣亦言之，可謂盡致矣。」

沈會宗 字文伯。他的事蹟不詳。樂府雅詞載其詞十六首，多可誦者，今舉他的小重山詞爲例：

花過園林濟蔭濃。琅玕新脫箚，綠叢叢。雨聲只在小池東。閑欹枕，直面芰荷風。 長日蔽簾櫳，輕塵飛不到，畫堂空。一樽今夜與誰同？人如玉，相對月明中。

何大圭 字晉之，廣德人。政和八年進士。仕爲祕書省著作郎。所作詞以小重山最著稱于世：

綠樹鶯啼春正濃，釵頭青杏小，綠成叢。玉船風動酒鱗紅，歌聲咽，相見幾時重？ 車馬去匆匆，路隨芳草遠，恨無窮。相思只在夢魂中。今宵月，偏照小樓東。

**王安中** 字履道，陽曲人。第進士。政和中，擢御史中丞。以疏劾蔡京，遷翰林學士。金人來歸燕，授燕山府路宣撫使。後爲言者所論，責象州安置。其爲人反覆炎涼，雖不足道；然才華富艷，實不可掩。著初寮前後集五十卷。今僅傳初寮詞一卷。例如蝶戀花：

千古銅台今莫問，流水浮雲，歌舞西陵近。烟柳有情看不盡，東風約定年年信●
天與麟符行樂分，帶緩裘輕，雅宴催雲鬢。翠霧縈紆銷篆印，箏聲恰度秋鴻陣。

**楊适** 字時可，棣州人。年十八登進士第。未肯出仕，從陳師道學詩。晚爲尚書比部外郎。其詞以送向子諲的南柯子最佳：

怨草迷南浦，愁花傍短亭。有情歌酒莫催行，看取無情花草也關情。 舊日臨岐曲，而今忍淚聽。淮山何在，暮雲平，待倩春風吹夢過江城。

**謝克家** 字任伯。官參政。他在當世並無文名，惟以送徽宗車駕北行之憶君王詞著稱于世：

依依宮柳拂宮墻，樓殿無人春晝長，燕子歸來依舊忙。憶君王，月照黃昏人斷腸！

語意悲涼，令人不忍卒讀，其佳處不減後主詞矣。

**方喬** 巢至人。其生平事蹟不詳。所作詞雖不多，而有極佳者，如他贈紫竹的生查子郎是一首不可多得的絕妙小詞：

晨鶯不住啼，故喚愁人起。無力曉妝慵，閑弄荷錢水。 欲呼女伴來，鬥草花陰裏。嬌極不成狂，更向屏山倚。

顏博文 字持約，德州人。靖康初，官著作佐郎。金人立楚時，充事務官，草勸進表。南渡初，竄灃州，移賀州死。其詞如西江月：

草草書傳錦字，厭厭夢繞梅花。海山無計住星槎，腸斷芭蕉影下。 缺月舊時庭院，飛雲到處人家。而今憔悴鬢先華，說着多情已怕！

黃昇稱博文此作「詞簡意遠，佳作也」。

阮閱 字閎修，舒城人。宣和中，知郴州，建炎初，知袁州。著有松菊集及詩話總龜。其小詞之佳者，如寫離情之眼兒媚：

樓上黃昏杏花寒，斜月小闌干。一雙燕子，兩行征雁，畫角聲殘。 綺窗人在東風裏，洒淚對春閑。也應似舊，盈盈秋水，淡淡春山。

李重元 重元的字里生平，全不可考。草堂詩餘與唐宋諸賢絕妙詞選均載有他的詞，例如憶王孫：

萋萋芳草憶王孫，柳外樓高空斷魂。杜鵑聲聲不忍聞。欲黃昏，雨打梨花深閉門。

按此詞或題秦觀作，又題李甲作。李甲字景元，疑草堂詩餘等書之作重元，也許是景元之誤書。

**魯逸仲**　逸仲的字里生平亦不可考。黃昇稱其詞意婉麗似万俟雅言。今其詞之傳者僅南浦一首：

風悲畫角，聽單于，三弄落譙門。投宿駸駸征騎，飛雪滿孤村。酒市漸闌燈火，正敲窗，亂葉舞紛紛。送數聲驚雁，乍離煙水，嘹唳度寒雲。　好在半朧淡月，到如今，無處不銷魂。故國梅花歸夢，愁損綠羅裙。爲問暗香閑艷，也相思萬點付啼痕。算翠屏應是，兩眉餘恨倚黃昏。

**唐庚**　字子西，眉山人。累爲學官，擢京畿提舉常平。後坐貶惠州。有詩文十七卷行于世，詞如訴衷情：

平生不會斂眉頭，諸事等閑休。元來却到愁處，須著與他愁。　殘照外，大江流，去悠悠。風悲蘭杜，烟淡滄浪，何處扁舟！

**僧揮**　揮姓張，字仲殊，安州人。第進士。棄家爲僧，居杭州吳山寶月寺。有詞七卷。黃昇最稱道其訴衷情一詞，謂高處不減唐人風致。他的小令佳者甚多，今舉其南歌子詞爲例：

十里青山遠，潮平路帶沙。數聲啼鳥怨年華，又是淒涼時候在天涯。 白露收殘暑，清風襯晚霞，綠楊堤畔鬧荷花，記得年時沽酒那人家。

僧祖可 字正平，丹陽人。蘇伯固之子。住廬山。與陳師道、徐俯、謝逸諸人參預江西詩社。有東溪集。他工于詩，其詞尤佳，例如小重山：

誰向江頭遺恨濃？碧波流不斷，楚山重。柳烟和雨隔疏鐘。黃昏後，羅幕更朦朧。 桃李小園空，阿誰猶笑語，拾殘紅。珠簾卷盡夜來風。人不見，春在綠蕪中。

釋惠洪 惠洪姓彭，字覺範，筠州人。著有石門文字禪、筠溪集、天廚禁臠、冷齋夜話等書。工詞，其佳者如和賀方回的青玉案：

綠槐煙柳長亭路，恨取次分離去。日永如年愁難度。高城回首，暮雲遮盡，目斷知何處？ 解鞍旅舍天將暮，暗憶丁寧千萬句。一寸柔腸情幾許？薄衾孤枕，夢回人靜，到曉瀟瀟雨。

許彥周稱他「善作小詞，情思婉約似秦少游」。

以上共錄北宋詞人五十七家。考其生平，亦有入南宋者，而皆聞名于北宋，故著錄于此。其南渡後始負盛譽，任要職，或居南宋甚久者，悉見下編。

# 胡雲翼《中國詞史略》

胡雲翼（1906–1965），原名胡耀華，號南翔、北海，筆名拜蘋女士，湖南桂東人。著名詞學家、文學史家。1927年武昌大學畢業，先後在湖南、江蘇的中學任教，在中華書局和商務印書館任編輯。後曾任教於上海師範學院。著有詞學著作《中國詞史大綱》《中國詞史略》《詞學概論》《詞選ABC》《宋詞研究》《詞學小叢書》等。另有《唐代戰爭文學》《中國文學史》《文章作法》《中國文史大綱》《唐詩研究》《中國古代作品選》《宋詞選》等近20部著作。

《中國詞史略》是中國詞學研究由傳統向現代的代表性著作之一，全書共六章，首章討論詞的起源，對詞這種文學體制形式及其時代緣起，作出了中肯的定義。後五章分別論述詞自產生之後在幾個重要階段的發展特點，作者劃分為晚唐五代詞、宋詞（分上下兩章討論）、金元明詞、清詞四個時期。全書以大量詞作為證據闡明自己的見解。1933年上海大陸書局印行，1994年上海書店將其輯入『民國叢書』第五編影印出版。嶽麓書社2011年列入『民國學術文化名著』排印出版。本書據1933年大陸書局版影印。

# 中國詞史略

胡雲翼編

中華民國二十二年五月付印
中華民國二十二年六月初版

中國詞史略
（定價大洋八角五分）
（外埠酌加郵費）

著者 胡雲翼
發行者 大陸書局 上海同孚路口威海衛路
印刷者 啓智印務公司

# 中國詞史略 目次

# 中國詞史略

## 第一章　詞的起源

詞的體製，是到唐代才確立，才完成。有許多古人把詞的起源說得很悠遠，那都是荒謬不可據的。如汪森的詞綜序上說：

自有詩而長短句即寓焉。南風之操，五子之歌，是已。周頌三十一篇，長短句居十八；漢郊祀歌十九篇，長短句居其五；至短簫鐃歌十八篇，篇皆長短句。誰謂非詞之源乎？

這種說法的錯誤，是認定長短句即是詞。因此許多古人都從詩裏去找長短句，只要是不整齊的詩便說是詞的濫觴，於是一個一個把詞的起源說得遠，結果便說到『自有詩而長短句即寓焉』去了，這意思便顯然是『詩的起源即詞的起源』。本來，詩詞元是一體，義界難分，說詩詞同源，也未嘗不可。不過我們在這裏講詞的起源，是要追尋一條詞的發生的線索脈絡出來，不是只要講個寡頭的起源說。如果說詞起源于先秦時代，而事實上詞的進展又晚在五代兩宋，中間竟孤絕了一千多年毫無詞的消息，這如何講得通？

徐在鈗他的詞苑叢談上說得較汪森的話近于事實一點，他說：「塡詞原本樂府。菩薩蠻以前，追而溯之，梁武帝江南弄，沈約六憶詩，皆詞之祖，前人言之詳矣」。不錯，許多古人都認定這兩篇詩為詞之祖，今錄于下：

江南弄

衆花雜色滿上林，舒芳耀綠垂輕陰，連手躞蹀舞春心。舞春心，臨歲腴，中人望，獨踟躕。

六憶詩（其一）

憶眠時，人眠獨未眠。解羅不待勸，就枕更須牽，復恐旁人見，嬌羞在燭前。」

像這種形式的長短句，我以爲決不是梁武帝與沈約首創的，在六朝的詩人中至少可選出一大本這樣的作品出來。毛奇齡便曾舉出鮑照的梅花落，陶宏景的寒夜怨，徐勉的迎客送客，王筠的楚妃吟，簡文帝的春情等，說是古詞。其實這種例子是舉不勝舉的，而且越舉便越遠，又不免要說到詩經以前唐虞時代的歌謠去了。那是全無意義的。我們試問：六朝的這種長短句與晚唐五代的詞有什麼聯絡的淵源關係呢？其間如何轉變的呢？這問題不能回答，便不能夠只在形式上拿詩之近于詞者來冒充詞的祖宗了。

還有許多人認定詞起源于李白，因爲他曾經創作過下列兩首詞：

菩薩蠻

平林漠漠烟如織，寒山一帶傷心碧。暝色入高樓，有人樓上愁。　玉階空佇立，宿鳥歸飛急。何處是歸程？長亭更短亭。

憶秦娥

簫聲咽，秦娥夢斷秦樓月。秦樓月，年年柳色，灞陵傷別。樂遊原上清秋節，咸陽古道音塵絕。音塵絕，西風殘照，漢家陵闕。

南宋詞人黃昇編花菴詞選，首先錄此二詞，謂爲『百代詞曲之祖。』鄭樵在其通志中亦有此說。然據我們考證，則此二詞決非李白之作，證據甚多：第一，蘇鶚杜陽雜編說：『太中初，女蠻國貢雙龍犀，明霞錦。其國人危髻金冠，瓔珞被體，故謂之菩薩蠻。當時倡優遂製菩薩蠻曲，文士亦往往效其詞』。南部新書亦有同樣的記載。是則李白之世，尚無此題，何得預塡其篇呢？第二，後蜀趙崇祚編花間集，遍錄晚唐諸家詞，而不及李白。第三，郭茂倩的樂府詩集遍錄李白的樂府歌辭，並收中唐的調笑、憶江南諸詞，而獨不收菩薩蠻及憶秦娥詞。由這些很强的證據，即可知黃昇記錄不翔實。

實在說，當盛唐時代，不但李白未曾做過詞，其他的文人詩人都沒有作詞的。他們只有整齊的五七言歌辭，沒有長短句歌辭。如李白的淸平調，完全是七言絕句；王昌齡，高適，王之渙的詩，爲伶人妓女所爭唱，也是五七言絕句；王維的詩也爲梨園所歌唱，而所作歌辭『紅豆生南國』和『秋風明月共相思』二章，一係五言，一係七言。他如杜甫，孟浩然輩，則未嘗著名于樂部教坊，絕少歌辭。直到中唐時代，才漸漸有長短句的歌辭出現。

首先我們要講的，是一位不甚著名的作者張志和。據我們所知，他實是中唐時代最早的長短句歌辭作者之一。字子同，金華人。肅宗時，待詔翰林，坐貶不復仕，扁舟江湖，自稱煙波釣徒，又號玄眞子。所傳僅漁父詞一首：

西塞山前白鷺飛，桃花流水鱖魚肥。青箬笠，綠蓑衣，斜風細雨不須歸。

在中唐的詩人中，作長短句歌辭的更多了。如韓愈，王建，韋應物，白居易，劉禹錫諸人，均有製作。韓愈的歌辭傳章台柳一首，乃寄其妾柳氏者：

章台柳，章台柳，昔日青青今在否？縱使長條似舊垂，也應攀折他人手！

王建傳調笑令，其辭云：

團扇，團扇，美人並來遮面。玉顏顦顇三年，誰復商量管弦，弦管，弦管，春草昭陽路斷。

韋應物的歌辭亦不多見，惟三台令與轉應曲流傳，其轉應曲辭云

河漢，河漢，曉掛秋城漫漫。愁人起望相思，塞北江南別離。離別，離別，河漢雖同路絕。

白居易的歌辭則流傳較多，形式是長短句的，有憶江南，如夢令，長相思，花非花，一七令等調。但這些作品都不載于白氏長慶集，我們只好存疑。只憶江南可以認定爲白氏之作，其辭如下：

江南好，風景舊曾諳：日出江花紅勝火，春來江水綠如藍。能不憶江南？

白氏此作，傳唱當時。劉禹錫曾依這首辭的曲拍，塡過一首：

春去也，多謝洛城人。弱柳從風疑舉袂，叢蘭裛露似霑巾；獨坐亦含嚬。

據草堂箋所載，劉禹錫尚有斑竹枝，古今詞話載戴叔倫有轉應曲，太平廣記載柳

氏有楊柳枝等。如此可見中唐時代的長短句歌辭已經相當的流行了。

這種長短句的歌辭，在當時確是一種新樂府，有了許多名詩人來撰作這種新樂府辭，倡導成一種新的風氣，詞體便確立了，詞的趨勢便造成了。後來便造成晚唐五代詞的發展。

說到這裏，我們不免要問：在盛唐時代，歌辭還都是整齊的五七言，何以到了中唐便忽然產生許多長短句的歌辭出來呢？要答覆這個問題，我以為決不能拿詩歌的關係來解釋，而必須拿音樂的關係來解釋。如果要說得明白一點，話就不能不從遠一點的地方說起來。

中國最初的詩歌就和音樂結合了密切的關係。先秦時代的詩，今所傳者以三百篇為最古。我們從左傳『季札論樂』和史記孔子世家『凡詩皆可入樂』之說，便知道先秦時代的『詩』與『樂』，原是不分離的。自屈原作九歌諸篇『侑樂』，又作九章諸篇『舒情』，則只有前者包括『樂』的意義，而後者乃僅僅是『舒情』的詩，不復能『侑樂』了。

從漢武帝創立樂府，以李延年爲協律都尉，後來遂以樂府所采之詩，可被之聲歌者，別叫做樂府，於是詩與樂的關係便分離了。自此詩歌自走詩歌的路，樂府自走樂府的路了。詩歌因爲文學的意義居多，故在文人方面的製作特別發展；樂府因爲音樂的意味深長，故民間流傳，作品最多。二者是平行地發展的。但到隋唐時代，所謂古樂府者散佚了甚多。據舊唐書音樂志說：『江左宋梁之間，南朝文物，號稱最盛。人謠國俗，亦世有新聲。後魏孝文宣武，用師淮漢，收其所獲南音，謂之淸商樂。隋平陳，因置淸商署。遭梁陳亡亂，所存蓋鮮。隋室以來，日益淪缺。武太后之時，猶有六十三曲，今其辭存者，（中略）惟四十四曲存焉』。這四十四曲裏面，唐初所存，有聲有詞者凡三十七曲，有聲無詞者亦有七曲。王灼碧鷄漫志云：『隋氏取漢以來樂器，歌章，古調，併入淸樂，餘波至李唐始絕。唐中葉雖有古樂府，而播在聲律則尠矣』。可見唐人所擬古樂府，但借題抒意。這時古樂府蓋已跟着樂之亡而成爲過去，唐代又有一種新的樂府起來了。唐人的新樂府便是當時的五七言新體詩。這是在前面說過的。但是，我們知道五七言新體詩的字句是很整齊的，音樂的曲拍却不一定如此整齊。所以拿樂調來合詩，音調裏面不免有許多無字的虛聲。這種虛聲，詞曲家叫做『泛聲』，『和聲』或『散聲』。他們以爲將這種泛聲塡以實字，變成長短句，便成功詞。如朱熹說：

古樂府只是詩，中間却添許多泛聲。後人怕失了那泛聲，逐一聲添個實字，遂成長短句。今曲子便是。（朱子語類）

朱熹的這種說法，權威很大，向來的詞話家都跟着他這種見解跑。可是，他這種說法並不十分正確。因爲『泛聲』不但歌詩的音調裏有，就是歌詞的音調裏面也是有的。我們只要看晚唐五代的詞，往往一個腔調有很多字句不同的詞。單是河傳一調，便有十七八體之多。花間集所錄，均爲晚唐五代的詞，裏面却很多調同體異；既然同是一個樂調，可以有很多的字句不相同的詞，則這個樂調的伸縮性一定很強；既然樂調的伸縮性很強，則詞調裏面一定會有『泛聲』，『和聲』或『散聲』來調節字句的。既然詞調裏面也有泛聲，則朱熹的所謂泛聲塡以實字便成詞的說法，不攻自破了。

往下且提出我們修正的答案：

在中唐以前，文人自文人，樂工自樂工。文人自作他的詩，樂工自作他的歌辭。文人的詩是給人誦讀的，所以他們寫成整齊的五七言詩；樂工的歌辭是要合音樂唱的，所以他們依曲拍填成長短句的歌辭。但是樂工不是文人，他們的歌辭往往做得俚俗不雅，所以常常拿着文人現成的詩，去合着樂來唱，以抬高樂的價值；文人方面也樂得把自己的詩給樂人去唱，以廣佈自己的文名。二者相互爲利，相互爲用，關係便發生出來了。我們看盛唐的詩人，多以自己的詩給伶人妓女歌唱爲榮。到了中唐，則樂工們竟以賄賂來求詩人的新作了。那些著名的詩人，如李賀，李益，韋應物，劉禹錫，白居易，元稹的詩，都給伶人妓女們去唱了。文人與樂工關係乃更密切。於是文人一方面自己寫詩給他們去唱，一方面也會高興地去依着樂調的曲拍來試填長短句的歌辭。白居易偶然戲填了一首憶江南，劉禹錫便跟着填起來了；韋應物偶然填了一首轉應曲，戴叔倫便跟着填起來了。三四個文人嘗試了，十幾個文人便跟着來嘗試了，便成爲新時髦了，後世無數的文人便都趨向到這一條路來了。我們看看後來詞的發達，只爲詞的起來必經過有意識的提倡，那知大謬不然。考究起來，才知道原不過是一兩個文人偶然發了興，依着曲拍戲塡了幾首長短句的歌辭，恰好那時許多文人都作整齊的詩作厭了，看着這樣新鮮的玩意兒，都覺得可愛，便爭着去做，於是長短句的歌辭便自然而然的風行起來了，因以造成幾百年的詞的發達。

詞的起來是如此的。

# 第二章　晚唐五代詞

陸游花間集跋上說：

詩至晚唐五季，氣格卑陋，千人一律。而長短句獨精巧高麗，後世莫及。

何以詩至晚唐五代便『氣格卑陋』？何以詞至晚唐五代便『精巧高麗』？這原因是很明顯的：詩歌發展至唐末，已經有一千多年的歷史，古詩與近體詩的發展，都已登峯造極，無以復加了。這恰如王國維氏所說：『蓋文體通行既久，染指遂多，自成習套。雖豪傑之士，亦難于其中自出新意，故遁而作他體，以自解脫。一切文體所以始盛而終衰者，皆由於此。』(人間詞話) 詩體就是因爲通行太久，用舊了，變盡了，所以只有產生『千篇一律』的作品。詞在此時，還是新體，比如一所荒蕪尚未開闢的園地，用得着詞人的智慧機巧，去盡量的開闢創造，所以寫出來容易『精巧高麗』。晚唐五代詞之所以高貴，也正因爲這是『創造的時期』。

往下我們把晚唐五代詞分別來敘述。

## 一　晚唐詞

在前面說過，中唐時代已有許多詩人戲塡小詞。但是他們塡詞，還只是作爲偶爾的遊戲，並不專心致志于詞。到了晚唐，塡詞的風氣日益濃厚，乃產生了詞的專家。溫庭筠是詞史上第一個詞人，他的時代遲白居易劉禹錫不到四十年。其在詞壇裏面所創造的成績是很可驚異的。

庭筠字飛卿，太原人。大中初，應進士，不第。後爲方城尉。生平頗不得意。爲人放浪不羈，喜縱洒狎妓。舊唐書稱其『士行塵雜，不修邊幅，能逐管絃之音，爲側艷之詞』。他的詩與詞均負時望。與李義山，段成式齊名，時人號爲『三十六體』。實則他的詩遠不如李義山，詞則獨勝。著有握蘭，金荃等集，皆不傳。今其詞散見于花間等集。

庭筠的詞，善于抒寫綺艷之情，例如：

南歌子

手裏金鸚鵡，胸前繡鳳凰。偸眼暗形相：不如從嫁與，作鴛鴦。

又

轉盼如波眼，娉婷似柳腰。花裏暗相招。憶君腸欲斷，恨春宵！

又

似帶如絲柳，團酥握雪花，簾卷玉鈎斜。九衢塵欲暮，逐香車。

劉融齋稱庭筠的詞「精艷絕人」，這批評自是不錯的。但我們須知他的詞也不盡是屬於側艷一方面，他寫哀感之情也很能動人，例如：

憶江南

梳洗罷，獨倚望江樓。過盡千帆皆不是，斜暉脈脈水悠悠，腸斷白蘋洲！

酒泉子

花映柳條，閑向綠萍池上，凭闌干，窺細浪。雨蕭蕭。近來音信兩疎索，洞房空寂寞。掩銀屏，垂翠箔，度春宵。

溫庭筠是詞壇的開山大師，他最努力于詞的創造。同時的詩人如李義山，杜牧等，都不曾注意這個新體，只有溫庭筠獨具慧心，向這方面盡其心力，結果乃造成了比李義山杜牧的詩還要偉大的貢獻。黃昇稱庭筠：『詞極流麗，宜為花間集之冠』。不錯，在晚唐五代，溫庭筠眞不能不說是先進的領袖詞人呢。

溫氏以外，晚唐從事於詞的作者並不多，值得舉例的有司空圖，皇甫松，韓偓，張曙諸人。

司空圖字表聖，泗洲人。咸通中進士，官禮部員外郎，遷郎中。晚居中條山。自號耐辱居士。其詞如酒泉子：

買得杏花，十載歸來方始坼。假山西畔藥欄東，滿枝紅。旋開旋落旋成空，白髮多情人更惜，黃昏把酒祝東風，且從容。

皇甫松字子奇，皇甫湜之子。花間集傳其詞十一首，有天仙子，浪淘沙，楊柳枝摘得新，夢江南，採蓮子等調。今舉其夢江南（即憶江南）一首爲例：

蘭燼落，屏上暗紅蕉。閑夢江南梅熟日，夜船吹笛雨瀟瀟。人語驛邊橋。

韓偓字致堯，萬年人。龍紀元年進士，累官至兵部侍郎。自號玉山樵人。著香奩集甚有名。詞如生查子：

侍女動妝奩，故故驚人睡。那知本未眠，背面偷垂淚。　嬾卸鳳凰釵，羞入鴛鴦被。時復見殘燈，和淚墜烟穗。

張曙小字阿灰，張禕之姪，成都人。龍紀元年進士。詞如浣溪紗：

枕障薰爐隔繡帷，二年終日兩相思，杏花明月始應知。　天上人間何處去？舊歡新夢覺來時，黃昏微雨畫簾垂。

這幾位作者傳詞雖不多，却都是寫得很好的。到了五代，詞的風氣益開展了。

## 二　西蜀詞

五代在政治上是黑暗的時代，在文學上卻是光明的時代。我們所說五代的文學，當然是以詞爲主幹，詞以外是不值得稱述的。五代詞的發展，可分爲兩個時期，前期是西蜀詞的時期，後期是南唐詞的時期。這一方面是由於這兩個地方在五代是比較安靜的地方；一方面也因爲這兩國的君主，都喜歡詞，都獎勵詞人，因此詞乃得到充分的發展。

現在先講西蜀詞。

西蜀的第一個詞人，無疑的是韋莊。他的詞不僅在五代堪稱大家，即在全部詞史上也是極矜貴的一個。

莊字端己，杜陵人。唐乾甯元年進士，授校書郎。入蜀，王建辟掌書記。後建稱帝，用爲散騎常侍判中書門下事，累官至宰相。他的爲人是深於情而風流自許的，故所作亦多吟詠愛的悲歡。其詞如：

菩薩蠻

勸君今夜須沉醉，尊前莫話明朝事。珍重主人心，酒深情亦深。　須愁春漏短，莫訴金杯滿。遇酒且呵呵，人生能幾何？

思帝鄉

春日遊，杏花吹滿頭。陌上誰家年少足風流？妾擬將身嫁與，一生休。縱被無情棄，不能羞。

女冠子

四月十七，正是去年今日，別君時：忍淚佯低面，含羞半斂眉。　不知魂已斷，空有夢相隨。除卻天邊月，沒人知。

又

昨夜夜半，枕上分明夢見，語多時。依舊桃花面，頻低柳葉眉。　半羞還半喜，欲去又依依。覺來知是夢，不勝悲！

相傳韋莊有寵姬，姿質艷麗，能詞翰，爲王建所奪。這兩首女冠子是他追念之作，讀來令人生淒怨之感。他還有荷葉杯，小重山等詞，也是寫這件悲劇，都很動人。

後人論韋莊，往往以溫韋並稱。實則頗不相同。韋莊的詞沒有溫詞那麼濃艷，描寫較爲質樸直致，而表現較爲深刻。有人說溫詞如濃妝的女人，韋詞如淡妝的女人，這比喻是不錯的。

與韋莊約略同時的西蜀詞人，有牛嶠，牛希濟，顧敻，李珣，毛熙震，鹿虔扆諸家。

牛嶠字松卿，一字延峯，隴西人。唐乾符五年進士。歷官拾遺，補尚書郎。王建稱帝，官至給事中。其詩很有名。詞僅見花間集，凡三十一首，例如江城子：

鵁鶄飛起郡城東，碧江空，半灘風，越王宮殿，蘋葉藕花中。簾捲水樓魚浪起，千片雪，雨濛濛。

牛希濟乃嶠兄之子，事蜀爲御史中丞。降於後唐，明宗拜爲雍州節度副使。素以詩詞擅名。花間集傳其詞十一首，例如生查子：

春山煙欲收，天澹稀星小。殘月臉邊明，別淚臨淸曉。　語巳多，情未了，迴首猶重道：記得綠羅裙，處處憐芳草。

顧敻字里不詳，前蜀時爲刺史，後蜀官至大尉。花間集傳其詞五十五首。他的詞也喜歡寫閨情，有些寫得很好的，例如訴衷情：

永夜抛人何處去？絕來音。香閣掩，眉斂，月將沈。爭忍不相尋？怨孤衾。換我心爲你心，始知相憶深。

李珣字德潤，梓州人。蜀之秀才。頗具詩名。其詞花間集傳三十七首，尊前集傳十八首。作風蕭疎有處士風致，不似五代人作品。例如漁父：

避世垂綸不計年，官高爭得似君閑？傾白酒，對靑山，笑指柴門待月還。

毛熙震字里亦不詳，蜀人。事後蜀爲秘書監。其詞花間集傳二十九首，周密稱他詞多『新聲』，例如清平樂：

春光欲暮，寂寞閑庭戶。粉蝶雙雙穿檻舞，簾捲晚天疎雨。　含愁獨倚閨幃，玉爐煙斷香微。正是銷魂時節，東風滿院花飛。

鹿虔扆字里亦不詳，仕後蜀爲永泰軍節度使，進檢校太尉，加太保。其所傳詞僅六首，倪瓚稱他：『偶爾寄情倚聲，而曲折盡變，有無限感慨淋漓處。』如臨江仙：

金鎖重門荒苑靜，綺窗愁對秋空。翠華一去寂無蹤。玉樓歌吹，聲斷已隨風。

烟月不知人事改，夜闌還照深宮。藕花相向野塘中，暗傷亡國，清露泣香紅。

五代詞人，大都競寫艷詞。像鹿虔扆這樣沈痛有力的作品，眞是鳳毛麟角呢。

西蜀最後一個有名的詞人是歐陽炯。

炯，益州華陽人。事後蜀累官翰林學士，進門下侍郎同平章事。歸宋後，授散騎常侍。宋史稱其『性坦率，無檢操，雅善長笛。』他的詞花間集傳十七首，尊前集傳三十一首。所作多寫艷情，例如：

女冠子。

薄妝桃臉，滿面縱橫花靨，豔情多。綬帶盤金縷，輕裙透碧羅。含羞眉乍斂，微語笑相和。不會頻偷眼，意如何？

更漏子

玉闌干，金甃井，月照碧梧桐影。獨自個，立多時，露華濃濕衣。一晌凝情望，待得不成模樣。雖叵耐，又尋思：爭生嗔得伊？

此外西蜀詞人尚有毛文錫，薛昭蘊，魏承班，尹鶚，閻選等，其詞皆見花間，尊前等集。

## 三　南唐詞

南唐建國江南，其國君李璟，李煜，皆愛好文學，善延文士。士之避亂失職者，皆以南唐為歸。故南唐文物，冠絕當時。

南唐最負盛名的詞人，一為馮延巳，一為李煜。

馮延巳一名延嗣，字正中。其先彭城人，唐末南渡，家于新安，徙居廣陵。事南唐累官中書侍郎左僕射同平章事，後改太子太傅。史稱其著樂章百闋，今所傳者為宋陳世修輯的陽春集。他的詞已經不是花間集派的風味了。

蝶戀花

幾日行雲何處去？忘了歸來，不道春將暮。百草千花寒食路，香車繫在誰家樹？淚眼倚樓頻獨語，雙燕飛來，陌上相逢否？撩亂春愁如柳絮，悠悠夢裏無尋處。

又

莫道閑情拋棄久，每到春來，惆悵還依舊。日日花前常病酒，不辭鏡裏朱顏瘦。河畔青蕪堤上柳，為問新愁，何事年年有？獨立小橋風滿袖，平林新月人歸後。

虞美人

玉鉤鸞柱調鸚鵡，宛轉留春語。雲屏冷落畫堂空。薄晚春寒，無奈落花風。搴簾燕子雙飛去，拂鏡塵鸞舞。不知今夜月眉彎，誰佩同心雙結倚闌干？

采桑子

小堂深靜無人到，滿院春風。惆悵牆東，一樹櫻桃帶雨紅。 愁心似醉兼如病，欲語還慵。日暮疏鐘，雙燕歸棲畫閣中。

馮氏之詞，已開北宋晏殊歐陽修一派的新詞風，所以王國維在人間詞話上說：「馮正中詞雖不失五代風格，而堂廡特大，開北宋一代風氣。與中後二主詞皆在花間範圍之外，宜花間集中不登其隻字也。」

南唐二主，皆詞中之二王。中主李璟，雖傳詞無多，然如其攤破浣溪沙，則特為高妙：

菡萏香銷翠葉殘，西風愁起綠波間。還與容光共憔悴，不堪看！ 細雨夢回雞塞遠，小樓吹徹玉笙寒。簌簌淚珠多少恨，倚闌干。

後主李煜，被稱爲詞中之「南面王」，爲五代詞人中之最具有權威者。初名從嘉，改名煜，字重光，隴西人。李璟之第六子。在位十五年。其爲人，「天骨秀穎，神氣淸粹，酷好文辭，洞曉音律」。（徐鉉語）蓋天生之藝人，非政治家也。亡國後，宋太祖封爲違命侯，至太宗卽位，進封爲隴西郡公。後以詞多懷念故國，爲太宗所忌，賜牽機藥毒死。（九三六——九七八）死後追封爲吳王。

後主的詞有兩個時期。在他貴爲國君的時候，居于深宮之內，處于婦女之叢，那時，他的生活有的是快活，他的作品有的是曼艷。我們且看他這時期的詞吧：

玉樓春

晚妝初了明肌雪，春殿嬪娥魚貫列。鳳簫吹斷水雲閑，重按霓裳歌遍徹。臨春誰更飄香屑，醉拍闌干情味切。歸時休放燭火紅，待踏馬蹄淸夜月。

一斛珠

晚妝初過，沈檀輕注些兒個。向人微露丁香顆，一曲淸歌，暫引櫻桃破。羅袖裛殘殷色可，杯深旋被香醪涴。繡床斜凭嬌無那，爛嚼紅茸，笑向檀郎唾。

後主這類的艶詞，在描寫上我們雖承認其成功，然尚非他最偉大的代表作。後主在詞裏面最偉大的表現，是在他政治上失敗以後，過「以眼淚洗面」的悲苦生活時所寫下來的作品。這時，他已一掃旖艶之迹，變爲哀怨淒涼了。試讀其離國以後的詞：

相見歡

林花謝了春紅，太匆匆！無奈朝來寒雨晚來風！胭脂淚，相留醉，幾時重？自是人生長恨水長東！

又

無言獨上西樓，月如鈎，寂寞梧桐深院鎖清秋。剪不斷，理還亂，是離愁，別是一般滋味在心頭。

虞美人

春花秋月何時了？往事知多少？小樓昨夜又東風，故國不堪回首月明中！雕欄玉砌應猶在，只是朱顏改。問君能有幾多愁？恰似一江春水向東流！

浪淘沙

簾外雨潺潺，春意闌珊。羅衾不耐五更寒。夢裏不知身是客，一晌貪歡。獨自莫凭欄，無限江山。別時容易見時難。流水落花春去也，天上人間！

樂府紀聞謂後主：『每懷故國，詞調愈工。其賦浪淘沙，虞美人云云，舊臣聞之有泣下者。』由此即可見其詞之深刻，動人之深至。

後主與溫庭筠，韋莊，為晚唐五代詞中三傑，而後主獨高。周濟論詞雜著上說：『王嬙西施，天下之美婦人也，嚴妝佳，淡妝亦佳；麤服亂頭，不掩國色。飛卿嚴妝也，端己淡妝也，後主則粗頭亂服矣。』王國維人間詞話上說：『溫飛卿之詞句秀也，韋端己之詞骨秀也，李重光之詞神秀也。』這兩個批評都是能夠認識後主詞的偉大的。

與後主同時入宋的南唐詞人，張泌最著名。

泌（一作佖）字子澄，淮南人。初官勾容尉。後主召爲監察御史，進中書舍人。歸宋後，官郎中。其詞花間集傳二十七首，尊前集傳一首。他亦以艷詞擅名，其得意之作爲江城子詞：

碧欄干外小中庭，雨初晴，曉鶯聲，飛絮落花，時節近清明。睡起卷簾無一事，勻面了，沒心情。

又

浣花溪上見卿卿，臉波秋水明，黛眉輕，綠雲高綰，金簇小蜻蜓。好是問他來得麼？和笑道：莫多情。

這種詞，描繪是很靈活尖新的，但嫌風格稍低一點。

## 四　五代詞人補誌

五代詞人，略如上述。其他有詞流傳者，君主如後唐莊宗李存勗，前蜀主王衍，後蜀主孟昶等，作詞雖不多，然皆精美。今舉存的一葉落詞爲例：

一葉落，搴朱箔，此時景物正蕭索。畫樓月影寒，西風吹羅幕，吹羅幕，往事思量著。

至于詞人之不屬于西蜀南唐者，尙有和凝，歐陽彬，孫魴，庾傳素，成彥雄。成幼文，徐昌圖，孫光憲等，就中以和凝與孫光憲較爲知名。

和凝字成績，鄆州須昌人。他歷仕後唐，後晉，後漢三朝，官至宰相。他好爲曲子，人稱爲『曲子相公』。有香奩集，不傳。今其詞散見花間，尊前等集，類皆妖艷之作，例如江城子：

竹裏風生月上門。理秦箏，對雲屏，輕撥朱絃，恐亂馬嘶聲。含恨含嬌獨自語：今夜約，太遲生。

孫光憲字孟文，貴平人。自號葆光子。高從誨據荊南，署爲從事。歷事三世，累官檢校秘書，兼御史大夫。入宋爲黃州刺史。他是一個博學家。其詞花間集錄六十首，尊前集錄二十三首，在五代詞人中要算是作品最豐富的。

思帝鄉

如何？遣情情更多。永日水堂簾下斂雙蛾，六幅羅裙窣地微行曳碧波，看盡滿池疏雨打團荷。

浣溪沙

蓼岸風多橘柚香，江邊一望楚天長，片帆煙際閃孤光。目送征鴻飛杳杳，思隨流水去茫茫，蘭紅波碧憶瀟湘。

在『靡靡之音』的五代，歌詞競趨艷冶，像孫光憲的這種詞要算是風格很高的。

此外的五代作者，大都僅以一二詞流傳，或竟只有片詞斷語存留者，請恕不復加以敘述了。

# 第三章　宋詞(上)

北宋繼續着五代的詞風而益加發展，可以說是詞的黃金時代。當時，上自帝王名相，下至販夫走卒，都知道作詞，提倡詞或欣賞詞，其盛可想。

紀昀在其四庫全書總目提要上謂北宋詞凡三變，其言曰：

詞自晚唐五代以來，以淸切婉麗為宗，至柳永而一變，如詞家之有白居易，至軾而又一變，如詩家之有韓愈。遂開南宋辛棄疾等一派。

我們認爲蘇軾之後，周邦彥李淸照等作詞，均以樂府爲主，也是一變。因此，我們把北宋詞分爲下列四期：(一)小詞時期(卽宋初因襲晚唐五代詞風的時期)；(二)慢詞時期(柳永等；)(三)詩人的詞的時期(蘇軾等；)(四)樂府詞的時期(周邦彥等。)往下卽依此加以敍述。

# 一 北宋詞的第一期

第一時期的北宋詞，完全是承受着晚唐五代的作風而繼續發展。

我們知道晚唐五代詞有兩個明顯的特徵：其一，晚唐五代完全是小詞的時代，我們從溫庭筠的金匳集，讀到馮延己的陽春錄和南唐二主詞；從花間集讀到尊前集，除了僞稱唐莊宗作的一首歌頭外，簡直找不出第二首百字以上的長詞，都是三四十字或五六十字的小詞。其二，晚唐五代的詞風完全是『婉約』『綺艷』的風味，後人謂『詞主婉約』，『詞爲艷科』的一些話，便是以晚唐五代的詞爲根據說出來的。

初期的北宋詞，一方面是繼續用晚唐五代小詞的形式，一方面又保留了晚唐五代『婉約』『綺艷』的作風。

晏殊是這時期之先進作家，大詞人歐陽修張先和范仲淹都是他的門下，晏幾道是他的兒子。就詞風而論，這些詞人也多少受着他一點影響。簡直可以說他是這時期詞壇的領袖。

殊字同叔，江西撫州臨川人。七歲能文，景德初，以神童召試，賜進士出身。仁宗時，官拜集賢殿學士，同中書門下平章事，兼樞密使。謚元獻。（九九一——一〇五五）宋史稱他：『平居好賢；當時知名之士，如范仲淹孔道輔皆出其門。……性剛簡，奉養淸儉。文章贍麗，應用不窮。尤工詩，閑雅有情思。晚歲，篤學不倦』。著文集二百四十卷。

據我們看來，晏殊的詩接近『西崑派』，殊無可取；遠不如他的詞婉約贍麗。劉攽中山詩話說：『元獻尤喜馮延己歌詞，其所自作，亦不減延己。』可以說，晏殊的詞，全從五代人詞中得來，而受馮延己的影響特大。如果我們把他的詞混入馮延己的詞裏去，直要使我們莫辨其是誰做的。詞例：

清平樂

金風細細，葉葉梧桐墜。綠酒初嘗人易醉，一枕小窗濃睡。 紫薇朱槿初殘，斜陽却照闌干。雙燕欲歸時節，銀屏昨夜微寒。

踏沙行

碧海無波，瑤台有路，思量便合雙飛去。當時輕別意中人，山長水遠知何處！綺席凝塵，香閨掩霧，紅箋小字憑誰附？高樓目盡欲黃昏，梧桐葉上蕭蕭雨。

又

小徑紅稀，芳郊綠遍，高台樹色陰陰見。春風不解禁楊花，濛濛亂撲行人面。翠葉藏鶯，珠簾隔燕，爐香靜逐遊絲轉。一場愁夢酒醒時，斜陽却照深深院。

破陣子

燕子來時新社，梨花落後清明。池上碧苔三四點，葉底黃鸝一兩聲，日長飛絮輕。 巧笑東鄰女伴，采桑徑裏逢迎。怪疑昨宵春夢好，元是今朝鬥草贏，笑從雙臉生。

蝶戀花

檻菊愁煙，蘭泣露，羅幕輕寒，燕子雙飛去。明月不諳離別苦，斜光到曉穿朱戶。昨夜西風凋碧樹，獨上高樓，望盡天涯路。欲寄彩牋無尺素，山長水闊知何處？

讀過馮延己的陽春集，再來讀晏殊的珠玉詞，一定會駭然，以爲這就是馮延己的詞。其實這是不足怪的。不僅晏殊模擬馮延己的詞，就是歐陽修，張先，范仲淹，晏幾道，那一個詞人不深刻地受了馮延己詞的影響？我們知道五代有兩個超絕的詞人，一個是南唐後主李煜，一個便是馮延己。李煜的詞，已是聖品，人所難學。馮延己的詞，婉約風流，饒有情致，可以模擬。故初宋那些詞人都去模擬他，故王國維人間詞話說他：「堂廡特大，開北宋一代風氣」。說馮延己開北宋一代風氣，似乎說得過火一點。但北宋第一時期之詞壇，却完全是被馮延己的詞風支配着了的。

* * * *

歐陽修字永叔，廬陵人，自號醉翁。官至樞密副使參知政事，以太子少師致仕，晚號六一居士，謚文忠。(一〇〇七——一〇七二)他是宋代有名的政治家兼文學家，生平事蹟，詳具宋史本傳，這裏不贅。

歐陽修文學的造詣是多方面的：他的古人是八大家之一，負有極高的文譽，那是不用說了的；他也能詩，在宋代要算是有名的詩人；他的賦也寫得很好；只有詞，在許多古人看來，那只算是歐陽修的末技了。但在我們看來，則完全相反，歐陽修只有詞才能夠表現他文學上最高的造詣。我們與其說歐陽修是古文家，是詩人；則不如說他是詞人，更足以表現作者文學的價值。

爲什麽許多古人都不能認識歐陽修詞的偉大呢？這是有大原因的。宋代的人，總以爲豔詞是離經叛道，名家有此，實足爲盛德之累，所以他們常常去替名家的豔詞掩諱。如晏殊是很愛寫豔詞的，他所作浣溪紗的『淡淡梳妝薄薄衣，天仙模樣好容儀』；訴衷情的『東城南陌花下，逢着意中人』，又『心心念念，說盡無憑，只是相思』；踏莎行的『當時輕別意中人，山長水闊知何處，』這明明是寫兒女之情，他的兒子晏幾道反說『先君平日小詞雖多，未嘗作婦人語也。』歐陽修也是最愛寫艷詞的一個，偏偏又有些閑人來替他辯護。曾慥樂府雅詞序說：『歐公一代儒宗，風流自命。詞章窈窕，世所矜式。乃小人或作艷語，謬為公詞。』陳質齋道：『歐陽公詞，多與花間陽春相混，亦有鄙褻之語廁其中，當是仇人無名子所為也。』蔡絛說『今詞之淺近者，前輩多謂是劉煇僞作』。（西清詩話）

其實，自晚唐五代詞興以來，至于北宋初期，詞境只有婉約綺艷的風氣；要作詞，也只有用心去寫婉約綺艷的小詞，別無他路可走。歐陽修原是『風流自賞』的人，在這個豔詞風氣籠罩之下，自然也要去作艷詞。那是不足奇的。我們覺得歐陽修的豔詞，很可以表現他詞的一部分的價值，偏偏那般人却說這不是他作的，那眞是冤枉了我們的詞人了！

現在，請看作者的詞：

南歌子

鳳髻金泥帶，龍紋玉掌梳；走來窗下笑相扶，愛道「畫眉深淺入時無」？弄筆偎人久，描花試手初，等閑妨了繡工夫，笑問「鴛鴦二字怎生書」？

浪淘沙

今日北池遊，漾漾輕舟，波光瀲灩柳條柔。如此春來春又去，白了人頭。好妓好歌喉，不醉難休。勸君滿滿酌金甌。縱使花前常病酒，也是風流。

玉樓春

湖邊柳外樓高處，望斷雲山多少路。闌干倚遍使人愁，又是天涯初日暮。輕無管繫狂無數，水畔花飛風裏絮。算伊渾似薄情郎，去便不來來便去。

歐陽修也是承受五代的詞風，受陽春花間諸集的影響很大的。所以他的詞往往和陽春集花間集相混。我們且再舉他的幾首抒情小詞作例：

長相思

花似伊，柳似伊，花柳青青人別離，低頭雙淚垂！ 長江東，長江西，兩岸鴛鴦兩處飛，相逢知幾時？

歸國謠

何處笛？深夜夢回情脈脈，竹風簷雨寒窗隔。 離人幾歲無消息。今頭白，不眠特地重相憶！

踏莎行

候館梅殘，溪橋柳細，草薰風暖搖征轡。離愁漸遠漸無窮，迢迢不斷如春水。寸寸柔腸，盈盈粉淚。樓高休近危欄倚。平蕪盡處是春山，行人更在春山外。

玉樓春

樽前擬把歸期說，未語春容先慘咽。人生自是有情痴，此恨不關風與月。 離歌且莫翻新闋，一曲能教腸寸結。直須看盡洛城花，始與東風容易別。

蝶戀花

庭院深深深幾許？楊柳堆烟，簾幕無重數。玉勒雕鞍遊冶處，樓高不見章台路。雨橫風狂三月暮，門掩黃昏，無計留春住。淚眼問花花不語，亂紅飛過秋千去。

【按】蝶戀花一詞，或謂馮延巳作，但考李清照漱玉詞自註有云：『余極愛歐公庭院深深句，』因用之作臨江仙詞起句。是此詞實歐陽修之作。

歐陽修的詞，意境沈着，情致纏綿，語句婉轉流利，在北宋第一時期的詞壇，要算是最值得珍貴的一個作家。

* * * *

張先字子野，烏程人。（或作吳興人）少遊京師，得晏殊的賞識，辟爲通判。嘗知吳江縣，官至都官郎中。因有『桃李嫁春風郎中』和『雲破月來花弄影郎中』之名。他又號張三影。

【按】古今詩話載：『有客謂子野曰：「人皆謂公張三中」，即心中事，眼中淚，意中人也。公曰：「何不目之爲張三影？」客不曉。公曰：「雲破月來花弄影；嬌柔嬾起，簾壓捲花影；柳徑無人，墮飛絮無影；此皆余生平所得意也。」」

張先活了八十多歲，蘇軾在杭州猶及見他。葉夢得石林詩話說：

張先郎中能爲詩及樂府，至老不衰。居錢塘，蘇子瞻作倅時，先年已八十餘，視聽尚精强，家猶畜聲妓。子瞻嘗贈以詩云：「詩人老去鶯鶯在，公子歸來燕燕忙。」蓋全用張氏故事戲之。先和云：「愁似鰥魚知夜永，嬾同蝴蝶爲春忙」，極爲子瞻所賞。然俚俗多喜傳詠先樂府，遂掩其詩聲。………

張先本是一位詩人，他的生平也是過的詩的生活，惟詩名爲詞名所掩，後人遂只知他是一位詞人。（九九〇——一〇七八）。

張先是跨北宋第一時期和第二時期的作者，他的小詞接近晏殊歐陽修一派；他的長詞接近柳永一派。關于作者的長詞，且讓下一章去敘述，我們這裏來看看他的小詞吧：

南鄉子

何處可魂消，京口終朝兩信潮。不管離人千疊恨，滔滔，催促行人動去橈。記得舊江皐，綠楊輕絮幾條條。春水一篙殘陽闊，遙遙，有個多情立畫橋。

相思令

蘋滿溪，柳遶堤，相送行人溪水西，回時隴月低。煙霏霏，風淒淒，重倚朱門聽馬嘶，寒鷗相對飛。

菩薩蠻

夜深不至春蟾見，令人更更情飛亂。翠幕動風亭，時疑響屧聲。花香聞水榭，幾誤飄衣麝。不忍下朱扉，遶廊重待伊。

生查子(彈箏)

含羞整翠鬟，得意頻相顧。雁柱十三絃，一一春鶯語。嬌雲容易飛，夢斷知何處？深院鎖黃昏，陣陣芭蕉雨。

青門引

乍暖還輕冷，風雨晚來方定。庭軒寂寞近清明，殘花中酒，又是去年病。樓頭畫角風吹醒，入夜重門靜。那堪更被明月，隔牆送過秋千影！

李端叔說：『子野詞才不足而情有餘。』這似乎是比較適當的批評。

*　*　*　*

晏幾道字叔原，號小山。晏殊的第七子。曾監穎昌許田鎮。以他的年代論，本不是這時期的人物了；但他的作風，還是隸屬于這時期旗幟之下的。江西通志稱他：『能文章，善持論，尤工樂府。其小山詞淸壯頓挫，見者擊節，以爲有臨淄公風。』不錯，晏幾道的詞是受了乃父的影響的。

燕歸梁

蓮葉雨，蓼花風，秋恨幾枝紅。遠烟收盡水溶溶，飛鴈碧雲中。衷腸事，魚牋字，情緒年年相似。凭高雙袖晚寒濃，人在月橋東。

采桑子

西樓月下當時見，淚粉偸勻，歌罷還顰，恨隔爐煙看未眞。 別來樓外垂楊縷，幾換青春。倦客紅塵，長記樓中粉淚人。

臨江仙

夢後樓台高鎖，酒醒簾幕低垂。去年春恨却來時：酒醒人獨立，微雨燕雙飛。記得小蘋初見，兩重心字羅衣。琵琶絃上說相思。當時明月在，曾照綵雲歸！

點絳唇

妝席相逢，旋勻紅淚歌金縷。意中曾許，欲共吹花去。 長愛荷香，柳色殷橋路，留人住。淡煙微雨，好個雙棲處！

清平樂

留人不住，醉解蘭舟去。一棹碧濤春水路，過盡曉鶯啼處。 渡頭楊柳青青，枝枝葉葉離情。此後錦書休寄，畫樓雲雨無憑。

菩薩蠻

個人輕似低飛燕，春來綺陌時相見。堪恨兩橫波，惱人情緒多。長留青鬢住，莫放紅顏去。占取艷陽天，且教伊少年。

晏幾道與晏殊雖然是父子關係，但他們的個性與生活，很不相同。晏殊的個性很剛健，晏幾道的個性很浪漫；晏殊是過的政治家的生活，晏幾道是享受文學家的生活。黃庭堅序小山詞說：「叔原固人英也，其癡亦自絕人。……仕宦之連蹇，而不一傍貴人之門，是一癡也。論文自有體，不肯一作新進士語，此又一癡也。費資千百萬，家人寒飢，而面有孺子之色，此又一癡也。人百負之而不恨，已信人終不疑其欺己，此又一癡也。」因為晏幾道是一個沒有失却赤子之心的癡人，他的詞也帶着幾分癡氣，這是和晏殊詞風不同的地方。例如：

蝶戀花

醉別西樓醒不記，春夢秋雲，聚散眞容易。斜月半窗還少睡，畫屏閒展吳山翠。衣上酒痕詩裏字，點點行行，總是淒涼意。紅燭自憐無好計，夜寒空替人垂淚！

鷓鴣天

小令尊前見玉簫，銀燈一曲太妖嬈。歌中醉倒誰能恨，唱罷歸來酒未消。春悄悄，夜迢迢，碧雲天共楚宮遙。夢魂慣得無拘檢，又踏楊花過謝橋。

又

彩袖殷勤捧玉鍾，當年拚却醉顏紅。舞低楊柳樓心月，歌罷桃花扇底風。從別後，憶相逢，幾回魂夢與君同。今宵賸把銀釭照，猶恐相逢是夢中。

我們讀了小山詞的『夢魂慣得無拘檢，又踏楊花過謝橋，』『舞低楊柳樓心月，歌罷桃花扇底風，』當可想見作者不羈的風度。

周濟論詞雜著說：『晏氏父子，仍步溫韋，小晏精力尤勝。』這是不錯的，我們也覺得晏幾道的詞做得比他父親好。

＊　＊　＊　＊

上面敘述的都是詞人的詞。在這個時期的詞壇裏面，也有不是專門作詞的人，閒為小詞，往往清新可喜。如寇準（字平仲，下邽人）的江南春：

波渺渺，柳依依，孤村芳草遠，斜日杏花飛。江南春盡離腸斷，蘋滿汀洲人未歸。

錢惟演（字希聖，吳越王錢俶之子）的玉樓春：

城上風光鶯語亂，城下烟波春拍岸。綠楊芳草幾時休，淚眼愁腸先已斷。情懷漸變成衰晚，鸞鏡朱顏驚暗換。昔年多病厭芳樽，今日芳樽惟恐淺。

黃昇花菴詞選謂此暮年作詞，極悽惋。又如韓琦（字稚圭，安陽人）的點絳唇：

病起懨懨，庭前花影添憔悴。亂紅飄砌，滴盡真珠淚。惆悵前春，誰向花前醉？愁無際！武陵凝睇，人遠波空翠。

范仲淹（字希文，吳縣人）的蘇幕遮：

碧雲天，紅葉地，秋色連波，波上寒烟翠。山映斜陽天接水，芳草無情，更在斜陽外。 黯鄉魂，追旅思，夜夜除非，好夢留人睡。明月樓高休獨倚。酒入愁腸，化作相思淚。

這些作者，不是名相，便是名將。他們寫起詞來，也不免帶幾分兒女的情態。可知這時期的詞風，完全是以婉約綺艷爲主。此外如趙抃的折新荷引，陳堯佐的踏莎行，王琪的望江南，葉清臣的賀聖朝，宋祁的浪淘沙，賈昌朝的木蘭花令，司馬光的西江月，都是很好的艷詞。大概這時期的作品，多具有『情致嫵媚，音調諧叶，詞句清婉』的幾種特色。小詞到了這個時期，可以說是登峯造極淋漓盡致的發展了。

## 二 北宋詞的第二期

北宋第一時期的詞，是繼承五代詞風的時期，是小詞發達的時期；北宋第二時期的詞，是創造新詞風的時期，是長的慢詞起來的時期。

柳永是這時期的主幹詞人，也就是慢詞的創造者。本來在柳永以前，也有長詞的紀錄，但都靠不住。宋翔鳳說：

先于耆卿柳永如韓稚圭范希文作小令，惟歐陽永叔間有長詞，羅長源謂多插入柳詞，則未必歐作。余謂慢詞當始于耆卿矣。（樂府餘論）

吳曾也說：

按詞自南唐以來，但有小令。詞當起于宋仁宗朝。中原息兵，汴京繁庶，歌台舞席，競賭新聲。耆卿失意無俚，流連坊曲。遂盡收俚俗語言，編入詞中，以便伎人傳習。一時動聽，散播四方。其後東坡少游山谷輩相繼有作，慢詞遂盛。（能改齋漫錄）

慢詞是什麼？樂府餘編說：『慢者曼也，謂曼聲而歌者也。』這是說慢詞就是曼艷之詞。

由上面那幾段話，我們知道慢詞(一)是長詞；(二)是新聲；(三)是艷詞；(四)是俚俗語言。柳永就是慢詞的首創者。

在這裏我們最要注意的，是「新聲」二字。李清照詞論說：「始有柳屯田永者，變舊聲，作新聲，出樂章集，大得聲稱于世。」所謂新聲，當然是指新的聲樂。我們就李清照的話和前面的話聯串起來，便很顯然的知道：當柳永的時代實有兩種樂，一種是五代傳下來已經不流行了的舊樂，一種是在當代流行的新樂。晏殊歐陽修輩的詞只適應舊聲，所以在當代不很流行。柳永的詞不跟死了的舊聲樂走，自創新律，以叶新聲；而且以俚俗語言作詞，迎合一般社會趨時愛新的心理，故能「一時動聽，散播四方，」故其樂章集「大得聲稱于世。」

柳永初名三變，字耆卿。(或以爲初名永，後改名三變)福建崇安人。(或作樂安)仁宗景祐元年進士。(一〇三四)他的生卒不可考，大約是十一世紀上半期的人。官至屯田員外郎，故世號柳屯田。葉夢得避暑錄話稱他：「爲舉子時，多遊狹邪。

善爲歌詞。教坊樂工，每得新腔，必求永爲詞，始行于世。」可見他少年時詞譽已是很高了。但他一生的落拓，就是作詞之累。吳曾能改齋漫錄載：

仁宗留意儒雅，務本向道，深斥浮艷虛華之文。初進士柳三變好爲淫冶謳歌之曲，播傳四方。嘗有鶴冲天詞云：『忍把浮名，換了淺斟低唱。』及臨軒放榜，特落之曰：『且去淺斟低唱，何要浮名？』

後來他改名爲永，方纔中了景祐元年的進士。陳師道後山詩話載：

柳三變游東都南北二巷，作新樂府。……仁宗頗好其詞，每對宴，必使侍從歌之再三。三變聞之，作宮詞號醉蓬萊，因內官達後宮，且求其助，仁宗聞而覺之，自是不復歌其詞矣。

黃昇花菴詞選又載：

永爲屯田員外郎，會太史奏老人星見。時秋霽，宴禁中。仁宗命左右詞臣爲樂章，內侍屬柳應制。柳方冀進用，作此詞奏呈。上見首有漸字，色若不懌。讀至『宸游鳳輦何處』，乃與御製眞宗挽詞暗合，上慘然。又讀至『太液波翻，』曰『何不言波澄』？投之于地，自此不復擢用。

柳永政治上的活動，既然再三失意，便不能不拋棄浮名的幻想，去換『淺斟低唱』了。從此便永遠流連于歌舞場中，消磨他的年華了。他的詞大都是替歌妓們寫的。方與勝覽稱他：『卒於襄陽。死之日，家無餘財。羣妓合金葬之于南門外，每春月上冢，謂之弔柳七。』但獨醒雜志的記載則與此不同：『柳耆卿……旣死葬于棗陽縣花山。遠近之人，每遇淸明多載酒肴飲于耆卿墓側，謂之弔柳會。』王士禎詩云：『殘月曉風仙掌路，何人爲弔柳屯田。』則柳永墓應在儀眞之仙人掌。這幾說未是孰是。總之，一代的詞人是這樣潦倒以終了。

攻擊柳永詞的人，總是說柳詞愛寫『閨幃淫媟之語。』在我們看來，柳永愛寫『閨幃之語。』是不錯，但不能卽說是『淫媟』。其詞如：

晝夜樂

洞房記得初相遇，便只合長相聚。何期小會幽歡，變作離情別緒。況值闌珊春色暮，對滿目亂花狂絮。直恐好風光，盡隨伊歸去。一場寂寞憑誰訴？算前言總輕負。早知恁地難拚，悔不當初留住。其奈風流端正外，更別有繫人心處。一日不思量，也攢眉千度。

八聲甘州

對瀟瀟暮雨灑江天，一番洗清秋。漸霜風淒緊，關河冷落，殘照當樓。是處紅衰翠減，苒苒物華休。惟有長江水，無語東流。　不忍登高臨遠，望故鄉渺邈，歸思難收。歎年來蹤跡，何事苦淹留？想佳人妝樓長望，誤幾回天際識歸舟。爭知我倚闌干處，正恁凝愁！

雨霖鈴

寒蟬淒切，對長亭晚，驟雨初歇。都門帳飲無緒，方留戀處，蘭舟催發。執手相看淚眼，竟無語凝咽。念去去千里烟波，暮靄沈沈楚天闊。　多情自古傷離別，更那堪冷落淸秋節。今宵酒醒何處，楊柳岸曉風殘月。此去經年，應是良辰好景虛設。便縱有千種風情，更與何人說！

婆羅門令

昨宵恁和衣睡，今宵又恁和衣睡。小飲歸來初更過，醺醺醉。中夜後，何事還驚起？霜天冷，風細細，觸疎窗，閃閃燈搖曳。 空牀展轉重追想，雲雨夢，任欹枕難繼。寸心萬緒，咫尺千里。好景良天，彼此空有相憐意，未有相憐計。

這些詞不但不能說是『淫媟』，而且很雅。不過這所謂雅，不是指文字雅俗之雅，而是指『意境完美』的雅。如『想佳人妝樓長望，誤幾回天際識歸舟，』是一個多麼有詩意的境界！如『今宵酒醒何處；楊柳岸，曉風殘月，』又是多麼有詩意的境界。柳永特別的技能，是工于描寫，無論什麼俗字俗句，一經柳永運用，便成了活躍的描繪，所以許多人都稱讚他『工於鋪敍。』不懂得柳永的人，不是說『耆卿詞雖極工，然多雜以鄙語』（孫敦立語）便是說「耆卿詞鋪叙展衍，備足無餘，較之花間所集，韻終不勝。」（李端叔語）這都是皮相之談。周濟在他的論詞雜著說得最好：「其鋪叙委婉，言近意遠，森秀幽深之趣在骨。」項平齋的話亦是不錯的，他說柳詞和杜甫的詩一樣，「皆無表德，只是實說。」因爲是「實說，」所以能夠代表時代。范鎭嘗說：「仁宗四十二年太平，鎭在翰苑十餘載，不能出一語詠歌，乃于耆卿詞見之。」（方輿勝覽）真的，在北宋詞中人，只有柳永詞能夠把那時太平景象逼真地表現出來。例如：

望海潮

東南形勝，江吳都會，錢塘自古繁華。烟柳畫橋，風簾翠幕，參差十萬人家。雲樹繞隄沙，怒濤卷霜雪，天塹無涯。市列珠璣，戶盈羅綺競豪奢。　重湖疊巘清佳，有三秋桂子，十里荷花，羌管弄情，菱歌泛夜，嬉嬉釣叟蓮娃。千騎擁高牙。乘醉聽簫鼓，吟賞煙霞。異日圖將好景，歸去鳳池誇。

鶴冲天

黃金榜上，偶失龍頭望。明代暫遺賢，如何向？未遂風雲便，爭不恣狂蕩？何須論得喪？才子詞人，自是白衣卿相。 煙花巷陌，依約丹青屛障。幸有意中人，堪尋訪。且恁偎紅倚翠，風流事，平生暢。青春都一餉，忍把浮名，換了淺斟低唱。

前一首是描寫笙歌繁華，後一首是描寫風流浪漫，都寫得好。傳說此詞流播到金，金主亮看了『有三秋桂子，十里荷花』之句，欣然起投鞭渡江之志。（據錢塘遺事）可見柳詞流傳之廣，動人之深。葉夢得避暑錄話說：『嘗見一西夏歸朝官云：「凡有井水處，即能歌柳詞」。』是則柳永的詞簡直名滿天下了。

因爲柳永的詞是比較俚俗化的文藝，所以能夠流傳於民間，至于名滿天下。但因爲其詞俚俗的緣故，便有許多人說他風格不高。那是不錯，柳詞風格並不能算高。可是，風格不高，實不足爲柳詞病。古今詞人風格之高無如姜夔。然我們讀姜詞總如霧裏看花一樣，沒有能夠十分使我們感興的。詞的第一要義是描寫；如果離開了描寫而陵風格，眞是舍其本而齊其末。陳質齋對于柳永有一個很恰當的批評：

柳詞格不高；而音律諧婉，詞意妥帖，承平氣象，形容盡致，尤工于羈旅行役。

宋翔鳳的批評更好：

柳詞曲折委婉，而中具渾淪之氣。雖多鄙語，而高處足冠橫流。……以屯田一生精力在是，不如東坡輩以餘事爲之也。

*　*　*　*

當着柳永創製慢詞的時候，張先也跟着有作。其詞如：

卜算子慢

溪山別意，煙樹去程，日落采蘋春晚。欲上征鞍，更掩翠簾回面相眄，惜彎彎淺黛長長眼。奈畫閣歡遊，也學狂花亂絮輕散。　水影橫池館，對靜夜無人，月高雲遠。一餉凝思，兩眼淚痕還滿。難遣！恨私書又逐東風斷！縱夢澤層樓萬尺，望湖城那見？

謝池春慢

繚牆重院，時聞有啼鶯到。繡被掩餘寒，畫幕明新曉。朱檻連空闊，飛絮無多少。徑莎平，池水渺，日長風靜，花影閑相照。 塵香拂馬，逢謝女，城南道。秀艷過施粉，多媚生輕笑。鬥色鮮衣薄，碾玉雙蟬小。歡難偶，春過了。琵琶流怨，都入相思調。

因為張先工小詞，又能寫長詞，所以有人說他「上結晏歐之局，下開蘇秦之先。」又因為在這時期只有柳永和張先寫長詞，所以後人總喜歡拿他倆並稱。晁補之說：「子野與耆卿齊名，而時以子野不及耆卿。然子野韻高，是耆卿所乏處。」我以為張先韻高而才短，決不能和描繪的聖手柳永相比擬。

* * * *

秦觀是繼柳永張先而起的慢詞作家。他字少遊，一字太虛，揚州高郵人。少豪雋慷慨，溢于文詞。登進士第。元祐初，蘇軾以賢良方正薦于朝，除太學博士，秘書省正字，後兼國史院編修官。紹聖初，坐黨籍削秩，貶放于處州，徙郴州，橫州，雷州等處。後放還至藤州，醉死于光化亭。（一〇四九——一一〇〇）。有淮海詞一卷。他本是蘇門四學士之一，在四學士中，蘇軾尤與他相友善，稱爲今之詞手。但他的詞却與蘇軾完全不同調，而傾向柳永的作風，長詞尤近柳永一派。

望海潮

梅英疏淡，冰澌溶洩，東風暗換年華。金谷俊遊，銅駝巷陌，新晴細履平沙。長記誤隨車，正絮翻蝶舞，芳思交加。柳下桃蹊，亂分春色到人家。西園夜飲鳴笳，有華燈礙月，飛蓋妨花。蘭苑未空，行人漸老，重來事事堪嗟！煙暝酒旗斜，但倚樓極目，時見棲鴉。無奈歸心，暗隨流水到天涯。

滿庭芳

山抹微雲，天粘衰草，畫角聲斷譙門。暫停征棹，聊共引離尊。多少蓬萊舊事，空回首，煙靄紛紛。斜陽後，寒鴉數點，流水遶孤村。 消魂當此際，香囊暗解，羅帶輕分。漫贏得青樓薄倖名存。此去何時見也？襟袖上空染啼痕。傷情處，高城望斷，燈火已黃昏。

秦觀的詞，擅長寫情，他的艷詞寫得好，愁苦之詞尤其寫得好，試舉幾首爲例：

河傳

亂花飛絮，又望空門合，離人愁苦。那更夜來，一霎薄情風雨，暗掩將春色去。籬枯壁盡因誰做？若說相思，佛也眉兒聚。莫怪爲伊，抵死縈腸惹肚，爲沒教人恨處。

踏莎行

霧失樓台，月迷津渡，桃源望斷無尋處。可堪孤館閉春寒，杜鵑聲裏斜陽暮。驛寄梅花，魚傳尺素，砌成此恨無重數。郴江幸自繞郴山，爲誰流下瀟湘去？

王國維稱秦觀：「詞境最爲淒婉，至「可堪孤館閉春寒，杜鵑聲裏斜陽暮」，則

變而淒厲矣」。（人間詞話）馮煦也說：「淮海古之傷心人也」。（宋六十一家詞選序）

他不僅工于長調，其小詞綽約輕盈，亦多佳作，如：

如夢令

鶯嘴啄花紅溜，燕尾點波綠皺。指冷玉笙寒，吹徹小梅春透。依舊，依舊，人與綠楊俱瘦。

浣溪沙

漠漠輕寒上小樓，曉陰無賴似窮秋，淡煙流水畫屏幽。自在飛花輕似夢，無邊絲雨細如愁，寶簾閑掛小銀鉤。

秦觀在元祐間與黃庭堅齊名。若僅論詞，則許多詞話家都認定黃不如秦。晁補之且這樣說：「近來作者皆不及少遊」。蔡伯世亦云：「子瞻辭勝乎情，耆卿情勝乎辭，辭情相稱者，唯少遊而已」。由此即可想見秦觀之詞聲之高。

* * *

自經過柳永，張先，秦觀等，喜歡作長篇的慢詞，並且貢獻了許多好作品以後，這條新路便熱鬧起來，此後的詞人大都在長篇的詞裏面發揮他們的才華了。

## 三 北宋詞的第三期

北宋詞的第三期，是詞體的解放時期，是作詞如作詩的時期，名作家蘇軾便完全代表了這時期詞壇的特色。

紀昀的四庫提要曾以蘇軾的詞來比韓愈的詩。我們且不必追問詞家之有蘇軾，是否如詩家之有韓愈。我們只要說明詞到了蘇軾眞是大變而特變了。柳永雖然創製了慢詞，但他的描寫，離不開『兒女之情』；他的作風，還是繼承花間集的綽約風調；還沒有打破『詞爲艷科』的觀念。到了蘇軾才把『詞爲艷科』的狹隘範圍完全打破，才擴大詞體的描寫，才拿詞來寫胸襟懷抱，才變婉約的作風爲豪放的作風。胡寅說：

詞出至東坡，一洗綺羅薌澤之態，擺脫綢繆宛轉之度。使人登高望遠，舉首浩歌，逸懷浩氣，超乎塵垢之外。于是花間爲皂隸。而耆卿爲與台矣。

因爲蘇軾的詞，過于奔放傑出，不受格律的拘束，所以人都稱蘇詞爲「曲子中縛不住者。」陸游說：

世言東坡不能歌，故所作樂府詞多不協。晁以道謂紹聖初，與東坡別于汴上。東坡酒酣，自歌古陽關。則公非不能歌，但豪放不喜裁剪以就聲律耳。

蘇軾寫詞是拿來表現自己的，不是寫給樂工歌伎們唱的，所以只求寫得好，不問合不合音律。於是一變音樂底詞而爲文學底詞。許多人爲傳統觀念所蔽，以爲詞決不可以離音樂而獨立。因此否認蘇軾這一派的詞是正宗，說是別派，謂其「雖極天下之工，要非本色。」其實，詞失掉音樂性的時候，不過沒有音樂上的價值。只要寫得好，我們決不能否認其文學的價值。所以紀昀的批評蘇詞也說「尋源溯流，不能不謂之別格。然謂之不工則不可。」我們覺得只要詞工，便是具備了文學最高意義，什麼「

別派」，什麼「不協音律」，均不足以病詞人。

這是我們在敘述蘇派的詞人以前應有的認識。

蘇軾字子瞻，眉山人。自號東坡居士。（一〇三六——一一〇一）他的事蹟俱見宋史本傳，知道的人很多，這裏不復贅敘。他也是多方面的文學家，文章詩賦都做得很好。他在詞史上的地位尤高。因爲有了蘇軾起來，詞體才擴張很大的領域，才得大大的解放。僅僅這一點，我們已經不能忽視蘇軾對於詞的工作成績；更何況他的作品又具有不可磨滅的價值呢。

我們讀了晚唐五代的詞，讀了北宋初期晏殊歐陽修的詞和第二時期柳永張先的詞，再來讀蘇軾的詞，一定要發現新的欣賞趣味，一定會精神一振。因爲蘇詞引導我們離開了百餘年來都是這樣溫婉綺靡的路，而走向一條雄壯奔放的新路。這條新路是可以使我們鼓舞，可以使我們興奮，而不是叫我們昏醉在紅燈綠酒底下的「靡靡之音」。例如：

念奴嬌（赤壁懷古）

大江東去，浪淘盡千古風流人物。故壘西邊，人道是三國周郎赤壁。亂石崩雲，驚濤裂岸，捲起千堆雪。江山如畫，一時多少豪傑。遙想公瑾當年，小喬初嫁了，雄姿英發；羽扇綸巾，談笑間，強虜灰飛煙滅。故國神遊，多情應笑我，早生華髮。人間如夢，一樽還酹江月。

水調歌頭

明月幾時有？把酒問青天。不知天上宮闕，今夕是何年？我欲乘風歸去，又恐瓊樓玉宇，高處不勝寒。起舞弄清影，何似在人間？轉朱閣，低綺戶，照無眠。不應有恨，何事偏向別時圓？人有悲歡離合，月有陰晴圓缺，此事古難全。但願人長久，千里共嬋娟。

蘇軾的詞是多方面的，他隨興趣之所至，有時抒情，有時敘事，有時說理，一切的材料都是他詞裏面的描寫材料，他什麼詞都寫得好。有人說他不會寫情詞，說他的詞是「關西大漢，執鐵綽板，唱大江東去，」不是「十七八女孩兒，按紅牙拍」所歌唱的。（據吹劍續錄）這就是譏笑蘇軾不能作兒女情話。其實，蘇軾的情詞寫得很好。王士禎說；「枝上柳綿，恐屯田緣情綺靡，未必能過。孰謂東坡但解作大江東去耶？」

往下且看他的詞：

蝶戀花

花褪殘紅青杏小，燕子飛時，綠水人家繞。枝上柳綿吹又少，天涯何處無芳草。架上鞦韆牆外道；牆外行人，牆裏佳人笑。笑漸不聞聲漸杳，多情却被無情惱！

又

蝶懶鶯慵春過半，花落狂風，小院殘紅滿。午醉未醒紅日晚，黃昏簾幕無人捲。雲鬢鬅鬆眉黛淺，總是愁媒，欲訴誰消遣？未信此情難繫絆，楊花猶有東風管。

卜算子（高黃州定慧院寓居作）

缺月挂疏桐，漏斷人初靜。時見幽人獨往來，縹渺孤鴻影。驚起却回頭，有恨無人省。揀盡寒枝不肯棲，寂寞沙洲冷。

如夢令

為問東坡傳語，人在玉堂深處。別後有誰來，雪壓小橋無路。歸去，歸去，江上一犂春雨。

浣溪紗

道字嬌訛語未成，未應春閣夢多情，朝來何事綠鬟傾？ 綵素身輕長趁燕，紅窗睡重不聞鶯，困人天氣近清明。

賀黃公詞筌說：「如此風調，令十六七女郎歌之，豈在曉風殘月之下？」真的，我們讀了這些小詞，不知道豪放的蘇軾那裏去了？他的長詞也很有綺麗之作：

洞仙歌

冰肌玉骨，自清涼無汗，水殿風來暗香滿。繡簾開，一點明月窺人；人未寢，欹枕釵橫鬢亂。起來攜素手，庭戶無聲，時見疏星渡河漢。試問夜如何？夜已三更，金波淡，玉繩低轉。但屈指西風幾時來，又不道流年暗中偷換！

水龍吟（次韻章質夫楊花詞）

似花還似非花，也無人惜從教墜。拋家傍路，思量却是，無情有思，縈損柔腸。困酣嬌眼，欲開還閉，夢隨風萬里，尋郎去處，又還被鶯呼起。不恨此花飛盡，恨西園落紅難綴。曉來雨過，遺踪何在？一池萍碎，春色三分：二分塵土，一分流水。細看來，不是楊花，點點是離人淚！

* * * *

如此看來，蘇軾也是寫情的能手，不過他作風的方面很多，不專以此見長耳。

與蘇軾齊名的有黃庭堅。他的詞雖不如蘇軾的偉大。但就豪放恣肆一點說，他是與蘇詞的風格有幾分相同的。

庭堅字魯直，號山谷，洪州分甯人。登進士第，為葉縣尉，除北京國子監教授。累官祕書丞，國史編修官。後坐事貶涪州別駕，安置黔州。建中靖國初，召知太平州，後除名羈管宜州。尋卒。（一〇四五——一一〇五）著山谷詞二卷。

他的詞受了蘇軾很深的影響，喜自由寫作而脫略音律，所以晁補之譏其「著腔子唱好詩」。然其具有氣力之表現，要為不易企及。如水調歌頭：

瑤草一何碧！春入武陵溪。溪上桃花無數，枝上有黃鸝。我欲穿花尋路，直入白雲深處，浩氣展虹霓。祇恐花深裏，紅露濕人衣。　坐玉石，倚玉枕，拂金徽。謫仙何處？無人伴我白螺杯。我為靈芝仙草，不為朱唇丹臉，長嘯亦何為？醉舞下山去，明月逐人歸。

在山谷詞裏面，可惜這類的作品並不多。作者最喜歡寫的是男女之私情，有許多是世所艶稱的。如：

第三章　宋詞（上）

沁園春

把我身心，爲伊煩惱，算天便知。恨一回相見，百回做計，未能偎倚，早覓東西。鏡裏拈花，水中捉月，覷着無由得近伊。添憔悴，鎮花銷翠減，玉瘦香肌。奴兒又有行期。你去即無妨，我共誰？向眼前常見，心猶未足；怎生禁得，眞個分離？地角天涯，我隨君去，掘井爲盟無改移！君須是，做些兒相度，莫待臨時。

少年心

對景惹起愁悶，染相思，病成方寸。是阿誰先有意？阿誰薄倖？斗頓恁少喜多嗔！合下休傳音問，你有我，我無你分。似合歡桃核，眞堪人恨：心裏有兩個人人！

如此寫得露骨，風格自然不高。當代的人大都對庭堅這種詞表示不滿，他的好友陳師道便說：『時出俚淺，可稱傖父』。文字的俚淺原不足爲病，但思意過于粗俗，則詞品乃流于下乘了。庭堅的詞便深中此病而被人斥爲「淫詞」。

蘇黃以後，更找不出用作詩方法來大刀闊斧地作詞的豪放詞人，這一派直到南宋辛棄疾等才繼續發揮光大起來。

* * * *

蘇門濟濟多士，能詞者甚多。除秦觀，黃庭堅以外，尙有晁補之，陳師道，張耒等。受知于蘇軾的詞家，則有李之儀，程垓，毛滂諸人。其不屬蘇門而同時以詞著稱者，尙有賀鑄，謝逸等。這許多詞人把元祐時期造成爲極盛的詞壇，如詩歌之有建安時期一樣。

晁補之，字无咎，鉅野人。舉進士，元祐初除秘書省正字，通判揚州，召還爲著作郎。紹興末坐黨籍徙湖州等處。後起知泗州卒。（一〇五三——一一一〇）補之爲人才氣飄逸，不甚功名，常自悔「儒冠曾把身誤」。詞有琴趣外篇六卷。例如臨江仙(信州作)：

綠暗汀洲三月暮，落花風靜帆收。垂楊低映木蘭舟。半篙春水滑，一段夕陽愁。灞水橋東回首處，美人新上簾鉤。青鸞無計入紅樓。行雲歸楚峽，飛夢到揚州。

補之詞高曠處直接蘇軾，其貶玉溪時所作之迷神引，極為悲壯，堪稱補之的代表作。其詞如下：

黯黯青山紅日暮，浩浩大江東注。餘霞散綺，回向煙波路。使人愁，長安遠，在何處？幾點漁燈，小迷近塢；一片客帆，低傍前浦。　暗想平生，自悔儒冠誤。覺阮途窮，歸心阻，斷魂縈目，一千里傷平楚。怪竹枝歌，聲聲怨，為誰苦！猿鳥一時啼，驚島嶼燭暗，不成眠，聽津鼓。

陳質齋云：『無咎詞佳者固未遜秦七，黃九』。

陳師道，字履常，一字無己，號後山，彭城人。元祐初為徐州教授，遷太博學士，終秘書省正字。(一〇五三——一一〇二)他的詩有名於世，詞有后山長短句二卷。以小詞為最擅長，例如清平樂：

藏藏摸摸，好事爭如莫。背後尋思渾是錯，猛與將來放著。　吹花卷絮無蹤，晚妝知為誰紅？夢斷陽台雲雨，世間不要東風。

師道嘗自矜許：「他文未能及人，獨于詞不減秦七，黃九」，實則其詩文大可以與秦，黃相抗衡，而詞則未免略遜一籌也。

張耒，字文潛，淮陰人。第進士，歷官起居舍人，以直龍圖閣知潤州，坐黨籍謫官，晚監南嶽廟，主管崇福宮。（一〇五二——一一一二）有宛溪集。其傳詞甚少，例如風流子：

亭皋木葉下，重陽近，又是搗衣秋。奈愁入庾腸，老侵潘鬢，謾簪黃花，花也應羞。楚天晚，白蘋烟盡處，紅蓼水邊頭。芳草有情，夕陽無語，雁橫南浦，人倚西樓。　玉容知安否？紅箋共錦字，兩處悠悠。空恨碧雲離合，青鳥沉浮。向風前懊惱：芳心一點，寸眉兩葉，禁甚閑愁？情到不堪言處，分付東流！

張耒所傳的幾首詞都寫得好，他的作風顯然接近柳永一派。

李之儀，字端叔，自號姑溪居士，無棣人。徽宗初，提舉河東常平，綰管太平，徙唐州，終朝請大夫。有姑溪詞二卷。他在當世無盛名，而所作小詞極可觀。例如：

清平樂

蕭蕭風葉，似與更聲接。欲寄明璫非爲怯，夢斷蘭舟桂檝。　學書但寫鴛鴦，却應無那愁腸。安得一雙飛去，春風芳草池塘。

卜算子

我住長江頭，君住長江尾。日日思君不見君，共飲長江水。　此水幾時休？此恨何時已？只願君心似我心，定不負相思意。

紀昀稱之儀：『小令尤清婉峭蒨，殆不減秦觀』。

程垓，字正伯，眉山人。爲蘇軾中表。家有擬舫名書舟，故詞集號書舟詞。楊愼盛稱其酷相思，四代好，折紅英數詞，今舉酷相思一首爲例：

月掛霜林寒欲墜，正門外催人起。奈離別如今眞個是，欲住也留無計，欲去也來無計。　馬上臨情衣上淚，各自個供憔悴。問江路梅花開也未？春到也須頻寄，人到也須頻寄。

坡詞頗具豪放之致，紀昀云：『蘇，程爲中表，耳濡目染，有自來也』。

毛滂，字澤民，江山人。嘗知武康縣，又知秀州。以詩文樂府受知于蘇軾。著東堂詞。其惜分飛一首最有名：

淚溼闌干花著露，愁到眉峯碧聚。此恨平分取，更無言語空相覷。　斷雨殘雲無意緒，寂寞朝朝暮暮。今夜山深處，斷魂分付潮回去。

陳質齋云：『滂他詞雖工，未有能及此者』。

賀鑄，字方回，衛州人。元祐中通判泗州，又倅太平州，退居吳下，自號慶湖遺老。（一〇六三——一一二〇）著東山寓聲樂府三卷。他的詞以青玉案一首最有名：

凌波不過橫塘路，但目送芳塵去。錦瑟年華誰與度？月臺花榭，瑣窗朱戶，惟有春知處。碧雲冉冉蘅皋暮，綵筆新題斷腸句。試問閒愁都幾許？一川烟草，滿城風絮，梅子黃時雨。

鑄此詞傳誦一時，士大夫皆服其「梅子黃時雨」句之工，稱之爲賀梅子。作者其他的小詞亦多工者。

謝逸，字無逸，自號溪堂，臨川人。第進士後，絕意仕進，閒居多從衲子遊，以詩文自適。著溪堂詞。其江城子最著名：

杏花村館酒旗風，水溶溶，颺殘紅。野渡舟横，楊柳綠陰濃。望斷江南山色遠，人不見，草連空。夕陽樓外晚烟籠，粉香融，淡眉峯。記得年時，相見畫屏中。只有關山今夜月，千里外，素光同。

紀昀稱作者此詞：「語意淸麗，良非虛美」。更有謂謝逸的詞尚在晁補之張耒之上者，那就未免過譽了。

## 四　北宋詞的第四期

詞人有兩種：有樂工的詞，有文人的詞。樂工的詞，是能協樂能歌的，但多半做得不好；文人的詞，做是做得很好了，却往往不能協樂。詞的進展，是由樂工的詞，進爲文人的詞。詞到了北宋，那些文人都拿詞來作閒暇的吟咏，不復被之管絃了。詞與樂府便漸漸分離起來。除了一個柳永專門作樂府詞，給那些歌伎們去唱外，大多數的文人的詞，都一步一步離開音樂的立場，專門去賣弄文字上的技巧了；到了蘇軾黃庭堅一般詩人，他們大刀闊斧，淋漓肆放的去做詞，不屑咬文嚼字，不管聲調格律，便越離樂府越遠了。以至于他們的詞不復能歌。

北宋的詞壇，可以說是建設在『文學底賞鑑』上面；不是建設在『樂府』的上面

直到北宋的末年，詞與樂府才再合攏起來：樂府詞才復興起來。

樂府詞的能夠復興，我們不能不歸功于宋徽宗。徽宗自己是一個富有藝術天才的文人，又是很愛好音樂的人。他創造一個大晟府，叫一般懂得音樂的文人去主持。他們的詞完全依照音樂的曲拍去做，造成北宋末年一種詞的新風氣。

如宋徽宗，周邦彥及女詞人李清照等，都是這時候的樂府詞家。

宋徽宗的詞有兩種境地，在沒有被虜以前，他是享受着最美滿的皇帝生活，那時的詞完全是㬎艷綺麗之作，是一種境地；後來他失掉了至尊的權威，身作囚犯，在北地備受精神物質之苦，這時的詞凄涼悱惻，令人欲淚，又是一種境地。代表他前期生活的作品，如探春令：

簾旌微動，峭寒天氣，龍池冰泮。杏花笑吐香猶淺，又還是春將半。　清歌妙舞從頭按，等芳時開宴。記去年對着東風，曾許不負鶯花願。

代表他後期生活的作品，如燕山亭（北行見杏花）：

裁剪冰綃，輕疊數重，淡著燕脂勻注。新樣靚妝，艷溢香融，羞殺蕊珠宮女。

易得凋零，更多少，無情風雨。愁苦！閑院落淒涼，幾番春暮？憑寄離恨重重，這雙燕何曾會人言語。天遙地遠，萬水千山，知他故宮何處？怎不思量，除夢裏，有時曾去。無據！和夢也新來不做。

眼兒媚（北地）

玉京曾憶舊繁華，萬里帝王家。瓊樓玉殿，朝喧弦管，暮列笙琶。　花城人去今蕭索，春夢遶胡沙。家山何處？忍聽羌管，吹徹梅花。

我們看前面的「記去年對著東風，曾許不負鶯花願，」是何等的曼麗！到後面的「憑寄離恨重重，這雙燕何曾會人言語，」又是何等的淒涼！徽宗真是一位天生才人，這兩種不同境地的詞，都描寫得極好。只可惜他遺傳下來的詞太少了。其所作如關寄過引的諸首，都是宋史樂志明載，曾「絃諸樂府」的。

*　*　*

周邦彥是兩宋最偉大的樂府詞家，他的作品爲後來一切樂府詞人的模式。兩宋陳郁的藏一話腴稱他：『二百年來以樂府獨步。貴人，學士，市儈，妓女，皆知其詞爲可愛。』

邦彥字美成，號淸眞。錢塘人。宋史文苑傳稱『美成疎儁少檢，不爲州里所重。』可見他少年時是很浪漫的。元豐初，以太學生進汴都賦，神宗召爲大學正。其後浮沈州縣三十餘年。徽宗頒大晟樂，召邦彥入爲祕書監，進徽猷閣待制，提舉大晟府。徙處州卒。（一〇六〇——一一二五）

邦彥精通音樂，故徽宗用他提舉大晟府。文苑傳也稱他『好音樂，能自度曲。製樂府長短句，詞韻淸蔚。』他的作品，下字用韻，皆有嚴格的法度，所以後人奉他的作品爲詞律。

往下我們且舉作者幾首負盛名的詞作例：

蘭陵王（詠柳）

柳陰直，烟裏絲絲弄碧。隋堤上，曾見幾番，拂水飄綿送行色。登臨望故國，誰識京華倦客？長亭路，年去歲來，應折柔條過千尺。　閒尋舊蹤跡。又酒趁哀絃，燈照離席。梨花榆火催寒食。愁一箭風快，半篙波暖，回頭迢遞便數驛。望人在天北。　淒惻，恨堆積。漸別浦縈回，津堠岑寂。斜陽冉冉春無極。念月榭　手，露橋聞笛。沈思前事，似夢裏，淚暗滴。

六醜（落花）

正單衣試酒，悵客裏光陰虛擲。願春暫留，春歸如過翼，一去無迹。為問家何在？夜來風雨，葬楚宮傾國。釵鈿墮處遺香澤。亂點桃蹊，輕翻柳陌，多情更誰追惜？但蜂媒蝶使，時叩窗槅。　東園岑寂，漸蒙籠暗碧，靜繞珍叢底，成歎息！長條故惹行客，似牽衣待話，別情無極。殘英小，強簪巾幘，終不似一朶釵頭顫嫋，向人欹側。漂流處，莫趁潮汐。恐斷紅尚有相思字，何由見得？

瑞龍吟

章臺路，還見褪粉梅梢，試花桃樹。愔愔坊陌人家，定巢燕子，歸來舊處。

黯凝竚，因念箇人癡小，乍窺門戶。侵晨淺約宮黃，障風映袖，盈盈笑語。前度劉郎重到，訪鄰尋里，同時歌舞，惟有舊家秋娘，聲價如故。吟牋賦筆，猶記燕台句。知誰伴名園露飲，東城閒步，事與孤鴻去。探春盡是傷離意緒，官柳低金縷。歸騎晚，纖纖池塘飛雨，斷腸院落，一簾風絮。

邦彥的長調是極負盛名的，那些讚美邦彥的人，都是極力在讚美他的這些長調。他們又喜歡拿邦彥來比擬柳永，至有「周情柳思」之稱。其實邦彥的詞，喜歡使事，喜歡堆砌，遠不如柳永的描寫善于舖敍，富有情調。只是在「懂得音樂，喜歡狎妓，愛寫兒女之情」的幾點上，這兩位作者是相同的。

依我看來，作者的長調，實不如他的小詞較能代表他的藝術。例如：

傷情怨

枝頭風信漸小，看暮鴉飛了。又是黃昏，閉門收返照。 江南人去路渺，信未通，愁已先到。怕見孤燈，霜寒催睡早。

玉樓春

玉匳收起新妝了，鬢畔斜枝紅裊。淺顰輕笑百般宜，試着春衫猶更好。　裁金簇翠天機巧，不稱野人簪破帽。滿頭聊插片時狂，頓減十年塵土貌。

又

桃溪不作從容住，秋藕絕來無續處。當時相候赤闌橋，今日獨尋黃葉路。　烟中列岫青無數，雁背夕陽紅欲暮。人如風後入江雲，情似雨餘黏地絮。

紅窗迥

幾日來眞個醉，不知道窗外亂紅已深半指，花影被風搖碎。擁春醒乍起。　有個人人生得濟楚，來向耳邊問道『今朝醒未』？情性兒慢騰騰地，惱得人又醉。

一落索

眉共春山爭秀，可憐長皺。莫將清淚濕花枝，恐花也如人瘦。　情潤玉簫閑久，知音稀有。欲知日日倚欄愁，但問取亭前柳。

虞美人

疏籬曲徑田家小，雲樹開清曉。天寒山色有無中，野外一聲鐘起送孤篷。添衣策馬尋亭堠，愁抱惟宜酒。菰蒲睡鴨占陂塘，縱彼行人驚散又成雙。

邦彥的詞，有的很雅，有的近俗，大約貴人學士最歡迎他的雅詞，市儈妓女則愛他的俗詞。

稱道邦彥詞的眞是多。由他們的批評，簡直把這位作家抬作天字第一號的詞人了：周濟論詞雜著：『美成思力，獨絕千古。如顏平原書，雖未臻兩晉，而唐初之法，至此大備。後有作者，莫能出其範圍矣。』周濟又說：『鉤勒之妙，無如清眞。他人一鉤勒便薄，清眞愈鉤勒愈渾厚。』强煥序片玉詞說：『美成詞撫寫物態，曲盡其妙。』陳質齋說：『美成詞多用唐人詩語，隱括入律，混然天成。長調尤善鋪叙，富艷精工。詞人之甲乙也。』張炎說：『美成詞渾厚和雅，善于融化詩句。』賀黃公說：

『周清眞詞有柳欹花嚲之致，沁人肌骨，視淮海不徒娣姒而已。』彭羨門說：『美成詞如十三女子，玉艷珠鮮，未可以其軟媚而少之。』

邦彥詞本是値得我們贊美的，但這些批評，却不免過于誇張。如說邦彥喜歡用唐人詩語，實是他作詞的大毛病，故劉克莊說：『美成頗偸古句。』又如說邦彥的詞高出秦觀，也是錯誤，近人王國維說：『詞之雅鄭，在神不在貌。少游雖作艷語，終有品格。方之美成便有淑女與娼妓之別。』（人間詞話）平心而論，邦彥詞雖有不少缺點，然才力渾厚，『言情體物，窮極工巧，』終不失爲一流作家。若以樂府詞方面說，邦彥尤有偉大的造詣。

* * *

李淸照是樂府詞人中最偉大的一個，牠能以嚴格的規律，寫成很自然的白話詞，其成績更在周邦彥之上。

淸照自號易安居士，濟南人。生于神宗元豐四年（一〇八一）。她工文藝，具有慧殺，小時候已自不凡了。二十一歲，與大學生趙明誠結婚。這要算是清照一生最美滿的時代。由她的詞「笑語檀郎，今夜紗櫥枕簟涼」，「怕郎猜道，奴面不如花面好；雲鬢斜簪，徒要教郎比並看」，可以看出那時她倆夫婦是在享受最甜蜜的新婚生活。

青春的年華是格外容易消逝的，不知不覺的便把我們女詞人的少年送掉了。她四十七歲的那年，她夫婦跟着北宋之亡而南渡。不幸趙明誠即死于那年。

憂患餘生的李清照，從此便悲涼以終其殘生了。

李清照的漱玉詞，有人說是婉約派之宗，（王士禎語）這是一點也不錯的。清照自己是個夠溫柔的女性，她寫出來的自然不是英雄的詞，而是兒女的詞；不是粗豪的詞，而是婉約的詞。

清照的詞有兩個不同的時期。她少年時的詞是在北方做的，多半抒寫閨中閑情消愁之作；她晚年之詞是在南方做的，多半是愁苦的哀吟。前後兩個時期的詞的情調是完全兩個樣子的。

我們且舉她幾首少年時的詞作例：

如夢令

常記溪亭日暮，沉醉不知歸路。興盡晚回舟，誤入藕花深處。爭渡，爭渡，驚起一灘鷗鷺。

又

昨夜雨疏風驟，濃睡不消殘酒。試問捲簾人，卻道海棠依舊。知否？知否？應是綠肥紅瘦。

一剪梅

紅藕香殘玉簟秋，輕解羅裳，獨上蘭舟。雲中誰寄錦書來？雁字回時，月滿西樓。花自飄零水自流，一種相思，兩處閒愁。此情無計可消除，纔下眉頭，又上心頭。

醉花陰（九日）

薄霧濃雲愁永晝，瑞腦消金獸。佳節又重陽，玉枕紗廚，半夜涼初透。 東籬把酒黃昏後，有暗香盈袖。莫道不消魂，簾捲西風，人比黃花瘦。

清照的詞在當時便很有名了的。相傳她的丈夫趙明誠也能詞，却不甘居清照之下，想勝過她。他把自己苦吟出來的幾十首詞，插以清照的重陽醉花陰詞，去給友人陸德夫看，陸德夫玩誦再三，最後指出絕妙的三句：『莫道不消魂，簾捲西風，人比黃花瘦』，正是李清照之作。

清照不僅工小詞，她的長詞也是寫得很好的：

鳳凰臺上憶吹簫

香冷金猊，被翻紅浪，起來慵自梳頭。任寶奩塵滿，日上簾鉤。生怕離懷別苦，多少事，欲說還休。新來瘦，非關病酒，不是悲秋。 休休！這回去也，千萬遍陽關，也則難留。念武陵人遠，煙鎖秦樓。惟有樓前流水，應念我終日凝眸。凝眸處 從今又添一段新愁。

聲聲慢

尋尋覓覓，冷冷清清，淒淒慘慘戚戚。乍暖還寒時候，最難將息。三杯兩盞淡酒，怎敵他晚來風急？雁過也，正傷心，却是舊時相識。　滿地黃花堆積，憔悴損，而今有誰堪摘？守着窗兒，獨自怎生得黑？梧桐更兼細雨，到黃昏點點滴滴。這次第，怎一個愁字了得？

李清照最會寫愁情，最會寫相思之情，她不但運用辭句很巧妙，而且最長于創造新辭。如『寵柳嬌花』，『綠肥紅瘦』，『清露晨流，新桐初引』，這些句子都是清新奇麗之甚。其壺中天慢詞云：

蕭條庭院，又斜風細雨，重門須閉。寵柳嬌花寒食近，種種惱人天氣。險韻詩成，扶頭酒醒，別是閒滋味。征鴻過盡，萬千心事難寄。　樓上幾日春寒，簾垂四面，玉闌干慵倚。被冷香消新夢覺，不許愁人不起。清露晨流，新桐初引，多少遊春意。日高煙斂，更看今日晴未？

這首詞的意境不能不說是平凡的，然而字句却都是極新鮮的。李清照描寫的本領，却是能夠把那些用慣了用舊了的淺而且俗的文字，綴成一些極清新鮮麗的詞句，這是作者運用文字有特別技巧的地方。

往下，我們再看清照晚年的詞：

如夢令

誰伴明窗獨坐？我共影兒兩個。燈盡欲眠時，影也把人拋躲。無那，無那，好個淒涼的我！

武陵春

風住塵香花已盡，日晚倦梳頭。物是人非事事休，欲語淚先流。聞說雙溪春尚好，也擬汎輕舟。只恐雙溪舴艋舟，載不動許多愁！

浪淘沙

簾外五更風，吹夢無蹤。畫樓重上與誰同？記得玉釵斜撥火，寶篆成空。回首案金鑿，雨潤煙濃。一江春浪醉醒中。留得羅襟前日淚，彈與征鴻！

我們如明白李清照晚境淒涼的生活，便知道這些詞完全是寫實的作品。清照的生平，可以說和李後主完全是一樣，前半期是喜劇，後半期是悲劇。兩人的詞也有很多的共同點：李後主不喜歡用典，喜歡用自己造的詞句來描寫；李清照也不喜歡用典，喜歡用自己造的詞句來描寫。李後主的詞多是用通俗的字句，來表現極深摯的情感；李清照詞也多是用通俗的字句表現極深摯的情感。詞史之有二李，真可以說是詞史上的雙璧哩。

* * * *

北宋末年的詞人，除周邦彥，李清照而外，尚有晁端禮，康與之等，然其作品則甚不逮了。

# 第四章 宋詞(下)

詞至南宋，更加緊地繁衍起來。

就詞集之流傳至今者加以計算：毛晉輯宋六十一家名詞，北宋只有二十三家，南宋卻得三十八家。王鵬運四印齋彙刻詞于毛刻三十八家之外，又得南宋詞三十二家。朱祖謀彊村叢書又于王刻之外，復得七十一家。丟開別的刻本不算，單就這三家所刻，南宋詞入作集，已有一百四十一家。這還是指遺留下來的專集而言。至于選集，有黃昇的中興以來絕妙詞選，始於康與之，終於洪瑹，共八十九家；周密的絕妙好詞選，始於張孝祥，終於仇遠，共一百三十二家，這都是南宋有名的詞家，所謂文人的詞。至於那優伶歌妓，販夫走卒的詞，還不計算呢。故單就詞量數的發達方面講，北宋比南宋又『瞠乎其後』了。

南宋詞何以這樣特殊地發達起來呢？

南宋詞之有「特殊」的發展，其最大的原因，不能不歸功于宋徽宗倡導詞學之力。我們知道北宋那些帝王，都是極力提倡禮法道德，厭惡浮華的。柳永的詞被黜于仁宗，就是一個最好的例。徽宗自己是一個富有才華，愛好文學的皇帝，他不但會作詞，喜歡作詞；而且引用詞人，召周邦彥爲大晟樂正。有了這一個强有力的詞的提倡者，把文學的趨向，完全轉移到詞壇裏來了。向來不做詞人也做起詞來了。後來北宋陷于金，這些詞人都跑到南方來了。于以造成南渡詞壇的發達。

## 一　南渡詞壇

南宋詞最發達的時期，當推南渡時期。

當着北宋詞人還沒有南渡的時候，那時中原無事，社會昇平，他們的生活都是沈醉在笙歌艶舞的繁華裏面，他們的作品也都是些「靡靡之音」。不料綺華的好夢是這般容易消逝的，金人鼙鼓動地來，把宋室臣民，趕得倉皇南渡。這時老皇帝被擄了，新皇帝只偏居江南，眼望着中原之地，被蹂躪于異族。有血性的人，看了都要難過，都要感慨生哀的。因此，他們的作品都帶着一種悲壯感慨的調子。這可以說是南渡詞人的詞的特徵。(自然也有例外的)往下我們且依次來詮敘南渡詞人的作品吧。

*　*　*　*

陳與義是末代大詩人之一。字去非，其先居京兆，後遷洛陽，(或謂其先蜀人)自稱洛陽陳某，號簡齋。他天資卓偉，兒時已能作文，得着很好的文聲。登政和三年上舍甲科，授開德府教授，辟遷大學士，擢符寶郎。南渡後，避亂襄漢，轉湖湘，踰嶺嶠。高宗召為兵部侍郎，後累升擢。紹興七年，參知政事。(一〇九〇——一一三八)卒時才四十九歲。著有簡齋集。宋史稱其「尤長於詩。體物寓興，清邃紆餘，高舉橫厲，上下陶謝韋柳之間。」其詞亦負盛名，所作無住詞一卷雖只十八首小詞，卻首首可傳。最負盛名的是一首虞美人和一首臨江仙詞：

虞美人(大光祖席醉中賦)

張帆欲去仍搔首，更醉君家酒。吟詩日日待春風，及至桃花開後却忽忽。歌聲頻爲行人咽，記著尊前雪。明朝酒醒大江流，滿載一船離恨向衡州！

臨江仙（夜登小閣憶洛中舊遊）

憶昔午橋橋上飲，坐中多是豪英。長溝流月去無聲，杏花疏影裏，吹笛到天明。二十餘年如一夢，此身雖在堪驚！閑登小閣看新晴。古今多少事，漁唱起三更。

此詞乃與義南渡後所作，那時少年意氣，感慨自多。如定風波（重陽）：

九日登高有故常，隨晴隨雨一傳觴。多病題詩無好句，孤負黃花今日十分黃。記得眉山文翰老，曾道四時佳節是重陽。江海滿前懷古意，誰會闌干三撫獨淒涼！

黃日升花菴詞選稱與義的詞「可摩坡仙蘇軾之壘。」胡仔苕溪漁隱叢話亦稱其詞「清婉奇麗。」方回瀛奎律髓說：「以詞論，則師道爲勉強學步，庭堅爲利鈍互陳，皆迴非與義之敵矣。」紀昀四庫全書提要亦稱與義的無住詞為：「吐言天拔，不作柳蹕鶯嬌之態，亦無蔬筍之氣，殆于首首可傳。」

* * * *

葉夢得是一個富有經濟才的人。字少蘊，蘇州吳縣人。他幼年嗜學，喜談論，登紹聖四年進士第，調丹陽尉。徽宗時，以蔡京薦，累遷翰林學士，擢升龍圖閣直學士。南渡後，遷翰林學士兼侍讀，除戶部尚書。晚年請老，提舉臨安府洞霄宮。以崇信軍節度使致仕。卒于湖州，贈檢校少保。(一〇七七——一一四八)

夢得自號石林居士，著有石林詩話，頗不滿意于蘇黃一派的詩。但他的詞却很有蘇軾那一派豪放的風味：

滿庭芳

楓落吳江，扁舟搖蕩，暮山斜照催晴。此心長在，秋水共澄明。底事經年易拚？憑遺恨，悄悄誰平。臨風處，佳人萬里，稿笛與誰橫？長城誰敢犯？知君五字，元有詩聲。笑茅舍何時歸此眞成？綠鬢朱顏老盡，柴居在，行卽終行。聊相待，狂唱醉舞，雖老未忘情。

水調歌頭

霜降碧天靜，秋事促西風。寒聲隱地初聽，中夜入梧桐。起瞰高城回顧，寥落關河天里，一醉與君同。疊鼓鬧清曉，飛騎引雕弓。歲將晚，客爭笑，問衰翁：平生豪氣安在？走馬爲誰雄？何似當筵虎士，揮手弦聲響處，雙雁落遙空。老矣眞堪惜，回首望雲中。

關注序葉夢得石林詞說：「其詞婉麗，卓有溫李之風。晚歲落其華而實之，能于簡淡時出雄傑，合處不減靖節東坡之妙。」毛晉也說：「石林詞卓有林下風，不作柔語殢人，眞詞家逸品也。」

他的小詞也有寫得很好的：

蝶戀花

薄雪消時春已半，踏遍蒼苔，手挽花枝看。一縷遊絲牽不斷，多情更覺蜂兒亂。　盡日平波回遠岸，倒影浮光，却記冰初泮。酒力無多吹易散，餘寒向晚風驚慢。

菩薩蠻（湖光亭晚投）

平波不盡蒹葭遠，淸霜半落沙痕淺。烟樹晚微茫，孤鴻下夕陽。　梅花消息近，試向南枝問。記得水邊春，江南別後人。

葉夢得詞有「格」而乏「韻」，不能不說是一個很大的缺點，拿他來比陶潛，實在是不倫不類，但在南渡的詞人中，總要算一個很有氣魄的詞人。

* * * * *

范成大字致能，吳郡人。生於北宋欽宗靖康元年，（一一二六）卒於南宋光宗紹熙四年。（一一九三）紹興中進士。累官權吏部尚書，參知政事。帥金陵，以病請閑。進資政殿學士，領洞霄宮，加大學士。死時年六十八。（一一二六——一一九三）

他是南宋大詩人之一，最爲田園山水的聖手，他的詞，特別是小詞，很長于描繪自然。

鷓鴣天

嫩綠重重看得成，曲闌幽檻小紅英。酴醾架上蜂兒鬧，楊柳行間燕子輕。　春婉娩，客飄零，殘花殘酒片時清。一杯且買明朝事，送了斜陽月又生。

醉落魄

棲烏飛絕，絳河綠霧星明滅。燒香曳簟眠清樾，花影吹笙，滿地淡黃月。　好風碎竹聲如雪，昭華三弄臨風咽，鬢絲撩亂綸巾折。涼滿北窗，休共軟紅說！

秦樓月

窗紗薄、日穿紅幔催梳掠。催梳掠，新晴天氣，畫樓閒鵲。　海棠逗曉都開卻，小鶯飛上闌干角。闌干角，楊花滿地，夜來風惡。

范成大的詞很有飄逸高妙的境界，如其詩，亦如其人。因爲作者在政治上生活裏適意，生平沒有甚麼失意的悲劇，他的心靈永遠是閑適的，所以他的詞寫出來也永遠是這樣有幽逸之趣。

* * * * *

向子諲字伯恭，臨江人。以恩補官。南渡初，歷徽猷閣直學士，罷知平江府。金使議和將入境，子諲不肯拜金詔，忤秦檜意，乃致仕，卜居於清江五柳坊楊遵道之別墅，號所居曰薌林，自稱薌林居士。（一〇八六——一一五三）

子諲的詞有兩個不同的時期，前期是在江北的舊詞，後期是在江南的新詞。當北宋的末年，中原雖已危機四伏，但表面上仍是太平景象。恰好徽宗又是一位享樂主義的皇帝，笙歌艷舞，一味追逐繁華。那時向子諲少年顯貴，不知凄涼感慨為何物，所以他的作品都是一些曼艷的小詞：

浣溪紗

曾是襄王夢裏仙，嬌癡恰恰破瓜年，芳心已解品朱絃。 淺淺笑時雙靨媚，盈盈立處綠雲偏，稱人心事盡人憐。

相見歡

亭亭秋水芙蓉，翠圍中，又是一年風露笑相逢。天機畔，雲錦亂，思無窮。路隔銀河，猶解嫁西風。

梅花引（戲代李師明作）

花如頰，梅如葉，小時笑弄階前月。最盈盈，最惺惺，鬧愁未識，無計定深情。十年空省春風面，花落花開不相見。要相逢，得相逢，須信靈犀，中自有心通。

這時的向子諲完全是沈醉在綺華的好夢裏面。及南渡後，一方面國破家亡之慘，很悲哀的刺激他的心靈；同時，他又指揮戰場，身經苦戰，在金人圍困的城裏死守很久，在亂軍中逃出來幾乎被殺。這許多痛苦生活，把他訓練成一個慷慨豪放的人生；所以他南渡以後的詞，也變成慷慨豪放的風調。胡寅序酒邊詞，至以子諲列之於蘇軾一派向鎬是南渡詞人之一，他的生平事蹟無可考。朱彝尊詞綜記他：「字豐之，河內人，有樂齋詞二卷。」今其樂齋詞已大部分散佚了。從殘餘下來的向鎬詞中，我們能夠看出他的作品的藝術，是有高貴的價值的：

如夢令

夢斷綠窗鶯語，消遣客愁無處。小檻俯春郊，恨滿楚江南路。歸去，歸去，花落一川烟雨。

又

樓上千峯翠巘，樓下一灣清淺。寶篆酒醒時，枕上月華如練。留戀，留戀，明日水村煙岸。

又

野店幾杯空酒，醉裏兩眉長皺。已自不成眠，那更酒醒時候！知否？知否？直是爲他消瘦。

向鎬在當代既不是文人學士之列，又沒有做過大官，故其名不顯。但他的詞的好處，却是無法否認的。雖散佚甚多，終不至於失傳。不用誇張的話來形容，「直致近俗」四個字，便是向鎬詞最好的批評。茲再舉他的一首詞作例：

朝中措

平生此地幾經過，家近奈情何？長記月斜風勁，小舟猶渡煙波。　而今老大，歡消意減，只有愁多。不似舊時心性，夜長聽徹漁歌。

*　*　*　*

周紫芝字少隱，宣城人。舉進士，歷任樞秘院編修，右司員外郎，知興國軍。他曾經從張來，李之儀學詩，他的詞學晏幾道。（紫芝自云：『予少時酷喜小晏詞。』）紀的四庫全書提要謂：『紫芝塡詞，本從晏幾道入，晚乃刊除穠麗，自爲一格。』北

詞如：

清平樂

烟蹊斂翠，柳下門初閉。門外一川風細細，沙上暝禽飛起。 今宵水畔樓邊，風光宛似當年。月到碧時明處，共誰同倚闌干？

又

青春欲暮，柳下將飛絮。月到堦前梅子樹，啼得杜鵑飛去。 人歸不掩朱門，一成過了黃昏。只有殘鎔紅蠟，照人猶自消魂。

秦樓月

東風歇，香塵滿院花如雪。花如雪，看看又是黃昏時節。 無言獨自添香鴨，相思情緒無人說。無人說，照人只有西樓斜月。

生查子

春寒入翠帷，月淡雲來去。院落半晴天，風撼梨花樹。 人醉掩金鋪，閑倚秋千柱。滿眼是相思，無說相思處。

周紫芝的詞終究不曾脫掉小晏詞的風調，尤其是他寫的幾首鷓鴣天詞，幾乎令人疑是小山集裏面的作品：

鷓鴣天

花褪殘紅綠滿枝，嫩寒猶透薄羅衣。池塘雨細雙鴛睡，楊柳風輕小燕飛。人別後，酒醒時，午窗殘夢子規啼。尊前心事誰人問，花底閑愁春又歸！

又

一點殘紅欲盡時，乍涼秋氣滿屏幃。梧桐葉上三更雨，葉葉聲聲是別離。調寶瑟，撥金猊，那時同唱鷓鴣詞。如今風雨西樓夜，不聽清歌也淚垂！

孫競序竹坡詞，稱其「清麗婉曲」。他的詩在南宋也有名。

* * * *

陳克字子高，臨海人。紹興中爲敕令所刪定官。自號赤城居士，僑居金陵。他遺留下來的一卷赤城詞，雖然篇幅不多，每一首都是值得我們玩味的。作者本來是一個詩人，李庚稱他的詩很有「情致」，但遠不如他的詞之工。我們隨便舉他的幾首詞作例：

好事近（石亭探梅）

尋徧石亭春，黯黯暮山明滅。竹外小溪深處，倚一枝寒月。淡雲疏雨若無情，得折便須折。醉帽風鬟歸去，有餘香愁絕。

謁金門

春寂寂，綠暗溪南溪北。溪水沈沈天一色，鳥飛春樹黑。腸斷小樓吹笛，醉裏看朱成碧。愁滿眼前遮不得，可憐雙鬢白！

菩薩蠻

綠蕪繚繞青苔院，中庭日淡芭蕉捲。蝴蝶上階飛，風簾自在垂。玉鉤雙語燕，寶甃楊花轉。幾處簸錢聲，綠窗春夢輕。

臨江仙

枕幌依依殘夢，齋房忽忽餘酲。薄衣團扇繞階行。曲闌幽樹，看得綠陰成。
檐雨為誰凝咽？林花似我飄零。微吟休作斷腸聲。流鶯百囀，解道此時情。

陳克是一個多情善感的詞人，眼前的一切都足以引起他的悲哀。如：「餘香」，「吹笛」，「廚冷」，「燈昏」，「檐雨」，「林花」，都是他哀吟的資料。他的詞表現想像力是很強的。

他不僅愁詞寫得好，艷詞也寫得好：

浣溪紗

淡墨花枝掩薄羅，嫩藍裙子窣湘波，水晶新樣碾風荷。　問着似羞還似惡，惱來成笑不成歌，芙蓉帳裏奈君何。

謁金門

春漏促，誰見兩人心曲。罷盡屏風銀蠟燭，淚珠紅蔌蔌。　懊惱歡娛不足，只許夢中相逐。今夜月明何處宿，畫橋春水綠。

周濟論詞雜著對於陳克有很誇張的批評：『子高不甚有重名，然格韻絕高，昔人謂晏周之流亞。晏氏父子，俱非其敵。以方美成，則又擬於不倫。其溫韋高弟乎？』陳克實在是南宋一個可貴的詞家，但說晏殊晏幾道的詞都比不上他，則未免獎飾過分了些吧。

* * * *

呂渭老，一作濱老字聖求，嘉興人。他南渡後的詩，感慨極深，如『愛國憂身到白頭，此生風雨一沙鷗』，又『倘喜山河歸帝子，可憐麋鹿入王宮』。可是，他的詞卻失掉這種感慨了。在他的聖求詞裏面有時還可以發現極是艷的詞，例如：『裙長步漸遲，扇薄羞難掩。袿褪倚郎肩，問路眉先斂。踏青南陌回，倚醉閑嬌嚬。今夜更同行，忍笑勻妝臉』。（生查子）不過這種詞不能代表呂渭老完全的作風。楊慎詞品稱其『望海潮，醉蓬萊，撲蝴蝶近，惜分釵，薄倖，選冠子，百宜嬌等闋，佳處不減少游，東風第一枝（詠梅）不減東坡之綠毛么鳳。」惜分釵乃作者自製新譜，其詞最足以代表呂渭老：

春將半，鶯聲亂，柳絲拂馬花迎面。小堂風，暮樓鐘，草色連雲，暝色連空，重重！秋千畔，何人見？寶釵斜照春妝淺。酒霞紅，與誰同？試問別來，近日情悰：忡忡！

趙師秀稱渭老詞：「婉媚深窈，視美成耆卿，伯仲耳。」我們且不必拿渭老去比美成耆卿，或是比秦少游蘇東坡，那是無多意義的比較，總之渭老的詞的情致是很深的。他又喜歡用白話來寫詞，而且寫得好：

蝶戀花

花枝撩人紅入眼，可是東君要人腸寸斷？欲訴深情春不管，風枝雨葉空撩亂。謾插一枝飛一盞，小賞幽期，破我平生願。珍約未成春又短，但憑蝴蝶傳深怨。

小重山

雨洗穠花濕畫簷，知他因甚地，瘦厭厭？玉人風味似冰蟾，愁不見，煙霧曉來添。煩惱替誰諳，新來一段事，未心甘。滿懷離緒過春蠶。燈殘也，誰見我眉尖！

一落索

蟬帶殘聲移別樹，晚涼房戶。秋風有意染黃花，下幾點淒涼雨。渺渺雙鴻飛去，亂雲深處。一山紅葉爲誰愁？供不盡相思句。

呂渭老的小詞長詞都寫得很好。

* * * *

蔡伸字伸道，莆田人。宣和中，官彭城倅，歷左中大夫。他曾與向子諲同官彭城，所以唱酬之作不少。紀昀四庫全書提要稱：『伸詞固遜子諲，而才致筆力，亦略相伯仲』。其實，以我們的眼光看來，蔡伸詞的缺點只是格調不高，他的才華較子諲遠怕要若勝一籌。詞例：

卜算子

前度月圓時，月下相攜手。今夜天邊月又圓，夜色如清晝。　風月渾依舊，水館容回首。明夜歸來試問伊：曾解相思否？

西地錦

寂寞悲秋懷抱，掩重門悄悄。清風皓月，朱闌畫閣，雙鴛池沼。　不忍今宵重到，惹離愁多少？蓬山路杳，藍橋信阻，黃花空老。

長相思

我心堅，你心堅，各自心堅石也穿，誰言相見難？　小窗前，月嬋娟，玉困花柔並枕眠，今宵人月圓。

相見歡

樓前流水悠悠，駐行舟，滿目寒雲衰草使人愁！　多少恨？多少淚？謾遲留。

何似翛然拚捨去來休。

昭君怨

一曲雲和松響，多少離愁心上？寂寞掩屏帷，淚沾衣！ 最是銷魂處，夜夜綺窗風雨。風雨伴愁眠，夜如年！

蒼梧謠

天！休使圓蟾照客眠。人何在？桂影自嬋娟。

這些詞都寫得很好。大概作者受歐陽修晏幾道的詞的影響很不少，不喜歡使事用典，而清新綽約，情致嫣然。實南渡詞人中的健者。

趙長卿自號仙源居士，宋之宗室。他的詞有惜香樂府十卷。毛晉稱其：「不樸志繁華，獨安心風雅，……雖未敢與南唐二主相伯仲，方之徽宗，則迴出雲霄矣」。長卿的詞自是南宋一大家，毛晉所稱是不錯的；但說比徽宗「迴出雲霄，」乃是荒謬之論。其實，長卿正不必壓倒徽宗，才佔着詞壇上名貴的地位。我們試讀他的詞：

畫堂春（長新亭）

小亭烟柳水溶溶，野花白白紅紅。惱人池上晚來風，吹損春容。又是清明天氣，當年小院相逢。憑欄幽思幾千重，殘杏香中。

清平樂

紫簫聲斷，窗底春愁亂。試著春衫慵自看，瘦似年時一半。一春長病厭厭，新來愁病重添。香冷倦熏金鴨，日高不捲珠簾。

長相思

欲愁眉，恨依依，腸斷關情怨別離，雲中過雁悲。瘦因誰？病因誰？屈指無言忖後期，此時人怎知？

卜算子（亭上納涼）

新月掛林梢，暗水鳴枯沼。時見疎星落畫簷，幾點流螢小。歸意了無多，故作連環遶。欲寄新詩問採菱，水闊烟波渺。

蝶戀花（登樓晚望聞歌聲清婉而作）

閑上西樓供遠望，一曲新聲，巧媚，誰家唱？獨倚危闌聽半餉，長江快瀉澄無浪。清淚恰同春水漲，拭盡重流，觸事如何向？不覺黃昏燈已上，舊愁還是新愁樣。

臨江仙

過盡征鴻來盡雁，故園消息茫然。一春憔悴有誰憐？懷家寒食夜，中酒落花天。見說江頭春浪渺，殷勤欲送歸船。別來此處最縈牽。短篷南浦雨，疎柳斷橋烟。

長卿也是一位白話詞人，他大約沒有做過官，得以盡情去享受自己的生活，盡情去做詞，所以寫下來了十卷之多的惜香樂府，在南渡詞人中要算是詞成績最多的一個。

張元幹字仲宗，別號蘆川居士，長樂人。（一作三山人）紹興中因胡銓上書乞斬秦檜被謫，元幹作賀新郎詞送之，坐是除名。元幹在當時本是李綱主戰那一派的人，秦檜當國後，他們滿腔愛國傷時的忿氣，無處發洩，恰好遇着胡銓爲秦檜的事情被謫，他便寫了一首長調送胡銓，把自己懷念故國，感慨山河，鬱抱不平之氣，毫無顧忌的盡情抒寫出來：

賀新郎（送胡邦衡待制赴衡州）

夢繞神州路，悵秋風，連營畫角，故宮離黍。底事崑崙傾砥柱？九地黃流亂注，聚萬落千村狐兔。天意從來高難問，況人情老易悲難訴。更南浦，送君去。

涼生暗柳催殘暑，耿斜河，疎星淡月，斷雲微度。萬里江山知何處？回首對床夜語。雁不到，書成誰與？月盡青天懷今古。肯兒曹，恩怨相爾汝。舉大白，聽金縷。

這首詞雖不是元幹最好的作品，而悲壯慷慨，最足以象徵元幹的人格。至於代表作者存茲諸方面成功的詞，我們要另舉幾首作例：

菩薩蠻

拍堤綠漲桃花水，黃騘穩泛東風裏。絲雨濕苔錢，淺寒生禁煙。 江山留不住，卻趁笙歌去。醉倚玉搔頭，幾曾知旅愁。

又

春來春去催人老，老夫爭肯輸年少。醉後少年狂，白髭殊未妨。 插花還起舞，管領風光處。把酒共留春，莫教花笑人。

如夢令

隱有西湖煙渚，綠蓋紅妝無數。簾捲曲闌風，拂面荷香吹雨。歸去，歸去，笑損花邊鷗鷺。

踏莎行（別意）

芳草平沙，斜陽遠樹，無情桃李江頭渡。醉來扶上木蘭舟，將愁不去將人去。

薄劣東風，夭斜飛絮，明朝重覓吹笙路。碧雲香裏小樓空，春光已到銷魂處。

清平樂

明珠翠羽，小綰同心縷。好去吳淞江上路，寄與雙魚尺素。蘭橈飛取歸來，愁眉待得伊開。相見嫣然一笑，眼波先入郎懷。

毛晉評元幹詞云：『人稱其長於悲憤，及讀花菴，草堂所選，又極嫵秀之致，眞堪與片玉、白石，並垂不朽。』

* * * *

張孝祥字安國，號于湖，原爲蜀之簡州人。徙居歷陽烏江，亦稱烏江人。生於南宋紹興初年。少負才華。紹興二十四年廷對第一，授承事郎，因忤秦檜，屢遭遷黜。及檜卒，始得隆遇。累官中書舍人直學士院，兼督府參贊軍事，領建康留守。尋以荊南湖北路安撫使，進顯謨殿直學士。孝宗初年卒。時方三十六歲，故孝宗有『用才不盤」之歎。此詞在當代很負盛名，爲朱敦儒所激賞。朝野遺記稱其在建康留守席上、賦六州歌頭一闋，感憤淋漓，主人爲之罷席而入。其詞云：

長淮望斷，關塞莽然平。征塵暗，霜風勁，悄邊聲，黯銷凝。追想當年事，殆天數，非人力。洙泗上，絃歌地，亦羶腥。隔水氈鄉，落日牛羊下，區脫縱橫。看名王宵獵，騎火一川明。笳鼓悲鳴遣人驚。　念腰間箭，匣中劍，空埃蠹，竟何成？時易失，心徒壯，歲將零。渺神京。干羽方懷遠，靜烽燧，且休兵。冠蓋使，紛馳騖，若爲情。聞道中原遺老，常南望，翠葆霓旌。使行人到此，忠憤氣填膺，有淚如傾！

作者是一位極力主張北伐的人，此詞忠憤慷慨，適足以代表其人格與懷抱。魏了翁稱孝祥聲名著於湖湘，過洞庭賦念奴嬌，在集中最爲傑特。其詞云：

洞庭青草，近中秋，更無一點風色。玉界瓊田三萬頃，著我扁舟一葉。素月分輝，明河共影，表裏俱澄澈。悠然心會，妙處難與君說。　應念嶺表經年，孤光自照，肝膽皆冰雪。短髮蕭疏襟袖冷，穩泛滄溟空闊。盡吸西江，細斟北斗，萬象爲賓客。叩舷獨嘯，今夕不知何夕？

孝祥的小詞又是一種風味：

西江月（丹陽湖）

問訊湖邊春色，重來又是三年。東風吹我過湖船，楊柳絲絲拂面。　世路於今已慣，此心到處悠然。寒光亭下水連天，飛起沙鷗一片。

眼兒媚

曉來江上荻花秋，做弄個離愁：半竿殘日，兩行珠淚，一葉扁舟。　須知此去應難過，直待醉方休。如今眼底，明朝心上，後日眉頭。

湯衡序孝祥的詞說：『于湖平昔爲詞，未嘗著稿，筆酣興健，頃刻即成。』我們讀過于湖詞，也覺得淋漓奔放，一氣呵成，是孝祥詞的優點。其缺點則在過於疏忽文字上的技巧。

以上共選錄詞人十二家。此外尚有最重要的詞人朱敦儒，辛棄疾，陸遊，劉過等，則在下面另有較詳細的敍述。至於不甚重要的作者，則放在宋詞人補誌一段去講了。

* * * *

## 一 南宋的白話詞

南宋偏安已定後的詞壇，顯然形成兩個不相同的詞派，一派是專作白話詞，一派是專作古典詞。南宋的前期，是白話詞發展的時期；南宋的後期，是古典詞盛行的時期。

請先講南宋的白話詞。

這一派的詞，是繼承蘇軾的作風而來的。其好處就是能夠用活潑的文字，來表現作者的眞性情。用詞而不爲詞所使。使每一個詞人的個性風格，都能在詞裏面活繪出來。這，一方面把詞的應用的範圍擴大了，一方面又把詞的文學價值抬高了。

南宋的白話詞人，最珍貴的要算朱敦儒，辛棄疾、陸游，劉過，劉克莊，朱淑貞諸人。

* * * *

首先我們要介紹樵歌的作者朱敦儒。

敦儒字希眞，河南洛陽人。他的生卒年都不可考，（據胡適的考證，他大槪於時神宗元豐初年，約當一〇八〇；死於孝宗淳熙初年，約當一一七五年。）他少年時，志行很高，以布衣而負朝野的重望。靖康中，被召至京師，朝廷給他以學官的位置，他說：「麋鹿之性，自樂閑曠，爵祿非所願也。」辭還山。南渡後，高宗詔舉草澤才德之士，又有人薦朱敦儒，說是「有文武才，」高宗召他，他又辭不就。避亂客南雄州。後來經過好幾次的徵召，他的老朋友也勸他去輔翼皇帝做「中興」的事業，他才動心，才去應徵。賜進士出身，爲秘書省正字，又兼兵部郎官。遷兩浙東路提點刑獄。後以『專立異論』的罪狀，爲諫議大夫汪勃所劾，遂遭罷免。紹興十九年（一一四九）上疏乞歸。秦檜當國的時候，喜用文人，復除敦儒爲鴻臚少卿。檜死後，敦儒也被廢了。評朱敦儒的人，往往譏其晚節不終。其實朱敦儒的個人，對於是名利心很淡的，從他的詞處處都可以看得出來。

鷓鴣天

我是淸都山水郎，天教懶慢帶疏狂。曾批給露支風敕，累奏留雲借月章。　詩萬首，酒千觴，幾曾着眼看侯王？玉樓金闕慵歸去，且插梅花醉洛陽。

朝中措

先生筇杖是生涯，挑月更擔花。把住都無憎愛，放行總是煙霞。　飄然歸去，旗亭問酒，蕭寺尋茶。恰似黄鸝無定，不知飛到誰家？

好事近

漁父長身來，只共釣竿相識。隨意轉船回棹，似飛空無跡。蘆花開落任浮生，長醉是良策。昨夜一江風雨，都不曾聽得。

又

猛向這邊來，得個信音端的。天與一輪釣線，領煙波千億。　紅塵今古轉船頭，鷗鷺已陳跡。不受世間拘束，任東西南北。

好了，不再舉例了，像這樣的詞在朱敦儒的樵歌裏面眞是不知多少，處處都表現作者的性格是浪漫的，是任性的，是無拘無束的。我們明白了作者是這一種閑散詩人的性格，然後才能夠進而賞鑑他的詞。

樵歌的好處，簡言之，就是白話的好處。

在北宋的詞人中，也有不少曾寫白話詞的，如歐陽修蘇軾們都常常寫近乎白話的詞，但總嫌文雅氣太重。只有一個柳永是專門寫白話詞的。但他作詞喜歡寫長調，過於鋪敍，人家都嫌他風調不高。在宋人中一方面能用純粹的白話來寫詞，同時詞的風調又高的，怕只有朱敦儒和辛棄疾兩人吧。辛棄疾不免用典使事，有時還要掉掉書袋，朱敦儒則專寫純粹的白話詞：

柳枝

江南岸，柳枝；江北岸，柳枝；折送行人無盡時，恨分離，柳枝。酒一杯，柳枝；淚雙垂，柳枝；君到長安百事違，幾時歸？柳枝。

敦儒的長調，不很寫得好，小詞則多傑作。

如夢令

一夜秋風秋雨，客恨客愁無數。我是臥雲人，悔到紅塵深處。難住，難住，拂袖青衫歸去。

相見歡

瀧州幾番清秋，許多愁！歎我等閑白了少年頭！人間事，如何是？去來休！自是不歸，歸去有誰留？

好事近

搖首出紅塵，醒醉更無時節。活計綠簑靑笠，慣披霜衝雪。晚來風定釣絲閑，上下是新月。千里水天一色，看孤鴻明滅。

臨江仙

生長西都逢化日，行歌不記流年。花間相過，酒家眠；乘風遊二室，弄雪過三川。莫笑衰顏雙鬢改，自家風味依然。碧潭明月水中天。誰閑如老子，不肯作神仙。

朱敦儒一味是享受他那種瀟灑玩世的生活，他的詞自然也是那一套味兒。可是，我們的詞人，不幸生在這個大變亂時代，有時，當他想到中原淪于異族，故鄉不可復歸的時候，也不免引起他無邊的感慨來：

相見歡

金陵城上西樓，倚淸秋，萬里夕陽垂地大江流。中原亂，簪纓散，幾時收？試倩悲風，吹淚過揚州。

桃源憶故人

西樓幾日無人到，依舊紅圍綠繞。樓下落花誰掃？不見長安道。 碧雲望斷無音耗，倚偏闌干殘照。試問淚彈多少？濕偏樓前草！

采桑子（彭浪磯）

扁舟去作江南客，旅雁孤雲，萬里煙塵，回首中原淚滿巾。 碧山對晚汀洲冷，楓葉蘆根，日落波平，愁損辭鄉去國人。

這種性質的詞在樵歌裏面誠然是不多，但很可以代表作者一個時期的作風。

敦儒的詞，曾經被許多詞論家稱讚的。黃昇花菴詞選說：「希眞京都名士，詞章擅名，天資曠遠，有神仙風致。」汪叔耕稱樵歌：「多塵外之想，雖雜以微塵，而其清氣自不可沒。」近人胡適說：「詞中之有樵歌，很像詩之有擊壤集。（邵雍的詩集）但以文學的價值而論，朱敦儒遠勝邵雍了。將他比陶潛，或更確切吧？」（詞選）

* * * *

現在我們要講到南宋的白話大詞家辛棄疾。

王維國在他的人間詞話評辛棄疾說：『南宋詞人，白石（姜夔）有格而無情，劍南（陸遊）有氣而乏韻，其堪與北宋人頡頏者，惟一幼安（辛棄疾）可耳。』王氏的批評，似乎還不能使我們十分滿意，辛棄疾不但是南宋第一大詞人，在全宋的詞人中，也要算最偉大的作家，豈僅『與北宋人頡頏』而已。

辛棄疾字幼安，號稼軒，濟南歷城人。生于宋高宗紹興十年（一一四〇），那時宋室已經南渡十餘年，造成偏安之局了。棄疾是在金人統治之下生長的。小時與黨懷英同學，人稱『辛黨』。後來黨懷英事金，棄疾則歸南。那正是他二十一歲的時候，適金主亮大敗北退，被殺，耿京在山東起兵，自稱天平節度使，節制山東河北諸軍，用棄疾掌書記，從此我們這位少年英雄的事業便開始了。有一次，一個被棄疾招撫來歸耿京的僧端義，一夕忽竊印而逃，耿京嚇得惶恐無狀，欲殺棄疾。棄疾立即限期追斬僧端義以復命。這件事獲得耿京的最大信仰。後來棄疾勸耿京歸附南宋，耿京便派他奉表歸南，不幸這時耿京忽爲其部下張安國所殺以降金，棄疾馳返海州，立即聚集舊部，夜襲金營，生擒張安國回來，戮之于市。這件事又受高宗的激賞，差他爲江陰簽判。從這時起他做了十幾年安定的官，到四十歲的時候，他已經做到湖南安撫使了。那時正湖湘盜起，聲勢浩大，孝宗命他去討撫。他依次剿殺了賴文政諸大盜。于時，棄疾便設計創設飛虎營，以屏障東南半壁。這件事經過了許多的反對，而且破壞，孝宗竟降了金字牌來阻止的詔令。棄疾乃不顧君命，以最敏捷的手段，在最短時期，招集步軍二千人，馬軍五百人，成功他的飛虎營。軍成，雄鎮一方，爲江上諸軍之冠。後來，棄疾『繪圖繳進』，孝宗也沒有話說。

他在江西做安撫使的時候，恰遇江右大饑，他也用很簡單的方法救濟了多數的民衆。朱熹稱贊他『雖只粗法，便有方略。』

他和陳同甫與朱熹都很要好，同甫是常受他接濟的。朱熹死的時候，『僞學禁方嚴，門生故舊至無送葬者。棄疾爲文往哭之曰：「所不朽者，垂萬世名。孰謂公死？

凜凜猶生！」（宋史四百零一卷本傳）我們知道辛棄疾是充滿了英雄思想的人，雖一級一級的升做高官，但他是不願意老守着偏安的局面的，他和岳飛抱一樣的抱着恢復中原直搗黃龍的宏願，所以韓侂胄倡議伐金，他是最贊成的一個。不幸棄疾這時已經很老了，六十多歲的老頭子了，再不能去衝鋒陷陣了，只有抑鬱無聊，只有感慨生哀，只有將心頭沉痛蒼涼之感，抒之于詞。我們讀他的鷓鴣天：

壯歲旌旗擁萬夫，錦襜突騎渡江初。燕兵夜娖銀胡䩮，漢箭朝飛金僕姑。　追往事，歎今吾！春風不染白髭鬚。却將萬字平戎策，換得東家種樹書。

哦！在這首詞裏面，包涵了這位老英雄多少青年回憶的哀感！可是，「春風不染白髭鬚」，老終歸是老了。棄疾死時，正是韓侂胄的北伐軍敗後，主和的人殺了韓侂胄的頭去向金人求和的那年（一二〇七），他身後的恩榮都被主張北伐的關係全被剝削了。直到宋末德祐初年，朝廷始允許謝枋得的請求，追贈少師，謚忠敏。

因爲辛棄疾是一個英雄豪邁的個性，所以他的詞也是豪放肆溢。梨莊說：「稼軒當弱宋末造，負管樂之才，不能盡展其用，一腔忠憤，無處發洩，故其悲歌慷慨抑鬱無聊之氣，一寄之于詞。」這是不錯的，辛棄疾的詞雖不必全部都是抒寫忠憤之作，但其作品，很多是追懷往事，哀歎今朝的悲歌，例如：

破陣子（為陳同甫賦壯詞以寄之）

醉裏挑燈看劍，夢回吹角連營。八百里分麾下炙，五十絃翻塞外聲。沙場秋點兵。馬作的盧飛快，弓如霹靂弦驚。了却君王天下事，贏得生前身後名；可憐白髮生！

永遇樂（京口北固亭懷古）

千古江山，英雄無覓孫仲謀處。舞榭歌台，風流總被雨打風吹去。斜陽草樹，尋常巷陌，人道寄奴曾住。想當年，金戈鐵馬，氣吞萬里如虎。元嘉草草，封狼居胥，贏得倉皇北顧。四十三年，望中猶記烽火揚州路。可堪回首？佛狸祠下，一片神鴉社鼓。憑誰問：廉頗老矣，尚能飯否？

賀新郎（別茂嘉十二弟）

綠樹聽鵜鴂，更那堪，鷓鴣聲住，杜鵑聲切。啼到春歸無啼處，苦恨芳菲都歇。算未抵，人間離別。馬上琵琶關塞黑，更長門翠輦辭金闕。看燕燕，送歸妾。將軍百戰身名裂，向河梁，回頭萬里，故人長絕。易水蕭蕭西風冷，滿座衣冠似雪。正壯士悲歌未徹。啼鳥還知如許恨，料不啼清淚長啼血。誰與我，醉明月？

這裏的詞，那一首不是緬懷往事？那一首不是感慨生哀？尤其是永遇樂的「元嘉草草」很明顯的攻擊南宋偏安之錯誤，很坦白的說出南宋君主的昏庸，沒有因此賈禍，這總算是萬幸呢。其實，辛棄疾也未嘗不知道這種詞要犯侮君之罪，但當他無限哀感，無以自遣其情的時候，便不知不覺地寫下來了。

辛棄疾的長詞，當懷古的時候，往往是激揚奮厲；當抒情的時候，又往往悱惻淒音，充滿了殉情主義的傾向：

摸魚兒

更能消，幾番風雨，匆匆春又歸去。惜春長怕花開早，何況落紅無數！春且住，見說道，天涯芳草無歸路。怨春不語，算只有殷勤畫簷蛛網，盡日惹飛絮。長門事，準擬佳期又誤。蛾眉曾有人妒；千金縱買相如賦，脈脈此情誰訴？君莫舞；君不見玉環飛燕皆塵土。閑愁最苦，休去倚危欄，斜陽正在煙柳斷腸處。

祝英台近（晚春）

寶釵分，桃葉渡，煙柳暗南浦。怕上層樓，十日九風雨。斷腸片片飛紅，都無人管；更誰勸，啼鶯聲住？鬢邊覷；試把花卜歸期，才簪又重數。羅帳燈昏，哽咽夢中語：「是他春帶愁來。春歸何處？却不解帶將愁去！」

沈謙說：「稼軒詞以激揚奮厲為工，至「寶釵分，桃葉渡」一曲，昵狎溫柔，魂銷意盡，才人技倆，真不可測！」

辛棄疾原是一個文人。他雖做了幾件英雄事業，做了高官，但他沒有功利觀念，是一個視富貴如浮名，功名如塵土的文人，是一個愛自由，愛狂放，愛浪漫的文人。他最喜歡，無拘無束，遊山遊水，什麼都不顧，什麼都不管，做一個羲皇以上的人。他這種浪漫生活態度，在他的詞裏面到處表露出來：

賀新郎

甚矣吾衰矣！悵平生交遊，只今餘幾？白髮空餘三千丈，一笑人間萬事，問何物，能令公喜？我見青山多嫵媚，料青山見我應如是。情與貌，略相似。一尊搔首東窗裏，想淵明停雲詩就，此時風味。江左沉酣求名者，豈識濁醪妙理？回首叫，雲飛風起。不恨古人吾不見，恨古人不見吾狂耳。知我者二三子。

沁園春

盃，汝前來！老子今朝，點檢形骸：甚長年抱渴，咽如焦釜；于今喜睡，氣似奔雷。汝說，劉伶，古今達者，醉後何妨死便埋？渾如許，歎你于知己，眞少恩哉！更憑歌舞爲媒，算合作人間鴆毒猜。況怨無大小，生于所愛；物無美惡，過則爲災。與汝成言，勿留亟退，吾力猶能肆汝杯！杯再拜，道：「麾之即去，有召須來。」

這樣狂妄縱放的作品，不但在詞裏面稀有，在全部的中國文學裏面這種作品也是不多。我們所賞鑒的，是這種作品能夠表現作者一個活潑淋漓的個性出來。並且試用遊戲的態度來寫作品，打破了必以莊嚴的態度來創作文學的信念，讓我們知道文學的領域實在很大，可以有好多趣味不同的描寫，並不一定限于道德的範疇。棄疾的生活有那末繁複，他的詞的描寫也有那末繁複：他有英雄氣壯的詞，也有兒女情長的詞；有血和淚的詞，也有滑稽遊戲的詞；有壯烈的金戈鐵馬的詞，也有悠淡的田園即景的詞。特別是這種游戲滑稽的詞，古人似多不曾那樣去寫過。辛棄疾在這方面有最大的成功，我們且看他的寫法：

夜遊宮（苦俗客）

幾個相知可喜，才廝見，說山說水。顛倒爛熟只道是。怎奈何，一回說，一回美。有個尖新的，說底話，非名即利。說的口乾罪過你！且不罪，俺略起，去洗耳。

尋芳草（嘲陳莘叟憶內）

有得許多淚，更閑却，許多鴛被。枕頭兒，放處都不是，舊家時，怎生睡？更也沒書來，那堪被，雁兒調戲。道無書，却有書中意：排幾個，人人字。

戀繡衾

長夜偏冷，添被兒，枕頭兒移了又移。我自是，笑別人的；却原來，當局者迷。如今只恨因緣淺，也不曾抵死恨伊。合手下安排了，那筵席須有散時。

醜奴兒

少年不識愁滋味，愛上層樓，愛上層樓，為賦新詩強說愁。而今識盡愁滋味，欲說還休；欲說還休，却道「天涼好個秋！」

又

近來愁似天來大，誰解相憐？誰解相憐？又把愁來作個天。都將古今無窮事，放在愁邊；放在愁邊，却自移家向酒泉。

從表面看，這都是些富有滑稽趣味的小詞；其實內裏所抒寫的都是真摯的情感。許多人都贊美辛棄疾的長調，但我們讀了他的這般清新的小詞以後，又覺得棄疾的絕妙之作，在小詞而不在長調了。

辛棄疾的文藝，無形中受陶潛詩的影響自然不少。陶潛最工田園詩，辛棄疾也很擅長於寫山水田園的詞：

清平樂（博山道中卽事）

茅簷低小，溪上青青草。醉裏吳音相媚好，白髮誰家翁媪？大兒鋤豆溪東，中兒正織雞籠。最喜小兒無賴，溪頭看剝蓮蓬。

西江月（夜行黃沙道中）

明月別枝驚鵲，清風半夜鳴蟬。稻花香裏說豐年，聽取蛙聲一片。七八個星天外，兩三點雨山前。舊時茅店社林邊，路轉溪橋忽見。

辛棄疾這枝筆真是無施而不可的，我們看他懷古的時候，是何等悲涼；寫愁情的時候，是何等淒苦；寫滑稽的時候，又是何等的富有情趣；但在這裏卻又運轉他那枝生花的妙筆，來描繪大自然界的一切風光景色了。『最喜小兒無賴，溪頭看剝蓮蓬，』真是絕妙的田家即景；『稻花香裏說豐年，聽取蛙聲一片，』這十三個字寫盡了一個夏天的太平景象；『路轉溪橋忽見，』又是一幅絕妙的詩的畫圖展開。詞的描寫到了辛棄疾，不能不說已盡藝術之能事了。

辛棄疾之所以有如此的藝術上的造詣，這固是由于他具有特殊的文藝天才；又有繁複激盪的生活背境，但同時我們又不可忽視辛棄疾對於古文藝的研求。他不但在人格上，作風上，受陶潛的薰染極深，同時也受了五代小詞的影響，受了時代略早的白話詞人朱敦儒的影響，還受了同鄉女詞人李清照的影響。不過辛棄疾雖然受這些先進作家的影響，却不是模擬他們。有時效某人之體，略仿其作風，還是用自己的詞句，寫自己的意思，所以辛棄疾的詞，還是辛棄疾的詞。

辛棄疾作詞也不是粗率的，有時是一氣呵成，有時也十分推敲。岳珂桯史云：「辛棄疾自誦其賀新涼，永遇樂二詞，使座客指摘其失。珂謂賀新涼詞首尾二腔，語句相似；永遇樂詞，用事太多，棄疾乃自改其語，日數十易，累月猶未竟。其刻意如此」可見棄疾的詞不是輕易產出來的。

* * * * *

陸游是南宋一位最偉大的詩人。字務觀，越州山陰人。十二歲即能詩文。以蔭補登仕郎，賜進士出身。范成大帥蜀，游爲參議官。嘉泰初，詔同修國史，兼秘書監，升寶章閣待制，致仕卒。（一一二五——一二一〇）。游爲人頗浪漫不拘禮法，人譏其頹放，因自號放翁。他的詞如其爲人，例如鵲橋仙：

華燈縱博，雕鞍馳射，誰記當年豪擧？酒徒一一取封侯，獨去作江邊漁父。

輕舟八尺，低篷三扇，占斷蘋州烟雨。鏡湖原自屬閑人，又何必官家賜與！

又

一竿風月，一簑烟雨，家在釣台西住。賣魚生怕近城門，況肯到紅塵深處。潮生理棹，潮平繫纜，潮落浩歌歸去。時人錯把比嚴光，我自是無名漁父。

陸游的小詞，很能夠將他那種飄然的疏放生活，很生動的表現出來，似乎不是別的詞家所能企及的。

長相思

橋如虹，水如空，一葉飄然烟雨中，天教稱放翁。側船篷，使江風，蟹舍參差漁市東，到時聞暮鐘。

點絳唇

采藥歸來，獨尋茅店沽新釀。暮烟千嶂，處處聞漁唱。醉弄扁舟，不怕黏天浪。江湖上，遮回疏放，作個閑人樣。

這樣的疏狂，自然怪不得人家要譏笑他了。不過，我們如果認定陸游只是這麽一個疏狂的獨樂主義者，那就錯了。

我們要知道陸游本來是一個有血性的男子。他生出來不久，徽欽二帝便被虜，中原之地全被金占領，宋高宗已經在南宋造成了偏安的局面了。他是看不慣這種偏安的局面的，他主張北伐，恢復中原。那時恰好韓侂冑當國，倡議伐金。陸游因爲主張上的契合，很贊助他，并替他寫了一篇南園記。這件事許多人譏笑陸游的晚節失修，其實，却不知道他是抱了恢復中原的宏願去歸附韓侂冑的。從陸游的晚年詞裏，還很清楚的可以看出作者心頭的抱負出來：

夜遊宮（記夢）

雪曉淸笳亂起，夢遊處不知何地。鐵騎無聲望似水。想關河，雁門西，青海際。睡覺寒燈裏，漏聲斷，月斜窗紙。自許封侯在萬里。有誰知？鬢雖殘，心未死！

訴衷情

當年萬里覓封侯，匹馬戍梁州。關河夢斷何處，塵暗舊貂裘。　胡未滅，鬢先秋，淚空流。此生誰料，心在天山，身老滄洲。

雙頭蓮（呈范至能待制）

華鬢星星，驚壯志成虛，此身如寄。蕭條病驥，向暗裏消盡當年豪氣。夢斷故國山川，隔重重烟水，身萬里。舊社凋零，青門俊遊誰記？　盡道錦里繁華，歎官閑晝永，柴荊添睡，清愁自醉。念此際，付與何人心事？縱有楚柁吳檣，知何時東逝？空悵望鱠美菰香，秋風又起。

作者本是想做一番英雄事業的人，但沒有機會去試用，只看着「酒徒一一取封侯」，他便變了一個江湖間的閑散人，去過頹放的生涯了。但他的心頭卻仍然是熱烈的。我們讀他的這些詞，悲歌感慨，令人擊節。到了晚年，一切的夢都空了，回想少年時代的事總是異常的難堪：

鵲橋仙(夜聞杜鵑)

茅簷人靜，蓬窗燈暗，春晚連江風雨。林鶯巢燕總無聲，但月夜常啼杜宇。

催成清淚，驚殘孤夢，又揀深枝飛去。故山猶自不堪聽，況半世飄然羈旅。

這時我們放浪的詩人，也感覺飄泊生活的悲傷了。同時還有一件事，也永遠使他不能抱住樂天主義的夢的，便是他少年時代有一段愛情上失意的創痕。事情是這樣的：他初娶表妹唐氏爲妻，愛情甚篤，但不壽于其姑，竟出之。陸游爲了此事悒鬱終身。到了晚年，還是『猶吊遺蹤一悵然』，他好些詞是抒寫這方面的悲哀的，如：

釵頭鳳

紅酥手，黃縢酒，滿城春色宮牆柳。東風惡，歡情薄。一懷愁緒，幾年離索。

錯錯錯！　春如舊，人空瘦，淚痕紅浥鮫綃透。桃花落，閑池閣，山盟雖在，

錦書難託。莫莫莫！

上西樓

江頭綠暗紅稀，燕交飛。忽到當年行處，恨依依。灑清淚，歎人事，與心違。滿酌玉壺花露，送春歸。

陸游的詞具有壯美與優美的兩種境界，故楊慎詞品稱其「纖麗處似淮海，雄快處似東坡」；劉克莊後村詩話也稱他：「其激昂感慨者，稼軒不能過；飄逸高妙者，與陳簡齋朱希眞相頡頏；流麗綿密者，欲出晏叔原賀方回之上。」這都是平允之論。

* * * *

劉過字改之，號龍洲道人，襄陽人。（或說是太和人，或說是新昌人）。他也是極力主張北伐的人，曾上書請光宗過宮，並致書宰相陳恢復方略。不用。乃放浪湖海，嘯傲自適。宋子虛稱他爲天下奇男子。他沒有做過什麼大官，他的生年卒月都不可考。岳珂桯史稱其「以詩鳴江西」。可惜他的詩不傳，因此劉過在文學史上便成爲一個純粹的詞人了。

他是一個辛派的詞人。黃昇花菴詞選說：「改之，稼軒之客，詞多壯語，蓋學稼軒者也」。劉過本是很崇拜辛棄疾的，至有「古豈無人，可以似吾稼軒者誰」之語。但我們要知道，辛劉都是所謂慷慨悲歌之士，他們以道義相結合；雖然時相酬唱，似不能便說劉過的詞係學辛棄疾。不過，因爲他們都是豪邁的性情，所以詞的作風自然地有了共同的趨向。紀的四庫全書提要也說劉過詞「雖跌宕淋漓，實未嘗全作辛體」。他的詞有一首寄辛棄疾的沁園春是最值得我們注意的：

斗酒彘肩，風雨渡江，豈不快哉！被香山居士，約林和靖與坡仙老，駕勒吾回。坡謂西湖正如西子，濃抹淡妝臨照台。二公者皆掉頭不顧，只管傳杯。白云「天竺去來，圖畫裏，崢嶸樓閣開。愛縱橫二澗，東西水遶；兩峯南北，高下雲堆」。逋曰不然。暗香浮動，不若孤山先訪梅。須晴去訪稼軒未晚，且此徘徊。

這首詞岳珂譏其「白日見鬼」，本不算一首很好的詞，但由此可以看出劉過作詞的「自然放肆」的精神，不受絲毫拘束的精神。他那樣淋漓奔放的才氣，決不是模擬底下討生活的，什麼規律都不能縛住他。且舉他一首六州歌頭作例：

鎮長淮，一都會，古揚州。昇平日，朱簾十里，春風小紅樓。誰知艱難去，邊塵暗，胡馬擾，笙歌散，衣冠渡，使人愁！屈指細思：血戰何成事？萬戶封侯！但瓊花無恙，開落幾經秋。故壘荒址似含羞！　悵望金陵宅，丹陽郡，山不斷綢繆。興亡夢，榮枯淚，水東流，甚時休？野灶炊烟裏，依然是宿貔貅。歎燈火，今蕭索，尚淹留。莫上醉翁亭，看濛濛雨，楊柳絲柔。笑書生無用，富貴拙身，謀騎鶴來游。

這是一首感慨很深的長詞。往下，且看他的小詞：

唐多令（重過武昌）

蘆葉滿汀洲，寒沙帶淺流。二十年重過南樓。柳下繫船猶未穩，能幾日，又中秋。　黃鶴斷磯頭，故人曾到否？舊江山渾是新愁。欲買桂花同載酒，終不似，少年游。

長相思

燕高飛，燕低飛，正是黃梅青杏時，榴花開滿枝。　夢歸期，數歸期，想見青樓天四垂，有人攢黛眉。

天仙子（初赴省別妾于三十里頭）

別酒醺醺渾易醉，回過頭來三十里。馬兒不住去如飛，牽一憩，坐一憩，斷送煞人山與水。　是則是功名終可喜，不道恩情拚得未？雲迷村店酒旗斜。去也是？住也是？煩惱自家煩惱你！

醉太平

情高意眞，眉長鬢青。小樓明月調箏，寫春風數聲。　思君憶君，魂牽夢縈。翠銷香暖雲屏，更那堪酒醒！

劉過的詞也和辛棄疾一樣，有悲壯和飄逸的兩種境界，但均不能造其極，所以終究是第二流的詞人。

*　*　*　*

劉克莊也是南宋一個有名的詩家。字潛夫，號後村，福建莆田人。克莊少時卽負文名，以蔭仕。因做梅花詩被劾免官，閑居了好些年數。故他的詞有『老子平生無他過，爲梅花受取風流罪』之句。

後來理宗很激賞他文學，賜他同進士出身，除秘書少監，令與尤焴同任史事。此後知遇日隆，官至龍圖閣直學士。他活了八十三歲才死，他的兩隻眼睛早瞎了。（一一八七——一二六九）

克莊也是一位志切恢復中原的英雄，他的詞如：『兩河蕭瑟惟狐兔，問當年祖生去後，有人來否？多少新亭揮淚客，誰夢中原塊土。算事業須由人做！應笑書生心膽怯，向車中閉置如新婦，空目送，塞鴻去。』（賀新涼後半闋）很可以看出劉克莊的壯志。

終于英雄事業沒有如願，我們的詞人很快的老了，這時只有拿詞詩來消磨他的晚年。我們讀過他的後村別調，很知道此老也愛寫曼艷的小詞，閑情正不淺呢。

清平樂(贈陳參議師文侍兒)

宮腰束素，只怕能輕舉。好築避風臺護取，莫遣驚鴻飛去。一團香玉溫柔，笑顰俱有風流。貪與蕭郎眉語，不知舞錯伊州。

卜算子(海棠為風雨所損)

片片蝶衣輕，點點猩紅小。道是天公不惜花，百種千般巧。朝見樹頭繁，暮見樹頭少。道是天公果惜花，雨洗風吹了。

長相思(寄遠)

朝有時，暮有時，潮水猶知日兩回，人生長別離！來有時，去有時，燕子猶知社後歸，君行無定期！

又(贈品)

風蕭蕭，雨蕭蕭，相送淮亭折柳條，春愁不自聊！ 煙迢迢，水迢迢，準擬江邊駐畫橈，舟人頻報潮。

憶秦娥（暮春）

游人絕，綠陰滿野芳菲歇。芳菲歇，養蠶天氣，采茶時節。　枝頭杜宇啼成血，陌頭楊柳吹雪。吹成成雪，淡烟微雨，江南三月。

劉克莊的詞和辛棄疾劉過一樣有「掉書袋」的毛病，——限于長詞——同時，他的詞也和辛劉一樣把自己浪漫頹放的態度，很率真的表現出來：

一剪梅（余赴廣東，實之夜餞于風亭）

束緼宵行十里強，挑得詩囊，抛了衣囊。天寒路滑馬蹄僵，元是王郎，來送劉郎。酒酣耳熱說文章，驚倒鄰牆，推倒胡床。旁觀拍手笑疏狂。疏又何妨？狂又何妨？

又（袁州解印）

陌上行人怪府公，還是詩窮？還是文窮？下車上馬太匆匆，來是春風，去是秋風。階銜免得帶兵農，嬉到昏鐘，睡到齋鐘。不消提獄與知宮，喚作山翁，喚作溪翁。

長相思

勸一杯，復一杯，短鍤相隨死便埋，英雄安在哉？　眉不開，懷不開，幸有江邊舊釣台，拂衣歸去來。

論者謂劉克莊詞：「直致近俗，乃效稼軒而不及者」，（張炎樂府指迷語）此語殊屬非是。劉克莊詞的造詣，或許沒有辛棄疾的偉大，但他的詞自有他的生命，爲南宋一大詞家，不能說是辛棄疾的模擬者，雖然他的作風很有辛詞的風味。

* * * *

朱淑貞爲宋代有名的女作家之一。他的生世不甚可攷，有說是海甯人，有說是錢塘人，世居姚村。歷代詞人姓氏稱其與魏夫人爲詞友（魏夫人乃北宋丞相曾布妻，周兇頤蕙風詞話因此推論她是北宋人）但據其斷腸集紀略，則說淑貞是朱熹的姪女，這也似乎不確。（四庫全書提要謂：「朱子自爲新安人，流寓閩中。考年譜世系，亦別無兄弟，著籍浙甯。」

她自號幽棲居士，嫁與市儈爲妻，「匹偶非倫，弗遂素志」。著有斷腸集十卷。詩甚佳，其詞尤美：

生查子（元夕——此詞亦見歐陽修集）

去年元夜時，花市燈如晝。月上柳梢頭，人約黃昏後。　今年元夜時，月與燈依舊。不見去年人，淚濕春衫袖。

清平樂

惱烟撩露，留我須臾去。攜手藕花湖上路，一霎黃梅細雨。　嬌癡不怕人猜，和人睡倒人懷。最是分攜時候，歸來懶傍妝台。

這樣豔麗的詞，在斷腸集裏面應該說是例外。朱淑貞大部份的詞都是悲涼淒苦的調子

蝶戀花（送春）

樓外垂楊千萬縷，欲繫青春，少住春還去。猶自風前飄柳絮，隨春且看歸何處？ 滿目山川聞杜宇，便做無情，莫也愁人意。把酒送春春不語，黃昏却下瀟瀟雨。

眼兒媚（春怨）

遲遲風日弄輕柔，花徑暗香流。清明過了，不堪回首，雲鎖朱樓。 午牕睡起鶯聲巧，何處喚春愁？綠楊影裏，海棠亭畔，紅杏梢頭。

浣溪紗（春夜）

玉體金釵一樣嬌，背燈初解繡裙腰，衾寒枕冷夜香銷。 深院重關春寂寂，落花和雨夜迢迢，恨情和夢更無聊！

謁金門

春已半，觸目此情無限。十二闌干閑倚徧，愁來天不管。 好是風和日暖，輸與鶯鶯燕燕。滿院落花簾不捲，斷腸芳草遠。

宋代的女作家，除開「李清照」，要算朱淑貞是第一個了。但朱熹說：『本朝婦人能文者，唯魏夫人及李易安』，而不提及朱淑貞。大約朱淑貞在當代文名不甚著，所以連生卒也難查考了。

## 三 南宋的樂府詞

樂府詞家吳文英說：『音律欲其協，否則長短句耳；下字欲其雅，否則纏令體耳。』這幾句話把樂府詞的要點完全說出來了。樂府詞有兩個特徵：其一，是能協樂叶律，唱起來很好聽；其二，是字面很美，看起來很好看。樂府詞的好處在這裏，壞處也在這裏。

本來詞有內外二義：在外的意義，是考究形式的美，注重音律與字面；在內的意義，是考究內容的充實，注重情感與意境。這二者是很難完全兼顧的。如果要絕對的表現情感與意境，就不能十分顧及音律與字面；如果要十分注重音律與字面，就不能不犧牲情感與意境。詩人的詞，只求表現情感與意境的美；樂府家的詞只求完成音律與字面的美。用文學的眼光看來，樂府詞最大的缺點，就是沒有內容，情感與意境都不能在樂府詞裏面充分地表現出來。

南宋注重內容的白話詞，已經在前面敍述過；這裏讓我們來講南宋的樂府詞吧。南宋的樂府詞是怎樣起來？這倒是要追究的。談到這個問題，不能不先講講這時南宋的局面。我們知道自從韓侂胄伏誅後，主張北伐的人，都貶的貶了，死的死了，再沒有人敢倡恢復中原之議了。與金和議成後，南宋偏安之局于以大定。在這個偏安既定的局面之下，健忘的南宋人，把「不共戴天之仇」都忘却了，士大夫們又來擁「洪爐而高歌」了，一般文人詞客又拿詞來作笙歌燕樂的工具了。詞既然跟着笙歌燕樂跑、樂府詞自然要發展起來。樂府詞發展以後，我們祇念着詞調的鏗鏘，看着字句的華美；不僅南渡詞人那種悲涼感慨的作風失掉了，就是寫兒女之情也寫不好了。可是，十三世紀的中國詞壇，（宋甯宗初年至南宋末年）却完全是這種樂府詞的風氣支配着姜夔是南宋樂府詞的領導者。

夔字堯章，鄱陽人。（或以爲德興人）幼時，隨他的父親居古沔甚久。其後學詩于蕭千巖，因寓吳興。與白石洞爲鄰，自號白石道人，又號石帚。曾上書乞正太常雅樂。後因秦甫當國，即隱居箬坑之千山不仕。嘯傲山水，往來湖湘淮左，與范石湖楊萬里諸人相爲吟咏酬唱。他的詩做得很好，楊萬里稱爲詩壇的先鋒。他又精通音樂，嘗作自度腔。他生平沒有做過官，即以音樂與詩詞自遣。嘗有詩云：

自作新詞韻最嬌，小紅低唱我吹簫。曲終過盡松林路，回首烟波十四橋。

小紅者范石湖之婢，有色藝。姜夔爲石湖製暗香，疏影二詞，石湖即以小紅爲贈。姜夔每自製新詞，即自吹簫，小紅輒歌而和之，晚年，他帶着小紅遊遍江南諸勝地。以疾卒于蘇州（或云西湖）。

姜夔一生的生活是這樣閑適而富有詩意。他的詞在當代最負盛名，只因過于雕琢，有時反不如他的詩，例如他的除夜過垂虹橋詩云：

笠澤茫茫雁影微，玉峯重疊護雲衣。長橋寂寞春寒夜，只有詩人一舸歸！

這首詩是紹熙辛亥除夕做的，過了五年，他又當着冬天的雪夜過垂虹橋，因賦慶宮春詞：

雙槳蓴波，一蓑松雨，暮愁漸滿空闊。呼我盟鷗，翩翩欲下，背人還過木末。那回歸去，蕩雲雪孤舟夜發。傷心重見，依約眉山，黛痕低壓。采香徑裏春寒，老子婆娑，自歌誰答？垂虹西望，飄然引去，此興難遏。酒醒波遠，正凝想明璫素襪，如今安在？惟有闌干，伴人一霎。

這是在同樣境地做的詩和詞，而且據姜夔說他的這首詞是「過旬塗稿乃定」的作品，可是詞仍不如詩。

姜夔的詞有兩類：一類是填詞，一類是自度曲。他的填詞，既束縛于文字，又束關于音律，能讀的作品很少，勉強選出幾首作例：

鷓鴣天

巷陌風光縱賞時，籠紗未出馬先嘶。白頭居士無呵殿，只有乘舟小女隨。花滿市，月侵衣，少年情事老來悲。沙河塘上春寒淺，看了游人緩緩歸。

醉吟商小品

又正是春歸，細柳暗黃千縷。暮雅啼處，夢逐金鞍去。一點芳心休訴，琵琶解語。

齊天樂（詠蟋蟀）

庾郎先自吟愁賦，淒淒更聞私語。露溼銅鋪，苔侵石井，都是曾聽伊處。哀音似訴。正思婦無眠，起尋機杼。曲曲屏山，夜涼獨自甚情緒？西窗又吹暗雨，為誰頻斷續？相和砧杵。候館吟秋，離宮弔月，別有傷心無數。豳詩漫與。笑籬落呼燈，世間兒女。寫入琴絲，一聲聲更苦！

齊天樂一詞已嫌過于雕琢了。

姜夔的自度曲以暗香疏影二詞爲最負盛名，張炎至稱爲「前無古人，後無來者」的絕唱。但在我們看來，這兩首詞只一味用典與使事，沒有內容，似乎不能代表姜夔的藝術的優點。我們不妨另選作者的幾首自度曲來作例：

淡黃柳（客居合肥南城赤闌橋之西，巷陌淒涼，與江左異。唯柳色夾道，依依可憐。因度此闋，以紓客懷。）

空城曉角，吹入垂楊陌。馬上單衣寒惻惻。看盡鵝黃嫩綠，都是江南舊相識。正岑寂，明朝又寒食。強攜酒小喬宅。怕梨花落盡成秋色。燕燕飛來，問春何在？唯有池塘自碧。

揚州慢（淳熙丙申至日，予過維揚。夜雪初霽，薺麥彌望。入其城則四顧蕭條，寒水自碧。暮色漸起，戍歌悲吟。予懷愴然，感慨今昔，因度此曲。千巖老人以爲有黍離之悲也。）

淮左名都，竹西佳處，解鞍少駐初程。過春風十里，盡薺麥青青。自胡馬窺江去後，廢池喬木，猶厭言兵。漸黃昏，清角吹寒，都在空城。杜郎俊賞，算如今，重到須驚。縱荳蔻詞工，青樓夢好，難賦深情。二十四橋仍在，波心蕩，冷月無聲。念橋邊紅藥，年年知爲誰生？

長亭怨慢（余頗喜自製曲，初率意爲長短句，然後協以律。故前後闋多不同。桓大司馬云：『昔年種柳，依依漢南，今看搖落，悽愴江潭。樹猶如此，人何以堪！』此語予深愛之。）

漸吹盡，枝頭香絮。是處人家，綠深門戶。遠浦縈迴，暮帆零亂，向何許？閱人多矣，誰得似，長亭樹？樹若有情時，不會得青青如此！　日暮，望高城不見，只見亂山無數。韋郎去也，怎忘得，玉環分付：第一是早早歸來，怕紅萼，無人爲主。算只有并刀，難剪離愁千縷。

姜夔自度曲的好處，是能夠不束縛于音律。（作者自云『初率意爲長短句，然後協以律。」壞處是文字方面仍不免雕刻太甚。而且他的小序也是一種小小的毛病。周濟論詞雜著說：「白石好為小序，序即是詞，詞仍是序。反復再觀，如同嚼蠟矣。」

姜夔的詞譽，向來是很高的，稱道他的人很多：范石湖說：「白石有裁雲縫月之妙手，敲金戛玉之奇聲。」黃昇說：「詞宜清空，不要質實。姜白石如野雲孤飛，去留無跡」。朱彝尊說：「詞人言詞，必稱北宋。然詞至南宋，始極其至。姜堯章氏最為傑出。」宋翔鳳說：「詞家之有姜石帚，猶詩家之有杜少陵。」王國維說：「古今詞人格調之高，莫如白石。」我們看了這些過于誇張的贊美，實在不能滿意。平心而論，姜夔的詞有他的好處，也有他的壞處。好處有二：第一是格調高，因為姜夔詞主「清空」，「清空」則能「古雅峭拔」，故格調甚高。第二是用事巧妙；如疏影詞的「昭君不慣胡沙遠，但暗憶江南江北，想佩環月下歸來，化作此花幽獨」。係用少陵詩。「猶記深宮舊事，那人正睡着，飛近蛾綠」，係用壽陽事。皆「用事不為所使」。（張炎的話）這都是姜詞的好處。可是，這些好處並沒有重大的意義。作詞最大的目的，自然不是專門講究格調就好了，也不是把字面弄得很美的就對了，是要求描寫的深刻有力，能夠把作者的情感與意境逼眞地表現出來。正因爲姜夔的詞專門講格調，主「淸空」，如「野雲孤飛」，完全不落實際，沒有具體的象徵，故描寫不深入，不逼眞。如暗香疏影那種作品，明明是詠梅花，却沒有一句道着梅花，我們讀了如「霧裏看花」一樣，是調雖高而詞斯下矣。至于喜歡用典使事，適以暴露作者才氣之短，更不是我們所願意稱道的了。

姜夔在當代既負很高的詞譽，其影響自然亦很大的。朱彝尊說：「詞莫善于姜夔，宗之者張輯，盧祖皋，史達祖，吳文英，蔣捷，王沂孫，張炎，周密，陳允平，張翥，楊基，皆具夔之一體。基之後，得其門者寡矣。」照這樣看來，在姜氏還沒有起來以前，南宋詞壇是辛棄疾爲盟主；及姜夔的詞負盛以後，他便繼着辛棄疾而主盟後半期的南宋詞壇了。自此以後至於南宋末年，完全是樂府詞的時代了。

* * * *

紀的四庫全書提要說：『詞首鄱陽姜夔，句琢字鍊，始歸醇雅。而達祖觀國爲之羽翼。』現在，讓我們來敍述姜夔的羽翼高觀國史達祖的詞吧。

高觀國字賓王，山陰人，有竹屋癡語一卷。他的詞與周姜源。而自有其清新獨立的風格。例如：

卜算子

風指數春來，彈指驚春去。簷外蛛絲網落花，也要留春住。幾日喜春晴，幾夜愁春雨。十二雕窗六曲屏，題徧傷春句。

菩薩蠻

春風吹綠湖邊草，春光依舊湖邊道。玉勒錦障泥，少年遊冶時。烟明花似繡，且醉旅亭酒。斜日照花西，歸鴉花外啼。

清平樂

杏花雨溼，燕子低飛急。雲壓前山羣翠失，烟水滿湖輕碧。小逢相見橋頭，清寒不到靑樓。請上琵琶絃索，今朝破得春愁。

杏花天

霧烟消處寒猶嫩，乍門巷悄悄晝永。池塘芳草魂初醒，秀句吟春未穩。仙源阻，春風瘦損。又燕子，來無芳信。小桃也自知人恨，滿面羞紅難禁。

觀國作詞不十分刻畫，也不似姜夔那樣用勁去使事，所以他的小詞往往淸新可愛。詞之佳者，雖姜夔亦不能勝。其詞名不及姜氏，與史達祖齊名，時稱「高史」。

史達祖字邦卿，號梅溪，汴人。生約當紹興末年，死于開禧末年。少舉進士不第。韓侂胄當國時，達祖做他的省吏。擬旨擬帖，俱出其手。曾隨李壁使金。韓侂胄伏誅後，達祖被黥死。（據葉少翁四朝聞見錄）達祖有梅溪詞一卷。他與高觀國唱和甚多。陳造批評他倆說「竹屋梅溪詞，要是不經人道語，其妙處，少游美成不及也」。其實他倆雖然齊名，作風却絕不相同。我們且往下讀史達祖的詞：

西江月

西月澹窺樓角，東風暗落簷牙。一燈初見影紗窗，又是重簾不下。幽思屢隨芳草，閑愁多似楊花。楊花芳草遍天涯，繡被春寒夜夜。

釵頭鳳（寒食飲綠亭）

春愁遠，春夢亂，鳳釵一股輕塵滿。江烟白，江波碧，柳戶淸明，燕簾寒食，憶憶憶！　鶯聲曉，簫聲短，落花不許春拘管。新相識，休相失。翠陌吹衣，畫樓橫笛，得得得！

玉樓春（賦梨花）

玉容寂寞誰爲主，寒食心情愁幾許。前身淸淡似梅妝，遙夜依微留月住。香迷蝴蝶飛時路，雪在秋千來往處。黃昏著了素衣裳，深閉重門聽夜雨。

作者的詠物詞是很負盛名的，張炎最贊美他的東風第一枝（詠雪）和雙雙燕（詠燕）二詞，謂其『全章精粹，不留滯于物。』我們且錄雙雙燕詞作例：

雙雙燕（詠燕）

過春社了，度簾幙中間，去年塵冷。差池欲往，試入舊巢相并。還相雕梁藻井，又軟語商量不定。飄然快拂花梢，翠尾分開紅影。　芳徑芹泥雨潤，愛貼地爭飛，競誇輕俊。紅樓歸晚，看足柳昏花暝。應是棲香正穩，便忘了天涯芳信。愁損翠黛雙蛾，日日畫欄獨凭。

姜夔稱史達祖的詞：『奇秀清逸，有李長吉之韻，蓋能融情景于一家，會句意于兩得。』張鎡題梅溪詞云：『有瓌奇警邁清新閒婉之長，而無訑蕩汙淫之失，端可分鑣清真，平睨方回；而紛紛三變輩，幾不足比數！』這種批評未免太誇張了。周濟說：『梅溪喜用「偷」字，品格便不高。』這又未免過于吹毛求疵了。平心而論，史達祖為人雖不足取，詞的格調也不高，然才華贍麗，工于描繪，不能不算南宋一作手。

*　*　*　*

吳文英是姜派詞人中的健將。

文英字君特，號夢窗，四明人。其生平事跡不甚可考。嘗從姜夔遊，他的詞亦宗姜氏。尹惟曉序他的詞說：『求詞于吾宋，前有清真，後有夢窗。此非予之言，四海之公言也。』可見文英的詞在當代已很有名了。他的作品最豐富；流傳下來的有夢窗甲乙丙丁稿四卷。所作詞專門用典使事，所以沈伯時批評他：『用事下語太晦處，人不易知。』在夢窗詞裏面的長調，沒有一首是可讀的；只間有小詞，脫下了古典的衣裳，清蔚可誦：

玉樓春（京市舞女）

茸茸狸帽遮梅額，金蟬羅剪胡衫窄。乘肩爭看小腰身，倦態強隨閑鼓笛。　問稱家住城東陌，欲買千金應不惜。歸來困頓殢春眠，猶夢婆娑斜趁拍。

唐多令

何處台成愁，離人心上秋。縱芭蕉不雨也颼颼。都道晚涼天氣好，有明月，怕登樓。　年事夢中休，花空烟水流。燕辭歸，客尚淹留。垂柳不縈裙帶住，漫長是，繫行舟。

這類的詞在吳文英的詞集裏面，簡直是鳳毛麟角。他最喜歡作長調。在他的長調裏面，往往只顧用典使事的湊巧，東說一件事，西又說一件事，全不顧及詞意的脈絡線索，弄得令讀者神昏目眩，莫知所云。周濟還贊美他說：「夢窗詞之佳者，天光雲影，搖蕩綠波；撫玩無斁，追尋已遠。」這簡直是荒謬絕倫的批評了。關于吳文英的詞，張炎有幾句話說得最好：「夢窗如七寶樓臺，眩人眼目，拆碎下來不成片段」。嚴格說起來，姜派詞人的詞，多半是拆碎下來，難成片段的，但以吳文英陷溺最深，他的作品最不能表現情感和意境。我們說他是姜派的健將，但他却將姜派詞的缺點暴露無遺了。所以同派的張炎也毫不客氣的反對他的作品。

## 四　晚宋詞壇

宋詞到了晚宋，猶之乎唐詩到了晚唐。唐詩經過盛唐詩人的發揚光大，經過中唐詩人的開拓變遷，到了晚唐的詩人找不着出路了，便走上專門賣弄文學的技巧的路上去了，便形成晚唐「形式上的唯美主義」的作風了。宋詞也是一樣，經過北宋詞人的發揚光大，經過南渡詞人的開拓變遷，到了南宋偏安之局大定（公元一二〇七年韓侂胄伏誅，與金議和成功）以後的詞人——姜夔吳文英這一般詞人——找不着詞的出路了，又漸漸走上賣弄文學的技巧的路上去了，到了晚宋便完全變成「形式上的唯美主義」的詞境，如晚唐詩一樣。

「形式上的唯美主義」最注重的自然是文學的技巧，詞的字面必須特別使其美麗，這是姜夔吳文英的詞倡導起來的風氣。到了宋末，這種靡艷的風氣已普遍于詞壇了。我們只要看晚宋那些詞人的作集，題名都是很考究，如王沂孫的花外集（一名碧山樂府），周密的蘋洲漁笛譜，陳允平的日湖漁唱，張炎的山中白雲詞，都是些很美麗的題目。他們的作品完全是表現文學的美。

此外音律的諧協，也是唯美派的晚宋詞人所沒有忽視的。張炎在他的詞源裏面說他的父親曾賦瑞鶴仙，有『粉蝶兒撲定花心不去，閑了尋香兩翅』之句，『撲』字不協，改爲『守』字，乃協；他又有『瑣窗深』之句，『深』字不協，改爲『幽』字，又不協，再改『明』乃協。據我們看，改是改得協律了，但意義却相差萬里了。因爲晚宋詞人，多半是直接地或間接地薰染着姜夔與文英輩的影響，以爲離開了樂府便沒有詞，只有樂府詞才算詞，所以那樣的注重音律的諧協，而忽視詞的情感與意境。

單就形式的美一方面說，（包括文字的音律的美與字面的美二者而言）晚宋的詞是值得我們欣賞的。往下我們且分別來介紹晚宋詞人及其詞。

* * * *

王沂孫字聖與，號碧山，又號中仙，會稽人。宋亡後，仕于元，爲慶元路學正。他的詞很爲後人所稱說，周濟論詞雜著說：『中仙最多故國之感，故著力不多，天分高絕，所謂意能尊體者也。』張惠言則稱他的詠物詞『有君國之憂』。例如：

高陽台

殘雪庭陰，輕寒簾影，霏霏玉管春葭。小帖金泥，不知春在誰家。相思一夜窗前夢，奈個人水隔天遮。但淒然滿樹幽香，滿地橫斜。　江南自是離愁苦，況遊驄古道，歸雁平沙。怎得銀箋，殷勤與說年華。如今處處生芳草，縱憑高不見天涯。更消他幾度東風，幾度飛花。

作者身遭亡國之痛，自然也不掉悲傷之感。但在碧山樂府裏的有「君國之憂」的作品，實在不多。他的詠物詞尤其與「故國之感」毫不相涉，至多我們只能夠指出他高陽臺這一類的作品有些兒感慨，但感慨也是很稀薄的。如摸魚兒，不但沒有一點感慨，而且是寫花柳的閑情，却寫得很好：

洗芳林夜來風雨，匆匆還送春去。方纔送得春歸了，那又送君南浦。君聽取，怕此際春歸也過吳中路。君行到處，便快折湖邊千條翠柳，為我繫春住。　春還住，休索吟春伴侶。殘花今已塵土。姑蘇台下煙波遠，西子近來何許？能喚否？又恐怕殘春到了無憑據。煩君妙語，更為我將春，連花帶柳，寫入翠箋句。

王沂孫是在元朝做過官的，他的詞自然不會一概是「故國之感」，我們更不能拿「多故國之感」的話來贊美他的詞。

蔣捷字勝欲，宜興人。（或作陽羨人）德祐年間舉進士。宋亡之後，他遁跡不仕，住竹山，人稱爲竹山先生。有竹山詞。

在晚宋詞人中，蔣捷要算是最能超脫的一個，他雖然被稱爲姜派的詞人，但他的詞能不爲文字與音律所拘束，自由肆放，頗有辛棄疾的精神。如沁園春的「結算平生風流債，請一筆勾，蓋攻性之兵，花圍錦陣；毒身之鴆，笑齒歌喉，」又如賀新郎的「據我看來何所似，一似韓家五鬼，又一似楊家瘋子」，這些例子誠然是好笑，却可以看出作者的文字有一種不可羈絆的肆溢精神。我們不妨另舉幾首能夠代表作者的蕭洒的詞作例：

虞美人

少年聽雨歌樓上，紅燭昏羅帳。壯年聽雨客舟中，江闊雲低、斷雁叫西風。而今聽雨僧廬下，鬢已星星也。悲歡離合總無情，一任階前點滴到天明。

解佩令（春）

春晴也好，春陰也好，著些兒春雨越好。春雨如絲，繡去花枝紅嫋，怎禁他孟婆合皂？梅花風小，杏花風小，海棠風驀地寒峭。歲歲春光，被二十四風吹老。楝花風爾且慢到。

一翦梅（舟過吳江）

一片春愁待酒澆，江上舟搖，樓上簾招。秋娘渡與泰娘橋，風又飄飄，雨又蕭蕭。何日歸家洗客袍，銀字笙調，心字香燒。流光容易把人拋，紅了櫻桃，綠了芭蕉。

毛晉稱竹山詞「語語纖巧，眞世說靡也，字字妍倩，眞六朝隃也。」紀昀亦稱：「其詞練字精深，調音諧暢，爲倚聲家之榘矱。」這種批評，還是就姜派的眼光來讚美蔣捷，似乎沒有了解蔣捷詞的眞價值。不過蔣捷也不是沒有近乎婉約小巧的詞：

霜天曉角

人影窗紗，是誰來折花？折則從他折去，知折去，向誰家？　檐牙枝最佳，折時高折些。說與折花人道：須插向，鬢邊斜。

虞美人（梳樓）

絲絲楊柳絲絲雨，春在溟濛處。樓兒忒小不藏愁，幾度和雲飛去覓歸舟。　天憐客子鄉關遠，借與花消遣。海棠紅近綠闌干，纔捲朱簾卻又晚風寒。

無論是寫近豪放的詞，或是近婉約的詞，蔣捷寫來總是明白曉暢，不會流于晦澀難解，這也是和晚宋人詞不同的地方。

*　　*　　*　　*

周密字公謹，號草窗，濟南人，流寓吳興，居弁山，自號弁陽嘯翁，又號蕭齋，文號西水村夫。（一二三二——一三〇八）。他曾仕宋爲義烏縣令，宋亡後，與王沂孫，王易簡，馮應瑞，唐藝孫，呂同老，李彭老，陳恕可，唐珏，趙汝鈉，李居仁，張炎，仇遠等，結爲詞社，著有樂府補題。其詞與吳文英齊名，合稱二窗詞。

他的詞很着力模仿姜夔，他的長調很中了姜夔的毒。拿他來與吳文英並稱，真是再恰當也沒有。倒是他的小詞，很有些值得我們稱道的：

四字令（擬花間）

眉消睡黃，春凝淚妝，玉屏水暖微香，聽蜂兒打窗。　筝塵半妝，綃痕半方，愁心欲訴垂楊，奈飛紅正忙。

鷓鴣天（清明）

燕子時時度翠簾，柳寒猶未褪香綿。落花門巷家家雨，新火樓台處處煙。　情默默，恨懨懨，東風吹動畫秋千。刺桐開盡鶯聲老，無奈春風只醉眠。

眼兒媚

飛絲半溼惹歸雲，愁裏又聞鶯。淡月秋千，落花庭院，幾度黃昏。十年一夢揚州路，空有少年心。不分不曉，懨懨默默，一段傷春。

清平樂

晚鶯嬌咽，庭戶溶溶月。一樹湘桃飛茜雪，紅豆相思漸結。看看芳草平沙，遊韉猶未歸家，自是蕭郎漂泊，錯教人恨楊花！

周濟評周密的詞說：『公謹只是詞人，頗有名心，未能自克，雖才情詣力，色色絕人，終不能超然遐舉。』

陳允平字君衡，一字衡仲，號西麓，四明人。他的生平事蹟不可考。其詞有日湖漁唱與西麓繼周集。西麓繼周集完全是和周邦彥的清真詞，毫無可取的作品，日湖漁唱裏也有不少可取的『壽』詞。現在，我們只選出幾首能夠代表作者的詞作例：

謁金門

春欲去，無計得留春住。縱着天涯滿柳絮，春歸還有路。 恨煞多情杜宇，愁煞無情風雨。春日悠悠人自苦，落花誰是主？

唐多令（秋暮有感）

休去采芙蓉，秋江煙水空。帶斜陽一片征鴻。欲頓閑愁無頓處，都著在兩眉峯。心事寄題紅，畫橋流水東。斷腸人無奈秋濃。回首層樓歸去懶，早新月，掛梧桐。

一落索

欲寄相思情苦，倩紅流去淚花。寫不盡離懷，都化作無情雨。 渺渺暮雲春樹，濃烟横素。夕陽西下，杜鵑啼怨，截斷春歸處。

陳允平也是小詞可誦，而長調毫無是處的。大概晚宋的詞人，才氣短的居多。而當時却養成一種喜歡填長調的風氣。故結果總是堆砌成詞，毛病百出。我們只能夠在他們的小詞裏面，去發現幾首值得賞鑑的作品。其大多數的作品，特別是長詞，多半是沒有文藝價值的。這顯然是宋詞的末運到了。

張炎是宋詞最後的一個殿軍。

炎字叔夏，號玉田，又號樂笑翁，循王張俊的六世孫。本西秦人，家居臨安。生于宋理宗淳祐八年。（一二四八）宋亡時，他只有二十九歲。在元朝他的際遇是很不好的。戴表元送張叔夏西遊序說：

玉田張叔夏與余初相逢錢塘西湖上，翩翩然飄阿錫之衣，乘纖離之馬，于時風神散朗，自以爲承平故家、貴遊少年不翅也。垂及強仕，喪其行資。則既牢落偃蹇。嘗以藝北遊，不遇。失意亟亟南歸，愈不遇。猶家錢塘十年。久之，又去東遊山陰，四明，天台間，若少遇者，旣又棄之西歸。……

張炎本是「鐘鳴鼎食之家」的貴介子弟，宋亡不久，就喪失其資產。晚年落拓，到處飄泊，活到七十多歲才死。他在元朝生活了四十多年，他的詞大部分是在元朝做的。

張炎的詞，受家傳的影響很深。他的曾祖父張鎡很有文名，著玉照堂詞。他的祖父張含也工文學。父親張樞，尤精音律，有寄閑集。張炎之成爲一個樂府詞家，成爲一個純姜派的詞人，固然是時代的關係，但家傳詞學于他也有很大的影響。他自己說『平生好爲詞章，用功踰四十年』。（詞源下）他的山中白雲詞，最爲世所稱。

張炎最初以春水詞得名，人稱爲張春水。（鄧牧說『春水一詞絕唱古今』）後又以孤雁詞傳播一詩，人又稱爲張孤雁。按集中南浦（詠春水）與解連環（詠孤雁）二詞，並不見佳，不知當時何以這樣負盛名。我們且另舉幾首所夠代表作者的作品爲例：

聲聲慢（與王碧山泛舟鑑曲，王鼓瑟吹簫，余倚歌而和。天闊秋高，光景奇絕，與姜白石垂虹夜遊，同一清致也。）

晴光轉樹，晚氣分嵐，何人野渡橫舟。斷柳枯蟬，涼意正滿西州。匆匆載花載酒，便無情也自風流。芳晝短，奈不堪深夜，秉燭來遊。　誰識山中朝暮，向白雲一笑，今古無愁。散髮吟商，此興萬里悠悠。清狂未應似我，倚高寒，隔水呼鷗。須待月，許多情都付與秋。

高陽台（西湖春感）

接葉巢鶯，平波捲絮，斷橋斜日歸船。能幾番遊，看花又是明年。東風且伴薔薇住，到薔薇春已堪憐。更淒然萬綠西冷，一抹荒煙。當年燕子知何處，但苔深韋曲，草暗斜川。見說新愁，于今也到鷗邊。無心再續笙歌夢，掩重門，淺醉閑眠。莫開簾，怕見飛花，怕聽啼鵑！

這是兩首長詞，前一首大約在宋未亡以前做的，才有『誰識山中朝暮，向白雲一笑，今古無愁』的句子；後一首大約是宋亡以後做的，才有『莫開簾，怕見飛花，怕聽啼鵑』的句子。

張炎其他的長調，也不免雕琢過甚，偏重技巧的毛病。還是小詞多幾首好的，例如：

清平樂

香芳人杳，頓覺遊情少。客裏看春多草草，總被詩愁分了。 去年燕子天涯，今年燕子誰家？三月休聽夜雨，如今不是催花。

四字令

鶯吟翠屏，簾吹絮雲。東風也怕花嗔，帶飛花趕春。 鄰娃笑迎，嬉遊趁晴。明朝何處相尋？那人家柳陰。

珍珠令

桃花扇底歌聲杳，愁多少，便覺道花陰閑了。因甚不歸來？甚歸來不早？ 滿院飛花休要掃，待留與薄情知道，知道，怕一似飛花，和春都老。

周濟對於張炎詞有一段極嚴酷的批評：「玉田才本不高，專恃磨礱雕琢，裝頭作脚，處處妥當。後人翕然宗之。然如南浦之賦春水，疏影之賦梅花，逐韻湊成，毫無脈絡。而戶誦不已，眞耳食也。」若是就作者的長詞而言，則不但南浦疏影二詞是「逐韻湊成，毫無脈絡；」其大部的長詞，都是「逐韻湊成，毫無脈絡。」可是，若他的小詞，如上面所舉例，也未嘗沒有很好的作品。晚宋詞人，本來很少值得我們讚許的，但張炎還要算其中「差强人意」的一個詞人呢。

王沂孫，蔣捷，周密，陳允平，張炎這些詞人死掉以後，宋詞的生命便沒落了。此後的文人，都把他們的天才和精力，用于做曲子去了，詞壇便寂寞不堪回顧了。

## 五　宋代詞人補誌

宋代重要詞家，已如上述。今復舉其有作集流傳而作品較可觀者，補誌一部分於下。

趙令畤，字德麟，宋之宗室，襲封安定郡王，其詞有聊復集一卷。茲舉其悼愛妾的一首清平樂為例：

春風依舊，著意隋隄柳。搓得鵝兒黃欲就，天氣清明時候。去年紫陌青門，今宵雨魄雲魂。斷送一生憔悴，只消幾個黃昏。

令時的詞在北宋雖無盛名，然其小詞之儁美者，實不在諸名詞人下。

晁冲之，字叔用，一字用道，鉅野人。舉進士。紹興初，以黨論被逐，隱具茨山下。有具茨集一卷。詞如臨江仙：

憶昔西池池上飲，年年多少歡娛。別來不寄一行書。尋常相見了，猶道不如初。

安穩錦屏今夜夢。月明好渡江湖。相思休問定何如。情知春去後。管得落花無？

冲之詞明淨而有情致，在元祐間亦屬一作手。

王觀，字通叟，高郵人。嘉祐進士，官翰林學士，以賦應制詞近褻被謫，自號逐客。有冠柳詞。其詞流麗而富有情思，今舉他的生查子為例：

關山魂夢長，塞雁音書少。兩鬢可憐青，一夜相思老。 歸傍碧紗窗，說與人人道：真個別離難，不似相逢好。

葛勝仲，字魯卿，丹陽人。紹興初進士，元符初中宏詞科。累遷國子司業，終文華閣待制，知湖州卒諡文康。有丹陽詞，其詞境甚高，而微短于才，今舉其一首有名的點絳唇（縣齋夜坐）爲例：

秋晚寒齋，藜牀香篆橫輕霧。閑愁幾許？夢逐芭蕉雨。　雲外哀鴻，似替幽人語。歸不去，亂山無數，斜日荒城鼓。

王安中，字履道，陽曲人。第進士，政和中擢御史中丞，後歸燕，旋又歸宋，紹興初，官左中大夫。其爲人雖反復炎涼不足道，然所作詞實不可埋沒。有初寮詞一卷。例如蝶戀花：

千古銅台今莫問，流水浮雲，歌舞西陵近。烟柳有情開不盡，東風約定年年信。天與麟符行樂分，緩帶輕裘，雅宴催雲鬢。翠霧縈紆銷篆印，箏聲恰度秋鴻陣。

這兩句詞：「翠霧縈紆銷篆印，箏聲恰度秋鴻陣，」在當代是很被傳誦的。

趙師使，一名師俠，字介之，汴人。第進士。有坦菴長短句一卷。所作長于摹寫風景，體狀物態。今舉他的謁金門爲例：

沙畔路，記得舊時行處：藹藹疎烟迷遠樹，野航橫不渡。竹裏疎花梅吐，照眼一川鷗鷺。家在清江江上住，水流愁不去。

紀昀評師使詞云：『今觀其集，蕭疏淡遠，不肯爲剪紅刻翠之文，洵詞中之高品；但微傷率易，是其所偏。』

康與之，字伯可，滑州人，流寓嘉禾。秦檜當國，與之附檜求進，擢台郎。專爲應制歌詞，諛艷粉飾，聲名掃地。檜死，坐貶。詞有順菴樂府。其小詞頗有可觀，例如訴衷情令：

阿房廢址漢荒邱，狐兔又群遊。豪華盡成春夢，留下古今愁。君莫上，古原頭，淚難收。夕陽西下，塞雁南來，渭水東流。

楊无咎，字補之，自號逃禪老人，又號清夷長者，清江人。他本有志于功名事業，因秦檜專權，恥于依附，高宗幾次徵他不去。他善畫，其詞在當時不甚有名，黃昇花菴詞選未刊他的詞。有逃禪詞一卷。例如：

相見歡

不禁枕簟新涼，夜初長，又是驚回好夢葉敲窗。　江南望，江北望，水茫茫，贏得一襟清淚伴餘香。

醉花陰

淋漓盡日黃梅雨，斷送春光暮。目斷向高樓，持酒停歌，無計留春住。　攪入飛絮渾無數，總是添愁緒。回首向春風，爭得春愁，也解隨春去。

先谷的詞，描寫實在不錯，只可惜他的作集裏面應酬的作品太多了。

侯寘，字彥周，東武人。紹興中以直學士知建康。他在當世詞名亦不高，所作亦多應酬品，值得舉例的甚少。但偶爲抒情之作，輒清麗可愛。例如風入松（西湖戲作）：

少年心醉杜韋娘，曾格外疏狂。錦箋預約西湖上，共幽深，竹院松莊。愁夜黛眉顰翠，惜歸羅帕分香。　重來一夢繞湖塘，空烟水微茫。同心眼底無蘇小，記舊遊，凝佇淒涼。入扇柳風殘酒，點衣花雨殘陽。

紀昀評侯寘云：「其詞婉約嫻雅，無酒樓歌館簪舄狼藉之態，其名雖不甚著，而在南宋詞家中，要不能不推為作者。」

韓元吉，字无咎，號南澗，許昌人。隆興間官至吏部尚書，論者稱其政事文學，均為一代冠冕。有芭焦詞一卷。例如霜天曉角（題采石蛾眉亭）：

倚天絕壁，直下江千尺。天際兩蛾橫黛，愁與恨，幾時極？　暮潮風正急，酒闌聞塞笛。試問謫仙何處？青天外，遠山碧。

元吉詞氣魄沈雄，風格自高。

杜安世，字壽域，京兆人。其生平不詳。有壽域詞一卷。作品多可誦者，例如踏莎行：

雨霽風光，春分天氣，千花百草爭明媚。畫梁新燕一雙雙，玉籠鸚鵡愛孤睡。

薜荔依牆，莓台滿地。青樓幾處歌聲麗。驀然舊事上心頭，無言斂皺眉山翠。

洪咨夔，字舜俞，號平齋，於潛人。官至刑部尚書。有平齋詞。紀昀稱其所作淋漓激壯，多抑塞磊落之感。然如其眼兒媚一類的詞，則是以清麗見長的：

碧沙荒草渡頭村，綠遍去年痕。遊絲下上，流鶯來往，無限銷魂。　綺窗深靜人歸晚，金鴨水沉溫。海棠影下，子規聲裏，立盡黃昏。

黃公度，字師憲，號知稼翁，莆田人。紹興進士，仕至考功員外郎。有知稼翁詞，今舉其青玉案為例：

鄰雞不管離懷苦，又還是催人去。回首高城音信阻，霜橋月館，水村煙市，總是思君處。　裛殘別袖燕支雨，謾留得愁千縷。欲倩歸鴻分付與，鴻飛不住，倚闌無語，獨立長天暮。

洪邁稱公度的詞『婉轉精麗。』

楊萬里，字廷秀，吉水人。官秘書監。因不肯附韓侂胄，不得志。他是南宋有名的詩人，其詞亦如蘇黃，為曲子中縛不住者。有誠齋樂府一卷。例如好事近：

月未到誠齋，先到萬花川谷。不是誠齋無月，隔一庭修竹。 如今才是十三夜，月色已如玉。未是春光奇絕，看十五十六。

楊萬里眞可以說是一個道地的白話詞人。

葛立方，字常之，勝仲之子。官至吏部侍郎。有歸愚詞一卷。今舉其爲世所稱的卜算子爲例

裊裊水芝紅，脈脈蒹葭浦。淅淅西風澹澹烟，幾點疎疎雨。 草草展杯觴，對此盈盈女。葉葉紅衣當酒船，細細流霞舉。

紀昀謂立方詞：「多平實鋪敍，少淸新婉轉之意。然大致不失宋人風格。」

曾覿，字純甫，號海野老農，汴人，孝宗時官至開府儀同三司，加少保，用事二十年，權傾中外。其爲人奸邪不義，至爲談藝者所不齒。然才華富麗，實有可觀，著海野詞一卷。例如憶秦娥（邯鄲道上）：

風淒惡，邯鄲古道傷行客。傷行客，繁華一瞬，不堪思憶。 叢台歌舞無消息

，金樽玉管空陳迹。空陳迹，連天草樹，暮雲凝碧。

曾覩當見東都之盛，故其詞多淒涼感慨。只就詞而論，尚不失為南渡一作家。

王千秋，字錫老，號審齋，東平人，或稱為金陵人。毛晉說他的詞絕少綺艷之態。這似不是確實的話。我們讀了他的審齋詞，除了一部分酬賀之作外，大部分都是抒情詞，而且有寫得很綺艷的。詞例西江月：

老去頻驚節物，醒來依舊江山。清明雨過杏花寒，紅紫芳菲何限。　春病無人消遣，芳心有酒摧殘。此情拍手問闌干，為甚多愁我慣？

千秋一生落拓，飄泊他鄉，其名不顯于當代，其詞亦不為當代所稱，故黃昇花菴詞選未選其詞。但他的詞實在是值得我們誦讀的。紀昀四庫全書提要稱：『其體本花間而出，入于東坡門徑，風格秀拔，要自不雜俚音，南渡之後，亦卓然為一作手。』

趙彥端，字德莊，號介菴，魏王廷美七世孫。乾道淳熙間以直寶文閣，知建康府，終左司郎官。有介菴詞一卷。其賦西湖謁金門最有名：

休相憶，明夜遠如今日。樓外綠煙村冪冪，花飛如許急。柳岸晚來船集，波底斜陽紅濕。送盡去雲成獨立，酒醒愁又入。

彥端的小詞頗多婉約風流之作。

楊炎正，字濟翁，或作名炎，號止濟翁，廬陵人。五十二歲始登第，為甯遠簿，後除掌故之分。有西樵語業一卷。其詞頗多感慨，很帶幾分辛棄疾式的豪放意味，但我們却喜歡他的抒情小詞，例如鵲橋仙：

思歸時節，乍寒天氣，總是離人愁緒。夜來無奈被西風，更吹做一簾秋雨。征衫拂淚，闌干醉倚，羞對黄花無語。寄書除是雁來時，又只恐書成雁去。

紀昀稱炎正詞：「麗絕纖濃，自抒清俊，要非俗艷所可比。」

沈端節，字約之，吳興人。曾令蕪湖，知衡州，官朝散大夫。有克齋詞，今舉其江城子為例；

秋聲昨夜入梧桐，雨濛濛，灑窗風，短杵疏砧，將恨到簾櫳。歸夢未成心已遠，雲不斷，水無窮。有人應念水之東，鬢如蓬，理妝慵，覽鏡沈吟，簪沐為誰容？多少相思多少事，都盡在，不言中。

紀昀稱端節詞：「吐屬婉約，頗具風致。」毛晉謂：「克齋詞長于詠物寫景，殆梅溪竹屋之流歟。」

張輯，字宗瑞，鄱陽人。生平不詳。有東澤綺語債二卷。其詞多可誦者，例如釣船笛（寓好事近）

載酒岳陽樓，秋入洞庭深碧。極目水天無際，正白蘋風急。月明不見宿鷗驚，醉把玉欄拍。誰謂百年心事，恰釣船橫笛。

輯詞在當代無重名，然風致清新，要為南宋中期不可多得之作者。

毛幵，字仲平，信安人，或作三衢人。為人傲世自許，與時多忤，官只止州倅。詩文均著名，小詞尤工，有樵隱詞一卷。其清平樂（見一婦人障扇立雨中）最有名：

醉紅宿翠，髻嚲烏雲墮。管是夜來不睡？那更今朝早起？春風偏搦腰支，階前小立多時。恰恨一番春雨，想應濕透鞋兒。

盧祖皋，字申之，又字次夔，號蒲江，永嘉人。嘉定間爲軍器少監，權直學院。有蒲江詞一卷。例如謁金門：

閑院宇，獨自行來去。花片無聲簾外雨，峭寒生碧樹。 做弄清明時序，料理春酲情緒。憶得歸時停棹處，畫橋看落絮。

周濟評云：「蒲江小令，時有佳趣，長篇則枯寂無謂，蓋才少也。」

石孝友，字次仲，南昌人。生平遭遇坎坷，以詞得名。有金谷遺音一卷。以寫艷情之作爲多，例如惜奴嬌：

我已多情，更撞着多情底你。把一心十分向你盡。他們劣心腸，偏有你。共你撇了人，只爲個你。 宿世冤家，百忙裏方知你沒前程。阿誰似你壞却才名？到如今，都因你。是你，我也沒星兒恨你。

論者以孝友比蔣捷，似乎不類，他實是黃庭堅一流的作風。

以上共補誌兩宋詞人二十四家。

# 第五章　金元明詞

金，元，明，這三個時代是新興的通俗文學流行時期，是正統的古典文學衰落時期。在這時期內，許多有天才的文人，都朝着新興的戲曲與小說去努力，去求新的創造，所以戲曲與小說的成績斐然。其仍在文章詩詞方面費力的，大都是主張復古主張模擬的文人，他們始終不能超出前人的範圍，故文章詩詞的成績均無甚可觀。

比較起來，恐怕還是詞的一方面比文章詩歌較爲令人滿意一點。特別是金，元二代，作詞的風氣雖不很濃，但他們的作品還不是一味模擬，有時竟能表現出一種特異的情調，給我們以清新的觀感，還是值得注意的。

往下，分開來敘述。

## 一，金詞

宋南渡後，中原便爲金所佔有。金主大都是愛好中國文化的，如金主亮，世宗，章宗，都極力引用宋朝的文人去做官，他們自己都能做詩詞，有時並且做得很好，如金主亮的昭君怨（詠雪）：

昨日樵村漁浦，今日瓊川銀渚。山色捲簾看，老峯巒。錦帳美人貪睡，不覺天孫剪水。借問是楊花？是蘆花？

這種詞的風調，與宋詞有點兩樣，讀起來是另有意味的。

金之詞人，據中州樂府所著錄，有詞人三十六位，惜其詞集不皆流傳，今舉幾個較負盛名的詞人爲代表。

吳激，字彥高，建州人。宋宰相拭之子。使金，留不遣，累官翰林待制。皇統初，出知深州卒。有東山集詞一卷。宇文叔通稱其『以樂府名天下。』他最有名的是一首人月圓（宴張侍御家有感：）

南朝千古傷心地，還唱後庭花。舊時王謝堂前燕子，飛向誰家？恍然一夢，天姿勝雪，宮鬢堆鴉。江州司馬，青衫淚溼，同是天涯。

這首詞是寫故國之感的，相傳聞者皆為之揮淚。黃昇云：『彥高詞精妙悽惋』。所作雖篇數不多，皆精微盡善，在金代恰要算是首屈一指的詞人呢。

蔡松年，字伯堅，真定人。累官至丞相，加儀同三司，封衞國公。卒後加封吳國公，謚文簡。有蕭閑公集。他的詞與吳激齊名，當時號為『吳蔡體』。例如尉遲杯：

紫雲暖，恨翠雛，珠樹雙棲晚。小枝靜院、相逢的的，風流心眼。紅潮照玉盌，午香重，草綠宮羅淡。喜銀屏小語，私分斷月，春心一點。 華年共有好願，何時定？妝鬟暮雨零亂。夢似花飛，人歸月冷，一夜小山幽怨。劉郎與尋常不淺。況不似，桃花春溪遠。覺情隨曉馬東風，病酒餘香相半。

韓玉，字溫甫，北平人。擢第入翰林為應奉文字，後為鳳翔府判官。有東浦詞一卷。其詞多清新可誦，例如減字木蘭花（贈歌者）：

香檀素手，綴理新詞來侑酒。音調淒涼，便是無情也斷腸。 莫歌楊柳，記得渭城朝雨後。客路茫茫，幾度東風薰草長。

王庭珪，字子端，蓋州熊岳人。大定中登第，官至翰林修撰，晚年卜居黃華山，自號黃華老人。著黃華山人詞。其為人風流蘊籍，冠冕一時，所作詞亦富于情韻，例如訴衷情：

夜涼清露滴梧桐，庭樹又西風。薰籠舊香猶在，曉帳暖芙蓉。雲淡薄，月朦朧，小簾櫳，江湖殘夢，半在南樓畫角中。

元好問，字裕之，太原秀容人。興定五年進士，累官左司都事員外郎，天興初。入翰林知制誥。金亡不仕。世稱遺山先生。有遺山集。（一一九〇——一二五七）他在金代是一位有最權威的文學家，詩名極高，詞亦享盛名。例如：

點絳唇

醉裏春歸，綠窗猶唱留春住。問春何處？花落鶯無語。　渺渺余懷，漠漠烟中樹。西樓暮，一簾疏雨，夢裏尋春去。

邁陂塘

泰和五年乙丑年歲赴試并州，道逢捕雁者云：「今日獲一雁，殺之矣。其脫網者悲鳴不能去，竟自投於地而死」。予因買得之，葬之汾水之上，累石爲識，號曰雁邱，并作雁邱詞。

問世間情是何物，直教生死相許？天南地北雙飛客，老翅幾回寒暑？歡樂趣，離別苦。就中更有癡兒女。君應有語。渺萬里層雲，千山暮雪，隻影向誰去？橫汾路，寂寞當年簫鼓，荒烟依舊平楚。招魂楚些何嗟及，山鬼暗啼風雨。天也妬。未信與，鶯兒燕子俱黃土。千秋萬古，爲留待騷人，狂歌痛飲，來訪雁邱處。

張炎詞源云：「遺山詞深于用事，精于鍊句，風流蘊藉處，不減周秦」。斯評信然。

此外金之詞人較有名者，劉仲尹有龍山集詞，趙可有玉峯散人集，劉迎有山林長詒，叢懷英有竹溪集，王寂有拙軒集，段克己有遯庵樂府，段成己有菊軒樂府，李俊民有莊靖先生樂府。蔡珪的詞雖僅江城子一首，然特有風趣，茲錄如下：

鵲聲迎客到庭除，問誰與？故人車，千里歸來，塵色半征裾。珍重主人留客意，奴白飯，馬靑芻。東城入眼杏千株，雪模糊，俯平湖。與子花間，隨分倒金壺。歸報東垣詩社友，曾念我，醉狂無？

以上所錄作者 北原籍皆中原之士。道地的金人中，除諸金主外，能文者以完顏璹的成就獨高。璹字子瑜，世宗之孫，越王之子。累官封密國公。自號樗軒居士。所著有如菴小藁。詞如靑玉案：

凍雲封卻駝岡路，有誰訪溪梅去。夢裏疎香風暗度，覺來唯見，一窗涼月，瘦無蹤跡、　明朝畫繼江天暮，定向漁蓑得奇句。試問簾前深幾許？兒童笑道：黃昏時候，猶是廉纖雨。

拿金詞來比南宋詞，金詞當然較為遜色，決不能拿來和南宋的大詞家相比擬。但他們作詞，不像姜夔張炎輩去咬文嚼字，千鍾百鍊，故往往能夠寫出較爲清新俊逸的詞來。

## 二 元詞

有元一代，重新曲而輕舊詞。相傳當時以曲試士之說雖不可靠，但曲之發展，實際上已壓倒了一切的文體而獨霸一時。當時著名的詩家，大都是詩人，而非戲曲家。元代的詩人大部分是崇信復古與摸擬的，由此即可知詞的發展是絕望了。

元詞之傳于今，有作集可讀者，尙有六十餘家，可見當時詞的作品在數量上仍然是很可觀的。但要找出幾個偉大的作家來，却很困難了。比較上可以代表元代詞壇的，只有下列幾位。

王惲，字仲謀，汲縣人。官至翰林學士、嘉議大夫，累進中奉大夫，贈翰林學士承旨，資善大夫，追封太原郡公，諡文定。有秋澗集詞四卷。所作以小詞爲佳。

平湖樂

秋風湖上水增波，水底雲陰過。憔悴湘纍莫輕和，且高歌。凌波幽夢誰驚破，佳人瑟斷，碧雲暮合。道別後，意如何？

作者的長詞，則以春從何處來（見故宮人感賦）一篇最為人所激賞。

趙孟頫，字子昂，宋之宗室，賜第湖州，遂為湖州人。宋末為眞州司戶參軍。入元授兵部郎中，累官翰林學士承旨，榮祿大夫，卒追封魏國公，謚文敏。（一二五四——一三二二）他能詩能文，工書善畫，實一多才之藝人也。詞有松雪詞一卷。

蝶戀花

儂是江南遊冶子，烏帽青鞋，行樂東風裏。落盡楊花春滿地，萋萋芳草愁千里。扶上蘭舟人欲醉，日暮青山，相映雙蛾翠。萬頃湖光歌扇底，一聲吹下相思淚。

邵復孺稱孟頫的詞：『深得騷人風度。』

劉因，字夢吉，容城人。至元中，徵授承德郎，右贊善大夫。以母疾歸。卒後追封容城郡公，諡文靖。有靜修集詞一卷。

木蘭花

未開常探花開未？又恐纔開風雨至。花開風雨不相妨，爲甚不來花下醉？今年休作明年計，明日已非今日事。春風欲勸坐中人，一片落紅當眼墜。

作者無心于功名富貴，朝廷屢次徵召，均固辭不赴。他懷抱着現世的樂天主義，故其詞亦多謳歌「淺斟低唱」之辭。

張埜，字埜夫，邯鄲人。有古山樂府二卷。他的詞以長調著稱，例如水龍吟（遊絲）：

落花天氣初晴，隨風幾縷來何處？飄飄冉冉，悠悠颺颺，欲留還去。雪繭新抽，香絲暗墜，貫珠輕度。看垂虹百尺，縈迴不下，似欲繫春光住。憑仗何人，收取付天孫，雲綃機杼。浮蹤浪跡，忍教長伴章台飛絮。惹起閑愁，織成離恨，萬端千緒。望天涯盡日，柔情不斷，又閑娗暮。

倪瓚，字元鎮，無錫人。不仕，扁舟箬笠，往來湖泖間。自稱嬾瓚，亦稱倪迂。[illegible]，有清閟閣遺稿詞一卷。他的詞長于小令，例如人月圓：

驚回一枕當年夢，漁唱起南津。畫屏雲嶂，池塘春草，無限消魂。舊家應在，梧桐覆井，楊柳藏門。閑身空老，孤篷聽雨，燈火江村。

詞苑稱倪瓚的詞：「詞意高潔」。

邵亨貞，字復孺，號清溪，華亭人。有蛾術詞選四卷。他的小詞頗有北宋人風味，例如：

憑闌人（閨中寄西湖伎小蓮）

誰寫江南一段秋，妝點錢塘蘇小樓。樓中多少愁，楚山無盡頭。

浣溪沙

西子湖頭三月天，半篙新漲柳如烟。十年不上斷橋船。　百媚燕姬紅錦瑟，五花苑馬紫絲韁，年年春色晴相宜。

張翥，字仲舉，晉甯人。至正初，以薦爲國子助教。累官河南行省平章政事，兼翰林學士。他長于詩，其詞尤爲當代衆望所歸，有蛻巖樂府三卷。

摘紅英

鶯聲寂，鳩聲急，柳烟一片梨雲濕。燕人困，教人恨，待到平明，海棠應盡。
靑無力，紅無跡，殘香粉臍那禁得？天難準，晴難穩，晚風又起，倚欄爭忍？

作者以模擬姜張爲能事，其長詞雖爲世人所稱道，然多不足觀。還是他的小詞較富情趣，較爲自然。

薩都剌，字天錫，號直齋。本答失蠻氏，雁門人。登泰定進士，官京口錄事，終河北廉訪司經歷。有雁門集。他的小詞和長調都寫得好，才氣遠在張翥之上。

小欄干

去年人在鳳凰池，銀燭夜彈絲。沈水香消，梨雲夢暖，深院繡簾垂。　今年冷落江南夜，心事有誰知？楊柳風柔，海棠月淡，獨自倚闌時。

滿江紅（金陵懷古）

六代豪華春去也，更無消息。空悵望山川形勝，已非疇昔。王謝堂前雙燕子，烏衣巷口曾相識。聽夜深寂寞打孤城，春潮急。思往事，愁如織；懷故國，空陳迹。但荒煙衰草，亂鴉斜日。玉樹歌殘秋露冷，胭脂井壞寒螿泣。到如今，只有蔣山青，秦淮碧。

百字令（登石頭城）

石頭城上，望天低，吳楚眼空無物。指點六朝形勝地，惟有青山如壁。蔽日旌旗，連雲檣櫓，白骨紛如雪。大江南北，消磨多少豪傑！寂寞避暑離宮，東風輦路，芳草年年發。落日無人松徑裏，鬼火高低明滅。歌舞尊前，繁華鏡裏，暗換青青髮。傷心千古，秦淮一片明月。

詞苑云：『天錫小闌干詞，筆情何減宋人。其石頭城懷古詞尤多感慨！』在元代的詞人中，薩都剌怕要算是最值得珍貴了的吧。

此外之元詞人，尚有程鉅夫，仇遠，劉秉忠，詹玉，蕭允之，曾允元，虞集，趙雍，張雨等，但其作品皆無甚特色可供叙述了。

## 三　明詞

明代詞文，擅長南曲，詞壇與詩壇一樣的沒有生氣，許多詞人都是高標着『北宋』或『晚唐五代』的旗幟，徒然抄襲古人，不能自出新意，故沒有什麼好成績表現出來。在三百年的明代詞壇中，我們只能舉出下列的幾家，是讀者較爲滿意的。

劉基，字伯溫，青田人。元進士。入明官至御史中丞，封誠意伯，謚文成。（一三一一——一三七五）其詩文均有名，詞亦爲一代泰斗。所作詞附于誠意劉文公集。

千秋歲

淡煙平楚，又送王孫去。花有淚，鶯無語，芭蕉心一寸，楊柳絲千縷，今夜雨，定化作相思樹。　憶昔歡游處，觸目成千古。良會遠，知何許？百杯桑落酒，三疊陽關句。情未已，月明湖上迷津渚。

王世貞稱劉基詞「穠纖有致」，誠爲不誣之語。

高啓，字季迪，長洲人，隱吳淞江之青邱，自號青邱子。洪武初，召入纂修元史，授編修，擢戶部侍郎。（一三三六——一三七四）有扣舷詞一卷。

行香子（芙蓉）

如此紅妝，不見春光，向菊前蓮後纔芳。雁來時節，寒沍羅裳。正一番風，一番雨，一番霜。　蘭舟不採，寂寞橫塘。强相依，暮柳成行。湘江路遠，吳苑池荒。恨月濛濛，人杳杳，水茫茫。

論者稱高啓的詞：「大致以疎曠見長」。

楊基，字孟載，嘉州人。洪武初，知滎陽縣，歷山西按察副使。有眉菴詞。

多麗

問鶯花，晚來何事蕭索？是東風，釀成新雨，參差吹滿樓閣。辟寒金，再簪寶髻，壓犀鎮，重護香帷。杏惜生紅，桃緘淺碧，向人憔悴未舒發。念惟有淡黃楊柳，搖曳映珠箔。凭闌久，春鴻去盡，錦字誰託？奈夢裏，清歌妙舞，覺來偏更情惡。聽高樓，數聲羌笛，管多少梅花飄落。鴛鴦慵覓，鳳鞋懶繡，新晴誰與共行樂？料在楚雲湘水，深處望黃鶴。天涯路，計程難定，長恁飄泊。

作者詩名，次于高啓，而詞名則過之。論者稱其『饒有新致。』

楊慎，字用修，新都人。正德六年賜進士第一，授修撰，嘉靖甲申兩上議大禮疏，廷杖謫戍雲南永昌衛，卒于戍所。（一四八八——一五五九）他生平以博學著稱。有升菴詞二卷。

轉應曲

銀燭銀燭，錦帳羅幃影獨。離人無語消魂，細雨斜風掩門。門掩，門掩，數盡寒城漏點。

昭君怨

樓外東風到早，染得柳條黃了。低拂玉欄干，怯春寒。 正是困人時候，午睡濃于中酒。好夢是誰驚？一聲鶯。

王世貞云：『用修所輯百琲眞珠，詞林萬選，可謂詞家功臣。其詞好用六朝麗字，似近而遠。然而其妙絕處亦不可及。』

施紹莘，字子野，靑浦人。他的生平不詳，有花影集行世。其小詞頗多佳作。

浣溪沙

半是花聲半雨聲，夜分淅瀝打窗櫺，薄衾單枕一人聽。 密約不明渾夢境，佳期多半待來生，淒涼情況是孤燈。

調金門

春欲去，如夢一庭空絮。牆裏鞦韆人笑語，花飛撩亂處。 無計可留春住，只有斷腸詩句。萬種消魂多寄與，斜陽天外樹。

相傳施紹莘彙鈔張先的詞，因先詞有「雲破月來花弄影」之句，故所作亦題花影集。其小詞纖冶不讓北宋張先，在明代要爲一能手也。

陳子龍，字臥子，青浦人。崇禎中進士，官兵科給事中，進兵部侍郎，明亡殉難，謚忠裕。（一六〇八——一六四七）他是明末的大詞人，有湘眞閣江蘺檻詞二卷。

山花子

一簾桃花五更鐘，曉雲空，捲殘紅。無情春色去矣幾時逢？添我千行清淚也，留不住，苦匆匆。楚宮吳苑草茸茸，戀芳叢，繞遊蜂。料得來年相見畫屏中，人自傷心花自笑，憑燕子，罵東風。

蝶戀花

雨外黃昏花外曉，催得流年，有恨何時了？燕子乍來春又老，亂紅相對愁眉掃。乍夢闌珊歸夢杳，醒後思量，踏遍閒庭草。幾度東風人意惱，深深院落芳心小。

王士禎稱作者的詞：「神韻天然，風味不盡。晚年所作，寄意更綿邈悽惻」。不錯，在明代詞人中，陳子龍確是値得特別珍視的。

沈謙，字去矜，仁和人。明末諸生。與丁澎等稱「西泠十子」。有東江詞二卷。所作什九爲言情之作。例如蘇幕遮（閨情）：

燕聲嬌，花影醉，日過窗西，猶自厭厭睡。一線情絲常似醉。九十春光，半擁鴛鴦被。　臉銷紅，眉斂翠，便到沉身，總是多情淚。說與東風都不會。鏡子裙兒，曉得人憔悴。

鄒梅芳，字其悅，青浦人。貢生。他在當代不是有名的文人。所作小詞多可誦者，例如秋蕊香（落葉）：

門外秋聲不絕，簌簌空階吹徹。寒枝影亂鴉啼歇，滿院清霜斜月。　和風帶雨難分別，逗淒切。綺窗敲處燈明滅，夢醒三更時節。

除上述諸家外，明詞人之較著名者尚有王世懋，王世貞，謝應孝，聶大年，顧潛，韓邦奇，文徵明，吳子孝，馬洪，湯傳楹，韓洽，夏完淳，張草等，皆有詞集流傳。此外，我們還要推薦兩位有名的女詞人。

沈宜修，字宛君，吳江人。葉紹袁室。與其夫倡隨汾湖，刻意于詩詞。有鸝吹集。所作綽約風華，為世所稱。例如浣溪紗：

淡淡輕陰拾翠天，細腰柔似柳飛綿，吹簫閒向畫屏前。詩句半緣芳草斷，鳥啼多為杏花殘，夜寒紅露濕秋千。

葉小鸞，字瓊章，宜修之女。相傳她十歲即倚韻語，未婚而歿。遺集名返生香。所作詞風格甚高，似不食人間烟火語。今舉其謁金門為例：

情脉脉，簾捲西風爭入，漫倚危樓窺遠色，晚山留落日。芳樹重重凝碧，影浸澄波欲濕。人向暮烟深處憶，綺羅愁獨立。

明代婦女，頗多以詞著名者。沈葉二氏以外，尚有楊慎妻黃氏，端淑卿，王鳳嫻，徐媛，張鴻逑，項蘭貞，商景蘭，葉紈紈，沈靜專，申蕙，張嫻倩等，皆以詞傳稱

中國詞史略

# 第六章　清詞

清代號稱詞的復興時期。

就數量的發展一點說，清詞不但超過明代，超過金元，而且超過兩宋。清代的詞人之多，真是我們所意想不到的。王昶的清詞綜編到嘉慶初年止，王紹成的清詞綜二編編到道光時止，黃燮清的清詞綜續編編到同治末年止，丁紹儀的清詞綜補編編到清亡爲止。單此四書，共錄詞家三千餘人，合宋，金，元，明四朝，尚無此盛！

可是，詞的時代已經過去了。詞興于中唐，經過晚唐，五代，北宋，至于南宋之末，已經有五百年的光榮的歷史，已經發展得淋漓盡致，無美不備了。本來詞體是很狹隘的，至此發展已盡，無可再進，故至元明，聰明的作者都遁而經營別種新興的文體，詞乃一蹶不振。雖有少數文人，極力去撑持詞的門面，想把詞壇振作起來，結果皆徒勞無功。我們試讀上面一章的金，元，明詞，便知道詞壇是寂寞不堪了。這三百的詞人雖偶有佳作，然皆碌碌不足以名家。要找一個像宋代的第一流名詞家，已 可復得了。

詞至清代，無論小詞或長詞，無論婉約的詞或豪放的詞，無論白話的詞或典雅的詞，都已早有了極好的成績，琳琅滿目，美不勝收，擺在清人的面前。清人既不能在詞體裏別開新生面，無路可走；同時又看着許多前人留下了很多而且很好的成績在那裏，作爲範本，便自然而然的鬧起倒車來，墮入模擬的圈套裏去了。我們讀清人詞，雖表現了一部分的成績，產生了幾個偉大的詞人，但大多數的清詞家，不是模擬南宋，便是模擬北宋，有的擬五代，也有的擬晚唐。總之，無論他們怎樣跳來跳去，總不會跳出古人的圈套，清人的詞，因此便墮落了，走上古典主義的死路去了。

所以說，清詞的復興，只是造成詞壇的熱鬧，在數量上增加若干倍的詞人和作品，不像元明的寂寞罷了。若謂恢復了詞的實質上的黃金時代，實是荒謬之言。

*　*　*

清詞的變遷，依我的見解，可以分爲下列四個階段：（一）清初詞；（二）浙派詞；（三）常州派詞；（四）清末詞。往下便依此次序來敘述。

## 一 清初詞

清初百年的文壇，誕生了許多富有才氣的文人。僅就詞的一方面說，這百年也要算是清代最光榮的時期。此時的詞家，雖未能離開模擬而肆力創造，但尚未爲一種嚴格的派別主張所限制，除了少數的古典詞人外，他們大都能比較自由的去做各人的詞，因此，往往能夠寫出很好的作品來。

吳偉業與王士禎是清初兩大名詩人，他倆的小詞也異曲同工，爲清初之雙璧。偉業字駿公，號梅村，太倉人，明末崇禎進士，入清，官國子監祭酒。（一六〇九——一六七二）有梅村詞二卷。其詞如：

如夢令

鎮日鶯愁燕懶，遍地落紅誰管？睡起爇沉香，小飲碧螺春盌。簾捲，簾捲，任一柳絲風軟。

浣溪沙

斷頰微紅眼半醒，背人谿地下堦行，摘花高處賭身輕。　細撥薰爐香繚繞，嫩塗吟紙墨欹傾，慣猜閑事爲聰明。

紀昀四庫提要稱容若詞：『韻協宮商，感均頑艷』，而比之于柳永秦觀。王士禎則稱其『流麗穩貼』，而比之于辛棄疾。實則作者之詞風固接近花間一派也。

王士禎，字貽上，號阮亭，山東新城人。順治十八年進士，官至刑部尚書，卒謚文簡。（一六三四——一七一一）其詩爲一代之宗，詞名遂爲所掩，然衍波詞一卷，價値固甚高貴也。例如：

憶江南

江南好，畫舫時聞歌。萬樹垂楊青似黛，一灣春水碧於羅，懊惱是橫波。

點絳脣（春詞）

水滿春塘，柳綿又蘸黃金縷。燕兒來去，陣陣梨花雨。 情似遊絲，歷亂難成緒。凝眸處，白蘋紅樹，不見西洲路。

彭孫遹詞藻稱：「衍波詞體備唐宋，美非一族」，鄒祗謨遠志齋詞衷亦謂：「衍波詞小令，極哀艷之深情，窮倩盼之逸趣，」作者蓋亦一綺艷之小詞家也。

明末的詞人與吳偉業同時入清者，尚有龔鼎孳，李雯，曹溶，宋徵璧諸家，他們的作品均能開一代的風氣，而獨備一格。其繼起而與王士禛前後同時者，則有納蘭性德，曹貞吉，吳綺，顧貞觀，陳維崧，朱彝尊，彭孫遹諸名詞家。就中以朱彝尊的詞，名最盛，而以納蘭性德的詞境最高。

納蘭性德本名成德，字容若，其祖先原居葉赫地，為正白旗人。十七歲補諸生貢入大學，授三等侍衛，旋進一等侍衛，頗得康熙之隆遇。所交均當代才人。可惜天不予年，卒時僅三十一歲（一六五五——一六八五）。著飲水詞三卷。

性德在清詞人中為別樹一幟者，其所作詞不喜依古律，不重視模擬，不喜用古典，而以俚語寫自己情思，純發乎天籟，語意渾然，像這樣的詞家，宋以後一人而已。

憶江南

昏鴉盡，小立恨因誰？急雪乍翻香閣絮，輕風吹到膽瓶梅。心字已成灰！

長相思

山一程，水一程，身向榆關那畔行，夜深千帳燈。風一更，雪一更，聒碎鄉心夢不成。故園無此聲。

采桑子

而今才道當時錯，心緒淒迷，紅淚偷垂，滿眼春風百事非。情知別後來無計，強說歡期。一別如斯，落盡梨花月又西。

太常引(自題小照)

晚來風起撼花鈴，人在碧山亭。愁裏不堪聽，那更雜泉聲雨聲。無憑蹤跡，無聊心緒，誰說與多情？夢也不分明，又何必催教夢醒！

性德本貴公子，身世美滿，而所作多悽惋令人不能卒讀，殆所謂天生的殉情主義者歟。陳維崧稱其詞：『哀感頑艷，得南唐二主之遺。』況周頤亦謂：『容若爲國初第一詞人，其詞純任性靈，纖塵不染』。此皆深能賞鑑性德詞者之忠實批評也。

曹貞吉字升六，號實庵，安邱人。官至禮部員外郎。有珂雪詞二卷。所作不爲閨襜靡曼之音，而以氣韻見長。吳綺字園次，江都人。官至湖州府知府。有藝香詞一卷。他的詞和平雅麗，佚宕風流，論者稱爲一時才士。顧貞觀字華峯，號梁汾，無錫人。官至國史院典籍。有彈指詞三卷。他與納蘭性德交誼甚篤，所作詞多至情流露語，其寄吳漢槎之金縷曲二首最有名，今舉其眞珠簾詞爲例：

櫻桃宴罷人歸後，正煙籠澹月，疎窗如畫。紅藥闌邊，當日親攜素手。睡起微聞花歎息，賸一縷，相思誰剖？依舊，對漂香泊粉，幾枝春瘦。　別久，心期輕負。爲深憐痛惜，越添僝僽。十載綺羅情，付昨宵殘酒。誰道酒醒都是恨，只劃地曉風楊柳。知否？古今來，一例斷腸回首。

陳維崧與朱彝尊齊名于清初詞壇，然二家作風絕不相同。朱彝尊爲浙派詞人的領袖，容待下節叙述。維崧字其年，宜興人。康熙十八年舉博學鴻詞科，授翰林院檢討。（一六二五——一六八二）他創作甚豐，所著迦陵詞至三十卷之多。長調最爲他所擅長，小詞亦往往雋美可喜，蓋亦軼世之才也。

風入松

星移帆影月移沙，秋思誰家？別時不敢分明語，覺春山，暗損年華。又是中秋時候，西風幾陣歸鴉。　相思難道夢交加，水闊山斜。尊前常恨天涯遠，況如今，真個天涯。更道重來應未，待伊歸向窗紗。

慶春澤（春影）

已近花朝，未過春社，小樓盡日沉沉。瞑色連朝，江南倦客難禁。門前綠水昏如夢，粉雲遮，失却遙岑。恁湔裙，不到溪邊，佳約空尋。　年時恰是鶯花候

「，正黃歸柳鬢，紅入桃心。舞扇歌衫，參差十里園林。東風吹織絲絲滿，做半寒半暖光陰。問何時日上花梢，細弄鳴禽？

在清代的詞人中，維崧實稱具風格者，所作雖不免有粗率處，而波瀾壯闊，氣象萬千，論者許為清初巨擘，蓋以其具有蘇辛之豪壯精神云。

彭孫遹亦清初名詞人之一。字駿孫，號羡門，海鹽人。官至吏部侍郎。（一六三一——一七〇〇）有延露詞三卷。所作多綺語，小詞最佳，論者至稱為「不減南唐風格。」例如生查子：

薄醉不成眠，轉覺春寒重。枕席有誰同，夜夜和愁共。 夢好恰如真，事往翻如夢。起立悄無言，殘月生西弄。

在人才濟濟的清初詞壇中，上述諸家自是最值得稱道的，此外，則多是被束縛于格律的第二流以下的作家了。

## 二 浙派詞

所謂浙派詞，是以南宋詞人姜夔張炎來相標榜的浙中的詞派。這派詞的倡導者是曹溶。他看着當時人作詞，多以明人爲法，痛心詞學失傳，乃搜輯遺集，求之於宋，崇爾雅，斥淫哇，後來乃形成『浙西塡詞者，家白石而戶玉田』的風氣。

至朱彝尊起，力倡曹溶之說，乃造成浙派詞的堅固勢力。彝尊字錫鬯，號竹垞，自號小長蘆釣師，秀水人。康熙十八年以布衣召試，舉鴻博，授翰林院檢討。（一六二九——一七〇九）生平著述甚富，詞有江湖載酒集三卷，靜志居琴趣一卷，茶煙閣體物集二卷，蕃錦集一卷。我們要了解他的詞，必須先看他對於詞的主張。他曾經說過：『詞至南宋始工，』在他一首自題詞集的解珮令，更把他對於詞的宗尚說得很清楚：

> 十年磨劍，五陵結客，把生平涕淚都飄盡。老去塡詞，一半是空中傳恨。幾曾圍燕釵蟬鬢。不師秦七，不師黃九，倚新聲玉田差近。落拓江湖，且分付歌筵紅粉。料封侯白頭無分。

由此卽可見朱彝尊是在熱烈崇拜張炎之下而從事塡詞的，是純粹的姜張派詞人。其詞的格律很嚴整，字句很雅麗，要算是一位古典主義的健將。其詞如：

挂殿秋

思往事，渡江干，青娥低映越山看。共眠一舸聽秋雨，小簟輕衾各自寒。

憶少年

一鉤斜月，一聲新雁，一庭秋露。黃花初放了，小金鈴無數。 燕子已辭秋社去，剩香泥舊時簾戶。重陽將近也，又滿城風雨。

高陽台

吳江葉元禮少日，過流虹橋，有女子在樓上見而慕之，竟至病死。氣方絕，適元禮復過其門，女之母以女臨終之言告，葉入哭，女目始瞑。友人爲作傳，余紀以詞。

橋影流虹，湖光映雪，翠簾不捲春深。一寸橫波，斷腸人在樓陰。游絲不繫羊車住，倩何人，傳語青禽。最難禁，倚遍雕闌，夢遍羅衾。 重來已是朝雲散，悵明珠佩冷，紫玉煙沉。前度桃花，依然開遍江濤。鍾情怕到相思路，盼長隄，草盡紅心。動愁吟。碧落黃泉，兩處誰尋？

作者的小詞每每自出機杼，譽之者至稱其能『徧掇五代北宋之緒。』其長調則完全張炎化了。杜紫綸云：『竹垞詞神明乎姜史，刻削雋永，本朝作者雖多，莫有過焉者。』在清代詞人中，說朱彝尊是南宋姜史張一派的巨擘，自無異議。但我們却正嫌他爲姜張所陷，不能自拔，未能充分發展其天才。他的作集以靜志居琴趣一卷爲最佳。

龔翔麟刻浙西六家詞，錄朱彝尊，李良年，李符，沈皥日，沈岸登及其本人作集，於是『浙派』二字，乃變成一個鮮明的詞派，風氣所播，詞壇翕然，這派詞乃在清之中葉大盛起來。

繼朱彝尊而起的浙派詞人，有厲鶚，郭麐，項鴻祚三大健將。

厲鶚字太鴻，錢塘人。康熙舉人，乾隆元年舉博學鴻詞。（一六九二——一七五二）著有樊榭山房詞二卷，續集一卷。他的詞要算浙派中的白眉，極爲世所稱道。例如：

眼兒媚

一寸橫波惹春留，何止最宜秋？妝殘粉薄，矜嚴消盡，只有溫柔。當時底事匆匆去？悔不載扁舟。分明記得，吹花小徑，聽雨高樓。

百字令（丁酉清明）

春光老去，恨年年心事，春能拘管。永日空園雙燕語，折盡柳條長短。白眼看天，青袍似草，最覺當歌嬾。愔愔門巷，落花早又吹滿。凝想烟月當時，餳簫舊事，慣逐嬉春伴。一自笑桃人去後，幾葉碧雲深淺。亂擲榆錢，細垂桐乳，尚惹遊絲轉。望中何處？那堪天遠山遠！

論者稱厲鶚詞清眞雅正，超然神解。然其一生作詞，苦爲玉田所累，未能獨創一格，實屬可惜。

郭麐字祥伯，號頻伽，吳江人，僑居嘉善。終身爲諸生。（一七六七——一八三一）著靈芬館詞。他是嘉慶時代及道光初年浙派詞人中之最負盛名者，詞如：

台城路（遊舒氏園作）

薄陰不散霜飛早，園林深貯秋意。水木淸蒼，陂陀高下，鏡與暮雲無際。紅泥亭子，占一角孤城，七分烟水。最愛疏疏，竹竿萬個滴寒翠。　年來俊侶都散，便登山臨水，只恁無聊。倦柳攀條，淸流照鬢，暗惹悲秋身世。荒寒如此，又畫角聲中，夕陽垂地。樹樹西風，暮鴉寒不起。

浙派至郭麐，作風爲之一變，所作以「淸疏」見長，然其弊則流於「滑薄」，蓋已是浙派的强弩之末了。

項鴻祚是浙派的後勁。原名繼章，字蓮生，錢塘人。道光時舉人。（一七九八——一八三五）著憶雲詞甲乙丙丁稿。他本是富家子，而其詞幽艷哀怨，如不勝情，殆亦納蘭性德一流之天生殉情少年也。故年亦不永。其詞如：

清平樂（池上納涼）

水天清話，院靜人消夏。蠟炬風搖簾幕下　竹影半牆如畫。　醉來扶上桃笙，熟羅扇子涼輕。一霎荷塘過雨，明朝便是秋聲。

水龍吟（秋聲）

西風已是難聽，如何又著芭蕉雨。冷冷暗起，澌澌漸緊，蕭蕭忽住。候館疏砧，高城斷鼓，和成淒楚。想亭皋木落，洞庭波遠，渾不見，愁來處。　此際頻驚倦旅，夜初長，歸程夢阻。砌蛩自歎，邊鴻自唳，剪燈誰語？莫便傷心，可憐秋到，無聲更苦。滿寒江剩有，黃蘆萬頃，卷離魂去。

譚獻批云：『蓮生古之傷心人也。激氣腸回，一波三折。有白石之幽澀而去其俗，有玉田之秀折而無其率；有夢窗之深細而化其滯，殆欲前無古人』。鴻祚的詞雖不必盡如譚氏所獎飾，然在浙派中，總算是不為姜張所束縛，而能自出機杼的作家了。

有吳藻女士者，字蘋香，亦浙之仁和人。嫁同邑黃某為室。晚年寡居錢塘，生活清苦。著有花簾詞及香南雪北詞，頗受厲鶚之影響，而以溫婉之女性風度出之，趣味爲之一新。

如夢令

燕子未隨春去，飛到繡簾深處。軟語話多時，莫是要和儂住？延佇，延佇，含笑回他：不許！

虞美人

曉窗睡起簾初卷，入指寒如剪。一宵疏雨一宵風，無數海棠瘦得可憐紅！分明人也因花病，幾度慵拈鏡。日高猶自不梳頭，只聽喃喃燕子話春愁。

她是道光年間的作者，當時詞學遍大江南北，爲清代女詞家中第一人。

## 三　常州派詞

自此以後，我們便再找不出矜貴的浙派詞人來了。

當浙派詞發展至乾嘉兩代的時候，突然遇有一個重大的攻擊，就是產生了一個對牠取敵視態度的常州派。

本來浙派到了郭麐的時期，作者的才氣已遠不如朱厲等大詞人，模擬也不見功夫。不但翻不出什麼新花樣，而且愈趨愈下了。這時便有常州系的詞人張惠言，張琦，周濟等起來糾正浙派的錯誤，他們熱烈的攻擊南宋的姜張，而改宗北宋。張惠言，張琦的詞選與續詞選，其編輯之旨，以「深美閎約」為主，蓋即尊北宋的周邦彥，而薄南宋姜張之意。至周濟則明白鄙視姜張，他說：

近人頗知北宋之妙，然終不免有姜張二字，橫亙胸中，豈知姜張在南宋，亦非巨擘乎？論詞之人，叔夏晚出，既與碧山同時，又與夢窗別派，是以過尊白石，但主清空。後人不能細研詞中曲折深淺之故，羣聚而和之，并為一談，亦固其所也。

常州派的詞宗尚北宋，雖依然未脫模擬藩籬，但不過事雕琢，不專注于綺藻韻致，已經比浙派解放多了。然常州派的幾個領袖詞人，都是學力很深，而才力較短，批評眼光極高，而創作能力稍弱，故其作品，亦未能有超越的成績。

張惠言，字皋文，陽湖人。嘉慶中，以進士官編修卒。（一七六一——一八〇二）著有茗柯詞。

木蘭花慢（楊花）

儘飄零盡了，誰人解，當花看。正風避重簾，雨迴深幕，雲護輕幡。尋他一春伴侶，只斷紅，相識夕陽間。未忍無聲墜地，將低重又飛還。疏狂情性算淒涼，耐得到春闌。但月地和梅，花天伴雪，合稱清寒。收將十分春恨，做一天，愁影繞雲山。看取青青池畔，淚痕點點凝斑。

又（遊絲）

是春魂一縷，銷不盡　又輕飛。看曲曲回腸，愁儂未了，又待憐伊。東風幾回暗剪，儘纏綿　未忍斷相思。除有沉煙細裊，閑來情緒還知。家山何處棲遲，春容易，到天涯。但掙得春來，何曾繫住，依舊春歸。殘紅更無消息，便從今，休要上花枝。待覓梁間燕子，銜他深度簾絲。

譚獻稱惠言之作：『胸襟學問，醞釀噴薄而出』謂為學人之詞。不錯，他們這一派的詞家，都是帶着幾分學者氣來寫詞的。

張琦字翰風，惠言之弟。有立山詞。所作頗有思力，然較乃兄則不免略遜一籌。

周濟字保緒，一字介存，晚號止庵，荊溪人。官淮安府教授。有味雋齋詞。論者稱其所作『纏綿婉約』。

垂楊（立冬前七日聞蟬和叔安）

秋懷漸遠，聽倉黃病柳，一聲淒婉。曳入西風，可應還似秋前滿。分明凝絕重低轉，替人說，嫩涼池館。被連番，青女無情，把露華偷剪。 知否吟蛩乍緩，便戶下床頭，不成濃煖。漫立高枝，夕陽偏向疏林展。誰留鬢影誰執扇？但贏得，冷絲幽怨。背來霜月孤行，魂易斷。

屬於張惠言領導之常州派詞人，較爲知名者尚有惲敬，錢季重，黃景仁，左輔，李兆洛，丁履恆，陸繼輅，金應城，金式玉，鄭善長等，皆爲一時作家。其中最負盛名者，則惟黃景仁。

黃景仁字仲則，武進人。貢生，議敍州判，未仕卒。(一七四九——一七八三)年僅三十五歲。他本是當代的名詩人，詞亦雋妙。著有竹眠詞二卷。

點絳脣(春宵)

宿酒初醒，閑情似水和腸軟。細雨三更，簾外春陰捲。　一樹梅花，落向閑庭院，無人管，冷風過處，點點春愁滿。

摸魚子(歸鴉)

倚柴門，曉天無際，昏鴉歸影如織。分明小幅倪迂畫，點上米家顛墨。看不得帶一片斜陽，萬古傷心色。暮寒蕭淅，似捲得風來，還兼雨過，催送小樓黑。

曾相識，誰傍朱門貴宅？上林誰更棲息？幾叢枯木蕭霜重，我是歸飛倦翮，飛倦歟、却好趁漁船小坐秋帆側。舊巢應憶，笑畫角聲中，暝烟堆裏，多少未歸客！

就詞而論，景仁的詞比張惠言周濟一般人高明多了。

* * * *

當常州派詞盛行之際，最值得我們注意的大詞人有蔣春霖。他字鹿潭，江陰人。曾任兩淮鹽運大使。（一八一八——一八六八）就鄉里說，他本應列入常州派，但就詞風而論，却絕不是常州所牢籠着的詞人，而有點傾向浙派。他是一位富有才氣，能夠不依傍門戶，不受拘束，而自具境地的作家。故嚴格說來，一定要列他為那一派是很困難的。其所著水雲樓詞，多發抒感慨，描寫極深刻，論者至稱為「詞史」。

踏莎行（癸丑三月賦）

疊砌苔深，遮窗松密，無人小院纖塵隔。斜陽雙燕欲歸來，卷簾錯放楊花入。

蝶怨香遲，鶯嫌語澀，老紅吹盡春無力。東風一夜轉平蕪，可憐愁滿江南北。

木蘭花慢（江行晚過北固山）

泊秦淮雨霽，又鐙火，送歸船。正樹擁雲昏，星垂野闊，暝色浮天。蘆邊，夜潮驟起，暈波心，月影盪江圓。夢醒誰歌楚些，泠泠霜激哀絃。嬋娟，不語對愁眠，往事恨難捐。看莽莽南徐，蒼蒼北固，如此山川。鈎連，更無鐵鎖，任排空，檣櫓自迴旋。寂寞魚龍睡穩，傷心付與秋烟！

揚州慢（癸丑十一月二十七日賊趨京口，報官軍收揚州）

野幕巢烏，旗門噪鵲，譙樓吹斷笳聲。過滄桑一霎，又舊日蕪城。怕雙燕，歸來恨晚，斜陽頹閣，不忍重登。但紅橋風雨，梅花開落空營。　劫灰到處，便遺民，見慣都驚。問障扇遮塵，圍棋賭墅，可奈蒼生！月黑流螢何處？西風黯，鬼火星星。更傷心南望，隔江無限峯青。

譚獻稱春霖詞云：「水雲樓詞固清商變徵之聲，而流別甚正，家數頗大。與成容若項蓮生二百年中分鼎三足。咸豐兵事，天挺此才，爲倚聲家杜老』。又說：『阮亭葆馚一流爲才人之詞，宛鄰止庵一派爲學人之詞，惟三家是詞人之詞，與朱厲同工異曲，其他則旁流羽翼而已。』這兩段話都說得好。有清一代的詞壇，此數語已完全道着。

## 四，清末詞

咸同之際，詞已疲敝墮落，雖有一二名作家，亦無法挽回此頹運。當時較爲知名之詞人，如周之琦有金粱夢月詞，莊棫有蒿庵詞，黃燮清有倚晴樓詞，陳元鼎有同夢樓詞及吹月詞，戈載則著翠薇花館詞至三十九卷之多，均無可取。至于清末，號稱名詞家如譚獻，王鵬運，況周頤，朱祖謀，鄭文焯，馮煦等，雖對于詞學研究精深，然其陷溺也愈深。他們對於詞的貢獻，只在於校刻詞集和批評古詞兩方面。至於創作，則他們只知道不厭煩地去講究『詞法』和『詞律』，以競模古人爲能事，故結果，他們的詞除了表現一點文字的技巧外，全不能表現一點創造精神，全不能表現作者的個性和情感，只造成一些詞匠。此外，號稱才子的詞人，如易順鼎，程頌萬，樊增祥等，其所作亦不足觀。於是詞便跟清代之衰亡而衰亡了。